◎洪江码头

◎刘云湘（张丰毅饰）推进洪油国际贸易

◎杨同昌（李立群饰）赌油

◎签子客鉴油

◎榨油作坊

◎许妙春（李鉴霏饰）在医院

◎水客帮急流勇进

◎刘天娟（张含韵饰）在报馆

◎杨大江（张睿饰）参加游行

◎许妙春（李鉴霏饰）在战场

一代洪商

金瓦刀 著

湖南文艺出版社

图书在版编目（CIP）数据

一代洪商 / 金瓦刀著. -- 长沙 ：湖南文艺出版社，2019.11

ISBN 978-7-5404-9370-7

Ⅰ. ①一… Ⅱ. ①金… Ⅲ. ①长篇小说－中国－当代 Ⅳ. ①I247.5

中国版本图书馆CIP数据核字(2019)第236819号

一代洪商

YIDAI HONGSHANG

作　　者：金瓦刀
出 版 人：曾赛丰
责任编辑：汤亚竹　张文爽
封面设计：琥珀视觉
内文排版：钟灿霞
出版发行：湖南文艺出版社
（长沙市雨花区东二环一段508号 邮编：410014）
网　　址：http://www.hnwy.net
印　　刷：长沙超峰印刷有限公司
经　　销：湖南省新华书店
开　　本：970mm×710mm 1/16
印　　张：30.25
字　　数：425千字
版　　次：2019年11月第1版
印　　次：2019年11月第1次印刷
书　　号：ISBN 978-7-5404-9370-7
定　　价：58.00元

目 录

第一章

民国十二年（1923年）春，洪江城。

农历四月二十六，是神农宫油业行祭祀祖师爷的日子。

“呜呜——”，当缥缈的炊烟萦绕在鳞次栉比的窨子屋那波纹般的房脊和封火墙高高挑起的飞檐上的时候，从嵩云山方向传来的悠长的牛角号声已响了将近一个时辰。

洪江码头桅樯林立，来自五府十八帮油业行的商人们纷纷下了货船，在各自伙计们的簇拥下，坐上滑竿，循着号声，汇入城内七冲八巷九条街上熙熙攘攘的车马，穿过城西门，直奔嵩云山方向赶去参加祭祀大典。

设在嵩云山脚下的祭坛已是热闹非凡，神农雕像下摆满了香烛纸马，竖立在四周的旗幡在香雾缭绕下随风飘舞；被商会邀请来的两个辰河高腔戏班把对彼此的不服都发泄在了乐器上，随着鼓胀的腮帮、憋红的双眼和赤裸上身虬然暴起的雄壮肌腱，唢呐声和锣鼓声响彻云霄。

“药王宫福全堂何东家到！”

“文昌宫书纸业苗大掌柜重礼来贺！”

……

洪江商会会长罗积善拄着手杖，在签子客首领干挑爷、北洋政府张督办、黔军商务代表胡副官以及贵州、江西、宝庆等十大会馆当家人的陪同下，饶有兴趣地一边听着自家大掌柜高署地大声报着前来祝贺的各地商家字号，一边与众商拱手相贺致意寒暄。

如此浩大的祭祀场面，让来自全国各地的客商们无不心生感慨。这小小的洪江虽偏居西南一隅，却以洪油而名动天下，成为帆樯云集、财货辐辏之地，可见山不在高，有仙则名啊。而这“仙”，不正是老祖宗给咱们留下的制油手艺吗？

不过，这些客商们也很快发现，罗积善之所以能够在现场大出风头，是因为此时此刻，五府十八帮油业行的大龙头、名震天下的元隆油号的大东家刘云湘，和因年前与英国怡和洋行做了笔大生意而被众油商推选出来、在今年的祭祀大典中有资格与刘云湘一道向祖师爷供奉油桐花的恒顺油号东家杨同昌，都还没有到场。

而对于罗积善来说，倒并不在乎刘云湘与杨同昌的姗姗来迟，唯一让他心里感到一丝不安的是，为何洪江团防使许安邦许大人到现在还不见人影？

此时的许安邦身在黔阳湘西镇守使衙门，一只脚却已经踏进了鬼门关，他被绑在校场中央竖起的一个木架上，一桶洪油当头浇下，而手持火把要点他天灯的人，正是他的老上司赵恒惕。

若在平常，许安邦做了任何出格的事，即便是杀人越货，赵恒惕也只是睁只眼闭只眼，但这次不同，这次是得罪了洋人。大英帝国怡和洋行的商人马克斯凯在洪江所采购的一批顶级洪油出了问题，这不但让他这个湘省的民选省长、湘军总司令大失面子，而且也引起了怡和洋行和英国领事馆的震怒，为了息事宁人，他不得不把参与此事的许安邦给杀掉，以换取洋人的宽恕。现在，他只想让许安邦下辈子托生为一名纯粹的军人，征战沙场，远离生意场。

然而，就在赵恒惕要烧死许安邦的那一刹那，校场边上却突然传来了一声断喝。尽管对方的中文发音不太准确，但赵恒惕和许安邦还是都听清楚了——

“住手！”

喊话的人是身披斗篷的马克斯凯，他觉得自己作为一名正直的、来自文明世界的商人，绝不能容忍像“点天灯”这种野蛮的事情发生在自己的眼皮底下，同时，他也带来了大英帝国驻长沙领事馆领事查尔斯爵士的指示……

刘云湘和杨同昌终于来到了神农祭坛，两人登上祭坛，在众人敬仰的目光下一同把各自采摘的一束油桐花供奉在祖师爷面前。

干挑爷高声宣布：“吉时已到，祭祀盛典开始！”

随着一阵“呜呜”的牛角号声再次响起，罗积善把手杖交给高署地，上前冲众人行礼，而后转身庄重地整理衣衫，取三炷香点燃，举香过顶，朗声道：“民国十二年春月吉日，洪江商会及十大会馆携油业行众商，诚邀天下四海宾朋、五府商帮，谨以油桐之花，三牲五谷之仪敬拜神农祖师！”

罗积善说完再拜，并把香火插入中间香炉，退后几步，正要带领众人叩首行礼，忽听人群外围传来一声喊：“团防使大人到！”

众人循声望去，只见人群早已分出一条路来，许安邦下了马，带着满身黏稠的桐油，在两名副官的扈从下气冲冲直奔祭坛而来。

在黔阳，许安邦被及时出现的马克斯凯一声喝令救下了性命，随后赵恒惕和许安邦都明白了，此事不仅仅是杀一个人那么简单；马克斯凯所转达的怡和洋行和领事馆查尔斯爵士的意思是：大英帝国不要一个替罪羊，而是要油，要钱，还要挽回在洪江所丢的脸面……

此时，许安邦甩着头上不断流下的桐油，走上祭坛，一脚踢翻洪油烛，抓起油桐花没头没脑地四处摔打，嘴里气愤地骂着：“奸商，奸商，全是奸商！”

“都竖起耳朵听着！”许安邦面对众人，伸手拿过副官递上的一纸手令，大声宣布：“湘军总司令、湖南赵省长恒惕手令：‘洪江奸商作祟，卖与大英帝国怡和洋行之洪油竟以假充真，使我湘省商誉蒙羞域外，友邦商人深受牵累，三湘父老颜面何存！责令洪江商会彻查此案，务要揪出奸商依法严惩，退赔怡和洋行损失，向大英帝国请罪道歉。切切此令。’”

祭祀现场突然出现的这一幕，不啻晴空打了个霹雳，把所有人都震得呆在了当场。在许安邦发泄了一通愤然离去之后，众人都把目光聚集在挑头跟马克斯凯做了这笔生意的杨同昌身上。

所谓冤有头债有主，杨东家背着石头打天，这下该怎么办？

尤其是那些跟随杨同昌一起参与了这笔生意的油商们可以说个个都从米箩掉进了糠箩，原本还以为走了红运，借此搭上了洋人，以后做外贸赚洋钱，就连杨同昌也因此被商会推举，有幸在今年跟刘云湘一起给祖师爷供奉油桐花，这以后跟着杨同昌还能不发大财吗？可现在都傻眼了，凭空出了假油，省长手令白纸黑字，这一关该怎么过？认吧，洋人贪财，不好打发，再说谁也背不起这重逾千斤的“奸商”两字，沾上皮毛四两腥，以后在商界还有活路吗？不认吧，赵恒惕的刀砍个脑袋亦如斩瓜切菜一般，谁敢说自己的脖子硬？更要命的是中间还站着许安邦这尊杀神，杨家同马克斯凯的这笔洪油生意，就是许安邦牵的线……

众人一下子炸了锅，有骂洋人的、有怀疑自己人搞鬼的，大家都急着要撇清自己，现场顿时吵成了蛤蟆坑。

杨同昌更是乱了方寸，语无伦次地吵嚷着辩解：“这，这假油，不可能啊，今天祭祀祖师爷，怎么会闹出这么一档子事儿……天地良心，我等皆为本分商人，岂能干那以假充真之事？”

在众人的吵吵嚷嚷中，刘云湘一直没言声，今天的事儿完全出乎他的意料，作为洪江城最早与洋人做生意的人，他深知英商马克斯凯的为人，假油之事绝不会凭空捏造。那么，问题到底出在哪里呢？

而就在这时，罗积善抖着手中的省长手令，对杨同昌敲了一记重锤，他说：“此事非同小可，若果真是在油品上出了问题，我十大会馆油业行身败名裂是小，祖宗创下的百年基业和商道诚信一旦崩塌，整个洪江城乃至西南五省将大难临头，天下五府十八帮会有多少油商因此而家破人亡。杨东家，此事因你而起，还望你能够给大家一个交代。”

听了罗积善的话，杨同昌大急，多年来始终绷在心里的那根弦陡然一松，冲口便说出了一番让他日后后悔不迭的话语——

“罗会长，诸位东家，祖师爷在上，洋人稀罕桐油，素来贪得无厌，而咱们洪江的洪油又是桐油中的极品，马克斯凯要的是顶级洪油，试问这洪江，不，试问天下，还有比我杨家的那桶清代底油更正宗的顶洪吗？”

清代底油！

这四个字一出口，除了刘云湘，所有人的耳边俱是一片鸣响，好像这世界一下子安静了许多，人们只看见杨同昌和刘云湘的嘴在不断张合着，却听不见两人说话的内容。

杨同昌的本意是想对众人强调，卖给洋人的顶级洪油都经过了“清代底油”的检验，所以绝对不会有假，尽管在刘云湘的追问下他承认当时自己并没有亲自动手，而是由他的大儿子杨大江帮他做的检验，理由是大江在长沙上的是洋学堂，那合同上的洋条文，他比他爹吃得透。

“清代底油”这四个字，被杨同昌在情急之下冲口说出，而刘云湘的追问也只是关注油品检验的结果。但是，这四个字在罗积善和现场其他油商听来，却如同耳边响起了一声炸雷，感受非同一般。

相隔十七年，“清代底油”这四个字再一次把人们的耳鼓震得轰然作响，把人们的心震得惊悸不已。众所周知，洪油，作为桐油中的顶级油品，是刘云湘的爷爷、创立了“元隆油号”的刘庆隆在光绪年间所发明，杨同昌所说的这桶“清代底油”是刘庆隆亲手榨出的第一桶洪油，而且是顶级洪油。它不仅是洪油横空出世以及洪江因此名扬天下的标志，更是天下油商们难以望其项背的顶级制油手艺的象征，早被五府十八帮油业行视为顶礼膜拜的神明所在。按以往约定俗成的规矩，凡油业行在桐油贸易中遇有品质上的纷争，都以这桶油为标准，取样检验，一滴定真伪。只是，这桶油在世间已消失多年，据说是与刘杨两家在十七年前跟许安邦之间所发生的一桩公案有关。而今天，人们再次听闻了“清代底油”这四个字，而且证实这宝贝就在杨家，心中怎能不格外震惊呢？

既然说出了清代底油，杨同昌为了增强说服力，便竭力扯上刘云湘。

“罗会长！”他拽着刘云湘，对罗积善嚷道，“我再退一步说，诸位就是不相信我，总该相信元隆刘家吧？那桶清代底油可是当年他爷爷庆隆老爷子亲手送给我父亲的。云湘你说，那桶底油不会是假的吧？”

“你这叫什么话！”提起当年爷爷把那桶油送给杨同昌的父亲杨顺帆的事儿，刘云湘有些恼怒，咱能不能打盆说盆、打罐说罐？这出了假顶洪，你扯我爷爷干什么？

底油不假，那么经过底油检验的这批洪油就绝对不会是假顶洪，这是杨同昌竭力想要说明的逻辑。他当众质问刘云湘：“你可以不信我儿子，可你总得相信你爷爷吧？”

岂有此理！刘云湘鼻子都气歪了，你老杨自己的事儿都说不清楚，还不忘逮着机会在言语上占我刘某人的便宜——他觉得自己跟杨同昌这种人就无理可讲，正所谓“事儿不烂没钱赚”，与其在这跟他缠搅不清，还不如回去忙自己的事儿呢。

刘云湘甩开杨同昌，气恼地走了。

杨同昌仿佛抓住了理，指着刘云湘的背影大声嚷嚷：“诸位，都看见了吧，事情明摆着，他相信他爷爷，我相信我儿子！祖师爷在上，那批洪油真的都经过了清代底油的检验……”

此时，杨同昌还没有意识到，所谓祸从口出，他今天所言及的这桶清代底油，不知在以后的岁月里，将会给他、给刘云湘乃至给整个洪江油业行带来怎样的厄运……

在嵩云山一处幽静的山谷，日本商人、东亚电灯公司的董事长藤原身穿宽大的和服，正在自己别墅前几棵花开似锦的樱花树下徘徊。

司机罗立深知藤原肩负着代表日本三井洋行与英美商人竞争，在洪江抢占洪油市场的使命，特意提醒他，油业行正在山下祭祀祖师爷，这可是与油商们拉近关系的大好机会。

而藤原则沉浸在自己的思绪之中，他感慨道：“中国人的热闹，不看也罢。倒是这几棵树，花开花落，令人生出岁月蹉跎之感啊。”

罗立顺着藤原的目光看了看，抠着指甲：“知足吧，从日本移植过来能活就不错了。”

“如果有可能的话，我倒是想把洪江的油桐树给移植到日本去。”

“这有何难，沅江边上，有的是油桐树……”

藤原没好气地说：“橘生淮南则为橘，生于淮北则为枳。你在日本留过学，岂能不知这洪江的油桐在日本根本就无法成活！”

罗立同情地耸耸肩：“水土不服，老天爷也没办法。”

“刚才我心有所感，作了一首诗，你来听听。”藤原面对群山，挥手大声吟道，“沅江潮来曲岸平，商埠风起浪花生。远看桐花迷望眼，淮北为枳怅无穷。我辈相思应如橘，相望须含两地情！”

作为罗积善的独子、有过东洋留学经历的罗立心里明白，藤原这首诗的含义，无非就是眼红洪江的桐油资源，想为三井洋行打开局面，挤走英美势力，独霸洪油贸易份额。但是，自己在这位精明的上司面前能说什么呢？只能连声叫好。

而藤原却追问：“好在何处？”

“好就好在，好在一个字，一个‘情’字。”罗立故意把话题转向自己的心事，振振有词地说，“董事长阅人无数，自然知道这世上，谁也难逃一个‘情’字儿，相望相思那是一定要脉脉含情的，同时吃上一口橘子，当真会别有一番滋味在心头。更别说是相隔两地，那种日日思君不见君的煎熬，犹如一口吞下十只活螃蟹，百爪挠心……”

“想不到罗公子还是个情种。”藤原听不下去了，心说，可惜啊，你喜欢刘云湘的大女儿刘天婵，可人家看不上你啊。

直到他的属下，身段窈窕的女秘书中村雅子来汇报山下祭坛上所发生的一切，在洪江居住多年的藤原这才觉得，假油案大有文章可做，而传说中的“清代底油”再次出现，则是上天给他、给日本三井洋行的一个绝妙机会……

从祭祀大典回来，油业行的所有人几乎都乱了阵脚，受到牵连的油商们仿佛失了魂魄，不知自己将面临怎样的命运；没有受到牵连的人心中也惴惴不安，因为正如罗积善所言，洪江商道若毁了信誉，这以后的生意就没法做了。

人心惶惶之际，整个洪江城立马乱成了一锅粥，连洋人都买了假油，试问，过去大家买卖的洪油难道就没有假？如此一来，任何一个买家都觉得自己吃了亏上了当，任何一个卖家都浑身是嘴说不清。于是，凡事崇尚用拳头来解决的宝庆会馆众商，在武当家的指使下率先请洪帮兄弟出面，与对方邀请来的袍哥会的人大打出手；随后，自认为上了当的一群商家又把常年与杨家合作的贵州会馆赵当家的和黔军胡副官拥堵在会馆，讨要货款；而张督办也借机敲打江西会馆的钱当家，盘算着要拿出多少银钱才能堵住北洋政府中的那些闲言碎语……

就在这纷乱之中，杨同昌一路失魂落魄地回到府邸，顾不上与夫人苗令梅搭话，径直到了后进院正堂，打开几案上方嵌在墙中的神龛，按下机关，直到看见那桶包裹着黄绫的清代底油还安然地摆放在暗阁中，这才把悬着的一颗心放在了肚子里。

得知自己的“老倌”惹上了假油案，苗令梅也大惊失色，眼下唯一能指望的，就是让这桶清代底油来证明自家的清白了。她证实，这个宝贝除了咱家大公子杨大江，没人动过，尤其是冒失好动、整天泡在忠义镖局跟一帮镖师们厮混在一起练武的二公子杨二江也没动过。

这让杨同昌彻底放了心。“夫人啊！”他郑重地叮嘱苗令梅，“以后不管谁来问，你就一口咬定，咱杨家从来没卖过假油。”

见老倌如此神神道道，苗令梅哭笑不得：“这还用一口咬定，难道你卖过假油？”

“我怎么会去卖假油嘛！是洋人，洋人捣鬼，非要往我头上扣屎盆子。”杨同昌进一步说道，“洋人要都是善茬，怎么会在去年搞出个‘九国公约’，要求中国开放门户，喊什么机会均等？那英国人马克斯凯不是什么好鸟，不过这次他打错了算盘，有这桶清代底油在，就是跟他对簿公堂，我也敢奉陪到底。我斗不过他，自有刘家人来替我讨回公道。”

对杨同昌来说，拉上刘云湘，自己就有了对抗洋人及官府的底气，因为他不相信刘云湘作为油业行的大龙头会在这桩突如其来的假油案中置身事外。毕竟，刘杨两家的世代交情，在洪江尽人皆知。

然而，刘家此时却不买账。

元隆油号的几名掌柜从嵩云山祭祀现场回来，个个义愤填膺，恨不得骂杨同昌的祖宗。原因有两个，一则他不该当众说出“清代底油”这四个字，匹夫无罪，怀璧其罪。难道十七年前惹的那场祸事还小吗？这明明就是在作死！二则便是他在现场一再强调的“底油不假，那么经过底油检验的那批洪油就绝对不假”这句话。明眼人都能听出来，这句话另外的一层含义是：若说我卖给洋人的是假顶洪，那么那桶清代底油也是假顶洪。

清代底油是不容置疑的！

“其心可诛啊！”元隆油号的大掌柜和其他掌柜都认为，“人心隔肚皮，饭甑隔木皮”，杨同昌如此说话就是忘恩负义。

当年庆隆老东家发明洪油之后，那第一桶油就成了元隆油号的镇号之宝。杨同昌的父亲杨顺帆曾师从刘庆隆在元隆油号学徒，后来离开元隆另立门户，成立了杨家恒顺油号。光绪二十年，恒顺油号遭遇大火，血本无归。庆隆老东家仁义，为帮扶杨家东山再起，便忍痛把那桶油送给了杨顺帆。此事尽人皆知，在油业行一时传为佳话。这也是为什么提起那桶底油，刘家人都觉得杨家占了便宜；而杨同昌这辈子做梦都想甩开父亲的福荫，凭自己的手艺来超越刘家油的根本原因。所以对元隆刘家来说，今日出了假油，他杨同昌不说自己学艺不精，反一口咬定卖与英人的洪油都用清代底油进行了检验，这岂不是说，当年我刘家老太爷送给他杨家的那桶清代底油不中用？不图他杨家感恩戴德，可他也不该当众贬损那桶底油，扇我刘家的脸！

掌柜们的话激起了刘家二小姐刘天娟的愤慨，出了假油案固是令人震惊，可你杨叔叔也不能为了自保如此说话，难道我太爷爷当年帮你杨家还帮错了？

天娟带着一肚子气，要带着众位掌柜的上门去杨府讨个说法，而性格沉稳的姐姐天婵则认为，事出有因，杨同昌断不会有意把脏水泼到刘家。但对于天娟和刘家的各位掌柜来说，此刻大小姐就是说得再有理也没人会听，因为她跟杨大江相互爱恋的风声早已传得满城风雨。她亲手绘制的杨大江的油画像就摆放在她的闺房之中，而杨大江把从长沙带来的那些书报偷偷送她的时候也曾被刘云湘抓过现行。所以她现在说的每一句话，都好像是故意在为杨同昌开脱。

大小姐刘天婵见自己劝阻不了妹妹和众位掌柜伙计，只好让人速去通报父亲。

天娟带领众人在杨府吃了闭门羹，气恼之下转而奔向码头，非要封了杨家油船，逼杨同昌出来说话不可。而得知消息的杨二江则带着忠义镖局的一群镖师也火速赶到了码头。

就在双方剑拔弩张之际，刘云湘及时赶到，制止了这场即将爆发的大规模械斗。

刘云湘喝止了天娟的冲动，规劝自家众位掌柜和伙计，他说道："刘家没那么脆弱，让别人说几句话怕什么？所谓有心行善，虽善不赏；无心作恶，虽恶不罚。我相信杨东家也是一时失言。你们都听好了，这假油之事，万万不可只听凭洋人的一面之词就去贸然指责杨东家。"

大掌柜实在担心："可是省长大人的手令……"

刘云湘说："省长的手令在咱们洪江一不做钟响，二不做磬响，一切都要等商会调查清楚再说。咱们在商言商，何必意气用事，徒使亲者痛仇者快。难道我洪江商道就因为跟洋人起了点纠纷，就没了谦谦君子的气度，就不能像以前一样，大家平心静气地坐下来好好讲理了吗？"

刘云湘认为，眼下整个洪江城所发生的关于真油假油的纷争与乱象于事无补，没有丝毫意义，一切是非曲直，都要等马克斯凯把买走的那批油拿来对质才会见分晓。

杨同昌躲在府邸里，听二江转述了刘云湘的话，他立刻眼圈红了，说了一句："生我者父母，知我者刘云湘也……"而后转身对着父亲杨顺帆的牌位就跪了下去。

苗令梅上前搀扶起杨同昌，宽慰道："好了好了，有刘东家这句话，父亲大人当年就没白给刘庆隆刘老太爷当学徒。"

杨同昌心情好转："这话我爱听，这洪江油业行，虽各家字号不同，可说到底，大多都是从元隆刘家开枝散叶出来的，就冲这一脉相承的缘分，刘云湘也不会把我杨同昌给扔到八股道上，你说是不是？"

"这麻烦事来了，你就不怕连累了刘家？"

"夫人啊，不是有那么句话吗，天塌下来让高个子去顶。不抱住刘家这棵大树，许安邦还不把我给生吞活剥了，省长大人亲自下的手令，你以为我不害怕？"

杨同昌的确有害怕的理由，因为许安邦此时已起了杀心。

从祭坛回来，许安邦就一直清洗身上的油污，可他觉得无论洗多少遍，无论在镜子前怎么抠，头发依然是黏糊糊的，他发狠地大叫一声，一拳击碎了镜子，气哼哼地用带血的拳头砸着桌子，嘴里骂着那帮该死的奸商，喝令："来人！所有涉案油商，抓！"

"大人！"副官小心提醒道，"省长手令上说，是让商会来调查此案……"

许安邦从鼻子里哼出一口气："那是给他们面子，商会顶个屁用，指望谁，罗积善吗？"

"哈哈……"

洪江的地面真是邪，许安邦刚点到罗积善的名字，门口便传来了罗积善的笑声："老朽虽无能，却是明白小不忍则乱大谋的道理。"

看着拄着手杖走进来的罗积善，许安邦怒道："少来这套，现在还不是你罗大善人收买人心的时候。此案拖延一天，老子的脑袋就一天不是自己的。"言罢对副官下令："还等什么，抓人！"

罗积善伸手拦下副官，对许安邦拱手道："莫非许大人忘了十七年前，与刘杨两家的那场旧怨？"

许安邦闻听一愣："十七年前，你是说……"

罗积善意味深长地说："底油，清代底油！"

许安邦长出一口气，摆手示意副官退下。罗积善的话让他冷静了下来，提起十七年前和清代底油，他的脑海中立马浮现出刘云湘、杨同昌、湘夫人、苗令梅、熊子贵、欧阳广林、八水族长等几个人的形象。随后说道："当年的事情，坏就坏在熊子贵的手里，他也配叫土匪？哼，给他一杆枪他都不知道大头冲哪儿。还有欧阳广林那帮放排的水客，高椅村杨家宗族的八水族长，我到现在都纳闷儿，这两人跟刘云湘和杨同昌到底是什么关系？"

罗积善感慨道："是啊，往事不堪回首，当年因为那桶清代底油，许大人使出雷霆手段，也不过只是要了刘云湘夫人的命……"

十七年前的那场争斗，结局是刘云湘死了夫人，但却没人见到湘夫人的尸首；而杨同昌和苗令梅则丢失了尚在襁褓中不满一岁的女儿杨春……但许安邦显然不想再提当年之事，因为他虽机关算尽，到最后还是没有见到那桶清代底油。

罗积善凑到近前，面带笑容地提醒道："许大人难道不觉得，马克斯凯的这桩假油案，会让那桶神秘的清代底油再次出现吗？"

许安邦想了想，点头道："嗯，恐怕还真是个机会。"

罗积善马上说："是机会就该抓住，天与不取，反受其咎。有了这桶油，你我二人就可圆了十七年的梦想，号令十大会馆油商，垄断大半个中国的洪油贸易。现在，杨同昌已是百口莫辩，一旦马克斯凯到了洪江，自然会围绕这桶底油打起嘴官司。到时候，咱们就有热闹看了……"

话没说完，突然外面传来吵嚷声。罗积善往外看去，只见一群油商被架着枪的卫兵挡在门口，正纷纷吵嚷着要见许大人，便对许安邦笑道："你看，人还用你去抓吗？"

团防使衙门口，罗积善被前来请愿的油商们一拥而上，围在了中间。

为首一名油商上前喊道："罗会长，我等冤枉啊，咱洪江油业行历来恪守祖宗规矩，从不敢有半分逾越，如今却横遭洋人指责，省长大人连打带罚，且不说家家银钱损失巨大，单就败坏商道信誉这一条，我等也担不起这万世骂名，还望罗会长体恤下情，替我等做主啊！"话音落地，其他商家纷纷附和。

罗积善抬抬手，示意大家安静，而后凝重说道："维护商道信誉，调解商业纠纷，乃是我洪江商会分内之事。我也是商人，岂能不知诸位心中的愁苦；我这个会长也不是自封的，全凭商界同仁抬举。洪江遭此劫难，罗某岂敢有半分懈怠？这不，刚才我还跟团防使大人在商议此事……"

"可有化解之策？罗会长，许大人怎么说？"众商急不可耐。

"假油之事溯其根源，倒是要两说，所谓一个巴掌拍不响……"罗积善心气平和地向众人娓娓道来，"马克斯凯做的这笔生意，是托省长和团防使两位大人从中牵线，因仰慕清代底油而选择的杨家，可见其心至诚，所以这栽赃陷害之说就未免荒唐。你等各商家是把油都交给了恒顺油号，由恒顺油号统一检验之后，与马克斯凯进行交割。那么，诸位可以想一想，倘若杨东家在用那桶清代底油检验的时候出了差错，又当如何？"

闻听此话，众商激愤的表情滞了一下，忽而露出恍然神色。对啊，杨同昌验油的时候，谁也没在场，他真用"清代底油"验了吗？有谁知道那"清代底油"到底长什么样？世上顶级的洪油该是什么成色？过去没人提"清代底油"也就罢了，这等传说中的神物，现在竟然就藏在杨府，我等皆为做油之人，不去看一眼如何能睡得着觉？

"走，去杨府，找杨同昌去！"人群中不知谁喊了一句，于是众商呼啦啦蜂拥而去。

望着众商的背影，罗积善轻轻吁了口气，他觉得自己这招"祸水东引”，比起许安邦那老丘八动不动就嚷嚷着抓人、杀人可要高明太多了……

当众商吵吵嚷嚷地找上门来的时候，杨同昌并没有猜到他们的来意，此前他和苗令梅还在乐观地盘算着自己在假油案中所占的种种优势。

拉刘云湘做后盾倒在其次，关键是家里有“清代底油”这宝贝，马克斯凯不是要把油退回来重新查验吗？好，真菩萨面前烧不得假香，到时候就把这桶底油拿出来让洋人开开眼，让洋人跪在这桶油前，让他还我杨家油一个清白，还洪江商道一个公道！

所以，杨同昌面对蜂拥而来的众商，脸上带着由衷的歉意：“诸位来得正好，从嵩云山祭拜祖师爷回来，我也正想去找诸位说道说道，人言可畏啊，虽说以假充真欺骗洋人纯属无稽之谈，但是让诸位都跟着我杨同昌受牵累，我这心里也……”

“杨东家！”为首商人提出了要求，“只要你把清代底油拿出来让我等看上一眼，这真相自然会大白于天下。”

杨同昌这才明白，这些人根本就不相信自己。

“非是我等不相信杨东家，此事关系到各家油商的身家性命，不得不如此。洋人若要害我洪江，不会等到今天，还请杨东家把底油拿出来让大家看看，也好让大家知道，我们是凭良心做油，问心无愧。”

杨同昌一时气结：“好，好一个凭良心做油，问心无愧。当初你们一个个踏破了我杨家门槛，哭着喊着要来参与这笔生意，现在出了事，你们跟我说要问心无愧了。不就是想看底油吗，等着，我拿给你们看！”

杨同昌说完气冲冲进了屋，来到后进院正堂踩着太师椅伸手打开神龛。苗令梅跟过来，担心地问道：“老倌，你真要给他们看？”

“看，不让看他们能睡得着觉吗？问心有愧能睡得着吗？！”杨同昌没好气地一边说一边和苗令梅小心翼翼地从神龛上抱下那桶清代底油，来到院中，把它小心翼翼地放在了众人面前。

“谢祖师爷恩典！”

众商见了那桶被黄绫包裹的底油，呼啦跪倒一片。

杨同昌上前解开黄绫，带着怒气指着油桶：“打开，看，都睁大了眼睛仔细看！”

众商都不敢动手，目光集中在一名年长油商身上，推举道：“开启如此神物，还要有劳长者。”

年长油商激动地看看众人，再次跪下对油桶行礼，而后动手开启油桶。

杨同昌一脸坦然，清者自清，浊者自浊，你们可以不相信我杨同昌，但是你们必须要相信这桶油，就是刘云湘来了，他也得对他爷爷……

“啊——”随着一声惊叫，只见年长油商如被蛇咬了一般，连滚带爬地躲开了被打开的油桶。众商急忙向桶中望去，霎时也变成了泥塑一般——那桶里哪有什么洪油，装的竟是一堆黑乎乎的油渣！

一名油商扑过去，带着难以置信的神情双手从桶里捧出一把油渣捻了捻，仰天绝望地嘶吼：“天啊，这哪里是什么底油，这是报废的油渣，油渣！”

“扑通”一声，杨同昌盯着那油桶，只来得及咽下半口唾沫，就眼前一黑什么都不知道了……

“百年繁华，一枕黄粱，哈哈哈……”

在暮色悄然来临的时候，年长油商那一声声疯狂的嘶喊回荡在整座城市的上空。“祸来何处躲，天怒怎生逃……”他举着两手，目光迷离，一路踉跄走来，又哭又笑，惊得路边行人和商人们纷纷躲闪，驻足观看。

他疯了，彻底疯了，他认为是自己和这帮油商动了不该动的神物，从而得罪了神明，祖师爷因此收回了底油，抽掉了油业行的脊梁骨。所以他恨自己，恨周围的所有被利益所驱使的人。他疯狂地拍打着街两边商家店铺的门板，瞪着血红的眼睛警示道："神明一怒，天塌地陷，山崩川竭！尔等已被铜臭蒙蔽了心窍，大祸临头尚不自知，神明已经抛弃了洪江……一个个都黑了心，铜臭熏天，道德沦丧，祖师爷不惩罚你们惩罚谁啊……"他揪住一名来不及跑的商人，愤怒地嘶吼："还在做'一个包袱一把伞跑到洪江当老板'的美梦吗？呸！洪江完了，完了！祖师爷发怒啦，哈哈哈……祖师爷发怒啦，洪江完啦……"

"城里已经乱成了一锅粥，都说底油丢失，神弃洪江，欠债商家纷纷跑路，十大会馆无能为力，只好任由帮会出面解决纠纷。"

"那亲手开启底油的老油商已经疯癫。杨同昌如丧考妣，亲往嵩云山祭坛向祖师爷告罪。"

刘云湘坐在停泊在江边的"巨无霸"宽敞的船舱中，听大掌柜、二掌柜述说着城里的乱象。得知底油被调包，他也大吃一惊，那可是这世上第一桶洪油啊，如今却变成了一桶无用的油渣，也就是说，自己爷爷留给这世间的唯一荣耀不见了，被整个油业行奉为神明的宝物丢失了……可是，以自己和杨家的谨慎，十七年来从未出现纰漏，怎么今天一说底油，底油就丢失了呢？

二掌柜抱拳说道："清代底油乃我刘家宝物，在下恳请东家即刻以神农宫的名义驰报天下油商，务要追查到底油的下落。"

刘云湘沉思着踱了几步，问道："马克斯凯何时到洪江？"

"黔阳离此不远，恐怕说话就到。"大掌柜回答。

刘云湘想了想，忍不住哈哈大笑，随后对困惑不解的两位掌柜说道："小鬼要踢阎王殿了，哈哈，你们都小看了杨同昌。"

大掌柜思忖了一下，恍然道："东家是说，底油没丢，杨同昌故弄玄虚？”

“这不大可能吧，杨东家胆小怕事，岂敢开这天大的玩笑。”二掌柜摇头，觉得不可思议。

刘云湘笑道：“招数是损了点，依我看他也是没法子。你们不觉得这桩假油案来得颇为蹊跷吗？”

经刘云湘这么一问，两位掌柜也纳闷，你说洋人搞鬼？那马克斯凯也算是老主顾、老朋友了，往常也没少购买刘家顶洪，从没出过差错。你说杨家油不行？杨家恒顺油号也是从元隆分出去的，师承相同，况且杨同昌第一次跟洋人做生意，不会不重视，否则他怎么会口口声声说都用清代底油检验了呢？如此看来，这假油案孰是孰非，当真就是一本糊涂账。

刘云湘断定，恐怕所有人都被表面敦厚的杨同昌给耍了：“他这一手玩得高啊，底油丢了，真油假油没了评判标准，别说是马克斯凯，就是赵恒惕来，那也是糊涂盆砸锅。”

正说着，忽闻外边人声吵嚷，三人急步来到甲板往江面上望去，只见靠近码头的一艘油船上火光四起，已经疯了的年长油商正手持柴刀劈砍开一桶桶洪油，把它们统统倾倒在船上和江水里，他狂笑着、嘶喊着，他要一把火烧尽这座城市的所有污秽。

油船在燃烧，江面随着油料的倾入也在燃烧。刘云湘见状二话不说，快步跑下“巨无霸”，对身边人呼喊着：“快去招呼人手，多准备沙袋！”

二掌柜应了一声往城里方向跑去。

刘云湘带着大掌柜和一众伙计直奔火光方向，大声招呼着：“先救人，救人要紧！”

……

第二章

老疯子所放的这场大火，因为众人救援及时，除了他自家一艘油船被烧毁外，并没有给周边其他商家的油船造成多大的损失。而老疯子本人，也被扑救大火的伙计们连拉带拽给拖入江中，捡了条性命。

大火虽然被扑灭了，但所有人都心有余悸。

洪江城自明清以来，以广泛种植油桐林，盛产优质桐油而名闻天下，后来更由于“洪油”的出现，使桐油贸易渐渐超越木材、特货（鸦片）成为主要支柱产业。这不仅造就了洪江城的繁华，也使得洪江码头成为西南诸省最重要的物资集散地。人们之所以对于此次大火的波及范围感到庆幸，是因为江面船只排列密集，那数不清的油船和木排甚至能从码头直接排到江对岸去，可燃物实在太多，所以油埠码头失火往往会酿成烈火焚城的灾难，这座城市在历史上已得到过太多类似的教训。

但是，马克斯凯的感受却与众不同，说来也是巧合，他从黔阳过来，刚到洪江码头就遭遇了这场大火。船上装的是他从杨同昌那里购买的那批货中随机抽取的几十桶洪油，运到洪江来是要当众查验对质的，他还特意请领事馆派十几名英军士兵负责看守，没想到船还没靠岸就险些被付之一炬。

现在，火已被扑灭，他的西洋油船的船头上仍不时冒出缕缕黑烟，赶来救援的众人正用粗大的缆绳把船拉向岸边。刘云湘带着手下的掌柜和伙计们，与船工和团防士兵们一道，蹚着水，一趟一趟地把船上的洪油搬到岸上。

马克斯凯感激地拥抱了替他忙活了半天的刘云湘，他知道中国人都讲面子，但今天他不想再跟刘云湘谈什么面子了，他不会放过杨同昌，甚至怀疑这场大火就是杨同昌放的。

刘云湘看着抓狂的马克斯凯，不禁哑然失笑，多大的事儿啊？对商人来说，用钱能解决的事儿还算事儿吗？

马克斯凯心道，我的老朋友，你可真是饱汉子不知饿汉子饥啊，你知道欧洲现在变成什么样子了吗？他对刘云湘说道："今年年初，法国和比利时出动十万大军占领了德国鲁尔工业区，为了什么？煤炭、钢铁！整个世界都疯了，大家都在拼命争夺各种资源，这是一场战争！"

刘家元隆的生意早已涉及了比利时、法兰西和德意志，刘云湘岂能不知欧洲的情势？但他现在所思所想的是，这假油案的背后，是否意味着英国人就此把手伸进西南，开始掠夺中国的内陆资源？

"洪江的顶级洪油，在防水、防腐方面的卓越性能，让大英帝国议会的人非常怀念昔日海上霸主的荣耀。我向杨同昌所购买的这批顶洪，就是要用在军舰上的，是军方的订单！"马克斯凯举起双手，加重语气道，"现在好了，假油案要是没个结果，我这个可怜的商人，上帝啊，用你们中国话说，就要下地狱了。"

刘云湘越想越觉得，眼前这件事情不仅仅是表面上所显现出来的，只是马克斯凯及其所代表的怡和洋行跟杨同昌等人之间的商业纠纷，所谓的假油案或许只是一个引子，若是英国人要把手伸进西南，那么美国人、日本人呢？

于是，刘云湘笑着，说了一句大出马克斯凯意料的话：“天无绝人之路，不就是一批洪油嘛，大不了用我刘家顶洪补偿给你，如何？”

马克斯凯闻听彻底傻了，他行商多年，见过各国无数商人，却从未见过像刘云湘这样肯自己吃亏，无偿拿出货来替别人保底的商人。他不禁在心中暗自揣摩，刘家跟杨家到底是什么关系？

就这样，刘云湘先给马克斯凯吃了一颗定心丸，而后又借屈原的一句诗“令沅湘兮无波，使江水兮安流”，劝说他放弃与杨同昌争斗，最后明确告诉他：“当年杨家落难，我爷爷不惜以那桶珍贵的清代底油出手相帮，你说现在，你把这一船证据都带来了，我能袖手旁观吗？”

“刘先生，我绝对不会与你为敌的。”马克斯凯郑重地做出了保证。

“这就对了嘛，经商不斗气，斗气不经商……”刘云湘嘴上跟马克斯凯谈笑风生，心里却暗吁了一口气，虽说他不怕吃亏，但绝不做赔本买卖。现在，他需要想方设法把争斗的双方都压下去，尽可能地保持整个行业的稳定……

“东家！”不远处的一声呼喊引起了刘云湘的警觉，只见大掌柜跑来惊慌禀报道，“出事了，杨东家和所有涉案油商都被许安邦给抓了！”

“都别跟我揣着明白装糊涂，马克斯凯已经到了洪江，人家是要跟你们当面对质的，真油假油，用清代底油一验便知……”

团防使衙门大堂上灯烛通明，许安邦把抓来的几个涉案油商挨个看了一遍，最后目光落在杨同昌的脸上：“现在你又说那桶油丢了，哄傻子呢？”

杨同昌红着眼圈，痛心疾首地说：“别说是你许大人不信，我杨某到现在，都像是做了一场噩梦！那桶油，是我杨家的命根子，是我洪江油业行和天下五府十八帮油商供奉了近百年的神物啊！我，我愧对杨家的列祖列宗，我对不起祖师爷啊，呜呜……”

随着杨同昌倒地痛哭，众油商也都呼啦跪地，哭声一片。

杨同昌越哭越伤悲，一把抱住许安邦的腿：“此事皆因我而起，万方有罪，在余一身，你有枪，你，你给我来一枪，我是生不如死啊……”

看着杨同昌这副泼赖样儿，许安邦心里纳闷，你说就他这副德行，凭什么就娶了当年风荷院的头牌大美人苗令梅啊？

苗令梅不但人长得美，说话办事也贯会察言观色，虽说当年在风荷院是卖艺不卖身，但毕竟是风月场合，与上至富商巨贾、文人雅士，下至衙役兵痞、贩夫走卒等各类人都难免有周旋、应酬，所以颇有见识。她和杨同昌的婚姻曾在洪江、在杨家宗祠引起轩然大波，亲近她的姐妹们都说她不值，但亲近杨同昌的人，比如刘云湘就知道，其实当年杨同昌对她用情之深，远非常人所能及。

杨府此时已乱成了一锅粥，不但杨同昌被抓走了，院子里也被搜得一片狼藉，几箱子银圆散落得到处都是，阻止团防兵抢钱的杨二江被对方几个人死死按在地上。

“哎哟哟，奴家听说许大人手下的兵都是顶天立地的爷们儿，怎么跟孩子一般见识？”苗令梅说笑着走过来，推开团防兵护起二江，随后指着那些被打开的箱子，“拿，都拿，别客气，杨家在洪江虽算不得大户，些许钱财也还没放在眼里……”

“妈！”杨二江心中气不过。

“闭嘴！”苗令梅呵斥了儿子，对士兵们笑道，“常言说得好，官不差饿兵。各位军爷辛苦，若是能抓到那挨千刀的贼人，找回我家那宝贝，奴家自有重礼酬谢，何止这区区一箱银钱？”

众士兵闻言冲箱子一哄而上，这时就听门外一声喊："团防使大人到！"众士兵急忙收手立正。

许安邦走进院子，看了看众人和地上的箱子，饶有兴致地打量着苗令梅，随后问闻声出来的副官："可有发现？"

副官道："回大人，密室中有暗道直通江边。"

许安邦色眯眯地盯着苗令梅，一屁股坐在箱子上嘴里发出啧啧赞叹："杨同昌何德何能，娶了当年风荷院绍兴班头牌的大美人，艳福不浅啊。苗令梅，既然密室里有暗道，这底油丢失，不会是你这小娘们儿惹出来的风流债吧？"

杨二江一听，立马瞪眼要上前理论。

苗令梅制止二江，上前笑道："许大人可真会说笑，绍兴班的人素来是卖艺不卖身，哪能像许大人一样对省府几任大官人倚门卖俏迎来送往。若论风流，这偌大的洪江城恐怕还没人能比得上您许大人更风流，奴家自打嫁入杨府这深宅大院，虽大门不出二门不迈，可也时常听说许大人爬堂扒灰的雅闻……"

"奶奶的！"许安邦被揭了疮疤恼羞成怒，不等苗令梅说完，噌地起身冲副官怒喝，"挖地三尺！老子就不信，那么大一桶油能被狐狸精给叼跑了！"

……

许安邦抓了杨同昌等涉案油商，又把杨府翻了个底儿朝天，虽然他明面上说是为了让双方早日当场对质化解纠纷，但明眼人知道，他是为了那桶清代底油。或许，现在整个洪江城，大概也只有刘云湘一个人跟许安邦的想法一致——底油没丢，杨同昌在故弄玄虚。

然而，就在当天晚上，刘云湘坐在他宽大的客厅里，听到了令他深感绝望的消息——底油，真的丢失了。

话是苗令梅亲口说的，他还能不相信吗？

苗令梅夜访刘府，在老家丁的引领下到了客厅，见到了刘云湘。十七年前许安邦为了夺取那桶清代底油而抓了杨同昌，没想到十七年后，又因为那桶底油再次抓了杨同昌。这如此重复的悲剧，让她一个妇道人家一时乱了方寸，她哭着向刘云湘倾诉当年那段难以忘怀的经历……

“……这一晃都十七年了，当年那些兵勇闯进来的时候，我抱着油桶躲在密室里一动都不敢动，哪还顾得上孩子……小杨春若是还活着，现在也跟天娟一样长成大姑娘了……”

提起十七年前的旧事，刘云湘也心生感慨。墙上还挂着当年他和湘夫人分别抱着天婵天娟姐妹的照片，如今伊人已去，徒唤奈何。

“十七年前，许安邦勾结熊子贵抓了杨同昌，为的就是那桶清代底油。”刘云湘沉痛地回忆道，“那时候我和欧阳广林都还年轻气盛，带着水客帮的兄弟们要跟他们大干一场。可惜啊，我们这些拨算盘珠子的人，不是那些拿枪人的对手，人家早就设好了圈套。若非杨家八水族长出手相救，我刘云湘坟头上的草，怕是现在长得也有一人多高了。”

“可怜湘夫人也在那场祸事中遭了难，害得天婵姐妹俩从小就没了娘，奴家现在一想起来，就……”苗令梅试图安慰刘云湘。

刘云湘摆摆手：“人为刀俎我为鱼肉。为了那桶油，你杨家付出的不比我刘家少，小杨春一丢，你和老杨不为人知的奸情也败露……啊，是私情，不，爱情……”

刘云湘一时尴尬地看着苗令梅：“唉，不提也罢，嫂夫人，你看我这张嘴……”

苗令梅反应极快：“不管奸情还是私情，我跟老杨总算是瓜棚搭柳树两好合一好，虽然因此被八水族长给赶出了高椅村杨家宗祠，我俩倒也无怨无悔。”

刘云湘点头：“那是，那是，有情人终成眷属嘛，也算不幸中的万幸了。”

“只是现在许安邦又抓走了老杨，奴家好像一下子又回到了十七年前……”苗令梅担忧地恳求道，“云湘啊，当年你仗义援手救了我家老杨，这一次……”

刘云湘说道：“嫂夫人不必多虑，杨家有难，云湘岂能袖手旁观。现在来看，底油丢了反而是好事。”

苗令梅不解：“好事？”

刘云湘道：“没了底油，许安邦抓人还不是竹篮打水一场空吗。再说，现在马克斯凯已经前去交涉，洋人看重的是利益，断不会让杨东家和几位油商有任何闪失……”

从客厅出来，苗令梅一身轻松，看来还是让自家老倌给说对了，刘云湘不会见死不救。她脚步轻快地跟着打灯的老家丁往大门口走，忽听耳边有人叫道：“梅姨！”

不用回头，苗令梅就知道喊她的人是大小姐天婵。湘夫人走的早，苗令梅是打心眼里把天婵天娟姐妹当成自己的亲生女儿看待，当然，近几年她对大小姐天婵则又多了一份喜爱。常言道家有梧桐树，不愁凤来栖。想想在长沙洋学堂读书的杨大江，再看看眼前这亭亭玉立的美貌姑娘，苗令梅心里那个美啊，直把天婵看作是杨府未来的大奶奶，那早晚就是一家人！

天婵倒没注意到苗令梅看她眼神的特别，她的心思完全被杨同昌被抓这件事给搅乱了，尤其是她答应过杨大江要照顾他父母的。如今大江还在长沙，许安邦突然就抓了人，这让她一时之间芳心大乱。从苗令梅进门跟父亲说话，她就一直不安地候在外边，此时便近前急切地问道：“我爸可有什么好办法能救杨叔叔？”

“你爸托了洋人，看看结果如何，灶脚煨黄鳝，煨一截是一截吧。”苗令梅爱怜地看着天婵，试图安慰她。

天婵又问：“我听说，一切事情都跟那桶清代底油有关？”

苗令梅慈爱地岔开话题："大人的事儿，孩子家莫要往里掺和。婵儿啊，跟梅姨说说，大江最近没给你来信吧？"

"梅姨！"

一提这事，天婵顿时羞红了脸，霎时间手脚都显得不自在了。

"呵呵！"苗令梅爽朗地笑了一声，开解道，"你爸说了，底油不是丢了吗，许安邦抓人还有什么意思？对了，我得赶紧去衙门口那儿盯着……"

苗令梅心里牵挂着杨同昌，脚下急匆匆往外走。天婵在后面追了几步，担忧地问道："哎，梅姨，那要是，要是那桶清代底油没丢呢？"

苗令梅头也不回地摆摆手："别想那好事了，快回去歇息吧！"

天婵追到大门口，看着苗令梅远去的背影欲言又止。

这一幕，碰巧就落在了古灵精怪的天娟眼里，见姐姐心事重重的样子，觉得她一定有秘密瞒着自己，可具体是什么呢？难道姐姐跟杨大江之间还有自己所不知道的事情？

清晨，江水掩映着霞光，透过岸边密集的船影和桅杆，那一片片的白墙灰瓦在袅袅炊烟中忽隐忽现，渐渐构成了整座城市的轮廓。

当朝阳将这座城市的轮廓照得愈加清晰的时候，一身轻松，想要去作坊活动活动筋骨的刘云湘万万没有想到，昨晚已经有人针对他摆下了一盘很大的棋局，而在鬼门关转了一圈的杨同昌，也已成为别人手中的一枚棋子。

布下棋局的人是罗积善。

昨晚，他抡起手杖痛打了高署地，原因是像"清代底油丢失"这么大的事，自家掌柜的知道了不先来告诉他东家，反而跑去向许安邦邀功讨好，致使许安邦在冲动之下抓了杨同昌等人，失策啊。幸好马克斯凯前来交涉，许安邦在黔阳还欠了人家一条命，自然要立刻放人，不然这些人还真成了烫手的山芋。

“难道你还不明白吗？”罗积善点醒许安邦，“对于控制洪江商道来说，不管底油是否丢失，抓杨同昌都于事无补，十七年前你我得不到的东西，今天同样也得不到。那些油商历来唯刘云湘马首是瞻，刘云湘不倒，他们就不会把你我放在眼里。”

“罗大善人的意思是，盯着刘家？”许安邦有点明白了。

罗积善一语道出了事情关键，也是他二人多年来想称霸洪江的最大障碍——“洪江油业行的真正灵魂不是那桶清代底油，而是榨出了那桶底油的元隆刘家”。

那么，要对付刘家，就要给杨同昌等人洗刷冤屈的机会，毕竟，同行才是冤家。

刘家大小姐刘天婵从一大早就坐在闺房里，痴痴地看着杨大江的油画像——这张画像是她的得意之作。

刘云湘在二十世纪初就把生意做到了欧罗巴，应该属于中国民间最早了解西方文化的人了。出于“穷养儿富养女”的传统观念，他并不反对自己的女儿学习西方的文学、艺术、宗教等等。天婵身为长女，做梦都想有朝一日成为像父亲一样的人，把家族的生意做大做强，但遗憾的是她不是男儿，而油业行的祖宗规矩亦是手艺传男不传女。这种限制曾让天婵一度感到迷茫，认为自己也终将像其他富家女一样，嫁人之后相夫教子，平平淡淡地度过一生。

一切改变都从杨大江考入长沙第一师范开始。

当她第一次收到杨大江偷偷带回来的那些诸如《觉悟》《新青年》《湘江评论》等刊物以及他所学的国文课本的时候，她觉得自己的眼前豁然敞开了一扇窗，隐约发现那窗外似乎总有一些新奇的东西令她神往，令她跃跃欲试……她虽说不清那是什么，但她相信杨大江的话，那将是改变许多人命运或是能给中国一个美好未来的一把钥匙……渐渐地，她开始变得愈发沉稳和有主见，就如这幅她亲手画的杨大江的油画像，就这么堂堂正正地摆在自己的闺房，似乎每一时每一刻都在向父亲宣示——无论您怎样反对，我爱的人就是杨家大公子。

只是，父亲很少到闺房里来；而妹妹，则早已洞悉了她跟杨大江之间的一切秘密……

天婵端详着画像上杨大江那英武帅气的脸庞，思绪飞了很久，想到自己还有一桩秘密，竟然至今没被鬼灵精怪的妹妹发现，不由得站起身来到摆放着画像的柜子前，刚想打开柜门偷看一眼，就听背后有人突然喊了一声："姐！"

"死丫头，你要吓死我！"天婵虽然知道来的是妹妹，但还是心虚地被吓了一跳。

天娟用手里梳子指着柜子："老实交代，把什么好东西藏进去了？"

天婵掩饰道："我能藏什么……"

天娟不依："那你还要锁起来，我的柜子就从来不锁。"

天婵把钥匙往一边床上一扔，佯装生气地说："有锁就是让锁的嘛，不相信姐，你自己打开看。"

"咯咯！"天娟笑着扑向天婵，"逗你玩儿的……"突然又想起了什么，叫道："对了，告诉你一个好消息，杨叔叔他们都回来了……"

"回来了？"天婵闻听惊喜万分。

"刚听外边人说的，是马克斯凯做的担保，都回家了，没事。"天娟绘声绘色地说。

"没事就好，没事就好……"天婵忍不住回头看了那个柜子一眼，大松了一口气，心中暗自庆幸，只要杨叔叔没事，那柜子里的秘密就不会被揭穿了……

许安邦放了人，涉案油商们都回家了，这消息不胫而走，让所有人都松了一口气。

杨同昌却并不觉得轻松，他跪在杨顺帆的牌位前沉思不语。

苗令梅走过来搀他，劝道：“昨晚都跪了半夜了，这一大早又跪在这儿，马克斯凯不是说了嘛，刘家让大事化小，你还有什么不放心的。”

杨同昌由衷地叹道：“我是越想越觉得对不起刘家啊。”

“那就放下架子，去找刘云湘好好地说声谢谢。”苗令梅提议道。

杨同昌不屑地说：“妇人之见。我此时去找刘云湘，让他看我笑话？好像我真做了亏心事似的，以后杨家在洪江就更没有出头之日了。”

对于杨同昌的倔强，苗令梅早已司空见惯了。这件事明摆着，若没有刘云湘用刘家油给马克斯凯保了底，后者也不会连夜去团防使衙门逼许安邦放人。而杨同昌也是心知肚明，只不过，他在感念刘云湘仗义，深感对不起刘家之外，却不愿意亲自登门去说声谢谢。

此外，杨同昌还有另外一层担忧——这件事真的就能这么过去吗？若没有个是非曲直，那我杨家岂不从此就背上了卖假油的恶名？

就在杨同昌患得患失的时候，外面突然传来了“哐哐”的锣声和高署地破锣一般的喊声……

“十大会馆油业行的各位东家，都去长码头商会开会啦……”

高署地是罗家“积善商行”的大掌柜，他敲锣通知开会，不用说就一定是罗积善的意思。

杨同昌走进宽敞的商会大院，只见大榕树下摆放着几张古朴茶台，一些丫鬟和伙计正穿梭着沏茶倒水。十大会馆众商已经来了不少人，有的在互相寒暄谦让座位，有的在交头接耳地说着什么——

“假油人家找上门来了，底油又丢了，你们说，杨家不倒霉谁倒霉？”

“就是嘛，没那金刚钻，就别揽瓷器活……”

“嘘！”

话没说完，说话这位就被身边人扯了扯袖子，扭脸看看站在身后的杨同昌，几个人赶紧散了。

杨同昌沉着脸，在茶台前坐下。

对面的格子间里，罗积善和干挑爷带着几名上了岁数的商人给供奉的财神上了香，来到院内。罗积善看了看，见没有刘云湘，便问站在一边的高署地：“没通知刘东家吗？”

“通知了，没在家啊。”高署地一脸的无奈。

罗积善不快地白了高署地一眼，掏出怀表看了看，近前一步对众人说道：“今日邀集诸位，实属无奈，皆因我洪江商道已到了风雨飘摇之际。前有假油纠纷，省府严令追查；后有底油丢失，人心大乱，罗某虽左右斡旋亦深感力不从心。洋人的损失，听说刘东家愿意代为赔偿，此乃油业行龙头之风范，令人敬佩。只是人无信则不立，业无信则不兴，洪江商道的百年清誉不容有失，如何消除假油的影响，还请各位东家畅所欲言，不吝赐教！”

话音落地，无人响应。

罗积善干脆点将：“杨东家可有话说？”

杨同昌站起身：“罗会长，各位东家，我杨同昌在祖师爷面前发过誓，卖给马克斯凯的，绝对是真顶洪，不会是假顶洪……”

“杨东家何其糊涂，真油假油，现在不是你说了算。”

“那是谁说了算，洋人吗？”

没等杨同昌说完，众商家都吵嚷起来，有的支持杨同昌，认为洋人使诈；有的则不以为然。

罗积善抬手制止众人：“都莫要争吵，今日我等务要以商道大局为重，商量出一个稳妥之策。”

一商人提议道：“依我看，要让洋人无话可说，眼下只有一条路子可走，当众验油。”

众商立马附和：“好办法，验油！”

“对，当众验油！”

杨同昌道：“我当然希望能够当众验油，还我杨家油清白。只是清代底油不见了，拿什么来验？”

此言一出，一片静默。

干挑爷沉吟道：“诸位，老朽有句话不知当讲不当讲。”

罗积善道：“干挑爷有何妙策？”

干挑爷看了看众人，说道：“近百年来，我洪江油业行和天下五府十八帮油商，凡涉及洪油纠纷，莫不是以那桶清代底油为标准，一滴定真伪。如今没了底油这面照妖镜，真假顶洪雌雄难辨。可是你等莫要忘了，这洪江城还有一人，论手艺论声望，足以分辨出真假猴王……”

干挑爷这番话虽然没点明说的是谁，但所有人都知道，他说的就是刘云湘。

刘云湘一大早便到了元隆的榨油作坊，因为刚修好的一台木榨机今天要吊装到位。

“好，好好，低点，再低点！一、二！”

刘云湘指挥着拉拽绳索的二掌柜和一众伙计，把硕大的、悬在半空的半截“油母”和地上的半截合扣在一起，组装成一人多高的木榨机。

二掌柜擦着汗，上前拍着榨机，话语中带着自豪：“东家，这么大的木榨，我敢说，整个洪江城也没谁能比得上咱家。”

刘云湘查看着刚装好的榨机：“别小看了天下英雄。”

一小伙计道：“东家，听说老祖爷爷传下的那桶底油丢了，那咱以后还……”

“还什么？”刘云湘抬头看着小伙计，“日子不过了？别人能偷走底油，还能偷走你这一身手艺？天塌不下来，干你的活去！”说着，给了小伙计脑袋一巴掌，冲众人喊道：“挂上油尖，试试油码子！”

二掌柜和众伙计应了一声，把又粗又长的“油尖”挂在悬索上。

刘云湘掌着油尖喊起号子，带众人一起推动油尖撞击油码——

“尖码插正啊……”

“嘿哟！”

“油尖拉起啊……”

“嘿哟！”

刚撞了两下，就听作坊外传来罗积善的声音：“哎呀呀，刘东家好雅兴啊！”

刘云湘往外看，只见罗积善和干挑爷在前，背后站着黑压压一群油商，急忙走过去，不解地问道：“诸位这是……”

罗积善说道：“啊，请恕我等冒昧。假油一案颇为棘手，如今底油丢失，涉案油商百口莫辩，商道诚信危如累卵。刘东家身为西南五省商界翘楚、洪江油业行的大龙头……”

“罗会长！”刘云湘急忙摆手，“别给我戴高帽子，有话不妨直说。”

“我等公推刘东家当众验油，一言定真伪，以早日平息纷争，还我洪江商道清白。”

刘云湘皱眉：“当众验油，你是说，要让我当这个判官？”

罗积善郑重地拱手说道：“罗某代表十大会馆及天下五府十八帮，恳求刘东家出面主持公道！”

众商拱手齐呼：“恳求刘东家主持公道！”

刘云湘沉思着没言语。

二掌柜伸脖子看着众人问道：“哎，既是恳求，杨东家怎么没来？”

罗积善、干挑爷等人这才发现杨同昌没在场，相顾愕然……

刘云湘知道，做这个当众验油一言定真伪的判官他推卸不掉，一来是众望所归，在底油丢失的情况下，真顶洪假顶洪总要有个说法，这不仅仅是要给杨家，也要给洋人一个公平，更要保全洪江商道延续了近百年的良好信誉。二来，他心里有数，只要洪商内部不乱，不管谁跳出来都没用，官府也好，列强也罢，想瓜分洪江谈何容易！

但是，令他啼笑皆非的是，第一个跳出来的人竟然是马克斯凯。

刘府堂屋里，正中地上立着一台一人多高的西洋大座钟，马克斯凯在旁边站得笔直。

“老马，你这是闹的哪一出啊？”刘云湘瞠目结舌。

“我的朋友！”马克斯凯操着他那半生不熟的中国话振振有词地说道：“在我们国家有句老话，富玩表、贵藏钟。您是我的贵人，我自然要给您送钟……”

刘云湘哭笑不得：“难道你不知道，在中国，送钟对主人来说是很忌讳的一件事吗？”

“我当然知道，可我在你们眼里就是一个黄毛洋人，如果您在验油的时候说杨家油没问题，那我什么都得不到……”

刘云湘不屑地摆手，都是验油闹的，他再次强调：“我说了，你的损失由我来补；验油只是为了找出问题所在，挽回商道信誉，你搞这一套干什么？拿走，赶紧拿走，我谢谢你的礼物。”

见马克斯凯不动，刘云湘招呼周围家丁：“都愣着干什么，搭把手抬出去！”

几名家丁不由分说就把西洋钟给抬到了门外，刘云湘推出马克斯凯，立马招呼人关上院子大门。可是刚回身，只见赵、钱、武三位当家的站在当院。

“见过刘东家！”三人笑眯眯地拱手。

刘云湘愕然，不由得回头看刚关上的院门。

赵当家急忙解释：“刘东家放心，我等悄悄从偏门进来，无人知晓，不会有损贵府清誉。”

“三位当家的是何等身份，何苦如此作践自己？”刘云湘暗自叹息。

钱当家上前一步：“啊，是这样，在下此来，是受国府张督办所托，特向刘东家……”

没等说完，武当家抢道：“什么张督办，别拿官家来吓唬人！”转而对刘云湘说：“直说吧，明日验油，刘东家的一句话，对几家会馆来说那就是白花花的银子……”

赵当家接道：“输赢牵一发而动全身，洋人还则罢了，我贵州会馆商家有买杨家油的，有卖杨家油的，生意波及数省乃至全国……”

“你俩还让不让我说话，咱们说的不都是同一件事吗？”钱当家吵嚷着。

武当家瞪眼：“谁不让你说话，油业行只认刘家，你把张督办搬出来当个屁用。”

赵当家插话：“就是嘛，那胡副官还等我回话呢。”

钱当家争辩：“张督办代表我中华民国黎大总统，我这样说不是显得……”

“打住，打住！”刘云湘赶紧制止三人争吵，“我看三位还是走大门，请，请！”

家丁们赶紧把大门打开。

“刘东家，唉……”三人在刘云湘“请”的手势下，悻悻离去……

“关门，概不会客！”

刘云湘赌气吩咐一句，刚一回身，就听门外“滴！滴！”传来汽车喇叭声，随后是藤原的笑声。

“哈哈，真是门庭若市啊，云湘先生，久仰，久仰！”随着话音，藤原带着罗立走进了大门。

刘云湘只好回礼：“幸会，幸会！”随后问道：“藤原先生可是为我刘家拉扯电线、安装电灯而来？”

“公司业务还不敢惊扰云湘先生。”藤原伸手引着刘云湘来到大门外，指着敞篷汽车问，“云湘先生觉得此车怎样？”

刘云湘看看藤原的车，又回头看看院中自己的车，说道：“比我的车好。”

藤原说：“素闻先生喜好驾驶，愿将此车送与先生，请多多关照。”说完，深鞠一躬。

刘云湘一愣：“这，非亲非故的，什么意思啊？”

院子里，仰着脑袋向楼上闺房张望的罗立插了一句：“刘叔，我们董事长除了管东亚电灯公司，还是三井洋行的商务代表！”

刘云湘恍然：“哦，难怪藤原先生也买卖洪油。”

“是啊，是啊。”藤原笑道，“久闻云湘先生性情豁达，见多识广，必能摈弃门户之见，有教无类，让藤原有幸忝列门墙之下，聆听教诲。”说完，又深鞠一躬。

刘云湘慌忙闪开：“哎，你，你说什么，忝列门墙？”

“请先生收我为徒！”

刘云湘苦笑：“哎哟，你这不是折我的寿吗，你不是来拿我寻开心的吧？”

藤原认真说道：“鄙人仰慕先生久矣，虽则冒昧，岂敢荒唐。”

刘云湘只得耐下心来跟他讲：“那个，藤原先生，这收徒之事我看还是免谈吧。我可不是保守啊，这一来是祖宗规矩在那摆着，即便是一家人，手艺也是传男不传女，就更别说你一个东洋人了。二来，人过三十不学艺啊，你看你这岁数……”

“岁数不是问题，朝闻道，夕死可矣！”

面对如此执着的藤原，刘云湘一时还真不知说什么好，而就在这时，院子里突然传来了天婵的惊叫——

“谁？你干什么，讨厌！”

“死罗立，出去！以后不许来我家……”随着话音，天娟气恼地把罗立给推了出来，向父亲告状道，“他扒我姐窗户！”

“哎呀误会，误会！”罗立慌忙辩解道，“刘叔，二小姐，我没干什么，我就想看大小姐一眼……”

刘云湘没好气地踢了罗立一脚：“小兔崽子，赶紧带上你们董事长，滚！”

“不知羞耻！”藤原用日语斥责了罗立一句，不甘心地还要上前继续刚才的话题：“云湘先生请息怒，我……”

“哎呀老杨，你可来了！”

刘云湘抬眼看见杨同昌出现在门口，顿感来了救星，撇下藤原，急忙上前一把拽住杨同昌：“来来，咱屋里说话……”不由分说就进了院子。

藤原只好带着一脸尴尬和罗立悻悻离去。

杨叔叔来了——对于机灵的天娟来说，不管杨叔叔和父亲在堂屋里说了什么，杨叔叔肯主动上门这件事本身就是一个不同寻常的信号，她认为姐姐跟杨大江的亲事有戏了。

回到闺房，见天婵还在恼恨罗立的偷窥而心有余悸地整理窗帘，便坐在一旁笑嘻嘻地看着姐姐生气的样子。

天婵抱怨道：“这一下午，家里一拨接一拨就没消停过，都什么人啊。”

“还说呢，咱爸给人家赔笑脸，还不都是为了你。”天娟认为这个家里只有自己这个老丫头最了解父亲。

“哎，怎么扯到我身上了？”

见姐姐不明白，天娟进一步说道：“明天当众验油，全凭咱爸那双火眼金睛，想想，对谁有利？这下你可高兴了吧？”

“杨家油本来就不会有假。”

“什么？”天娟故意装作没听清，大声问道，“姐你说什么？”

天婵也放大了声音：“我说杨家油本来就不会有假。”

“大点声，再说一遍。”

“故意气我是吧，这么大声你还听不见？”

“我听见没用，你得让楼下的杨叔叔听见！”天娟调皮地看看天婵，突然推开窗户大声唱起了高腔戏《观花赶关》里的几句唱词：“父王一见心欢喜，命得皇门把线牵……”

庭院中，刘云湘正送杨同昌从堂屋出来，听见楼上的动静，两人都不由得向闺房窗户这边望来。

“天娟，你疯啦！”

天婵羞怒地拽回天娟，不好意思地往庭院里看去。

唉！杨同昌看了嬉笑打闹的姐妹俩一眼，不由得心生感慨，刘家的这两个女儿，他是打心眼里喜欢，尤其是天婵大小姐，要是能和自家的大儿子杨大江……这事他还不能提，起码当着刘云湘的面他不敢提，自从上次大江偷偷给天婵送书报被当场抓住，刘云湘对杨大江就没个好脸……

杨同昌思忖着，偷看了刘云湘一眼，试探道：“不是我说大话，那批油是我家大江亲手所验。这你也知道，那孩子做油不行，验油总是没问题的。”

果然，提到杨大江，刘云湘鼻子里哼了一声，说道：“他要是连验油都不会，那才是白上了洋学堂。”

“可马克斯凯这么一闹……”说来说去，杨同昌还是心里没底，他虽是第一次跟马克斯凯做生意，但毕竟彼此认识很久了，明日验油或许对谁都不是一件好事。

刘云湘说道：“明日当众验油，不就是为了替你杨家油正名，替咱们油业行讨个公道吗？”

杨同昌愧疚地说："我知道你是用刘家顶洪赔偿了马克斯凯，才把事情转圜到这一步，这是第二次救我杨家了……"

"唉！"刘云湘摆手道，"你我之间还用说这些吗？谁跟谁啊。"

"好好，不说了。"杨同昌在院子门口告辞道，"留步留步！"

"老哥哥走好。"

杨同昌走几步又折回身："明天，可就全看你的了。"

"真金不怕火炼，安心回去睡个好觉！"刘云湘知道，他这是心里坐下病了。

杨同昌这才点头拱手，终于心满意足地走了……

次日清晨，嵩云山又响起了呜呜的牛角号声，七冲八巷九条街上的商人们纷纷走出门店，循着号角方向走去。

神农像前两排桌椅雁翅排列，左首坐着许安邦、罗积善、杨同昌等人，右首坐着马克斯凯、藤原和赵当家等人。祭坛前空地上，摆放着马克斯凯带回来的那些油桶，场地两边分别插着英国国旗和民国五色旗，几名英军士兵和团防兵分列在各自的旗帜下。

"神农宫油业行元隆油号刘东家到！签子客首领干挑爷到！"

随着高署地的喊声，围在油桶方阵前黑压压的人群向两边分去，刘云湘和干挑爷向台前走来。

许安邦看着忐忑不安的杨同昌和马克斯凯，跟罗积善耳语："你觉得今天会是什么结果？"

罗积善意味深长地答道："结果不重要，重要的是刘云湘今天上了这个台，想下去可就难了。"说完，跟众人一起起身冲走上台来的刘云湘和干挑爷抱拳行礼，然后对台下众人大声说道："今日在祖师爷面前验油，善恶存乎一心，心正则慧眼自开，民不可戏，天不可欺！"

台下众人齐声高呼："民不可戏，天不可欺！"

罗积善向刘云湘伸手，高声宣布："请刘东家当众验油！"

霎时现场一片寂静，刘云湘和干挑爷焚香祭拜了神农后，轻松地向杨同昌看了一眼，迈步走向了那些油桶。

几名签子客上前一一打开油桶，用签子挑起桶内洪油让刘云湘和干挑爷查看。当第一桶洪油被打开盖子的时候，刘云湘吸了吸鼻子，脸色不由得一沉；等签子客挑起这桶油，不论是刘云湘还是干挑爷都皱起了眉头。

刘云湘坚持走过一个个油桶仔细查看，脸上的神色变得越来越忧郁凝重，在最后一个油桶前迟疑徘徊。

干挑爷近前低声道："杨家油空负盛名，误我洪江啊。不过，上天有好生之德，老朽厚颜请求刘东家，给杨家留条活路吧。"

刘云湘听了，沉思不语。

"请刘东家公布验油结果！"高署地大喊。

现场众人屏声静气地凝视着刘云湘和干挑爷二人。

台上的杨同昌和马克斯凯更是紧张得双拳紧握大口吸气。

高署地再次大喊："请刘东家公布验油结果！"

刘云湘转身上了台，所有人的目光都集中在他身上。

"诸位……"刘云湘开口要说。

"云湘！"干挑爷担心地叫了一声，见刘云湘摇头，便把想说的话咽了回去。

刘云湘上前一步，对台下众人说道："油，已查验完毕，真假已无悬念，只是有些话如鲠在喉，不吐不快。世人皆羡慕我洪江商人，得天地之灵秀，独占洪油之利，创下了这百年基业，却不知我洪商做油，其实做的是手艺，凭的是良心，守的是信义。既是手艺，自然有高下之分，失之毫厘谬以千里亦属寻常之事。我是真的很害怕得罪老伙计，可我更害怕今天我若在此说了昧心话，明天这洪江城就会变成昧心之地。为商者，当以信义为本，无欺无诈方能行商四海，货通天下。承认杨家油品质不及顶洪，这算不得什么耻辱，老祖宗曾说，宁亏银子，不亏良心。闻过而终礼，知耻而后勇，奋发图强，才是我洪江商人应有的底气和胸怀！”

刘云湘这一席话落地，全场静默，人群中不知谁突然叫了一声“好”，霎时众人喊声一片：“宁亏银子，不亏良心！宁亏银子，不亏良心……”

喊声中，藤原满怀敬意地看着刘云湘，轻轻鼓掌；马克斯凯跑去跟刘云湘拥抱；而许安邦和罗积善则冷眼看着杨同昌。

杨同昌急眼了，抓过身后吹号人一只牛角“呜！”地吹了一声，压下了场内喊声。“刘云湘，刘大东家！”他手指刘云湘气恼说道，“我是真没想到啊，昨天你还信誓旦旦要保我杨家，今天就出尔反尔，几句话就把我杨家给打入了十八层地狱。说我杨家油不行，就凭你上下嘴皮一碰？”

刘云湘赶紧解释：“老杨，你误会了，我真不是……”

“我误会了？呵呵，恐怕是天下人都误会了吧？”杨同昌冷笑道，“都说洪油出自刘家，笑话！当年若不是我爸爸在元隆学徒的时候炒煳了桐子，榨出了黑油，这洪江哪来的洪油？”

听杨同昌如此说，刘云湘不免来气：“哎，老杨你要这么说，那咱俩得好好说道说道，你爸爸炒桐子，那也是我爷爷让他炒的……”

罗积善插到中间劝道：“二位息怒，息怒，有话好说。杨东家，怎么说刘家也是杨家的大恩人，且不说长辈之间的师徒关系，单就当年刘老太爷把自家的镇号之宝送给你杨家，这情分岂是……”

杨同昌一听更加气恼：“什么情分？罗会长，你怎么也会相信那些无稽之谈，大家都是商人，试问谁家的镇号之宝肯轻易送人？光绪二十年，他爷爷刘庆隆沾了我爸爸发明洪油的光，被朝廷册封为‘奉正大夫’，老爷子是因为感激我爸爸，才把那桶油送给了我杨家……”

“胡说八道，你怎么能如此颠倒黑白！”刘云湘忍不住吼起来。

“云湘，云湘，少说两句……”干挑爷劝道。

刘云湘气道：“不是我要跟他吵，刚才您也看见了，那是顶洪吗，敢叫顶洪吗，配叫顶洪吗？就这样的二五眼的手艺，别说他爸爸已经驾鹤西去，就是活着，也得被他给活活气死。”

杨同昌眼睛都红了：“刘云湘，你，你欺人太甚……”

“罢了，罢了！”罗积善还是劝杨同昌，“刘东家已判定你杨家油是假顶洪，技不如人你就不要再吵啦……”

杨同昌抓狂了：“我技不如人？我二五眼手艺？这天下还有理可讲吗？士可杀不可辱！祖师爷，今天我豁出这条老命，也要跟他刘云湘决一雌雄，我要跟他赌油，赌油！”

杨同昌此言一出，全场的人登时都被惊得目瞪口呆……

第三章

湘西一带古称“五溪之地”，雄、满、酉、沅、辰五溪均为沅水支流，其中的雄溪便是巫水。巫水汇入沅江的地方就是洪江。而巫水以西，有一处村寨颇为特殊，古时名叫“渡轮田”，因三面环山、一面临水，群山宛如一把太师椅，把村寨环绕其中，故又称其为“高椅村”。村中人皆为杨姓，亦是杨氏宗祠所在地，据说其先祖可追溯到元代的杨盛隆。

正午时分，村中的晒场上摆满了大大小小的笸箩，八水族长和妇孺们一起，正趁着日头大好，晾晒采摘来的油茶叶子。

忽而一名后生匆匆跑来说道：“族长，干挑爷来了，在一甲凉亭！”

八水族长“唔！”了一声，放下手中活计，掸了掸衣袖，气度从容地往场外走。

哪承想后生又来了一句：“他说洪江出了大事，有人要赌油。”

“赌油？”八水族长吃了一惊，脚下绊到一个笸箩，“哗啦！”

一下摔倒在地，荡起了漫天的油茶叶子……

慌了神的八水族长在后生的搀扶下，一路踉踉跄跄跑到一甲凉亭，见了干挑爷便是一顿数落：“你乃油业行签子客之首，刘家也是三公世家，有你二人在，即便洪江人心不古，怎能听任赌油的惨事发生？”

干挑爷把八水族长扶入凉亭坐下，苦笑道：“八水族长有所不知，这赌油之人正是刘云湘。”

“刘云湘？”八水族长愣了。

干挑爷倒上茶，叹道：“人心乱了，洪江以后恐怕再无安稳之日了。”

八水族长不安地端起茶碗：“另一个倒霉鬼是谁？”

“杨同昌。”

“噗！”八水族长一口茶水喷了出来。

油业行的祖宗规矩，外人不知道，八水族长和干挑爷却是门清，对洪商来说，赌油赌的绝不是钱财，而是双方的性命。也就是说，一场赌油下来，只有赢家才能活着。

刘云湘怎么也想不到，杨同昌竟然提出要跟他赌油，要逼着他来拼个生死！他在那一瞬间觉得自己简直就是个傻瓜——拿自家的顶洪来给马克斯凯保底，为的不是杨家吗？自己答应出面验油，不也是想为杨家讨个公道吗？可是你杨家油真的不行啊，难道还要我昧着良心说话吗？哦，说你杨家油不行，你就要跟我赌油，赌就赌，谁怕谁啊！

按理说，刘云湘并非如此冲动之人，但近来发生的一些事让他心里难免上火，洪江怎么就出了假油案了，许安邦凭什么动辄抓人？尤其是清代底油丢失，他嘴上不说，心里却万分的惋惜，那是一桶普通的顶洪吗？那桶凝聚了爷爷毕生心血的底油，不管是自己的父亲还是杨顺帆都把它视为珍宝，都没让它出现过半点闪失，怎么到了自己和杨同昌这一辈，它就凭空消失，不翼而飞了？

没了底油，洪商就没了魂魄。作为油业行的龙头，他不好去责怪杨家，只觉得自己愧对列祖列宗。可如今对方又公然叫嚣要和他赌油跟他搏命，刘云湘的火上来了，不顾天婵姐妹和一众掌柜的阻拦，跪在刘庆隆的遗像前恳求先祖宽恕，他决定不再忍了，他绝不允许任何人撼动刘家油在洪江的地位……

刘家乱了，杨家那边就更不用说了，苗令梅得知自家老倌竟然要跟刘云湘赌油，立马就炸了锅："赌油，吃了熊心豹子胆啦，没有刘家，你杨家恒顺油号能有今天？就是赌赢了，也是欺师灭祖！"

苗令梅一边嚷着，一边赌气收拾细软，扬言要回娘家去："这日子没法过了！"

杨同昌站在杨顺帆的牌位前，听着卧室里传来的乒乒乓乓的响动，叹口气没言语，女人啊，头发长见识短。忽而看到苗令梅进来摘走了墙上的一个镜框，他忍不住起身上前去夺："你还真要走啊，放下！"

苗令梅不松手："你去跟大家伙说，这油咱不赌了……"

"夫人何以糊涂至此，不跟他赌一把怎么能够为我杨家油正名？"

苗令梅气恼地夺镜框："放开！"

"啪！"镜框在两人的抢夺中掉在了地上，破碎的玻璃下，是怀抱小杨春的苗令梅跟杨同昌的合影。

苗令梅小心翼翼地捡起照片，看着丢失的女儿，忍不住潸然泪下。过去，无论杨同昌如何折腾，如何用尽一切招数想让杨家油的名声超过刘家油，她都没阻拦过，因为她知道杨同昌藏在心里的最大念想，就是有朝一日能够重回杨家祠堂，在杨氏族人面前把自己这风尘女子八抬大轿抬上高椅村，在祖宗面前堂堂正正讨个杨家媳妇的名分。

可经历了十七年前的那场惨事，苗令梅已经认命了，心比天高又如何？折腾来折腾去，到头来不但把自己的女儿给折腾丢了，还搭上了刘云湘夫人的一条命……

“他死了夫人，咱丢了女儿，早扯平了。”

杨同昌此时真是这么想的，恩情这东西，有时候是承受不起的。对杨家来说，刘家不仅传授了做油的手艺，还慨然赠给了镇号之宝，更别说十七年前，刘云湘为了救他所付出的代价。所有这些，都如压在杨同昌心上的一块千斤大石，让他喘不过气来。而现在，底油的丢失让杨同昌同样觉得自己愧对列祖列宗，更对不起刘家。他想，反正是对不起了，何不放手一搏，为杨家油讨个名分？

夫妻俩正僵持着，忽听房门“咣当！”一响，杨二江闯进来，嘴里喊着：“爷老倌！”

“何事？”

二江用诧异的眼神看着父亲：“你，你敢跟刘叔赌油，活得不耐烦啦？”

“鬼崽子，怎么说话！”苗令梅斥责道。

杨同昌抬眼往门外看去，只见天娟正在院门口往里张望，心想不用说，二江肯定是被刘家二小姐给拽来当说客的，于是白了二江一眼说道：“你爷老倌不是被吓大的，鹿死谁手还不一定呢。”

二江认真地说：“别不当回事，刘叔这回可是真生气了。”

“他生气，谁不生气，他以为他毁了我杨家油的名声，我就得捏着鼻子认倒霉，泥人还有个土性子呢。”杨同昌端着步伐来到门口，朝院子外的天娟一扬下巴，说话却稍稍缺了点底气，“除非她爸爸亲自来道歉，不然我，我就真跟他赌。”

其实，即便是杨同昌后悔，现在也晚了。自打他把“赌油”二字说出口，整个洪江城犹如平静的沅江被人投入了一块巨石，已然激荡起了阵阵惊涛。

当夕阳把洪江天主教堂那哥特式的尖顶染得金黄的时候，马克斯凯走进礼拜大殿，在耶稣受难像前习惯性地在胸前划着十字。

手持圣经、一身传教士打扮的詹姆斯走到近前，用英语说道："主会宽恕每一个人，无论是他的贪婪、嫉妒、傲慢或是暴怒，就如同主会关照这洪江城一样，让它看起来更像是一处美丽的世外桃源。"

马克斯凯头都没回，回敬道："你这披着传教士外衣的商人，既然肩负着美孚洋行要介入洪油贸易的使命，何必还要用圣托马斯·阿奎那的口气来教训你的盟友？"

詹姆斯笑了，转身向侧门方向走去。

马克斯凯会意，随后跟了上去。

詹姆斯的确是披着传教士外衣的商人，他是美国美孚洋行驻洪江的商务代表，之前一直在暗中观察刘杨两家跟欧洲各国的生意往来，寻找介入的机会。现在，洪江油业行起了波澜，杨同昌扬言要跟刘云湘赌油，他认为出手的时机已到，便约见了马克斯凯。

詹姆斯认为，洪江对于英美两国来说，就好比杜伊斯堡港对于法国和比利时一样的重要。他借用刘云湘所说的"天下人的钱天下人赚"这句话，来暗示怡和和美孚应结盟来共同占有洪江的洪油市场。

对此，马克斯凯当然心领神会，但他更倾向于和刘云湘合作。

而詹姆斯则强调，洪江的洪油贸易占据了中国桐油市场百分之三十二的份额，这不是刘云湘一家油商所能做到的，而他的对手，杨同昌同样至关重要。他说："做生意我们都要向犹太人学习，贵国首相本杰明·迪斯雷利伯爵就精明地认为，无敌无友，利益永恒。每一名为洪油而来的商人，都希望这里是一个繁荣而充满生机的市场，可以货比三家，可以有价格和商品的竞争，而不是只有元隆一家油号，什么事情都是由刘云湘一个人说了算。"

一句话，在洪江形成多方相互制衡的格局才符合英美两国的利益，也就是说，要让刘云湘和杨同昌两个人都好好活着。

“没人想要伤害杨同昌先生。”马克斯凯说道，“可是，中国人解决问题的方式，远非你我所能理解。”

詹姆斯笑了，他自信地认为，一个庞大的美洲市场，以及美孚洋行与怡和洋行数额巨大的订单，应该足以让刘杨两位先生更加珍惜自己的生命。

“如您所愿。”马克斯凯终于认同了对方的说法。

詹姆斯提醒道：“唯一值得我们提防的，是野心勃勃的日本人。”

就在詹姆斯与马克斯凯密谋的同时，藤原也在谋划着自己下一步的行动，他像往常一样，站在别墅里，紧盯着供奉在神龛里的一只东洋油桶，凝神静思。

洪江，在他眼里就是资源的代名词。控制了洪江，就等于控制了中国的半壁江山，这是他一以贯之的思想。只是，他反馈给国内的信息并没有受到高层的重视，而相反却传来了亲英美系的松平恒雄即将被内阁任命为外务省次官的消息。这就意味着，日本目前尚无能力在国际事务上与英美抗衡。

罗立在一旁敦促道：“别犹豫了，三井洋行若想要洪油，就只能跟刘家合作！”

藤原当然明白罗立的言外之意——跟刘家合作，就要在即将发生的赌油之争中死保刘云湘。可是，刘云湘即便是赢了又如何？他不由得想起了两天前在刘府大门口的那一幕，于是呵斥罗立：“你就不能像个男子汉那样，为了自己喜欢的姑娘，堂堂正正地去向刘家提亲吗？”

“我跟刘天婵青梅竹马，所谓发乎情止乎礼，偷偷看几眼算不得什么。”罗立辩解了一通，而后则警告藤原，“您要打算在赌油这件事上当缩头乌龟，丢了机会可别怪我……”

“像乌龟一样韬光养晦是中国人的古老智慧，日本人也同样懂得以不变应万变的道理。”

藤原认为，他眼下唯一能做的就是静观其变，谋定而后动。

东洋人在观望，西洋人想说合，可是许安邦和罗积善却唯恐事情闹得还不够大。

许安邦在福兴昌烟馆吸足了鸦片之后，说起刘杨赌油之事，忍不住对罗积善和高署地发了一番感慨——自武昌首义肇创民国，这湘西便是战乱纷纷。廖湘芸杀了周则范，却败给了朱培德；蔡钜猷倒是后来居上，可还是不敌赵恒惕和叶开鑫。就为了咬一口洪江这块肥肉，各路豪强是你方唱罢我登场，轮流坐庄。

许安邦苦笑道：“害得我许某人今天捧滇军的饭碗，明天吃川军的粮饷，后天说不定就得穿上黔军的一身狗皮。苗令梅那小娘们儿说老子像个倚门卖俏的青楼女子，看来她还是抬举我了，妓女都比老子有节操。她们卖的是皮肉，许某卖的却是骨头。”

罗积善劝解道：“许大人不必伤怀，天下莫柔弱于水，而攻坚强者莫之能先。若无大人左右逢源一力周全，洪江在这乱世中岂能偏安一隅歌舞升平？”

许安邦话里有话：“洪江三大产业，特货、洪油和木材；你罗大善人的积善商行占据了特货半壁江山，木帮和水客帮在江上飘着，洪油是刘家的……”

罗积善说道：“那可不一定，一场赌油下来，刘家即便能赢，也是元气大伤啊。”

“何止元气大伤！”高署地提醒道，“东家难道忘了，赌油，可是要出人命的。”

罗积善闻听登时一愣：“你是说，按神农宫的祖宗规矩，赌油赌输的一方……”

“沉塘！”高署地答道。

“沉塘？”罗积善不由得倒吸了一口凉气。

许安邦哈哈笑道：“杨同昌性子懦弱，你我可有的忙了。既然撑开了伞，不下点雨怎么能成？”

“沉塘之刑，死状极惨！”

一甲凉亭中，干挑爷忧心忡忡地对八水族长说道：“自从神农宫老祖宗立下这规矩，洪商之中敢铤而走险，因赌油而被沉塘的只有一人。您可还记得，那贵丰油号东家王宝贵跟福建油商赌油之事？”

“王宝贵学艺不精，欺世盗名，他死的不亏。那件事已经过去三十多年了，当时你我也就跟他一般岁数。”八水族长说着，指了指站在亭边的后生。

回想起当时的场景，干挑爷心有余悸：“那一天我就蹲在芙蓉塘边，沉塘一炷香，猪笼被提上来的时候，那笼子里的王宝贵，口鼻之中血水与泥沙俱下；双手死死地抓着木笼，关节处皮肉糜烂、白骨裸露，连指甲都嵌入了木头……”

“所谓乱世需重典，猛药治沉疴。”八水族长说道，“老祖宗设此酷毒刑罚，非是心狠手辣，而是要警告后世子孙，赌博坏人心、生贪欲、耗钱财、离骨肉，会导致我洪江商道礼乐崩塌，道德沦丧。”

干挑爷道：“我也是万万没想到，杨同昌会当着那么多人，扬言非要跟刘云湘赌油不可。”

“在他眼里，祖宗就是个屁。”八水族长心中气恼，“当年他和苗令梅私通，生出三个崽来，可曾在乎过祖宗礼法？哼，赌吧，想死还不容易。”

干挑爷看了看八水族长，心中想着自己的来意，故意叹道：“说的也是，天作孽犹可恕，自作孽不可活。反正他已不算是杨氏族人了，若能改了姓氏不再姓杨，那便死得更干净。”

八水族长听出味来了，原来这老签子客大老远地跑来是让我出山去劝说杨同昌。也罢，虽说十七年前就把他给逐出宗祠了，但毕竟他还是姓杨啊。八水族长寻思了片刻，知会年轻后生：“召集族中长者去祠堂议事。”

后生点头，转身跑了，不多时，村寨里便响起了木鼓声……

在各方势力暗流涌动的同时，不但杨同昌本人心虚，油业行众商也一致不看好他。洪油出自刘家，刘云湘不但是神农宫的龙头，也是把刘家顶洪推向国际市场的第一人，杨同昌要跟他赌油，有胜算吗？

冷静下来，刘云湘也看出杨同昌是雷声大雨点小，所以他不急，就看杨同昌怎么收场。可是他却没想到，偏偏就在这时，许安邦给想打退堂鼓的杨同昌“下了点雨”——

杨同昌接到了许安邦的传唤，来到团防使衙门，他原以为对方还是要追问那桶清代底油，却见许安邦“啪！”的一下，把一摞卷宗拍在了他面前。杨同昌一看之下大吃一惊，卷宗上盖着长沙警察局的戳，而翻开的第一页上，赫然贴着杨大江的照片。

“学运分子，煽动闹事，诽谤政府，哪一项罪名都够你家大公子喝一壶的。”许安邦说道，“乡里乡亲的，我得说你两句，别以为把孩子送到了长沙的洋学堂，他就能自己成才了。年轻人思想活跃，你知道他结交的都是什么人？”

杨同昌被吓得不轻，连声央求许安邦帮忙疏通，尽快销了大江的案子，声泪俱下，就差给他跪下了。

“这不是花俩钱的事，你自己得争气啊！”许安邦推心置腹地指点杨同昌：赌油，不仅仅只是你们油业行内部的争斗。他刘家油也好，你杨家油也罢，你们背后涉及了多少商家、多少官家、多少白花花的大洋这还用说吗？世人皆为逐利之辈，成王败寇。你赢了，你就是油业行龙头，你儿子没人敢动；你输了，你就是奸商，去打听打听，有谁会在乎一个奸商儿子的死活？

其实许安邦的意思就一句话，眼下你没有选择，只有豁出去跟刘云湘一赌到底！

杨同昌自己都不记得是怎么走出团防使衙门的，感觉身体仿佛一下子被抽空了、榨干了；他也想到许安邦这是故意危言耸听，目的就是想让他和刘云湘鹬蚌相争，但是他却不敢拿儿子的性命去冒险，毕竟大江将来是要回来顶门立户的。然而，自己真要跟刘云湘赌油吗？赌得起吗？

杨同昌昏昏沉沉地回到了恒顺油号，耳朵里听到的全是坏消息——假油的传闻让老客户们心中不安，不但所欠货款迟迟未付，就连原本商定好的合同也要推迟执行。各地分号卖出的洪油连遭退货，正在大批运回洪江。

"这是老天要亡我杨家啊！"看着油库里积压的一桶桶洪油，杨同昌已经近乎绝望了。

"杨东家难道不明白置之死地而后生的道理吗？"

随着话音，罗积善带着高署地来了，进屋后对杨同昌说道："生意有三宝，伙计、门脸、声誉好。商家失了声誉，寸步难行啊。杨东家如今被逼到了这个份上，何不拼死一搏，为你杨家，也为那些跟着你和马克斯凯交易的各家油商，讨个公道？"说着话，从袖笼里拿出一张《生死状》，在桌上摊开，呈放在杨同昌面前。

杨同昌一见，登时倒吸一口凉气。

"赌油即是赌生死。"高署地在罗积善的示意下，立马拿过笔砚放在杨同昌手边。

罗积善说道："真有假油，别人可以见仁见智，各说各的理，可是你杨东家难道对自家的油就没有半点自信吗？洪江距大英帝国何止千里万里，若是在远洋运输的途中出了问题，这口黑锅背起来岂不冤枉？"

“签吧！”高署地把沾了墨的毛笔塞进杨同昌手中，“若是真能赌赢了，还发愁你杨家油卖不出去吗？”

“这，这可真要闹出人命来了……”杨同昌握笔的手颤抖着，在《生死状》上试了试，终于没敢落下，沮丧地扔下笔说道，“祖师爷啊，他，他可是刘云湘啊……”

罗积善见状，提醒道：“难道杨东家就不想找回那桶清代底油吗？”

杨同昌闻听浑身一震：“何出此言？”

罗积善指着《生死状》：“这上边有一条款写得明白，两家赌油，要以清代底油为评判标准，这也是油业行的惯例。我想，即便是土匪熊子贵盗走了底油，也必然会对油业行有所图谋。”

杨同昌瞪大眼睛：“你是说，把事儿闹大，说不定清代底油就能现身？”

罗积善点着生死状：“一箭双雕啊。”

“好，我，我签……”

“同昌！”

就在杨同昌下定决心要在赌油的《生死状》上签名的时候，耳边突然传来一声断喝，回头望去，只见八水族长出现在门口。

应干挑爷的请求，八水族长在和族中长者商议后，亲自来规劝杨同昌，此时看见桌上的《生死状》，不由得面色一沉，疾步过去细看了看，扭头对罗积善不满地说道：“我记得洪江商会的职责是维护商道秩序，化解商家纠纷，怎么你却做起这生死之争的中人来了，难道是唯恐天下不乱吗？”

“八水族长此言差矣。”罗积善解释道，“此乃杨家与刘家之间的商业纷争，罗某居中见证，只为防止有人恃强凌弱，污人清白断人生路。”

杨同昌也替罗积善圆场：“族长，罗会长他也是一片……”

“我不是你的族长，你也非我杨家族人。”八水族长打断杨同昌，说道，“你要赌油，跟人论生死，旁人无权过问。可你毕竟还是姓杨啊，且不说刘家祖上对你杨家有恩，单凭一个‘赌’字你就犯了宗法大忌。这知道的说是你个人行为，不知道的，岂不是让整个杨氏宗族都跟着你背了骂名？”

杨同昌面带愧色：“这，这完全是我跟刘云湘之间的……”

罗积善不阴不阳地说道：“十七年了，你把他一家赶出祠堂可曾管过他的死活？眼下他要讨回自己的尊严，你却口口声声说刘家有恩于他，那么罗某倒想要问一句，你是杨家的族长还是刘家的族长？”

“罗积善，你休要在此逞口舌之利搬弄是非！”八水族长怒喝。

杨同昌拿起笔，暗叹一口气，说道：“都不要说了，我杨同昌一人做事一人当，既已被逐出杨家，就不劳八水族长操心了……”说着一咬牙，拿起笔在生死状上签了名。

“同昌……”八水族长阻拦不及，指着杨同昌吼道，“你，你这是找死啊！”

傍晚时分，刘云湘上了停泊在江边的巨无霸，八水族长正在船舱里等他。刘云湘对八水族长始终心存敬意，因为对方十七年来一直在为他守护着一个秘密。

两人见面之后，八水族长说道：“云湘，我知道赌油之事让你为难，我也是被人将了一军，不得不出面来做个和事佬，唉，一言难尽啊。”

“见过杨同昌了？”刘云湘问道。

“刘家在洪江树大根深，根本不需要用赌油这种极端方式来证明什么，反倒是他，急于出人头地。”

“他是想风风光光地重回杨家宗祠。”

“他得有命才能回去啊。”八水族长摇头叹息，随后说道，“老哥哥求你，别跟他一般见识，他要赌，那是他的事儿；他说什么就让他说，刘家还能少块肉去？”

刘云湘哂然一笑：“从小到大，杨同昌什么德行别人不知道，你我还不清楚吗？眼高手低，饭不熟就想揭锅。我就是想让他知道，天外有天，想把杨家油的牌子打响，他就得好好琢磨手艺。既然你老哥哥都把话说到这份儿上了，我还跟他计较什么？”

“这就好，这就好。”见刘云湘松了口，八水族长悬着的一颗心终于放下。

可就在这时，外边突然传来了罗积善的声音：“夕阳悬高树，薄暮入青峰。船上好景致啊。”随后走进来，对刘云湘和八水族长拱手道，“罗某冒昧前来，打扰二位雅兴了。”

八水族长气恼道：“罗积善，你还有完没完，我这刚跟刘东家……”

“刘东家请过目。”罗积善不等八水族长说完，便从袖笼里拿出《生死状》递给了刘云湘。

刘云湘打开《生死状》，看见上面杨同昌的签名不由一愣，皱眉不语。

“云湘！”八水族长焦虑地叫了一声。

“呵呵！”刘云湘笑了笑，对罗积善道，“罗会长的意思，是让我也签上名字？”

罗积善说：“赌油嘛，自然是双方按祖宗规矩，签下生死状。”

“我要是不签呢？”

“不签也好。”罗积善笑道，“虽说此事乃是杨东家在祖师爷面前，当着天下五府十八帮和十大会馆油商的面夸下了海口，豁出性命也要和刘家油一争高低；但素闻刘东家心胸豁达，只要能当众宣布收回那日所说话语，替杨家油挽回名声，这生死状不签也罢，罗某乐见其成，乐见其成！”

八水族长气恼地指着罗积善："你，你这分明是起哄架秧子嘛！"

"老哥哥息怒。"刘云湘制止八水族长，细看《生死状》，不禁哑然失笑，对罗积善道，"真是人算不如天算啊，你再好好看看，清代底油现在可是丢了。没有底油来做评判，这油还怎么赌？"

罗积善闻听，一时也愣在了当场。

"不见底油，何谈生死啊，哈哈……"刘云湘哈哈大笑。

"对啊！"八水族长也开怀笑了起来。

清代底油可是个宝贝，既然丢了，想要找回来绝非易事。所以刘云湘认为，这《生死状》自己签与不签都毫无意义。

得知杨同昌已经签了《生死状》，天婵的心事更重了，两家赌油必死一人，一头是自己的父亲，一头是恋人的父亲，这让她如何取舍？若是自己的父亲赢了，则等于杀了大江的父亲，那么两家将来还能结亲吗？自己将如何面对大江？她想写信让大江回来，却又不知如何下笔，急得只恨自己不能分身成两个人去分别护佑两个家庭。

天娟的想法很单纯，那就是希望父亲能赢，可是，万一要输了呢？她不敢想象……

刘云湘安顿好八水族长，刚进家门，姐妹俩就跟进来了。天娟见了刘云湘便扑上去哭叫："爸，爸我求求你别去跟杨叔叔赌了，我害怕，爸……我不想让你死，也不想让杨叔叔死，呜呜……"

刘云湘慌着安抚天娟："哎哟我的老丫头，不哭不哭，你们听谁说……"

"爸！"天婵说道，"杨叔叔一时糊涂签了生死状，听说八水族长也来相劝，女儿虽不是男子不能顶门立户，却也知道赌油便是坏了祖宗规矩……"

没等天婵把话说完，刘云湘便连连摆手："别大惊小怪，事情没你们想的那么严重。怕什么，爸爸不是活得好好的吗？"

天婵还是担忧："可是，现在生死状已经签了，不论谁输谁赢，您跟杨叔叔……"

"谁也死不了。"

"谁也死不了？"天婵和天娟不解。

刘云湘道："你们以为赌油怎么赌？那生死状上白纸黑字写得明明白白，就是要用那桶清代底油来进行鉴定和比较，洪江油业行历来如此，这也是祖宗惯例。可现在那桶油丢了，上哪儿找去？我的傻宝贝啊，还至于哭一鼻子，不见那桶油，这生死状还不等于废纸一张吗？"

天娟破涕为笑："我就知道爸爸有办法，一会儿我就去告诉二江，不见清代底油，他爸就是签了生死状也是白忙活。"

天婵大惊："爸，那，那这么说，若是那桶清代底油没丢，这，这赌油岂不是还，还要死人？"

刘云湘见天婵神色不对："什么意思，你说底油没丢？"

接下来发生的事儿直让刘云湘后悔有这么一问——二楼天婵闺房，柜子门"哗啦！"被打开，赫然现出了那桶清代底油。刘云湘一见之下不由得倒吸了一口凉气，目光扫过杨大江的画像，脸色又是一沉。

事到如今，天婵不得不向父亲说了实话——年前杨大江放假回来，正赶上杨家和怡和洋行的这笔生意，杨同昌把验油的事务交给了他，可他却把这桶清代底油当作定情信物送给了天婵。

原来船是歪在这儿啊！杨大江不但骗了他爹，也坑了马克斯凯……

对于女儿的亲事，刘云湘倒也持开放态度，以往很多从上海、南京、长沙来提亲的高门大户贵胄公子，只要天婵不满意他便一口回绝，从不勉强。那么对于杨家，虽说是知根知底，但他实在是看不上杨大江。

"咱们刘家虽谈不上是诗礼传家，却也是踏踏实实凭手艺吃饭。只有那些好高骛远的人才整天不务正业，高喊什么国民革命、打倒军阀，哼，空想一百年，不值一文钱。”

“年轻人有理想，总比浑浑噩噩虚度光阴要强吧？”天婵嘟着嘴，试图为杨大江争辩。

可在刘云湘看来，所谓的理想，就是实业救国：“洪江城乃商业繁华之地，它包容四海，给了所有人机会，一个包袱一把伞，跑到洪江当老板，这句话可不是说说而已，那是有真凭实据的。你们也饱读诗书，应该知道救国之道在于振兴经济，民富则国强。康有为早就说过，‘市可知治乱，商可见盛衰，革命乃是溺毙中国之毒药’。”

天娟见姐姐被训得抬不起头来，便跟刘云湘争辩道：“大江哥立志投身国民革命，打倒军阀，那才叫心怀天下眷顾苍生。我就佩服这种有胆识的人，明知道底油是家里的宝贝，还偷出来送给我姐，这就叫敢作敢为，这就叫……”

“闭嘴！”刘云湘气恼地一拍桌子，呵斥道，“还心怀天下眷顾苍生，他这一杆子就把洪江的天都给捅塌了，可曾眷顾过他父亲的生死，可曾眷顾过那些洪商的生死？这种败家子想当我刘家女婿，门都没有！”

对于女儿的亲事，刘云湘自认自己还能做主，可是如何处置这桶清代底油，他心里实在没底，不得不把大掌柜请来进行商议。可没想到大掌柜进门后一见桌子上的这桶清代底油，登时一愣，半天才憋出一句话：“万幸啊，底油重回刘家，可见当年庆隆老太爷义助杨家的善举足以感天动地，这一饮一啄，自有定数。”

“别尽扯没用的，现在的问题是，这桶油，在这个节骨眼上，竟然出现在我刘家，我该怎么办，别人问起来我该怎么解释？”刘云湘一筹莫展。

“既是我刘家之物，何不妥善收藏，供奉于祖堂之上？”

藏起来？刘云湘连连摇头，哦，杨家才说丢了底油，我就跟做贼似的把它给藏起来，那这桶油日后还能见光吗？祖宗的本意是要以这桶油来激励天下油商精研手艺，藏起来算怎么回事？再说，它也藏不住啊，整个油业行都在眼巴巴地盯着它，一旦走漏风声，我刘家势必会落下见利忘义的骂名，列祖列宗还不得拿雷劈了我？

大掌柜也觉得此事颇为棘手："是啊是啊，藏起来不妥，拿出去更是不妥，大小姐待字闺中，名声不可不顾啊。"

"女儿大了，我是打也打不得，骂也骂不得，活活要把人给气死。"提起此事，刘云湘简直头疼，现在更担心的是，那杨同昌把生死状都签了，这桶油往外一亮，他还能活吗？

这桶清代底油的失而复得，使刘云湘没了退路，在巨无霸上罗积善已经逼他做出承诺，底油现身，他就必须签下《生死状》，与杨同昌一赌定生死。

原本，一错再错的杨同昌也突然发现，底油丢了，两家的油没法开赌，他跟刘云湘之间所谓的生死相搏也不过是说说而已。苗令梅一听顿时大松了一口气，哎呀，这两家闹得要死要活的，原来只是虚惊一场！

可是，就在夫妻俩庆幸底油丢失，因祸得福的时候，二江却跑来报信说，底油没丢，在刘家呢！

夫妻俩登时傻了眼，苗令梅是又急又气，想骂也骂不出口，看看老的，想想小的，心想这就是命，当年他爹就是个情种，大江要不随根才怪！二江刚说一句"咱全家跑吧"，头上便挨了他爷老倌一巴掌，往哪儿跑？咱在洪江有家有业，钱庄、票号、绸布庄子能说撤就撤？还有下边分号那么多人，一句话就能全给打发了？

仿佛一切都是天意，刘杨两家注定要有一场生死争斗。

杨同昌面如死灰，叹道："大江这鬼崽子，是嫌他爸爸死得慢啊！"随后径直走到院中太平缸前，动手脱下长衫，把扳指、镏子取下交到苗令梅手里："都是好东西，别糟践了。对了，我嘴里还有一颗金牙……咱家的儿子都随我，重情重义，我这个当父亲的岂能坏了他这段姻缘……"说着，抠下金牙交给苗令梅。

"你干什么，现在就想死啊？"苗令梅吓坏了。

杨同昌爬上太平缸："不是现在就想死，而是现在就得想想怎么才能不死。"

"嗐！"苗令梅欲阻拦："沉塘哪有不死人的，你就别异想天开了……"

"一炷香！"杨同昌道，"按神农宫老祖宗的规矩，凡沉塘一炷香不死者，即可免除一切罪责。"他把怀表递给二江，"一炷香大概也就十分钟，六百秒。"随后扑通一头扎进了太平缸，半晌从水里探出头来问，"多少秒？"

"十秒。"杨二江苦着脸道。

"怎么才十秒？"

苗令梅又气又恼："六百秒，十分钟，谁能在水下待这么长时间？我看不用等到浸猪笼，你就先把自己给浸死了。"

"哦噗！"杨同昌深吸一口气，又把头没进了水中……

杨府所发生的这一幕，没能逃过高署地的眼睛，这回他学乖了，先禀报了罗积善。罗积善一听，急忙带着他去了团防使衙门。

"你说什么，底油没丢，在刘家？"许安邦难以置信地盯着高署地追问。

高署地说道："千真万确，署地不敢有半句谎言。"

许安邦认为，底油的出现，就是一道催命符，不论是刘云湘或是杨同昌，谁死了，对他跟罗积善来说，都是称霸洪江的一个机会。所以，他当机立断地对高署地下令："连夜通知，两家赌油明日即见分晓。"

月明星稀，皎洁的月光洒在青色屋脊鱼鳞般的瓦上，满城门廊下的红灯笼散发出暖暖的光亮。然而，突然响起的锣声和高署地扯着公鸭嗓的喊叫，打破了这夜色的宁静——

“各位商家，天佑洪江，清代底油失而复得，刘杨两位东家明日开赌，生死各安天命！”

喊声在空中回荡，杨同昌还在一遍一遍地出没在太平缸中练习憋气……

喊声传入嵩云山幽静的山谷，罗立被藤原的手下，膀大腰圆的山木强行将脑袋按入水池中，而藤原则站在一旁看着手中滴答作响的怀表。

“三十二秒！”藤原举手示意。

挣扎已久的罗立浮出水面，大口吸气，跳脚大骂：“藤原你个王八蛋！”而后用日语急切恳求制住他的山木：“山木君，你别听他的，这样会死人的……呜！”

随着藤原摆手，罗立再次被按进水池，时间一秒一秒地过去，罗立经过一阵激烈的挣扎，终于不再动了。

“三十秒！”藤原举手。

罗立已经昏迷，山木抓住头发，把他的脑袋拽出水面。藤原慈爱地摸了摸罗立湿淋淋的脸庞，翻看了一下眼睛，对陪在身边的中村雅子说道：“一次不如一次，从医学角度来说，人在极度缺氧的情况下会心率加快，血红细胞增多，双目充血。在水中存活的极限，就是人体肺部所能承受的二氧化碳的极限。”随后挥手示意山木：“让他缓一缓，给他需要的一份安宁。”

山木点点头，扛着罗立去了另一房间。

“先生，这能说明什么？”雅子用日语问了一句。

藤原不满地提醒：“说中文，忘记我说过的话了吗？在中国，我们要入乡随俗。”

雅子改用生硬的中文，问道：“我不明白，先生这样做想证明什么？”

“这个小小的实验，让我相信，中国人的老祖宗是多么的残忍和虚伪。”藤原脸上带着憎恨的神情说道，“他们定下了沉塘这种死刑，却又给受刑者一个熬过一炷香或是大概十分钟后便可免除一切罪责的希望。从这一炷香中，你可以看出人的内心是多么的丑恶。任何一个被关进猪笼沉入水下的人都会被这点时间所诱惑，他们会利用其中的每一秒来竭尽全力挣扎求生，这比放弃希望安静地死去更能够增加受刑者的痛苦。这就是中国人常说的，让人不得好死！”

藤原带着雅子来到罗立所在的房间之外，透过门缝，让雅子暗中观察——只见口鼻流血、躺在床上的罗立少气无力地吼了一句“藤原，老子跟你没完！”便急切地伸手抓起放在床头柜上的烟枪，就着点燃的烟灯忘我地抽了起来……

藤原叹口气，回身望着水池，喃喃自语道：“中华礼仪之邦，在残杀自己同胞的时候却无所不用其极，汉唐雄风何在？遑论仁义道德！刘云湘，明日赌油你是赢定了，可你赢得有意义吗？”

此时的刘云湘，看着摆在桌上的那桶清代底油，倾听着外边传来的锣声和高署地的吆喝声，不由警醒地认识到，消息传递得这么快，说明自己和杨家始终处在别人的监视之下，有人就是想让刘杨两家斗个两败俱伤而后好从中渔利。控制了洪油贸易，就等于控制了西南半壁江山。自己死不足惜，但是杨同昌能带领整个油业行保住洪江吗？若是杨同昌死了……

刘云湘想到此坐不住了，他决定像往常一样，每遇疑难之事则上嵩云山，问道去也。

清晨的嵩云山，青翠的山峦沐浴在朝霞中，伴随着悠远的钟声，陡峭山崖上一座竹木庵堂的斗拱飞檐在晨曦的薄雾中忽隐忽现……

刘云湘站在紫竹庵前的凉亭中，不时地回头看一眼在素净庵堂中礼佛的净月师太的背影，喟然长叹：“青灯古佛，晨钟暮鼓，我就不信，你还能当真忘了人间婆娑？”

净月没回头，只是用脱俗清丽的女声缓缓说道：“施主一大早上山来，似乎心中有难言之事，你既把净月视为知己，有什么话何不直截了当地说出来。”

“既然是知己，我心里想的什么，难道你还不清楚吗？”

“若仍是只为劝贫尼还俗，还请施主自重。”

刘云湘苦笑：“一个贫尼，一个施主，何苦来哉。”

“这样不也挺好吗？所谓人生如梦，醒来便是大欢喜，是非恩怨皆如日月无声水过无痕，净月既已遁入空门，又岂敢半途废了修行再入红尘？”

“何为空门，何为红尘，佛家讲无我相、无人相、无众生相。佛魔就在一念间，只要心头的一盏灯不灭，天下之大，在哪儿不是修行？”刘云湘看着净月师太依然窈窕的背影说道，“你得有个家啊，家就是心头的那盏灯。”

净月师太沉默不语。

刘云湘看着晨曦中的群山：“也可能是我想多了吧……”

想必净月师太已猜到刘云湘心怀难舍之事，便开口劝道：“佛说，放过他人是为慈，放过自己是为悲。一念起，是天堂；一念落，便是地狱。”

“这就是红尘啊，也许这也是洪商的宿命。”刘云湘听了，思忖片刻，似乎有所感悟，他觉得，自己心中已经有了主意……

八水族长一大早就到了洪江码头，他要回去了，想起自己这趟洪江之行不禁黯然神伤，底油现身，刘云湘和杨同昌今日就要开赌，一切皆已无法挽回……

干挑爷把八水族长送到江边，不满地说：“你当甩手掌柜，把这烫手山芋甩给我老签子客，于心何忍？说吧，今天你想让谁死？”

“你可知我高椅村的‘关西门第’四个字为何人书写？”

高椅村杨氏族人的开山始祖是元代的杨盛隆，由杨盛隆往上推二十八代，便是东汉人称“关西孔夫子”的杨震。据《后汉书》记载，那杨震由荆州刺史转任东莱太守，路过昌邑县，县令王密怀金十斤欲行贿赂，说夜深人静，无人知晓。杨震拒收贿赂，回答他说，天知，神知，我知，子知。故而人又称其为“四知”先生。曾文正公批注《论语》，也讲“四知”，其中“知仁”一说，就是让人懂得宽恕谦让之道，莫做意气之争。

八水族长问这话的弦外之音便是说君子有所为有所不为，眼下刘杨两家赌油，输的一定是杨同昌，你老签子客所能做的，就是秉公评判，无愧于心！

干挑爷闻听垂泪：“一句话就要断送一条性命，你让老签子客如何能够张得开口啊……”

八水族长扶着干挑爷颤抖的肩膀，红着眼圈叹道：“杨同昌死不足惜，大不了我把他重新接回宗祠，还他一个名分，让他瞑目于九泉之下也就是了。洪油出自刘家，洪江不能没有刘云湘，这棵树要是倒了，整个洪江城就会像旅顺、大连一样被列强打开门户，沦为所谓的‘自由港’，到那个时候，死的就不是一个杨同昌了。”

干挑爷当然明白，在刘杨二人只能活一个的前提下，自然是要放弃杨同昌。他只是不甘心地冲已经上船的八水族长喊道：“十七年前你把他赶出了杨氏宗祠，现在又眼睁睁看着他要被沉塘，就不怕落下残害族人的骂名吗？”

八水族长回身一笑：“举头三尺有神明，天知神知我知子知，他若真想认祖归宗，就不能辱没了祖宗！”

第四章

嵩云山脚下的神农祭坛又吹起了“呜呜——”的牛角号声。

罗积善换了一身得体的长袍马褂，拄着手杖，带着高署地从容地出了罗府大门，穿过热闹的街道走向祭坛方向。一路上不断有商会耆老和十大会馆商人陆续汇聚在他的身后，这使他愈发显现出了商会会长的派头。

路上，罗积善领着众人有意拐了个弯，来到往昔实施沉塘之刑的芙蓉塘边。在昨晚获悉底油现身之后，他已安排人找来木匠麻老五连夜赶制猪笼。此时，一个由碗口粗椽木制成的狭小木笼已见雏形，众商一见不禁心惊肉跳。

罗积善环视着辽阔而暗流汹涌的芙蓉塘，感慨道：“洪江老辈人把这浸猪笼的地方称为芙蓉塘，寓意深远啊。自古芙蓉临水为佳，若植他处则绝无丰致，这和洪商生于洪油，死于洪油何其相似。”随后他走上前去，伸手试了试木笼的结实程度，满意地对麻老五笑道：“老五啊，让你这远近闻名的雕花木匠做这杀人的木笼真是屈才了。”

麻老五拍着猪笼："一般的猪笼都是用竹篾子编出来的，你应该去找篾匠嘛，把人沉在塘里淹也淹死了，哪用得上这么结实的木头笼子？就是一头山豹子关在里面也逃不脱。"

罗积善低声问高署地："杨东家何在？"

高署地回道："回东家，杨家人一大早就担着油出来了。"

罗积善再次看了看猪笼，转身继续向街道上走去，众人蜂拥跟上。高署地紧走几步近前又道："刘家那边还没动静。"

罗积善从容地说："没动静，就是动静。"

刘云湘从嵩云山回来便进了作坊，他亲自挑选的要拿去参赌的几桶顶洪让掌柜和伙计们疑惑且心惊，而回到府邸之后对那桶清代底油的处置则更显神秘，随后又安排大掌柜去了黔阳。

刘云湘所做的这一切，都落在老家丁的眼里，但是老家丁不能说，只能暗自叹息，因为他太了解自己的东家了，每临生死则坦然处之，一如二十多年前在行商途中冒死救下了他这个江湖人士。老家丁认为，东家少年时尚有如此恢宏的气度，如今自然是早有绸缪……

可刘云湘这一次却觉得心里实在没底，当干挑爷带领签子客们上门来"请"那桶清代底油的时候，他还在沉思着踱步。

见了干挑爷，刘云湘开门见山道："今日之事，还要请老哥哥一力周全。"

干挑爷会错意了，以为他是怕自己不好做人，便以身体不适为由主动提出要退出对这场赌油的仲裁。

"不是让你回避。"刘云湘赶紧摆手解释道，"老哥哥身为签子客之首，不能坏了这一行的祖宗规矩，去了只管秉公裁判。刘某唯一相求的，就是一个拖字。"

拖？

刘云湘告诉干挑爷，他已派大掌柜去黔阳见马克斯凯和詹姆斯。

英国怡和洋行、美国美孚洋行在洪江和日本三井洋行明争暗斗，维持一个能够互相制衡、有竞争活力的洪油市场，对于他们来说，有百利而无一害。他料定对方不会让元隆油号一家坐大，一定会出面保下杨同昌。

“性命交关，怎可指望洋人？”干挑爷疑虑重重。

刘云湘道：“事急从权，也只好抓住黄牛当马骑了，就权当是多一只手吧！”

干挑爷无奈，只能点头：“好，既然是要打太极，那咱们就土地奶奶上台阶，走一步喘一步。”

刘云湘示意老家丁：“请底油。”

“东家……”老家丁为难地看着刘云湘。

刘云湘不满地瞪视老家丁。

老家丁暗叹一口气，转身进了里屋，旋即抱出那桶清代底油。

干挑爷一见底油，急忙上前就要跪拜，却被刘云湘一把拉住：“老哥哥，虚礼就免了吧。”

见了底油不跪拜，这对干挑爷来说还是平生第一次，但在一声紧一声的牛角号的催促下，他来不及多想，忙着招呼手下签子客们小心翼翼地抬起底油，慢吞吞出了刘府大门，一步一喘地向祭坛方向挪去……

祭坛上，许安邦，罗积善和赵、钱、武等十大会馆当家的均已就位，就连杨同昌也到了，好似等待宣判一般，木然在一边站着。

众人等候多时，直到日上三竿，还是没见到刘云湘和干挑爷等人到场。许安邦不耐烦了，跳脚叫道：“这要死的都来了，刘云湘怎么还不到？”

罗积善反问许安邦：“杀人是什么感觉？”

“杀人？”

“许大人枪下游魂无数，怕是做不到心如古井波澜不惊吧？”

“哼哼！”许安邦冷笑，“那要看杀什么人了。”

“手足相残啊！”罗积善看看站在不远处的杨同昌，心里怜悯地想象着刘云湘此时的心境。

左等右等，就在许安邦要派副官带人回去威逼的时候，忽听高署地一声高喊：“签子客干挑爷到！”

众人循声望去，只见干挑爷带着一帮签子客，抬着清代底油慢吞吞走了过来。

“有劳各位久等，有劳了，有劳了！”干挑爷一边冲众人拱手道歉，一边回头不停地嘱咐手下：“慢着，慢着，千万小心……”

众人的目光登时集中在清代底油上，有人惊呼，有人要下跪——

“底油，清代底油！”

“祖师爷恩典……”

“闪开闪开，靠后！都往后退！”高署地跑在干挑爷前面，跟团防兵一起呼喝着推搡骚动的人群。

干挑爷上了台，率众人恭敬地把底油摆放在桌台上。

许安邦不耐烦地喝道：“底油已到，开始吧！”

干挑爷四下看看，佯装不知情地问神情木然的杨同昌：“啊，杨东家已经到了，刘东家何在？”

“不用等刘云湘，把底油跟杨家油一对比，不就完事了吗！”许安邦冲干挑爷嚷道。

干挑爷不紧不慢地拱手道：“许大人此言差矣，既是两家赌油，岂有一家不到，另一家单独开赌的道理？”

“难道他一天不来，大家都要在这儿等他一天？”

干挑爷避开许安邦，转身凑近罗积善，低声道：“时隔三十多年，赌油再现洪江，此乃惊天动地之大事，那是要载入史册的，罗会长作为见证人，任何一道程序都草率不得啊。”

罗积善深以为然地点点头，转身对许安邦道：“许大人少安勿躁，时间有的是，不怕他刘云湘拖延，丑媳妇总得见公婆嘛。”

许安邦不耐烦地坐下，抱着头敲敲桌子：“那就等吧！”

其实，以罗积善的精明，早已看出干挑爷使的是一个“拖”字诀，在他看来，这场赌油已无悬念，杨同昌必死无疑，刘云湘之所以姗姗来迟，不过就是想让杨同昌多活一会儿而已，此乃人之常情嘛。

但是他没想到，此时在黔阳城外的山道上，大掌柜开着刘云湘的福特敞篷车，正载着马克斯凯和詹姆斯风驰电掣地向洪江飞驰……

“元隆油号刘东家到！”

高署地的一声呼喊，让台上台下等得昏昏欲睡的人陡然清醒，一下子变得精神起来。只见众人闪开了一条路，坐在滑竿上的刘云湘在老家丁和担着几桶刘家顶洪的伙计们簇拥下，一步一步地到了近前。

下了滑竿，刘云湘来到台上，回身对众人说道：“诸位同仁，商家当以契约为重，三杯吐然诺，五岳倒为轻，不可言而无信。现在底油在此，诸位别问这桶油杨家是怎么丢的，也别问刘家是怎么找到的，今天它能摆在这儿，就说明老祖宗还在天上看着咱们。这场赌油无论是个什么结果，我和杨东家都会无愧于心，无愧于神明！”

“好！”许安邦拍桌子大叫，“好样的！”

杨同昌脸色灰败，瞟了刘云湘一眼，低头不语。

“爸！不能赌啊，你会害死杨叔叔的……”人群中，天婵在女佣和家丁的阻拦下跺脚大叫。

天娟也在哭喊：“爸，别赌了，爸……”

“老倌，呜……”苗令梅捂住嘴，眼泪扑簌而下。

杨二江突然手持扁担蹿上台去，冲向桌上的清代底油抡扁担就要砸：“我让你们赌，小爷我砸了它！”

台上大乱，团防兵的两名副官慌忙上前出手制服杨二江，许安邦掏出枪“砰”地朝天放了一枪。

枪声一响，四下顿时安静下来。

许安邦环视众人，凶狠喝道：“刘东家刚才说了，商家不可言而无信。赌油即是赌生死，胆敢破坏祖宗规矩者，杀无赦！”

罗积善铺开《生死状》，朗声道：“今有恒顺油号东家杨同昌，与元隆油号东家刘云湘，于中华民国十二年岁次癸亥春月穀旦约定赌油，按祖制，以清代底油判油品之高下，定双方之生死。赢者不论，输者处以沉塘死刑！”

高署地高喊：“吉时已到，开赌！”

“罗会长，许大人！”就在高署地话音落地之时，干挑爷说道，“我看今天这油不赌也罢。”

许安邦瞪眼怒道：“老签子客，你搞什么名堂！”

“干挑爷何出此言？”罗积善惊问。

干挑爷道：“老朽刚才看了刘杨两家拿来的油品，不相上下啊，如此赌下去恐怕一时难以判定输赢。以老朽之见，不如延缓时日，让两家油坊现场榨油，待油品沉淀七日之后，再行检验。”

“不行！”许安邦吼道，“别把老子当猴耍，你们今天推三阻四的，心里要没鬼那才怪了。速去验油，否则要你这老签子客何用！”说着，举枪对准了干挑爷。

罗积善挡住枪口，对干挑爷劝道：“快去吧，清代底油在此，你老莫要坏了签子客的行规，晚节不保啊。”

干挑爷暗叹一口气，只得走过去带领众签子客跪拜底油，然后焦虑地看了刘云湘一眼，两人不由得都把目光转向路口方向。

“开始验油！”高署地大喊。

在所有人提心吊胆的注目下，干挑爷带着签子客恭敬地抬着底油，走向放在台下的刘杨两家的油桶……

时间在一分一秒地流逝，许安邦见干挑爷等签子客慢条斯理地鼓捣好久也没给出结果，便不耐烦地吼道：“磨磨蹭蹭，验个油有这么难吗？”

罗积善急忙冲高署地示意。

高署地会意地大喊："请干挑爷公布赌油结果！"

干挑爷回头道："莫急，莫急！"

许安邦看了看瞪大眼睛紧盯着验油的杨同昌，大步来到刘云湘面前，笑道："刘云湘，今天你想不杀人都不行，我许某人不会给你这个机会！"随后冲台下喝道："马上宣布结果，否则你们这些签子客以后就别想再吃这碗饭！"

许安邦可是狗脸，说翻就翻。十大会馆当家的一看势头不对，急忙下台去请干挑爷。

当干挑爷等签子客们在众人簇拥下回到台上，把底油重新供在桌上的时候，高署地再次大喊："请干挑爷公布赌油结果！"

喊声落地，现场一片寂静，杨同昌噌地一下站起身来，紧张地看着干挑爷。

干挑爷为难地看了看台上台下众人，欲言又止。

罗积善见状说道："签子客与洪商同出神农宫门下，上不欺天，下不欺民，秉持公正，不昧良心，此乃祖训。现已验油完毕，难道干挑爷还有什么难言之隐不成？"

干挑爷看了看一直望着路口的刘云湘，暗叹一口气，冲四方拱手道："祖师爷在上，老签子客不敢有私，适才经过底油的评判，本场赌油的结果是……"

话还没说完，只听远处传来一声高喊："不要赌油！"随着喊声，一辆敞篷车横冲直撞而来，唬得人群四散。马克斯凯和詹姆斯不等车子停下，便跳下来冲场内大喊："不要赌油，不要自相残杀，等一等，我们有更好的建议！"

两人喊着冲到了台前，马克斯凯扬着手中的信函，急切地喊道："诸位，诸位，这是领事馆的公函，刘云湘和杨同昌，受我大英帝国的律法保护！"

什么情况？这眼看赌油结果一宣布，杨同昌就要被沉塘，而刘云湘也会背上残杀同仁的恶名，多好的一石二鸟之计，却突然被两个洋程咬金跑来砸了场子。许安邦见状气恼万分，怒声喝道："马克斯凯，你想干什么，老子不欠你的！"

马克斯凯举着手中信函："查尔斯爵士亲笔写了公函，刘杨两位先生都是我们的商业伙伴……"

许安邦冷笑道："查尔斯爵士？呵呵，你给老子看清楚，这里是洪江，不是你大英帝国的怡和洋行！"

詹姆斯道："我劝你还是看一看的好，就连你们的赵省长对查尔斯爵士也是非常恭敬的……"

副官上前拿过公函，递给许安邦。许安邦看了一眼公函，转身对刘云湘笑道："我说今天你怎么像大姑娘上轿一样，羞羞答答的，原来是在等这两个洋人！"

刘云湘指了指他手中的公函："外来的和尚好念经嘛，难道你不怕洋人？"

"怕！"许安邦点头，抖着手里公函，"说不怕那是假的，可是，老子看不懂洋文啊，哈哈……"随后脸色一正，冲马克斯凯和詹姆斯凶狠喝道："你们打错了算盘，今天就是天王老子来了也不行，洪江只认祖宗规矩！"说着掏出枪来："都滚蛋，信不信老子现在就以扰乱治安罪收拾你们！"

"退后！走！"

副官和一群团防兵持枪上前往外推搡两人。

马克斯凯和詹姆斯还在抗争——

"许安邦，你想挑起国际争端吗？"

"我们会去长沙告你的，你这个无法无天的混蛋……"

就在团防兵驱赶马克斯凯和詹姆斯的时候，早已坐不住的杨同昌跑去看了看底油，又跳下台子直奔自家那些油桶挨个仔细查看，猛然，他瞪大了眼睛，喊了一声："祖师爷啊！"禁不住仰天狂笑，手舞足蹈地跳脚大叫："哈哈哈，大家都来看看，都来看看，我杨家油竟然和清代底油一模一样，是正宗的顶洪，正宗的顶洪啊！哈哈哈……我赌赢了，我赢了，哈……"

他笑得一口气没上来，两腿一软"咕咚"一下就倒在了地上。

"老倌！"

"杨叔叔！"

随着苗令梅和天婵的尖声惊叫，全场大乱……

"扑通！"沉重的木笼落入了芙蓉塘，溅起的水花凶狠地击碎了边界早已模糊的天地。被关在木笼里的杨同昌在浑浊的水中惊恐地挣扎着，绝望地伸手试图去抓那些飘荡的水草，当他吐出最后一个气泡之后，终于张嘴发出了不甘放弃生命的呐喊——"啊！"

躺在床上的杨同昌大喊一声，终于从噩梦中醒来，苗令梅拍着他的胸口如释重负，谢天谢地，可算是醒过来了。

杨同昌定定神，这才发现赵当家和一干涉案油商都站在床前。

"恭喜杨东家，贺喜杨东家！"赵当家带众人一起向杨同昌拱手道贺，而后说道，"想我洪江近百年来，洪油皆以刘家油为尊，制油手艺唯崇元隆刘家；那刘云湘恃才自傲，五府十八帮无不夤缘攀附。而今日一战，杨家油大获全胜名动天下，一扫刘家百年积威，实乃可喜可贺。我等愿附骥尾，与杨东家同进退、共患难，还望日后多多提携才是啊！"

杨同昌甩甩脑袋："赢了吗？"

众商回道："赢了！"

看着众人兴奋的模样，杨同昌的脸上并没有笑容，而是心头感到愈加的沉重，他怕死，他想超越刘家，可他绝不敢背负一条人命，而且是刘云湘的命。这场赌油也不同于当年王宝贵和福建油商的争斗，刘杨两家没有仇恨，只有恩情，让人承受不了的恩情……

可是无论杨同昌怎么想，这场赌油的输家是刘云湘！

这一结果出乎所有人的意料，很多油商，尤其是那些过去跟杨家合作的油商，都认为洪江油业行改朝换代的机会来了。

然而，在经过了最初的躁动之后，洪江城仿佛一夜之间突然变得安静了，除了许安邦和罗积善还在弹冠相庆之外，几乎所有油商都不可避免地在想一个问题——若是没有了刘云湘，没有了刘家顶洪，油业行将会面临怎样的局势？欧罗巴那边的生意还会有吗？北洋政府还会采购洪江的桐油吗？或者说，没有了刘家，这洪江繁华还能维持多久？

于是，人们谈论的话题渐渐变了风向，开始称赞祖宗规矩的精妙，揣测杨同昌是否会去“悔赌”——赌油赢的一方若肯在祖师爷面前焚毁《生死状》，输家在道歉之后须承诺三年内不再做油，便可免于沉塘之刑——杀人不是目的，让参赌者洗心革面、痛改前非才是祖宗的本意。

元隆的掌柜们自然是知道这个规矩的，力劝刘云湘去杨家道歉和解，说保命要紧，眼下既然按祖宗规矩办了，那就应该办到底，沉塘是祖制，悔赌也是祖制。

干挑爷和十大会馆当家的陆续到了刘府，七嘴八舌地劝说刘云湘，人命关天，莫要自误，两家都是老交情了，也没什么抹不开面子的。

罗立借着指挥电灯公司的日本技工在街道上拉扯电线的机会，隔着窗户，给正在以泪洗面，悔恨自己因接了杨大江的“定情信物”而酿成如此滔天大祸的天婵一个惊喜——“悔赌的规矩是真的，我就是敢骗我爸，也绝不敢在大小姐面前有半句谎言”。于是，欣喜若狂的姐妹俩冲出闺房，围着刘云湘叽叽喳喳地说个不停，甚至抢着要代替父亲去杨家道歉……

然而，就在所有人都认为刘云湘一定会顺水推舟，按祖宗规矩悔赌，给杨同昌一个台阶下的时候，嵩云山紫竹庵的净月师太却在暗自伤怀。

八水族长告诉了她赌油的经过，并且断定刘云湘是故意把活路留给了杨同昌，否则以刘家制油技艺的传承与名声，怎会落到如此地步？

净月师太闻听，手中的琴弦“嘣”的一声就断了，此时她才想到，难怪刘云湘上次来说话耐人寻味，想必是早已做了最坏的打算。把活路留给别人，这不正是刘云湘吗？

说到“悔赌”之事，净月连连摇头，眼泪潸然而下：“让杨同昌低头我信，让他低头，除非沅江的水倒流……”

果然，刘云湘冲所有来劝他的人说，道歉是小事，三年不做油，还不如让我去沉塘呢！他召集元隆油号的所有掌柜和伙计，从容地说道：“人死了，手艺可不会死。你们都给我听好了，手艺是立身之本，今后只要你们还在洪江，还做洪油，就要多琢磨手艺，不可荒废。否则，我就是变了鬼，也要从芙蓉塘里爬出来去找你们算账！”

刘云湘真的不怕死吗？非也。他就是想看看，若没有了他刘云湘，杨同昌和油业行诸商能否抱成一团来应对许安邦等人的逼迫，来保证洪江的稳定。于是，在众人眼里他便成了一个格外清贵的固执之人。

可即便如此，油业行诸商谁也不敢冒失去刘家这顶梁柱的危险，死保大龙头的想法则更加迫切。一心想救人的干挑爷再也坐不住了，振臂一呼，和十大会馆当家的带领众商浩浩荡荡到了商会，而马克斯凯和詹姆斯也加入进来，众人一致要求变通祖制、废除陋习。

当着罗积善和商会各位耆老的面，干挑爷慨然说道：“祖宗定下这沉塘之刑，乃为惩戒洪商不思进取、偏离大道而生取巧之心，迄今已延续近百年。然斗转星移，世事沧海桑田，如今洪江城与那时相比早已物是人非。民国创立一十二年，律法森严，所谓五寸之矩，尽天下之方。我洪江商道若不鼎故革新，恐有刑杀之祸。老朽代表十大会馆众商恳请商会顺天时随民意，重新订立商道公约，废除沉塘陋习！”

十大会馆当家的和众商齐声跟着喊道："恳请商会，废除陋习！"

罗积善万万也没有想到，这场生死之赌刚刚尘埃落定，原本各怀心思的众商家竟然这么快就众口一词要保一个赌输了的人，这在洪江商道可是破天荒的头一遭。

"看来，你们是商量好了要救刘云湘啊。"

干挑爷道："此举非为刘云湘一人。洪江商路已通达四海，商业纠纷将会越来越多。若不废除沉塘死刑，对洪商来说则是最大的不公平。"

"我非常赞同这种说法！"马克斯凯引经据典，说道，"贵国的黎大总统把孙中山先生的《临时约法》作为国家宪法，规定所有人都是平等自由的，人民之身体非依法律，不得逮捕、审讯、监禁和处罚。我很遗憾你们在做违法的事情。"

一商会耆老怒斥："岂有此理，沉塘乃是祖宗家规，变与不变，与你洋人何干？"

"前辈此言差矣！"钱当家出言反驳道，"洪江与世界各国通商日久，洪油出口贸易乃政府财政支柱，否则张督办不会长期在此坐镇。古人云，圣人苟可以强国利民，不法其故，不循其礼。还请诸位前辈三思。"

几位耆老闻听，唏嘘无语。

詹姆斯回身，扬着两手大声询问众商："我们大家都是家世清白的商人，有谁愿意做杀人犯？有谁？沉塘太野蛮了，必须马上废除！"

"废除！"

"废除！"

众商一致呼喊。

罗积善抬起手，示意众人安静，随后娴熟地打起太极："古人云，天变不足畏，祖宗不足法，人言不足恤，顺应潮流乃大势所趋。既然今日众口一词要废除沉塘死刑，罗某亦非食古不化之人，自当勉力而为。不过，事关整个神农宫油业行商家的利害得失，还请诸位宽限些时日，容商会与各方协商，以策万全。”

听罗积善如此说话，性格暴躁的武当家不耐烦地叫道：“万全个鬼啊，等你们商量出章程，人早死了！”

干挑爷急切道：“罗会长，拖延不得啊，刘云湘命在旦夕……”

“刘云湘是死是活，全在杨同昌的一念之间。”罗积善见众怒难犯，便又故技重施，把矛头引向杨同昌，“干挑爷身为油业行签子客之首，这祖宗规矩中的玄妙，难道还用罗某来提醒吗？”

是啊，罗积善此言非虚，有“悔赌”的规矩在，何不相求于杨东家？干挑爷等一行人出了商会，直奔杨府。

其实，干挑爷等人所不知道的是，这赢家按祖宗规矩“悔赌”的风声，就是杨同昌偷偷放出去的，目的是想让刘云湘主动上门来道歉，这样既保住了刘云湘的性命，也提高了杨家的名望，皆大欢喜。

为此，杨同昌特意换上了一身料子昂贵的长衫，把脚上的皮鞋、身上的怀表和手上的扳指镏子擦得锃亮；苗令梅也穿上了一件崭新的碎花旗袍，把腰身衬得格外苗条。两人从一大早就张罗着洒扫房屋张灯结彩，把伙计和用人们指使得团团转。

夫妻俩是想想都兴奋。谁要来啊？刘云湘何许人也？天下五府十八帮油业行的大龙头，名震西南五省的商界领袖啊。他来登门道歉，那是多大的面子？甚至，自己要再拿拿架，让他亲口承认洪油是家父杨顺帆发明的，那岂不是……嘿嘿，夫妻俩打着小九九，笑得合不拢嘴，心里美得宛如喝了蜜一般，就等刘云湘上门了。

可是等来等去，干挑爷和十大会馆当家的都到了，唯独不见刘云湘。

干挑爷等人一见杨府里里外外这架势，心里登时如明镜一般，但奈何刘云湘不低头，所以人人也只能揣着明白装糊涂，一个劲地拿好话恭维杨同昌。

“同昌啊！”干挑爷笑眯眯道，“当真是让老朽刮目相看啊，这回不但为杨家油扬了名，也断了洋人和官家要扰乱洪江、打压洪商的念想，可喜可贺啊！不过话又说回来，输家是刘云湘。且不说你生性善良，自不会做那伤人性命之事，就说你父亲杨顺帆也出自庆隆老太爷门下，师徒之间更是情深似海。老朽和各位当家的今日能够亲眼见证你悔赌救人的义举，实乃三生有幸啊！”

“是啊是啊！”钱当家立马附和道，“商家以和为贵，杨东家此举必将为商道同仁津津乐道，传为佳话。”

“这就是一举成名了，杨东家可要请客哟。”赵当家笑着敲边鼓。

武当家大气地一挥手：“请客是小事，我宝庆会馆理当代劳，大观楼怎么样？哈哈……”

杨同昌有点蒙：“诸位，干挑爷，我实在是……诸位难道不知道，这悔赌，它，它可是有规矩的……”

“当然有规矩，此乃洪江大事，岂可亏了礼数。”干挑爷拍着他的肩膀，点头认同。

“三牲供，香烛纸马这些琐事，不劳杨东家费心！”武当家大包大揽道，“再请两个辰河高腔戏班，咱们热热闹闹地办！”

“不是，我是说，那刘云湘也得有所表示吧？”杨同昌摊着两手，为难地看着众人，“他不来道歉，这，这让我……”

“嘿嘿！”干挑爷呷了口茶，云淡风轻地摆手道，“同昌，谁跟谁啊，刘云湘那狗脾气你又不是不知道，人命关天的事儿，抬抬手过去算了。”

几位当家的又是连声附和——

“杨东家既是做善事，心到鬼神知，又何必在乎这些虚礼？”

“别管他刘云湘如何，杨东家主动去祖师爷跟前悔赌，那才显得高人雅量，大仁大义，诸位说对不对？”

“对，这才是洪商本色！”

“壮哉，壮哉，如此一来，谁还能说我洪江人心不古？”

……

十大会馆当家的都随干挑爷去了杨府，力劝杨同昌“悔赌”，而且竟然还是罗积善指的路子——许安邦很快就得知了这一消息，他气恼地令副官去“请”罗积善。

罗积善赶到的时候，正看见许安邦在庭院中杀气腾腾地舞动着战刀，他感到气氛不对，便急忙解释道：“我也是没想到，刘云湘的生死，让原本一盘散沙的十大会馆抱成了一团，要废除沉塘死刑，动静闹得不小啊……”

话没说完，许安邦的战刀“刷”地就到了罗积善的脖颈上，罗积善登时一惊。

“不会是你这个商会会长故意放水吧？”

罗积善用手指小心地推开刀刃：“罗某岂敢坏了许大人的事，只是祖宗规矩如此。”

许安邦收回刀：“什么狗屁祖宗规矩，明明可以痛痛快快地杀人，偏又生出这么些幺蛾子来！”

罗积善忙道：“许大人放心，以罗某看来，他们就是闹得再欢，刘云湘未必能逃过这一劫。”

“你就那么有把握？”

罗积善笑了：“一山难容二虎嘛。”

杨同昌坐在空荡荡的客厅里，看着桌上那一个个留有残茶的杯盏，心里有一种被人给捧到了天上，又重重摔下来的感觉。

苗令梅送走了干挑爷等人，带着满脸兴奋，一边指使用人收拾桌子，一边对杨同昌道："老倌，成了！咱家这回可要发达了，我看事不宜迟，明天你就去祖师爷面前烧了那《生死状》！"

杨同昌喃喃说道："我怎么觉得，是我自己上杆子在巴结刘云湘啊？嘿，赌油他输了，连个面儿都不照，一句道歉的话都没有……"

苗令梅脸色一正："哎，我可告诉你，面子再大也没有一条人命大，咱家能不能回祖宗祠堂我不在乎，也不怕跟着你过苦日子，生意不做又怎么样？你要是敢动半点歪心思，我就一把火点了这个家，不过了！"

"哎呀夫人，夫人息怒！"

"得饶人处且饶人嘛，否则跟图财害命有什么区别？"

杨同昌思忖片刻，起身呵呵笑道："夫人不必担心，山人自有妙计。他不来给我道歉，我主动去找他和解，这不就皆大欢喜了吗？"随后凑近苗令梅与她耳语了一番。

苗令梅闻听，睁大了眼睛："这能成？"

杨同昌得意地说道："那就是一头倔驴，我岁数比他大，我让着他。"

杨同昌心里有了主意，说干就干，叫来恒顺油号掌柜，如此这般地嘀咕了一番。恒顺掌柜也不含糊，立马带上几名伙计脚不沾地地四处跑了一通，终于在日落之前，把东家交代的事情都办妥了。

第二天一大早，当袅袅的炊烟刚刚冒出各家窨子屋的屋顶之时，恒顺掌柜便兴奋地一溜小跑到了杨府门前，紧跟在他身后的是分别抬着用红绸遮盖着的匾额与一架青竹滑竿的伙计，再后边是一群拿着唢呐、锣鼓等乐器的戏班人马。不多时，十大会馆当家的也都被邀请到了现场。来往行人不知发生了何事，都蜂拥着围过来观看，一时间，杨府门前热闹非凡。

杨同昌踌躇满志地走出院门，紧跟在身边的苗令梅一边帮他抻着衣衫，一边叮嘱道："他赌油输了，心里委屈，要是说话不中听，你就看在两家交情的分上多忍忍，别跟他计较。”

“宰相肚里能撑船嘛，就是过去，我也没跟他一般见识过。”杨同昌随后对人群中十大会馆当家的拱手道：“同昌不才，今日愿主动上门去与刘家和解，还要有劳诸位当家的随行做个见证。”

众人闻听，精神顿时为之一振，叫好声轰然而起。赵、钱、武等十大会馆当家的纷纷兴奋地抱拳回礼，点头应允。

杨同昌下了台阶，走过去伸手掀开一角红绸，满意地看了一眼牌匾，坐上了滑竿。

“锣鼓家伙都打起来，走喽！”

随着恒顺掌柜的一声呼喊，霎时间，唢呐锣鼓齐鸣，一众人等跟着打头的杨同昌和抬着匾额的伙计们，直奔刘府方向而去。

这支队伍在街道上吹吹打打招摇过市，自然吸引了更多的人加入，其中便包括了马克斯凯和詹姆斯。这两个洋人一听说是去刘家和解的，便兴奋得发了疯，抢过戏班的乐器，连吹带打又跳又叫……

而高署地在路边人群中看到这一幕，急忙转身向码头飞奔。

此时“积善商行”的几只货船正停泊在码头上，罗积善陪着许安邦在查验新运来的一批“特货”。

“都是上好的云土。”罗积善道，“贵阳锦盛隆烟号雇佣马帮把烟土运到镇远码头，走沅水经新晃、芷江到洪江。”

“这条路不能断。”许安邦心想，这也是自己的财路。

“按老规矩，交给福全堂加入辅料，利润丰厚。若走龙船塘、鹰嘴界往宝庆方向，价格可翻一番。”罗积善请求道，“只是山高路远，还要依仗许大人的兵马护送。”

许安邦笑道：“自家生意，好说。”

“东家！许大人……”

随着喊声，高署地跳上船来，气喘吁吁地禀报道：“杨同昌抬着牌匾，找刘云湘和解去了！”

许罗二人闻听一愣。

“哼哼！”许安邦冷笑，“现在要和解，恐怕是晚八秋了吧？”随后令手下副官换上便衣速去查看，一旦发现刘杨和解，立刻干掉杨同昌。

“是！”

罗积善闻听大惊，急道：“且慢！”拦下副官，不解地询问许安邦：“刘杨二人就是死，也要死在祖宗规矩之下，这样我们才可以名正言顺地出面控制洪江商道，许大人何必出此下策？”

“罗大善人，你我的目的都是要杀人，比起你的软刀子来，老子更相信子弹。”

许安邦的如意算盘是，在刘杨和解之前杀了杨同昌，那么刘云湘则必按祖宗规矩沉塘，刘杨皆死，洪江油业行土崩瓦解，自己便可以分而治之。

但罗积善内心的想法是，若抛开商道规矩硬来，自然可以置刘杨于死地，不过，他这个商会会长也同样会失去插手油业行的理由。那么在未来的洪江，许安邦就很有可能把自己排斥在外而独自掌控洪油贸易市场。所以，他现在宁可冒着刘杨和解的风险，也不愿让许安邦一家独大。

在副官走后，罗积善暗暗冲高署地示意。高署地自然能够领会东家的心意，于是便瞅了个机会，悄然离去……

刘云湘今天本来打算派老家丁把两个女儿给送到溆浦的姥姥家去。一则是听闻干挑爷携十大会馆油商去商会为自己请命，他甚感欣慰，只要洪商们能心怀大义抱成团，那么自己是死是活已经不重要了。二则他断定杨同昌一定会去悔赌，所以自己也未必就有性命之忧。只是现在命悬一线，实在不忍心让两个女儿担惊受怕。而湘夫人所在的溆浦向氏家族，则是当地的名门大户，让女儿去那里避一避，自己也好放开手脚处置眼下的事务。

可是两个女儿却谁也不愿意走，在这个节骨眼上，她们怎么能离开自己的父亲呢？而就在天婵和天娟一哭二闹跟父亲纠缠的时候，大门外响起了热闹的锣鼓唢呐声。

杨同昌见刘云湘和两个女儿走出门来，急忙早早地下了滑竿，紧走几步近前拱手道："云湘啊，自打赌油之后你一直深居简出，杨某琐事缠身也没能来问候一声，实在是失礼啊。"

"啊哈，不敢当不敢当。"刘云湘凑近杨同昌，热络地问道，"赌油那天可是你倒下了，怎么样老杨，活得还好吧？"

"还好，还好。来来来，云湘，看我给你带什么好东西来了。"杨同昌说着，引刘云湘来到牌匾前，"快掀开看看！"

刘云湘抄着手，摇头。

杨同昌无奈地笑了："你看你，输了一场油，人也变得谨小慎微了。哎呀，也难怪，不经一事不长一智啊。"

"可不是嘛，我是一朝被蛇咬十年怕井绳啊。"刘云湘笑着打趣。

"怕什么，我这不是来救你了吗？你看！"杨同昌一把掀掉红绸，亮出了一块崭新的描金牌匾，上写"始肇洪油"四个大字，引得众人啧啧称赞。

"漂亮吧？上好的广木，我特意从会同县进的；这字也是名家所写，华成老字号的手艺，不瞒你说，我可是花了这个数……"杨同昌说着，伸出了五根手指。

刘云湘看着匾，赞道："嗯，漂亮！"

"知道什么意思吧？"杨同昌得意地指着牌匾，"始肇洪油，就是说咱们洪江原来没有洪油，后来有人发明了洪油，而这发明了洪油的人，理当受到大家的尊崇。从无到有，这叫'始肇洪油'！"

"哦，听你这么一说，还真是那么回事。那这么说这块匾，是你专门来送给我刘家的？”刘云湘饶有兴趣地看着杨同昌。

“不不不！”杨同昌把头摇得像拨浪鼓，“这块匾是你要送给我杨家的。”

刘云湘故作不解，说道：“这话我就听不懂了，你看你老杨花了大价钱，弄来这上好的广木，又请了名家题字，华成老字号制匾；还招来这么多人……”

“莫急，莫急，云湘啊，你听我给你解释，是这样，你不是赌油输了吗？”

“输了，怎么了？”

“怎么了，你不要命了？”杨同昌推心置腹地说道，“咱两家是什么交情，我能眼睁睁看着你去沉塘吗？你要面子，不好意思去道歉，我跟你嫂子心里都明白。这不是，牌匾我做好了，人我也都给你找齐了，你就坐在这滑竿上，当然，你想开车去也行。总之，到我家去一趟，撂下牌匾就算意思到了，我也好有个台阶下，到祖师爷面前把生死状这么一烧，你不就没事了吗？”

刘云湘忍着笑意，看着杨同昌神神道道的表情，不由得在心里暗叹，这弄块牌匾来争名的招数，恐怕也只有眼前这位表面忠厚内心精明的仁兄能想出来。

杨同昌的话音落地，武当家竖着大拇指赞道：“瞧见了吧，这才是做人，不服不行。”

马克斯凯冲刘云湘说道：“我的朋友，杨先生已经做到了仁至义尽，还有什么可犹豫的？”

詹姆斯张开两手：“哦，上帝，生命是如此美好，两位先生能够化干戈为玉帛，善莫大焉！”

一时间众人都纷纷庆贺，刘杨和解，天下油业行又将增添一段佳话。

刘云湘苦笑着叹口气，他心里明白，自己要想活命就必须给杨同昌这个面子，而杨同昌比自己更需要面子需要名声，因为只有挣到了极大的面子和名声，杨同昌才能有资格向八水族长要求重回杨家宗祠认祖归宗，给苗令梅一个体面的名分。罢了，当年自己的爷爷把清代底油这镇号之宝都送给了杨家，现在自己送他一块他自己做的“始肇洪油”的牌匾又算得了什么？

想到此，刘云湘刚要开口答应杨同昌的要求，却不料刚跟高署地低头嘀咕完的大掌柜快步凑到近前，在他耳边低语了几句。

刘云湘听了，把目光望向身穿便衣、挤在人群中的副官，见他正不动声色地向杨同昌靠近，心下登时明白了，许安邦这一招可谓阴损至极，只要自己开口答应送匾和解，杨同昌就会立马血溅当场，而自己也终逃不过被沉塘的命运。

刘云湘向高署地投去感激的一瞥，略一思忖，哈哈笑着拉过杨同昌远离了渐渐逼近的副官，接着前面的话题故意纠缠道：“呵呵，我明白了，你今天来，是要把这个匾送给我。”

“不是，不是送给你，是要你来送给我。”身处危险之中而浑然不觉的杨同昌还在竭力想达成自己的目的。

“那你不先送给我，我拿什么送给你？”

杨同昌一愣：“哎，要说也是啊。”

“这不就清楚了吗？你老杨做了这块匾，敲锣打鼓地送给我刘家，那我得先收下，这没错吧？”刘云湘说着，招呼大掌柜等自家伙计，“来来，快接过来，小心！别掉地下，杨东家的一片心意……好了，那这块匾现在就是我刘家的了？”

杨同昌点头：“对对，这是第一步，然后你再……”

“然后我是不是把这块匾，敲锣打鼓地送去你杨家，咱哥俩再说？”说话时，刘云湘瞟着人群中的副官，他现在只想先保住杨同昌的命再说。

可杨同昌却急了：“哎，怎么能再说呢，这可是说好的，我先送给你你再送给我，云湘，你这样可不行……”

“爸，难得杨叔叔主动来跟您和解，您就去一趟吧。”天婵见状，忍不住插话劝父亲。

天娟也说：“爸，您要不去我可去了！”

杨同昌恳切说道：“云湘，我这也算是主动上门来请了。”说着，示意滑竿过来，他一把拉住刘云湘：“来吧，我比你年长几岁，你难道还让我跪下来求你不成？”

刘云湘眼见那副官又挤了过来，衣襟下黑洞洞的枪口已经对准了杨同昌，他急忙再次把杨同昌拉到安全位置，手指众人说道：“老杨，我看今天来的人还是太少，不够热闹啊。”

“这，这人还少？”

刘云湘吩咐大掌柜：“去把咱们作坊的老师傅们都请来，爷爷辈的也给抬来，让老人家来给做个见证。”

大掌柜应声掉头去了。

杨同昌闻听，受宠若惊地连声道：“哎呀，这可使不得，这太隆重了！云湘，那些老人可都是咱们油业行的宝啊，你把他们都请来，让杨某情何以堪啊。”

“这事儿要的不就是个热闹嘛，放心，我会让整个洪江城都知道你老杨宽宏大量、大仁大义的美名。”说完，刘云湘冲戏班的人拱手道，“诸位来的时候我不管，那是杨家请的你们。现在是我刘家的事儿，拜托各位都卖卖力气，咱怎么热闹怎么来！”随后又对天娟一个手势指过去：“娟啊，你不是爱唱戏吗？”

天娟高兴地应了一声，跑到人群里拿了把唢呐就吹起来，随着这声唢呐，整个门前宛如搭起了戏台，许多人情不自禁地跟着戏班的人又舞又跳。而那名副官在不停晃动的人流中，一时再也找不到射杀杨同昌的机会了。

不多时，作坊里的老师傅们都来了，大掌柜也带人用滑竿把耄耋之年的“掌箭爷”给抬到了现场，于是众人赶紧消停下来，纷纷上前拜见掌箭爷。

掌箭爷一见刘云湘，便颤着胡须絮叨个不停：“总给别人说媒，还能不老了自己的崽？如今叫花子要赶走庙主子，能怪得谁来？年轻啊，且受着吧！”

杨同昌上前对掌箭爷恭敬施礼道：“恒顺杨同昌，见过掌箭爷，您老人家身体可还安好？”

掌箭爷眯着眼睛打量着杨同昌：“哦，是顺帆的崽，赌油赢了，后生可畏啊。”

杨同昌道：“家父生前多次提及，当年他在元隆学徒的时候，都是您老人家手把手地教他，在下替家父再次感谢掌箭爷的恩德。”

掌箭爷连连摆手：“莫要拜错了菩萨，当年若非老东家赏口饭吃，大家都得饿死，你父亲也不例外。”

“那是那是。”杨同昌悻悻地拱手。

“大家都静一静。”刘云湘看着众人说道，“人，我是都请来了，咱们就说说这块匾。掌箭爷爷是大家公认的资格最老的见证人，他老人家在洪江还没有洪油的时候，就是榨油作坊里的掌箭师傅。”说着，来到掌箭爷跟前问道：“在您老看来，咱们这洪江谁才能当得起这‘始肇洪油’四个字？”

掌箭爷捋着胡须说道：“老朽记得，应该是在光绪六年，渤海道商人向庆隆老东家提出，桐油遇冷上冻、化开则废，亏了大本钱。也正是因为如此，北方客商进货量很小，咱们洪江的油商为桐油卖不出去而发愁。老东家从那时候起就整天泡在作坊里，一心要搞出不上冻的桐油……”

“容同昌冒昧打断前辈。”杨同昌拱手道，“庆隆老东家一心改良桐油品质这是不假，但是洪油的发明，乃是因我父亲炒煳了桐子……”

“闭嘴！别人以讹传讹也就罢了，你杨家人可不能胡说八道！”掌箭爷指着杨同昌教训道，“刘家作坊榨出第一桶洪油的时候，就是老朽亲手掌的油箭。那时杨顺帆早已成家，也有了你这个崽，老东家把他带在身边，手把手地教他做生意，怎么可能让他去作坊里炒桐子？人心啊，不能都被银子给熏黑了，那第一桶油老东家可是含着泪送给了你父亲，不然哪会有你杨家的今天。”

杨同昌听了，蹲下抱头不语。

众人一片唏嘘。

刘云湘此时已做好了赴死的准备，刘家祖上从未亏过杨家，而自己今天也要舍命保下杨同昌，不知情的人或许以为自己是固执、死要面子，但虚名何足道哉，舍生取义不正是自己所追求的吗？

于是他对众人说道，谁始肇了洪油，是非自有公论。不是我刘云湘今天要较真，我知道杨东家是好意，神农宫的祖宗规矩在那摆着，今天我把这块匾送过去，不用说，杨东家一定会到祖师爷跟前去悔赌，焚毁生死状，救我刘云湘一命。可是这块匾上“始肇洪油”四个字让我想起了先祖，让我知道做人比做油更重要。人生长恨水长东，祖宗在天上看着，每个人都有至死也不能放弃的原则，所以今天这块匾我收下了，这条命我不要了！

一番话说完，刘云湘冲大掌柜等人喊道：“挂匾！”

大掌柜愣了愣，见自己东家一脸决绝神色，只好招呼众掌柜和伙计搬梯子挂匾。

戏班的人一看，急忙又吹打起来。

眼看着“始肇洪油”的牌匾被高高抬上了刘府的门头，杨同昌恼得大喘了几口气，指着刘云湘道：“这，这可是你自找的，你自找的！”说完，带着自家掌柜和伙计拂袖离去。

刘云湘看了一眼在人群中茫然无措的副官，冲高署地暗自点点头，在众人怔怔的目光下转身进了院子……

第五章

长沙，一辆黑色轿车驶出了日本领事馆的大门。

河田领事并不喜欢藤原，但对其在商业身份之外所拥有的军方背景颇为忌惮。他觉得藤原为了把一个洪江的油商置于死地而拉着自己亲自去找赵恒惕，实在是有损日本帝国的尊严。但是藤原所说的一番话，让他又不得不佩服对方的战略眼光的确极为长远。

近代帝国的强盛都离不开海权的争夺。英国之所以强大，是因为它在十八世纪打败了西班牙、荷兰那些号称“海上马车夫”的国家，抢占了众多殖民地，获取了大量的资源。日本也是在“日清战争”中打败了北洋水师才称雄于东亚。但遗憾的是，日本本土资源匮乏，仅仅是桐油的稀缺，就制约了造船业的发展，影响了对海外的扩张。这也是藤原长期以来一直上书内阁，反复强调控制洪江对日本具有非凡意义的原因所在。

作为一名忠诚于天皇陛下的爱国者，藤原认为，英美势力早已插手洪江，刘云湘既然不能为我所用，那么，就只能让他从这个世界上消失。

……

藤原是追着马克斯凯和詹姆斯来的，后两人在刘杨和解失败后，不得不另辟蹊径，跑到长沙来搬出英美领事对赵恒惕施压。

湖南省在二十世纪二十年代的中国之所以与众不同，是因为这里破天荒地出现了历史上第一位“民选省长”。从民国九年谭延闿与赵恒惕通电全国，宣布实行“联省自治”，到两年后省议会公布《湖南省宪法》，这一切在美国领事霍华德和英国领事查尔斯看来，简直就是美国联邦体制在湖南的翻版，非常符合英美的利益。那么，如果此时洪江用“沉塘”这种极其野蛮的方式来杀死一位非常著名的商人，这无疑会给赵恒惕政府带来负面影响，进而使英美名誉受损。

这番话赵恒惕听在耳朵里，笑在心里。洋人们还是太天真了，只看到他是所谓的“民选省长”，却忘了他赵恒惕还是湘军总司令。相对于刘云湘的性命来说，他更在乎的是各地商会所掌控的钱财以及所操控的民意。所以他笑着对几位洋大人说道：“洪江是个很奇妙的地方，它的商业文明直追英美，但是民间却用宗族家法来约束行为，这就是特色。”

霍华德警告道：“赵省长，不要低估了文明世界的力量，洪江的野蛮行为必须停止！”

“霍华德先生，美国的印第安人都死绝了吗？”

随着话音，藤原与河田出现在众人身后。

“东西方存在着巨大的文化差异。”藤原说道，“可能也只有我大和民族才能够理解，浸猪笼这种处罚方式中国自古就有。”

查尔斯用奚落的口气反驳说：“明治维新之后，日本号称东洋，所崇尚的可是我欧美文明。”

河田针锋相对：“但是日本也保留了自己古老的传统，像武士切腹这种悲壮的裁决方式，你们英国人就做不到。”

“见鬼，美国的印第安人现在可以拥有自己的领地。”霍华德感觉自己受到了侮辱。

藤原追问：“既然美国能够包容印第安文化，为何就不能允许洪江以自己的方式来处决刘云湘？”

东洋人和西洋人围绕着刘云湘的死活开始了无休止的争吵。

而就在这时，从北平发来的一封电报惹得赵恒惕火冒三丈——北洋政府下令，提前征收湖南省明年的税费。原因很简单，若刘云湘死了，北洋政府的桐油出口贸易势必会受到沉重打击，财政吃紧。

人你可以杀，但是政府也要吃饭啊。远在洪江的张督办把此事直接捅给了黎大总统。于是，堂堂国民政府的财税收入就与刘云湘的生死挂上了钩。

湘省虽然是独立政体，却无权干涉中央政府的税收。这一点，赵恒惕看得很清楚，此例一开，湖南必然大乱。

藤原与河田也不得不掂量掂量，在湖南的诸多日本商人，难道都甘愿付出如此沉重的代价来杀死刘云湘吗？

随后，“民主”二字便成为各方势力相互妥协的一个工具，东洋人和西洋人以及赵恒惕终于找到了一个最佳的解决方案——用民主投票的方式来决定刘云湘的生死。

数日后，一张贴在商会门前的省府告示再次在洪江城引发了轰动，吸引了众多商人前来围观。

而让众人不解的是，告示上明明说是“为秉承我湘省民主自治之精神，匡扶现代文明，破除民间陋习”，却还要投票定人生死；更让人疑惑的是要由三个洋人来监督投票，规定若生死两票持平，则要由这三个洋人来表决。那岂不是说刘东家的死活最后还是洋人说了算？

“知足吧！”千挑爷看了告示长舒一口气，说道：“这就是明着要给刘云湘一条生路啊。"

"此话怎讲？"众商都看向干挑爷。

干挑爷指着告示解释道："且不说投票结果如何，这三个洋人里头，藤原老朽不敢妄下推断，詹姆斯和马克斯凯是一定要保刘云湘的，这就足够了。"

"哦，妙啊！"

众商这才明白，原来所谓的"民主投票"不过是个幌子而已，其玄机在于"上面"既不愿得罪乡绅，又想要留下刘云湘的性命。

可结局真会如此吗？

刘云湘不信。他心里很清楚，从杨同昌来送匾那一天所发生的事看，自己不死，杨同昌就不能活。所以他早早把生意上的事安排给了各位掌柜，把两个女儿托付给了溆浦向家，自己则做好了最坏的打算。此时，他对前来报喜的大掌柜说道："投票？亏他们想得出来。一群人围着猪圈，指着一头猪说该杀不该杀，你觉得这是好消息吗？"

许安邦和罗积善也不信。透过窗户，看着围在告示前的人群，两人现在算是彻底明白了，只要刘云湘不死，即便是得到了那桶清代底油在洪江放屁也不响。在叫来高署地面授机宜之后，两人更加确信，洋人监票又如何？"民主"一样是可以杀人的。

藤原更是不信，他认为中国有史以来就没有真正的民主，洪商们更不知民主为何物，一张票虽然可定人生死，但对他们来说，还不如一块大洋来得实在。

唯有马克斯凯和詹姆斯真的把自己这监票人的身份给当成一回事了。可是到了投票这一天，两人特意换上了燕尾服、拄着文明棍，步态矜持地来到商会，却发现众位商人正排着队，在许安邦、罗积善和藤原以及一群持枪团防兵的监视下，几乎把票都投完了。

两人想让众人重新投票，却被许安邦和藤原竭力阻挠，理由是中国人有办事图吉利的习惯，吉时已到自然就顾不上两位洋大人了。

接下来便进入了计票环节，只见唱票的高署地从票箱里拿出一张票，喊道：“刘云湘，死！”而后把票揉作一团，扔进旁边竹筐，又拿出一张，“刘云湘，死！”

接下来还是“刘云湘，死！”

……

眼看黑板上“死”的数字一路飙升，众商都坐不住了。“有鬼，这票一定有鬼！”钱当家说着要去翻看被扔在竹筐里的票，却不料被高署地抢先一步，把竹筐里唱过的票统统给倒进了水井。

经这么一闹，黑板上最终显示的结果是生票二十八，死票二十九。而就在藤原要宣布这一结果的时候，人们突然发现，杨同昌手里还有最后一张票没投。

杨同昌看了看手中的票，说道：“有劳各位抬着黑板，跟我走。”

杨同昌带着众人出了商会，来到刘府门前，举着手中的票对闻讯出来的刘云湘说道：“云湘，看看大家投票的结果，想要你死的人可不少啊。现在就剩下我手里这最后一张票了，如果我投在‘生’字下，马克斯凯和詹姆斯可保你一命。云湘啊，我也不难为你，你就当着大家伙儿说句话，承认是我父亲发明了洪油，让我杨家能够名正言顺地供着那桶清代底油，以后咱刘杨两家两好合一好……”

“刘云湘！”没等杨同昌把话说完，许安邦便语带威胁道，“今天无论是你还是杨同昌，可都只有一条命，你可要想好了。”

杨同昌和许安邦，一个还是要和解，一个想要杀人；刘云湘面临着最后的选择，迎合杨同昌，他可以保命，拒绝杨同昌他便是死路一条。但他也知道，自己能够活下去的代价便是杨同昌的死亡。于是他看了看目露凶光的许安邦，对杨同昌开口说道：“老杨啊，你送的牌匾还在我门头上挂着，想怎么投票是你自己的事儿。我刘云湘今天就是豁出这条命也要看看，这洪江油商们的良心是不是都被钱财给朽烂了，是不是都被狗给吃了！”说完，他拂袖回了院子，把杨同昌和众商晾在了当场。

杨同昌气恼地拿着票在黑板上的“死”字下试了试，终于没有投下，而是咬着牙唰唰把票给撕个稀烂，随手一扬，在飘飞的纸屑中转身离去，却不料背后传来了藤原的喊声——

“最后一票弃权，刘云湘，沉塘！”

刘云湘活不成了，各方势力都开始重新揣测洪江油业行未来的格局。

十大会馆乱成了一锅粥，以后是追随杨家，还是自立门户，抑或是投靠本省军阀？当诸多选择一下子摆在面前时，各家会馆反而显得茫然无措了。

许安邦和罗积善自然是弹冠相庆，并且从投票这件事上确定东亚电灯公司的藤原将会是他们未来合作的对象。

藤原此时可谓心有灵犀，他断定刘云湘一死，独霸洪江的一定是许安邦和罗积善。因为现在清代底油还在刘家，杨同昌没有号令天下油商的资格。

那么马克斯凯和詹姆斯则只能接受英美日在洪江三足鼎立的局面了。

这一天，所有人都在想着刘云湘死了以后的事情，只有净月师太和八水族长无助地站在山崖之上，遥望着沅江上顺流而下的一长串木排，听着随风吹来的阵阵高亢激越的沅江号子，祈祷上苍施展翻云覆雨之术，哪怕是给刘云湘一个渺茫的生存希望……

明日一早刘云湘就要被沉塘了，杨同昌的心里悔恨交加。他后悔当时怒气攻心撕了最后那一张票，陡然断了刘云湘的生路；但他更恨刘云湘宛如茅坑里的石头，不给自己留一丝机会，把他杨同昌生生给逼成了“不杀伯仁”的王导，这辈子都要背负着忘恩负义的骂名。

他把自己独自关在祖屋内，抱着杨顺帆的牌位哭得鼻涕一把泪一把，此时能理解他的大概也只有父亲大人了——

“……不是儿子要害他性命，是他自己不要命了。父亲大人，这您也知道，他就是这么个驴脾气啊，呜呜……不过他死了也好，咱杨家以后就可以名正言顺地供着那桶……”

“清代底油何在？”忽然，一个声音从头顶幽幽传来。

“还在刘家……”

“那你这是不孝啊。”那个声音责备道。

“是是，儿子不孝，儿子我……”突然，杨同昌意识到，死人是不会说话的，登时吓得“咣当”一下扔了牌位，起身回头发现原来是刘云湘站在背后，这才松了口气：“哎呀你，你怎么来了？”

“好好供着吧。”刘云湘把手里抱着的那桶清代底油放在灵案之上。

杨同昌看着那桶油，一时不知该说什么好。

“云湘，我，我今天……”

刘云湘摆摆手：“我死不足惜，只是这祖宗传下来的手艺，断了可惜啊。”

“是可惜，可惜，唉，幸好我杨家油后来居上，竟然能跟这清代底油一模一样，不然，那可真是要给祖师爷丢脸了。”

刘云湘笑了：“只要你心里还能想着祖师爷就好。”

杨同昌捡起牌位，连连点头道：“集财千万，不如薄技在身。这道理我还是懂的。”

“老祖宗在做油手艺上的精妙，那是学不完的。老杨，货高招客远，今后杨家油要想在洪江独领风骚，你还要下一番苦功啊。”

刘云湘说完，拍了拍杨同昌，转身飘然离去。

杨同昌愣怔着看着刘云湘的背影，寻思着刚才他说的话语，越寻思越觉得不对头。赌油我赢了，以后当然要独领风骚了；什么“货高招客远”，这还是说我杨家油不行啊！都说人之将死其言也善，他这是何苦呢？

杨同昌疑惑地来到那桶清代底油前，打开盖子，刚瞄了一眼心里便“咯噔”一声，又细闻了闻，脸色登时大变，抱起底油转身噌噌噌跑出了祖屋，穿过院子，直奔杨家油库。

进了油库之后指着地上那几桶曾拿到赌油现场的洪油，问负责看守油库的老伙计，这几桶油可曾有人动过？

“这几桶油可是给咱杨家油露了脸，老夫向祖师爷保证，绝对没人敢动……哎，东家，您，您这是要干什么？”

杨同昌在老伙计说话的当儿，把那几桶油统统打开，顺手拿过一根签子挑起来查看，而后又挑起清代底油与那几桶油进行对比，见两者的颜色和黏稠度截然不同，他如梦初醒，不由得倒吸一口凉气，一屁股坐在了地上。

老伙计也震惊地挑起两桶油进行对比，一脸的难以置信。

“祖师爷，我这是造了什么孽啊！”杨同昌爆发出一声嘶喊，起身“砰砰”几脚把地上那几桶自家的洪油踢得东倒西歪，油花四溅。

“东家！”老伙计慌乱之下顾不上别的，赶紧扑上去用身体护住那桶清代底油。

“老倌，老倌！”闻讯跑来的苗令梅见状急忙上前拉扯杨同昌，“哎呀，你干什么，你疯了！”

“我疯了，我是疯了，我，我对不起祖师爷啊……”杨同昌甩开苗令梅，不解恨地抓起一桶洪油使劲摔在地上，随后哭叫着瘫倒在满地洪油之中。

“到底出了什么事，你慢慢说，别把油都糟践了……”苗令梅手忙脚乱试图把他从油污中拉起来。

“夫人啊，咱们都上刘云湘的当了！”

“啊？”

杨同昌痛悔地捶打着狼藉的地面，说出了他刚刚发现的真相——原来，刘云湘在赌油那天，让干挑爷“请”到现场的根本就不是这桶清代底油，他以偷换底油的方式，来确保杨同昌不会输掉这场赌局。

“他不仅救了我的命，还保住了我杨家油的名声……可是我，我都干了些什么啊！”

然而，得知了真相的杨同昌看着自己如花似玉的夫人，想着两个儿子的将来，他虽痛苦万分地辗转反侧了一夜，却终究没有如刘云湘为了他而去慷慨赴死的那般胆魄和勇气。当第二天清晨，七冲八巷九条街上的人们都循着呜呜作响的牛角号声蜂拥奔向芙蓉塘的时候，他依然躺在床上，把自己紧紧裹在被子里如蛆虫一般地颤抖着……

卯时刚过，芙蓉塘边已是人山人海，木笼被吊在高高的刑架之下。场地高处香雾缭绕，在临时竖起的十字形神农牌位下，供着一斗五谷，谷中插有三支秤杆，罗积善带领十大会馆当家的正在焚香祷告。

“刘东家！刘东家……”

刘云湘在几名团防士兵的看押下被关进木笼，一些商人试图靠近，被许安邦凶狠的眼神和士兵们手中的长枪逼退。

许安邦嘴角带着一丝微笑：“刘东家，一路走好。”

隔着木笼，刘云湘回敬道：“刘某先走一步，给许大人去打个前站。”

“好，你有种。”许安邦转头气恼地冲罗积善喝道：“婆婆妈妈的，还等什么！”

罗积善挥手：“沉塘。”

高署地高喊：“沉塘！”

在几名团防士兵的操纵下，只见木笼被刑架高高吊起，伸向水面，随着木笼“扑通”一声落入水中，所有人都屏住呼吸，瞪大眼睛瞅着刘云湘慢慢地沉入了芙蓉塘。随后，众人的目光都转向了神农牌位前那根长长的刚被点燃的一炷香，而罗积善和许多商人则低头看向自己手中的怀表。

紫竹庵内，跪在佛前的净月师太紧张地闭上了眼睛，手中木鱼下意识地跟随着隐约飘来的沅江号子那明快的节奏上下起落，“笃、笃、笃”发出宛如钟表一般的声音。

杨府屋角的大座钟也在滴答作响。躺在床上的杨同昌从被子里露出半个脑袋，魂不守舍地望着天花板……

教堂内，马克斯凯和詹姆斯犹如泥塑一般怔怔地望着墙上的西洋钟，两人已忘了喝酒，手中的酒杯无意识地倾斜着，杯中的残酒“滴答、滴答”地滴落在地上……

香烛冒着丝丝青烟在缓慢地燃烧，时间一分一秒地过去，塘里时而有气泡断断续续地浮上水面。罗积善看着手中滴答作响的怀表，报出时间：“二百二十秒……”

二百二十秒！

二百三十秒。

二百三十秒！

高署地的每一次大声重复，都仿佛在众人的心头重重地敲下一记大锤。

汽车停在不远处路边，坐在车内的藤原看着怀表：“五分钟了。”

罗立吐出口中的烟雾，自言自语道：“幸好两位小姐都去了溆浦。”

芙蓉塘边愈发的寂静，罗积善还在报着时间：“四百三十秒……四百四十秒。”

高署地仍在呼喊："四百三十秒！四百四十秒了……"

净月师太的手在颤抖，木鱼声变得慌乱而急促……

杨同昌的两只手紧紧抓着被子，被子上被撕裂的地方已经露出了棉花。

水面在诡异地打着漩涡。

罗积善数道："五百九十七秒，九十八秒，九十九秒……"

"当啷！"马克斯凯手中的酒杯掉在地上碎裂开来。

"六百秒！"

木鱼声戛然而止，净月睁开眼睛，望向佛祖……

"哈哈哈……"许安邦发出一阵大笑。

香烛燃到了尽头，长长的香灰随风落下……

"香灭了，快起猪笼啊！"人群中有人紧张地高声喊道。

众人疾呼："起猪笼！起猪笼！"

罗积善回头看了看熄灭的香烛，慢条斯理地将怀表收起来，冲高署地示意。

高署地喝道："起猪笼！"

刑架发出吱吱呀呀的声响，只见木杆上吊着木笼的绳子从水中逐渐拉直，粗壮的木笼被拉出水面，众人发出一片唏嘘声，有的忍不住捂住双眼，有的转过身去。

突然，木笼中的刘云湘动了，抬起头"噗"地喷出一口水，随后便是一声响亮的花脸叫板："哇呀呀呀呀！"

众人瞠目结舌地看到，在高高吊起的木笼中，刘云湘竟生龙活虎地唱起了京剧《盗御马》："将酒宴摆置在聚义厅上，我与众贤弟叙一叙衷肠……"

"祖师爷显灵啦！"

不知谁喊了一声，现场登时轰然大乱，众人好似突然回过神来，有人扑通跪地膜拜，更多的人则四散奔逃。

纷乱的场面中，藤原透过车窗，遥望着在木笼中荒腔走板唱着京戏的刘云湘，眼神中不仅有迷茫，还有深深的恐惧……

“爷老倌！”杨二江气喘吁吁地跑进门，带着满脸的兴奋，“沉塘一炷香，刘叔叔他没死，没死！”

杨同昌全身抖了一下，随后慢慢拉起被子蒙上脸，发出了“呜呜”的声音。

曲终人散，芙蓉塘边又恢复了平静。

许安邦和罗积善围着空空的木笼看了又看，敲了又敲，满脸的不可思议……

神农雕像在烟雾缭绕中显得高深莫测，干挑爷和十大会馆当家的带着众商纷纷跪倒在祭坛之下——世人久闻湘西常有鬼神莫测之事发生，但那大多都是神秘的巫蛊之术而已，而刘云湘沉塘一炷香不死，则是众人亲眼所见证的奇迹，是让人们深信不疑的现实神话——这分明是祖师爷在保佑着发明了洪油的刘家，这是神明在眷顾着洪江。

这件事对藤原的触动极大，从芙蓉塘回来，他一直心怀疑问，难道天上的神灵就如此偏爱刘云湘吗？他认为在沉塘的那一炷香时间内，一定有自己所不知道的事情发生。

“董事长，恕我直言。”罗立说道，“好多日本人都把中国人看作是‘劣等民族’，这根本就是扯淡。刘云湘沉塘六百秒不死，你想不通，可洪江的人都觉得很正常。”

“哦？这是为何？”

“要是不相信这是祖师爷显灵的话，那就信科学好了。”罗立想起之前他拿自己做实验的事，不禁带着揶揄的口气道，“去问问沅江上的水客帮，人人都知道，有个叫狗鱼崽的水客一口气能在水下待二十分钟，潜行一里多远。从科学上说这就是人肺活量大小的问题。”

藤原固执地摇头：“我不认为刘云湘有如此大的能耐，否则他们老祖宗定下的规矩岂不成了一纸空文？”

罗立很聪明，见藤原钻了牛角尖，便耸耸肩膀不再言语，心中轻蔑地暗道，你会后悔的。

果然，就在藤原苦思冥想的时候，马克斯凯和詹姆斯抓住机会，与大难不死而成了传奇人物的刘云湘签订了大批洪油贸易合同。在签字仪式上，当着十大会馆众商的面，詹姆斯兴高采烈地说道：“洪江是一座神奇的城市，刘先生也是一位神奇的商人，我们愿意用这些洪油贸易合同，来表达英美两国对这座城市和刘先生的敬意。”

英美两国的贸易大单，仿佛给洪江油业行注入了一针兴奋剂，十大会馆油商们闻风而动趋之若鹜，唯恐错失了商机。一时间，刘府及元隆油号高朋满座门庭若市。

相比之下，杨府那边则门前冷落鞍马稀。

杨同昌怀里紧紧抱着那桶清代底油，神情落寞地蜷缩在椅子上，听着苗令梅述说刘家那边的热闹景象，禁不住黯然神伤。刘云湘乃是神眷之人，自己有这宝贝又如何，还不是打败的鹌鹑斗败的鸡？罢了，如今人家是衡山天下秀，我算什么，洞庭水一瓢而已。现在生意都到了刘家，咱们想要出人头地，重回杨家祠堂恐怕是没指望了。

“要不，你去求求刘云湘？”苗令梅替自家老倌着急，早知如此何必当初啊！不过，她认为刘云湘绝非小气之人，他不是常说，天下人的钱天下人赚吗？

杨同昌摇头叹息，小气不小气那得看事儿大小，我差点要了他的命啊，现在他不来踩我两脚就烧高香了……

“老杨，在家吗？”

两口子正在嘀咕，忽见刘云湘带着大掌柜来了。杨同昌惊愕之余慌忙起身放下油桶，脸上强堆起笑容：“哎呀失礼失礼，你看我这，不知道云湘你要来……”

苗令梅也忙着让座、沏茶："云湘啊，可真有你的，沉塘一炷香出来你还变成窦尔敦了，可把奴家给吓坏了，来来，快坐！"

"有劳嫂夫人。"

"事儿都过去了……"杨同昌不满地白了苗令梅一眼，对刘云湘不安道，"你嫂子是有口无心，别往心里去。那个，云湘，你今天这是……"

"好事。"刘云湘示意大掌柜。

大掌柜马上从皮包里拿出厚厚一沓合同铺在桌上："请杨东家过目。"

杨同昌大感意外地迟疑了一下，随后俯身过去仔细看那些合同，那上面显示的竟然是刘杨两家合伙，他禁不住又惊又喜，半晌，红着眼圈看向刘云湘："这，这叫我说什么好……"

"看清楚，名字是我替你签的。"刘云湘指着合同打趣道，"怎么样老杨，比你在《生死状》上签的名好看吧？"

杨同昌惭愧得无地自容："唉，你就别哪壶不开提哪壶了。"

刘云湘正色道："洋人的这批合同数量不小，老杨，我这可不是有意来向你卖好，其他各家油号的产量你心里有数，我是巧妇难为无米之炊啊。"

"不用解释。"杨同昌岂能不知，人家这是顾及他的面子，给他下台阶。刘家振臂一呼，天下五府十八帮油商莫不景从，何时发愁过产量？别说是这些合同，就是再多一倍元隆油号也能吃得下。他感激地说道："云湘，就冲你这份心意，我跟你干了。"

"我等的就是你这句话，来来，快点画押！"

杨同昌这个兴奋啊，对刘云湘的宽容与大度是打心眼里折服，连日来笼罩在心头的阴霾一扫而空。

刘杨和解，并且接了英美贸易大单。罗积善闻听后坐不住了，带着高署地去找许安邦，两人刚走到团防使衙门的门前，便看见了一脸懒散、倚在车旁抽烟的罗立。

“嗯咳！”罗积善重重咳了一声。

罗立回头：“爸！”

“少抽点烟！”

罗立晃着手中烟卷：“懂什么，抽这个的劲儿可比您卖的云土差远了。”

“臭小子，你还敢抽云土？忘了罗家的祖训，我……”罗积善闻听罗立说出“云土”两字，登时气恼地抡起了手杖。

“谁抽云土了，我一直抽的是洋烟……”罗立急忙躲闪。

高署地上前拦住罗积善：“东家息怒，公子留学东洋，抽洋烟不足为奇，断不敢有违罗家祖训。”

罗立说：“就是嘛，跟你们这些土包子没理可讲。”

“这回算是冤枉了你。”罗积善一颗心终于放下，罗家的祖训说白了就是，鸦片这东西可以拿来害别人，但万万不可害了自家人。

罗积善消了气，对罗立叮嘱道：“不过要警钟长鸣，罗家就你这一根独苗，爸爸卖特货那是身不由己，赚钱可以，咱自家人千万不可沾染那些害人的东西。”

罗立不耐烦道：“整天絮絮叨叨的烦不烦，你要真想为我好，不知道自己该怎么做吗？”

一句话勾起了罗积善犯难的心事，他说：“儿啊，佳偶本天成，你跟我急没用啊，天婵大小姐的人品那是没的说，可他刘家自视甚高，这婚姻大事总是要看机缘的嘛。”

“那就看机缘好了，反正我是非她不娶。”罗立说着，赌气坐进了汽车。

所谓父子连心。见儿子为爱所苦，罗积善的心里也不是个滋味，自己虽为商会会长，但自古特货行与油业行水火不容，他罗家想要跟刘家攀亲，只怕是比登天还难。想到此，罗积善暗暗为自己继承祖业经营特货而感到自卑，同时也让他更加迫切地想干翻刘杨两家，一统洪江油业行。

刘云湘沉塘不死，藤原钻了牛角尖，从而错失了商机，让马克斯凯和詹姆斯捷足先登，抢占了几乎全部的洪油贸易份额。

追悔莫及的藤原用一把名为“打刀”的日本镰仓时代的宝刀与许安邦拉近了关系，并与随后到来的罗积善一拍即合。三人密议，一定要在油业行插上一脚，形成英美日三国鼎立的局面，进而打破刘杨同盟，独霸洪江。

“哈哈！”许安邦笑道，“既然都是明白人，那咱们就不妨兵合一处将打一家，再干它一场。”

“计将安出？”罗积善问道。

“无他，釜底抽薪而已。”藤原已得到消息，刘杨目前正派人在溆浦收购桐子。

早在明清时期，溆浦以盛产桐油而名闻天下，乃为当时湘西桐油贸易的中心，只是在洪江出现了洪油之后，才逐渐败落下来。湘夫人所在的向氏家族在溆浦树大根深，眼下不是榨油的旺季，溆浦有大批积压的桐子，刘云湘派人去那里收购原料的确是上上之策。

但是从溆浦到洪江，必经过土匪熊子贵所盘踞的瑶乡……

洪江码头，几条即将开往溆浦去运回桐子的船正整装待发。

刘云湘交代领船的二掌柜：“这次咱们下了血本，溆浦那边闹得动静不小，来回路上多长个心眼。”

“东家放心，水旱两路，咱元隆的名号，那可比镖局的镖号还响亮。”

随后，刘云湘安排老家丁和几名女佣也上了船，要他们顺路接回天婵天娟姐妹。一道道坎儿都迈过去了，如今油业行生意红火，两个女儿不在身边，刘云湘还真觉得有些孤单。

刘云湘目送着船队驶离了码头，回身望着烟气腾腾的各家油坊，不禁心生感慨——和杨家合作这一步棋算是走对了，若非刘杨两家以往各干各的，又怎能让人有隙可乘把洪江油业行搅得风雨飘摇？如今兄弟齐心，待这批英美大单做下来，洪江城怕是该有另一番繁荣景象了。

刘云湘被油业行所焕发出的勃勃生机所感染，心里只顾高兴了，却没想到，已勾连上许安邦和罗积善的藤原，此时正在利用土匪、官府、银行和商界，对他、对整个油业行悄然布下了罗网。

于是，洪江城风云再起……

“东家！东家！”

刘云湘还没走进元隆油号，大掌柜便气喘吁吁跑过来说道：“黔省油商一再提高桐子价格，杨东家一怒之下已经调空了两家钱庄的所有存银！”

刘云湘闻听大吃一惊，急忙赶去见杨同昌。

刘家钱庄，恒顺掌柜正在苦劝不惜血本执意要跟进的杨同昌：“东家，刚购进的这批货，成本已经折损了两成，若再跟下去咱们折腾不起啊。”

“折腾不起也要折腾！”焦头烂额的杨同昌不想服输，眼下订单都签了，各家榨油作坊都在等米下锅，他说，“刘东家在溆浦下了大本钱，咱们这边多购进一批原料，刘东家身上的压力就能减少一分。”

“可是现在两家钱庄都已经空了，此消息若泄露出去，后果不堪设想啊。”刘家钱庄掌柜说出了自己的担忧。

“真是见了鬼！”众人也都纳闷，往年黔省那边的桐子也大多是被我洪商所吃进，从来没发生过这等事情。

“反常即为妖啊。”在路上，刘云湘已听大掌柜述说了事情的原委，此时赶过来对众人说道：“对方一而再，再而三地提高价格，就说明有人跟咱们干上了。”

杨同昌闻听一惊：“霸盘，谁敢做桐子的霸盘？”

众人也都难以置信，赵当家说，黔省商人的实力，我贵州会馆一清二楚，恐怕现在还没人敢和我洪江油业行公然对抗。

刘云湘道：“别小看了咱们的对手，洪江的洪商能在一条船上同舟共济，难道别人就不能？”随后他令杨同昌立刻停止交易。

积善商行，藤原坐在古色古香的太师椅上，望着正堂中供奉的唐代药王孙思邈的塑像，心中感觉实在好笑，便问陪在身边的罗积善：“孙思邈一生救人无数，被尊为‘药王’，他的《千金方》在日本也广为流传。只是我不明白，罗会长所经营的特货与他何干？”

“特货在中国也被称为福寿膏、芙蓉膏，乃是养生的土药。特货行供奉药王自然是顺理成章的事。”

“哦！”听了罗积善的解释，藤原想着两人对黔省桐子市场的暗中操控，不由得心生感慨，“孙思邈有言，凡大医治病，必当安神定志，无欲无求。哈哈，这一点，只怕刘云湘杨同昌他们是做不到喽！”

笑声未落，高署地匆匆进来说道：“刘云湘已经停止了交易，贵州那边正在等候下一步指示。”

藤原和罗积善闻听一愣。

“壮士断腕，令人钦佩啊。”藤原由衷地赞叹了一句。他并不气馁，反而觉得这场游戏越来越有意思了。对方既然放弃了从贵州收购桐子，那么现在唯一所能指望的就是溆浦，对此他早有准备。商战就跟下棋一样，步步杀机才能堵死对方所有活路。

于是，当天晚上，妖冶的中村雅子便出现在了罗子山。熊子贵则贪婪地看着对方送到眼前的一箱烟土，龇着满口的黄牙对雅子哈哈笑道：“请转告藤原先生，崇拜黑虎神的勇士愿意为他效劳。”

听到雅子的转述，藤原忍不住哈哈大笑。他借此事例告诉雅子，中国之所以贫穷积弱，就是因为像刘云湘这样无欲无求的人太少了，而如熊子贵一般贪财如命的人则比比皆是，这便是我们来到中国的意义，我们要用日本的现代文明来改变这个国家，来重新塑造他们的人性。

一番宏论之后，藤原认为刘杨同盟已不堪一击，所谓釜底抽薪，不就是要断绝他们的原料供应，使他们无法履行与马克斯凯和詹姆斯所签订的巨额商业合同嘛，巧妇难为无米之炊啊。

罗立在无意中听藤原与罗积善谈到了“溆浦”二字，心中便大为不安，因为天婵大小姐正在溆浦。入夜之后，他独自一人把车开到了一家名为“谌家书寓”的妓馆附近，这里是高署地最喜欢来的地方。

月上中天的时候，高署地哼着小曲，晃晃悠悠地走出了书寓，跟守在门口的老鸨开了几句玩笑后，便拐进一条暗巷里去小便。

“狗日的，你活得倒自在。”

身后突然响起的声音把高署地吓了一跳，小便淋到了鞋上，待回头认出是罗立，这才大松了一口气：“哎呀少东家，您可吓死我了！”

“说，我爸和藤原他们到底想怎么对付刘云湘？”罗立的脸隐在黑暗中，嘴上叼着的香烟闪出红红的火头。

“这，这，他们的事情我怎么会知道……”

“别忘了你是谁家的掌柜，说！”罗立近前一步，紧盯着高署地。

高署地为难地说道：“少东家，我知道您喜欢刘家大小姐，可是我一介小小的掌柜……”

“不说是吧？”罗立不耐烦地伸手一把捏住高署地的脸，拿掉嘴里的香烟，阴狠地把烟头一下子杵在了他的一只眼睛上。

“哎呀呀，我说，我说……”高署地捂着眼睛杀猪般地大叫起来。

……

得知熊子贵要在半途抢劫刘家货船的消息，罗立大惊失色。刘家老家丁已随船队出发，天婵大小姐必在回来的船上，这也是他一直企盼和关注的事情，若天婵姐妹落入熊子贵之手，后果不堪设想。情急之下，他想到了杨二江，于是驾车向忠义镖局一路狂飙。

杨二江闻听，立马带着几名镖师直奔码头，同时警告罗立：“以后离大小姐远点，她是我未来的嫂子！”

罗立不服：“你小子也太霸道了吧，恋爱自由，反对封建礼教，这可都是你哥说的。”

杨二江威胁道：“大小姐和二小姐若真有什么不测，我就回来一把火烧了你罗家！”

罗立一脸无所谓的神情：“烧，我帮你一块儿烧，最好把我也烧死。”

“连高署地都知道的事，你说你爸不知道，鬼才相信！”杨二江不敢耽搁，纵身跳上船，冲镖师们大喊：“起锚！”

罗立站在码头上，看着杨二江等人的船只没入了夜色，心里想着对方所说的话，不由得对自己的父亲心生恼恨。他回到罗府，一进堂屋便把几乎所有能抓到手的东西——花瓶、茶杯、账本、笔砚、湘绣摆件等“噼里啪啦”一通怒砸，摔得满地狼藉。

猝不及防的罗积善眼睁睁地看着儿子发疯，又惊又怒：“混账，你这是在跟谁赌气！”

罗立瞪眼盯着父亲说道：“你老人家给我听好了，别人都叫你罗大善人，哼哼，真善人假善人我心里清楚，你干了什么你心里也清楚，你会遭报应的，你一定会遭报应的！”

发泄完之后，罗立回了自己房间，从床下翻出烟枪和一包烟膏，就着洪油灯大吸了几口，委顿在床边，茫然地望着窗外的夜空，心里暗暗祈祷天婵大小姐能逃过这一劫，逢凶化吉……

第二天一大早，刘云湘一走进元隆油号，便发现杨同昌已经早来了，正哈欠连天地翻动着一堆账本。“怎么，昨晚没睡好？”他随口问道。

杨同昌捏着眉头："咱们两家子女要是能匀匀就好了，你给我个女儿，我给你个儿子……"

"哎，我那俩女儿可都是亲生的。"

"看你这话说的，谁不是亲生的？"

"怎么，二小子又惹你生气了？"刘云湘觉得，杨家的两个儿子没一个是省油的灯。

"昨晚上你嫂子找了他半宿，听说是跟人家走镖去了，招呼也不打一个。"杨同昌一脸的苦恼，"你说我杨家怎么就出了个猛张飞似的人物？"

刘云湘道："知足吧，要我看，你家二小子可比他哥哥强多了。"

"又来了，我那大公子知书达理，怎么就入不得你的法眼？"杨同昌被勾起了心事，赶紧摆摆手，"不说了，说了尽抬杠。"指着账本道："你看看，我是真服了你这个脑子，不收桐子转收桐油，再加工人力投入不大；加上溆浦那边所收购的桐子，咱们完全可以支撑到下半年等新桐子下来。"

"就怕节外生枝啊。"刘云湘觉得眼皮子在跳，按时间算，去溆浦的船也该回来了。

"关心则乱嘛。"杨同昌说，"我已派你家大掌柜带人北上去迎一程，顺风顺水，总比拉原料回来的船要快一些。"

刘云湘闻听备感欣慰，连夸杨同昌知人善任，自家这大掌柜办起事来，那可是出了名的精细稳重。

可是话音刚落，就见恒顺掌柜匆匆跑来报信说，出大事了，大掌柜的船刚出码头，就与一艘客轮的拖船相撞，对方几十名旅客全掉江里了，大部分还都是洋人……

刘云湘和杨同昌闻听吃了一惊，急忙赶往码头查看，只见不远的江面上，一艘标有“福丸”字样的客轮后面的拖船已经倾斜在江中，附近几条货船正在附近营救落水的旅客。

刘杨二人不敢怠慢，急忙招呼身边掌柜和伙计们下去救人。整整忙活了两个时辰，直到确定所有旅客都安然无恙之后，刘云湘这才松了一口气，把大掌柜等人召集到附近货仓，询问事故的缘由。

大掌柜带着一肚子委屈，述说了撞船的经过，一句话，对方是故意的——我们的船离他们有八丈远，可是不知为什么，福丸号突然来了个急转弯，后面的拖船是被甩着撞过来的……

“不管对方是否故意，福丸号是三井洋行名下的客轮，这下咱们的麻烦大了。”听了大掌柜的叙述，杨同昌深感忧虑。

几位掌柜都心下不服，他们撞了咱们的船，难道还能讹人不成？

“此事恐怕没那么简单。”刘云湘暗自思量，拖船上是几十条人命啊，如果是有人故意为之，下的本钱也未免太大了。那么，对方如此不惜代价地制造了这起事端，为的是什么呢？

“刘叔，刘叔在吗？”

就在刘云湘眉头紧锁的时候，仓库外突然传来了急促杂乱的脚步声，只见杨二江和老家丁等人护着天婵姐妹，几名镖师和伙计抬着身负重伤的二掌柜，一行人狼狈不堪地张皇跑来。

“爸！”

“爸……”

头发蓬乱、满脸烟灰的天婵姐妹一见刘云湘，便哭叫着扑了过来。

刘云湘见二掌柜胸肋间一片血肉模糊，便顾不上安慰两个女儿，急步冲到近前小心地掀开他的衣襟查看伤势。

“挨了一火铳。”二掌柜喘息着，痛心疾首地说道，“从溆浦回来的路上，在龙头庵附近遇到了土匪，六船桐子全被劫了；他们还想打两位小姐的主意，若不是杨家二公子来得及时，我，我都没脸回来见东家……”

“是熊子贵的人，我看得清清楚楚。”杨二江愤恨地说道，“刘叔，让我带人去罗子山走一趟，把桐子给您抢回来！”

“不可鲁莽！”刘云湘止住杨二江，招呼众人速送伤者去医院，并对天婵姐妹说道：“你们也去，照护好二掌柜。”

“东家！”二掌柜心有不甘。

刘云湘摆手道：“财货乃身外之物，你能捡条命回来，我元隆就赚大了。快去！”

……

“祸不单行啊！”

待众人走后，杨同昌心下黯然，想想这接二连三发生的事儿，就是傻子都能看出来，背后要没人搞鬼那才是活见了鬼！

“哼，连熊子贵都下了山，你想想还能是谁。”刘云湘此时已毫不怀疑，这背后作祟的人一定是许安邦，或许，还有藤原……

仿佛说到旋风就来了雨，还没等刘云湘理清思路，许安邦的副官便带着团防兵出现在了他的面前——“刘东家，团防使大人有请！”

第六章

许安邦没在团防使衙门，此时他大马金刀地坐在元隆油号的富丽堂皇的大堂内，和藤原一起安闲地品着上好的古丈毛尖。

刘云湘、杨同昌和大掌柜跟随副官走到油号门口的时候，发现门前已经被许多身穿和服或西洋打扮的男男女女围堵得水泄不通，其中还包括自己亲手从江里救上来的几个人。这些人见了他，情绪立马激动起来，纷纷吵嚷着要求“惩办凶手，赔偿损失”。

“肃静！”副官喝令众人闪开道路。

刘云湘等人走进油号，却不料刚迈进堂屋的门槛，几名团防兵便扑上来拿下了大掌柜。

刘云湘怒喝：“哎，你们干什么，把人放开！”

许安邦眯着眼睛道：“冤有头债有主，许某这么做，也是为刘东家好。”随后下令：“带走！”

“哎哎，许大人！”杨同昌急忙拦住团防兵，对许安邦道，“一场事故而已，何至于此，何至于此啊！”

许安邦闻听，便不再坚持，直把眼睛看向藤原。杨同昌没想到自己说话会这么管用，一时间愣在了当场。原本杀气腾腾的大堂一下子便安静了下来。

刘云湘见状，明白对方不仅仅是来抓人，于是也把目光转向藤原。

藤原起身，对刘杨二人深鞠一躬，说道："两位东家，福丸号客轮拖船被撞，数十条生命险遭不测，藤原受三井洋行委托，特来交涉。"

"交涉可以，先把人放开！"

藤原指指门外："众怒难犯啊。我看不如这样，许大人网开一面，刘东家也不必耿耿于怀，我去跟外边的人商量一下，能私了则私了，大事化小，如何？"

藤原不是一个轻易妥协的人，他如此说话便一定会留有后手。刘云湘看了看许安邦和藤原，说道："你们一个唱红脸，一个唱白脸，配合得好啊。"

"受害者多是友邦人士，若不惩办肇事者，洪江法治何在？"许安邦把话说得冠冕堂皇。

刘云湘语气中带着嘲讽："事故的原因还没调查清楚，你上来就抓人，莫非你这团防使是友邦人士供养的不成？"

杨同昌据理力争道："码头上船只密集空间有限，即便是两船相撞也属操控不慎，实非双方本意，这'肇事者'三个字安在大掌柜身上恐怕难以服众，还请许大人明察。"

"二位都是伶牙俐齿之辈，老子不跟你们斗嘴皮子……"许安邦说着，示意身边文书把一沓按有手印的字纸放在桌上，"许某办案向来滴水不漏，这些当事人和现场证人亲笔所写的证词不会有假吧？拖船上有明显被撞的痕迹，人证物证俱在，你们还有什么话说？"

"走！"两名团防兵在许安邦的示意下，推着大掌柜往外走。

"等等！"刘云湘心下暗叹，对方的心思他很清楚，那就是借机敲竹杠。他并不吝啬花钱，况且门外那些落水旅客的确损失了不少财物，而最为关键的是，他无论如何也要保下大掌柜。罢了，对商人来讲，花钱能办的事儿都不算个事儿，因而他说，“二位不必再演戏了，说个数吧。”

果然，许安邦闻听哈哈大笑，立马示意团防兵放开大掌柜。藤原拿出一张纸恭敬地放在刘云湘面前。

杨同昌拿起看了一眼，登时大吃一惊：“一百万大洋，这，这也太……”

“实在不好意思。”藤原道，“外边那些人的财物损失不足挂齿，这笔钱主要是赔偿福丸号修船的费用。”

大掌柜气恼万分：“东家，这明显就是无耻的讹诈，老夫愿舍得一身剐……”

“闭嘴！”刘云湘喝止大掌柜，转身冲油号的账房示意。

账房不情愿地拿起那张纸，沉着脸向藤原做了个“请”的手势。

“多谢刘东家体谅。”藤原冲刘云湘鞠躬告辞，跟着账房走了出去。

“破财消灾，你们不吃亏！”许安邦说着抓起桌上那些证词，点燃之后随手一扔，哈哈笑着扬长而去。

杨同昌跳着脚踩熄了那些着火的纸张，气恼道：“这生意没法做了，没法做了！他们还真敢狮子大开口！”

“唉，是我拖累了两位东家，我该死啊！”大掌柜懊悔不已。

“不关你的事。”刘云湘道，“人家这是设好的圈套让我们往里钻。”

杨同昌急道：“那也不能人家要多少你就给多少啊，现在咱俩都成穷光蛋了，溆浦的货物被劫，人也伤了，耽误了合同，马克斯凯和詹姆斯岂能跟咱们善罢甘休？”

刘云湘想了想，愤恨地在桌上擂了一拳，吩咐大掌柜：“带上所有订货合同，告诉辰州银行洪江支行，元隆油号流动资金紧张，需要延期偿还老贷款，利息照付。另外，看看咱们还有什么可抵押的资产，都押上，补这个窟窿。”

大掌柜应了一声，转身去了。

“你这是无棕拆蓑衣，砂锅捣蒜一锤子买卖，以后的日子不过啦？”杨同昌跟刘云湘吼起来。

刘云湘咬咬牙，面露坚毅：“我就是要他们看看，咱刘杨两家和十大会馆油商是怎么挺着脊梁做生意的，这洪江不是他许安邦的洪江，更不是他藤原的洪江！”

原料被劫，本钱又被敲了竹杠，逼得刘云湘只能押上全部家当指望银行了。

杨同昌虽当面跟刘云湘吼了一通，回到家却寻思，两家合伙做生意，赔了钱都让刘家担着，这话传出去好说不好听啊。可眼下又跟着分担不起，这洪江城谁家能比刘家的底子厚？退出不干？那闲话就更多了……

苗令梅见杨同昌苦着脸，手里搓着家里所剩的几张银票，患得患失地唏嘘不已，便指着那桶清代底油说道：“既然不想退，那就不如帮人帮到底，送佛送到西。”

杨同昌闻听一惊，此言何意，把它送给刘家？

“大江那时候不是把这桶油作为定情信物送给了天婵吗？”

“可刘云湘不认啊！”

苗令梅道：“这可由不得刘云湘，你想，咱大江实打实地送了，天婵也实打实地收了，这授受不亲的事儿就有了。女儿家的闺誉那可是比命都重要，咱们就此随了两个孩子的心愿岂不是一桩美事？再者说，若刘杨两家结成了亲家，那生意上谁吃亏谁占便宜就无所谓了，反正肉都烂在锅里。”

苗令梅的这番话，把杨同昌说得是心服口服——若将底油这无价之宝送给刘家，不但解了生意上的难题，还夯实了儿女们的亲事，两全其美何乐而不为？

于是，杨同昌抱着底油乐呵呵就奔了刘府。

天婵姐妹自打回来的路上遭遇了土匪，虽有惊无险却被吓得不轻，而后又见生意不顺，家里接二连三地出事，心中庆幸父亲大难不死的喜悦早已淡若云烟。天娟单纯，喜忧全看父亲的脸色，若刘云湘神态自若，她便心中安稳，万事全不挂心。而天婵则心事重重，因为她已经看出，眼下这笔生意的成败，对刘杨两家关系的发展至关重要，甚至牵涉到自己与杨大江的未来……

天娟趴在楼道栏杆上，看见杨同昌带着怀抱清代底油的伙计脚步轻快地进了院子，径直进了堂屋。她大感惊奇，回身跑进闺房，对正看着杨大江画像发愣的天婵叫道："姐，姐！杨叔叔到咱家提亲来了！"

"真的？"天婵回过神来，惊喜地看着天娟。

"骗你的。"

天婵气恼："死丫头！"

"是真的，他把清代底油都抱来了。"天娟扑在姐姐身上，睁大眼睛认真说道。

天婵心有余悸，皱眉道："别提那桶油了，惹出那么大的事，把人都要吓死了。"

"这才证明大江哥对你是真心嘛。"天娟觉得，父亲数落杨家大公子，那都是刀子嘴豆腐心，从种种迹象看来，他对这门亲事还是认可的。她分析道，"姐，你看啊，洋人是冲着咱爸定的合同，要在平常，咱爸带着十大会馆油商就把生意给做了，可这次他偏偏要跟杨叔叔合伙，要说咱爸不是为了你这个大小姐，鬼才相信。"

天婵摇头："可是现在生意上拉了大亏空，咱爸和杨叔叔的日子都不好过。”

“有清代底油，不管多大亏空都能补上。”天娟笑道，“所以姐你就准备好当杨家少奶奶吧！”

话音落地，楼下忽然传来了争吵声，姐妹俩急忙跑出闺房观看，只见杨同昌和抱着清代底油的伙计正灰溜溜地被刘云湘给赶出了堂屋。

“做生意就是做生意，别扯其他的。咱们亲兄弟明算账，有了亏空也不能让你一家来填。赶紧把这宝贝收好，抱来抱去的，不要命啦！”刘云湘指着那桶清代底油，数落杨同昌。

杨同昌争辩道：“你说你云湘，你怎么就这么不近人情，常言说男大当婚女大当嫁，咱们当父母的扒扯一辈子还不都是为了他们吗？我家大江哪点不好，让你这么不待见？”

“你家大公子好，做胡椒不辣，做豆豉不香，他就只能做你杨家的顶门杠，这行了吧？”刘云湘没好气道。

“我这可都是为你好，做生意谁愿意跟着你赔钱？”

“你儿子败坏了我女儿的名声，你赔点钱还委屈了？”

“哎，你要这么说，那就是不讲理了。”

“跟你没理可讲，想打我女儿的主意，让你儿子撒泡尿照照他那个样子……”

楼上，刚才还满怀希望的天婵听到此，羞愤地跺跺脚，转身跑进了屋。

“姐！”天娟赶紧追进去安慰。

杨同昌闻声抬头看见了姐妹俩的身影，便指着刘云湘气恼道：“听听，当着孩子的面，这是你这长辈人该说的话吗？”他觉得自己已经做到了仁至义尽，“底油你不要，这么大的生意，流动资金不够你可别怪我！”

刘云湘认为杨同昌就是趁火打劫来了，生意就是再赔，也不能赔上我女儿。流资不够我贷款，有银行我怕什么？

“东家！东……”两人正吵着，就见大掌柜张皇跑进来，一个跟头绊倒在地上，也顾不上体面了，带着哭腔说道：“银行那边出事了，原本还说得好好的，不知为何今日一早突然翻脸，说是头寸紧张，不但不能发放新贷款，老贷款也要立即清偿本息。现在洪江支行的人正带着许安邦的手下查封油号和钱庄。东家，咱们破产了……”

此言一出，刘云湘和杨同昌登时都愣在了当场。

夜晚，一群手持火把、背着长枪的团防兵围了元隆油号，与随同而来的辰州银行洪江支行的职员们一道，把油号里成箱的银圆、古玩、字画以及雕饰精美的桌椅连同刘云湘的那辆老爷车统统给搬了个一干二净，搬不走的大件物品及房屋门窗都被贴上了封条。

刘云湘、杨同昌和两家众多的掌柜与伙计被团防兵持枪隔在路边，茫然地看着这一幕。

刘云湘暗自悔恨自己的疏忽，人家明明是在围堵你的生意，你能想到银行，人家岂能想不到？如今连这最后的指望也没有了，刘云湘看看神色黯然的杨同昌和众位掌柜，知道他们都已不再抱任何幻想，只等着自己宣布生意失败，而后两家分道扬镳。只是，他实在不甘心就此放弃……

“真是天有不测风云啊！”

就在刘云湘沉思的时候，罗积善带着高署地走了过来，看了看狼藉的现场，脸上堆满了同情：“想我洪江商道各家设立钱庄、票号无数，却敌不过这小小的官办银行，翻云覆雨之间，便可让人功败垂成。”

刘云湘面无表情，随口道：“欠债还钱，天经地义，随他们折腾吧。”

罗积善脸上挂着笑，说道：“两位东家不必着急，湖南官钱局素来还是要给罗某三分薄面的，辰州银行作为官钱局的下属也不敢把事情给做绝了，罗某自当会尽力去跟他们周旋。”随后转换话题，“好了好了，烦心的事儿先放一边，今晚东亚公司试机开灯，咱们洪江就要跟长沙、上海一样变成不夜城了。罗某受藤原所托，务请两位东家亲眼去见证一下，请！”

杨同昌犹豫地拽一下刘云湘：“一家欢喜一家愁，我看不去也罢。”

“去，为何不去？”刘云湘上了脾气，“咱们不发愁，别人何来的欢喜？”

此时的东亚电灯公司与元隆油号相比，用杨同昌所谓“一家欢喜一家愁”来喻之实不为过。

因许多日本技工在很长一段时间内都在七冲八巷九条街上架设电杆电缆，使得关于“电”的种种神奇传说早已吊足了市民们的胃口，加之藤原有意要把这个“洪江通电开灯试机仪式”的声势造大，又是搭戏台又是请戏班，搞得像过年一样，于是天一擦黑，人们便蜂拥而至，把公司门前围了个人山人海，这与愁云惨淡的元隆油号形成了鲜明的对比。

刘云湘和杨同昌等人跟随罗积善来到了现场，只见戏台正中央摆放着几张桌子，桌面上六个手推电闸一字排开，罗立和山木等人正忙着连接电闸上的线路；几根熊熊燃烧的巨大洪油火炬，把背景墙上用中日两国文字写成的“日中亲爱精诚，光明普照洪江”几个字照得忽明忽暗；两边厢帷幕中一片俏声浅笑，一群前来充当礼仪的风荷院妓女，正在老鸨的呵斥下搔首弄姿地各自整理着仪容。

看见站在一旁嘀嘀咕咕的藤原和许安邦，刘杨两家人都心里气不打一处来。刘云湘走上戏台，挑剔地看着背景墙，指着上面的日文对罗积善道：“你看看，这么隆重的一个试机开灯仪式，还是让藤原给搞得文理不通啊。”

罗积善抬头看：“‘日中亲爱精诚，光明普照洪江’，这话说得没错啊。”

“我说的是上边的日本字，中日，亲爱，诚……光明，洪水，照？这要中间不加个逗号，谁能看得懂啊？”刘云湘说着，脱了鞋，在中间挂上一只。

旁边的杨同昌一看，立马跟着起哄：“对啊，这都照到水里去了，令人感叹啊，感叹号！”他也脱下鞋在文字的后边挂上了一只。

罗积善哭笑不得地看着一本正经的两人。

这时，藤原带着雅子哈哈笑着走过来说道：“今晚鄙公司试机开灯，从此将竭诚服务于洪江的国计民生，还请二位东家多多关照！”说完，深深鞠了一躬，低头时，突然看见刘杨两人光着的脚，不由得一愣。

刘云湘拱手道：“藤原先生要给洪江城送光明，可喜可贺，不过现在我两家都是穷光蛋，钱场是捧不了了，只能来捧个人场。”

“呵呵！”杨同昌带着忠厚的笑容，“光脚不怕穿鞋的。”

藤原稳了稳神，讪笑道：“二位能来，就是看得起藤原，请！”说着，把两人请到桌上的两个电闸前。

山木见台上藤原、许安邦、罗积善、刘云湘、杨同昌、罗立都就位了，便用生硬的中国话冲台下的高腔戏班大喊：“停下，不要吹了，安静！”

场面静下来，众人齐齐看着台上，见了挂着的两只鞋，不由得爆发出一阵哄笑。

藤原制止了气恼地要去摘鞋的中村雅子，上前抬手示意众人安静，开口说道：“各位不要笑，鄙人认为，刘东家和杨东家把鞋子挂出来，是对‘日中亲爱精诚’最好的诠释。无论是对中国人还是日本人来说，一双鞋子都是体面的象征，今天，两位东家把这份体面送给了我，送给了东亚公司，藤原深感荣幸。”说着，回身再次冲刘云湘、杨同昌鞠躬。

杨同昌拱手回了礼，悄声对刘云湘道："真是人嘴两张皮啊。"

刘云湘点头："此人不简单，一百万大洋咱们赔得不亏。"

藤原面带着一脸的真诚，对众人继续说道："日中两国人民隔海相望，我们是怀着一颗赤子之心，用日本国的先进技术来造福洪江民众，帮助中国复兴经济，早日摆脱西方列强的欺压。'紫绣麻鞋踏哮虎'，是中国唐代大诗人李贺的诗句，也是刘云湘和杨同昌两位先生对我们的称赞。一年多来，我日本国三井商社名下的东亚电灯公司诸位员工，虽然没穿紫绣麻鞋，却踏遍了这里的崇山峻岭，克服了重重困难，架设了数不清的电杆电缆，就是为了现在这一刻，让光明普照洪江！"

话音落地，唢呐声起，六位礼仪妓女各自端着盘子走上来，把盘中的手套分别送到六人面前。

藤原戴上手套，示意其他人跟他一样抓住桌上的电闸，然后大声对众人说道："请大家倒数五个数，一起来见证这辉煌的时刻！"

"五、四、三、二、一！"

台上六人一起推上了电闸，霎时间头上及周边的所有灯都亮了，天地一片光明。

"哇啊！"

"像日头出来了！"

台下轰然发出一阵惊奇的欢呼声。

与此同时，随着电力的陆续送达，七冲八巷九条街上的路灯、商家店铺、住宅民居、仓库码头等处一片片相继亮了起来，整座城市万家灯火，一片辉煌，把周边的青山绿水都隐入了夜幕之中。

见现场众人都仰望着头顶的一个个灯泡赞叹不已，杨同昌突发奇想，对刘云湘道："若是以后能用电力来榨油，岂不事半功倍？"

"哼哼！"刘云湘冷笑，"你以为这电不要钱啊？没电的时候人家都能掐咱们的喉咙，作坊里要是统统改了电榨机，那这油业行就变成藤原的了。"

两人说话时，藤原又宣布了一个消息，即升任罗立为东亚公司的大班。随后罗立便潇洒地甩着一头油亮的乌发，清清嗓子开始了他的讲话——

"洪江的电灯亮了，不代表诸位的心头也亮堂了，这小小的进步和强大的日本国相比，还相差十万八千里。你们整天津津乐道的洪江在明朝和清朝时期的繁华，你们引以为豪的延续百年香火的商家和店铺，早已是过眼云烟，在我眼里就算个屁！"

此言一出，台下大哗，众人面面相觑。

刘云湘低声赞道："这小子够劲，到底是留过洋见过大世面。"

杨同昌不满地白了刘云湘一眼："除了没说'革命'俩字，我看他哪点都比不上我儿子。"

罗积善凑近二人，话语里透出掩饰不住的自豪："我知道二位对藤原颇有戒心，无妨，有犬子在，他翻不起大浪。"

"肃静！别以为兜里有俩钱就觉得自己了不起，一群富而不贵的浅薄之辈！"喝止了台下的喧嚣之后，罗立一指藤原，"看见我们董事长了吗？藤原先生才是真人不露相，他家世显赫，说出来能把你们给吓死！"

罗立没说错，早在日本的平安时代，藤原家族便有人出任天皇的"关白"，即摄政王。明治维新之后，由藤原家族的分支三井家族创立了世界上第一个全新的商业模式三井商社。如今，商社名下的三井洋行和英国的怡和洋行、美国的美孚洋行一样，已经成了国际上数一数二的大公司。

看到罗立如此"上道儿"，藤原认为自己通过提拔罗立来拉拢罗积善的这步棋算是走对了，他对许安邦道："罗会长望子成龙，希望他能收下我送给他的这份大礼。"

许安邦得意扬扬："老子有枪，罗家有钱，再加上你这个智多星，哈哈，刘云湘杨同昌是上天无路入地无门啊。”

台上，罗立神态傲慢地继续呵斥着台下众商：“都醒醒吧，睁大你们的昏花老眼好好看看这世界，强者凭借坚船利炮、凭借雄厚资本来欺压弱者，来掠夺资源。而你们还在坐井观天自相残杀，为了几张合同、几万大洋就能打出狗脑袋来，就这副德行也敢自称是商人？”说到此，罗立瞟了一眼刘云湘，话锋突然一转，“任何一个伟大的商人，都敢于聚合天下财富来为我所用。那些你们想都不敢想的筹资手段，人家早已运用娴熟，并且早晚会用来打垮你们！这绝非是我危言耸听，等你们何时搞明白了‘信用筹资’这四个字，洪江才能真正步入商业时代，才能出现像三井洋行一样的跨国公司。否则，即便是通了电，洪江也是漆黑一片，各位不如回去接着点洪油灯吧！”

“刺啦！”刘云湘划着火柴，点亮了洪油灯，整个船舱亮了起来。

从开灯试机仪式上回来，刘云湘和杨同昌都没心思回家，一起上了停泊在江边的巨无霸；对于罗立所说的那番话，两人都心潮起伏但想法却大相径庭。杨同昌认为今晚就不该去凑那个热闹，让黄口小儿教训一通，自取其辱。

“说话听声，锣鼓听音。这孩子用心良苦啊。”刘云湘似乎感悟到了什么，因为罗立所说的“信用筹资”这四个字，在他听来已非首次。马克斯凯早就说过，在他们国家，只要手里有商业合同，你就可以大大方方地去筹资。

“用合同来做抵押？”杨同昌觉得不可思议。

“不光是合同，只要是能让民众信得过、觉得有利可图的东西，都可以拿来做抵押物向全社会去募集资金。作为得钱的一方叫信用筹资，出钱的一方叫风险投资。”刘云湘耐心地给杨同昌举例说，比如英国的海盗，每次出海之前都会这么做，大家不知道他能抢回多少财物，也不知道他会不会死在海上。可是就“海盗出海”这个行为本身，就意味着他要成功了大家都有利可图，那就值得去投资。

商祖白圭有云，智不足与权变，勇不足以决断，虽欲学吾术，终不告之矣。刘云湘认为，洪江商道百年来仁智有余而勇强不足，现在还真是到了权变与决断的时候。过去洪商做油，只把合同当作交易的契约，却忽略了这契约本身的价值。万幸的是，罗立这小子今天终于把自己给骂醒了，如今原料、流资断绝，财产被封，与其宣告生意失败，何不拼死一搏？把合同押上，甚至把清代底油也押上，让大家看清楚风险和利益所在，自由选择，这才是真正的“天下人的钱天下人赚”。

杨同昌闻听心动，但还是心怀疑虑：“难道我堂堂洪商，竟真的要去当海盗不成？”

刘云湘遥望夜空，所谓穷则变，变则通。如果洪商能借此实现货通天下、行商四海的理想，我刘云湘就是当一回海盗又有何妨？

见刘云湘下了决心，杨同昌便不再犹豫，拿出那桶清代底油全力配合。

第二天一早，杨家恒顺油号门前响起了震耳欲聋的鞭炮声，一幅写有“集资做油，利在洪江，功在千秋”的大红条幅，被刘杨两家掌柜和伙计们给挂上了门头。刘杨集资做油的消息一传十，十传百，宛如江风拂岸，很快就传遍了整个洪江城。

清代底油、与英美所签贸易大单，这两样东西早让油业行众商眼红，尤其是那些因生产规模小而没能参与其中的油商，认为刘杨此举乃是仁义为怀，专门给自己开了个赚钱的口子，机不可失！而十大会馆的其他行业，如药王宫土药行、文昌宫书纸行、炎皇宫米粮行的商人，则认为有清代底油这等绝世宝物做抵押，何来的风险？加之刘云湘常说的“天下人的钱天下人赚”这句话早已深入人心，所以，这场原本只是油业行内部的集资，很快便蔓延到了洪江城的各行各业。

一时间，恒顺油号门庭若市，前来投资缴款的人排着长队，从院内一直延伸到大门外；而那些排不上队、唯恐错失良机的商家则由十大会馆当家的出面，集中收拢资金，统一来开立账户。如此一来，集资速度陡然加快，整个洪江城的财富俨然如决堤之水，汹涌澎湃地汇集到了这个小小的集资点。

杨同昌听着数十个算盘所发出的震耳欲聋的“噼噼啪啪”连绵声响，看着屋中短短两天便堆积如小山一般的银箱以及簇拥在开具票据的小窗外那黑压压的人头，一时间竟被吓坏了。他心里打着鼓，拽拽正埋头在票据上盖章的刘云湘，声音颤抖道：“云湘啊，这钱来得也太快了吧？”

“先把辰州银行的账给清了。”刘云湘向大掌柜吩咐了一声，而后回身对杨同昌道：“别怕钱多，做完了马克斯凯和詹姆斯这单生意，咱们还可以干更多的事情。”

罗积善见刘杨在如此短的时间内便筹集了巨额财富，心下恼怒。他和许安邦、藤原使出浑身解数，苦心孤诣要打垮刘杨，没想到人家仅仅借由自己儿子的一句话，就来个咸鱼大翻身。他无法怪罪一颗心都在刘家大小姐身上的罗立，准备借由商会力量和许安邦手中的刀把子，以“违背祖宗规矩，扰乱市场”的罪名，给刘云湘和杨同昌致命一击。

然而，儿子说出的一句话让他如梦初醒——“您真的相信刘家垮了，许安邦和藤原会把您给扶起来？”

是啊！罗积善在心里暗自衡量，这洪江城若没了刘杨二人，许安邦还则罢了，罗家有他的股份，那藤原呢？东洋人会让自己插手油业行吗？

罗立进一步指点父亲，所谓“信用筹资”实乃一把双刃剑，刘云湘拿了大家伙儿的钱，虽然解了他眼下的燃眉之急，可同时也变成了为大家伙儿操心卖命的赚钱工具，以后就只有赚钱赚钱再赚钱，如此才能让这些投资人满意。

罗积善听了，恍然大悟。妙啊，这不等于说，大家伙出钱觅了一头驴嘛？

“别把话说得那么难听。”罗立凑近父亲耳边低声道，“藤原已经秘密上书日本内阁，建议加强对洪江洪油贸易的干预。英、美、日三足鼎立的局面很快就会实现，想想吧，洪油在国际上是非常紧俏的战略物资，三个国家在洪江要争夺的人是谁？”

“那自然是刘云湘。”

“老爷子，有心烧香，就别起晚了。”

罗积善赞赏地看着儿子，心里已经来了个一百八十度的大转弯，作为商人，有钱岂能不赚？再说，留着刘杨，自己才有跟许安邦藤原讨价还价的资本。想通了这一点，他立刻令高署地去盘清积善商行的家底，同时通知各家耆老，大家都去赶刘杨集资这班车。

于是，高署地马不停蹄地跑了一通之后，带着所雇的几十辆独轮车，拉上罗家和各位耆老的大大小小银箱，一路招摇地奔了恒顺油号。而罗积善的这一番折腾，更是惊动了全城的人，致使刘杨集资的规模如吹起的猪尿泡一般迅猛膨胀。

常言说，欲多伤神，财多累身。几天下来，集资的声势闹得太大了，聚拢的财富也太多了，此时别说是完成英美洪油大单，就是对付贵州的桐子霸盘也绰绰有余。至于被辰州银行所扣押的财物和车辆则早已解封。但财富的过度集中也引发了一系列的问题，如木业行的各家钱庄、票号几乎都被挤兑一空；米业公会所在的炎皇宫、酒楼行业的灶王宫都不断派人来说项，央求刘杨给他们留条活路。辰州银行洪江支行更是财源断绝，告到了省里官钱局，言洪江民众眼中只有刘杨而无官家银行。

刘云湘觉得自己该收手了，集资本来是为造福洪江，现在冲击了其他产业，自然非他本意。而就在他跟大掌柜商议要宣布结束集资的时候，罗积善却带着儿子上门提亲来了。

罗积善打的如意算盘，既然刘云湘已成了为大家挣钱的一头驴，那么通过结亲便可以牢牢拴住他，既满足了儿子的愿望，又可让许安邦和藤原投鼠忌器，使刘云湘一心一意地为自己拉套。

对罗家父子的突然登门，刘云湘虽大感意外，但还是被巧舌如簧的罗积善所打动。

特货虽价比黄金，却实乃诱人心性入魔之毒物。自林则徐虎门销烟以来，国人莫不把鸦片视为洪水猛兽。远的不说，洪江商道上就有不少人因为沾染此物，把万贯家财抛撒一空，落得个家破人亡的下场。罗积善说，自己每每想起此事也是夜不能寐，然罗家就传下了这么个基业，要扔了也对不起祖宗不是？现在他求刘云湘一定要把自己的儿子引上正道。“云湘啊！”罗积善声泪俱下，“虎毒不食子，我就是再混蛋，也不能让我儿子再掉进这烂泥潭里……”

刘云湘因罗立在“通电试机仪式”上所发的那番宏论，尤其是“信用筹资”这四个字给了自己莫大的启发，对其印象深刻；现在见罗积善又是如此的诚恳相托，心中便暗自把罗立和杨大江对比衡量了一番，觉得论品貌才华，罗家公子要更胜杨家大公子一筹。他虽没立刻应允罗积善，此后对罗立却是另眼相看，待他如自家子侄一般。

巧的是，刘云湘与罗立有着共同的爱好，两人都酷爱车辆，喜欢驾驶。刘云湘尤为欣赏罗立的异想天开，那就是有朝一日能够让全世界的汽车不烧昂贵稀缺的汽油而改烧洪油。

这一天，爷俩闲来无事便各自驾驶汽车在街上狂放地飙车，你追我赶不亦乐乎，却不料险些出了车祸——杨同昌黑着脸突然出现在刘云湘的车前，若非罗立及时提醒，杨同昌说不定就真的会命丧轮下。

刘云湘没撞着杨同昌，却因急刹车把自己给撞得不轻，捂着脑袋从车上下来，问道：“老杨，有事啊？”

杨同昌看看刘云湘，又看看罗立，也不言语，使劲在汽车上踢了两脚，掉头就走。

“哎，老杨！老杨……”

直到刘云湘追了半条街，杨同昌这才回身瞪着眼对他一通嘲讽和奚落：“玩得挺过瘾吧？是不是觉得自己又年轻了几十岁呀？嘿嘿，可有人陪着你玩了，你看把你给美得像喝了蜜似的，别忘了他爸爸是干什么的！刘云湘，你想找谁做女婿那是你的事，我就问一句，你这么偏爱罗公子，对我儿子公平吗？你让这全洪江城的人都怎么看我杨家？”

刘云湘一听，哦，原来这是吃醋了，便反问道：“我找女婿，要看别人的脸色，那这样对我女儿公平吗？”

“你找别人我不生气，找罗积善的儿子就不行！”杨同昌气得跟吹猪一般，“油业行和特货行自古以来都是油葫芦不惹醋葫芦，你要跟罗积善结亲家那就是欺师灭祖。”

“别扯老皇历，老子卖特货，跟儿子有什么关系？反过来说，你老杨是好人，你儿子不照样是个混蛋？”刘云湘寸步不让。

“我看你才是个混蛋！”

两人各说各的理，大吵了一架。末了杨同昌以撂挑子来威胁：“我，我退股不干了，惹不起我躲得起。我看你这一个跳蚤怎么拱起一床被窝！”

杨同昌赌气走了，刘云湘是越想越气，这叫什么事，两家合伙合的是生意，凭什么你老杨要来干涉我家务事？选女婿嘛，我自然是要选最好的……

刘云湘本以为自己如此宠溺罗立是为女儿的终身大事着想，没功劳也有苦劳，却没想到大小姐根本就不领情——回到家，只见天婵竟公然拿着杨大江的画像在自己面前晃悠；想喝口水，一摸茶壶，空的。老家丁一本正经地解释说，大小姐吩咐，东家兜风回来一定肠胃空虚，心跳过速，此乃阴阳失调、腠理不固的征兆，此时不宜饮茶。

“肠胃空虚？那就吃饭吧。”

刘云湘退而求其次。不料做饭的女佣回复道，大小姐吩咐，东家有罗公子照拂，自然会在外边吃好、喝好、玩好，所以这家里的饭就省了。

嘿！刘云湘明白了，这是要造反啊。也罢，不吃就不吃，今天咱们全都饿着！

老家丁说道：“回东家，我们都已经吃过了。”

刘云湘气得一屁股坐在椅子上，看着幽幽怨怨的天婵道：“女儿，我可没得罪你啊，我真没答应别人什么！”

杨二江眼看罗立俨然要代替他哥哥做刘家的乘龙快婿，而自家“爷老倌”却被气得躺在床上直哼哼，他便心生一计，跟天娟合伙把罗立给绑了，藏在码头附近的一条油船上。两人原本的计划只是要逼迫罗立立下字据，保证以后不再对天婵抱有痴心妄想便可放人，可没想到竟然差点闹出人命来。

罗立虽被好吃好喝地招待，但没有行动自由，时间一长便露出了瘾君子的原形，突然两眼一翻，浑身抽搐了一阵便气若游魂。天娟哪见过这场面，登时被吓得花容失色尖声惊叫。幸好杨二江还算机灵，扛起罗立就奔到福兴昌烟馆，这才捡回了他一条性命。

刘云湘从天娟嘴里得知此事，脑袋上立马就冒了汗，暗自庆幸自己还算谨慎，没给罗家父子任何许诺。

而在杨府，杨同昌一听罗立竟然是烟鬼，一骨碌便从床上下来了，脸上的病容霎时间消失不见，整个人登时变得神采奕奕。

“爷老倌，这下我刘叔叔可要后悔了吧？”杨二江也没想到，自己歪打正着，竟发现了罗立不为人知的秘密。

杨同昌挺起胸正色道：“小孩子莫要胡乱揣摩大人的心思。有你哥哥在，刘家这乘龙快婿恐怕还轮不到别人。不过嘛，所谓智者千虑必有一失，谁都有看走眼的时候，这很正常，老天爷是公平的。”

随后，杨同昌决定让大江立刻返回洪江。一来是跟刘家的这门亲事不能再拖了，迟则生变；二来，从这些天的报纸上所看到的消息令他不安——日本政府发出照会要求开放洪江，长沙各界组成的“外交后援会”和几所学校的学生，连日来已经爆发了多起游行示威活动。

杨同昌担心，不安分的大江会惹祸上身……

第七章

日本是个资源贫乏的岛国，桐油尤为稀缺。早在民国十年，长沙日商便借由放贷机会，要求湖南省商会以桐油来代替大米和矿产偿还贷款。近日，日本内阁终于采纳了藤原的建议，向北洋政府发出了要求开放洪江的外交照会。

消息传来，举世震惊。

湖南商界、学界的爱国人士立即成立了“外交后援会”，呼吁北洋政府拒绝日本的无理要求；省立第一师范、周南女子中学和“大麓”“明德”中学，以及商业、工业等省立专科学校的学生们也闻风而动。一时间，各条街道上都挤满了游行示威队伍，密集的标语、旗帜在风中飘舞，此起彼伏的口号声响彻云霄——

“打倒列强，保卫洪江！”

“还我旅顺、大连！”

在民国十二年的初夏，岳麓山下这座古老的城市，俨然变成了一个被点燃了引信的火药桶。

“同胞们，我们已经受够了屈辱！”率队伍游行的杨大江跑向广场，挥手把一沓传单撒向天空，随后对市民们大声疾呼道，“前有丧权辱国的‘二十一条’，后有旅顺、大连沦入日人之手，现在他们又把贪婪的黑手伸向了洪江，企图掠夺中国的内陆资源。我三湘儿女岂能坐而视之？大家都挺身站出来，给中国外交以有力的声援，拒绝日本政府的无理要求！”

而就在这时，突然警哨声大作，一群军警手持棍棒冲过来，如虎入羊群一般对现场的学生和市民大打出手。眼看杨大江和几名学生被打翻在地，国文教师肖楚雄见状急忙率大批学生赶来救援，经过一番扭打争斗，堪堪使杨大江等人逃脱了险境……

连日来，省内各大城市反日游行示威活动愈演愈烈，长沙局面失控，日本领事馆已几度遭到愤怒市民的冲击。

嵩云山别墅，藤原站在供着东洋油桶的神龛前，听完中村雅子对局势的汇报，脸上露出不以为意的神情。所谓不谋全局者，不足以谋一域。若洪江一旦开放，刘杨即便集资千万也难成气候。而省内风起云涌的反日运动则也如刘杨集资一般，对日本帝国所谋划的“全局”犹如隔靴搔痒。因而他对雅子说道：“不必担心，文明只有战胜了野蛮，才能在这块土地上扎下根来。等我们的军舰进了长沙，中国人就会明白，秀才遇见了兵，会是一个什么样的结局。”

六月一日，日军“伏见”号军舰游弋在长沙码头的江面上，它庞大的身躯仿佛遮蔽了天日，把抗议的人群笼罩在巨大的阴影之下。

“日本军舰滚出长沙！”

“誓死保卫洪江！”

……

码头上爆发出的一浪高过一浪的口号声，随着燃烧日货的滚滚浓烟直冲云霄，一些学生捡起石块愤怒地向军舰投去。而从“伏见”号上换乘拖船准备登上码头的日军水兵们则持枪站在甲板上，轻蔑地看着这些徒劳无功的中国人。

杨大江见日军水兵嚣张，便从元隆油号的长沙分号推来了一车他鼓捣的所谓“秘密武器”。同学们一看，都是装满了洪油的瓶瓶罐罐，登时兴奋得跳脚大叫：“哇，燃烧瓶啊！”

“人家船坚炮利，咱们光喊口号有什么用，给他们点厉害看看！”杨大江说着，拿起两个燃烧瓶在火堆上点燃了，跑到江边挥臂就向拖船扔去。

同学们纷纷效仿，一时间，数个燃烧瓶乒乒乓乓在拖船甲板上爆裂开来，火花飞溅。

“放肆，太不像话了，不知死活！”日本水兵们咒骂着拉动枪栓，对着岸上人群就是一阵射击。

“开枪了，他们开枪了！”

人群仓皇四散，不少人中枪倒在地上，场面大乱，远处隐约传来了急促的警哨声。

“无知，愚蠢！”肖楚雄一把夺下杨大江手中已点燃了的瓶子，冲周围同学大喊：“都不要命啦？快跑，跑！”

……

在这一事件中，长沙市民被日舰“伏见”号水兵射杀两人，重伤九人，史称长沙“六一惨案”。

之后，赵恒惕政府以“有无政府党徒煽惑，借端起事，扰乱时局”为名，解散了外交后援会和青年救国会，令长沙各街镇举办团防，派出军警四处捉拿肇事人犯，通缉者众，肖楚雄与杨大江皆列其中。

白色恐怖之下，肖楚雄和一批学生骨干在元隆长沙分号的帮助下顺利逃出了长沙。而不愿连累别人、执意要单独行动的杨大江则遭遇了险情，为了逃避追捕，腿上中了一枪的他不得不奋身跳进了水流湍急的湘江……

刘云湘带着几位掌柜去了黔阳，集资的成功让他和杨同昌有了更多的想法，急需跟马克斯凯和詹姆斯沟通。

洪江夏日的夜晚闷热异常，在巨无霸上纳凉的天婵姐妹，一个心有牵挂黯然神伤，长沙那边闹出了人命，不知自己的心上人是否安康；而另一个则戴着木壳钟馗面具，没心没肺地唱着高腔戏。蓦然，天婵看到一个熟悉的身影，正在江边树林里踉跄挣扎……

杨大江在长沙跳江之后，见有货船经过，便不顾一切抓着船舷顺流而下，当时只想着能逃出虎口，捡条性命走哪算哪，却不料阴差阳错，竟被这条货船给带回了洪江。

他腿上的伤口已然恶化，加之在水中浸泡数日，整个人早已虚脱。天婵不敢声张，在天娟和老家丁的帮助下把他悄悄抬进了刘府自己的闺房。随后，机警的老家丁洗刷掉台阶上的血迹，并对一众手下下了封口令。

姐妹俩手忙脚乱地为杨大江处理好伤口，见他沉沉睡去之后，便一时犯了难——这事要是让父亲知道了该如何是好?

第二天一早，一匹快马把杨大江的通缉令送进了团防使衙门，许安邦见了，不禁面露喜色。

近段时间以来，藤原忙于关注日本内阁要求开放洪江之事，对刘杨集资之事不管不问；而罗积善则贪图利益，与他离心离德。孤掌难鸣的许安邦只能坐看刘云湘和杨同昌起死回生。现在，有了这张通缉令，他便可以师出有名了。

许安邦带着团防兵包围了杨府，声称要捉拿逃犯，举着通缉令对杨同昌和苗令梅道："这回你们家的宝贝儿子可是名扬四海喽。高兴吧？连东洋人的军舰都敢烧，比你们可出息多了。"

"别是搞错了吧？我家大江还只是个学生……"杨同昌见了这阵

势，不免张皇失措，真是怕鬼来鬼啊。

“谁说学生伢子就不能干大事？民国八年，张敬尧不是就被赶出湖南了吗，秤砣虽小压千斤啊。”

“哎哟许大人！”苗令梅施展身段，上前欲拉许安邦，“您也太高看奴家那不成器的儿子了，东洋人把军舰开到了长沙，他不过就是去跟别人凑个热闹……”

许安邦躲闪着苗令梅：“杨夫人，别来这套，省府的通缉令可不是给谁都能下的。现如今世道变了，人心不古，伢子们都喜欢往洋学堂里跑，他们要学苏俄，要革命，要结党造反。你家大公子这回算是撞到枪口上了，一旦被抓，那就是死罪！”

“许大人莫要再说了，您也是看着他长大的，孩子是张狂了一些，但断不至于去害人性命。常言说，救人一命胜造七级浮屠。这官面上的事情，还请许大人代为通融打点。”杨同昌心里抱着侥幸，认为前次许安邦提到大江，便是要自己跟刘云湘赌油，那么这次也一定是另有所图。

果然，许安邦闻听大笑：“有你这句话，我这一趟就没白来啊。今天就看在你们夫妻舐犊情深的分上，老子一不搜查、二不抄家、三不抓人，给你们一个机会……”说着，把通缉令拍在杨同昌的手上：“万贯家产也抵不上一桶清代底油，底油再大也没你儿子的命大，聪明人要办聪明事。”

许安邦说完，冲手下喝道：“收队！”带人扬长而去。

杨同昌看着手里的通缉令，颤抖着呼出一口气，两腿一下子就软了。

“老倌！”苗令梅急忙伸手搀住他。

“这个鬼崽子，他最好别回来，一辈子都别回来，死在外边才好……”

刘云湘从黔阳回来，跟几位掌柜交代完生意上的事，便驱车回了府邸，一进门，见院中到处晾晒着床单和褥子。

刚泼掉一盆脏水的天婵见了刘云湘，心一慌，水盆“当啷”一下掉地上了，忙说：“爸，您，您回来啦？”

刘云湘也是一愣，随后看着褥子问道：“怎么，这谁还尿炕了？”

天婵脸唰地红了：“您什么眼神，这不就是，脏了洗洗嘛。”

进了堂屋，老家丁赶紧奉上手巾。刘云湘擦过汗，接过天婵拿来的一件衣衫刚要穿，一看不对：“这哪是在家穿的，换了。”

“哦！”天婵应了一声，急忙跑去里屋翻找。

“家里没事吧？”刘云湘随口问道。

“没事。”正倒茶的老家丁手忍不住抖了抖，茶碗发出叮当声响。

“爸，您看这件行吧？”天婵又拿了一件衣服过来。

刘云湘看了看，感觉奇怪：“今天这是怎么了，拿件衣服这么费劲，我平常喝茶穿的那件呢？”

天婵哄着父亲：“哎呀，就这件了，这件您穿着合身，显得您多气派啊。”

“是吗？”刘云湘高兴地穿上衣服，美滋滋地走了两步，炫耀地看着老家丁。

老家丁急忙点头恭维：“东家就是衣裳架子，穿什么都好看。”

“还是我女儿这眼光好啊。”刘云湘赞叹一句，突然抽了抽鼻子，“什么味这么香？”随后快步向厨房走去。

天婵和老家丁互相看了一眼，急忙跟去。

刘云湘来到厨房一看，登时心下感动，只见炖着鸭子的砂锅冒着蒸腾热气，不会做饭的天娟正猫着腰笨拙地烧火，把自己给弄得乌眉灶眼、满脸烟尘。

“爸……”天娟见了刘云湘，慌忙起身。

刘云湘心疼地捏掉天娟头发上沾的鸭毛，看看锅里的鸭子：“太阳打西边出来了，嗯，香！这是你亲手给爸爸炖的鸭子？”

没想到天娟冲口说道：“才不是呢，连我自己都……”

“不是？”

“啊不，是！是我……”天娟支吾着。

“是我妹身体不舒服，想喝口汤补补身子。”天婵急忙接道。

天娟立马带着哭腔配合：“爸，您不在家，我头疼死了……”说着，就势偎在了刘云湘身上。

刘云湘扶着天娟，摸摸她的额头，转脸对天婵气恼道：“既然身体不舒服，大热天还在这折腾什么，用人呢？”

“这不是，正好能让她发发汗吗，所以就没让用人过来。”

“嗯，我一出汗就好了……”

“胡闹！”见姐妹俩如此敷衍，刘云湘赶紧张罗，“有病就去医院，千万不敢耽搁了。”

“啊，回屋躺会儿可能就好了。”天婵说着，慌忙搀着天娟走出了厨房。

“东家！”

就在刘云湘感觉两个女儿神态反常的时候，大掌柜匆匆走进门来，说了杨大江被通缉之事，担心杨同昌父子连心，恐怕扛不住许安邦的敲诈。

“扛不住也得扛，底油绝不能交出去！”

刘云湘的态度之所以如此决绝，完全是为杨家考虑，只有底油在手，许安邦才投鼠忌器不敢乱来。他丝毫不怀疑杨大江还活着，所谓海阔凭鱼跃，天高任鸟飞。不管跑到哪儿，湘省和全国各地几乎都有刘杨两家的店铺和分号，难道还能饿着他不成？

正说着，便见老家丁小心翼翼地端着冒着热气的砂锅从厨房里出来，向楼道上走去。刘云湘不禁心头一震，想到两个女儿行为的异常，他突然猜测到了一种不大可能的可能，不由得心生恼恨，这可真是屋里不烧火，屋外不冒烟啊……

杨同昌和苗令梅此时并不知道刘云湘已经回来了，两人在许安邦走后，围着那桶清代底油思来想去，拿不定主意。许安邦说的对啊，底油再大也没有儿子的命大。可是，这桶油已经做了集资的抵押，即便是要拿来救人，怎么也得跟刘东家商量一下吧？

两口子正寻思，门外忽传来了藤原的声音："煌煌五月中，绿树已成荫，青竹伴紫藤，随忘尘俗心。"

藤原在雅子的陪同下，四下打量着古朴的院落，在即兴吟哦了一首诗之后，对闻讯出来的杨同昌说道："杨先生的居所好雅致啊。"

"藤原先生光临寒舍，不知有何指教？"对方可算是稀客，杨同昌忐忑地问道。

藤原深鞠一躬，开门见山道："令公子的事情，鄙人愿助一臂之力。"

"啊！"杨同昌顿感惊喜，"哎呀，多谢多谢，犬子不争气，让藤原先生费心了，快请坐！"并急忙示意老管家端上茶来。

两人在院中石桌前坐下后，藤原说道："长沙'六一'事件针对的是我们日本国军舰，被烧伤的也是日本军人，杨先生一定懂得，解铃还须系铃人这个道理。"

"那是那是，具体要我怎么配合，还请先生明示。"

藤原站起身，感慨道："这里的一草一木，总会让我想起石川县的金泽古城，不过，那是日本最古老的港口了，现在已经辉煌不再。杨大江我虽然只是远远地见过一面，但是那小伙子充满活力的背影，令人印象深刻。"

杨同昌见他扯远了，急忙表示："我不怕花钱，只要能救我儿子，我，我什么都豁得出去！"

藤原摆摆手，回身说道：“日中亲爱精诚，不能只是一句口号。鄙人可以说服长沙日本领事馆，对杨大江的鲁莽行为既往不咎，进而让赵恒惕撤销通缉令。”

“哎呀，那可太好了！”杨同昌大喜，“藤原先生，您简直就是我杨家救苦救难的活菩萨啊。可笑我杨同昌还在为那区区一百万大洋对您耿耿于怀，唉，真是患难才见真情啊！”

“人命关天，鄙人焉能见死不救？现在，你可以把那桶清代底油交给我了。”

“怎么，你，你也要底油？”

杨同昌蒙了，到底谁能救儿子的命，怎么这接二连三地都奔着底油来了？因许安邦逼迫在先，现在他自然不敢轻易答应藤原。

铩羽而归的藤原心中气恼，一骂许安邦卑鄙无耻；二骂杨同昌何其愚蠢。平心而论，他现在是真心想救杨大江的，只要杨同昌肯交出底油，救人乃是举手之劳。一个十七八岁的学生，怎么能跟这锦绣繁华的洪江城相比？至于几个军人和一艘舰船受点损失算什么？他们本来就该为帝国的利益做出牺牲。

“难道在先生的眼里，我们军人的尊严还不如一桶洪油值钱？”开车的雅子心里不服，认为杨大江冒犯了日本军人的天威，就该严惩不贷！

“混账！”藤原瞪眼怒喝，“堂堂帝国军人，开枪屠杀手无寸铁的平民百姓，何来的尊严？”他教训雅子说，我们要想在洪江有所作为，就必须要平衡好各方面的关系。清代底油若是落入许安邦之手，他就会为了保住自己在洪江的霸主地位，紧跟赵恒惕投入英美的怀抱；而刘云湘和杨同昌现在做的也都是英美的生意，那么，日本帝国的利益何在？

“先生高见，雅子明白了！”

藤原心有不甘地说道：“你当然能明白，可是杨同昌不明白啊……”

其实，对于藤原的诚意，杨同昌已然动了心。他之所以犹豫，是因为底油就这么一桶，孩子的命也就这么一条，狼多肉少，给了这个岂不是要得罪了那个？可是两口子又寻思，现如今是百姓怕官家，官家怕洋人，如果真能通过长沙日本领事馆撤了通缉令，许安邦就是再有心，恐怕也没胆子敢祸害杨大江。

杨同昌和苗令梅最终决定，还是把这桶底油送给藤原为好，而且必须要瞒着刘云湘，因为大江毕竟不是他儿子。

然而，就在杨同昌抱着底油要去追藤原的时候，却看见一脸怒容的刘云湘就站在杨府的大门口……

天婵闺房的桌上放着砂锅和碟盏碗筷，杨大江穿着刘云湘崭新且凉爽的丝帛衣衫，看着天婵天娟姐妹一个忙着给他盛汤，一个油着两手给他撕鸭肉，不禁心里打鼓——自己在刘家何时享受过这等待遇？老爷子都回来了，这姐妹俩全然不惧，莫非是……他瞄了一眼自己的那张油画像，又看看紧闭的房门，叫了一声“婵儿！”低声问道：“你爸沉塘一炷香没死，是不是把脑子给憋坏了？”

“你爸才把脑子给憋坏了呢！”天婵嗔怪道，“一桶底油差点闹出人命来，都是你干的好事。”

“不是，我是说，莫非他老人家大难不死已经想通了，对咱俩的关系是不是默认了？”

“你想得倒美。”天婵含羞带笑地拿过他手中的空碗，又盛了一碗汤递上。

“姐，别总让大江哥喝汤啊。来，吃肉！”天娟伸手挡开天婵，把撕下的一块鸭肉送到杨大江的嘴边，“我亲手炖的，我爸想吃都没这个福气。怎么样，好吃吧？”

“唔，好吃……”杨大江张嘴叼住鸭肉，连连点头。

“好吃就多吃！”天娟说着又递上一块。

“哎，我，我自己来……”杨大江咽下口中食物，对姐妹俩道，“婵儿，娟儿，哥跟你们商量点儿事……”

“还要去找二江？”天婵放下碗，脸上笑容消失了。

“对，找二江，让他给我带些衣物和盘缠过来……”

“这说来说去，你怎么还是要走啊！”天娟嘟嘴气恼。

“好妹妹，哥不走不行啊！”

天婵起身，走过去“哗啦”一下打开门，赌气道：“走，现在就走，没人拦着你，不就是怕连累我们姐妹吗？”

“婵儿，事情不是你想的那样……”杨大江急忙起身，拖着伤腿过去向天婵解释。想想所发生的一切，他也不禁暗自后悔，洪江不是哪个人的洪江，日本军舰闯进长沙，也不是他杨大江一个人的耻辱。但如今他却闯下了滔天大祸，不但连累了肖老师和同学们，也害得自己连亲娘老子都不敢见。堂堂七尺男儿，就这么整天躲在女儿家的闺房里，虽说姐妹俩不在乎，可毕竟刘府上上下下这么多人，话传出去好说不好听啊。

天婵不忍地把杨大江扶回座位上：“这不也是你的家吗，我和我妹都不怕，你怕什么？”

“嘿嘿，他当然是怕咱爸……爸？”天娟话说一半，笑容便突然僵在了脸上。

正依偎在一起的天婵和杨大江回头一看，只见刘云湘和抱着底油的杨同昌出现在了门口，两人吓得急忙闪身分开，乒乒乓乓地碰翻了座椅。

刘云湘看看堆在桌上的锅碗鸭骨和傻愣愣的三人，气恼地瞪着杨同昌。

杨同昌冲杨大江怒喝：“跪下！”

“爷老倌……”杨大江应声跪下。

杨同昌腾出一只手，脱下鞋对杨大江照头就打：“鬼崽子，你倒是会找地方，你没有家啊？你妈妈都快急疯了你知道不知道！日本军舰你都敢烧，你有几条命啊，你有几条命……”

“杨叔叔，您别打了，他身上有伤……”天婵急忙上前阻止，同时央求刘云湘：“爸，您快劝劝杨叔叔……”

刘云湘冷哼一声，掉头走了。

杨同昌一看，扔下鞋急忙追上：“哎，云湘，云湘……”

刘云湘气冲冲下了楼，走进堂屋，见杨同昌抱着底油一脚高一脚低地紧追进来，便瞪眼道：“这下，你可相信我说的了吧？”

杨同昌连连点头：“相信相信。”

“我不管他在外边都干了些什么，哪怕他把长沙的天给捅个窟窿，那也只当是大家都凉快。我就想问问你，我女儿怎么办？一个大小伙子，钻进姑娘家的闺房里，成何体统！”

见刘云湘一副兴师问罪的架势，自知理亏的杨同昌开始和稀泥：“是啊，你说这孩子，他怎么能干出这等伤风败俗的事来呢？”

“我问你呢！”

“问我……云湘啊，这俗话说，儿大不由爷。他在外边闯了祸，这，这怎么就跑到你这儿来了，我是一概不知道啊。”杨同昌说话的时候带着一脸的无辜。说到底，是儿子干了缺德的事，他这当老子的现在也只能抱定一个宗旨——你急我不急。

“你是不是他爸爸？”刘云湘喝问。

“是。”杨同昌老实回答。

“是，就赶紧把你这倒霉儿子给领回去，然后老老实实给我女儿道歉，我刘家可丢不起这个人。”

杨同昌为难道：“他现在不是被通缉嘛，见不得人啊。”

“那我女儿还见不见人？”

“对对对，大小姐的名声要紧。我看不如这样，你家大小姐救了我家大公子，那就不如好人做到底……”

“什么意思，你还想顺竿爬？”

“这怎么是顺竿爬呢，你看……”杨同昌把怀里抱着的清代底油放在桌上，嘿嘿笑道，“事情到了这一步，我也就一客不烦二主，底油和儿子我都留在你这儿，随你怎么处置。时候不早了我得赶快回去，你就别送了……”说着，飞也似的逃走了。

“哎，哎老杨……”

刘云湘没想到杨同昌竟然来了这么一出，一时间愣在了当场，这不是耍赖吗，这不是讹人吗？你老杨怎么能这样，这，这还要脸不要？

这时，楼上传来一阵咚咚的脚步声，刘云湘往外看去，只见杨大江一瘸一拐地从楼梯上跑了下来，而天婵姐妹则紧追在后。

“大江！”

“大江哥！”

杨大江头也不回，咬牙忍着伤痛往大门口跑去。

“怎么，在我这儿吃饱喝足了，临走连个招呼都不打？”刘云湘站在堂屋门口，忍着气问道。

杨大江停下脚步，回身冲刘云湘拱手施礼：“侄儿见过刘叔叔！”随后看看天婵和天娟，又道：“婵儿和娟儿生性良善，即便受伤的不是我是别人，她们也同样会出手相救。所以，还请刘叔叔勿要怪罪。”

“我的女儿，还用得着你说吗？”

“其实，我也很后悔。”杨大江面带愧疚，“不该在外面惹了祸就这么跑回来，徒给别人留下借题发挥、祸乱洪江的借口……”

“你能明白这一点，很好！”刘云湘赞了一句，面容缓和下来，问道，“这是要准备去哪儿？”

杨大江道：“去哪儿都行，天下之大，何愁没有容身之地。不过，我相信，用不了多久，我会堂堂正正地回来，回家！”

"好，有种！"刘云湘暗自点头。

"爸！"天婵面露不舍。

刘云湘说道："取盘缠，让他走！"

天婵姐妹含泪上前，把装有衣物、钱袋的包袱塞进杨大江的手里。

"刘叔叔保重！"杨大江抱拳冲刘云湘深施一礼，随后深情地看了一眼天婵，转身刚要走，就见刚离开不久的杨同昌慌慌张张闯进来，倚在大门上气喘吁吁地叫道："云湘！不好了，许，许安邦的人来了……"

当许安邦得知刘云湘拽着杨同昌去了刘府，他立马就推断出两人绝非是为了生意，因为对一位父亲来说，眼下就是有天大的生意也没有他儿子的一条命重要，唯一的可能就是杨大江已经跑回来了，而且就藏在刘府。

于是，他带着人马杀气腾腾地赶到了刘府，果然，一进门便感觉气氛不对，只见刘云湘和杨同昌坐在院中的凉亭里正怒目相向。

"有事，一定有事！"许安邦盯着两人，心想毕竟是商人，没人愿意惹祸上身。

"没事啊……"杨同昌底气不足地回了一句。

"别打岔！"许安邦扭头冲刘云湘道，"他家大公子就藏在你刘家，是不是？"

刘云湘一愣："这，这你也能……"

"说是，还是不是？"许安邦逼视着刘云湘。

"是！"

许安邦松了口气："你看看，我猜得没错吧！"

杨同昌恼了："刘云湘，你怎么能这样……"

"哪样啊，我早说过，这种事瞒不住！"刘云湘理直气壮，指着杨同昌埋怨道，"让你把它给带回去，这话我说了可不止一遍吧？磨破了嘴皮子，你听了吗？现在好了，就连许大人都知道了！”

杨同昌脸红脖子粗地与他争辩：“我这不是一直在跟你商量嘛……”

“少废话，他人呢，交出来！”许安邦迫不及待地跳脚大叫。

“哎呀许大人，你就莫要再掺和了，这是我两家的家务事！”杨同昌烦躁地顶了许安邦一句。

“家务事？你说得倒轻巧！”刘云湘白了杨同昌一眼，转向许安邦道，“不是要见人吗，来来，我带你们去！”不由分说，气哼哼地带着许安邦等人出了凉亭，直奔楼上，到了闺房门前，冲屋里喊道：“开门！”

“吱呀！”天婵把房门打开，满面羞红地嘟嘴看着刘云湘。

许安邦等人刚要往里冲，却突然愣在了当场——映入众人眼帘的，赫然是那幅杨大江的油画像。

刘云湘指着画像：“看看，都看看，他杨家大公子就这么整天杵在我女儿的闺房里，有辱门风啊！”

天婵羞恼地跺脚：“爸！”

“爸，我姐好不容易才画的……”天娟也跟着帮腔。

“闭嘴，回头再跟你俩算账！”刘云湘瞪眼吼了一句，回头对许安邦道，“拜托诸位，赶紧把它给我带走，最好一把火给烧了。他杨家人不要脸，我还要脸呢！”

许安邦有点蒙，看看刘云湘，又看看画像，喊了声：“收队！”便转身下了楼。

“这，这就走了？”副官不甘心，觉得刘云湘和杨同昌明显是在使诈。

许安邦一走出刘府大门，便狡猾地嘿嘿笑起来，两个老滑头，还真以为老子不知道你们是在演戏。只是这刘府上上下下既然有了准备，人是断不会让自己给搜出来的，也罢，你们不是要欲盖弥彰吗？那老子就来个欲擒故纵。随后下令，全城戒严，盯死刘杨两家！

许安邦走后，刘云湘命老家丁拿过一幅洪江地图，和杨同昌一起琢磨起来，老哥俩吵归吵闹归闹，孩子的性命却不能不管不顾。刘云湘认为，眼下最稳妥的办法是让杨大江离开洪江，到水客帮去——自欧阳广林去世之后，水客帮一直由他的女儿欧阳朵妹掌管，虽然听说他们最近跟熊子贵因为争抢水上生意起了些纷争，但水客兄弟们常年都在由贵州到洞庭长达千里的沅水上拉纤、放排，居无定所。大江若去了水客帮则如龙归大海，许安邦即便是得知了消息也鞭长莫及。

刘云湘手指地图，把出城地点选在了地势偏僻的城北码头。

此码头在发生于民国三年的雄溪水患中受损货船多达百艘，船工溺死者甚众。后有善堪舆者言之，此地乃为龙脊，建船坞商埠则触犯了逆鳞，故而已废弃多年，江岸荒芜，平日里绝少人烟，是出城的唯一生路。

现在的问题是，城中已经戒严，由刘府到城北码头的这段路上需经过几个路口，如何调开把守的团防兵？

思来想去，刘云湘决定借庆贺各家油坊开工的机会，利用清代底油来吸引许安邦的视线，和杨同昌演一出双簧，来个明修栈道，暗度陈仓……

于是，第二天一早，商会大院便热闹起来了。刘杨二人不但抱来了那桶清代底油，而且彼此指鼻子瞪眼吵得不亦乐乎；两家掌柜的也各为其主，你一言我一语争得脸红脖子粗。一时间，刘杨两位东家闹掰了的消息不胫而走，赶来劝说的十大会馆当家的和前来看热闹的商人们把整个大院挤得是水泄不通。

罗积善心里纳闷，怎么这平日里好得像穿一条裤子的两人突然就翻了脸？细问之下终于得知，原来两人是因为“洪江油业行开工庆典”的举办地点所起的争执——洋人是冲着刘家订的合同，开工庆典理应在元隆油号举办，这是刘家人的想法；而杨同昌则坚持，众人是冲着清代底油集资的，所以杨家恒顺油号更有资格举办庆典。

这叫什么事嘛！罗积善哭笑不得，你们为这区区小事而争吵那是要误工的，那是要耽搁自己和其他股东赚钱的！他摆出商会会长的架子，来了个不偏不倚的裁决：这开工庆典既不在元隆，也不在恒顺，放在“天钧戏院”举办岂不更好？

此言一出，众人大声叫好，一则是天钧戏院基本处于两家之间居中位置；二则是戏院场地宽阔，容纳的人更多。刘杨二人也很给罗积善面子，当即答应把清代底油送到天钧戏院去“镇场”。

罗积善见自己三言两语便化解了这场纠纷，并且得到了众人的一片赞扬，不免心中得意，索性来了个大包大揽，决定由商会出面请戏班、发请柬、订酒宴，要把油业行的开工庆典办得格外隆重，给各位股东讨个好彩头。

用清代底油来给开工典礼“镇场”，这在洪江油业行尚属首次。许安邦怀疑，刘杨是想借此把场面搞大，让杨大江混入邀请来的戏班或外地商家，在散场时趁乱逃出洪江。他暗笑刘云湘杨同昌机关算尽反弄巧成拙，这岂不是给了自己一个瓮中捉鳖的好机会？所以在庆典开始的时候，许安邦不但早早到场来亲自监视刘杨二人，而且令副官带人包围整个戏院，彻查外来人等。

但许安邦没想到的是，刘云湘所做的这一切都是“功夫在诗外”。当天钧戏院的舞台上锣鼓点敲响了急急风，当饰演岳云的杨二江手舞双锤与戏班演员们大战在一起，当天娟甩着水袖、千娇百媚地唱起《贵妃醉酒》的时候，那些在当街巡逻的团防兵们早已摘了帽子，混在黑压压的人堆里当起了戏迷。而刘云湘和杨同昌则稳稳地坐在包厢内，如一根无形的绳索紧紧地拴住了许安邦。

街上已是空无一人，杨大江拎着箱笼在天婵的搀扶下，跟着苗令梅悄悄出了刘府大门，一路穿街过院，直奔城北码头。然而，当三人来到最后一个路口的时候，却发现三名团防兵虽都心不在焉地望着戏院方向，却仍在把守着关卡。

“该死！”苗令梅急收脚步退回了巷子。

“哎呀，就差一步！”眼看功亏一篑，天婵跺脚大急。

“婵儿，妈，你们回吧……”杨大江咬牙攥紧了拳头，要冲出拼命。

苗令梅急中生智，回头慈爱地看了看大江和天婵，嘱咐一句：“你俩机灵点，看老娘的。”随后抿抿头发，抻抻旗袍，出了巷子口，扭着窈窕身段从团防兵的面前从容走过。

“哎哎！”

三个兵眼睛顿时都直了，吹着口哨，目光一直追着苗令梅那风情万种的背影。而就在这一瞬间，天婵搀着大江快速跑过了关卡。

当两人来到城北码头的时候，一叶扁舟从江岸茂密的灌木丛中驶出来，却发现驾船的人竟是木匠麻老五。麻老五见两人愕然，便笑呵呵解释说，世人只知俺是个雕花木匠，却不知木帮与水客帮原本就是一家人。两人闻听放下心来，在岸边拥抱惜别。

“壮别天涯未许愁，尽将离恨付东流。”杨大江觉得自己实在有愧于天婵，从自己许身革命的那一天起，他就知道这种生离死别将会伴随一生，也会给他所爱的人带来痛苦……

天婵的眼泪扑簌落下：“我等你，一辈子不回来，我就等你一辈子！”

“只要我活着，就一定会回到你的身边！”

望着泪眼蒙眬的天婵，杨大江知道现在绝不是自己儿女情长的时候。自打在长沙结识了肖老师等人之后，洪江在他的心里已经太小了，小到仅剩下对这位姑娘的一份牵挂。他不知道此一去前面等着他的将会是什么，但相信自己注定是一个要干大事的人。

杨大江推开天婵，转身上了船，仰天扯开喉咙，用一曲渔歌来驱散心头那挥之不去的离愁——

哟嗬嗬！
天上星多月不明，
塘里鱼多水不清。
世上人多抱成团，
闯山闯水闯天下……

歌声中，一叶孤舟在烟波浩渺的江面上渐渐远去。

时光荏苒，杨大江在水客帮转眼已一月有余，这期间他虽在欧阳朵妹的精心照料下很快养好了腿上的枪伤，却发觉自己并不属于这里。

平淡的生活没有给他任何“干大事”的机会，在那些整日拉纤、放排的苦哈哈们眼中，他也并非是什么“勉从虎穴暂栖身，说破英雄惊煞人”的英雄，而只是一个在外面闯了祸无处可去的娇贵公子，或是被貌美如花的欧阳朵妹护在石榴裙后的落魄书生而已。尤其是当周围的人都无视自己存在的时候，孤独便成了忧愁的最好伙伴。当然，欧阳朵妹是很黏他这位“世兄”的，可越是这样，他便越加的孤独。

水客帮中最看不惯杨大江的人是狗鱼崽和豹子，这两人都是老当家欧阳广林当年带出道的。尤其是水性极好的狗鱼崽，不仅是水客帮的二当家，还是老当家去世前托付照顾朵妹的人。虽然狗鱼崽跟朵妹平时都以兄妹相称，但帮中兄弟早把他看作是朵妹未来的夫婿。而杨大江这么一个“小白脸”凭空出现在朵妹的身边，自然被认为是来“挖二当家墙脚的”。

几天前，狗鱼崽带人放排离开了驻地，这让杨大江顿感轻松了许多。可一心想为狗鱼崽大哥出口气的豹子见他坐在场院里看书，便故意把一群鸭子撵得乱飞乱叫，荡得到处尘土飞扬。

刚在江边给杨大江洗完衣服的欧阳朵妹回来见状，忍不住上前呵斥：“杨公子看书的时候需要安静，你捣什么乱！”

豹子也斜着杨大江，低声对朵妹说道：“大当家的，咱水客帮可从来都是凭力气吃饭……”

“怎么了？”

“怎么了，你一天给他炖一只鸭子吃，啊，还给他洗衣裳，让其他兄弟看见了心里怎么想？”豹子的言外之意是，你这样做岂不是伤二当家的心吗？

朵妹眼睛瞟着杨大江，说道：“爱怎么想怎么想，我乐意。”

朵妹比杨大江小一岁，因欧阳广林生前与刘云湘、杨同昌乃为生死之交，所以她与大江二江、天婵天娟打小便相识，可谓青梅竹马。只是在父亲去世之后，朵妹接掌水客帮，为了帮中一百多人的生计不得不浪迹江湖。一晃十多年过去，当杨大江再次出现在她面前的时候，已是一个英俊挺拔的少年郎了。朵妹在悉心照顾他的同时，儿时的那种两小无猜的亲近感也逐渐成长为青年男女之间的羞涩情怀。只是，相对于大胆泼辣敢爱敢恨的朵妹，心有所属的杨大江却宛如不开窍的木头。

赶走了豹子，朵妹对杨大江说道：“后悔了吧，这穷乡僻壤的山沟沟，哪能比得上长沙的洋学堂啊？”

杨大江拍打着身上的尘土，口气倔强：“应该说，这里也是学堂，比长沙的学堂更辽阔。”

“你能这么想就好，大丈夫能屈能伸嘛。我已经吩咐下去了，抽空，你就去教弟兄们认认字儿，省得你总是抱怨我把你当少爷供着。”

杨大江带着一脸的苦笑：“是啊，再不干点什么，我就真变成一个废物了。”

让杨大江当教书先生，这消息对水客帮的兄弟们来说就意味着朵妹是想要“小白脸”入帮。

豹子等人自然心里不服，读书识字能当饭吃？这引水排两丈八尺，梢排两丈六，咱一眼就能看出它有几寸几方来，他行吗？但也有人觉得大当家的英明，苦哈哈们若不读书识字明事理，那就一辈子别想翻身。

在帮中兄弟正为此事吵嚷不休的时候，狗鱼崽回来了。这次放排，他们在赤岩湾一带中了熊子贵的埋伏，虽保住了木排，却有不少兄弟都挂了彩。

心里正烦闷的狗鱼崽忽听豹子说“小白脸”要入帮，火噌就上来了，带人气冲冲地来到议事的竹楼，质问朵妹：“大当家可还记得老当家的教诲？”

朵妹闻听不解：“二当家，何出此言？”

狗鱼崽说，弟兄们在江面上讨生活，历来是在官府和土匪的夹缝中生存，所以老当家的当年立下规矩，帮中人等不得依靠任何势力参与造反。

“造反？谁要造反？”

豹子帮腔道：“杨大公子被官府通缉，你还让他给大伙儿当先生，他若是在此蛊惑人心，岂不是要造反吗？”

“怎么，你们是想把他给交出去，领点赏钱？”说着话，朵妹的脸色沉了下来。

狗鱼崽急忙解释道：“大当家的休要误会，我等兄弟哪个不是良善出身，岂能做此下作之事？可是一条烂鱼腥一筐，大当家若是一味纵容，只怕这沅江之上，以后就再无我水客帮的立身之地了。”

“你们怕什么，他不过是一个文弱书生，落难来此……”

“大当家的！”

就在朵妹竭力想说服狗鱼崽等人的时候，麻老五匆匆跑进来说道：“熊子贵派人送来请柬，说是要在大浦口跟两位当家的见面。”说着，把手中的请柬递给了朵妹。

先是企图劫持木排，现在又送来了请柬，熊子贵要的这一硬一软的两手，无非就是眼红水道上的生意，想从水客帮的手中抢夺一块水域，坐享其利。但对于水客们来说，水道不通便等同于断了生计。事关水客帮的生死存亡，朵妹和狗鱼崽明知宴无好宴，还是决定要前去赴约。

杨大江站在山坡上，看着朵妹和狗鱼崽带着豹子等几名水客兄弟上了船，向大浦口方向驶去，心中不禁疑窦丛生——熊子贵所在的罗子山瑶寨与大浦口相距甚远，他为何要约在那里见面？

第八章

大浦口依山傍水，江边建有一座凉亭，形制古朴，年代已不可考。

朵妹和狗鱼崽、豹子上了岸，见熊子贵在凉亭中已摆上了一桌酒宴。双方寒暄落座之后，朵妹先发制人，开口说道："我水客帮和罗子山素来井水不犯河水，熊舵爷劫我木排，伤我帮众，这笔账该怎么算？"

熊子贵一边端起酒坛倒酒，一边笑道："我跟欧阳广林打了半辈子交道，论辈分是你叔叔。别人都把我熊子贵看成是这山上的土匪，可是朵妹，我要告诉你的是，你叔叔我本来就是一条过江龙，我罗子山上的人跟你们水客帮五百年前就是一家。"

"胡说八道。"见熊子贵上来就攀亲，狗鱼崽忍不住一声怒喝。

不信吗？"柳毅传书"的故事人人皆知，他救了洞庭龙君的女儿，最后娶她为妻，成为洞庭王爷，也就是你们水客帮每次放排都要祭拜的神灵。那柳毅和龙女郎有情妾有意，若没有黑虎神从中作伐如何成为夫妻？而罗子山的人恰恰都是黑虎神的子民。熊子贵说完，看了一眼脸膛黝黑的狗鱼崽，进一步挑拨道：“二位去洞庭王爷的庙里看看就知道了，柳毅本是白面书生，就是因为报答黑虎神的恩德，脸才黑得像锅底，就像二当家一样。”

狗鱼崽果然上当，看了一眼朵妹，言语中带着无尽的失落：“比起我们这些黑脸的，龙女自然是喜欢白面书生。”

熊子贵眼看自己的阴谋得逞，不料却听朵妹说道：“水客帮祖祖辈辈生活在这沅江之上，承蒙洞庭王爷赏口饭吃，放排、拉纤凭的是力气，与商家合作凭的是信誉，独来独往与世无争，不需要任何人的护佑，还请熊舵爷自重。”

见拉拢、挑拨都不成，熊子贵便以杨大江为要挟，威胁道：“好一个与世无争啊，许大人若是知道贵帮私藏逃犯，恐怕你们就放不了排，拉不了纤了吧？”

刚才朵妹的一番话已让狗鱼崽心头杂念顿消，此时脸色一正，痛斥熊子贵道：“千船万排起洪江，你在洪江的名声臭了，就从我们这些苦哈哈的手里抢饭碗，痴心妄想！熊子贵，即便是老子答应，老子手下的兄弟也绝不答应！”

熊子贵的脸色沉了下来：“二位，与人方便与己方便，就你们那点人手还不够老子塞牙缝的，不要敬酒不吃吃罚酒！”

“龙游大江，虎卧高山，如果熊舵爷非要下山挑起龙虎之争，我欧阳朵妹奉陪到底。”朵妹知道久留无益，起身招呼道：“鱼崽哥，我们走。”

“哈哈，想走，没那么容易！”

“熊子贵，难道你要坏了江湖规矩不成？”豹子见熊子贵翻脸，急忙拔枪戒备。

“老子的规矩，就是江湖规矩！”熊子贵说着，“啪”地一下摔了酒碗，喝道：“来人！”

狗鱼崽和豹子急忙把朵妹护在身后，可是左右看看，没动静。

熊子贵也是一愣，怎么回事，手下不是已经埋伏好了吗，单等自己摔杯为号，给水客帮两位当家的来个一勺烩。

“熊子贵，戏法变多了就不灵了。”随着话音，只见杨大江从山坡上不紧不慢地走下来。在他身后，麻老五等几名水客手持缴获的猎枪，正看押着早先埋伏在山坡后的十几名土匪。

原来杨大江料定，熊子贵之所以要把见面地点选择在大浦口，唯一的解释就是此地乃打埋伏的绝佳地形，于是他带着麻老五等人走山路抄到了熊子贵的背后，及时解了朵妹和狗鱼崽等人的危难。

正可谓书生一支笔，可抵百万兵。杨大江的机智，不仅让朵妹感到惊喜，也震撼了狗鱼崽和豹子……

熊子贵在大浦口吃了亏，便派人把杨大江藏身在水客帮的消息告知了许安邦。

许安邦听了心里这个气啊，怪不得刘云湘和杨同昌都跟没事人一样，原来是把老子给当猴耍了！他急忙去找藤原商量对策，原来说好的“釜底抽薪”之计呢，你们东洋人不能如此言而无信吧？

可没想到藤原兜头便给他泼了一盆冷水，说中国之所以落后，皆因官商之间的利益和职责划分不清，并警告许安邦不要把手伸得过长，因为现在日本帝国和赵恒惕都不愿看到一个混乱的洪江。至于如何对付刘杨，藤原认为，商道的事情还是要按商道规矩来办。

过后，藤原找到罗积善，言刘杨以清代底油和商业合同来集资，俨然已具现代股份公司的雏形，而其中最大的股东则应拥有经营决策权及掌控那桶清代底油的权利。他拿出之前敲诈来的一百万银票，让罗积善来当这最大的股东。

东洋人出钱，让自己来左右油业行的经营，这事对罗积善来说，可谓喜从天降，他二话不说，抓起银票拉着高署地便奔了恒顺油号。

说来也巧，好不容易从积善商行的仓库里偷出了一包鸦片的罗立，正蹲在后窗外吞云吐雾，不想竟把藤原和罗积善的密谋给听了个一清二楚。

罗立心下大喜，这不正是自己讨好天婵大小姐的机会吗？他立马跑到了刘府，把自己听到的事儿跟天婵来了个竹筒倒豆子，并借机向她表白，我抽鸦片害的是我自己，但是只要我活一天，断不容许别人害你刘家。

天婵虽厌恶罗立的纠缠，但这一次却不禁要对他另眼相看。因为一旦罗积善凭借资金优势成了最大股东，父亲和杨同昌必然会被架空，而罗积善背后的藤原则可以轻而易举地掌控整个洪江油业行。事关重大，天婵顾不上女子不能进作坊的祖宗禁忌，拉着罗立到了刘家油坊，把正跟伙计们一起翻炒桐子的刘云湘从蒸腾的烟气中给拽了出来……

恒顺油号，当看到罗积善在自己面前把一百万大洋的银票满满地铺在桌子上的时候，杨同昌登时眉开眼笑。按他的想法，虽然集资已结束，但这做生意的本钱，无论何时何地都是韩信点兵多多益善。

而就在杨同昌要收下银票，招呼账房如数登记罗家股份的时候，风风火火跑来的刘云湘一进门便断然拒绝了罗积善的“好意”，给出的理由是，眼下无人出让股权，自然也就没有追加股份一说。

打发走罗积善，刘云湘这才缓了口气，跟杨同昌说出了事情的原委。

杨同昌一听，登时被吓出了一身冷汗：“原来人家是按股份公司的模式来算计咱们的，谢天谢地，好险啊！”

“这次，你应该谢的是我家天婵。”刘云湘说道。

是啊，天婵是把经商的好手，却碍于祖宗规矩不能参与到生意中来，这不仅是刘云湘的无奈，也是杨同昌的遗憾。这些天来，杨同昌忙于安排各家油坊的开工事宜，千根线穿一根针，已是焦头烂额。天婵若是能来打个下手，又何至于让自己忙昏了头，险些着了藤原和罗积善的道儿？可是话又说回来，天婵若真变成了男儿身能够自由进出作坊，那我家大公子的婚事岂不没指望了？

刘云湘最见不得杨同昌打小九九，没好气地白了他一眼：“你若改不了这爱贪便宜的毛病，早晚会吃大亏。”

“嘿嘿，这不都是为了儿女们吗？”杨同昌抓住机会旧事重提，“你说，这洪江城除了我家大公子，谁还能配得上你家大小姐？”

说起女儿的婚事，刘云湘顿感一个头两个大，罗立是别提了，可杨大江……他忍不住撂了一句：“你家大公子虽好，可他毕竟是个逃犯啊。”

杨同昌闻听此言，笑容顿时僵在了脸上。水客帮说白了就是一群在风浪里搏命的糙汉，自家这个娇生惯养的公子哥能受得了吗？

自从在大浦口挫败了熊子贵的鸿门宴之后，杨大江在水客帮的日子似乎好过了一些，至少在背后说闲话的人少了，而且大部分水客兄弟在朵妹的敦促下，不管愿意不愿意，都能勉强坐下来跟他这个“教书先生”认几个方块字，听他白话几句大道理。

最近帮里上上下下都透着一股兴奋，据说木帮在常德的一家老字号有意与水客帮订立放排的长期合同，条件是水客兄弟们须拿出看家本领，保证木排能够顺利闯过“青狼滩”。

“青狼滩”是沅水之上一处最为险要的峡谷地段，原本宽阔的江面到此忽如被收入瓶口一般陡然变得狭窄曲折，无风也起三尺浪的激流中礁岩裸露，犬牙交错。民间谚云：“滚滚青狼滩，水急浪滔天，鱼虾难游过，险胜鬼门关。”此地自古便是水客的坟墓，谈虎变色的所在，但恰恰又是通往常德的必由之路。以往木排顺江到此，都要上岸改走山路，而常德老字号提出的这一特殊要求，无非是想节约一点运输成本罢了。但即便如此，有活干、有钱赚对水客兄弟们来说便是天堂一般的生活，谁还在乎各自的性命？

朵妹要去领排了，临走前来到杨大江所住的竹楼，把给他洗好叠整齐的学生服放在床头，嘱咐道："锅里有炖好的鸭子，饿了你就自己热着吃。"

正埋头编写教材的杨大江见状，顿感手足无措："朵妹，我都说了，以后衣服我自己洗，饭也跟着大伙儿一块儿吃……"

"那怎么能行。"朵妹一边手脚麻利地替他收拾屋子，一边说道，"你可是咱水客帮里唯一的秀才，那些憨货们不理解，我心里有数，你是要把他们的眼睛擦亮，把心气给提起来。"

朵妹说的是心里话，过去的她和帮中兄弟们一样，认为有口饭吃便是洞庭王爷的恩赐，所受的苦难与贫穷都是命中注定。但自从听了杨大江在"识字棚"中所讲的那些道理之后，她突然觉得心里亮堂了，认为只要水客兄弟们抱成团，就不再惧怕军阀、土匪的欺负。

杨大江见朵妹已有了些许觉悟，备感欣慰，便进一步因势利导道："被人欺负了不可怕，可怕的是不知道为什么会被人欺负，不知道受了欺负该如何去反抗、去斗争。"

朵妹笑道："就喜欢听你说这些新名词，那以后朵妹就跟你斗争了，不行的话咱们就斗争一辈子。"

杨大江哭笑不得："不是要跟我斗争……"

"别人我还看不上呢。"

朵妹话说出口，脸却突然红了，慌忙跑出了竹楼。

望着朵妹的背影，杨大江心下黯然。每次与朵妹谈话他都心怀戒备，有时甚至是莫名的恐惧，因为对方每一次大胆的暗示，都会勾起他对天婵的无尽思念。朵妹是个心直口快的姑娘，话说出口过段时间也许就忘了，可他却要躲进无人的角落，独自去忍受那种"夜夜思君不见君"的痛苦，直到这锥心的伤痛被时间所淡化。

两情若是久长时，又岂在朝朝暮暮。水客帮现在需要自己，这些苦哈哈们现在越来越喜欢“识字棚”了，他们渴望知识，渴望深入了解这个社会，改变自己的命运。而这一切，不正是自己来此的意义所在吗？

当杨大江收拾心情，强迫自己走出相思去干“正事”的时候，发现时间已过去了好久，于是急忙拿起教案，匆匆下了竹楼向“识字棚”走去。

所谓的“识字棚”，不过是麻老五等人按朵妹的吩咐，用竹子在一片空地上搭起的一座凉棚，因杨大江在这里教大家读书识字，水客兄弟们便顺嘴称之为“识字棚”。

往常的这个时间，来听课的人都已经坐在了棚内，可今天却大不一样。杨大江老远就发现，好多水客兄弟都顶着日头围在棚外。待他走到近前一看，只见棚内一片狼藉，用来教识字的黑板已被毁坏，狗鱼崽和豹子等几名水客横七竖八地坐在倒塌的桌凳上。

“二当家，你这是……”

“杨兄弟！”狗鱼崽歪着脑袋笑道，“你是衣食无忧的富家公子，我等都是吃了上顿儿没下顿儿的苦哈哈，咱们是两条江上跑的船，你以为就凭你会写几个字，会说几句新名词，弟兄们就会跟你走？”

豹子起身嚷道：“朵妹是二当家的人，你休想打她的主意！”

“想打她的主意也无妨！都说英雄爱美人，我水客帮兄弟也素来敬仰好汉，怎么样，咱们试巴试巴？”狗鱼崽说着，抖着双膀上大如西瓜的腱子肉拉开架势，围着杨大江转了起来，眼神中满是挑衅。

麻老五见状急忙上前阻拦：“二当家，各位兄弟，大家都在一口锅里吃饭，可千万别……”

“他跟谁在一口锅里吃饭？朵妹天天给他炖鸭子你看不见？”狗鱼崽瞪眼喝道。

“二当家误会了。”杨大江叹口气摇头笑道，“我和朵妹从小就相识，一直以来也是以兄妹相称，我对她没有任何非分之想；再说，这让兄弟们读书识字，也是大当家的一片好意。对水客帮来说，放排既是生计也是生意，若都目不识丁，不明事理，那这生意还……”

“哈哈！”狗鱼崽打断杨大江，对众人说道，“都听见了吧，照他这么说，咱们兄弟全都是目不识丁不明事理之辈！”

“不是，我不是这个意思……”

“少废话！”不容杨大江解释，狗鱼崽喊道，“想在我水客帮混，就拿出点真本事来！”

麻老五说，大浦口那件事，还不算是真本事吗？

不算！豹子拍着胸脯争辩道，没有杨大公子，老子跟二当家拼死也能护得大当家的周全！

“我水客兄弟走南闯北什么风浪没见过？行的船比你走的路都多。真要是跟熊子贵打起来，就你这小身板能行吗？”狗鱼崽说着，上前便使了绊子，把猝不及防的杨大江“扑通”一下撂翻在地，冷笑一声道，“朵妹是江湖女子，岂能看上你这个手无缚鸡之力的白面书生？诸位，古往今来，你们谁见过凭嘴皮子去放排的？”

在众人的哄笑声中，狗鱼崽伸出一只脚，把欲爬起来的杨大江再次踩在地上，随后带着豹子等人扬长而去。

杨大江趴在地上，只感觉眼前一阵阵地发黑，他咬牙爬起身，一把推开上前来搀扶的麻老五，带着满脸的羞愤，拔腿冲出了“识字棚”……

第二天，朵妹领着一支串成长龙般的木排回到了驻地，但是在敲锣打鼓欢迎的人群中，她却没看到那个她最想看到的熟悉身影。

在得知狗鱼崽趁她不在，当众羞辱了杨大公子的消息之后，朵妹芳心大乱。过去，她一直把狗鱼崽当作可以依赖的兄长，对帮中兄弟们的善意撮合也一笑了之，因为刀头舔血的江湖生涯让她别无选择。但是这种无奈的宿命感，在杨大江到来之后，很快便烟消云散了。

对于杨大江与天婵的恋情，朵妹通过麻老五早已了解得清清楚楚，她并不想横刀夺爱，但观察杨大江的言谈举止，发现这位满腹学识的翩翩公子或许并不适合去做刘家的乘龙快婿。杨大江在大浦口的初露锋芒，以及之后他在“识字棚”中给水客帮带来了前所未有的新气象，这一切已使朵妹暗暗下定决心，一定要留下他，哪怕是自己以身相许。

放排在即，朵妹无法苛责狗鱼崽，正想以水客帮大当家的身份去找杨大江道个歉，却不料后者竟带着一脸决绝的神情先找上门来。

杨大江毕竟是胸怀大志之人，狗鱼崽的这场羞辱没有使他消沉，反而激发了他迎难而上的勇气。古人讲修齐治平，如今自身不修，即便天降大任也无以承担。他要求正式拜山门加入水客帮，跟兄弟们一起去放排。

朵妹闻听大感意外，开口劝道：“江面上风急浪高，兄弟们每一次放排，都是去闯一趟鬼门关，能不能活着回来还两说。世兄啊，进水客帮容易，可放排真的不适合你。”

“谁也不是生来就会放排，不试试怎么知道自己到底能不能吃这碗饭？”狗鱼崽道，“既然杨兄弟心意已决，我看这次就不妨跟我们兄弟走一趟。”

“对，真金不怕火炼，好汉不怕水淹啊，哈哈……”豹子等人立马跟着起哄。

“闭嘴！”朵妹喝止众人，气恼道，“别以为我不知道你们心里是怎么想的，你们这是想要他的命！”

狗鱼崽哈哈大笑：“朵妹，这么多年风风雨雨，难道我狗鱼崽在你心里就如此不堪？如果杨兄弟甘心一辈子就凭他这小脸蛋吃女人的软饭，那还不如一头扎进江里淹死了好，省得辱没了祖宗。”

“二当家说得对，兄弟们敢去闯荡，我杨大江也不是孬种。”

朵妹见杨大江心意已决，只得吩咐摆香案开山门。

很快，水客帮驻地便响起了“呜呜！”的牛角号声，众位兄弟都聚集在了后山的洞庭王爷庙前。

朵妹在给洞庭王爷的神像敬了香之后，回身对站在众人面前的杨大江说道："入我水客门，命交洞庭君，江湖路途远，生死不由人。世兄，你可别后悔。"

杨大江上前燃了三炷香，说道："弟子杨大江，今日归入洞庭王爷门下，不计个人福祸，只求与众位兄弟生死同命！"

豹子大喊："请洞庭王爷分风送船！"

朵妹和狗鱼崽率众人一起大声祷告："洞庭王爷保佑，顺风顺水，一路平安！"

杨大江正式加入了水客帮，自然不会放过首航"青狼滩"的机会，在祭拜了洞庭神君之后，他不顾朵妹的劝阻，跟着狗鱼崽、豹子、麻老五等人一起上了泊在江边的木排。

"放排喽！"

随着豹子的一声大喊，狗鱼崽落下了手中的鼓槌，霎时间，水客们有节奏地应和着节奏明快的沅江号子，舞动手中的长篙，催动木排驶上了宽阔的江面——

风云起哦，浪打来啊！
嘿嗦，嘿嗦！
长龙排哦，掌稳舵啊！
嘿嗦，嘿嗦！
船怕号子，马怕鞭啊！
嘿嗦，嘿嗦！
乘风破浪，到常德啊！
嘿嗦，嘿嗦！
……

看着木排渐行渐远，朵妹撇下在江岸上送行的帮中男女家眷，独自一人回了洞庭王爷庙，跪在神像前祈求洞庭王爷能够护佑杨大江平安，保佑水客兄弟们能顺利闯过“青狼滩”。

沅水之上，木排顺江而下，快逾奔马，不一日便到了青狼滩口。水客们望着前面被大山遮蔽了天日的幽暗峡谷，听着如山浊浪拍打在黑魆魆的礁岩上所发出的阵阵轰鸣，个个的脸上都变了颜色。

自打沅水有了航道，便没有一名水客不想闯过青狼滩，但老辈水客们都知道，眼前这狭窄谷口真如青狼血口一般，近百年来不知吞噬了多少条人命，从未有哪一拨水客能够不死不伤地安然闯过。

“啪！”

就在杨大江望着谷口愣神的时候，狗鱼崽把一团粗粗的缆绳扔在了他脚下：“把自己给绑上。”

见杨大江不解，狗鱼崽指着其他正在往腰间绑绳子的水客说道：“进了青狼滩，都是急转弯，要想活命就把自己给绑在木排上。我可不想回去让朵妹说，我没照顾好你这不知天高地厚的书生。”说完，冲前面的水客喊了一声：“掌控好引水排！”而后快步跑向了后面的尾排。

杨大江一看，不禁笑道：“嗨哟，这什么二当家，还没冲锋呢就先往后跑……”

“你懂什么！”豹子怒喝：“引水排是龙头，比别的排都沉重，最是安稳！”

杨大江这才明白，原来在复杂水道，轻飘飘的尾排才最危险。他来不及多想，急忙把那团缆绳套在肩上，掂起一根竹篙追着狗鱼崽就往后跑。

说话间，木排闯进了青狼滩，众水客们手持长篙手忙脚乱地控制着一节节的木排。

尾排在激浪中如同摇摆的鱼尾，风驰电掣般在礁群中穿行。狗鱼崽站在尾排上正奋力地挥动长篙把控方向，见杨大江跑来，情急大喊：“回去，给老子滚回去！”

话音未落，一股浪头打来，只见尾排打着横重重撞击在一块凸起的礁石上，巨大的冲撞力把狗鱼崽给高高地抛上了半空。

杨大江眼看尾排要散，急忙冲过去把竹篙狠狠斜插在礁岩缝隙中别住散乱的木材，说时迟那时快，见狗鱼崽就要跌落在支叉起来的木头上，他飞身上前，伸手把凌空的狗鱼崽给推入水中，跟着向对方甩出肩上缆绳，喝道：“接着！”

狗鱼崽从湍急的水流中冒出头来，慌乱中却没抓住杨大江抛来的缆绳，幸好豹子及时向他伸出了竹篙……

木排顺利地闯过了青狼滩，除了尾排险些被撞散之外，既无一人伤亡，也没丢一根木头，这无疑是一个让人难以置信的奇迹。待水客们停下来修整尾排的时候，狗鱼崽带着劫后余生的惊悸询问杨大江，跟谁学的本事？

“什么本事？”杨大江一头雾水。

“别装糊涂，散排这种事，就是老水客遇见了也只有死路一条，你是怎么治住它的？”

杨大江闻听笑了：“你问这个，这不就是我给你们讲过的杠杆原理吗？你们还都说没用。”

“那你救二当家……”豹子用陌生的眼神看着杨大江，似乎今天才头一次认识他。

“自由落体遇到外力就会改变方向，这有什么稀奇？”杨大江轻描淡写地回答。

杠杆原理？自由落体？狗鱼崽宛如听天书一般，他跟豹子大眼瞪小眼地对视了良久，随后对杨大江说道：“我这条命是你救的，以后还给你就是。但是朵妹我是绝对不会拱手相让的。”

杨大江跟着狗鱼崽、豹子、麻老五等人在沅水上闯荡了一月有余，回到水客帮驻地时已是一位脸膛黝黑的精壮汉子，眉宇之间英气荡漾，说话也跟其他水客兄弟们一样粗声大气，哪里还有半点书生模样。

朵妹在“识字棚”摆开了盛大的庆功酒宴。整个驻地人人脸上都带着喜气，这些江湖汉子们把杨大江、狗鱼崽等闯过青狼滩安然归来的兄弟团团围住，将不善用语言来表达的敬意都倾注在酒水里，一碗连一碗地敬个没完没了。

相对于众人的兴高采烈，狗鱼崽显得有些郁郁寡欢，勉强挤出笑容应付着敬酒的兄弟，眼睛却不停地瞟向坐在杨大江身边的朵妹。

什么意思啊，你大当家的不坐在主位上，却坐在杨兄弟身边，这不是给大哥难堪吗？豹子暗地里替狗鱼崽打抱不平。

狗鱼崽隐忍着，暗自摇头，自己这条命都是人家救的，夫复何言？

这时，就见朵妹端着酒碗起身说道：“各位兄弟，杨大江第一次放排，就带着大家伙儿顺利闯过了青狼滩，给咱水客帮在江湖上扬了名，立了万。这碗酒，我替兄弟们敬杨大江！”说着，把酒碗递到杨大江面前。

“哎呀，这怎么敢当，你知道我……”杨大江起身欲推辞。

朵妹喝了一小口，端着酒碗热切地看着杨大江。

麻老五等人在下边喊道：“杨兄弟，干了！”

“干了！”

“那就，恭敬不如从命。”杨大江接过酒碗，豪爽地一饮而尽，引来了众兄弟一片叫好之声。

朵妹又倒上一碗，端起来道：“世兄，这回是朵妹敬你。”

“朵妹……”

“世兄能入我水客帮，便是缘分，来……”朵妹把手中酒碗递给杨大江，自己端起杨大江跟前的酒碗，跟他碰了一下，“我陪你干了！”

杨大江和朵妹再次碰杯，两人都把碗中酒给干了，众人又是一片叫好声。

豹子看不下去了，低声对狗鱼崽道："大哥，这要再喝下去，恐怕就是交杯酒了。"

"哼！"狗鱼崽把酒碗重重蹾在桌上，起身说道，"大当家、各位兄弟，都别高兴得太早，青狼滩就是青狼滩，杨兄弟能侥幸闯过一次，不代表以后次次都能闯过。"

"对！"豹子附和道，"除非杨兄弟能保证让大家伙儿都不伤性命地闯过青狼滩，那才能说明这条水道是咱们的！"

麻老五不以为然："不伤性命闯过青狼滩，即便是老当家也不敢说此大话。豹子兄弟，你这不是强人所难吗？"

"其实不难。"杨大江看着众人说道，"尾排轻飘，顺流而下的时候快捷灵活。但是有一利必有一弊，遇激流险滩，出事的往往是尾排。只要我们在闯滩之前把尾排和梢排绑在一起，加大重量，自然会增加稳定性。"

话音落地，众人一片静默。片刻，不知谁喊了一声："对啊，一头沉变成了两头沉，这就是一层窗户纸啊！"

"哈哈，这个法子好，天佑我水客帮，干！"众人一片欢腾。

朵妹欣喜地看着杨大江："都说周郎妙计安天下，世兄大才啊。"

"让你这么一说，我将来岂不是要赔了夫人又折兵？"杨大江笑着打趣。

欧阳朵妹眼睛冒火："以世兄这等人才，还愁以后会没有夫人吗？"随后冲众人问道："兄弟们，你们说咱水客帮，是不是该有一位三当家啊？"

众水客用酒碗磕着桌子，齐声喊道："三当家！三当家……"

杨大江急忙起身推辞："哎哎，这怎么能行，我这初来乍到的，这水客帮上上下下……”

“三当家！”朵妹不由分说，端起酒碗又要敬酒。

麻老五喊道：“刚才已经好事成双了，现在有了三当家，这第三碗酒，大当家的是不是要唱起来啊？”

“唱起来！唱起来！”

“好，那咱们就唱起来！”朵妹压下众人的呼喊，端着酒碗落落大方地唱了起来。霎时间，一曲悠扬清丽的《湘西酒歌》飘出了“识字棚”，回响在青山绿水之间——

这碗酒来清悠悠，
姻缘应是前世修。
你要喝了这碗酒，
夫妻同过百年秋。
……

“咣当！”狗鱼崽气恼地摔了酒碗，带着豹子等人起身扬长而去。

庆功宴不欢而散。

朵妹唱的这首歌虽然火辣直白，但水客帮的兄弟们却并不觉得过分。

杨大江已拜过山门且被推举为“三当家”，而二当家狗鱼崽与朵妹男未婚女未嫁，朵妹自然有权力选择自己看中的夫婿，况且湘西儿女历来有以歌求爱的传统。按麻老五等众兄弟的想法，此时三当家杨大江就该与朵妹唱和几句，成就了这段姻缘，否则枉为男子汉。

杨大江已经坐上了火山口。他深爱着天婵，他在水客帮所做的一切都是为了坚强地活下去，以便有朝一日能够活着回到爱人的身边。面对朵妹咄咄逼人的爱情攻势，他无法偿还自己惹下的情债，也不愿和狗鱼崽再起纷争，唯一能做的事儿就是以打磨水性为借口，每天带上麻老五早早离开驻地，泛舟江上，用对天婵的无尽思念来排遣寂寞。

但杨大江此时还不知道，洪江城里正在发生的一件事，在不久之后竟搅得整个水客帮动荡不安……

罗积善在拿着一百万银票入股失败后，所说的一句自我解嘲的话，让高署地痛感自己的无能——“署地啊，你说那桶底油要是到了咱们手里，这天下的油商岂不都要看你我的脸色行事？我倒是不图那些虚名，只是你高大掌柜还年轻啊，手里终究也该有自己的一份产业不是？”

高署地在感动之余下决心一定要把那桶清代底油搞到手，为自己的东家排忧解难。可是对付刘云湘这等人，花钱不行，人家压根就不差钱；动粗也不行，许安邦有枪有炮都奈何不了他，自己算哪根葱啊？思来想去，便只有“偷”这一条路了。为此，他暗中派人去联系了熊子贵，并很快见到了对方派来的一高一矮两名江洋大盗。

这两名大盗乃为一对亲兄弟，都是生面孔，这是高署地特意要求的。偷嘛，自然是要用外省人，以便“事了拂衣去，深藏功与名”。只是叫“窦三敦”的高个子弟弟似乎脑子不太灵光，凡事都要由明显矮了半截的哥哥“窦二敦”做主。兄弟俩一到洪江，便被高署地安排住进了一家不起眼的小旅馆，随后，窦二敦提议，让高署地出面去“打草惊蛇”。

这可真是行家一出手，便知有没有啊！高署地觉得自己真是找对了人。所谓“打草惊蛇”，乃是江湖盗门惯用的计谋，不论是大唐的空空儿还是宋朝的鼓上蚤，在行盗之前无不使用此计，且屡试不爽。说白了就是故意告诉主家，有人要来偷东西，而主家闻听则赶紧把宝物移至安全地点，如此便暴露了宝物的行藏所在。

高署地依计行事，以一套衡阳昆腔谭家班黑炭头尉迟敬德的头靠和髯口为诱饵，找到了酷爱唱戏的二小姐天娟，不但把行头给卖了个高价钱，还顺带向她透露了有人要偷底油的口风。

果然，天娟不知是计，回到府邸便把清代底油给挪了地方。高署地和窦氏兄弟由此侦知了底油所在，很快便商定了动手的时间。

天娟得了头靠和髯口之后，立马把自己打扮成《白良关》里的黑炭头尉迟敬德，嘴里打着二黄散板，跑到姐姐跟前拉开架势就唱了起来——

娃娃设下诓军计，
想诓老爷我不能行。
你老爷我日抢三关夺八寨，
夜探过白陂介休城。
……

自杨大江逃出洪江城后，天婵一直心怀忐忑，既担心他腿上的伤势，又怕他飘零在茫茫沅江之上不能顺利地找到水客帮。好在近来有传言证实大江跟朵妹他们在一起，她却又唯恐心上人受不了水上的苦楚，或是对付不了熊子贵的凶蛮。正可谓是才下眉头，又上心头。

见妹妹煞费苦心地跑来逗她开心，天婵的心中涌起一阵温暖，暂时放下了满腹心事，认真地赞赏妹妹的才艺。这时，她才注意到天娟买来的这套行头，在详细询问了事情的经过之后，心里突然涌起一股莫名的不安。她倒不在乎妹妹所花的三百大洋，而是纳闷高署地为何仅仅因为“有人要来偷底油”这句话如此煞费苦心。眼下生意正忙，父亲一直吃住在作坊，家里除了老家丁和几名用人，其他人也都被派去了各家油坊，这个时候如果底油出了任何闪失，后果将不堪设想。

天娟见自己惹了大事，吓得直要去作坊叫回父亲。可天婵认为，此时即便叫回父亲也无济于事，对方可以千日做贼，自家却没有千日防贼的道理。再说，也不排除高署地是故意危言耸听，想借机制造恐慌，以便达到破坏刘杨两家生意的目的。

经过仔细思量与权衡，天婵在安抚了妹妹后，叫来老家丁和杨二江，如此这般地吩咐了一番……

漫长的一天过去了，整个刘府没有出现半点异常。

半夜时分，就在姐妹俩被熬得昏昏欲睡的时候，一高一低两道人影躲避着街灯，快速潜行到了刘府院墙之下，随后，高个子双手一托一送，就把矮个子给送上了墙头。

姐妹俩躲在闺房内不敢声张，守在暗处的杨二江和老家丁也没有出手，四人眼睁睁地看着两名盗贼抱着那桶清代底油翻墙跑了出去。

守在外面街口的高署地一见得手了，便招呼一声“快走！”带着两人一路狂奔跑进了罗府。

“东家，东家！”

被高署地的喊叫声惊醒的罗积善不知出了何事，急忙胡乱披了衣衫走出卧室查看，见三个人气喘吁吁地跑进来，刚要张口呵斥，却听高署地兴奋地叫道：“东家，请您上眼！”随后伏在地上解开包袱，现出了那桶清代底油。

罗积善惊愕地看看底油，又上下打量窦氏兄弟：“这两位是？”

“这里没你们的事了，先回去吧。”高署地摆手想打发走两名盗贼。

可是两人却站着不动，非要打开油桶看一眼不可，说这是他们的规矩，以后江湖道上的朋友问起来，也好有个炫耀的本钱。

“看，看！”反正底油已经到手了，高署地巴不得在罗积善面前展现一下自己的能耐，所以很大方伸手请道，“现在就看！”

窦氏兄弟闻听，立马扑上去伸手就掀开了油桶盖子，可还没等看清里面是否有油，一条茶盏粗的花斑大蛇便“呼”地探出头来，直奔着二人的头脸而去。随后又有几条蛇蹿出来，吓得窦氏兄弟和罗积善、高署地惊叫连连，连滚带爬四处躲闪……

幸好天婵只是想给对方一个小小的教训，特意叮嘱杨二江千万不能抓山上的毒蛇，否则罗、高二人和两名盗贼很有可能就此一命呜呼。

罗积善捂着被蛇咬得青紫肿胀的脸，抡起手杖把自作聪明的高署地打得鬼哭狼嚎，过后想想，又觉得高署地跟他一样的可怜，同为天涯沦落人。眼下刘杨势大，许安邦和藤原都躲在背后，让自己拿着一百万大洋的银票跑前跑后，结果怎样？在刘杨眼中，自己又何尝不是另一个高署地？

“署地啊，我岂不知你是好意？可事情没你这么办的！”罗积善觉得，既然自己被许安邦和藤原推到了前台，那就不能再小打小闹，所谓量小非君子，无毒不丈夫。要干，就一劳永逸。索性让熊子贵把恶人做到底。他说：“既然你已经去找了他，那就一客不烦二主，给他送批货，让他带着人带着枪，踏踏实实地来替咱们卖命吧。”

高署地恍然大悟：“借刀杀人？东家这一招妙啊。”

为了独自占有那桶清代底油，罗积善决定绕过许安邦和藤原，通过水客帮的人将几箱鸦片秘密送给熊子贵。

而承接这笔“送货”生意的人正是狗鱼崽。

在目睹了朵妹在庆功宴上对杨大江的公开示爱之后，狗鱼崽非常的消沉沮丧。他感激杨大江的救命之恩，但这份感激如果要以失去所爱为代价，他宁愿命丧青狼滩。他也不想伤害朵妹，如果说以往的风雨同舟和生死相伴都是为了今天能够彼此好好地说声再见，那么他宁可留下祝福，今生再也不见。

但是，就在狗鱼崽萌生去意的时候，一笔奇怪的生意，通过豹子手下一名兄弟的牵线，落在了他的手里。这笔生意之所以奇怪，是因为不知道卖家是谁，也不知买家是谁，更不知道提货人长什么模样。前来送货的人说，把货物安全送到预定地点便算完事，并许诺了足足一百大洋的报酬。

狗鱼崽自然知道，有人肯出如此价钱，所谓的货物非“特货”莫属，但一百大洋对水客兄弟们来说诱惑实在太大了，他决定铤而走险，干！你杨大江闯三次青狼滩也挣不来这么多钱，老子就不信，离了你三当家弟兄们还都不吃饭了！

也是合该出事，驾船带着杨大江在江面上游荡的麻老五，远远看见狗鱼崽和豹子等人抬着几箱货物进了山，随后便认出那几个前来送货的伙计赫然是洪江特货行的人。

杨大江一听洪江来人了，心下顿疑，急忙令麻老五把船靠岸，循着脚印来到一片山洼，只见狗鱼崽和豹子正带着几名水客捆扎一只木排，但那些木头却被挖空了心，里面塞满了一包包的烟土……

朵妹听了麻老五的禀报，简直不敢相信自己的耳朵，按水客帮帮规，即便饿死也不能贩卖运输鸦片，放排夹带特货是要被清理门户的。她气冲冲地赶到现场，质问那几个绑木排的水客，生意是谁联系的，谁是卖家谁是买家？

狗鱼崽知道，朵妹如此问话是不想将此事与他这个二当家牵连在一起，但他却不愿意让兄弟们来背这个锅。

“是我干的。”他说，“木材是生意，特货一样是生意，说白了，不管谁是卖家谁是买家，我们兄弟都是替人跑腿卖命，挣个辛苦钱而已。既然违背了帮规，大当家不必找其他兄弟的麻烦，我狗鱼崽退出水客帮就是了！”

此言一出，众人的心头俱是一震。

“你早就想要走了是吧？有三当家的在，让你觉得心里憋屈是吧？”

朵妹没想到狗鱼崽会说出要退出水客帮的话，一时间竟乱了方寸，瞪着眼睛吼了几句后，又缓颜劝道：“鱼崽哥，咱水客帮不能散啊，好多兄弟都拖家带口，要想过上好日子就必须抱成团跟土匪军阀斗，跟江上的风浪斗！这些道理你不是不明白，你就是心里迈不过去那道坎儿。说吧，要怎么样你才能留下，难道非要我嫁给你不成？”

“大当家，你都把话挑明了，还让我说什么？我狗鱼崽站在这也是堂堂七尺汉子，不会强人所难。”去意已决的狗鱼崽红着眼圈看了看众人，说道，“这水客帮就是我的家，为这个家做什么我都不觉得冤屈，就是豁上性命也心甘情愿。可是现在，我觉得我在这个家里没用了……”

杨大江此时也觉得自己行事有些鲁莽，不由得出口挽留道：“既然把这儿当家，你就不该把大家伙儿给扔下。”

狗鱼崽看了看杨大江，语带酸涩：“三当家，朵妹我就拜托给你了。”

朵妹喊道：“你混蛋！”

“我是混蛋，我这个混蛋没有洞庭王爷的本事，配不上你这龙君的女儿。”狗鱼崽转身，冲众人双手抱拳道，“各位兄弟，此一别山高水长，还望各自珍重，咱们后会有期！”说完，掉头而去。

朵妹双目含泪，跺脚叫道：“狗鱼崽！”

众水客不舍地冲狗鱼崽的背影呼喊：“二当家！”

“大哥！”

豹子回头对朵妹道了声“大当家多保重”，随后带着几个兄弟匆匆追赶狗鱼崽而去……

第九章

罗积善试图收买熊子贵以抢夺清代底油的计划，虽因水客帮的内斗而宣告失败，但整个过程却没能瞒得过藤原。

“东亚电灯公司”不过是藤原从事军事谍报工作的门面幌子而已，那些以电力建设为名几乎走遍了湘西山山水水的日本技工如山木等人，大多都有另一重身份。多年来，藤原利用电力之便广泛涉足多项产业、商业，早已向当地的几股军阀、土匪势力伸出了触角。他的嵩云山别墅就宛如一张蛛网的中心，各方情况每天都通过人力、电报等方式源源不断地汇集在这里。雅子就是专门负责熊子贵这条线的，所以罗积善与熊子贵这笔失败的交易，从一开始就没能逃过藤原的眼线。

藤原把罗积善叫到嵩云山别墅，当面戳穿了他企图另起炉灶独吞底油的阴谋。

被揭了老底的罗积善恼羞成怒，登时撂挑子不干了。刘杨油盐不进，你们躲在背后让罗某人去单打独斗，没功劳也有苦劳吧？现在反落一身不是，对不起，你们另请高明吧！

藤原哈哈大笑：“如果中国人办事情，都是这样的没有坚持，那就活该遭受西方列强的欺压。这一点我倒非常佩服刘云湘，怪不得罗会长在他面前总是一事无成。”随后他向罗积善面授机宜，按国际商业惯例，任何物品一旦做了抵押，就应该把它放在公众的眼皮子底下。也就是说，你这个商会会长有权力暂时接管那桶清代底油。

罗积善闻听一怔，而后大喜过望，原来还有这么一说，这岂不是省却了许多麻烦？藤原先生高见啊！

藤原谦虚地摆手道：“这件事本来就是刘云湘和杨同昌做得不够周全，咱们只是君子爱财取之有道嘛。”

罗积善的这趟嵩云山之行，使他重新找回了自信，回去后便指使高署地以“维护股东权益”为名串通十大会馆油商，要求将集资的抵押物——清代底油和英美合同统统交由商会掌管。

于是，十大会馆当家的和各家油商都被这“权益”二字一下子牵动了敏感的神经，他们吵吵嚷嚷地堵了元隆油号的门，并请干挑爷出面来说服刘云湘。底油虽是杨家财产，但既然已经做了抵押，再藏着掖着就没道理了，况且，这生意上的事儿多一些人监督总是稳妥的。被赶鸭子上架的干挑爷觉得众人所提要求合情合理，自己也就不好再和稀泥了。

刘云湘也觉得理亏，但若说要把清代底油交到商会去，心里又实在不安稳。无奈之下，他甩手上山“问道”去了，把众人给晾在了当场。

十大会馆当家的心里这个气，好，刘东家跑了，那咱们就找杨东家！

杨同昌原本就不想把自家的无价之宝交给罗积善，被众人拉来之后，见刘云湘不在，便手法娴熟地打起了太极——脸上堆着憨厚的笑容，有板有眼地跟众人探讨起底油放在商会的各种利弊来。加之干挑爷也有意替刘云湘争取时间，这话匣子一开就足足拖了近两个时辰。

直到十大会馆当家的实在不耐烦了，武当家甚至以停工歇业相威胁的时候，去“问道”的刘云湘终于回来了，身后还跟着八水族长。

“让各位久等了，刘某深表歉意，不过事关重大，我也只能去临时抱佛脚了，哈哈……”刘云湘冲众人抱拳作揖后，正色说道，“各位当家的都是为下边的油商考虑，我和杨东家绝不会藏私，但是一定要把底油放在一个更加安全的地方，否则，就是对大家的财产和身家性命不负责任。”

八水族长开口说道：“如果诸位信得过我杨八水，底油就存放在高椅村，由我和刘东家、干挑爷共同保管，诸位如有需要，可以随时查验。”

好！干挑爷首先点头赞同。

对高椅村的种种玄妙之处，十大会馆当家的自然心知肚明，任何东西存放在那里，比放在辰州银行的保险库里还安全，于是一致同意把清代底油存放在高椅村。

“嵩云寺的神佛灵啊！”

杨同昌并不知道，刘云湘所谓的“上山问道”，其实就是去找净月与八水族长一起商议对策，见他从嵩云山一回来就把这场风波轻而易举地化解于无形，便认为这一定是得到了山上神佛的眷顾。暗想眼下大江逃难在外，去求个签拜拜佛或许能有个转机。佛家讲众生平等，那嵩云寺的神佛，总不会看我姓杨、看他姓刘，就格外偏向他吧？

常言说，有心烧香，不论早晚。可杨同昌和苗令梅心里牵挂着大江，在选定了吉日之后便开始斋戒，到了日子天不亮就起来沐浴更衣，拂晓时分便出门坐上滑竿让伙计们抬着奔了嵩云山。

清晨的嵩云山宛如一幅挥洒俊逸的山水画卷，湿润的薄雾在山间随风离合聚散，长满青苔的石壁嶙峋峭立。“当！当！当……”随着悠扬悦耳的钟声在空谷发出阵阵辽远的回响，山巅之上，一抹红墙碧瓦逐渐摆脱了苍翠的掩映，把重重叠叠的斗拱飞檐昂然伸向漫天绚丽的朝霞……

杨同昌夫妇在嵩云寺前下了滑竿，撇下随从，走入大雄宝殿。在虔诚地焚香膜拜、祷告了一番之后，杨同昌上前拿起签筒摇了摇，抽出一支签交给守在旁边的老和尚："请大师解惑。"

老和尚把目光从风姿绰约的苗令梅身上收回来，草草看了一眼手中的签，沉下脸对杨同昌说道："施主双目迷离，山根不张，命犯桃花。既有佳人在侧，又何必孜孜以求，见异思迁？"

"不是……"杨同昌窘得老脸通红，"我，我是给我儿子求签。"

"哦，是老衲唐突了！"老和尚这才认真看签，"'闺门一女两家求，谁知他是女中奴'，恕老衲直言，贵公子恐怕姻缘坎坷，落花流水难遂其意。"

"准啊，太准了！"苗令梅兴奋地拍手说道，"闺门一女两家求，这说的不就是咱们和罗家……"

杨同昌重重清了两下嗓子，抬手止住苗令梅，转身向老和尚深施一礼："敢问大师，可有化解之道？"

"请施主切记，'不如不争先退步，自有良人代尔求'。"

夫妻俩从寺里出来，老和尚的这句话一直在耳边萦绕。"不如不争先退步"这句话好理解，好姻缘都是前世修来的，争也没用啊。那湘夫人走得早，刘云湘把两个女儿拉扯大不容易，就是换了别人，这儿女亲事也万万草率不得。

可是"自有良人代尔求"是何意？

杨同昌和苗令梅怀里揣着一百种遐想，懵懵懂懂地下了山，一进洪江城便听到了高署地那破锣一般的喊声——

"各位商家，大洋以后不管用啦，都去辰州银行兑换纸币，过期不候！”

杨同昌闻听吃了一惊，急忙跑过去看城墙上所贴的告示，一边看，一边心里不由得暗暗叫苦。

告示是湘西巡防军镇守使衙门发出的，规定即日起以新发行的带有五溪铜柱图案的纸币来代替银圆的流通，并限定了兑换日期。

民国三年所颁发的《国币条例》规定，以库平纯银六钱四分八厘为价格之单位，定名为圆；随后江南造币厂开铸发行饰有袁大总统头像的一元银币，从此奠定了民国相对稳定的银本位货币体制。而用纸币来代替银圆流通，在民国早期，金圆券发行之前也并非没有先例。辛亥革命后，广东军政府就为筹措军饷而发行过印有陈炯明都督头像的纸币。

那么湘西镇守使衙门的这一做法，显然也是出于掠夺财富、搜刮地皮之目的。更为恶劣的是，银圆作为民国的基本货币，已得到了世界各国的认可，在各地通商口岸均能顺利流通，而五溪铜柱纸币则没有这个功能，所以率先参与国际桐油贸易的洪江油业行各商家便首当其冲成了受害者。

果然，自兑换一开始，洪江城便炸了锅，许多商家用银圆换回纸币之后，发现生生亏了四成，一时间大街小巷怨声载道。但不去兑换也不成，团防兵奉命在城内四处稽查，发现擅用大洋交易者，杀无赦。

按理说，罗积善和藤原作为洪江颇有实力的中外商户所受的伤害不比别人小，而罗家的损失，也会使许安邦减少收益，这三人应该带头抵制兑换才是。

但事实远非如此。

就在罗积善叫苦连天的时候，藤原敏锐地观察到，在这场风波中受冲击最大的将是刘杨两家，若能借此搞垮刘云湘，别说是财产缩水四成，就是十成，又当如何？

接下来所发生的事情的确如藤原所料，几天之后便有人手持票据找上恒顺油号要求退股。

刘云湘起初认为，这些商家在财产大幅缩水的情况下，不敢去招惹官府，来捏自己这软柿子也是人之常情，便本着入股自愿、退股自由的原则，连本带息如数给予了兑付。

善意和诚信本是为商者最大的美德，但是在缺乏商业文明的时代，美德往往会在丑陋的人性面前败下阵来。几个最先退股拿到了本息的人，觉得自己占了大便宜，便四处炫耀；而许安邦和罗积善也抓住机会在暗中一力撺掇、怂恿。于是，几家商户的退股行为便迅速演变成了一场波及全城的挤兑风潮。

一时间，十大会馆油商和之前参与集资的各行业大小商家手持票据把恒顺油号给围了个水泄不通，纷纷叫嚷着让刘杨吐出他们的血汗钱。

看着门外的乱象，刘云湘的心里已然明了，一定是有人在背后推波助澜。他对杨同昌说道："无风不起浪啊，有人要看咱们的笑话，我刘云湘还真就不给他们这机会。退，凡是要求退股的，给他们算清账，利钱一分不少，统统如数退还！"

"不能退啊！"杨同昌闻听吓了一跳，急道，"云湘，退了咱们生意还怎么做？"

"不做！"

刘云湘抱定的宗旨是，行商天下就要一言九鼎，不能因为眼前这点生意而坏了洪江商道传承百年的规矩和信义。他吩咐手下掌柜，立刻调集刘家钱庄票号的所有存银，就是倾家荡产也要保证兑付！

刘云湘之所以如此底气十足，是因为他相信自己一定能说服马克斯凯和詹姆斯这两位老朋友延缓交货时间，湘西镇守使衙门这大洋换纸币的一纸政令毕竟属于不可抗力的因素，洪油的对外贸易不可能不受到影响。

杨同昌当然也想到了这一点，否则即便是刘家富甲天下，也不敢敞开了应对如此大规模的挤兑。因此，他把自家的所有存银也搬到了兑付现场，刘杨两家福祸相依，他打定主意要跟随刘云湘一起死扛到底。

许安邦和罗积善没想到刘云湘杨同昌竟然如此倔强，这天底下真有视钱财如粪土的商家吗？而老谋深算的藤原却由此发现，在他们所布下的这个围堵刘杨的大棋局中，唯一的漏洞就是马克斯凯和詹姆斯，只要这两位洋人不网开一面，刘杨必死无疑。

于是，藤原和许安邦急忙赶赴黔阳。

藤原深知，若要对付英美洋人，就必须要抓到其确凿的把柄。好在有许安邦这块金字招牌，藤原在黔阳各军政衙门自由进出如入无人之境，经过一番查证，终于在水上缉私署找到了马克斯凯和詹姆斯平时利用商船走私鸦片的相关证据。随后，藤原和许安邦便以此为要挟，逼迫马克斯凯和詹姆斯给刘杨发了一封措辞混乱、类似于最后通牒的联名信。

信上写道："尊敬的刘云湘、杨同昌先生，世事多变，两位先生若无法履行与我们签署的一揽子洪油购货合同，可以用清代底油来补偿美孚与怡和洋行的全部损失，或者，关闭元隆与恒顺两家油号，离开洪江也是一项不错的选择。"

刘云湘和杨同昌看到这封信之后，登时气得眼前一片漆黑。

这可真是屋漏偏逢连夜雨啊，刘云湘觉得自己太天真了，不但低估了许安邦等人想要独霸洪江油业行的野心，也忘记了一个基本事实，那就是洋人的眼里只有利益，没有朋友。

刘云湘和杨同昌现在可谓是上天无路，入地无门了。两人在商议之后，决定宁可砸了油号牌子走人，也不能交出那桶清代底油。因为对于整个油业行来说，底油就是洪商的招牌，底油也代表着洪油的存在，只要保住了底油，刘杨两家不管流落何方，终有东山再起的希望。而眼下他们唯一所要做的，就是清偿所有集资的本息，以便走得安然坦荡。

于是，两家人在现银告罄之后，便毫不犹豫地用古玩、字画、瓷器、珠玉等实物折价来清偿债务。

刘府一片混乱，老家丁按照刘云湘的旨意，带人把府中给搬得几乎徒剩四壁；天婵姐妹也拿出了自己的首饰细软。

罗立站在巷子口，远远地看着从刘府拉出的一车车财物，心里不禁又气又恨。他恨自己的父亲身为商人却和许安邦、藤原沆瀣一气，却不知刘家的今天或许就是罗家的明天；他气那些起哄挤兑、想把兑换纸币的损失从这里捞回去的人，刘云湘杨同昌就是砸了骨头卖渣也填不满那些人贪欲的沟壑。而更让他感到揪心的是，若刘云湘被逼得离开洪江，那么他今生恐怕再也见不到天婵大小姐了。

罗立认为，眼下唯一的办法就是动用罗家和特货行的资金来帮助刘云湘度过这场挤兑风潮，让油业行尽快恢复生产。他从积善商行抓了一包烟土，回到罗府对罗积善瞪眼说道："马上去刘家提亲，替刘家偿还所有债务，否则我就把这包鸦片全吞了，死在你面前。"

罗积善吓得忙不迭扑上抢夺："儿啊，哎哟……可不能吃！"待抢下了烟土，跺脚道，"我的傻儿子，刘家要垮了！"

"就是因为刘家要垮了，刘叔叔才有可能答应我跟天婵大小姐的婚事。"罗立认为现在正是向刘家示好的绝佳机会。

罗积善叹口气道："你太小看刘云湘了，那是个宁折不弯的主儿，不见棺材不掉泪。这时候你让爸爸去，人家谁不以为是乘人之危啊？再说，这要求退股的人都排着长龙，就是想帮他，咱家也没有那么多钱啊，你说是不是？"

"别跟我哭穷，咱家有多少钱你以为我不知道？"

罗立说着，使劲踹了立柱一脚，就听顶棚上传来一声木材断裂的声响，哗啦啦，几个银圆掉了下来。还没等罗积善抬头看清楚，整个顶棚便随着一声巨响倾斜下来，堆积在上边的银圆如瀑布一般倾泻而下，把躲闪不及的罗积善和罗立都埋在亮灿灿的银山之中。

罗积善拗不过儿子，只好去找刘云湘提亲。他来到恒顺油号，穿过乱哄哄堵在门口要求退股的人群，见刘云湘正在院子里挑拣古玩字画，便上前说道："云湘啊，你看看这外边人山人海的，就是把这一堆东西都发出去，也难抵其万一啊。"

刘云湘看着手中瓷瓶："别着急，马上就轮到你们商会了。你看这件元青花价值几何？"

"我不是来跟你要账的……"罗积善把刘云湘拉到一边说话。

杨同昌见了，不禁跟大掌柜嘀咕道："夜猫子进宅啊，咱们都要砸牌子滚蛋了，他心里指不定有多高兴呢。"

不等大掌柜回话，就听刘云湘声音大了起来："岂有此理，你那儿子……罗会长，我不管你是好意，还是有什么其他想法，咱们两家这辈子都不可能结为亲家，没这个缘分！我刘云湘就是穷死，让外边那些人把我这把老骨头给拆了，我也不能卖我女儿！"

罗积善争辩道："这怎么能叫卖女儿呢，你也不看看眼下你是个什么处境，欠下这么一屁股债务，这洪江谁还能帮得了你？只有我特货行倾力相助，你才能迈过这道坎！"

"底油我不可能交给洋人，剩下的一条路，说白了，不就是砸牌子走人吗？"刘云湘说着，手指杨同昌，"看见没有，他才是我的亲家！"

杨同昌一愣，急忙近前："云湘……"

刘云湘抬高声音对众人说道："什么叫同生死共患难？到这个份上有人还心甘情愿地陪着我倾家荡产兑现诺言不失信义！今天当着大家伙儿我就把话给挑明了，我刘云湘和杨同昌正式结为儿女亲家！他儿子是逃犯，我认了，我乐意，我不嫌弃！"

杨同昌听了，激动得脸都红了："这，这果真是，不如不争先退步，自有良人代……"

"嗯？"刘云湘问道，"你说什么？"

“啊，不是！”杨同昌咽了口唾沫，回道，“我是说，就凭你这几句话，我杨同昌就和你头跟蛋绑在一起，离开洪江就离开洪江，哪儿的黄土不埋人啊，凭咱们两家的制油手艺，还愁出去找不着活路？咱们赶快把股份都兑完，兑完了心静，两家一块砸牌子走人！”

刘云湘冲罗积善摊开两手：“哈哈，听见了吧，这才是我亲家该说的话！”

罗积善气恼地用手杖戳着地面，指着刘云湘等人吼道：“刘云湘，你有种，你硬气，你就疯吧，我看你能疯到什么时候！我看你们还能蹦跶几天！”

罗立见父亲乘兴而去，败兴而归，不由得心里凉了半截。他不愿放过这最后的机会，生拉硬拽把天婵给拽进了罗府。

当天婵羞怒地走进堂屋，一眼看见那座一人多高的银山，登时被惊得差点掉了下巴：“大老远把我拽来，就是为了显摆你家有多少钱？”

罗立满不在乎地用脚踢着银圆，说道：“说钱太俗了，会污了大小姐的耳朵，我想说的是洪油。”

“洪油关你什么事！”

“大小姐不必把我罗立想得那么卑鄙，在我家，我爸是我爸我是我。”罗立站在银山前侃侃而谈，“不知你想过没有，不管刘杨两家谁发明了洪油，咱们洪江都是因为有了洪油，才有了今天的昌盛繁华。知道洪江养活了多少人吗？知道十大会馆和五府十八帮油业行是如何撑起了西南五省乃至全国的桐油贸易、航运和造船行业吗？大小姐，如果没有了刘杨两家，也就没有了洪江，其兴也勃焉其衰也忽焉。砸牌子走人固然悲壮，让人热血沸腾，可是洪油所带来的富足和文明，洪商所有的理想和追求，包括你爸爸你爷爷你太爷爷为这片土地所付出的心血，统统都会化为泡影！”

这一席话，把天婵说得愣在了当场……

兑付完所有集资本息，刘云湘和杨同昌可谓无债一身轻。

要离开洪江的这一天，杨家人起了个大早，恋恋不舍地摘下了油号的牌匾。杨二江早已把一身闯荡江湖的劲装短靠装束停当，见牌匾落地，心道杨家就是被这块牌匾所拖累，不如早点砸了心静，于是上前举刀便砍。唬得杨同昌和苗令梅急忙出言喝止。

“急什么，让我再看一眼……”

杨同昌恋恋不舍地伏下身去，仔细抚摸牌匾上风化剥蚀的字迹，掏出手帕小心地擦拭着脏污的地方，心中百感交集。这“恒顺油号”四个字大气磅礴遒劲古拙，乃当年庆隆老爷子亲笔所书，如今杨家已混到在洪江无法立足的地步，他老人家如若地下有知，不知该作何感想。“唉，走吧！”杨同昌想，常言道人挪活树挪死，只是这振兴家门，重回杨氏宗祠的念想只怕今生是难以实现了……

就在杨同昌唏嘘叹息的时候，一阵苍凉高亢的唢呐声陡然从刘家方向传来。恒顺掌柜近前道：“今天砸牌子，刘云湘专门请来了戏班。”

杨同昌闻听哭笑不得，这个刘云湘啊，这都要滚蛋了，有必要闹这么大的排场吗?

杨同昌夫妇急忙向元隆油号方向走去，到了门前，只见请来的高腔戏班正在起劲地又吹又打，只是那响亮欢快的唢呐锣鼓声，和围观众人脸上的肃穆神情形成了鲜明对比。

刘云湘手持一柄木锤，看着几名掌柜和伙计从油号门头上摘下了沉重的牌匾，见杨同昌和苗令梅走过来，指着匾招呼道：“亲家，亲家母，来看看……”

杨同昌近前，不用看他也知道，刘家元隆油号的这块匾非比寻常，乃是光绪帝御笔亲书。

刘云湘对众人朗声说道：“诸位商界同仁，父老乡亲，我刘家已经尽力了。不是我刘云湘心狠非要抛弃大家伙儿，而是这洪江城能够容得下烟馆赌馆和妓院、容得下官兵土匪，却唯独容不下小小的一桶洪油，这个世道不公平！我只是个做油的手艺人，惹不起我躲得起，砸一块牌子我就自由了，何乐而不为啊！来，亲家！”说着把手中木锤递给杨同昌，自己拿过大掌柜手里的木锤，抡起来向牌匾砸去。

说时迟那时快，就在刘云湘高高抡起木锤的时候，人群里突然有人喊道：“等等！”

众人循声望去，只见天婵走上前来，“扑通”一下就跪在了刘云湘和杨同昌夫妇面前，开口说道：“爸，杨叔叔，您二老都是老实本分的手艺人，每天手里做的是洪油，心里想的是洪油。洪油洪油，离开了洪江那还能叫洪油吗？爸爸常说，要凭借洪油来实现咱们洪商几代人都为之奋斗的行商天下造福苍生的理想，您二老只有留在洪江才能施展心中抱负，才能告慰列祖列宗的在天之灵。爸，女儿不孝，不能生为男儿替您老人家分忧。眼下两家遭逢大难，请您答应罗家，我愿意嫁给罗立为妻，用这无用的女儿身，来保全咱们两家人，爸，您就成全了女儿吧！”

刘云湘和杨同昌看着跪在面前的天婵，一时间都愣在了当场。

“不行，我不答应！”苗令梅撕心裂肺地喊了一声，扑过去伸手“啪”地给了天婵一耳光。

“姐！”天娟哭着抱住了姐姐。

天婵扶起苗令梅：“梅姨，对不起了，下辈子，我再侍奉您二老……”说着，郑重地给苗令梅和杨同昌磕了三个头。

“傻孩子，你糊涂啊……”苗令梅痛不欲生地拍打着天婵，哭成了泪人。

刘云湘瞪着眼睛手指天婵张了张嘴，话没说出来两腿先软了。

杨同昌赶紧搀扶：“云湘！”

“东家！”

“爸……”

现场一片大乱……

狗鱼崽走后，杨大江带领麻老五等人经过几次闯荡，终于彻底征服了青狼滩，不但顺利接下了多笔放排生意，也使他这个“三当家”迅速成为了帮中兄弟的主心骨。有了这层信任，他平日所讲的一些道理就被更多的人所接受。于是，水客兄弟们在生活境遇得以改善的同时，精神面貌也很快焕然一新。

这天，杨大江带着麻老五等人在常德交付了木排之后，兴高采烈地驾船逆流而上，回返驻地。一时间，激扬有力、节奏明快的沅江号子回响在波光粼粼的江面之上，回荡在苍翠的群山之间——

一条飞龙出群山喽！
嘿嗦！嘿嘿嗦！
摇头摆尾过险滩喽！
嘿嗦！嘿嘿嗦！
吼声震断了沅江水啊！
嘿嗦！嘿嘿嗦！
惊涛骇浪任我行喽！
嘿嗦！嘿嘿嗦！
……

“砰！砰！”

船行半程，江岸上突然传来了几声枪响，众人循声望去，只见山林间惊起了一群飞鸟。

杨大江看到一个人从林中跑出来，而后沿着江岸山坡在奔逃，他依稀辨识出那个身影很像肖楚雄。随后，又见几名手持猎枪的土匪也追出了山林。

“老五叔，此地离咱们驻地不远，你带着兄弟们先回去。”杨大江向麻老五匆匆交代一句，而后一头扎进江中，向岸边游去。

“哎，三当家！”

麻老五阻拦不及，急忙带七八名水客一起跳江追上去……

岸上被追捕的人正是肖楚雄，此刻，人生地不熟的他在江岸上不知往哪里跑才好，只好匍匐在山石草丛中。

不多时，几名土匪搜索着走过来。其中一名土匪冲着肖楚雄隐身方向咋呼道：“出来，老子看见你了！”

肖楚雄以为自己真被发现了，刚要起身，一只手突然从背后伸来把他紧紧地按在地上。

随后，不远处便传来了麻老五的声音：“喊你娘的鬼啊，水划子上岸也大惊小怪。”

待一众土匪被麻老五等人所吸引从身边跑过，杨大江这才把手从肖楚雄的背上移开：“肖老师！”

“大江？”肖楚雄坐起身，吃惊地打量着眼前的杨大江，“你怎么会在这儿？”

“我还想问您呢，怎么惹上土匪了？”杨大江问道。

“唉，一言难尽啊。”肖楚雄满脸沮丧，这次他奉命送“易先生”去衡阳，不想消息走漏，竟遭到了土匪拦截。结果“易先生”被抓……

尽管肖楚雄没有点明“易先生”的身份，但杨大江知道，此人早在安源路矿工人中间大有名头，也跟自己和肖老师一样是上了通缉令的人。刚刚麻老五已经查实，搜捕肖老师的人是熊子贵的手下，那么抓“易先生”的也必是盘踞在罗子山的土匪。

“人既然落在熊子贵手里，那就好办。”杨大江决定去救人，说道，“老五叔，船就交给你了，其他兄弟跟我走！”

“三当家……”麻老五欲阻拦，但杨大江说完起身就走。

肖楚雄追上来，难以置信地问道：“大江，就，就凭咱们这几个人？”

“先生有所不知，我们三当家跟熊子贵打交道可不是一回两回了。”一名水客自豪地说道，“哪回他不是三当家的手下败将？”

常言道，智者千虑必有一失。杨大江没想到这次他是真的失算了——当许安邦奉命缉拿易先生和肖楚雄的时候，就想到要搂草打兔子捎带上杨大江，为此，他派副官带领一队装备精良的巡防军藏匿在熊子贵的罗子山瑶寨，利用易先生为诱饵设下了圈套。

杨大江果然中计，虽然施展计谋救出了易先生，却落入了军匪的重重包围之中。幸好，朵妹在驻地得到了麻老五的报信，急忙带人赶来救援，但水客帮的猎枪和长矛毕竟敌不过巡防军和土匪的火力，杨大江等人左冲右突伤亡惨重，最终被困在一片山林之中。

枪声阵阵，几张通缉令就摆在脚下，熊子贵站在山坡上，看着巡防军和自己的手下不断冲进硝烟弥漫的山林，心中万分得意，回头对站在身边的团防兵副官笑道：“真是没想到啊，我那欧阳侄女也会来凑这场热闹。”

熊子贵觉得许安邦这一招搂草打兔子实在是妙，若是此战能除掉欧阳朵妹和杨大江这两个心头大患，他便可以从此独霸沅江，坐收水运之利。

此时山林中的情况已是万分危急，众多端着步枪的巡防军和手持猎枪的土匪在四处出没、射击。杨大江和朵妹手持猎枪冲在前面，试图杀开一条血路，但很快就被密集的枪弹给逼了回来。

“两位当家的，你们快撤！”麻老五等人杀红了眼，喊叫着冲上去要用人命来挡枪弹。

杨大江急得大喊：“趴下，快趴下！”

话音未落，嗖嗖两发子弹飞来，分别击中了欧阳朵妹和易先生。

“朵妹！”杨大江一个箭步飞扑过去，赶紧把她拽到树后……

“易先生！”

众人一片慌乱，易先生咬牙抱着受伤的腿，忍痛说道：“老肖，别管我了，赶紧让大家分散突围！”

“别说傻话！”肖楚雄弯腰背起了易先生。

朵妹推开撕下衣襟给他包裹手臂的杨大江，抓起猎枪喝道：“大江，带着你的朋友快走。”不顾杨大江的阻拦，带人向前冲去。

“朵妹！”

杨大江紧追着朵妹，麻老五等人一看大当家冲上去了，急忙一窝蜂地向前涌去。

“哒哒哒！”

密集的枪弹把潮湿的泥土掀得四处飞溅，压得众人抬不起头来。就在巡防军和土匪步步逼近，纷纷叫嚷“抓活的”的时候，突然枪声一变，只见几名马帮的枪手冲进了山林，为首一人正是狗鱼崽。

原来，狗鱼崽和豹子等人离开水客帮之后加入了湘西马帮。这天正驮货路过附近，听山林里传出枪声便跑来查看，没承想正赶上了这场战事。

“朵妹，哥哥救你来了！”狗鱼崽冲朵妹喊了一声，对着敌方举枪就打。

豹子一边放枪一边狂叫：“哈哈，哥儿几个又见面啦！”

在马帮兄弟的救援下，众人护着易先生与肖楚雄迅速撤离。

“朵妹，快……”

狗鱼崽刚一分神，嗖的一声，一颗子弹飞来钻进了胸膛，枪弹巨大的冲击力把人带得向后飞起，撞在一棵树上重重落地。

“二当家！”杨大江见状急忙扑上去。

“大哥！”豹子大叫一声，发狠地端枪向前冲去，“老子跟你们拼了！”

……

狗鱼崽牺牲了，朵妹和大江带着水客帮兄弟按当地风俗为他举办了隆重的葬礼。他带着笑容离开了这个世界，唯一的要求就是埋骨于沅水岸边，他要守着这条江，守着他的家……

夜幕降临之后，整个水客帮驻地火把通明，收拾好行李的水客们都站在场院里，一些妇女带着孩子正在跟自家的男人告别。水客帮这一次算是跟土匪和湘西巡防军彻底撕破了脸，以后水道上的生意恐怕是很难做了，大江、朵妹在跟肖楚雄、易先生商议之后，决定带着水客兄弟们一起去衡山，和那里的穷苦兄弟们抱成团，一起求个活路。

然而，就在大家要出发的时候，杨大江却听到了一个让他难以置信的消息——洪江刘家大小姐要出门了，派人来知会麻老五去打一套上等的雕花家具。

第十章

赵恒惕和谭延闿打起来了，许安邦接到军令，带兵去了长沙。

历史上，赵恒惕和谭延闿之间有着令人说不清道不明的恩怨纠结，例如赵恒惕反袁失败后坐了大牢，幸赖谭延闿多方奔走才免除了死刑；而谭延闿在当了湘军都督后，则又千方百计排挤赵恒惕。两人宛如一对欢喜冤家，时而友爱如手足兄弟，时而视对方如寇仇。说到底，提倡联省自治也好，搞民主议会也罢，无非是要在乱世中保存实力而已。如今两人兵戎相见，也是为了“权力”二字。

许安邦走后，藤原加紧了与罗积善的联络。藤原觉得，所谓失之东隅，收之桑榆，虽然刘天婵出人意料地答应嫁给罗立，使之驱逐刘杨的计划功亏一篑，但罗家能与刘家结亲，则意味着离那桶清代底油更近了一步。

刘府门前没有半分喜庆气氛，原先悬挂在门楣上的大红灯笼也被刘云湘喝令摘下，只有附近的街灯把门前照得清冷一片。

前来送礼道贺的众多商家都被拒之门外——

“刘家何喜之有？若非你们联手挤兑，苦苦相逼，我家大小姐怎会屈就罗家？人在做，天在看，还请各位当家的自重。”

老家丁的几句话令十大会馆当家的羞愧得无地自容。

月下的芙蓉塘静水流深。

刘云湘独坐在塘边，怔怔地望着那个被长长的吊杆悬在半空的木笼。一切都起自于那个沉塘一炷香不死的神话，而眼下的结局则是刘云湘宁死也不愿看到的……

“送礼的人踩破了门槛，你躲得过今天，明天呢？”干挑爷走过来，担忧地看着刘云湘。

刘云湘幽幽道：“想不通啊，沉塘一炷香，为何不让我去死？”

干挑爷看了一眼芙蓉塘，答道：“洪江需要一个神话，洪商也需要一个领头人。”

“呵呵！”刘云湘苦笑，“你们把我给捧上了天，摔下来的却是我女儿，这算是个什么神话？我不想当什么领头人，我只想让我的女儿高高兴兴地找一位如意郎君，平平安安地过一辈子。”

干挑爷红着眼圈，拍了拍刘云湘：“谁活着，都不是为了自己。天婵这孩子仗义，咱们也不能辜负了她不是？”

“你说说，天下有我这么当父亲的吗，有吗？”

“孔曰成仁，孟曰取义，唯其义尽，所以仁至……”

“扯淡！”刘云湘打断干挑爷，大声吼道，“你个老签子客别给我扯什么仁至义尽！我成什么仁，我取什么义？我就知道我女儿跳了火坑，我纵有三头六臂也救不了她这一辈子；什么清代底油洪江神话，什么洪商的领头人，比不上我女儿的一根脚指头！这洪江难道就是我刘云湘一个人的洪江吗？凭什么要我赔上女儿！天地不仁，以万物为刍狗，别以为洪商有什么了不起，老天爷瞎了眼，才会让你去行商天下造福苍生，呸！空想一百年，不值一文钱！”

“骂吧，你可以骂天骂地，也可以骂那些不争气的洪商，可是骂足骂够了，你还是推不掉自己肩上的责任。”

“凭什么！”

“凭你是刘云湘！”干挑爷带着满脸的沧桑，一字一句地说道，“凭你是油业行的龙头，凭你爷爷刘庆隆发明了洪油。”

刘云湘听了，沮丧地一屁股坐下，抱头不语。

……

洪江所发生的事情，让身在嵩云山紫竹庵的净月师太坐卧难安。虽说那罗立留学东洋，也是个聪慧的孩子，可惜久处鲍鱼之肆，沾染上了吸食鸦片的恶习且难以自拔。此事在洪江人人尽知，只瞒着罗积善一人。天婵大小姐一手托两家，不得不出此下策，可谓是明珠投暗，白壁蒙尘，这一辈子算是毁了。

净月想到此，不由得两行清泪落下，手中的念珠噼噼啪啪地散落了一地。但她现在还不敢放纵情怀，因为“那个人”随时都有可能来“问道”。

果然，待净月收拾心情，走出庵堂的时候，便看见了等候在凉亭中的刘云湘。

“我想死，可我死不了；我活着，又活得憋屈，你这佛门高人可有让我解脱的法子？”刘云湘眼望群山，开口问道。

“没有。”净月觉得，这个时候与其给他宽慰，倒不如激起他的斗志。

刘云湘呵呵冷笑：“那你岂不是也跟我一样在混吃等死，上无以圆成大道以慰列祖列宗，下无以养护子女以享天伦之乐，活着还有什么意思？”

“人生皆苦，源于贪念。”

“什么才叫贪？你该去问问许安邦，问问藤原和罗积善。”

净月缓声说道：“心不动，则妄念不生，无妄念则无伤。你志在天下，本不该陷于洪江商争，与庸碌之辈去较锱铢、计短长；沉塘一炷香不死，必有缘故，可世人却不愿意去深究，因为他们需要一个英雄、一个神话来撑起腐朽不堪的洪江商道。云湘，走到这一步你怨不得别人，是你的急功近利害了天婵。”

刘云湘“呼”地站起身，红着眼圈望着净月。

净月的眼睛也模糊了，硬着心肠说道：“一切都会过去的，佛说我不下地狱谁下地狱。天婵舍的是皮囊，行的是大义，若这样还不能唤醒你，才是辜负了她一辈子。”

刘云湘瞪了净月半晌，摇头道：“你那个佛就是个骗子，它自己坐在那享受着香火，我女儿却下了地狱。”

这次“问道”竟是如此的结果，刘云湘很失望。站在山巅，看流云从脚下飘过，他一时不知自己身在何方。

名利累身啊，所谓的祖宗基业和行商天下的理想，以及整个油业行的兴衰存亡，都如一根无形的绳索把他紧紧拴在洪江，动弹不得半分。在所有人的眼中，他成了被人津津乐道的神话人物，成了支撑起洪江繁荣的商界英雄，而他为此所付出的代价，则是断送了女儿一生的幸福……

杨大江让朵妹带领水客兄弟们跟随肖楚雄和易先生去了衡山，自己则用鱼胶易了容，背着一兜木匠家伙什跟随麻老五到了洪江。

刘云湘站在门廊下，从两人一进门，便看出了那个低头跟在麻老五身后的所谓“麻家三伢子”的异常。他不动声色，令老家丁安排好两人的食宿，搬出库房中存放的一批紫檀、金丝楠等名贵木材。大小姐出嫁，要打的家具可不少，立柜八组，矮柜三双，罗汉床一座，屏风一架，还有西洋的挂镜梳妆台，而且全部都要雕龙凤、嵌珠玉。

刘云湘想，这一套雕花家具打下来，怎么也得十天半个月，人既然来了，就让孩子们去寻条活路吧。随后他把大掌柜找来，商议变卖些家产以备急用。

天娟趴在楼道的栏杆上，看麻老五带着“三伢子”在院子里忙活。打家具的来了，姐姐出门的日子就近在眼前了。她回到闺房，对心事重重的天婵说，麻老五带来个徒弟，是个棒小伙。

“那又怎样？”

天婵显得无精打采。当初她一心只想让刘杨两家留在洪江，觉得罗立的话字字珠玑，便当众许下了嫁进罗府的诺言。作为一名未嫁少女，话说出口便覆水难收。罗积善已调集特货行资金替刘杨两家解了围，彻底断了她悔婚的退路。难道自己真要跟那个烟鬼共度一生吗？大江若知道了会作何感想？天婵每每想到自己的未来，不禁柔肠百转，以泪洗面。

天娟道：“你看看咱爸，也都快要憋屈死了。嫁给罗立可是你自己的主意，既然是要救人，那就得高高兴兴的，你高兴了，咱爸才高兴。再说，你也没什么对不起大江哥的，你要不把自己给豁出去，他回来连个完整的家都没有。”

天婵闻听愣了半晌，心道也罢，既然无力回天，何必让大家都陪着自己愁苦？她黯然一笑，对天娟道：“给姐扮上，姐现在就高兴。”

“好嘞！”

很快，姐妹俩描眉画脸，换上了戏装，天婵霎时间变成了雍容华贵的杨贵妃。而扮成高力士的天娟则嘴里打着锣鼓家伙，搀着姐姐出了闺房，于是，楼道便成了二人的戏台。

“摆驾百花亭啊！”

随着天娟的一声喊，就见天婵甩着水袖唱了起来——

好一似嫦娥下九重，
清清冷落在广寒宫，
啊，在广寒宫……

姐妹俩这么一闹，刘府的家丁用人们纷纷跑到当院，都仰头往楼上看。正和大掌柜在堂屋议事的刘云湘也闻声出来，向楼上看了一眼，又瞄了瞄埋头在木料堆中装模作样的杨大江，忍不住喉头哽咽了一下，挥手驱散众人，令大掌柜把江边的两幢窨子屋迅速卖掉，不论贵贱，只要现洋。

“娘娘，雁来了！”

“长空啊，雁儿飞……”天婵仰望高天流云，唱腔未落，眼泪扑簌簌地落下。此时，她多么渴望自己能生出一对雁儿的翅膀，冲破所有的羁绊，在天地间自由地翱翔……

听着姐妹俩有板有眼的唱腔，麻老五的心里为杨大江深感不平，不由得停下手中的活计叹道：“这到底是要当贵妃娘娘了，热闹啊！”

杨大江自然不知道整桩事件的来龙去脉，只觉得自己在做着一个不真实的梦，海誓山盟言犹在耳，最心爱的人却将要嫁做他人妇。从噩耗传来的那一刻起他便陷入了无尽的迷茫、失望和痛苦之中。他揣测着各种可能，想象着天婵是迫于她父亲对自己的成见，或是看中了罗家的钱财。时而他也自省，就像朵妹说的那样，自己负案在逃且又选择了叛逆的道路，跟刘家大小姐的确不是一路人。但是，你刘天婵完全可以找个比我杨大江更好的人，为何偏偏要嫁给烟鬼罗立？

此刻，天婵在楼道上的每一句唱、每一个动作，对杨大江来说都是一种侮辱，他埋下头去，把心中的愤懑都发泄在手中的炭笔上，不知不觉之间，把麻老五的一套五福吉祥雕花图案统统都涂抹成了乌龟蛤蟆……

得知刘府那边请了远近闻名的雕花木匠麻老五来打嫁妆，不但种类繁多而且动用了大量珍稀木料和金玉珠宝，罗家父子不敢怠慢，立马派人从南京、上海和重庆等地采购了一批玉器古玩；同时大兴土木，又是建新房又是整治花木景观，按罗立的话说，一切都要与天婵大小姐的尊贵身份相匹配。

可眼瞅着新房上了大梁，工匠们却犯了难，因为大门的尺寸没法定，生怕弄得窄了大小姐的嫁妆进不来。于是，罗家父子只好亲自去刘府查看嫁妆，核实尺寸。

两人一进刘府院门，只觉得一股木材的清香气息扑鼻而来，便顾不上令人通报，循着香气径直奔向麻老五和杨大江干活的竹棚。

竹棚内摆着几件刚成型的家具，还没上大漆，精美的雕花泛着白茬。罗积善俯下身去仔细查看，脸上不由得露出了赞叹的神情。“老五啊！”他回头问道，“这一套家具打下来，可是要费不少工吧？”

罗立一进竹棚便兴趣盎然地要帮着刨木头，麻老五正手忙脚乱地应付他，听到罗积善发问，便道：“岂止是费工，这套家具打下来，要拿到上海去，光看木料只怕也不下百万大洋。罗会长摊上这么个亲家，有福啊。”

罗积善见角落里一个麻脸小伙正埋头在一块木板上雕刻，近前看了两眼，不禁皱起了眉头：“你这徒弟的手艺可不怎么样，这雕的是……”

“乌龟，癞蛤蟆！”杨大江头也不抬，闷声回了一句。

罗积善闻听，不由得眯着眼打量了杨大江片刻，回头又问：“老五，嫁妆上怎么还要雕这些东西，有什么讲究吗？”

“啊，这个……”麻老五愣怔了一下，不知该怎么回答。

“不懂就别瞎问。”

随着话音，刘云湘走过来对罗积善说道：“这亲也定了，红绿书纸也立了，回帖你们也收了，不到吉日不能随便走动，这可都是老礼。你们爷俩不晌不夜地跑我这儿来，成何体统？”

“不是，云湘，你看谁家女儿出门打嫁妆，雕花不是雕荷花、莲子、龙凤呈祥什么的，这乌龟和癞蛤蟆做何解啊？”罗积善指着杨大江手里的木板，非要搞个明白不可。

刘云湘心道，这还用问吗，你儿子娶我女儿分明就是癞蛤蟆想吃天鹅肉。但这话实在没法明说，只能支支吾吾地替杨大江遮掩："这乌龟，肯定是有讲究的，对吧，它不是水里的东西吗，它爬上来……"

"乌龟是长寿的象征，龟虽寿嘛，就连日本人都喜欢乌龟。"罗立一句话算是给刘云湘解了围。

"哎！"刘云湘松口气道，"你看看，还是姑爷有学问。来来来……"他把罗积善拉到一面写有大大"福"字的墙边。

洪江的"福"字很有讲究，不但写出来有水缸一般大，而且几乎家家户户的墙上写得都有。与北方的"福"字不同，它非篆非楷，而是用笔画描摹出鱼、鹿、龟、鹊、鹤五种动物，民间称之为"五福临门"。

"可是那癞蛤蟆还是让人看着恶心。"罗积善虽听刘云湘用"五福临门"讲清楚了乌龟，心里还是有所顾忌。

癞蛤蟆确实不好解释，刘云湘急忙喊罗立："姑爷，给你爸爸讲讲癞蛤蟆！"

罗立道："爸，别在这儿丢人现眼了，回去我慢慢给您讲……"

"别！"罗积善似乎抓住了刘云湘的把柄，不依不饶，"就在这儿讲，搞不清楚这癞蛤蟆，回头咱们再让别人给笑话了。"

"哎呀！"罗立一脸的不耐烦，"那癞蛤蟆就是金蟾，招财进宝之物，你那商行正堂一进门，不是也摆着老大的一个金蟾吗？人家刘叔叔比你懂这个！"

"哦！"罗积善面露恍然，意味深长地看了杨大江一眼，对刘云湘说道，"你看我这孤陋寡闻的，惭愧，惭愧。"

……

天娟站在楼道上，把院子里发生的一切都看在了眼底，这天底下还有谁敢把罗家大公子比作乌龟癞蛤蟆？待罗家父子离去，刘云湘也回了堂屋，天娟下了楼，来到工棚里东瞧瞧西看看，随后蹲到杨大江跟前，伸手就要去揪他脸上的鱼胶。

杨大江急忙闪开身："二小姐，你干什么！"

天娟"扑哧"笑了："我想看看你的脸皮到底有多厚。"

杨大江万万也没想到，被水客帮那帮江湖汉子吹得神乎其神的鱼胶易容术，竟被二小姐轻而易举地识破了。他急忙把天娟拉到僻静处说话，由此得知了整个事件的原委，误会消除之后，心中对天婵的爱更加炽热。

同样，当天婵从妹妹口中得知，那个叫"三伢子"的棒小伙就是杨大江时，登时又惊又喜，锦绣闺房霎时间就变成了牢笼一般；每次透过窗户看那"丑八怪"冲自己咧着一嘴白牙憨笑，心中便如小鹿一般乱撞，恨不得马上冲下楼去扑进心上人的怀里一诉衷肠。可是想起自己已经许嫁罗家，终究是对不起他，不由得又迟疑踌躇起来。

刘府的气氛一时间有些诡异，大小姐的脾气陡然变得暴躁，即便是来到工棚看家具，对杨大江麻老五也视同路人，说话语气冰冷，回房后却又暗自垂泪。正所谓相见争如不见，有情何似无情。

天娟见姐姐备受煎熬，便自愿当起了"红娘"，从中穿针引线，一心要上演一出《西厢记》。

这天晚上，月朗星稀，天娟陪着用一袭斗篷遮掩了面容的天婵，机警地避过巡视的家丁，从刘府的后门悄悄溜了出去，一起到了江边的小树林。之前，正是在这片树林里，她们姐妹救了身负枪伤逃回洪江的杨大江。

天娟之所以要陪着来，是怕两人见面尴尬或一言不合引起争执，她免不得要相劝几句。可没想到"崔莺莺"和"张生"一见对方，一个喊着"婵儿"，一个叫着"大江"，飞扑着就抱在了一起，羞得她捂着脸转身就跑。

“大江，原谅我……”

“是我的错，婵儿，让你受苦了……”

两人喘息着亲吻，双双倒伏在地上。

柔和的月光映照着相互纠缠在一起的两具年轻的胴体，他们尽情欢爱着，粗重的喘息与细细的呢喃相互交织着随夜风萦绕在林间。这一刻他们冲破了礼教的枷锁，宛如破茧蝴蝶一般从青涩走向了成熟；这一刻流浪的心已停靠在港湾，或许只为明天的远航在孕育着希望；这一刻，江水激荡，惊涛拍岸……

待云收雨散，时间已不知过去了多久，天婵伏在杨大江的怀中，羞涩地开口说道：“带我走吧，天涯海角，只要我们能在一起，就是吃糠咽菜我也心甘情愿。”

“我回来，就是要带你走，咱们去衡山……”杨大江拥吻着天婵，无限向往地说，“朵妹和水客帮的兄弟也都在那儿，用不了多久，那里就会是一片新天地……”

“朵妹姐？”天婵翻起身，凝视着杨大江，“哎呀，这都多少年没见了。快说说，咱们何时动身？”

“越快越好……”

杨大江知道，不能再拖了。上次罗积善来，仅只是瞄了他几眼，便让他觉得有一种被人看穿的感觉，他担心迟则生变。可是“越快越好”这四个字刚说出口，便听见附近有人突然重重地清了一声嗓子。

“谁？”杨大江和天婵吓得一骨碌坐起身，四下张望。

“嗯，咳咳……”只见杨二江从一棵树后走出来，尴尬地叫道，“哥！”

“啊呀！”天婵羞得惊叫一声，抓起斗篷遮住半裸的身体，慌慌张张地跑出了树林。

“哎，哥，哥，我可是什么都没看见……”

杨大江胡乱穿了衣服，一个虎扑把二江扑翻在地：“说，你跑这儿来干什么？”

“问你自己，你以为你是唐伯虎？跑到刘家来骗财骗色也不找个好借口。”二江趴在地上嘿嘿笑道。

杨大江手上一紧：“找揍！”

身怀武功的杨二江略一翻身，便轻易地摆脱了杨大江，不耐烦道：“行了行了，就你那两下子，让着你都不知道让着你。”

“你怎么找着我的？”

“你还好意思问？”杨二江带着一脸的不屑，揶揄道，“那麻老五家里只有一个瞎眼老娘，他手艺好，怕人偷学了，连个媳妇都不敢娶，他放屁能崩出来你这三伢子？”

杨大江一听，登时愣在了当场。

天婵带着一身狼狈，从后门溜进刘府蹑手蹑脚地回到了闺房，对似乎要打破砂锅问到底的天娟谎称自己掉江里去了，待脸上的红潮褪去之后，才跟她说起自己跟杨大江谋划私奔的事儿。

听说姐姐要走，天娟的眼泪扑簌落下，哭道：“姐，我舍不得你走……”

“好妹妹，姐也舍不得离开家……”

但天娟很快便克制住自己，抹掉眼泪忙着帮天婵收拾衣物箱笼，说：“只要姐高兴，我就高兴。姐跟着自己喜欢的人即便是沿街要饭，也比嫁给那个大烟鬼强。对了姐，你得带点儿钱啊，可不能真的去要饭，我找咱爸去……”

话说到这，就听门外传来了刘云湘的一声咳嗽。

“女儿，睡了吗？”

“没有！”天娟过去打开门。

刘云湘走进来，看着屋里乱糟糟的衣柜和箱笼，面色平静地问道：“收拾屋子啊？”

“啊，是……”天婵掩饰地赶紧捡起地上的衣物。

“快出门的人了，得学会自己收拾。”刘云湘说着，从袖笼里掏出了一沓银票放在桌上。江边的两幢窨子屋卖了十万大洋，大掌柜刚把这笔钱给他送来。

天婵不解其意问：“爸？”

“在家千日好，出门一日难啊，女儿家身子娇贵，只怕是日后有你的苦吃。都说穷家富路，别委屈了自己个儿。”刘云湘拍拍银票，对天婵道，“收着吧，算是爸爸给你私房钱。”

刘云湘说完，宠溺地看了看两个女儿，转身走出了闺房。天婵姐妹看着银票一时愣在了当场，父亲从未断过姐妹俩的零花钱，可一出手便是十万大洋却从来没有过。这时，楼道外又传来了刘云湘的声音：“天晴莫走黑，落雨莫走白，不怕路途远，就怕志气短啊。”

天婵听了，不禁浑身一震，莫非是父亲已经发现了什么？

……

自打“三伢子”随麻老五进了刘府，杨同昌和苗令梅就没睡过一天安稳觉——当初给朵妹捎信，送大江去水客帮的时候，刘云湘找的是麻老五；现在给大小姐打嫁妆，又找来了麻老五，他这是有心还是无意？麻老五一人吃饱全家不饿，进出洪江一向独来独往，之前带走了大江，现在带来个“三伢子”，这事该怎么解释？

夫妻俩越琢磨越觉得“三伢子”应该就是杨大江。但这一结果并没有让两人感到兴奋，而是心里越发的慌张。要出事啊，大小姐已是名花有主，而大江这鬼崽子自以为藏得结实，一头扎进了刘府，打定主意和天婵不离不弃；刘云湘把江边的房产都卖掉了，这是要干什么？

当杨同昌见到了被二江拽回家的大江，亲耳听到了“私奔”二字之后，立马抄起一根棍子，劈头盖脸便打：“翅膀硬了，自己都混得人不人鬼不鬼的，还想去祸害别人，我打死你个鬼崽子！”随后数落道：

"想过你们私奔的后果吗？你把人家姑娘给带走了，人家父亲就要背上言而无信、不仁不义的骂名，以后在这洪江还能抬起头来吗？天婵为什么会答应嫁给罗家，那是为了不让你爸妈和你弟弟在外流浪，为了你回来还能有这个家！人家姑娘深明大义，你也是堂堂七尺男儿，不说受人滴水之恩当涌泉相报，还怎么好意思去败坏人家的名声！私奔，亏你想得出来，做人不能太自私……"

"我自私？哈哈，笑话！"杨大江脖子一梗，冲父亲瞪眼反驳道，"不是你们见钱眼开，被英美商人牵着鼻子走，哪会有破家之祸？你们不是要集资吗，集啊，现在怎么不集了？你们不是重合同吗，怎么会让洋人的合同给逼到了绝路上去？你们造下的孽，却让一个弱女子去偿还，你们就不自私吗？"

杨大江越说越气，"呼"地一下站起身来，大声质问父亲："天婵善良仗义，现在却要去嫁给一个大烟鬼，你们良心何安？"说完，掉头摔门而去。

杨大江离开了杨府，气冲冲地大步在街上走着。

"滴滴——"一辆轿车在他的身后猛按喇叭。

"喂，你聋啊，你属螃蟹……"

见挡在车前的人是杨大江，罗立急忙把车停到路边，下来笑道："大江兄弟，什么时候跑回来的，你怎么没死在外边？"

"你还没死，我哪敢死啊？"

杨大江心道这下可找到了出气筒，把罗立拽到巷道里就是一顿狠揍。

罗立倒也不是孬种，始终认为自己被打成乌眼青是一种荣耀，男人若不敢为爱情而决斗，那还叫男人吗？

而罗积善在得知儿子被杨大江打了之后，登时勃然大怒。早在去刘府看家具的那一天，他就猜到那个雕刻乌龟、癞蛤蟆的"三伢子"就是杨大江，但他没声张。一来是怕搅黄了儿子的喜事，自己落个人财两空；二来便是心里存了个阴暗的念头，若让杨大江亲眼看着天婵嫁进罗府，岂不是人生一大快事？

可是现在，杨大江竟敢出手打人，可见他对天婵大小姐是死不放手啊，那么下一步他会不会杀了自己的宝贝儿子？罗积善坐不住了，找来高署地要他想办法除掉杨大江。

高署地拍着胸脯道："放心吧东家，咱们先下手为强，刘云湘不是想钓金龟婿吗？我就让他钓上个死蛤蟆！"

……

次日，杨大江瞅了个机会，和天婵单独见了面，定下了当晚出走的计划。

要走了，天婵突然觉得平日周围不起眼的一砖一瓦一草一木，现在看来都是那么的亲切；看着老家丁和伙计、用人们那一张张熟悉的脸庞，心中涌起深深的眷恋之情。晌午时，尽管用人们已经做好了饭菜，但她还是来到厨房，要亲手做几道父亲爱吃的菜。

餐厅那边，天娟有意成全姐姐的心愿，不断往父亲的碗里夹菜："难得我姐亲自下厨，爸，您多吃点。"

"嗯，嗯……"刘云湘埋头大口吃着，"让你姐别忙活了，菜都凉了。"

天娟道："上回我炖的鸭子，您想吃也没吃着，我姐说……"

"来了！"

没等天娟把话说完，便见天婵端着一个冒热气的砂锅过来："尝尝我的手艺，青笋老鸭汤！"

刘云湘俯身闻了闻："嗯，好，这汤我得多喝几口！"

"爸，您先来！"天婵麻利地盛了一碗汤递给父亲。

刘云湘接过来，哈着气喝了一口，像是被烫了一下顿了顿，接着又呼噜呼噜地喝起来。

天娟接过姐姐递过来的一碗汤，刚喝一口便苦着脸皱了眉头。

“好喝，再给爸爸来一碗！”刘云湘喝完了一碗还要喝。

天婵接过父亲伸过来的空碗又盛了汤递过去：“好喝您就多喝！”

刘云湘依旧呼噜呼噜喝起来。

“姐！”天娟小声叫了一句，在桌下踢踢天婵，把自己的汤递过去。天婵喝了一口，立马就现出了苦涩的表情，叫道：“爸，这汤您……”

“嗯嗯，挺好！”刘云湘埋头有滋有味地喝着。

姐妹俩看着他眼圈红了。

天婵起身就去夺刘云湘的碗：“好什么呀，我把盐给放错了放的是碱，又苦又涩这不能喝啊，爸！”

“哗啦！”汤碗掉地上碎了。

“就这放错了作料的汤，以后你想喝，谁给你做啊……”刘云湘起身叹着气，走进了里屋。

杨大江为自己与天婵的私奔计划设想得十分周密，他在晚饭后便早早出了刘府，约定在初更时分与天婵在江边的小树林里碰头，而此时，提前准备好船的麻老五会前来接应。但是千算万算，还是忽视了自身的危险。

高署地带着几名雇佣来的蒙面土匪埋伏在巷子口，用一只麻袋把毫无防备的杨大江给套了个结结实实。

“谁，放开我……”

“砰！”高署地一杠子夯在麻袋上，杨大江登时就没了动静。

一行人抬着麻袋迅速消失在黑暗中……

天婵在妹妹的陪同下，在树林里一直等到三更天也没见到杨大江的身影。姐妹俩心里着急，一个抱怨杨大江言而无信，一个不免暗自神伤。

“唉，这大概就是命吧，我若要真的跟他走了，罗家岂肯善罢甘休，咱爸又如何自处？”天婵觉得自己干了一件极度愚蠢的事，“或许，杨大江跟朵妹才是一条道上的人……”

第二天一大早，原以为大女儿一走身边就剩下老丫头的刘云湘上楼一看，见天婵竟如往常一样在给妹妹梳头，心里登时“咯噔”一声，急忙来到工棚，却发现早已人去屋空，他急令大掌柜派人四处寻找。可是等到晌午也没有杨大江和麻老五的音讯，两人就如同在人间蒸发了一般。

刘云湘心里打着鼓，来到了杨家作坊，见杨同昌正跟一帮伙计在忙活着清理场地。

“老杨！”刘云湘断定杨同昌一定也察觉到了在刘府干活的“三伢子”就是杨大江，说不定会知道他的下落。

可是杨同昌见了刘云湘，一句话也不说，推起装满桐子的手推车掉头就走。

刘云湘紧跑几步，帮他推车：“老杨，别这样，我没得罪你啊。哎……”

杨同昌把车停在僻静处，转身道：“你是来问我，麻老五家那三伢子怎么不见了，对吧？”

“你看，这本来在家里干得好好的……”

没等刘云湘说完，杨同昌瞪眼大吼：“刘云湘，你就是个混蛋！”

刘云湘被骂得登时一愣，不知道杨同昌为何发这么大的火。

杨同昌喘着粗气，气恼地指着刘云湘一通数落：“你以为我不知道你揣着什么心思？我告诉你，我家大江再怎么胡闹也终归是明事理的人，知道什么事情能干，什么事情不能干。我就纳闷儿了，天婵那么好个姑娘，怎么会有你这么个混账老子，你让他们私奔，两个崽子出去怎么活？这街里街坊的，你我这张脸还要不要？”

刘云湘还想争辩：“我不是也当众说过，认你老杨做亲家吗？”

“说过又如何？你说过的话多了！行商天下造福苍生也是你说的，可你实打实地去做了吗？你那宝贝女儿宁愿抛弃自己的爱情和一辈子的幸福，也要成全你这份理想，可你做了些什么？你还嫌她付出的不够吗，你还要忍心把她糟践成不守妇道跟人私奔的浪荡女子吗？刘云湘，老哥哥今天把话给你撂这儿，你这耍小聪明的毛病要是不改，咱们洪商永无出头之日，你也枉为神农宫油业行的龙头；洪油，也早晚会败在无休止的内斗上，你我百年之后，也无颜再去见祖师爷！”

杨同昌说完，推着车走了。

刘云湘满脸羞愧地坐在路边石阶上，汗水从额头上不断滴落……

杨同昌在训斥刘云湘的时候，心中隐然带着一丝自豪，认为自己儿子杨大江毕竟知书达理，尤其是在那晚被他这个当爹的训诫了一番之后，一定会主动放弃私奔这馊主意。人活一张脸，这回你刘云湘可谓是为老不尊，嘿嘿，看你以后还敢不敢再对我儿子说三道四！但杨同昌却不知道，就在昨晚，被装进麻袋打昏的杨大江已被高署地等人绑上石头，沉进了沅江。

当时，幸亏在江边没接到人的麻老五没有一走了之，而是驾船沿江边寻找，生怕天婵和大江两人走岔了地方，不想正看见高署地等人把一只沉重的麻袋给扔进了江里。

凭着多年的江湖经验，麻老五单从麻袋落水的沉闷声响中，便判断出里面装的不是寻常物件，而是一个人。他机警地伏身在船上，待高署地等人走后，便跳入水中向麻袋落水处游去……

因麻老五的及时救护，杨大江虽捡回了一条命，但一连数日都处于高烧昏迷状态。“三当家”是负案在身之人，麻老五既不敢把他送往医院，也不敢再去刘府，唯恐天婵大小姐会因此受到牵累，只能把他藏匿在船上，自己每天上山采回草药，凭经验来给他医治伤病。

这一日，头上包裹着血迹斑斑厚麻布的杨大江醒了，疑惑地看着顶棚。

麻老五端着汤药走进船舱，见状顿时大松了一口气：“哎哟，总算是醒了，三当家……”

“咱们是在船上？”

“是，是！”

“大小姐呢？”

在杨大江的追问下，麻老五不得不说出了实情。杨大江闻听心头大震，屈指算来，今天正是大小姐出门的日子，他顾不得伤病在身，一骨碌坐起身，冲出舱外，一头便扎进了江里。

“哎，哎，三当家……”麻老五急得一拍大腿，紧跟着跳江去追杨大江……

此时的洪江城，沿街店铺几乎家家户户张灯结彩，成串的鞭炮在噼里啪啦地炸响，秋风把硝烟和纷飞的红纸屑卷上了半空。

伴随着喧嚣的唢呐与锣鼓声，罗家的迎亲队伍塞满了街道；高署地等人在人群中跑前跑后地四处抛撒着喜糖和花瓣；一身洋装、头发油光的罗立开着敞篷汽车，载着身穿洁白婚纱、手捧鲜花的新娘，缓慢地向前移动……

“天婵！”

江岸边，杨大江踉跄着涉水跑来，撕心裂肺的呼喊声被淹没在风中。

罗府门前，刚下车的天婵似乎心有所感，忍不住停下脚步，回头向街道上张望。但随后就被众人簇拥着一步三回头地迈进了罗府大门……

“啊！”

杨大江如疯了一般向城里方向狂奔。

“三当家！”紧追过来的麻老五一眼看见了城边巡逻的团防兵，他疾步赶上，一个飞身把杨大江扑倒在地，死死压住。

“放开我！天婵，我的婵儿啊……”杨大江两眼血红，痛苦地用脑袋和拳头不断砸击着地面……

罗积善深知，儿子罗立不是一块经商的料，他也早就耳闻天婵是把经商的好手，家里娶进这个少奶奶之后，便有意放手让她操持生意。而天婵也不负他所望，不出半月便把罗府上上下下里里外外打点得清清爽爽。罗积善老怀大慰，特意下令从今以后积善商行的大小事务均由少奶奶做主。

天婵在罗立的陪同下来到积善商行，她在接手之前要做的第一件事就是核实账务，这下便触动了高署地的利益。

高署地自然知道，自己经手的那些账务是不能查的，给许安邦的就不说了，关键是自己在外吃喝嫖赌的那些烂账绝对是不能见光的。所以他从积善商行出来便跑到了罗府，跪在罗积善面前哭诉道：“东家，您还是换个大掌柜吧，署地没法干了……我的东家啊，为了少奶奶能够进府，我都干了些什么，别人不知道您还不知道吗？这万一少奶奶要追究起来，我是跳进沅江也洗不清啊！”

罗积善哈哈大笑，冲高署地勾勾手：“我问你，少奶奶的身后是什么？”

“什么？”高署地一脸懵懂。

罗积善用手指点着桌子道：“是刘家的金字招牌！有了这块金字招牌，咱们除了特货之外就可以名正言顺地涉足洪油贸易，洪江的三大产业我罗家就占有其二。和生意相比，别说是你，就是我这个东家也得让她三分。署地啊，过去的事儿就莫要再提了，少奶奶进了这个家门，那就是你的主人，家和才万事兴啊。”

高署地彻底明白了，现在东家想讨好刘云湘，就只能把少奶奶当成菩萨给供得高高的，自己要跟少奶奶作对，那就是自找苦吃。

其实，对罗积善来说，娶进天婵这个少奶奶也犹如他所有商业投资一样，是想要获得最大回报的，而打点生意挣钱只是其中的一项。罗立是他一脉单传的独生儿子，让天婵能够早日怀上罗家的种，让罗家人丁兴旺，才是罗积善最大的念想。但他所不知道的是，罗立吸毒成瘾，胯间之物已成了摆设，更别提什么延续香火了。

常言道：人生莫做女儿身，百年苦乐不由人。天婵虽在嫁进罗府前就有思想准备，但虚凰假凤的夫妻生活毕竟使人厌烦。

晚上，她把枕头抛给罗立，照例让他睡到沙发上去，与其两人躺在一处难受，还不如分床而眠。

罗立接过枕头扔在沙发上，走过来抱起自己的被子，对天婵小声地愧疚道：“婵儿，让你受委屈了……”

“你自作自受。”

罗立急忙伸手给天婵捶肩背，赔着笑说：“您就把我当个用人，这不也同样伺候您吗？怎么样，忙了一天，那些兔崽子们没难为你吧？”

“一摊子烂账……”

天婵自然知道罗立说的是积善商行的账务核查，不由得叹了口气，可是话没说完，就察觉到窗外有动静。夫妻俩急忙起身推门查看，没想到正看见罗积善和高署地滚在一处，各自抱着脑袋呻吟呼痛。原来，前来讨好少爷少奶奶的高署地一不留神，跟舍了老脸躲在窗根下听房的罗积善撞在了一起。

第二天，罗立到了积善商行，见了高署地不由分说上去就是一脚，怒声骂道：“少奶奶在外边忙得脚不沾地，你身为大掌柜不知心存感激，反而跟那老不正经的在背后指指点点，天理何在？”

“少爷，您，您听我解释……这怨不得别人啊，东家是急着想抱孙子，你们晚上不闹出点动静来，他能甘心吗？”

“动静，什么动静？”罗立茫然不解。

高署地哭笑不得：“我的少爷哎，新婚夫妻，那还能是什么动静？”

听高署地这么一点拨，罗立明白了，这事不光关系到自己的声誉，闹不好也会动摇少奶奶在罗家的地位，可自己那话儿软得如刚出锅的米粉一般，如何能闹出父亲所期望听到的“动静”来？他苦苦想了大半天，终于想到了一条“妙计”。

到了晚上，罗立接过天婵扔过来的枕头，看了一眼窗外隐约闪现的人影，恳求道：“婵儿……”

“有话就说。”

罗立拉了一下天婵，指了指窗外，低声道：“咱们新婚燕尔，得闹出点动静来啊。”

天婵看了看窗外，红着脸低声怒道：“这你能怪谁？我看你还不如就娶了鸦片算了。”

罗立“扑通”就跪下了：“我罗家不知哪辈子积了德，能让我娶上你这么好的夫人，只恨我这身子不争气啊，愧煞男儿！不过婵儿你放心，只要我活着一天，这罗府上下就没人敢招惹你……”

天婵看着跪在眼前的罗立也百感交集：“我嫁的是男人，不是空衣裳架子，你怎么就不说把鸦片给戒了？”

罗立叹气道：“心瘾难戒啊，再说，这一时半会儿的也……婵儿啊，不如这样，我掐你喊，咱们整出点动静来？”

天婵闻听，杏眼圆睁：“你还要掐我？”

“求求你了婵儿，要是让他们知道我夫纲不振不能人道，我以后就没脸见人了……”

而后，房中便传出了天婵半嗔半恼的声音：“哎呀，你轻点，哎呀，啊……”

躲在窗外的罗积善倾耳听了片刻，满意地笑着转身离去。

第十一章

民国十三年夏，湘西大旱，农田歉收，土地荒芜，加之军匪肆虐，百姓四散流离，麇集洪江乞讨者日以万计。罗积善以商会的名义，邀集众商开设粥棚济民赈灾，一时间，罗善人的美名传遍了整个湘西。

刘杨两家也不例外，在城外开了五六处粥棚，里里外外操持施粥的却只有天娟、二江和大掌柜等人。苗令梅在往粥棚送粮食的路上遇到了天婵，无意间发现了她胳膊上竟然满是青紫伤痕，细问之下才知道这位罗家少奶奶在锦衣玉食前呼后拥之下过的竟然是守活寡的日子。

苗令梅含悲带愤到了刘府，没想到入眼的一幕更是让她气炸了肺——刘云湘正蹲在墙角，埋头逗着一只钻进了墙洞的狗。

“刘云湘！你有工夫操一条狗的心，就不说去管管你女儿的死活！”苗令梅怒吼一声，想起天婵的遭遇，不禁悲从中来，掩面号啕，“你这当亲爹的好狠的心啊……”

刘云湘起身看了看苗令梅，不由得心下暗叹，当初不就知道那罗家是个火坑吗？嫁出去的女儿泼出去的水。他欲哭无泪地对苗令梅道：

“以前我还觉得我是个人物，自打女儿出了门，我才知道自己原来就是个废物，连狗都不如的废物。我能干什么啊，赈济灾民，几个粥棚搭出去，城外不照样还是有了万人坑？我跟谁去理论啊？我造的孽，有我女儿替我受着，我还有什么不知足的……”

见刘云湘是如此的颓废，苗令梅心里窝着火回到了家，进门看见拎着鸟笼在院子里悠闲溜达的杨同昌，忍不住摔盆打碗地一顿数落：“这世上可有你们这两个闲人了，一个逗狗一个遛鸟，这日子没法过了，姑奶奶从今天起不伺候了！”

“夫人，哎呀夫人啊……”杨同昌拉过苗令梅细声细气地劝说道，“你看今年这场旱灾，家家搭粥棚救济灾民，虽说都出了不少力，可好处最终全归了罗家。眼下人家风头正盛，你去揭他的家丑，那不是去自讨苦吃吗？再说，天婵本是咱们杨家的少奶奶，结果却成了罗家的少奶奶，说出去咱们还不够丢人的吗？”

“不管她是谁家少奶奶，我都当她是我亲女儿……”苗令梅的眼泪如串珠般落下。

“亲生女儿又怎样？这都是命啊，你看看刘云湘，现在不也成了落秧的茄子？万国红十字会的赈灾庆典、湘西筑路会议省主席邀请，他都钱到人不到；所有公众场合，你还见过他的人影吗？”杨同昌指着鸟笼叹道，“枪打出头鸟啊，眼下这世道，人能活着就是万幸，比起埋在城外万人坑里的那些人，还有什么罪不能受啊？”

夜晚，十大会馆当家的在商会大院里济济一堂，一边喝着茶，一边用各种谄媚言辞赞美罗积善。

大灾之年，罗积善的确能称得上是商界的枭雄，他主动出钱设立义庄，善待死者；号召商家设立粥棚赈济灾民。却没人知道他在这张“善人”面具的背后，将低价从米粮行收购的积压发霉的粮食，高价转手卖给了那些施粥的商家；也没人知道他借机配合藤原，替三井洋行收购了大批的洪油。

当高署地在罗积善的示意下，以红利名义分别给十大会馆当家的奉上一沓银票的时候，众位当家的对罗积善佩服得更加五体投地，当即决定请戏班到罗府来办堂会，庆贺罗善人的“赈灾”功劳。

罗府的堂会吸引了众多的商家，一来是刘杨此时正处于人生低谷，大有淡出江湖之势，一些心眼活泛的商家自然要来捧罗家的场；二来，赈灾已初见成效，城外灾民日渐减少，商家们也都松了一口气。

当一轮明月被窨子屋的飞檐高高挑起的时候，从罗府传出的锣鼓唢呐声和饱含浓郁乡土气息的辰河高腔响彻夜空——“开肉球见娃儿站立二堂，将此子交夫人好好教养，久日后可做得国家栋梁……”

这出戏的名字叫《陈唐关》，故事取自《封神演义》，说的是陈唐关总兵李靖的夫人怀胎三年零六个月，产下了一只肉球。李靖大惊之下本想扔掉，却被太乙真人阻止。随后肉球劈开，哪吒出世，在“闹海”中经历了一段父子恩怨后，最终成神。

罗积善见天婵在一众丫鬟的陪同下坐在一边看戏，唯独不见罗立，便问陪在身边的高署地：“少爷呢？”

高署地也纳闷儿，少爷自成婚以后跟少奶奶一直形影不离，怎么今天却落了单？想去后院寻找，眼睛却又舍不得离开戏台，便揣测道：“少爷和少奶奶伉俪情深，必不会错过此良宵美景，估计一会儿就到。”

好！武当家随着众人叫了一声好，借着戏文冲罗积善拱手道：“哪吒敢做敢当，事父母至仁至孝，可谓将门虎子，不辱门庭啊！”

赵当家恭维道：“武当家这是夸罗会长父慈子孝，家道兴旺啊。”

“善有善报嘛，罗会长乐善好施，自然会福荫后代。罗公子一表人才，又得藤原先生赏识，前途不可限量。”

罗积善脸上洋溢着笑容：“过奖过奖，犬子年轻，不知世事艰难，要挑大梁还尚需磨砺，哈哈，我倒是盼着能早日享含饴弄孙之福啊。”

钱当家悄然指着天婵，凑近罗积善说道：“令郎得此佳偶，您还愁不子孙满堂吗？”

“哈哈哈……”罗积善心里如喝了蜜一般，“借你吉言，借你吉言……”

话音未落，突然就见旁边天婵和丫鬟们仿佛被蛇咬了似的发出一阵惊叫，跳着脚远远闪开桌子。

众人向桌下看去，只见被毒瘾折磨得面目全非的罗立如坟里爬出的恶鬼，带着满手满脸的血迹，趴在地上渴望地看着天婵，牙齿打着战含糊不清地说：“救我，救救我……”

“少爷！”

随着高署地的一声惊叫，罗积善难以置信地使劲眨了眨眼，大叫一声“儿啊！”想要扑上去，却“扑通”一声摔在了地上。

……

罗府的堂会，因罗立毒瘾发作现了原形而黯然收场。

罗积善仿佛被人一脚从阳光明媚的山巅踹下了阴暗冰冷的深渊，气得半死半活地躺在床上，一连几天都不曾合眼。他暗自思忖，自己一直恪守“货卖他人，积财行善，罗家人绝不得沾染吸食”的祖训，平日里对儿子的看管颇为严格，而在东洋留过学的罗立也并非不知那鸦片的害处，何以竟堕落到如此地步？

高署地经过一番打探，终于查清了事情的原委，原来是藤原早给少爷下了药捻。

“藤原，我日你先人，你这是要断我罗家的后啊！”

可是罗积善思来想去，又觉得一时竟奈何不得藤原。你罗家就是卖鸦片的，你儿子染上恶习难道不是顺理成章的事情吗？再说，这洪江城烟馆林立，特货行卖鸦片不正是让人吸食吗？苍蝇不叮无缝的蛋啊，你儿子若是意志坚定，我藤原又能有何作为？唉，这可真是应了戏文里的那句唱，“天地三界是人掌，苦乐原来自己寻”。

而就在这时，高署地却又带来消息说，许安邦从长沙回来了。罗积善闻听，立马下令备轿更衣，他要借许安邦之手来报此一箭之仇。

从长沙回来的许安邦心情大好，当初他带兵紧急驰援赵恒惕，没想到刚进长沙城，赵恒惕与谭延闿再一次握手言和了，他没费一枪一弹便捞了个“勤王”的功劳，除此之外，还搂草打兔子，从长沙工校抢回了一个大家伙。

罗积善刚走到团防使衙门口，正赶上许安邦出来，便上前“扑通”跪下，哭道：“许大人，您可回来了，您要替罗某做主啊……”

许安邦一问之下，方知他是跟藤原起了龌龊，心道，这不是大水冲了龙王庙吗？随后哈哈一笑，扶起罗积善道：“你俩的事情回头再说，先随我去看个好东西，让你开开眼！”

罗积善跟着许安邦到了城外，只见新清理出的一片空地旁边搭着军用帐篷，四周站满了荷枪而立的团防兵，抬眼望去，一架巨大的木制飞机赫然停在场地中央。

“怎么样，这个大鸟漂亮吧？”许安邦得意道，“我派人查了查，洋人管这玩意儿叫飞机。”

“一群中国学生搞出来的东西何足道哉。”不知何时到来的藤原站在一旁说道，“不过是二十多年前美国莱特兄弟所鼓捣出的简易飞机的翻版，虽然加装了发动机，相比十年前欧战中的意大利飞机也差得太远。”

罗积善一见藤原，登时大怒：“畜生，我罗家一脉单传竟毁于你手，你还我儿子！”

跟在藤原身边的中村雅子急忙出手挡住扑来的罗积善。

“罗会长息怒，对令公子的事情，鄙人自有话说。”

在藤原看来，罗立吸毒乃是咎由自取，用中国话说就是因果报应。为了摆脱罗积善的纠缠，他借着飞机，给许、罗二人画了一张大大的饼——

“任何一个新事物的出现，都是一场革命的开始。别说是你们中国，就是在日本，第一架飞机上天的时候，还有好多人都吓得趴在田野里祈祷天照大神。二位不妨想一想，如果将来洪油和特货的运输都从天上走，许长官同时阻断水上航线，那么洪江将会是谁说了算？刘云湘的巨无霸还有用武之地吗？”

许安邦和罗积善何曾听过这样的高论，仔细一想，对啊，这岂不是说，没有那桶清代底油，咱们一样可以垄断洪江的洪油贸易？

藤原继续给二人打气：“这架飞机只是开始，以后可以造更多架。只要试飞成功，我们就可以成立洪江航空公司……”

“咣当！”没等藤原把话说完，罗立便把一只空油桶扔在他们脚下：“汽油！没有汽油，飞机就是个摆设。”

罗立这话犹如一盆冷水，兜头泼在了许安邦和罗积善的头上。在十九世纪二十年代，汽油是国际上最紧俏的物资之一。

不过，已被藤原的话挠得心里痒的许安邦知道，自己没有汽油，不代表别人也没有。他想到了有美孚洋行背景的詹姆斯，而且利用自己手下的水上缉私队，很快就从詹姆斯的货船上查获了一桶“违禁油”。

而与此同时，洪江城里人们议论的话题也由飞机说到了汽油，尤其是油业行的商人们，说起汽油的种种神奇之处，便再也坐不住了。比如那刷了桐油的物件，听说用汽油一擦便可擦掉桐油，莫非这汽油就是桐油的克星？又比如若汽油时兴起来，那我等油商还不得去喝西北风吗？

油商们打定主意要好好琢磨汽油，于是，许安邦从詹姆斯手里搞来的那一桶汽油就变成了众人关注的焦点。

宝庆会馆的武当家找到了杨二江，暗中许下一把据传是三国时张飞用过的名为“新亭侯”的古旧宝刀，要他偷取那桶汽油来供油商们研究。二江被“新亭侯”撩拨得心痒难耐，爽快地一口答应下来。

可是要在戒备森严的机场去偷出一桶汽油谈何容易，一连几天，二江又是爬到树上瞭望，又是趴在草丛中等待时机，眼看那桶汽油就放在帐篷里，但总也找不到下手的机会。

就在二江打算放弃的时候，说来巧了，罗立驾车带着天娟到了机场。

自打见到了飞机，天娟便梦想着有朝一日能开上飞机带着姐姐沿沅江去找寻水客帮所在，而后看着姐姐如仙女下凡一般扑进杨大江的怀中。为此，她磨着罗立非要学开飞机不可。而罗立也有梦想，他的注意力全在飞机的发动机上，汽油稀缺且昂贵，若能把发动机改造成烧洪油……哈哈，那将是一件多么有意义的事情啊。

因为许安邦有令，飞机试飞的驾驶员非罗立莫属，所以罗立的汽车进出机场无人敢盘问。罗立和天娟下了车，爬到飞机上各忙各的。天娟在机舱里还没把几个仪表认全，便看见躲在机场外树林中的杨二江一直在冲她招手。

说起油商们要研究汽油，两人一拍即合，在毫不知情的罗立的“配合”下，很快便把那桶汽油给拉回了洪江城。

夜幕下，武当家等众油商围着二江和那桶汽油一通忙活，随后都抱着装满汽油的坛坛罐罐表情神秘地四散离去，而一心想着“新亭侯”的二江则把空油桶“咣当”一声扔进了路边的一个破旧太平缸中。

连日来，许安邦被“洪江航空公司”这张画饼给撩拨得茶不思饭不想，特意选了个良辰吉日要搞一个试飞庆典，并严令十大会馆各商家必须到场，凡逾期不到者，一律取消水路运输的资格。

深居简出的刘云湘和杨同昌也被团防兵给“请”了来，两人来到现场一看，好家伙，阵势闹得还真不小——整个机场人声鼎沸，彩旗飘扬；许安邦一身戎装，带着藤原、罗积善和高署地昂首站立在庆典台上。台下，不知从哪请来的军乐队正排着整齐的方队吹奏着乐曲；四周，团防兵几乎全体出动，荷枪实弹把整个场地围了个密不透风。

然而，就在许安邦志得意满地高声宣布试飞开始的时候，穿着飞行服的罗立气急败坏地冲许安邦叫道："汽油不见了，没油你让我怎么飞！"

汽油不见了？

许安邦惊怒之下立即下令："全场戒严，一个人都不许离开！"并威胁若找不出偷油之人就开枪杀人。

眼见团防兵们将黑洞洞的枪口对准了众油商，罗积善出了个"绝妙"的主意，以汽油气味刺鼻、经久不散为理由，让高署地凭嗅觉去查找偷油之人。

结果，全场只有刘云湘和杨同昌的身上没有汽油味。

这不是此地无银三百两吗？许安邦令团防兵拽出几名身上气味大的油商凶狠殴打，此举的阴险之处在于，你刘云湘和杨同昌若不出头，老子就打死他们，让你二人身败名裂。

霎时间，整个机场愁云惨淡，惨叫连连。

"许安邦，你这是要逼良为娼啊！"刘云湘面带悲愤，怒视许安邦，"不就是一桶油吗？"

杨同昌急忙阻拦："云湘，你可不能……"

刘云湘无奈道："老杨，他这是故意要往咱们头上扣屎盆子。也罢，我就背了这个黑锅，遂了他的心愿。"随后大声喝道："许安邦，你把人都放了，那美孚汽油……"

"美孚汽油在我罗家！"

没等刘云湘把话说完，场边便传来了天婵的声音。

众人循声望去，只见天婵带着几名丫鬟走出人群，来到许安邦跟前说道："许大人不必迁怒于别人，是我让人把那桶汽油给搬走了，不告之罪自有我一人承担。”

天婵的一句话给众油商们解了围，刘云湘和杨同昌随后也知道了这一切都是杨二江和天娟干的“好事”。饿死不做贼，穷死不为娼是洪江世家子弟必须牢记的古训，为此，杨二江在关公像前挨了父亲的一顿棍棒；天娟则被罚跪在祖宗牌位前悔罪。

刘云湘既气恼老丫头的冒失，又担心大女儿惹祸上身，他说：“爸爸都认命了，你还去瞎折腾什么？你俩偷了他一桶油，那就给了他杀人的借口，这点道理都不明白吗？是非只因强出头啊，还嫌你姐受的罪不够吗？”

刘云湘的担心不无道理，许安邦、罗积善和藤原此刻就站在罗府院子里，围着那只敲起来“梆梆”作响的空油桶追问天婵：“油呢？”

“刚搬来的时候还……”尽管天婵脸上装出茫然无知的神情，但还是难掩内心的慌乱。那晚杨二江扔了空油桶，正赶上天婵从附近路过，听到声响，又看见了二江的背影，她便疑惑地令丫鬟前去太平缸前查看……

“你看看！”

就在天婵语塞之时，罗立指着敞开的出油口抱怨她道：“我都说了一百遍了，你怎么还是把汽油给当成洪油了？这汽油太轻飘，你不盖盖儿那还不都飞得一干二净？”

“飞得一干二净？”

罗立知道，许安邦和父亲对此不甚了解，但藤原却是个懂行的，所以他进一步解释道：“用专业术语来说，是挥发，挥发得一干二净。内子只懂洪油不懂汽油，这也不能怪她，还请许叔叔见谅。”

果然，老奸巨猾的藤原知道此事并不简单，他不想让许安邦放过天婵，便开口说道：“红颜祸水啊，这么大一桶汽油，被挥发得干干净净，你们就不觉得奇怪吗？许长官，没有汽油，我们的计划终归是水中之月。”

罗立脑子转得飞快，连忙向许安邦展示出最大的诱惑——咱们这航空公司，将来飞机会比天上飞的老鸹还多，汽油稀缺，供不起啊。只有改造飞机发动机，变烧汽油为烧洪油，这才是长久之计。

闻听此言，许安邦盯着罗立看了几秒钟，伸出大拇指赞道：“少爷，好计谋啊！你若真能改了发动机，守着这洪油发源地，还愁咱们的飞机上不了天？哈哈哈……”

罗立为了替天婵开脱，不得不出了这么个馊主意。许安邦自然是兴高采烈；罗积善也为儿子的聪慧倍感自豪；而藤原虽觉得不靠谱但也乐见其成，因为如此一来就牵连上了洪江油业行……

次日，团防使衙门便贴出了一纸告示，令刘云湘携十大会馆油商，限期十日交付顶级洪油两千斤，如有抗命将查封各家油号。

见到告示，众油商都把目光聚焦到了刘云湘身上，却不料刘云湘把袖子一甩，这个活儿你们谁愿干谁干，我元隆油号不掺和。

刘云湘这一甩手，洪江油业行登时炸了锅。胳膊拗不过大腿啊，许安邦翻脸比翻书还快，若真要查封了各家油号，我等岂不都断了活路？可谁能劝得了刘云湘啊？众人合计来合计去，最后公推杨同昌出面。

杨同昌也说服不了刘云湘，便只好赖在刘府不走，你吃饭我陪你吃饭，你睡觉我跟你抵足而眠，把个刘云湘耗得心力交瘁。

“老杨啊，这都三天了，你就是熬鹰，也得让我喘口气喝口水吧，也得让我安安生生地睡一觉吧？”

“睡吧，就怕你今天睡下了，明天能不能活着起来就难说了。”杨同昌一副不紧不慢的样子。

刘云湘气恼地吼了起来：“你这叫什么话？他让我做油，我做不了，不想做，我没那手艺了，我也没那心气了，怎么着，他还能把我给枪毙了？枪毙我我也认，我这么个废物，早死早托生。”

让刘云湘生气的不仅仅是这一纸告示的逼迫，那些油商在机场被打的惨景还历历在目，他是哀其不幸怒其不争。这头天还被人家给捆起来又打又骂，斯文扫地；现在一纸布告贴出来，哎哟，又觉得自己被官家重用了，是个人物了。哼，难道咱们这些做油的命就这么贱？

杨同昌争辩道：“我是想救你的命啊，跟官家作对能有好果子吃吗？”

“我不要命了，我不想活了！你走，走……”

刘云湘打开房门要驱赶杨同昌，可是往外一看便愣住了，只见院子里乌泱泱站满了十大会馆当家人和各家油商。

“刘东家！”钱当家叫了一声，“扑通”跪下，“人在屋檐下不得不低头啊，你若再不出面，各家油号可就真的没有活路了，看在祖师爷的分上，我恳求刘东家了！”

“恳求刘东家了！”众人呼啦啦跪倒一片。

杨同昌叹口气道：“云湘，我说句你不爱听的话，既然当孙子了，咱就当到底吧。”

刘云湘看着跪在当院的众商，嘴唇颤抖着，再也说不出半句话来……

吃软不吃硬的刘云湘在万般无奈之下听从了杨同昌的劝告，出面带领十大会馆油商如期生产出了两千斤洪油，为了把“孙子”当到底，让许安邦满意，还特地从高椅村“请”来了那桶清代底油进行检验，以确保这批供给飞机用的洪油是地地道道的顶洪。整个生产和检验过程都是在罗积善和干挑爷的眼皮子底下进行的，直到许安邦的副官带着兵把这两千斤顶洪给拉走，众商才大大地松了口气。

十大会馆当家的为酬谢刘云湘，出钱大摆宴席，还特意请来了高腔戏班。一时间，商会大院里高朋满座，笑语喧哗好不热闹。

“诸位！大家静一静！”居中酒桌上，罗积善笑吟吟看了看坐在同桌的刘云湘、杨同昌和干挑爷等人，对众人大声说道，“两千斤顶洪如期交货，你们要感谢我这位亲家啊，是他忍辱负重，不计前嫌，带领大家伙儿圆满完成了团防使衙门交下来的官差，解了诸位油商的倒悬之苦！不是我罗某偏袒亲戚，大家凭良心说，今天该不该让我这亲家多喝两杯啊？”

话音落地，全场顿时响起一片附和声，众人纷纷端着酒杯向前拥来跟刘云湘敬酒。

罗积善也跟刘云湘、杨同昌和干挑爷等人碰了杯，把酒一口喝干，而后又对众人大声说道：“犬子已经完成了飞机发动机的改造，如今又有了足够的顶洪做燃料，洪江商道的复兴指日可待！飞机上天，诸位数日来悬着的心也该落地了，今天咱们就高高兴兴地喝酒，看戏！”

却不料话音落地，商会大院的门突然“咣当”一声被踹开，一群团防兵荷枪实弹气势汹汹地闯了进来，为首副官来到近前，一抖手中的纸张，大声念道：“查，元隆油号刘云湘及十大会馆一干油商，素怀不臣之心，目无国家法度，恃才自傲，敷衍政府，为祸洪江，其罪当诛！勒令涉案人等，自即日起，关停油号，闭门自省，听从东洋友邦人士之调解，赔偿政府损失。违令者，杀无赦！”

“岂有此理，这两千斤顶洪刚刚交上去，怎么会……”

“抬头看看，那就是你们交上去的顶洪！”

众商顺着副官的手指看去，这才发现从城外方向腾起的一股黑烟已经弥漫了半边天空。

罗积善面带疑惑刚要开口，就见被烟熏火烤得如灶王爷一般的高署地慌慌张张跑来，嘴里连声喊道：“东家！东家……快去看看吧东家，少爷他，他出大事啦！”

城外机场一片混乱，歪斜在跑道上的机身噼里啪啦地燃着大火，冒烟的残骸在周围散落一地，空气中到处弥漫着皮肉烧焦的味道；尖厉的警哨声和伤兵们凄惨的号叫以及消防水车“当当”作响的急促铃声交织在一起，救援的团防兵们如无头苍蝇一般慌张地四处跑着。

帐篷内，罗立躺在桌台上，双腿血肉模糊。幸赖他在试飞前吸足了鸦片，仗着年轻反应快，虽然摔断了双腿总算捡回了一条性命。

“罗立……儿啊！”

匆匆赶来的罗积善一见罗立的惨象，自己的腿也软了……

第十二章

烧洪油的飞机坠毁了，“航空公司”的美梦破灭了，但鸡飞蛋打的许安邦并不想就此罢手，他和藤原已经定下了计谋，要借此事把洪江油业行牢牢地掌控在自己的手中……

罗积善将众油商请到商会大院，竭力撺掇大家签下保证书接受三井洋行的洪油定价，并声称只要签了保证书，就能解开封油令。当然，罗积善之所以这么积极，是因为藤原已经许诺，事成之后，三井洋行只与积善商行独家交易，积善商行便可借此涉足洪油贸易。

高署地带着人把一份份笔墨纸砚摆放在各个桌上。刘云湘与众商坐在桌前，沉闷地看着忙碌的高署地和站在前面的藤原与罗积善。

藤原道：“诸位，欧美列强自华盛顿会议之后，无不想要打开贵国门户，掠夺战略资源，其贪婪之心昭然若揭。唯我日本国致力于东方民族的觉醒和解放，真心实意地在帮助贵国改善民生，奋发图强，洪江通电就是最好的例证……”

明明是许安邦和藤原挖好的坑，等着大家往里跳，这日本人还如此冠冕堂皇，刘云湘冷声道：“我没记错的话，你日本国也是华盛顿《九国公约》的签署国之一，藤原先生如此说话不觉得脸红吗？”

罗积善急忙道：“我说亲家啊，咱们现在是有求于人，莫要做那意气之争。这保证书也不过是官家为了管理方便，无规矩不成方圆嘛。只要大家签下名字，藤原先生自会施加影响，让许大人撤了封油令。诸位，举手之劳啊！”

刘云湘懒得再搭理，起身拂袖而去。紧跟着是杨同昌，而后十大会馆当家人及众油商纷纷起身陆续离去，把藤原和罗积善晾在了当场。

众商跟随刘云湘回到刘府，刘云湘气得拍着桌子骂：“当孙子当到这份上，他们还如此逼迫，那咱们就只好再当回爷去！”他看着杨同昌等人，悲愤道：“一旦签了保证书，这洪江就是三井洋行的洪江，咱们现在已经没有退路了，在洪江没理可讲，我就到长沙，天下之大，就不信找不到一个讲理的地方扳倒他许安邦！”

刘云湘打算去长沙状告团防使衙门的消息一传出去，舆论哗然。《长沙日报》《大公报》等报纸纷纷报道，消息很快传遍大江南北。

刘云湘杨同昌一行人来到长沙，落脚在元隆油号的长沙分号，几乎每天都被各路新闻记者追踪报道，他们不畏强权，替洪油商人伸张正义的行为受到了社会各界的支持。长沙商会的何会长还特意向刘云湘推荐了曾为安源路矿工人仗义执言的霍律师。

而就在刘云湘来长沙的第二天，许安邦也赶到了省府。他头上缠着绷带，肩膀上搭着绳索，摆出一副负荆请罪的架势，大步走进省府办公室，对正在埋头挥毫的赵恒惕“啪”地立正敬礼：“标下觐见老师长！”

赵恒惕头也不抬：“安邦啊，你在洪江惹的祸可不小啊。”

许安邦道：“标下无能，统御无方，致使刘云湘等奸商窜到长沙来以下犯上，混淆视听扰乱治安，给老师长所倡导的建设民主民治新湖南的活动抹了黑！标下特来自缚请罪！”

赵恒惕写完了“忠勇安邦”四个字的最后一笔，走过来笑道：“不必自责，你这个祸惹得好，这场官司打得是时候啊。”

当下时局，吴佩孚兵进岳州，逼湘省军阀归顺北洋政府，赵恒惕为保住地盘，已请英美领事出面斡旋，所以刘云湘的这场民告官的官司，就成了赵恒惕借洪油来牵制英美领事的一个筹码——“不帮咱们保住地盘，他们在洪江就捞不到半点好处”。

开庭之日，高等法院大楼前记者云集。

这场官司可谓一波三折，许安邦一出场就抬来了几具团防兵的尸体，扬言要为这些死在飞机失事中的军人讨回公道。而霍律师则在法庭上慷慨陈词，用铁一般的事实揭露了许安邦勾结日人独霸洪江的阴谋。

最终，因为飞机是烧了洪油才爆炸的，这就使罗立成了此案的重要证人。

罗积善与许安邦沆瀣一气，罗立来当证人，这场官司洪商们还有赢的可能吗？一时间，十大会馆当家的都慌了神。于是，贵州会馆赵当家的暗中派人给法官大人送去了十万大洋；宝庆会馆的武当家则联络了长沙青帮忠义堂，打算半途拦截罗立……

刘云湘对这一切毫不知情，他担心的是，许安邦一定会向罗立施压，利用不实证词将洪商置于死地。

果然，许安邦的律师已经给罗立写好了证词，只要罗立在法庭上照本宣科，罗家就会获得巨大利益。

但是让所有人都没想到的是，罗立始终牢记着临走时天婵交代他的三个字“凭良心”，他在法庭上说，改造发动机，让一架以洪油为燃料的飞机，在洪江的天空上自由翱翔，那是本少爷的一个美丽梦想，一个失败了的实验而已，所以，机毁人亡，与洪油无关。

此言一出，现场轰然大哗，虽然法官喊叫着休庭，但所有人都认为，这场官司刘云湘是赢定了。刘云湘默默打量着罗立，心中百感交集，觉得自己的这个女婿尽管有着让人不齿的毛病，但他终究是个“好人”。

罗立回到洪江后，天婵对他充满了感激，而罗立发自内心地想让天婵回报他一个亲吻。然而，就在天婵含羞将嘴唇凑上前来的时候，就听她喉咙里发出“呕”的一声，捂着嘴跑到雕栏边呕吐起来。

罗立无比沮丧：“婵儿，我就让你这么恶心吗？”

末了还是身边那些捂着嘴笑的丫鬟忍不住道出了实情，少奶奶已经怀上了，这些天一直想吃酸的呢。

罗立闻听，登时愣了……

许安邦和罗积善在长沙曲园酒楼摆下宴席，给刘云湘、杨同昌以及赵、钱、武三位当家的发了请柬。

酒楼位于一座庄园内，雕梁画栋、飞檐高挑，四周亭台掩映、花木扶疏，大门上挂着大红灯笼，显得庄重古朴。唯一煞风景的是，几名团防兵持枪守在门口。

当众人落座之后，许安邦摆出一副和解姿态，端起酒杯说道：“今天不说洪油。来，咱们先干了这杯见面酒，听许某开导几句，如何？来来，我先干为敬！”

众人也只好端杯喝酒，之后，许安邦放下酒杯，让道：“湖南湘菜，唯曲园独尊，大家请慢用。”随后又道：“云湘啊，我还是想劝你一句，官司别抱幻想。”

此言一出，众人一惊，都停下吃喝，警惕地看着许安邦。

许安邦笑道：“这可不是许某以官压人，危言耸听。诸位都饱读诗书，也都走南闯北见过大世面，难道还看不透这官与商之间的关系吗？自古以来，中国的商人都要依附于官家才能生存。陶朱公范蠡，富甲天下，他跟越王勾践是何等的交情？”

刘云湘冷眼望着许安邦："没什么交情，忠以为国，智以保身，不跑就被勾践给杀了。"

许安邦道："那咱们就说白圭，你们商人的祖宗不就是白圭吗，鬼谷子的徒弟，他若不在魏国做官，哪来的经商资本和人脉？说古人太远，晋商乔致庸，这才死了没多少年吧，若不给朝廷办粮草，他能发家吗？诸位，你们都应该好好学学胡雪岩，那可是咱湘军一手扶起来的红顶商人。刘东家刚才说对了，范蠡若不跑，死路一条，这还仅仅只是被官家所猜忌。说白了，商人脱离了官府，那就是一头猪，养肥了，杀！"

众人静默。

罗积善也感慨道："金玉良言啊，中国不同于欧美，官家咱们是得罪不起的。我说句诸位不爱听的话，许大人下封油令，实乃情势所迫，若要撤销也得假以时日徐缓图之，否则政府朝令夕改，颜面何存？再者，三井洋行所出的价格很公平，大家签了保证书断不会吃亏……"

杨同昌斥道："荒唐，三井洋行又不做油，其所定价格如何会公平？"

罗积善道："权宜之计而已，诸位别忘了，眼下盯着咱们洪江洪油市场的可不止三井一家，不是还有马克斯凯和詹姆斯吗？另外，那比利时、德意志和法兰西也不会让日本一家独大，让他们斗去，咱们坐收渔翁之利何乐而不为啊？"

刘云湘冷笑："价格战谁都会打，但是首先要搞清楚，谁才是这洪油市场的主人。"

许安邦问道："普天之下莫非王土，这主人除了官家还能有谁？"

刘云湘讽刺道："知道你为什么在洪江不得人心吗？就是因为你总摆不正自己的位置。洪油是老祖宗传下的手艺，洪商凭本事吃饭，不是官家的附庸，也不是洋人的奴才。"

罗积善打圆场："亲家，言重了，这不是商量如何让大家继续做生意吗？你说商人要不挣钱，那还叫商人吗？"

刘云湘愤然道："商人重利，但也不能失了骨气！官家有权有势，压不服天理人心；列强觊觎洪油，也没有强买强卖的道理。"说着起身："道不同不相为谋，恕刘某失礼，告辞！"

刘云湘说完转身要走，杨同昌和三位当家的也跟着起身，就听许安邦喝道："等等！还有三道大菜没上，诸位就不想品尝一下吗？"说着冲门口摆手示意。

"进去！"副官把法官给推搡进来，强行按在座位上。

法官战战兢兢地说："诸位，许，许长官，有话好说，有话好说……"

刘云湘见状怒道："许安邦，法官身系国家律法尊严，你怎敢如此亵渎！"

许安邦起身，照着法官脸上啪啪啪扇了十几下，而后对刘云湘说道："亵渎？你问问他自己亵渎了什么，这道菜价格不菲啊，十万大洋！"

赵当家掩面低头要走，被副官一把揪住。

看刘云湘一时没反应过来，许安邦又说道："怎么，刘东家只看不吃，莫非是不合口味？那再换一道，上个剁椒鱼头给各位开开胃！"

话音落地，两个鼻青脸肿的洪帮帮众被带了进来。武当家一看，急忙把脸转向别处。

许安邦慨然道："贿赂法官在先，企图劫持证人在后，刘云湘，你说你这个官司还能赢得了吗？"

刘云湘看明白了，他瞪了赵当家和武当家两人一眼，对许安邦道："刘某做事，一向光明磊落，还不至于使出此等下作手段。"

许安邦冷笑道："赵当家和武当家都是受了你的指使，老子就这么认为，你奈我何？如果天下人也都这么认为，你奈天下人何？"

刘云湘愤然道：“清者自清，浊者自浊。我相信，霍律师会向天下人证明我的清白，同时恳请高等法院更换法官，把官司跟你打到底。”

许安邦扑哧笑了：“你还指望霍律师？哎哟哟，可吓死我了！来来来，快把第三道菜端上来，刘东家已经等不及了！”

话音落地，房门再次打开，两名团防兵把被打得奄奄一息的霍律师给拖了进来。副官抓住霍律师的头发，让灯光照在他满是血污的脸上：“霍锦文，男，现年三十一岁，民国十一年三月秘密加入共党组织。”

霍律师睁开血肉模糊的双眼，看着刘云湘，吃力地说道：“坚持……要坚持斗争，黑暗总会过去……”

“死到临头了，还敢蛊惑人心！”副官说着，拔出匕首一刀割断了霍律师的喉咙，血如泉涌。

“霍律师……”刘云湘冲上前欲救护，被两名团防兵死死抓住。刘云湘吼道：“放开我，混账，有种你们把我也杀了！”

许安邦抓起一只碗，在霍律师项下接了一碗血，摆手让团防兵拖走霍律师，把那碗血推到刘云湘面前：“一碗醒酒汤，你要有种就把它给喝了。若是没这个胆子，就不如老老实实地回洪江，带头把保证书给签了，免得再出人命。”

刘云湘悲愤地看着眼前这碗鲜红的血。

杨同昌慌忙道：“许，许大人息怒，云湘啊，咱们惹不起，躲，躲得起……”

“霍律师英灵不远，云湘铭德在心……”刘云湘说着，在众人惊愕的目光下，端起那碗血“咕咚咕咚”地大口喝了下去，随后把碗狠狠地摔在地上，看着许安邦一字一句说道，“这个仇，我记下了！”

赵当家和武当家的行为在报纸上披露之后，长沙城风云突变，刘云湘等人从不畏强权的抗争者一夜之间变成了贿赂法官、劫持证人的奸商。尤其是霍律师的死，将十大会馆当家的惊得作鸟兽散，纷纷离开了长沙。

刘云湘虽心有不甘，但事到如今也觉得难有回天之力，一时间万念俱灰。而恰在这时，八水族长派人来捎信说，净月师太已到了长沙。于是，刘云湘便叮嘱杨同昌带着天娟和二江先回洪江，自己则奔了麓山寺。

麓山寺又名慧光寺，位于湘江西岸岳麓山的半山腰，始建于西晋年间，有“湖湘第一道场”的美誉。

观音阁前，净月给刘云湘奉上茶，自己则在一边纤手轻抚古琴。可尽管琴声空灵无比，刘云湘却依旧按捺不住内心的焦躁，眼前的茶碗怎么看都是从霍律师项下端过来的血碗。他抓起茶碗扔进了池塘，随着茶碗的落水，琴声戛然而止。

净月过来给刘云湘重新换过茶碗斟上茶，缓声劝道：“气大伤身，莫负了这满池莲花，一曲空灵。”

“反正，我这辈子是跳不出这红尘了。”

“莲花被污泥浊水所羁绊，还不是一样花开美丽？”

“我不是莲花，可污泥浊水还是污泥浊水。唉，真想去省府衙门前泼上一桶洪油，把我自己给点了，让天下人看看，这些官家到底有多贪婪，他们的心肠有多黑！”

“有用吗？”净月耐心说道，“虽则有情轮回，生于六道，但今生今世，你也就这一条命不是？”

“霍律师都不要命了，他比我年轻。共党不共党的我不懂，我就知道他是个敢为老百姓说话的好人……”

“他人虽死了，却还活在你的心里。可见公道自在人心。”

刘云湘苦笑：“人心难测啊，许安邦固然邪恶，可是那些洪商的所作所为也的确令人寒心，被官家逼得走投无路，他们就跪在你面前要多可怜有多可怜；出来讨个公道吧，他们又削尖了脑袋去巴结官家，要小聪明，做小动作，要多可恨有多可恨。一条烂鱼腥一筐啊，输了官司，洪江就是另一个旅顺、大连；洪商就是死路一条。你说，我死在洪江跟死在长沙又有什么分别？”

“云湘，你是油业行的龙头，千万别让愤怒遮蔽了双眼。佛家讲善恶从心，不重表相。打官司本身也是一个抑恶扬善的过程，洪商是不是奸商，民众的心里自然有一杆秤。好好想想，这场官司你真的就输了吗？”

刘云湘闻听这话不禁一愣，目光顺着净月的手指转向了雨后苍翠的青山。就听净月轻慢柔和地说道：“君不见，雨绕群山翡翠妆，浮云任风巧迷藏。”

刘云湘琢磨着这句话，忽而心有所悟，是啊，这场官司我真的输了吗?

第十三章

刘云湘从麓山寺回来后，就搬进了大英帝国领事馆，跟查尔斯领事和马克斯凯形影不离。不仅如此，他还跟京剧名家、重庆社的尚小云尚老板攀上了交情，每天必去湘春园大剧场为其捧场。

这个敢喝人血的主，一下子变得如此低调，反倒让许安邦越来越看不明白了。

而让许安邦更没想到的是，《长沙日报》很快就刊出了消息：洪商巨子刘云湘与京剧名角尚小云将在湘春园大剧场联袂出演折子戏《精忠传》。

杨同昌和二江、天娟在返回洪江的路上也看到了报纸上的消息，因不知刘云湘这葫芦里卖的什么药，所以三人决定立即返回长沙。

刘云湘登台的这一晚，湘春园大剧场全场座无虚席，长沙各界名流济济一堂。在全场轰然而起的狂热掌声和欢呼声中，西皮摇板响起，由尚小云饰演的道悦和尚上场了，开口唱道："岳元帅为国家忠心秉正，怎奈这宋朝中出了奸臣……"

台下气氛顿时为之一凝，观众议论纷纷——

“哎，反串啊，这尚老板怎么扮上金山寺的和尚了？”

“往下看，那岳飞就是刘云湘嘛！”

说话间，饰演岳飞的刘云湘出场，唱道：“迈步且把山门进，又听得禅堂念经文……”

“好！”

……

剧场内的气氛又热烈起来，但接下来岳飞和道悦的对白又让场内观众惊愕了。

道悦唱：“元帅得何梦兆，请道其详，待山僧圆解。”

岳飞唱：“非是梦兆，乃弟子亲眼所见，今有一大一小两条黑犬，卧于洪江之侧，兴风作浪，择人而噬，弟子欲为民除害，还请仙师赐教。”

话音落地，场内一片愕然——

“哎，不是‘见有二人，相对而立；又有二犬，相对而言’吗？”

“哎呀，改词了！改词了！”

“好嘿！”

“别起哄，听着！”

台上，尚小云心照不宣地看了一眼刘云湘，对道：“这个嘛，既是元帅亲眼所见，可将其罪孽细说端详，山僧自当与元帅共除此害！”

“仙师听了！”刘云湘一声叫板，唱道，“大黑犬姓许名安邦，二黑犬叫藤原来自东洋……”

其实，对刘云湘的官司，尚小云也一直在关注，君做油我做戏，大家吃的都是手艺饭，自然惺惺相惜。两人在台上一唱一和，借着戏词，刘云湘揭露了许安邦在洪江为非作歹以及杀害霍律师的种种恶行。

如此一来，长沙便被刘云湘给闹翻了天，杨同昌和二江、天娟回到长沙之后，也加入了戏班。尤其是天娟和二江，一个唱腔优美，一个武功出众，使得湘春园大戏院一时间场场爆满。百姓们听戏听出了弦外之音；记者们开始挖掘官司背后隐藏的真相，各家报纸的头版头条都是《刘云湘爆料官场黑幕，宣称决不妥协》《许安邦贪腐事实曝光，内幕惊人》等醒目标题；随后长沙商人罢市、学生罢课声援刘云湘，纷纷要求赵恒惕严厉查办许安邦。

与此同时，湘省周边的情势也发生了变化，川、黔、桂三省武装打着“维护商道，平息纷争”的旗号纷纷向湘省边界移动，虎视眈眈；加之吴佩孚兵居岳州，早有假道伐虢之心，所以赵恒惕现在是真的坐不住了，他必须要重新估量、平衡与英美之间的利益，毕竟，相对于保住自己这块地盘来说，刘云湘所要求的那点公道实在是微不足道。

于是，赵恒惕决定亲自出面与刘、杨二人做一笔“生意”，他拿出了对方想要的“货”，那就是惩办许安邦、撤销封油令。而刘云湘和杨同昌所必须付出的代价是，以“妖言惑众，煽动闹事”的罪名，被当众责打四十大板，“以儆效尤”！

就这样，省府终于撤销了封油令，许安邦被撤职查办。

刘云湘一介商人，能让省长低头，自然要给人家个台阶下，相比死去的霍律师，挨顿打算什么？洪江人都把他们看作是“为民请命”的英雄，但是他们在长沙当众受辱的那一幕，却在两个年轻人的心里投下了巨大的阴影。

天娟看着刘云湘背上触目惊心的伤痕暗自发誓，将来自己一定要办一份报纸，来给天下所有受冤屈的人发声，主持公道。而杨二江则认为，理不是讲出来的，是打出来的，杀出来的，谁有权谁有势谁就有理！他不愿意自己也像父辈这样，老实巴交地做一辈子的油，到头来还受人欺负。他决定留在长沙，找个靠山混出个名堂来，一雪父辈的耻辱。

封油令一撤，洪江油业行各商家积压的洪油都忙着找出路。

马克斯凯找上门来，同刘云湘签了一批合同，对十大会馆各家油号来说可谓是雪中送炭。其实这笔生意是刘云湘之前在长沙英国领事馆时就与马克斯凯商量好的，当时是想绕过封油令，从各家的外地分号集中货物，然后转运到汉口。

现在马克斯凯仍然坚持要在汉口进行交割，无非是想省了运费。

对于刘云湘来说，区区运费不足挂齿，重要的是，他要让藤原和三井洋行看看，想独霸洪江的洪油贸易，许安邦做不到，东洋人更是痴心妄想！

……

天婵来刘府探望的时候已然显了怀，刘云湘想到了罗立，不禁问起了他腿上的伤势，言语之中满是关切之情。却不想一句话勾起了天婵的心事，早在发现自己怀孕的时候，她心里便忐忑不安，不知道该如何面对罗立。

回到罗府，她屏退从人，沉着脸问罗立："说吧，你打算怎么处置我们娘俩？你知道我肚子里的孩子不是你的。"

而罗立却笑道："我不是都说过了嘛，别管孩子是谁的，能来到罗家，那就是缘分。说心里话，夫人这一显怀，对我来说也是一种解脱，在外人面前我觉得自己像个男人了，我感谢夫人还来不及呢。"

闻听这话，天婵在感念罗立善良的同时，又深恨他的窝囊，不禁气道："罗立啊，你站那儿好歹也是七尺高的汉子，你就这么没骨气吗？你就不想和我做真正的夫妻吗？你就不想成为这孩子真正的父亲吗？"

"想！我做梦都想。可是婵儿啊，我不是怕一提孩子伤了你的心吗？"

天婵眼圈红了："我既然嫁给了你，就不会再去想别人，现在只想让你变成正常的男人，做我真正的丈夫……"

罗立看着伤感的天婵，懊恼地叹道："可是，可是我这不争气的身子……"

天婵扑上前一把揪住罗立，瞪眼恨声道："我要杀了你，杀了你这表面光鲜的鸦片鬼！"

积善商行里，罗积善用拐杖捣着地板，来来回回地骂着那些没眼色的下人。他近来心情十分糟糕，许安邦被撤了职，那新上任的团防使便要重新核查特货销售许可证，谁都明白这不过是找个借口搜刮地皮而已。而藤原所欠的那笔洪油款项，更是让积善商行拉大了亏空。账房去催了几次货款，藤原却说他从积善商行购买的那批洪油，价格不能按独家生意来算，这是摆明了要赖账。

特货行，离开了官家的护佑，简直是寸步难行。

然而就在这时，高署地匆匆跑来，说少奶奶正在整治少爷。

罗积善一听，急忙跟着高署地往府中跑去，还没进门，便听见了罗立的惨叫声，到了后院推开门一看，映入眼帘的景象更是让他大吃一惊——只见罗立赤身裸体被绑在一张太师椅上，抖得如筛糠一般，而天婵则让两名丫鬟不断地往他身上浇着洪油。

"我的儿啊！"罗积善锥心大叫一声，扑上前挥舞手杖打跑丫鬟，瞪眼质问天婵："混账，你想把我儿子点天灯吗！"

"一个烟鬼，活着还不如死了。"

"好，好一个活着还不如死了，罗家的靠山倒了，现在是破鼓万人捶啊。"罗积善气急败坏地令高署地对天婵行家法。自古以顺为本者，妾妇之道也；妇道既昌，则千室良善。罗家乃三代单传，你既然嫁给我儿为妻，却不思延续子嗣，反倒想谋害亲夫，断我之后，我岂能饶你。

随后，高署地抡起手中的竹片，"啪啪"如雨点一般落在天婵背上。

“住手，你个老，老家伙……”眼看天婵挨打，罗立急了，挣扎着站起来，不顾手脚被缚，带着椅子蹦跳几步，一下子把罗积善扑倒在地上……

不多时，当焕然一新的罗立搀扶着天婵再次出现在眼前的时候，罗积善终于明白了，原来天婵是在用从苗令梅那学来的偏方帮助罗立戒掉烟瘾，并利用洪油独特的拔毒功效来消除他体内的毒素。而更让他惊喜的是，天婵已经有了身孕，罗家终于有后了！

这是哪辈子修来的福啊！罗积善在祖屋里又哭又笑地磕头祷告了一番，忙不迭地要去见刘云湘，感谢他生养了一个好女儿。

然而，当他备足了重礼来到刘府的时候，却被告知刘云湘已经去了汉口。

汉口出了大事，英国怡和洋行所购的一批洪油在抵达汉口等待交割时，马克斯凯没有按照刘云湘的嘱咐把油暂时存放在元隆分号油库，而是图方便放在了江边的鼎裕油栈。分号掌柜无奈，只得在汉口聚兴诚银行投保“水火险”十万大洋以防不测。可是等怡和洋行来提货时，这批洪油却不见了，就连鼎裕油栈的掌柜也下落不明。

汉口早在十多年前，就与武昌和汉阳相鼎立，每年的贸易额高达一亿三千万两白银，超过了天津和广东，几乎与上海并驾齐驱，在国内也是名列第二。所以，洋人把汉口称为东方的芝加哥。近年来，仅仅是桐油出口一项，汉口每年的贸易额就将近一百万担，约占全国桐油出口贸易总额的四成，而其中百分之八十是来自洪江的洪油。刘家所丢失的两千多担上百吨的洪油，在货物吞吐量如此巨大的汉口码头，要想找回来，无疑是大海捞针。

刘云湘带着天娟到了汉口，一下船便听分号掌柜说了鼎裕油栈掌柜失踪的消息，虽已报案，可警局的调查却迟迟没有结果。

刘云湘察觉出警局是在敷衍，不过跑得了和尚跑不了庙，他决定亲往鼎裕油栈查找蛛丝马迹，不想人刚进去就陷身于一片火海之中，若不是马克斯凯及时赶来救援，后果不堪设想。

过后两人都想不出发生这一系列事件的缘由是什么。

“我的朋友，我们到底得罪了何方神圣？我实在想不明白，即便是我没有听您的话，把油放错了地方，可是什么人会有如此胆量，敢动我大英帝国怡和洋行的货物？”马克斯凯一脸的茫然。

“货物还没交割，仍算是我元隆油号的。”刘云湘觉得，这批货物的损失没理由让怡和洋行来承担。

“刘先生，您这么说让我羞愧得无地自容，这不是第一次了……”

刘云湘坦然道：“做生意嘛，有一是一有二是二，总不能出了事情，大家还在钱财上斤斤计较。”

马克斯凯红着眼圈道：“我终于明白，为什么中国西南五省的商界领袖是您刘云湘，而不是其他人。因为您更懂得在利和义之间该如何取舍。”

“你还别给我戴高帽子，这把火算是给我烧醒了，这绝不是一件普通的商业案子，那两千担洪油恐怕是找不回来了。”

刘云湘之所以这么说，是觉得无论是案发的时机，还是警方的拖延以及自己险些葬身火海，这每一步似乎都是被人精心设置的一个连环套。

随后，天娟带来了警局负责此案的严警佐的话——“汉口不是长沙，没有人会跟你面对面地打官司”。

刘云湘知道，严警佐这话外之音是告诉他，警方在这件案子上是不会尽心的。但他不信这个邪，不管这背后的水有多深，哪怕就是死，他也想死个明白。目前，此案的关键人物，就是那位失踪的鼎裕油栈掌柜，他吩咐分号掌柜多派人手，无论如何也要查到此人的下落。

第十四章

杨二江几乎与刘云湘同时到了汉口。

杨二江留在长沙，虽嘴上说是要找个靠山，混出个人样来，但内心里的真正想法是要找机会杀了许安邦。在经过几次的跟踪、设伏失败之后，他听从了之前被许安邦当成“剁椒鱼头”的那两位帮众的建议，言长沙青帮有三千帮众，只要入了帮，报仇指日可待。而忠义堂的罗堂主则提出，只有缴纳了“投名状”之后才可入帮。这次来到汉口，便是按罗堂主的要求，杀一名“奸商”，缴上所谓的“投名状”。

元隆油号汉口分号的伙计们经过多方打探，终于打听到了鼎裕油栈掌柜在日租界的藏身之处，然而当刘云湘和马克斯凯等一行人火速赶到时，却只看到了这个人的尸体。

是什么人杀了这位重要的证人？

刘云湘觉得这起案件越发的离奇了，随后在不经意间，竟突然与伏在不远处房顶的人打了个照面。二江？他虽一时不敢确定那人真的是杨二江，但从此在心里烙下了一个大大的问号。

伏在房顶上的人正是杨二江，他之所以还没有逃走，是要等同来的“剁椒鱼头”亲眼验证他的“投名状”，但是刘云湘向他射来的那道疑惑的目光，已如一根刺一般深深地扎在了他的心底，在以后的岁月里一直在刺痛着他的良知。

鼎裕油栈掌柜被人灭口，使刘云湘意识到这起案件已经彻底走进了死胡同，不管对手是谁，在死无对证的情况下都奈何不了人家。眼下，唯一能做的就是让汉口聚兴诚银行兑现那十万大洋的水火险了，以便把损失降到最低。

然而，聚兴诚银行的人员却以种种借口打起了太极，说什么警察厅那边一直没给出此案的认定结果，所以无法理赔。

刘云湘派人一查，原来这受理了水火险的聚兴诚银行贸易部背后最大的股东竟是日本的三井洋行。至此，刘云湘恍然明白了一切……

回到洪江之后，刘云湘在祖宗面前发誓，刘家元隆油号从此不做东洋人的生意，并决定全数赔偿各家油商的损失。他对自家大掌柜和有不同意见的掌柜们说道：“在汉口咱们是吃了大亏，但是这个亏没白吃，起码让咱们知道了，这天下商道上还有一帮毫无礼义廉耻之心的人，他们什么样的龌龊勾当都干得出来。起码让咱们记住了，无论是咱们这一代人，还是咱们的子孙后代，一定要保证这洪江是咱中国人自己的洪江，洪油贸易咱们洪商说了算，不能像汉口一样任由列强宰割。咱们可以赔钱，但不能赔了信义二字，不能赔了脊梁骨！”

刘云湘的这种硬气，让藤原既感到恐惧，又从心底里感到敬佩。

汉口的案子，正是藤原在借用封油令来迫使洪商就范的企图失败之后，与三井洋行所精心策划的又一个阴谋，没想到刘云湘竟然能把打掉的牙生生给吞进了肚子，这是怎样的一种隐忍？而其在隐忍的同时又给了看不见的对手一个致命的威胁——身为神农宫的大龙头，扬言从此不与东洋人做生意，这就意味着假以时日，整个油业行都将会断绝与三井洋行的贸易往来。

藤原认为，当务之急是要打破刘云湘在洪江的神话，以降低他的影响力。于是，他再次拉上河田领事，广发英雄帖，邀请全国油商在洪江举办“鉴油大会”，并重金聘请各省商界名流前来作为见证。

消息传出，不少外地油商都跃跃欲试。这“鉴油大会”的诱惑太大了，任何一家油商若能夺得“魁首”，那就意味着自家的油在品质上起码不输元隆刘家，同时也会吸引更多的客户，可谓是名利双收。

但就在各地油商再次云集洪江，纷纷揣测元隆刘家是否有问鼎之心的时候，刘云湘却公开宣布，不参加这个什么鉴油大会。

早有心染指油业行的罗积善闻听心里这个气，这不是胡来吗？且不说你是油业行的大龙头，你不参加，那要再出一个“油魁”，你如何自处？作为亲家我脸上也无光啊！

刘云湘心里很明白，东洋人之前在汉口刚刚设计劫走了一批洪油，此时又在洪江搞什么鉴油大会，明摆着就没安好心。他不耐烦罗积善的纠缠，索性带上自己压箱底的好茶——开封府王大昌的“清香雪”，上高椅村找八水族长“摆龙门阵”去了。

杨同昌得知刘云湘竟然不参加鉴油大会，登时觉得老天开了眼。他自信，只要刘云湘不参赛，这魁首就非他莫属，所以他带着莫名的兴奋，把恒顺油号的掌柜、伙计支使得团团转——精选原料、严把各道工序，发誓一定要榨出地地道道的顶洪来。

其实，对于杨同昌的这点小心思，刘云湘和八水族长都看得门儿清。这么多年来，他无论是被许安邦、熊子贵逼得丢了儿子也好，还是跟刘云湘翻脸赌油要争个高低，都是为了一个目的：那就是要让杨家油超越刘家油而名扬天下，以便有朝一日重回高椅村，让夫人苗令梅堂堂正正地进入杨家祠堂，得到杨氏宗族的认可。

八水族长知道，刘云湘不参加这次鉴油大会，除了不想与东洋人打交道之外，也有成全杨同昌的意思，同时也想告诉藤原，这洪江即便是没有刘云湘，也轮不到你们来做主。

“鉴油大会”召开的这一天，人们再次聚集在了嵩云山脚下的神农祭坛前。放眼望去，只见主席台两边悬挂着民国五色旗和日本国国旗，中间拉着一幅写有“第一届中华桐油品质鉴别大会”字样的大红条幅。罗积善和十大会馆当家的陪着河田、藤原及各省的商界名流均已就位；台下，则摆着一排标有各地老字号的油桶，恒顺杨家的油桶在其中显得格外醒目。

此时，大多数油商早已断定，没有刘家顶洪，夺魁的一定是杨同昌，唯一的悬念是哪家有幸能够排在杨家之后。

罗积善也是这么想，所以当鉴油过程中藤原问他，本次鉴油大会，哪家油号能夺得魁首，他马上回答，这还用说吗，山中无老虎猴子称霸王，我那位亲家不来，这夺魁之人自然就是杨同昌了。随后他特意叮嘱高署地，回去后立马备上厚礼，以少奶奶的名义跟杨家拉近关系。

在罗积善看来，藤原搞的这个鉴油大会并无新意，无非就是想找个借口扶持起杨同昌，让刘杨两家再次分庭抗礼罢了。刘家也好，杨家也罢，他想，作为罗家，还是赚钱最重要……

说话间，一一看过了各家油品的商界名流们都回到了主席台上，藤原与河田嘀咕了几句，上前大声说道：“请本次鉴油大会的主办方，日本帝国驻湘省领事馆的河田领事先生，公布验油结果！”

河田在藤原的恭请下走上前，用生硬的中国话高声道：“我，很荣幸地宣布，夺得本次鉴油大会魁首的商家是……”

“恒顺油号，杨同昌！”台下不知哪个多嘴喊了一句。众商便跟着大喊起来：“恒顺油号，杨同昌！恒顺油号，杨同昌……”

喊声中，杨同昌既兴奋又不好意思地被一群起哄的商人给推到了主席台上河田的跟前。河田面对着有些扭捏的杨同昌满脸尴尬，顿了一下，朗声道："夺得魁首的商家是，四川秀山的宏发油号！"

此言一出，台下人群为之一滞，随后目光都集中在了一个貌不惊人的中年人身上。

"秀油，葛东家？"

葛东家自负地扫了众人一眼，从容走上了主席台，回身对众人大声说道："诸位，四川秀油，历史悠久，品质优良，只因地处偏僻，名声一直没有洪江的洪油响亮，此殊为憾事也。今日承蒙全国各省商家同仁抬爱，有幸夺得这鉴油大会的魁首，使我葛家秀油名扬天下，葛某人在此谢谢大家了！"

台下轰然发出喊声："四川秀油，名扬天下！四川秀油，名扬天下……"

河田则对杨同昌深鞠一恭："杨先生，对不起。"

"领事先生客气了。"杨同昌神色黯然地叹口气，转身要走，却被藤原叫住。

"杨东家，何必如此灰心丧气？"

"没听见吗，四川秀油，名扬天下。想必藤原先生该把你的东亚电灯公司搬到四川秀山去了。"杨同昌没好气地回了一句。

藤原摆手笑道："杨东家此言差矣，今日杨家油没有夺魁，并不代表洪江的洪油就输给了四川的秀油。"

杨同昌一时不解："此话怎讲？"

藤原道："人人都知道，元隆油号的刘云湘没来。若是刘家拿出顶洪来，这鉴油大会的魁首，何至于会花落四川？"

葛掌柜一听，登时来了气，瞪眼道："说啥子？刘云湘没参加鉴油大会我这魁首的名号就不值钱了？他刘家油名震天下尽人皆知，可我四川秀油也是祖宗传下来的手艺，谁比谁还差一头啊？"

藤原摊开两手："葛东家可以不服，但是非自有公论，人家可是油业行的龙头。"

“龙头，那是老皇历了！”葛东家转身气恼地对众人大声喝道，“风水轮流转，祖师爷不会总是偏向你们洪江！今天当着全国油商的面，我老葛把话撂这儿，他刘云湘要有种，就拿出刘家顶洪跟我四川秀油斗上一斗！”

“斗油？”台下一片惊呼。

葛东家梗着脖子喊道：“斗油！让天下人看看，我葛家秀油能否当得起这油魁的名号！”

谁也没想到，这次鉴油大会竟出了个四川秀油的“魁首”，更没想到这葛东家还是个点火就着的脾气，现在扬言要跟刘云湘“斗油”。

不过，虽然藤原把人心拿捏得十分精准，那葛东家也把话给放出去了，但是刘家这边却毫无动静。大掌柜觉得，东家是急公好义的脾气，这些年没少替洪商们出头，难得这次避开是非在高椅村静养，所以他叮嘱手下一干掌柜和伙计，别跟那姓葛的一般见识。

葛东家见刘云湘不出面，索性来个一不做二不休，在头上缠了个“斗”字的布条，打了个高高的“葛”字条幡，来到刘府大门前吵吵嚷嚷。

天娟忍不住了，出来对葛东家说道：“这位大叔，洪江与秀山相隔千里，我爸与您又是油业行同仁，有什么话不妨等我爸回来，你们坐下来好好说。您今天带这么多人围在我家门口，恐怕于理不合吧，难道说真的同行都是冤家吗？”

葛东家振振有词道：“老夫来洪江参加鉴油大会，也是肩负着秀山父老的嘱托，要为我四川秀油争个名分，如今虽一举夺魁，却被人当众羞辱，不得不出此下策，还望二小姐体谅。”

天娟闻听，火气噌就上来了：“嘴长在别人身上，您却怪罪在我爸头上，这岂不是荒唐？”

“二小姐！”葛东家并没有把天娟放在眼里，他扫了一眼围观的众人，终于说出了他心中的欲望，“我干脆把话说明了吧，大家都是做油的，凭啥子你爸就是油业行的龙头，凭啥子你刘家顶洪就倍受世人推崇？”

“你说凭啥子？”

“这还用说吗，为何他不敢去参加鉴油大会？洪江杨家油也名声在外，却败给了我葛家秀油。素闻刘杨两家油品不相上下，我看他是心虚，把这个龙头的位子看得太重了吧？”

天娟冷笑道：“你想错了，我爸才不稀罕当什么龙头。反倒是您老人家，东洋人赏了一个油魁的称号，就以为自己多了不起了。”说完，回头招呼众家丁和伙计：“都回去，关门！跟这种人说不清！”

天娟赌气进了院子，老家丁等人呼啦啦关上了大门，把葛东家给晾在外边了。

葛东家气得浑身发抖：“岂有此理，岂有此理……”

高署地从人群中走出来上前“劝”道：“算了算了，葛东家，您也是走过大码头的，何必跟孩子家置气。我劝您还是早点回去吧，就是说破大天，刘东家现在也没心思跟您斗油。”

葛东家不解：“高掌柜此言何意？”

高署地近前低声道：“葛东家有所不知，刘云湘数日前在汉口丢了货物、赔了大钱，正在走麦城。鉴油大会这么重要的大事，全国的油商都来了，按理说，即便是刘云湘不出面，那元隆的大掌柜、二掌柜总要替东家出来撑撑场面吧？可您见谁出来了，没人！都在忙着善后。所以现在，我说句不好听的话，人家都在忙自家的事儿，顾不上搭理您。”

葛东家瞪眼道：“他不就是缺钱吗，我葛某人还没那么小家子气……”说着，从袖笼里拿出一沓银票，又示意跟在身边的账房从皮包里拿出几张地契，而后抖着手里的银票和地契对众人吼道，“士可杀不可辱！彩头少了，人家大龙头也不会把咱们放在眼里。各位商家都看好了，这是我葛家的全部家当，今天就统统押上做个赌注，算是我葛某人给刘云湘正式下了战表，就是豁出去倾家荡产，也要跟他斗上一斗，比比高低！他刘云湘若是继续当缩头乌龟，不敢跟我斗油，以后这神农宫油业行的龙头之位就要让给我葛家来坐！”

第十五章

洪油自清代问世以来，因其品质卓越，在桐油市面上便倍受尊崇，洪商们无论走到哪里都被人高看一头。葛东家得了油魁，洪商们起先并未在意，只认为是杨同昌又一次在关键时刻掉了链子。而葛东家在刘府门前这么一闹，洪商们都气不忿了，这还是切磋手艺吗？这分明是要挑战刘云湘的权威，是要彻底颠覆洪油的市场地位！

所以十大会馆当家的和洪江各家油号都坐不住了，蜂拥来到元隆油号，要求大掌柜速速叫回刘云湘，斗油，应战！

武当家指着外边吵嚷的人群，冲大掌柜瞪眼道："听听，应战，斗油！这是洪江，不识字摸摸腰牌，还容不得他姓葛的如此猖獗！"

钱当家敲着边鼓："来者不善啊，刘东家若不出山，我等洪商颜面何存？"

大掌柜劝说道："诸位，商家讲和气生财，争气斗狠非我等所为……"

"这么说，刘家是怕了他姓葛的不成？"一名当家的打断大掌柜。

"不是说我刘家怕他……"

"那你们还在这儿闲坐着，听人家骂你们东家吗？"另一当家的拍桌子质问。

"刘东家若真是怕了，不妨跟那姓葛的明说，也免得我等跟着瞎操心。"有人说风凉话。

赵当家阴阳怪气："也难说，秀山葛家好歹也是个油魁，没有三两三，岂敢上梁山？"

武当家道："那还说什么，大家就都跟刘东家一起当缩头乌龟好了！"

"放肆！"二掌柜怒道，"我刘家怕过谁来？一个个道貌岸然，说的比唱的都好听，不就是怕姓葛的闹来闹去坏了洪油行情，耽误你们挣钱吗？我们东家为你们东奔西走，挨打受辱、千金散尽，可曾有过半点私心？这好不容易清闲几天，你们又想把他推出当挡箭牌，良心何在，天理何在？"

虽说洪江城闹得沸反盈天，天娟也派老家丁来请了，甚至干挑爷也来了高椅村，可是刘云湘照样不为所动，他在八水族长这里自己动手炖鸭汤、煮油茶，远离凡尘俗务，过得怡然自得。

老哥仨说起鉴油大会，也都替杨同昌感到惋惜。

干挑爷叹道："东洋人请了几个商界名流当评判，老签子客这回倒是省心，只负责挑油，半句话都说不上。"

刘云湘笑道："人家费了这么大劲，能让你说上话吗？这鉴油大会原本就是想另立山头，只不过咱们想的是杨东家，人家却找了一个葛东家。"

八水族长叹："斗油，还押上了全部身家，不知这葛东家底气何来。秀油怎么能跟洪油相比，难道他以为天下五府十八帮的油商都不识货吗？"

刘云湘道："四川秀油出现在清代道光年间，比洪油的出现要早个几十年，从这一点上说，葛东家的确有权力在洪江摆老资格，无可厚非。洪油和秀油，说起来都是祖师爷的恩典，当年我爷爷是为了解决桐油遇冷变质的问题，才发明了洪油。而四川秀油，则是因为葛家油号在道光年间遭遇大火，储存的桐子遇高温变质，成了一堆废料；葛家心疼啊，在榨油的时候把废料掺进去以次充好，没想到失之东隅，收之桑榆，竟成全了秀油的美名。"

干挑爷道："不管是不是歪打正着，秀油把桐子磨碎炒成'烟子'，与咱们洪油先榨出'籽油'，而后再'洗油'的工艺十分相近。"

刘云湘点头道："说到底，洪油和秀油其实是一张膏药，各自熬炼不同罢了。你们说这斗油，谁跟谁斗啊，有意思吗？本是同根生，相煎何太急……"

"扑哧"八水族长忍不住笑道："听你说秀油，我倒想起了杨同昌。他说他爸爸当年在你刘家学徒的时候，因为不小心炒煳了桐子，所以才有了洪油，这大概就是听了秀油的传说，比葫芦画瓢吧？"

这杨同昌看上去怪老实，谁知他是个老实怪，三位老朋友忍不住都哈哈大笑起来。

……

刘云湘稳坐高椅村，最急的不是葛掌柜，而是杨同昌。他现在巴不得刘云湘出来斗油，因为无论胜败都对杨家有百利而无一害。刘家油若胜了，不但能稳定洪油的行情，也等于替杨家油报了鉴油大会的一箭之仇。而万一刘家油败了，那就说明刘家油跟杨家油一样，都比四川秀油差，以后大哥别说二哥，在洪江还是两家肩膀头一般齐。只是，自己当年被八水族长赶出杨氏宗祠，不能再踏进高椅村一步，如何去劝得那刘云湘回心转意？

杨同昌思忖半晌，最后把主意打到了天娟身上。

杨同昌赶到刘府，天娟正在生闷气，一见杨同昌就委屈地直嚷嚷：“杨叔叔，我爸赖在高椅村不回来，您说这事该怎么办？都快气死我了！您看看现在这整个洪江城都被那葛东家闹成什么样子了？有多少人在背后戳脊梁骨，好像咱们怕了谁似的。”

老家丁赶紧说：“二小姐，东家是不想跟葛东家计较，让东洋人看笑话。”

杨同昌招招手，示意天娟和老家丁近前，低声说道：“你爸有你爸的难处，他是谁？天下五府十八帮油业行的龙头啊。那葛东家算哪根葱？是个人上门来下个战表，说我要跟你斗油，你爸就赶紧应战，那还不把他给累死？”

天娟疑惑：“您是说，我爸不是不想斗油，而是在等一个台阶下？”

杨同昌顺势道：“刘备请诸葛孔明还三顾茅庐呢。”

老家丁急忙说道：“杨东家恐怕是理解错了，在高椅村东家特意叮嘱老奴，东洋人不会把一个油魁的称号白白送给葛东家，背后一定有不可告人的目的……”

“这天底下还有谁比我更了解刘云湘？”杨同昌忙道，“正是因为葛东家的背后是东洋人，你爸、你东家，才死都不会放过他，想想！”

天娟和老家丁互相看了一眼，都露出恍然大悟的表情。

天娟盘算着：“那这，三顾茅庐，我爸在那儿等谁啊？”

杨同昌说：“等你啊。”

天娟道：“等我？您别逗了，干挑爷去了都请不来他……”

杨同昌叹了口气：“干挑爷去，那是为了大家伙儿；老伙计去，只是报个信儿；你去才是正事。葛东家堵了家门，你这老小女儿受了委屈，他还能不回来吗？”

天娟似有所悟：“要说也是啊。”

杨同昌催道：“什么也是啊，赶紧的，把能带上的人都带上，到那一哭二闹三上吊，把最后这个台阶给他铺得大大的！”

“我看行，就按您说的！”天娟立马吩咐老家丁，“召集人手，咱们这就去高椅村，就是抬也得把我爸给抬回来！”

与杨同昌不同的是，罗积善这次倒是不希望亲家回来斗油，他知道这藤原是一心想把刘云湘拉下神坛，哪怕洪油价格因此一落千丈也在所不惜。但不管东洋人作何打算，眼下全国油商莫不把洪江视为油业行的龙兴之地，把刘家油视为正宗。这斗油固然是要挣个脸面，可如此一来，洪江商道的兴衰荣辱全系于刘云湘一人之身。万一他不慎失手，大家丢的可不仅仅是名誉，而是白花花的大洋。

罗积善认为，十大会馆的那些蠢货，只想着刘家油能赢，却忘了刘云湘曾跟杨同昌赌油失手而被浸猪笼的事情。

而就在罗积善暗自庆幸刘云湘高挂免战牌的时候，高署地却跑来说，刘云湘被刘天娟带人从高椅村硬生生给抬了下来，斗油已经开始啦!

罗积善带着高署地等人匆匆赶到现场，老远就看见刘家作坊外人山人海，围满了来自全国各地的油商，高亢有力的榨油号子正从作坊里飘出来——

“油箭摆正嘛，嘿啰嘿哟！脚下站稳了，嘿啰嘿哟……”

罗积善挤进人群，只见一桶秀油摆在作坊前的一张厚重长桌上，油桶下压着厚厚一沓银票和几张房地契。刘云湘坐在长桌的一头淡然地喝着茶，而站在另一头的葛东家则昂首向天，一派自负神情。

作坊内，掌箭师傅正带着伙计们喊着号子推动油箭撞击着榨机上的箭码，随着油箭的一下下撞击，榨机下一股清亮的洪油潺潺流入了油桶。

罗积善来到刘云湘跟前，愕然地指着作坊低声道：“亲家，你这是，要用现榨的油跟他来斗？”

刘云湘回头看了一眼站在身后的天娟和笑眯眯的杨同昌，没好气道：“现榨的油不也是油吗？都被人当鸭子给赶上架了，我还穷讲究什么？”

罗积善闻听，忍不住倒吸了一口凉气。

杨同昌笑道：“如此甚好，甚好啊，这当场现榨方显刘家的做油手艺，也显得我洪商心底无私嘛。”

掌箭师傅在作坊里喊了一声：“起油！”随后把刚榨出来的一桶洪油抱出来放在桌上那桶秀油的旁边。

围观众商看着桌上的两桶油，忍不住一阵骚动。

刘云湘起身，对葛东家抱拳道：“葛东家请了。”

葛东家拱手：“刘东家客气。”

干挑爷看了看众人，一声令下：“验油！”

两名签子客走上长桌，分别打开两桶油，向桶中探出长签，大喝一声：“起！”把油唰地一下挑了起来。

众商轰然向前围去，只见被挑起的两桶油颜色、光泽、黏稠度不相上下，登时议论纷纷。

“怪哉，两桶油怎会一模一样？”

“是啊，你看那颜色、光泽和黏稠度，还有味道，难分伯仲啊！”

“也不尽然，别忘了这葛家秀油可是得了油魁的，而刘家油则是刚榨出来的……”

“这么说，该是刘家油技高一筹啊。”

“秀油出身低下，由投机取巧而来，岂能跟堂堂正正的洪油相比？”

葛东家面带疑惑地看着被挑起的两桶油，听着众人议论，不禁怒气上了头，凶巴巴地盯着刘云湘。

两名签子客结束了验油，从桌上下来，站立在油桶两边。干挑爷高声对众人道：“验油已毕，诸位也都看清楚了，葛家秀油与刘家洪油品质相同，不分上下。所以这场斗油，应判为平局。”

“哈哈哈……”刘云湘笑着对葛东家抱拳道，“恭喜葛东家！”

葛东家疑惑道：“不知葛某何喜之有？”

刘云湘笑道：“你我都是做油的，拜的是同一个祖师爷，这场斗油，平局那就是天意，商家以和为贵嘛。”

葛东家气不忿：“没有什么平局！想我葛家秀油，也曾在油业行独领风骚，享誉天下，今天却被你如此当众羞辱，我岂能善罢甘休！”

刘云湘忙道：“你看你这是……我说老葛啊，你这么说话就不论理了，你要斗油，我也跟你斗了，而且还是平局，怎能说我当众羞辱你？”

葛东家“哼”了一声：“刘云湘，你少跟我摆出一副正人君子的模样！人人都知道，不论秀油还是洪油，新榨出的油均要沉淀五至七天后方有可能达到顶级油品。而今天与我斗油，你却现榨现斗，分明是故意小看我四川秀油，其心可诛也！”说着，一把推开身边人：“让开！”

葛东家气冲冲走进作坊，旋即抱出一桶洪油重重放在桌上，撕下油桶上的日期标签，对众人大声说道：“这桶油已沉淀六日，乃为真正的刘家顶洪！祖师爷在上，我葛某人已经赌上了全部家产，今天若不能从刘云湘刘大龙头这为我四川秀油斗出个公道，我就一头扎死在沅江！”随后冲干挑爷喝道：“验油！”

刘云湘看着愤怒的葛东家，叹口气没言语。

一名签子客在干挑爷的示意下上了桌子，在打开油桶的一瞬间，人群中立马传来一声惊呼：“唔，好香啊！”

“起！”签子客唰地一下挑起长签，只见那洪油绵绵如瀑布一般长时间地挂在签子上，众人立马蜂拥上前赞叹不已——

“哎呀快看，竟如绸缎一般丝滑！”

“好油啊，香味馥郁，色如琥珀……”

干挑爷忍不住来了兴致，冲一名伙计道：“拿只空油桶来！”

伙计应声跑进作坊，把一只空油桶拿来放在桌上。

干挑爷上了长桌，如魔术师一般把那只空油桶向众人亮了亮，随后从签子客手里拿过长签，探进装有顶洪的油桶，喊了一声“起”，竟然一签子就把整桶的油给挑进了旁边的空桶里，然后拿起一滴油都不剩的空桶再次亮给大家看。

“哇！好……”全场轰然发出一声惊呼，但干挑爷接下来的动作马上就让现场变得鸦雀无声。

只见干挑爷挥舞着长签，把油在两只油桶之间来来回回地挑着，那挂在长签上的顶洪，宛如一条琥珀色的晶莹匹练，无论干挑爷舞出什么样的花式，都如游龙一般在空中划出亮闪闪的轨迹，最后跟随长签落入油桶，无一滴散落。

直到干挑爷停止了动作，众商仍在瞪眼呆愣着。静默片刻，突然，人群中有人爆发出一声哭喊：“祖师爷啊，你为何如此眷顾刘家呀，啊呵呵……”

随后众商如刚活过来一般，发出一片唏嘘——

“开眼了，今天我等算是开眼了……”

“有油如此，洪江何其幸哉！”

有人冲刘云湘喊道：“刘东家，神乎其技啊，刘家顶洪果然名不虚传！”

刘云湘抱拳刚要冲那人谦虚，还没等张口，就听旁边响起“咕咚”一声，低头看，只见葛东家跪在地上，双手毕恭毕敬地举着银票和房地契：“刘东家，这场斗油我输了，输得口服心服！”

“哎呀，葛东家快快请起！”刘云湘急忙扶起葛东家，把地契和银票推还给他，“这可不行，不行……”

葛东家不依，惭愧道：“刘东家不必推辞，葛某愿赌服输。再说，我知道您现在也正等钱用。”

刘云湘紧抓着葛东家的手执意推辞，说道：“你我斗油，比拼的是手艺，岂能以钱财来论输赢。说到底，洪油和秀油，都是咱们老祖宗传下的手艺，立身之本，千金不换啊。”

葛东家看着刘云湘，嘴唇颤了颤，眼圈红了。

刘云湘拍拍葛东家，转向众人说道：“今天与葛东家斗油，实非刘某本意。天下油商本为一家，虽地域不同，手艺传承各有千秋，但是那油桐树却年年开着同样的花，结着同样的果。乱世行商，身不由己，有人要争名，有人要夺利，还有人要去攀附权贵，这我都能理解。国有四民，士农工商，咱们商人是排在最后的；数千年来，历代君王和政府莫不把商人当作贱民，随意摧残。为了生存，为了不被人家给当成猪养肥了杀掉，咱们有时候不得不低头啊。但是今天我要对诸位说的是，即便你低了头，也不要忘了商道信义，不要忘了祖宗和家国，更不要忘了行商万里兼济天下的梦想。只要梦想还在，当有一天你不愿再低头的时候，就没人敢强迫你低头！”

刘云湘这一席话道出了天下油商的苦难与情怀，道出了商道中人在义利之间的取舍，洪油也好秀油也罢，只要手艺还在就无愧于祖宗，就能行商万里兼济天下……

这场斗油，让所有人都看到了刘家顶洪的非凡品质，受刺激最大的还是杨同昌。回到杨家油库，看着那一桶桶精心榨制出来的杨家油，他甚至感到绝望了，同是一个祖师爷，为何杨家就榨不出真正的顶洪来呢？

杨同昌在油库枯坐了一整夜。天亮之后苗令梅来了，见老倌几乎一夜愁白了头，不禁心中难受，便灵机一动提议道，两家既是一个祖师爷，按理说那就该是一家人。

苗令梅的意思是，当年大江和天嫜的亲事没成，那是缘分不够。

可刘家不是还有个二小姐吗？杨家也有个二少爷，如果这两人成了，那刘杨两家照样能成一家人。成了一家人，还有必要分谁家油好谁家油坏吗？什么刘家顶洪、清代底油，还不统统都肉烂在锅里？这是其一。其二，眼看天婵就要生了，罗积善都要当爷爷了，咱家两个儿子，大江就不说了，二江性子虽野，却打小就把天娟的话当圣旨，若娶了天娟这么个如花似玉的姑娘，他还不得老老实实地回来守着媳妇？

看着娘子姣好的面容，杨同昌觉得从她樱唇里吐出的每一个字都如一股清爽的春风，将他心中的阴霾一扫而空，忙不迭地找刘云湘提亲去了。

刘云湘刚刚送走了葛东家，见了杨同昌正要跟他算蛊惑天娟的那笔账，没想到杨同昌乐呵呵地提起了两家儿女的亲事，可是一说到二江，刘云湘的眼前便又浮现出在汉口日租界的那一幕……

身在长沙的杨二江再次从噩梦中醒来。

自从在汉口杀了人之后，虽说如愿以偿地缴纳了投名状，让罗堂主开了香堂，接纳他入了青帮，但刘云湘那充满疑惑的一瞥，宛如锥子一般时常刺痛着他的心。这使得入帮之后的杨二江与其他帮众的行为截然不同，每次杀人之前都要问问此人可有当杀之罪，若罪不当诛他绝不动手，甚至阻止其他人动手。

杨二江认为，青帮自打满人入关，就以反清复明，匡扶汉家社稷为己任，那个时候是何等的英雄，可眼下竟成了谁给钱就替谁卖命的一群狗。正所谓木秀于林风必摧之，一个没落的江湖帮派怎能容忍他这种异类呢？

今日罗堂主又派人来传话，目标是一个乘坐黑色福特轿车的人。

"此人可有当杀之罪？"杨二江翻动着来人带来的几张轿车的照片，抬头问道。

"这年头能坐福特轿车的人，必是当杀之人。"来人说，"罗堂主断不会难为二少爷。”

杨二江想想也对，以刘云湘的名望和财富，尚不能拥有如此高级的福特牌轿车，可见车中之人非奸即盗。于是他抓起斧头，带着“剁椒鱼头”两兄弟到了现场，在那辆车每天必经过的一个偏僻路口洒上了洪油。不多时，那辆黑色福特轿车便进入了视线。

洪油有一妙处，即洒在地上不易挥发，远看只是一摊水。那司机果然上当，车开上去宛如溜冰一样，突然失去了控制，车轮哧溜溜在油中打着滑，在刺耳的刹车声响中原地打了几个转，终于熄火停在了路上。司机一脚踹开车门，刚要下车，就见三个手持斧头的人已到了跟前。

在“剁椒鱼头”击昏司机的同时，杨二江猛地拉开后车门，举着斧头就要剁下，却突然一滞，愕然喝道：“出来！”

从车上战战兢兢下来的竟是一位穿着护士服的年轻姑娘。

这姑娘见了倒在地上头上流血的司机，大叫一声：“杀人啦，救……”忽而，看见那两名帮众竟然举斧向杨二江背后劈来，又本能地提醒道：“小心！”

说时迟那时快，杨二江已感觉到背后的风声，他一把将姑娘推进车内，顺势一低头，身后的两柄斧头贴着他头皮“砰砰”砍在了车门上。

杨二江起身，回头冲两个“剁椒鱼头”怒喝：“往哪儿招呼，眼睛瞎了！”

“二少爷，我看是你的眼睛瞎了。”

“有人出高价钱买你的命，今天我俩就把你跟这个小贱人一块儿给做了！”

“剁椒鱼头”二人说着，挥舞斧头冲上前来。

杨二江甩出斧头击伤一人，随后又飞起一脚把另一人踹翻在地，回身拉起姑娘，叫了声：“快跑！”两人匆匆跑过马路，消失在一条小巷之中。

两人逃过了青帮的追杀，不知不觉跑到了一幢洋房附近。这时，杨二江才知道这姑娘的名字叫“许妙春”，刚从学校毕业不久，在长沙万国红十字会当义工。随后他又惊愕地发现，眼前的这幢漂亮洋房竟是许小姐的家。

杨二江跟着妙春进了公馆大门，刚走几步，就见头上缠着纱布的司机和一名雄赳赳的老仆迎面匆匆走来。

司机见了妙春，捂着脑袋三步并作两步跑上前来：“小姐！你没事吧？”

妙春回答：“我没事，您怎么样？当时看您倒在地上，哎呀可把我给吓坏了！幸亏他们的目标不是……”

司机无意间看了一眼杨二江，登时吓得倒吸一口冷气，退后两步指着杨二江道：“就是他！当时拿着斧头劫车的就是这个人，还有另外两个！”

“格老子的，敢在太岁头上动土！”老仆噌地一下从腰间拔出驳壳枪，打开机头枪口对准了杨二江。

妙春急忙把杨二江挡在身后，呵斥道：“干什么，没规矩了，这位杨公子是我的救命恩人！”

随后，许妙春把杨二江领进了客厅。

杨二江很快就明白了，青帮要杀的人原来正是妙春的父亲，幸好他老人家外出没回来，而这两天那辆黑色轿车一直在接送妙春。

可是青帮为何要干掉自己呢，难道是心胸狭窄的罗堂主怕自己夺了他的位子？

许妙春换上一套洋装纱裙，款款走下楼来。在杨二江看来，她的美丽绝不输于天娟。

老仆抱拳道：“杨公子少年英雄，今日仗义出手救了我家小姐，老夫感激不尽。”

杨二江还礼：“老人家过奖了，举手之劳，不足挂齿。”

然而司机却出口问道：“你说，要，要多少钱？”

杨二江闻听一愣，旋即笑道：“看样子，你家小姐的命不是很值钱啊。”

妙春恼羞成怒，抓起沙发上的垫子向老仆和司机扔去：“出去，你们俩都给我出去！”待两人出去后，对杨二江致歉：“真对不起，他们平常也是这么无理，都是被我爸给惯的。”

杨二江说：“许小姐，我看我还是走吧。”

妙春竟然不舍：“你不是说要留下来保护我吗？”

杨二江做了个掏枪的动作笑道：“你家有这么厉害的保镖，哪还用得着我？”

妙春皱眉道：“可是……”

杨二江见妙春嘟嘴不高兴了，忙正色道：“是这样，既然今天的事儿是冲着你爸来的，而他老人家又不在长沙，依青帮的行事风格，以后就不会再来找许小姐的麻烦。倒是要告知令尊大人，要多加防范。”

“我爸身边人多，到哪儿都前呼后拥的，反倒是你……”

“我也被他们所追杀，留在这里会连累你的。”

“我不怕连累，不是，我是说，你一个人怎么能对付得了他们……”

“放心吧，能够杀我的人，他爹妈还没把他给生出来呢。许小姐保重，咱们就此别过。”杨二江说完，潇洒地转身走出了大门。

妙春急匆匆地跑到阳台上，怔怔地看着杨二江的身影远去，忽然落了泪。

旁边丫鬟赶紧递上手帕，悄声劝道：“小姐与他萍水相逢，虽有救命之恩，日后报答也就是了，何故如此放不下？”

妙春依然望着那个远去的背影，喃喃道：“不知道，不知道是为什么……虽说是萍水相逢，可我一见到他，就觉得跟他已经认识了好久好久，好像上辈子就认识了……”

杨大江和肖楚雄潜回洪江的这一晚，风雨交加，而从罗府传出的凄厉喊声，把杨大江震得失魂落魄，这分明是天婵的声音，难道她……

“快，快点，火灭了少奶奶就完啦，一尸两命，看东家不扒了你们的皮！”

罗府门前脚步纷乱，高署地手忙脚乱地喊叫着，指挥伙计们用雨伞护住在风中忽明忽暗的一堆篝火，同时，跑上前蹲身扶住篝火边上摆成独木桥样式的三根木头：“都来搭把手扶着！”随后冲一名神巫打扮的赤脚老妇瞪眼吼道：“老不死的，人命关天，你还等什么！”

“咚！咚咚，咚……”神巫手中的鼓点响起，手舞足蹈地跳着，嘴里用苗语唱道：“三根排排架，用它来搭桥；正逢二月二，生出一男孩……”

天啊，这是“架桥求子”，天婵是难产！

暗影中，杨大江忍不住要迈步前去，却被肖楚雄紧紧拽住……

刘府的气氛极为沉闷，刘云湘一动不动地站在门廊下，双手紧握，满眼焦虑地凝望着茫茫的雨夜。

堂屋内，张督办则犹如热锅上的蚂蚁。

冯玉祥跟张作霖已经打起来了，受害的却是北平国府。日本为支持张作霖，先是用军舰炮击天津大沽口，而在冯玉祥的国民军封锁了大沽口之后，又贼喊捉贼倒打一耙，以中国违反《辛丑条约》、破坏通商为名，联合英美法等列强向国府段执政发出了八国通牒。

“我的刘大东家，你倒是说句话啊！商务总长已接连发来了六封电报，催你前往平津参与调停。云湘啊，难道你要逼着朝廷重演南宋绍兴旧事，给你发来十二道金牌吗？”

刘云湘沉默了片刻，开口说道：“张督办何必强人所难，我不是岳武穆，也没能力去调停。段合肥的麻烦，无非是冯玉祥跟张作霖在台上打，英美法与日本在台下打罢了，台上台下，都是为了争夺他们在华的利益。我一介小小的商人，现在连女儿的命都保不住，哪有本事从那一群恶狗的嘴里，替段祺瑞捞回这块肉骨头？”

张督办苦口婆心劝道：“正因为他们是一群恶狗，凭你刘云湘在天下五府十八帮油商中的号召力，凭咱们洪江在国际桐油贸易上的特殊地位，一定会让他们由狗变成人，变成人模狗样的绅士，老老实实地坐在谈判桌前……”

刘云湘回头瞪眼吼道：“我说了，我女儿命在旦夕，我决不离开洪江！”

天婵正在鬼门关上挣扎，她大汗淋漓地，不停发出痛苦的嘶喊。

“胎位不正啊……”稳婆已经慌了手脚。

“姐，姐你挺住，听稳婆的，慢慢使劲……”天娟扑向姐姐。

“啊！”天婵在又一阵嘶喊过后，喘息着抓住天娟的手，“娟儿啊，姐活不了了，姐要死了……”

天娟抹着泪忙不迭劝道：“不会的，不会的姐，老天爷会保佑你的……”

大雨中，罗积善站在当院，愣怔地望着房门不知所措。他心里很明白，稳婆靠不住，眼下唯一的指望，就是罗立能够快点把教会医院的洋大夫给接来。

罗积善踉跄地跑到大门口，在暴起的闪电中终于看到罗立正驾车飞奔而来。在众人的一片惊呼声中，汽车径直冲倒了“木桥”，轧灭了篝火，发出一阵刺耳的刹车声终于停在了门前，随后几名洋嬷嬷和大夫跟着罗立匆匆跑进了院子。

杨大江看到这一幕，一把甩开肖楚雄向罗府冲去，但肖楚雄说出的“北伐”两个字，把他牢牢地钉在了原地——“刘天婵已为他人妇，你必须面对现实。我们这次回来的任务是为北伐军筹集军饷，若耽搁了，你我都是革命的罪人！”

如瀑大雨中，杨大江仰天嘶吼：“老天爷，难道她受的苦难还不够吗？有种冲我来，贼老天……”

“咔嚓嚓！”天空一道电闪雷鸣，淹没了杨大江的吼声，随后就听罗府传出一声响亮的婴儿哭啼：“呜哇，哇……”

张督办还在刘府做最后的努力，他板起脸瞪眼吼道：“刘云湘！你身为西南五省商界领袖，国事糜烂如此，你岂能见死不救！”

刘云湘已经不耐烦到了极点：“对我来说，家事为大，没有家哪有国？”

张督办气急败坏：“好，好一个没有家哪有国！那我问你，你还是个中国人吗？你就眼看着段祺瑞即将跪倒在八国脚下，眼看着我泱泱大国被列强肆意欺辱而无动于衷吗？”

“爸！爸！”天娟喊着，冒雨跑进来，“爸，我姐生了，大胖小子，八斤半，母子平安！”

刘云湘听了，愣了愣，红着眼圈喘息着瘫倒在椅子上，半晌，他吸了吸鼻子，抬头道：“老张啊，明日一早，我跟你去平津。”

第十六章

卧房内，罗立看着婴儿在天婵的怀抱里睡得香甜，不禁心生爱怜，他帮天婵拂起额边一缕乱发，在床边坐下说道：“多可爱啊，今天要给他做九了，府里上上下下忙得跟过年一样，可惜他姥爷不在家，到现在还没见过这小家伙一面呢。”

天婵望望罗立，百感交集：“谢谢，谢谢你对我们娘俩这么宽容……”

“又来了。”罗立伸手拥抱着天婵，说道，“婵儿啊，你心里就是迈不过去这道坎。孩子来到这世上，他就该有个完整的家。我虽是他的便宜爸爸，可我现在鸦片已经戒掉了，身体也强壮了，以后不管风风雨雨我都会陪在你们娘俩的身边，你放心，我不会让你们失望的。”

天婵叹道：“他生在罗家，应该姓罗，这也许就是天意吧，只是委屈了你。”

罗立红着眼圈感慨道：“若不是你把我从鬼变成了人，我罗立哪会有今天，是我们罗家沾了你的光啊。”

一家三口温馨地依偎在一起，天婵看看罗立，又低头凝望宝贝，轻言道：“你我夫妻，不说这些了。快想想，给孩子取个什么名字好。”

罗立呵呵笑道：“还是按老规矩，让长辈来定吧，你没看他爷爷都高兴得快疯了吗？”

此时的罗府大院里里外外都洋溢着喜庆气氛，一个个大红灯笼悬挂在各处长廊、房檐之下，一排立柱上都包裹着大红绸缎，院子当中的庆贺礼品摆放得如同小山一般。

罗积善身穿着大红长衫，拄着手杖乐呵呵地招呼着众伙计和用人：“动作快点，我的老兄弟们啊，今天是咱们罗家大喜的日子，待会儿摆的可是长街流水席，大半个洪江城的人都要来讨杯喜酒吃。别怪我这当东家的没提醒你们，到时候谁要是挤不上桌子，没喝上小少爷的喜酒，没沾上小少爷的喜气，嘿嘿，你就后悔一辈子吧！”随后看见几名丫鬟在嬉闹，脸色一沉：“不去后院伺候少奶奶，在这磨蹭什么？把参汤给少奶奶端过去！”

“东家！”高署地兴冲冲跑进院子，近前道，“大观楼已经被搬空了，所有桌椅全部摆上了街道，流水席每轮一百单八桌，大观楼掌柜的亲自下厨。外边人都说，即便是长沙、上海的富豪人家，给小少爷做九，也摆不出这么大的场面，咱罗家这回可真是威风了！”

罗积善眯着眼往外面望望：“可惜刘云湘去了平津，美中不足啊。”

高署地嘿嘿笑道：“以在下看来，刘云湘此去平津，就是在给东家脸上贴金。”

“哦？你倒说说看。”

“东家您想，能够代表段祺瑞，替政府与八国洋人调解纷争、进行说合，天下瞩目，那得是多大的面子？说起来这可是咱罗家的荣光，尤其是在小少爷做九这大喜日子里，锦上添花啊。”

罗积善闻听，激动地深吸一口气：“对对，他是我亲家嘛！八国洋人，那可是当今世界上最野蛮最强大的所在，除了我亲家，谁还能镇得住他们？我看小少爷的名字就叫‘罗洋’，洋人的洋！”

高署地恭维道：“罗洋，好，东家起的这个名字好，让天下人都知道，小少爷不但有个了不起的爷爷，还有个了不起的姥爷。”

一切准备停当之后，随着一阵鞭炮噼里啪啦地炸响，喜宴开始了。

戏班摆开阵势，锣鼓唢呐响彻云霄。罗府大门前长长的街道上摆满了一桌挨一桌的酒宴，一眼望不到边。前来道贺、喝喜酒的人密密麻麻挤满了整条街道，笑语喧哗，孩子们在人群中窜来窜去，嬉戏打闹，好不热闹。

这长街流水席摆了整整一天，上了无数道菜，直至夜幕降临，月上中天，人们实在吃不动了，也倦了乏了，才渐渐散去。

杨同昌没去凑罗家的热闹，而是背傍着手，端着东家架子，在元隆油号里指手画脚，把刘家大掌柜和几名伙计指挥得团团转。

大掌柜赔着笑道：“杨东家，您看您这几天一直都在教训，不是，指教！一直都在指教我等如何待人接物，做好生意，在下实在是……”

“怎么，嫌我话多啊？”

“不敢不敢。”

杨同昌理直气壮地说道：“你们东家带着二小姐去了平津，他忙的是国家大事，那我就得来替他照应着油号。咱们两家过去合伙做生意，分过彼此吗？更别说我跟你们东家以后就是亲家了。”

“亲家？”大掌柜有些发蒙。

杨同昌道：“怎么，你没想到吧？天娟二小姐跟我家二少爷，那可是天造的一对，地设的一双……”

正说着，就见二掌柜匆匆走进来，递上一张电报。

常德“立成和油行”前段时间从元隆油号买了一批洪油，三天前已经发货，还是二掌柜亲自带人装的船，可是今天对方却又发电报来催货。

莫非是那立成和油行故意使诈，想昧掉那批货不成?

杨同昌却不以为然，常德立成和油行是洪商的老客户，那吴老板为人刚正，与刘家乃为世交，绝对不会为区区几船洪油毁了自己的一世英名!

大掌柜一时没了主意，把电报呈给杨同昌："东家不在，出了这么大的事，还请您受累，帮我们拿个主意。"

杨同昌看了看电报，思忖了片刻，对二掌柜说道："把立成和油行最近几次的提货手续都找出来，比较一下提货人的签名。"

大掌柜问道："您是怀疑，有人假冒立成和油行的人，骗走了这批货?这怎么可能，冒名骗货那是要遭天谴的，抓住了就视同土匪论罪。整个湖湘商道，有谁敢这么胆大妄为?"

"过去是这样，现在就难说了。人心不古啊，你别忘了，在汉口两千担洪油都能被人给盗卖了，冒名骗货还有那么稀奇吗?"

"莫非，这又是东洋人搞的鬼?"

"查查看吧。"

杨同昌这自封的"亲家"，义不容辞地查起了这冒领刘家洪油的案子。他先是跑到刘家油库，拿着放大镜，把所有的提货手续，都仔细对比查看了一遍。然后和刘家大掌柜一起去常德与吴老板见了面，最终确定，刘家发给立成和油行的那批货是被人给冒名骗走了。

回到洪江，杨同昌便命恒顺掌柜留意近来在码头出现的新面孔，他想看看那冒名骗货之人是何方神圣。

功夫不负有心人，几天之后，杨家的伙计们还真的盯上了一名陌生男子。

杨同昌和恒顺掌柜便不动声色地跟着那名男子到了江对岸的一处

隐秘院落。当杨同昌抬头看见写着“同义商行”四个字的牌匾时，不由得浑身一震。

那男子正是水客帮的豹子，见有客商上门，登时无比热情，指着牌匾向杨同昌夸耀道：“这‘同义商行’四个字乃是我们东家亲笔所书，怎么样，比那些舞文弄墨的酸秀才可强多了吧？我们东家那可是文武全才，你老倌子要见了，准得竖这个！”说着话，他竖起了大拇指。

杨同昌看着牌匾上熟悉的字迹，喃喃道：“嗯，我是要见见你们这位文武全才的大东家。”

商行内，杨大江很满意刚做成的这笔“生意”：“老五叔，你看看，几船洪油一倒手就是近百万大洋啊。要照这样下去，肖老师也不用再东奔西跑地去找黔阳、会同的那些富商们磨嘴皮子了，筹饷的任务不出这个月就能完成……”

麻老五有点犹豫：“怎么，还干？”

杨大江脱口而出：“干，这来钱多快啊，我爸也算是……”

“你怎么不拿把刀，上大街上去抢呢！”

杨大江闻言抬头，只见杨同昌走了进来。

豹子进来大大咧咧说道：“东家，有人谈生意来了，这老倌子……”随后听杨大江喊了一声“爸？”这才自知唐突，缩着脑袋赶紧跑了。

麻老五赶紧躬身打招呼：“杨东家，您，您坐……”也识趣地走了，屋里只剩下杨同昌和杨大江。

杨同昌打量了一下屋里简陋的陈设，回身红着眼圈看着杨大江：“长高了，像条汉子了……”

杨大江含泪上前，“扑通”跪在杨同昌面前，哽咽道：“您和我妈，身体可都还好？二江他，还是那么喜欢练武吗？”

杨同昌吐口气，稳了稳心神，说道：“家里还都好，你弟弟在长沙闯码头，发誓要混出个人样才回来，也是个没良心的，不知道给家里来封信。我跟你妈最担心的就是你。”

杨大江哽咽道：“我也是才回来，还顾不上，顾不上回家去看望您二老。”

“起来说话吧。”杨同昌坐下道，“我听他们都喊你东家，门口挂着同义商行的牌子。儿啊，你既然走了商道，就该谨守商道规矩，这信义二字重逾千斤，你可不敢把这立身之本给丢到沅江里去啊。”

杨大江给父亲端上茶水，嘿嘿笑道：“真是，什么都瞒不过您老……”

“若要人不知，除非己莫为，你这是自作聪明！”

“是是，知子莫若父嘛，您要是骂我败家……”

“别跟我嬉皮笑脸！”杨同昌怒了，指着杨大江，“拍拍良心，从小到大，刘家可曾亏待与你？你在长沙惹下祸端，是谁冒着杀头的危险救的你，是谁把你送进了水客帮，让你能够有命活到今天？”

杨大江一脸茫然：“我，我没对不起刘家啊，不就是卖了您几船洪油吗，这跟刘家……”

杨同昌怒道：“逆子，你还不承认吗？你骗的是刘家油船，卖的是刘家顶洪！”

“刘家顶洪？”杨大江闻听一下子愣了。

对于筹措军饷事宜，肖楚雄和杨大江商定兵分两路，由杨大江在洪江开办商行，自主赚钱，肖楚雄则去游说附近各地富商资助。肖楚雄走后，杨大江思来想去，赚钱最快的法子，还是偷自家的洪油然后转手卖掉，哪想到竟出了岔子。

在父亲走后，杨大江才得知，原来是急功近利的豹子干了这成事不足败事有余的“买卖”，登时大怒，两个年轻人打成了一团……

杨同昌回到家，吩咐恒顺掌柜给元隆油号送过去百万油款，然后就气病了，躺在床上直哼哼。

刘家大掌柜拿着杨家送来的银票实在觉得烧手，也不敢自作主张，只好到罗府找天婵来讨主意。

天婵坐在花廊下，把怀中的罗洋转给罗立抱着，回头看着站在面前的大掌柜，不解道："既然知道是有人冒名骗货，那就该把那骗货之人查出来绳之以法、追回损失，怎能让杨家出钱赔偿？"

大掌柜摊手道："要不怎么说是怪事呢！那骗货之人若是没点本事，也不敢冲咱刘家下手。杨东家花了这么长时间，虽说没查出什么眉目，那没有功劳也有苦劳不是？没人怪他啊！可是，他让恒顺掌柜的跑到元隆油号里来，撂下银票就走了。我去退钱，他又躲着不见。"

罗立插话道："莫非，杨东家正是因为查不出这行骗之人，怕自己下不了台？"

大掌柜摇摇头："若是小数则罢了，那可是上百万大洋啊，就只为给自己买个面子？大家都是商人，这让人想不通啊。"

天婵若有所思："也许，杨叔叔是不忍心看咱们元隆油号这么接二连三地出事，总是有拉不完的亏空。"

大掌柜道："我也是这么想，虽说邻舍打得好等于捡个宝，可毕竟十家锅灶九不同，这平白无故地收了杨家的钱，让人心里不踏实啊。"

天婵道："这样吧，我爸和我妹都不在，这事儿您就先放一放。常德立成和的货要尽快给吴叔叔发过去，越是亲近的客户，咱们越是不能失了规矩。"

大掌柜躬身："是是，谨遵大小姐吩咐，在下这就去办。"

……

再说杨家，苗令梅从老倌嘴里得知大江回来了，当真是又喜又悲，喜的是大公子一跑这么多年不但还活着，眼下又回来入了商道；悲的是他竟骗了刘家的顶洪，犯了商道大忌。

可是仔细想来，她觉得大儿子这一回来，别的事儿不干，专找刘家的麻烦，又赶上天婵生了罗洋，这分明是恨刘云湘当初松了口，让天婵嫁进了罗府，生生拆散了他们这一对小鸳鸯啊。当初天婵嫁给罗立，那也是万不得已，眼下二江不知道跑哪儿去了，大江回来了，若是大江能跟天娟成了一对，那不但刘杨两家亲家照做，儿女之间的怨念也就自然化解掉了，岂不皆大欢喜？

俗话说，话说三遍淡如水。杨同昌自然知道苗令梅说的是条路子，可翻来覆去就是要跟刘家结亲这么点儿事，眼下刘云湘不在，找谁说去？

找天婵！苗令梅认为天婵早晚是刘罗两家的主事人，便借着去探望干女儿，到罗府话里话外地来试探口风。

可天婵是何许人也？几句话便听出了端倪，原来是大江回来了。且不说当年的负心，单从刘家油被骗这件事就表明他已走了邪路。于是，在送走苗令梅之后，一个周密的报复计划迅速在天婵的心里形成，她立即叫来高署地面授机宜……

虽然事出有因，但肖楚雄得知同义商行骗卖了刘家油的消息后，还是对杨大江进行了严厉的批评。

杨大江却不以为然，以刘杨两家的关系，这能算大事吗？

肖楚雄语重心长："或许刘杨两家对此事可以糊涂了之，但是咱们不能糊涂。北伐是需要军饷，可要以败坏商道信义为代价，那么即便是北伐成功了又有何意义？一个胸怀远大的革命者首先想到的应该是建设而不是破坏。孟子说过，'得道者多助，失道者寡助；寡助之至，亲戚畔之；多助之至，天下顺之'。这其中的利害得失，咱们都应该静下心，好好琢磨琢磨……"

急于想完成筹饷任务的杨大江虽心里不服，却也不得不承认这番话说得有道理。在肖楚雄走后，他勒令豹子和麻老五不得乱来，老老实实地进货，踏踏实实地做生意。

然而不久后，有人竟如法炮制，冒名骗走了同义商行的一批货。同时，桐油的市面价格一路飙升，而杨大江手里的钱已所剩无几。

严格来讲，杨大江骨子里就是一个书生，并不是一块做生意的料，不晓得商道凶险，更不知道天婵暗中早已布下洪油霸盘，专等他上钩。若是一般商人，此时收手也就罢了，可是杨大江急于求成，在走投无路的情况下，通过中间人借下了巨额高利贷。

天婵在派高署地雇人暗中骗取了同义商行的货物后，没想到杨大江会如此孤注一掷，眼下她也面临两难的境地——若阻断杨大江的资金来源，则必将引起城内众多钱庄、票号的反弹，毕竟断人财路如同杀人父母；可是要任由杨大江去借高利贷，那么价格战势必愈演愈烈，自己就需要更多的本钱来维持洪油的霸盘。

正在为难之际，罗立将一枚印鉴和一把钥匙递给了天婵："这是辰州银行洪江支行保险柜的钥匙，原本早就该交给你的。不用发愁本钱不够，只要你能出了这口气，那就把事情干到底，干个痛快。"

"你，你都知道了？"天婵看着印鉴和钥匙，不免心中忐忑。

罗立笑道："这天底下，能够让你如此用心来对付的人，除了他杨大江还能有谁？"

"那你，不怪我？"

"要说我还应该感谢他，没有他就没有洋洋，就没有咱们这个家。不管你要怎么对付他，我相信你一定有你的理由。不过你要小心了，操纵市场价格做霸盘生意，这对洪江商道来说，可是有违祖宗规矩，大逆不道啊。"

罗立的担心不无道理，天婵和杨大江的商业暗战把整个洪江商道闹得人心惶惶，干挑爷和十大会馆当家的聚集在商会，要求罗积善迅速拿出应对之策。

"洪江危矣，不知何人出手如此狠辣，暗中操控洪油价格，予取予夺，乱我民心；更不知何人在这洪江城大借高利贷，勾起了不少人的贪念。此事若不及早应对，必会撼动我洪江百年根基，使商道信义毁于一旦。”干挑爷接着说道，“老朽听到一个不好的消息，大约在一个月前，刘家元隆油号的几船洪油被人冒名给骗走了。”

众人闻言大吃一惊，议论纷纷。

罗积善挥挥手，平息众人：“刘家油被骗，确实无人知晓，就是我这个当亲家的，也是头一次听干挑爷说起。既然刘家没张扬，民不告官不究，此事我等不必再议。当务之急是要查清是谁在操控霸盘，摸清对方的来路，咱们也好对症下药，让市场重归于稳定。”

听闻罗积善此言，十大会馆当家的各个都一筹莫展——他们之前也派人查过，却没查出任何结果，想那操纵霸盘之人能够如此神龙见首不见尾，必是背景深厚的商家，或许是外省军阀势力在作祟也未可知。

此时，刘云湘在北平，就“八国通牒”事件展开了积极的斡旋。在他看来，洋人所谓的《爱的美敦书》本身就是借题发挥，狮子大开口，其内容与《辛丑条约》精神背道而驰。若要天津航道尽快恢复通航，张作霖的奉军就必须放弃攻击天津的计划，这又牵涉到了日本的利益。荷兰公使欧登科这老倌子虽在这件事中被八国推为首席公使，但是他也打着自己的小算盘。

在洞悉了列强的企图之后，刘云湘向执政府提出了针对性的议案。随后，执政府外交委员会紧急召集各部总长，就议案所列条款进行了仔细论证，最后敲定，以此议案作为执政府给八国通牒的正式复文。

得到消息，张督办一大早便到了刘云湘所下榻的东交民巷荷兰公使馆向刘云湘表示祝贺，可是拜年话还没说几句，就见天娟手里拿着几份报纸，惊叫着跑进来，把手中报纸铺在桌上，指着报纸上的现场照片道：“爸，张叔叔你们快看看，三月十八日，就是昨天，军警在执政府门前杀人啦！”

刘云湘和张督办闻听，急忙上前去看报纸，只见头版文章赫然写道："三月十八日上午十时，约五千青年学子与民众聚集在天安门前，召开反对八国通牒国民大会。会议结束后，游行队伍到执政府门前广场请愿，却不料横遭预伏军警枪击……"

"卑鄙，无耻！"刘云湘愤怒地一拳擂在桌上，"一个什么样的政府才会对自己手无寸铁的国民开枪，一个什么样的政府才会把自己百姓的生命视同草芥！"

张督办放下报纸："注意言辞，别一出事就把屎盆子扣在政府头上。这分明是南北乱党借召开国民大会的名义，煽动民众挑衅政府嘛！"

"乱党的手里可没有枪！"

"云湘啊，你我现在可都是在为政府办事，不可妄议。"

刘云湘闻听愣了愣，悲愤叹道："天啊，我，我这是造了什么孽啊！可笑我大老远从湘西跑来，整天跟那些洋人们伸脖子瞪眼，斗得像呛着毛的公鸡一样，寸土不让，锱铢必较，一点一点地帮你们挣回这点可怜的脸面！可是你们，你们回手就把这点脸面给扔到了铁狮子胡同！四十七条人命啊……"

刘云湘愤懑地在房间里踱了几步，对天娟说："去，召集中外记者，我有话说。"

天娟转身要走，张督办急忙叫住："二小姐，二小姐留步！"慌乱地恳求刘云湘："据我所知，段祺瑞昨天并不在执政府，枪杀民众之事必是下面的庸碌官员所为。云湘啊，你要相信段执政，一定会秉公处置，给国人一个交代！"

刘云湘掷地有声："那是你们政府的事儿，你们说了算。我只知道，刘家遍布全国各地的元隆油号，是我刘云湘说了算！"

……

"鉴于段政府媚外残民，迫害爱国同胞，致使都门之下，死伤山积，刘某特昭告如下，凡我元隆油号北方各省之分号，即日起封存洪油，与段政府断绝一切商务往来……”

看了报纸上的声明，干挑爷、罗积善和十大会馆当家的又都聚在商会礼堂议论纷纷，众人不由得都替刘云湘担心。

刘家在北方各省油号的洪油贸易，支撑了北平国府财政的半壁江山。当此北京血案轰动天下之际，刘云湘此举虽说豪气干云，令人钦佩不已，可对于国府而言，无异于釜底抽薪。他这般直接打上了金銮殿，倘若国府震怒，问起罪来，就算是天王老子也救不了他，只怕是要大祸临头了。

干挑爷思量半晌，望望议论纷纷的众人，起身朗声道：“以签子客看来，不管刘云湘此举是凶是吉，我等都要借此东风，以霹雳手段来整顿洪江商道，机会难得啊，迟则追悔莫及。”

众人闻言不解，纷纷望着干挑爷。

干挑爷接着说：“我等此前不是怀疑，扰乱洪江商道者乃为外省军阀势力，如今借着刘东家这一纸声明，何不以洪江油业行和十大会馆名义，发动各省油商登报给予响应，暂停与官方一切交易？”

众人恍然大悟，如此一来，那暗中操控霸盘之人便无所遁形！就像东亚电灯公司检查电路一样，电闸一拉，全城黑暗，那偷电之人自然慌乱。虽说暂停交易，各家都会有损失，可是霸盘来势汹汹，若不狠下心来，只怕以后损失会更大。

大家越说越激动，最后决定，不仅仅是油业行要响应刘云湘，干脆一不做二不休，索性直接宣布罢市！这电闸要拉，就一拉到底！

干挑爷这一招，表面上看是在整顿洪江商道，实则是在帮助刘云湘。常言道法不责众，如此一来刘云湘这个出头鸟便藏进了茫茫林海，就连罗积善也不得不暗暗佩服干挑爷这好计谋。

第十七章

"三一八"惨案过后，段祺瑞马上发布了《临时执政令》，称惨案乃徐谦、李大钊等人鼓动所致，并下令通缉徐谦、李大钊、李石曾、易培基、顾孟余五人。此举更令全国舆论沸腾，各地舆论纷纷谴责国府暴行。政府自知理屈，国务总理贾德耀引咎辞职，段祺瑞亦明令抚恤死者，医治伤者。

杨同昌从报纸上看到《临时执政令》，其中"近年以来，徐谦、李大钊等，假借共产学说，啸聚群众，屡肇事端……"字样，心惊肉跳。听说刘云湘回来了，就拿着报纸来到刘府。

见了刘云湘，杨同昌端详道："瘦了，这一趟平津之行可真是难为你了。"

刘云湘自嘲："给人去当了一回狗，不瘦才怪。"

"当狗？"杨同昌愣了愣，摆手道，"唉，别这么说。你那一纸声明可是给咱们这些经商的人结结实实出了一口气啊。"

刘云湘不屑地摇摇头，伸手示意杨同昌坐。他早上听大掌柜说起杨同昌送来百万油款的事，实觉不妥，正打算给杨家还回去，这人就来了。

刘云湘正打算说油款的事，杨同昌就把手中报纸铺在桌上，指着上面刊登的《临时执政令》问道：“云湘啊，你才从那边回来，可否知道，这徐谦和李大钊是何许人也？”

刘云湘瞄了一眼报纸，不屑地说：“刚杀了人，两手还沾着那些学生的血，转脸就把责任全都推到了别人身上。这种鬼话你也相信？”

杨同昌说：“我记得三年前，在大江的那张通缉令上，也有‘啸聚群众，屡肇事端’这几个字儿。”

“欲加之罪何患无辞？”

“沾上皮毛四两腥啊，这些人可招惹不得，现在是叫乱党，若是在十几年前，那就是乱臣贼子，诛九族的罪啊。”

“这《临时执政令》我也看了，徐谦和李大钊我是没见过，可是你看看这些天的报纸，全国各地都在哀悼死难同胞，若他们真像这上面说的，聚众扰乱、危害国家，能这么得民心吗？”

“可毕竟死的不是徐谦、李大钊这些人。”

“那我问你，你儿子是乱党吗？你要承认说你家大江是乱党，那这徐谦和李大钊等人也有可能是乱党。”

杨同昌被说中心事，叹口气：“怕就怕大江这孩子跟这些人混在一起，什么事情都敢干，无法无天，这洪江以后恐怕就没有安宁之日了。”

“这话是怎么说的，你也太悲观了吧，你那位大公子不是……”刘云湘话没说完，忽然想起那无端送来的百万油款，再看看失魂落魄，一直絮絮叨叨的杨同昌，慢慢品出味儿来了。

“……你是不知道啊，你没回来的时候，这洪江商道乱成了一锅粥，不过好在，总算都过去了……”

刘云湘望望杨同昌，意味深长地说：“我明白了，老杨，你送来的那几船油钱，我原本是打算让他们给你退回去的，不过现在，我想我还是收下的好。”

杨同昌脸上有些挂不住了：“应该的应该的，咱们谁跟谁啊，你不在家，我也不能眼看着……”

刘云湘叹道：“可怜天下父母心啊。”

“驰骋千里到神州，整理文章做状头；沦落英雄奇男子，威风千古尚含羞！”

天娟在闺房里戴着钟馗面具，嘴里铿锵念着《钟馗嫁妹》中的道白，手拿鸡毛掸子，把杨大江画像上的尘土掸得一干二净。刚才，刘云湘和杨同昌聊天，天娟过去奉茶时，听两人那口气，杨大江似乎已经回到了洪江……天娟摘下面具，对着妆镜给脸上扑了点胭脂，打量了一下自己，蹦蹦跳跳跑出门去。

堂屋里，杨同昌已经离去，刘云湘看着桌上的报纸和杨同昌喝剩下的那杯残茶，愣怔了半晌。天娟轻手轻脚地走过来，大叫一声：“爸！”咯咯笑着扑到了刘云湘的后背上。刘云湘吓了一跳，嗔怪道：“没个正型。”

天娟笑嘻嘻地腻在刘云湘肩膀上撒娇，忽然问道：“爸，大江哥是真的回来了？”

“别大江哥大江哥的，他回来不回来关你什么事儿！”

“谁说关我事儿了，我不就是问问嘛。”

“有什么好问的，这洪江是他的家，他回自己的家还用得着跟你打招呼？外边的事别管、别问、别掺和，要是闲着没事儿就多去看看你姐……”

刘云湘的话，让天娟确信杨大江已经回到洪江，她喜出望外，马上说要去姐姐家看望罗洋，出门却直奔杨府。

刘家二小姐坦率洒脱，心里藏不住事，苗令梅一看就知道她是为了大江来的，于是话里话外就把大江的讯息给透漏了。

虽说刘云湘对自己这俩儿子都看不上眼，可是儿大不由娘啊，杨同昌都管不住他儿子，你刘云湘也管不住你女儿！杨同昌最近总担心大儿子是乱党，愁得吃不香睡不着，这下好了，有二小姐拴着他，他还能乱到哪儿去？苗令梅望着天娟的背影，满脸笑意。

虽然天婵在得知父亲回来的消息后就迅速收手，但杨大江在这场商战中已经几近破产。可偏偏在这个时候，天娟竟然找到了同义商行，把杨大江的狼狈相看了个真真切切。

“大江哥，你现在是大老板啊，发财了吧？”

眼看天娟哪壶不开提哪壶，麻老五和豹子赶紧把她拉到一旁，告诉她大江最近已经赔光了，还欠了一屁股的债。天娟闻言扑哧一笑，做生意赔钱太正常了，谁有我们刘家赔得多？

望着愁眉苦脸的杨大江，天娟不再嬉戏，她很快就想到了一个帮助杨大江的办法……

天娟出了同义商行，直奔高椅村。

八水族长正同干挑爷喝茶，一见天娟来了，自然高兴。天娟一口一个伯伯，还唱戏给他俩听，吸引了不少村里的后生跑来围观。干挑爷眼瞅着杨八水那把老骨头都要酥了，天娟才说明了来意：她要拿走清代底油！她的本意是想让杨大江借鉴刘云湘的做法，用底油集资。这下把八水族长吓得脑子清醒过来，这底油可不是闹着玩的，说什么也不能让人随便请走！天娟咋咋呼呼半天，最后也只是撇撇嘴，无功而返。

干挑爷冷眼旁观，觉得有些蹊跷，小丫头片子奔着那桶油来，是为了什么？前段时间商道不太平，有人兴风作浪，元隆也被人骗走了几船洪油，干挑爷虽有所怀疑，却始终抓不到半点证据。天娟这么一闹，算是闹出了点眉目。次日，干挑爷来到刘府，将此事告知了刘云湘。

刘云湘一听就急了，女儿的心事，他岂能不知！平时打打闹闹也就罢了，如今为了杨大江，还打上了底油的主意！女儿大了，打也打不得，骂也骂不得，可要是再不管教，谁知道她还能干出什么事来？听说天娟去了码头，刘云湘急忙赶了过去。

大掌柜正在船上忙活着，见刘云湘带着二掌柜和老家丁匆匆走来，急忙下了船，迎上前去。

刘云湘四下看看，问道："二小姐不在？"

"二小姐她……"大掌柜茫然地看着一直排到江对岸的密集船只，"她来是来了，可是……"

刘云湘问道："她人呢？"

大掌柜指了指："对岸，就那么跑着过去了。"

刘云湘回头示意，二掌柜和老家丁立刻上了船，也踩着排列的船只向对岸跑去。

大掌柜忙不迭也跟上："东家这么急着找二小姐，有事儿啊？"

刘云湘刚要说话，突然发现在相隔不远的货场，几垛堆积的货物中间时而闪现出杨同昌的身影，就冲大掌柜摆了摆手，径直走了过去。

货场僻静处，杨同昌和恒顺掌柜神色诡秘，正带着一群伙计卸新定制的油桶。

恒顺掌柜低声敦促道："都动作快点，搬个空油桶还这么慢……"

一伙计气不忿地说："东家，这油桶比平常的分量轻啊，可别是那些做桶的商家偷工减料……"

"嘘！嘘！"恒顺掌柜赶紧竖起一根手指制止那伙计。

杨同昌得意地拎起一只油桶拍着："咱们要的就是让他偷工减料，油桶的木头薄了几分，重量少了一斤，装油的时候就可以多装上一斤，这个便宜，凡是来买油的商家哪个不想沾啊？都说刘家油比我杨家油好，可是在同等价格下，我多给他一斤，如此一来……"

"别人就都来买杨家油，不去买刘家油了。"刘云湘冷冷道。

“哎！就是这个……”杨同昌话没说完，感觉不对，回头一看见刘云湘站在身后，顿时满脸尴尬。

刘云湘不由分说，拉起杨同昌就走。

杨同昌只当是刘云湘为这油桶的事发作，边走边挣扎求饶：“云湘，云湘你听我解释，我这不是……”

躲开众人，刘云湘放了杨同昌，低声怒道：“我问你，你还是个做父亲的吗？”

杨同昌又是一愣，不知刘云湘何出此言。

刘云湘指着杨同昌鼻子数落：“你要还是个当父亲的，就管好你那倒霉儿子，让他离我女儿远点。”

杨同昌这下明白症结所在，马上就放松了，嘴角漾出一丝笑意：“你见着大江啦？”

刘云湘恨恨道：“见了他我就没这么客气了！”

杨同昌放下油桶，叹口气：“云湘啊，我家里这点事儿别人不知道，你还不知道吗？两个儿子，哪一个是省油的灯啊？”

刘云湘手一摆：“这不是理由，是你儿子你就得管。”

杨同昌眨眨眼睛：“儿大不由爷啊，再说，这孩子们的事儿，他一个巴掌也拍不响不是？”

刘云湘气得直瞪眼：“怎么，你还想把责任都推到我女儿身上？”

杨同昌把头摇得像个拨浪鼓：“不不不，云湘，是这样，你听我说啊，咱们两家这事儿也就透着邪乎，我家这大少爷确实不成器，可你家二小姐人品又好得没的说。常言说得好啊，好汉无好妻，赖汉他倒能娶个娇滴滴。我就在想，这俩孩子要是在一块儿这么一中和……”

“中和个屁！”刘云湘怒道，“狗咬月亮！信不信我把你那不成器的少爷给绑了！”

杨同昌指着江对岸：“你绑，你去绑，最好能把他绑来给你当儿子，我跟你嫂子上嵩云寺给你烧香，烧高香！”

“我告诉你老杨，你家这位少爷怎么折腾我不管，不能把我女儿给祸害了；你们两口子也别抱什么幻想，咱们两家这辈子都没有做亲家的命。”

“那你说，现在该怎么办？”

“你是他爸爸，你问我？”

“他是我爸爸，他不再给我惹事我就知足啦。云湘啊，我的好兄弟，你要是能管住他，我宁可管你叫爸爸！”

“你，你杨家人怎么都这样！”刘云湘气得目瞪口呆，抬起一脚，把那只空油桶给踢得滚到了一边，杨同昌急忙猫腰去追。刘云湘愣然看着杨同昌狼狈的样子，欲哭无泪。

听高署地说了天娟上高椅村意图拿底油帮杨大江的事，天婵大惊，急忙找到天娟，劝她离杨大江远一点。

天娟嘟着嘴道：“我喜欢谁是我的事儿，大江哥又不是外人，我为什么就不能跟他来往？”

天婵苦口婆心：“你好好想想，他跑了这么长时间，在外边都干了些什么；他现在经商，经营的又是什么，这些你都不了解，其他人也都不知道。我甚至都怀疑，他还是不是原来的那个杨大江……”

“姐，就算他当初辜负了你，可现在你已经是罗府少奶奶了，而且，跟罗立孩子都有了，你总不能，吃着碗里的还……”

“死丫头，你以为姐是在吃你的醋啊！”天婵气得直瞪眼。

天娟撇撇嘴：“我第一次发现，你的心眼还没个针鼻大。”

“这叫什么话，我怎么就小心眼了？”

天娟从鼻子里哼出一口冷气：“连个像样的理由都没有！”

“我是你姐，你是我妹，这就是理由！”

天娟望望天婵，小声道：“从小，我也喜欢大江哥，可是姐喜欢他的时候，我也没跟你争啊。”

天婵看着天娟，眼圈红了，上前抚着天娟的头发：“娟儿啊，好妹妹，你就听姐的，你俩不能在一起，姐不会害你的……”

天娟闪开天婵：“那我要不听呢？”

天婵杏眼圆瞪：“你敢！”

“我就不听。”天娟说着，身形一闪虚晃一枪，笑道，“嘿嘿，抓不着，我就去找他！”

天婵一把抓空，怒道：“天娟，你给我回来！”

天娟跑得远远的，回身大声说道：“大江哥没变，是你变了！你当了少奶奶，就变得像个受气的小媳妇，也不看书不看报了，不画画了，教会医院也不去了，整天就帮罗家倒腾特货，我才不想活得像你一样！”

天婵劝阻天娟不成，反被天娟没轻没重奚落一顿，句句戳心，回到家里就开始砸东西。

听着屋里传出“乒乒乓乓”瓷器破碎的声音，罗立把杨大江恨得牙根痒痒，姐姐为你生了孩子，你还不放过妹妹，这天底下有你这么混蛋的人吗？

高署地试探着向屋里走去，一只脚刚迈进门槛，就听里面传出天婵的一声怒斥：“出去，滚！”紧跟着一只花瓶飞出来，在他脚下摔个粉碎。

高署地急忙缩回脚，来到罗立跟前：“少奶奶她这是……”

“杨大江。”罗立从牙缝里蹦出三个字后，把高署地拉到一边，低声道，“想个一劳永逸的办法，让他彻底从少奶奶面前消失！”

高署地眼睛一眨巴，做了个下切的手势：“少爷是说……”

罗立勾勾手，跟凑近跟前的高署地耳语了几句。

高署地听了，点头道：“少爷，您就瞧好吧！”转身匆匆离去。

天娟被禁足了，要性子不吃饭，扬言不自由毋宁死。

刘云湘倒不在乎她去找杨大江，而是责怪她不该去打那桶清代底油的主意。“不吃就算了，我还省了呢！管不住别人，我还管不住你了！”

天娟抱着杨大江的画像，扒在门上央求道：“爸，我不去高椅村了，不去动那桶底油了……”

“知道错了？”

“那您答应我，不再干涉我跟大江哥的来往……”

“不答应。”

“爸！求求您了。您要答应了，我天天给您唱戏……”天娟说着唱了起来，“差人刚走门环响，哥哥忽然转回乡。吓得女儿魂飘荡，又将他藏在这柜箱……”

刘云湘气得哭笑不得：“你还唱起《柜中缘》来了，不害臊！我告诉你，好好在家收收心，那桶清代底油你们想都不用想，这洪江经不起你们折腾！”说完，气哼哼地转身走下楼去。

天娟也恼了，“砰”地一下推开窗户，高举杨大江的画像，冲正下楼的刘云湘故意大声唱起来：“三月里来桃花儿开，杏花儿红，水仙花儿开，但只见芍药牡丹齐开放……”

刘云湘站在院中，瞟了一眼在楼上窗前大声唱戏的天娟，冲跟在身后不知所措的老家丁和女佣说道：“都别理她，我看还是饿得轻。”说完，转身正要往堂屋里走，突然听到大门口一声喊：“东家！”

只见大掌柜领着杨同昌和肖楚雄慌慌张张跑了进来。

杨同昌一见刘云湘，开口便带了哭腔：“云湘啊，出事了，出大事了！”

原来，昨天杨大江带着两船积压的洪油打算去沅陵出售，不想半途遇到了湘军的水上稽查队，诡异的是，稽查队竟然在船上搜出了一只装满了鸦片的油桶，杨大江当时就被扣下了。同行的豹子一看势头不对，冒死跳江逃回驻地向肖楚雄做了汇报……

堂屋内，刘云湘听了事情经过，坐下沉默不语。

垂手站在刘云湘身后的大掌柜说道："那湘军姚旅长过去因为和许安邦不对付，平常就对洪江的商人百般刁难，如今人赃俱获，即便是我们东家出面，恐怕也无济于事。"

杨同昌瞪着大掌柜："什么叫人赃俱获？我说了，他是被人陷害！"

刘云湘冷眼看杨同昌："苍蝇不叮无缝的蛋。"

杨同昌气结："这叫什么话，难道你也相信……"

刘云湘没好气："你不相信吗？你是不愿意相信罢了。你看看这洪江商道现在还有规矩吗？他是做生意的那块料吗？他回来以后都干了些什么你不知道？亏你还替他遮遮掩掩，小洞不补大洞吃苦。这回，我看你还有多少钱去替他赔，我看你还有多少钱去买他这条命！"

杨同昌被刘云湘训得无地自容，蹲在那捂着脸抽泣。

肖楚雄上前："刘先生息怒，大江做事确实是心急了一些，坏了商道规矩，也伤害了他和长辈之间的感情，你们要怪，就怪我这个当先生的没教育好他。不过我想说的是，当初他穷得身无分文，还坚决阻止水客兄弟去贩卖鸦片，如今他自己当了东家，就更不可能去干这种伤天害理的事儿……"

"你听听！"杨同昌又来劲了，起身对刘云湘，"听听，我就说孩子是被冤枉的嘛！"

刘云湘恨恨不已："那姚旅长是什么人？怎么偏偏就落在了他手里？哼，我看他不吃几年牢饭，就不知道锅是铁打的！"

肖楚雄急忙说："这都是气话，您也是看着他长大的，无论如何，眼下还是救人要紧。"

杨同昌哀求道："对对，怎么说他还得管你叫声叔叔不是，他就是再混蛋，你要打要骂，那也得把人给捞出来啊，总不能让他死在姚旅长的手里吧？云湘啊，我求求你了，求求你了……"

刘云湘赌气道："你不用求我，这沅陵我还就不去了！"

话音刚落，就听门口传来老家丁的声音："东家，二小姐跑了！"

"跑了？"刘云湘一愣，"跑哪儿去了？"

老家丁说："她说是要学那寿州救驾的刘金定，到沅陵独闯湘军旅部去救杨大公子！"

"我的个姑奶奶啊！"刘云湘抬腿就往外跑。

今日乃姚旅长五十大寿，沅陵旅部大院里张灯结彩，临时搭起的戏台上被装点得金光灿灿，硕大的"寿"字格外醒目，高腔戏班的演员们正在后台做着演出前的准备。戏台前，被邀请来的众多男女宾客在各张茶座前相互寒暄说笑。

后进院的旅部内，姚旅长看着手中的戏码单子，脸上露出满意的笑容："《黄金印》《观花赶关》《二度梅》《大红袍》，都是硬本子戏啊。"说完，把单子递还给垂手站在身边的双少班的杜老板。

杜老板满脸堆笑："能来给旅长大人祝寿，这是我双少班的福分。除了这单子上的戏码之外，今日我等还要特意奉上一场《八仙贺寿》，恭贺大人福如东海，寿比南山。"

姚旅长高兴地哈哈大笑："好好好！那就有劳杜老板了，哈哈哈……"

"旅座！"副官匆匆走进来，在姚旅长的耳边低语了几句，随后冲门口喝道："带上来！"

"进去！"

两名士兵把混进旅部的天娟推了进来。

姚旅长起初以为手下抓到了一名刺客，但是看站在堂下的不过是个身无寸铁的弱女子，不由得感到好奇。

“既然不是来行刺的，那你这个小女子混进来有何贵干？”

“救人。”

“救谁？”

“被你抓的杨东家。”

“杨东家？”姚旅长明白了，“你说的是私贩鸦片的那小子？”

“你放了他，他是被冤枉的。”

姚旅长起身近前，神色暧昧：“他，跟你是什么关系啊？”

“你管不着。”

姚旅长笑了，对副官和杜老板说：“这辈子，敢这么跟我老姚说话的人，她可是第一个。”随后对天娟笑道：“那我要是不放他呢？”

“你敢！信不信我一把火把你这狗窝给点了！”

“哎哟，好样的，我信。”姚旅长凑近天娟，“那你信不信，我不但不放他，还可以马上把他一枪给送上西天？”说着脸色一沉，喝道：“来人！”

“哎呀！”杜老板惊呼一声打断姚旅长，急走几步来到天娟面前，打量道，“请恕老朽眼拙，您可是刘家的天娟小姐？”

杜老板认识刘云湘，自然也就认识天娟，他知道姚旅长为人暴戾，翻脸比翻书还快，于是便出来打圆场，对姚旅长报出了刘云湘的名号，还夸天娟戏唱得好。

“你还会唱戏？”姚旅长看着天娟，面带喜色，“今日恰逢姚某的寿辰，想不到就闯进来了你这么个俏佳人，这岂非是天意啊？也罢，你不是要救人吗？那就给你个机会，只要戏唱得好，本旅长一高兴，说不定还真的就把你要的那个杨东家给放了。”

天娟喜出望外：“这可是你说的！”

“君子一言。”

“快马一鞭！”

天娟的扮相确实出众，当堂会开始时，一登台亮相，就赢得满堂喝彩。她唱的是《观花赶关》。

二人未战三五合，宋将个个败马前。
将你们押至银英，父王一见心欢喜，
命得皇门把线牵，才将你我配良缘……

台下正中茶座上，姚旅长听得是如痴如醉，摇晃着脑袋情不自禁地跟着唱道："命得皇门把线牵，才将你我配良缘……"

副官走过来，在姚旅长耳边低语了几句，姚旅长从痴迷中回过神来，往后看了看，起身跟着副官走了出去。

天娟正在台上唱戏，忽见姚旅长和藤原在人群外握手寒暄，随后一起向后进院走去，不禁心里一沉。

如今的藤原，在洪江是寂寞难耐。刘云湘从平津刚回来，名望如日中天；罗积善含饴弄孙全无斗志。正感慨孤掌难鸣之际，听到了杨大江出事的消息，不用问便明白其中的缘由。刘天婵固然恨杨大江，却不至于下如此狠手，只有罗立才最想要杨大江的命，正所谓，卧榻之侧岂容他人酣睡。

姚旅长与藤原素有交情，近来长沙局势动荡，唐生智当上了湘军总司令，据说是要率军参加北伐；叶开鑫在吴佩孚的支持下通电反唐，而他作为叶开鑫手下的精锐，将何去何从实在是举棋不定。"藤原先生手眼通天，可否指教一二？"

藤原虽对中国的局势了如指掌，却不敢给姚旅长指点迷津，因为日本政府已明令昭告在华日人，不得干涉北伐事务。况且，这也不是藤原来沅陵的目的。

"虽然我们现在无法干涉贵国的内政事务，但并不妨碍你我继续合作发财。鄙人此来正是有一桩大富贵要送给姚旅长。"

“哦？”姚旅长闻听眼睛登时一亮。

于是，杨大江就成了藤原谋求清代底油和姚旅长填补贪欲沟壑的一个筹码。而当天娟唱完戏、卸了妆，跑来要求姚旅长兑现放人诺言的时候，姚旅长便无耻地拔出了手枪。

幸好就在这时有人来报，洪油商人刘云湘前来拜访！

第十八章

刘云湘站在旅部大堂里四下打量："这就是传说中的白虎节堂啊。"

姚旅长有些尴尬，急忙抱拳施礼："在下久仰刘东家大名，今日一见果然气度不凡，幸会幸会。"见天娟向父亲述说委屈，便又讪笑道："玩笑玩笑，二小姐今天一上台，那可是技惊四座，堪称是梨园一枝花啊。"

刘云湘把目光转向姚旅长："说说吧，要怎么样你才能放人。"

"这个，这个……"

"姚旅长不必为难，我知道有人来得比我早。"

"佩服！"姚旅长冲刘云湘伸出了大拇指，随后道，"不过用你们商人的话说，现在，货可是在我的手里，我要的价钱只怕你这油业行的大龙头也承受不起啊。"

"对我来说，这世上没有什么比我的女儿更重要了，她就是想要天上的星星，我也会拼了这条老命去给她摘下来。"

天娟眼圈红了："爸……"

刘云湘拍了拍天娟，对姚旅长干脆道："价钱你来定，我要先验货！你既然是在跟我做生意，总不能让我隔着布袋买猫吧？"

"验货的事儿好说。"姚旅长手向前示意："刘东家，请！"

刘云湘跟着姚旅长走进了阴暗肮脏的监牢，见到了满身刑伤的杨大江，不由得吃了一惊，回头怒视姚旅长道："都说货卖一张皮，你就不怕折了本钱？"

"您买的是一条命，不是一张皮。"

"刘叔叔！"杨大江见了刘云湘，惊喜地喊了一声，随后问道，"您怎么来了？"

刘云湘近前，心疼地抚摸着杨大江开裂的手："我来救我小女儿……"

杨大江一愣："娟儿？娟儿怎么了，刘叔……"

刘云湘没言语，看着杨大江，长吐一口气："像个男子汉了。说说，怎么就落到了这一步？"

杨大江看了看刘云湘，摇头："不知道……"

刘云湘继续问："是不知道，还是知道了不想说，或者是不能说？"

面对刘云湘的追问，杨大江一时不知怎么开口。

"不说就不说吧，那你告诉我，你跟娟儿是怎么回事？"

杨大江愕然："没事啊，娟儿是我妹妹，我跟她能有什么事儿？"

刘云湘想了想，问道："你回来就是为了经商？"

杨大江黯然："让您老人家笑话了，以前我还觉得自己是门里出身，自会三分，自问这两年在外边闯荡见识也不少，可是没想到啊……"

前有刘家顶洪被人冒名骗货，后有杨同昌主动赔偿损失，现在又听了杨大江在生意上遭遇的失败，刘云湘此时若还猜不出事情的十之八九，那就不是刘云湘了。他问："恨你的对手吗？"

杨大江摇头苦笑："不瞒您说，到现在，我连对手是谁都不知道。"

刘云湘把目光转向别处，意味深长道："一笔糊涂账啊……"

姚旅长开出的价钱的确让人承受不起——清代底油。

但事到如今，对刘云湘来说，刘杨两家吵归吵闹归闹，总不能看着孩子落难，还顾及那些身外之物。所以他很干脆地写了条子，让天娟带着姚旅长的人去高椅村拿底油。

刘云湘的大义，把杨同昌感动得热泪盈眶，悬着的一颗心终于放下，就等底油一到，去姚旅长那里赎人了。可是没想到变生肘腋，天娟竟然空着手跑回来了，说是在辰溪附近，底油被一群当兵的抢去了。

刘云湘闻听不禁大吃一惊："团防兵？"

天娟摇头急道："团防兵我还能不认识吗？不知道是哪来的兵，他们穿的衣服跟姚旅长手下的那些人也不一样。爸，你说这可怎么办啊，没了底油，咱们拿什么去救大江哥的命啊？"

话音落地，就听"扑通"一声，杨同昌一头栽倒在地，昏过去了，众人急忙上前救护。

过了片刻，杨同昌渐渐醒转，凄惨笑道："早就知道会有这一天，就是没想到来得这么快啊……你说这不是命吗？命数啊！呵呵，死去吧，早死早托生……呜呜……"

底油被劫，姚旅长和藤原也大感意外，难道是刘云湘使诈？看来不是，因为刘家二小姐已从高椅村取出了底油，而且，杨家公子还在牢中，刘云湘急于救人，断不敢节外生枝。

辰溪附近？藤原想了想，似乎明白了一切，这可真是谋事在人，成事在天啊。此前日本内阁已昭告在华日人不得干涉北伐事务，他虽做梦都想得到那桶底油，但作为商人，趋利避害的道理他还是懂的。于是对姚旅长哑然一笑，决定此事就此作罢。

姚旅长参不透其中的玄机，见藤原甩手走了，他便抱定了一个宗旨，无论如何，不敲一笔竹杠老子绝不放人。

刘云湘跑到辰溪底油被劫的现场查看了一番，只见江面茫茫，水浪滔滔，偶尔有一两只船驶过；回头四下看，附近一片荒凉，绝少人迹，不由得茫然叹道："这前不着村后不着店的，一桶底油，上哪儿去找啊？"

那桶世代传承、早已成为洪商主心骨的底油就这样丢失了吗？

故事还没有结束，当刘云湘带着满脸的疲惫，步履沉重地回到沅陵落脚之地的时候，只见八水族长正站在门口笑眯眯地看着他。

还没等开口说话，又见杨同昌噌地从院子里蹿了出来："云湘！来来来，你快来看看，来，来啊！"不由分说，拉着刘云湘就往院子里跑去。

刘云湘困惑不解地被杨同昌拽进屋子，一眼便看见那桶清代底油赫然摆在八仙桌上。

"底油！"刘云湘扑上前去，仔细查看油桶上的花纹，又敲了敲分辨一下声音，随后还要打开油桶。

"别费事了，如假包换。"

刘云湘看着八水族长，万分感激："老哥哥，你这，让我说什么好，你救的可不是一条命啊！"

八水族长笑着摆手："你这把香烧得可是认错了菩萨，我可没这个本事。"

杨同昌一脸神秘地说："贺大哥来了。"

刘云湘瞪大眼睛："贺大哥？"

这贺大哥，是刘云湘的老朋友，民国三年拉起的竿子，孙中山发布《讨袁告示》，他加入了湘西护国军。后来，陈渠珍让他当了巡防军第二支队的司令，民国九年湘西大旱，他带头施粥赈灾，救了不少人，还捐了十几万大洋的赈灾款，当时的赈灾指挥部就设在刘府。

“贺大哥被叶开鑫任命为第十路军司令，率领川黔军来辰溪接管防务，没想到正碰上天娟一行人。当时他也不认得天娟，不过这桶油他可认得，知道这宝贝对天下五府十八帮的油业行来说意味着什么。”八水族长指着油桶笑呵呵地对刘云湘说，“贺大哥一看抱着这桶油的是姚旅长的手下，他还管你那个，先截下来再说。去洪江没见着你，就把我给抓来当官差了。喏，完璧归赵！”

底油回来了，众人大松一口气，正要抱着底油去姚旅长处赎人，却不料刚一出门，就见杨大江站在院子里，身后还跟着天婵和罗立。

原来，杨大江这次出事，正是被罗立和高署地所设计构陷。而当罗积善发现仓库特货对不上数目而迁怒于高署地的时候，高署地只好向天婵说出了实情。

天婵闻言大惊，扬言若出了人命，罗家就不会再有什么少奶奶了。罗立见状，也后悔不已，于是两口子便带上巨款赶到了沅陵……

天婵的举动，证实了刘云湘的猜想，解铃系铃，看来罗家的这位大少奶奶是没少忙活。

嵩云山的山道上林木幽深，净月在两名小尼姑的陪伴下，身背竹篓，手持药锄，从山道上款款而来。山风吹动着她们的长长的袍服，宛若翩翩仙子。

这一幕，把站在紫竹庵门前的刘云湘和天婵、天娟三人看得目瞪口呆。

天婵情不自禁感叹：“若非群玉山头见，会向瑶台月下逢。这位师太好风采啊。”

天娟问道：“哎，这嵩云山上什么时候藏了这么一位世外高人啊？爸，您带我俩来这儿干吗，您认识她啊？”

刘云湘回过神来，苦笑道：“我何止是认识她啊。”

天婵听了，拉了一把天娟，对刘云湘说：“爸，我妈走的早，这些年来您老人家又要招呼生意，还要拉扯我们姐妹，活得也确实不容易，如果您要看上这位……”

“姐，你说什么呢！”天娟毫不客气地打断天婵，“我才不想要个后妈！”

“天娟！”

“就是不要，咱爸的心里只有咱妈，你别多事！爸！您找个尼姑回家去算怎么回事嘛！”

“尼姑怎么了，尼姑她也……”

就在天婵姐妹争吵的当儿，净月走过来，看见天婵和天娟，登时也愣在了当场。

天婵急忙向净月赔罪：“这位师太，我和我妹见了您这神仙一般的人，一时情难自禁，打扰了佛门清净，还请您莫要怪罪。”说着，悄悄拽了拽天娟，示意她赶紧道歉。

天娟看了一眼净月，敷衍道：“阿弥陀佛！”

净月慈爱地对天婵姐妹笑笑，随后对刘云湘嗔怪道：“你这又是何苦呢？”

刘云湘道：“快二十年了，你总是不肯还俗，两个女儿自然也就失了教养，唐突你几句，用你这佛门的话说，也算是因果报应吧。”说完回身叫道：“天婵天娟，快去见过你们的母亲，不管她是九天的仙女，还是紫竹庵里的尼姑，你们姐俩可都是她身上掉下来的肉啊。”

“您说什么，母亲？”

“妈？”

天婵姐妹看着净月，满脸愕然的神情。

天娟道：“我才不信，她要是我妈，那，那怎么跟相片上长的不一样？”

刘云湘笑着摇了摇头：“傻丫头，要是能让别人一眼就认出来了，你妈还能活到现在吗？”

当年，为了那桶清代底油，也为了保住杨同昌，刘云湘和八水族长，还有水客帮朵妹的父亲欧阳广林，跟许安邦和土匪熊子贵大干了一场。这洪江城人人都以为，在那场祸事中，湘夫人死在了熊子贵的枪下。就连杨同昌都说，他杨家丢了刚满月的女儿杨春，刘云湘死了夫人，两家算是扯平了。可事实并非如此。

当年许安邦设下了圈套，湘夫人是为了救刘云湘和欧阳广林，只身赴险，落在了熊子贵的手里，受到了凌辱。她自认是个不干净的人，无颜再回洪江，再回刘家，便出家上了嵩云山。

一家四口坐在紫竹庵内，听刘云湘讲完这些往事，娘仨都忍不住泪水长流。

天婵哭着说：“妈，您为什么不回家？您忍辱含垢，吃苦受难，不也是为了洪江，为了刘家吗？”

“唉！”净月叹道，“你在罗家遭了大罪，怎么还是想不明白啊？且不说这天下五府十八帮的油商一直都在眼睁睁地看着咱们刘家，就说现在，官府和东洋人也还都在算计那桶清代底油。妈若是回去，招惹了闲话，你爸这一双手可就再也撑不起洪江的这片天了。”

刘云湘道：“我当然是想劝你还俗，可是现在，世道又要乱了，战端一开，不知又要打到何年何月，我看你还是在山上躲躲清闲吧。今天带两个女儿来见你，就是想让她们知道，什么才是家，什么才是爱。”

刘云湘长叹一声，又对天婵姐妹说：“你们的母亲不容易啊，都说出家人四大皆空，可是她没有一天不在想着你们，不在念着你们。这世上，爱情也好，亲情也罢，风风雨雨在所难免，人生不如意十之八九。我还是那句话，只要心头的一盏灯不灭，在哪里都是修行。有些事，你们姐俩自己掂量，拿得起还要放得下啊。”

天婵抹掉眼泪：“妈，都怪我爸，他要是早点带我来见您，我就不会去跟杨大江争气斗狠了。”

“嘿！”刘云湘佯装不悦，“这怎么还怪上我了？”

净月笑道：“你就知足吧，能神不知鬼不觉地做了一场洪油霸盘，收放自如，这洪江商道，除了咱们的女儿，谁还有这个本事？”

天婵心有所悟：“今天见了妈妈，女儿才明白，天未老，情难绝，真正的爱也许并不是执子之手与子偕老，而是历尽人间悲欢离合的生死相许。”

天娟有些不耐烦：“说的什么，我一句也听不懂。妈，我以后一定会像您一样，喜欢一个人就为他付出一切，哪怕是死！”

从嵩云山回来，天婵恍然开悟，再次与杨大江见面，心中也多了一份坦荡，得知对方要为北伐筹措军饷，便欲出手相助。她本是一把经商的好手，一番谋略讲下来，不但让杨大江打心眼里折服，就连肖楚雄也是连声赞叹。

天婵的主意是先通过罗积善，将油卖给藤原，然后在运输途中，水客帮的兄弟们再从三井洋行手里把油抢回来，这一进一出，筹饷的任务基本就能完成了。

第一步很容易，罗积善找藤原一说，藤原欣然同意，双方很快就签订合同，交接货物。藤原还只当是罗积善帮他开辟一条新财路，打破了刘云湘不与东洋人交易的传说，对罗积善无比感激。

关键是第二步。肖楚雄打算让水客帮的兄弟们假扮黔军，埋伏在辰溪一带，把油再抢回来。然而，这一步需要知晓三井洋行的油船从洪江码头启航的准确时间，这就需要天婵来传递讯息，毕竟肖楚雄和杨大江都不能公开露面。由于藤原十分谨慎，刘天婵无法得到日本油船的准确行程，就只能时不时地去码头上看看。为免旁人看见起疑心，她总是坐在刘家巨无霸油船里面，窥探外面的情形。

近日来，天婵和大江一直在密谋这批油的相关事宜，时常碰面，却忽略了天娟的感受。在天娟看来，姐姐之前不让自己和杨大江见面，可是现在她自己却经常和杨大江在巨无霸里面私会，这两人分明是旧情复燃，这种猜测让她陷入了深深的痛苦和煎熬之中……

夜晚的洪江码头静悄悄的，只有一队装满了洪油的日本油船在岸边整装待发。藤原带着雅子和山木，正跟一名穿西装的日本商人用日语交谈。

天婵站在巨无霸甲板上，看着不远处那长长的日本船队驶离了码头，藤原带着中村雅子也已离开，便返身匆忙要下船，可是刚要下舷梯的时候，就被天娟带着几名家丁挡住了去路。

天婵责备道："娟儿，这么晚了你跑来干什么？快让开，姐有急事……"

天娟一步步走上舷梯："有急事也不行，别看见我来了就想走，我有话跟你说。"

天婵急道："有什么话改天说，我真的有急事，快让我下去！"说着，越过天娟，硬要下船，驱赶家丁："都靠边！"

"站住！"上了船的天娟回身喝道，"这是我刘家的船，你罗家少奶奶岂能说来就来，说走就走？"又冲下边家丁喊："都愣着干吗？把人给我带上来！"说完，气哼哼地向船舱走去。

看见死死守在舱门口的几名家丁，天婵急得冒火又无可奈何："娟儿啊，姐求求你了，你不要再这么胡闹了行不行！"

天娟脱口而出："自打大江哥回来，你就拦着我不让我见他，可是你呢？这些天却一直跟他混在一起。姐，你这是要犯大错误的你知道不知道？你替洋洋想过吗，你替我姐夫哥想过吗？你替我，不是，你替咱爸想过吗？"

天婵气道："胡说八道，什么叫我跟他混在一起，我们是在干正经事……"

“哎哟哟！”天娟冷嘲热讽，“那这么说，除了您这少奶奶之外，别人跟他在一块儿都不是在干正经事？”

“我没工夫跟你在这儿闲扯，你说，到底让不让我走！”

“天未老，情难绝。这话是你说的吧？你就不想想，你若是现在还没成家，还没有孩子……”

“闭嘴！”天婵道，“我都快说一百遍了，过去的事情都已经过去了，姐现在对他根本就没那个意思！”

“没那个意思是什么意思？”

“什么什么意思？”

“你俩偷偷在一起啊。”

“偷偷在一起，那是因为我俩干的那些事不能让外人知道……”

“要是知道了呢？”

“你傻啊，知道不就露馅了吗？”天婵突然觉得不对，“不是，也不是怕露馅，我俩也没……你就是故意的，非要把你姐给活活气死不可！”

天娟委屈地看着天婵，死活就是不放人。天婵望了一眼滴答作响的座钟，看这时间段，估计日本油船已经跑远了，不由得暗自叹息。

姐妹俩僵持间，杨大江匆匆走上巨无霸。众家丁见了欲阻拦，杨大江出手推开家丁，直奔高大的船舱，刚走到门口，就听里面传出了天娟的声音——

“姐，我知道你嫁进罗府的时候心里有多难受，也知道大江哥得不到自己的心上人这辈子有多遗憾；我还知道，杨叔叔和梅姨一直想和咱爸做亲家……姐，你就让我替你嫁给他吧，姐给不了他的，我都能替姐给他，我会替姐好好爱他的……”

杨大江闻听此言，“扑通”一屁股坐在了门口地板上。

天婵听到动静，扭头一看：“大江？”

天娟一愣，脸唰地红了，哼唧一声跺脚跑进了里屋。

杨大江坐在那里，愣怔了片刻，叹口气，站起身，走进了船舱，看了天婵一眼，又看了看里屋：“怎么，姐俩吵架了？”

天婵没接话，忙问：“行动怎么样，成功了吗？”

杨大江叹了口气：“肖老师没得到你的消息，把船队给放过去了……”

“什么？”天婵吃了一惊，随后冲里间屋：“死丫头，你知道你闯了多大的祸吗！”

天娟在里屋门帘后委屈地嘟着嘴。

杨大江急忙道：“你急什么，我话还没说完嘛。我们水客帮是干什么的，还能让它给跑了？”

天婵问：“没人受伤吧？”

“追击的时候，东洋人开了枪，牺牲了两名兄弟。”杨大江看看天婵，又看看里屋，说道，“哥说句不该说的话，从走上这条路的那一天起，哥这条命就不是自己的了，说不定哪天就会像这两位兄弟一样，倒在这沅江边上，再也站不起来……快有大风暴了，哥只希望你们姐妹以后都能够平平安安的，把日子过好，别让家里老人担惊受怕……”

杨大江的这番话，让二小姐听了郁闷，在以后的日子里，她变得沉默寡言，每日从家里到报社，两点一线，整个人仿佛都失了魂魄。

二小姐之前大闹湘军旅部，让双少班声名大振。那杜老板为答谢天娟，特来洪江义演三天，主打剧目便是《寒江关》《马上缘》，演绎大唐女英雄樊梨花和薛丁山的一段姻缘。一时间，满城的人都把天娟和杨大江比作樊梨花与薛丁山。天娟走在街上，还时不时被那些长舌妇打趣，追着喊她樊梨花。

眼见得小女儿为情所苦，还被人奚落，成了笑柄，刘云湘十分恼火。可是人家杜老板在姚旅长面前还帮天娟解围，也算有恩于刘家，更何况此次来洪江义演，人家说起来也是为了答谢天娟，虽有借天娟造势的意思，可说到底也算仁义，刘云湘不好去怪罪，只得将满腔怒火发泄在作坊里。

这天，刘云湘吃过饭，就来到作坊整修榨机，抡着木锤，砸得榨机啪啪响。

“那宋玉风流却文弱，潘安多情太媚骚……”杨同昌哼唱着高腔戏，踅摸到刘云湘的身边，“哪如眼前这一位，飒爽英姿将英豪……”

刘云湘没好气：“哪来的苍蝇，外边哼哼去。”

杨同昌一脸笑意：“云湘啊，这双少班一来，整个洪江城可是都在说樊梨花和薛丁山，难道你就没听出来点别的意思？”

刘云湘板着脸，手中敲击个不停：“你还真以为你家大公子是薛丁山啊？”

杨同昌得意道：“嘿嘿，这榨机出不出油是你说了算，谁是薛丁山你可说了不算，那得是樊梨花说了算。”

刘云湘停下手，回头对杨同昌说道：“老杨啊，你说这些年你就仗着你有两个儿子，总是打我俩女儿的主意，这有意思吗？如今天婵连孩子都有了，我身边就剩下天娟这么一个小棉袄了，你不是扯二江就是扯大江，我上辈子又没欠你的，你就不能换个人家吗？”

杨同昌涎皮赖脸：“这同样也是我说了不算，还得是樊梨花说了算。”

刘云湘起身，用木锤指着杨同昌，恨不得捶他：“老匹夫，你借古说今亏心不亏心！一口一个樊梨花樊梨花，且不说你杨家要效仿薛丁山三休三请那是妄想，就说那樊梨花，她可是杀了她亲爹，你这是在糟践我小女儿！”

“云湘啊……”杨同昌急忙解释，“你可千万别误会，我不是那个意思，我是说，人言可畏不是？再说你家那二小姐……”

“东家！”没等杨同昌把话说完，老家丁匆匆跑来说道，“您快回去看看吧，姚旅长要娶咱们二小姐，派人登门提亲来了！”

“啊？”刘云湘大惊，手中的木锤“咚”地就掉在了杨同昌的脚面上……

刘云湘跟着老家丁匆匆走进院门，姚旅长的人已经走了，只见当院地上几只大箱子上摆着用大红绸缎扎着的布匹、古玩字画一类的彩礼。

刘云湘忙不迭地向堂屋走去，进门不禁一愣，只见偌大的堂屋内只有天婵一个人在。

“人呢？”刘云湘问道。

“刚被我给打发走了。”

“我也是刚数落了你杨叔叔一顿，前门拒虎后门进狼啊，看来家里这篱笆得扎紧了。”

“据来提亲的那副官讲，姚旅长夫人早逝，一直没再续娶。他是因为在上次给自己做寿请戏班打围堂鼓时候，听我妹唱了一嗓子，心生爱慕之情；又敬仰我妹仗义，为了救人而置生死于度外，发誓一定要娶这位巾帼不让须眉的奇女子为妻。”

刘云湘恨得咬牙：“这种鬼话你也相信？荒唐！”

“女儿自然是不信，不过，这桩婚事恐怕您还真的不好推辞。”

“这男婚女嫁总要讲个你情我愿，你爸爸这辈子行得端走得正，怕过谁来？”

“这不是怕不怕的事儿，关键是其中还涉及贺叔叔。”

“贺大哥？”刘云湘闻听一愣，“你妹妹是他从小抱大的，他往里瞎掺和什么！”

天婵侃侃而谈，据她说，贺大哥率川黔军进入辰溪，目的就是要参加北伐。而这姚旅长虽说为人不怎么样，却没有倒向北洋军阀，所以他这叶开鑫手下最精锐的独立第一旅，正是贺大哥要拉拢和争取的对象。此事一旦成功，北伐军便如虎添翼。而这姚旅长自然是想保存实力，不甘心被整编，便要了一招拖刀计。姚旅长知道刘云湘跟贺大哥的这层关系，所以才出了提亲这么个难题。刘云湘若是答应了，他就以操办婚事为由，拖延北伐。若是不答应，他就会借此来刘家闹事，给贺大哥施加压力。总之，一旦把脸皮撕破，他就达到了目的。

刘云湘听得一愣一愣的，他皱着眉头思忖了片刻，看着天婵问道："这事，你怎么都门儿清啊？"

天婵一愣，搪塞道："我，我要是糊涂了，您不就更糊涂了吗？"

刘云湘问："那依你说，爸爸现在该怎么办？"

"我跟那副官说，姚旅长没这个福分，我妹已经定亲了，而且马上就要成亲了，我……"

"他们相信了？"

"不信啊！"天婵指着院里，"这不彩礼都扔在这儿了吗？说是非要看到我妹出嫁他们才信。"

"这不是胡来吗？我的大姑奶奶，现烧香现拜佛，你让我现在去哪儿给你找个妹夫去！"

"我不是怕坏了贺叔叔的大事嘛，不这么说还能怎么说？这慌里慌张的我也想不出别的办法来啊。"

父女俩都不说话了。

刘云湘思忖了半晌，长出一口气，起身向外走去。

天婵问道："爸，您要去哪儿？"

"还能去哪儿，你妹妹心里也苦啊，爸爸就豁出这张老脸，去演一出《拉郎配》吧。"

第十九章

杨同昌起先听说姚旅长派人到刘家提亲来了，登时万念俱灰，与苗令梅相对唏嘘。哪承想，一会儿工夫刘云湘竟主动上门，要跟他们做亲家。老两口喜不自胜，在满口答应了刘云湘之后，赶紧派家丁把杨大江叫回来，告诉儿子这个喜讯。

可让两人没想到的是，杨大江不同意。

杨同昌压着火气，说道："今天咱们一家三口不吵不闹，关着门说话。在水客帮你是三当家的，在同义商行你是东家，你走了江湖道，你走了商道，可你骨子里还是个书生啊，你上过洋学堂，应该知书达理啊！"

苗令梅恨得咬牙："论人品、论才情、论女红，你说那二小姐哪点不好？花容月貌的一个俏佳人，跟你还是青梅竹马，两家又是门当户对，你怎么就是榆木疙瘩不开窍呢？"

"爸，妈，我没说娟儿不好……"杨大江红着眼圈，长出一口气，说道："爸妈的一片苦心和刘家人的情意，都沉甸甸地压在我心里，儿子也不是那不知好歹薄情寡义之人。可是这些年，儿子在外边干的那些事情，您二老虽然知道的不多，也应该有所耳闻。实话说，儿子跟贺叔叔走的是一条道，将来真要上了战场，生死难料，我要娶了娟儿，那不等于害了人家吗？”

“呸！”杨同昌气得啐了杨大江一口，“你吓唬谁啊？贺大哥起事拉竿子的时候你还穿开裆裤呢，现在不是活得好好的，也娶妻生子有家有小吗？这都不是理由……”

“那就没理由。”

苗令梅劝道：“妈知道你旧情难忘，可这人总不能活在过去。天婵和天娟乃一母同胞，你喜欢姐姐，可妹妹也不差啊，甚至比姐姐更招人疼爱，你俩怎么就不能成一家啊？”

杨同昌苦口婆心道：“二小姐要是心里没你，一个黄花大闺女干吗要跑到沅陵去抛头露面？如今这樊梨花和薛丁山传得是满城风雨，你当了甩手掌柜，让人家以后怎么做人？古人说得好，修身齐家治国平天下，可见这家事是要放在国事之前的。古人还说‘所谓治国必先齐其家者，其家不可教，而能教人者，无之’，那就是说，一屋不扫何以扫天下？你要北伐，薛丁山要征西，这就是冥冥之中的定数。在历史上，薛丁山固然是一员悍将，武艺高强，可是若没有樊梨花这个贤内助，他纵有三头六臂，又岂能完成征西大业？再者说……”

“哎呀别说了！”杨大江听得脑壳满满，抱着头吼道，“我不是什么薛丁山，娟儿也不是樊梨花，从小到大，我都一直把她当妹妹，当妹妹你们知道吗！”

“啪！”苗令梅上前狠狠给了杨大江一耳光，恨声道：“鬼崽子，我不管是姐姐还是妹妹，刘家这俩女儿，你眼睁睁看着一个跳了火坑，是不是还想看到第二个！今天我就等你一句话，这薛丁山你当还是不当？敢说半个不字，你妈就一头撞死在你面前！”

杨大江不说话了，紧绷着脸，嘴唇颤抖着。

杨大江和刘天娟成亲这天，唢呐齐鸣，鞭炮声声，迎亲的队伍浩浩荡荡，塞满了整条街道。杨府大门张灯结彩，一台八抬大轿落地，披红挂彩的杨大江把披着大红盖头的天娟搀扶出来。天娟往前走了一步，又转回身从轿上拿下杨大江的油画像，惹得众人一片哄笑。

城外的山坡上，已换上国民革命军军装的姚旅长放下手中的望远镜，他已经看到了杨府门前的喜庆场景，知道自己终是与刘家二小姐无缘，便黯然喟叹一声，回身招呼几名手下，上马狂飙而去。

洞房花烛夜，红烛摇曳，四周寂静。天娟坐在床沿上，透过盖头，偷眼看看旁边桌上的那一根用来挑盖头的秤杆。

等了半晌，不见杨大江来挑盖头，天娟不耐烦地活动了一下身子，起身过去拿起秤杆，自己给自己挑了盖头，趴在门缝上往外看了看，回身来到妆镜前，打量着自己姣好的面容。坐在暗影中的杨大江看着天娟，心中满是愧疚和犹豫。

天娟从镜子里看见了杨大江，喜道："大江哥，不是，夫君……"

杨大江近前，捏捏天娟的鼻子："还是叫大江哥吧。"

天娟羞涩点头。

"娟儿，委屈你了……"

"不委屈，这辈子都不委屈。知道吗，你在长沙上学那会儿，给我姐送来的那些书报刊物，我早就偷偷地看了！"

杨大江笑笑："是吗，没让你爸给发现？"

天娟咯咯笑："我爸发现了也不怕，反正有我姐替我顶着。"

"小滑头。"

"大江哥，我想活得跟你一样，以后你去哪儿，我就去哪儿……"

"娟儿啊。"杨大江犹疑着，"哥给你讲个故事吧？"

“好啊好啊，你讲什么我都爱听！”

这场婚姻对杨大江来说，无非应付个差事，说白了，也就是和他并不讨厌的一个妹子同居一屋而已，同床共寝那是没有的事，每晚上演的都是哥哥讲故事的老戏码——他的心全在天婵身上。

天婵一直要求向组织靠拢，她在筹饷工作中的出色表现，更是彰显了她的个人能力以及在洪江的群众基础，杨大江和肖楚雄一致同意推荐她入党。然而入党申请书交上去以后，却卡在了政审。为此，肖楚雄专门去长沙，向上级领导详细汇报天婵的情况，估计今天就要回来，成与不成，今天都该有结果了。

新婚的喜悦褪去，刘天娟只感觉到无边的空虚袭来，将她淹没，让她窒息。虽说仓促步入婚姻，可嫁的是心爱之人，理应开心才对，然而她却感觉自己距离杨大江更远了……她觉得自己应该找点事情做，思来想去，决定去报馆看看。

天娟梳洗打扮之后，拎起挎包，匆匆向院门外走去。刚好苗令梅从屋里出来，看见天娟就叫了声“大奶奶”。

天娟压根儿就没意识到是叫自己，她还没适应这种身份的变化，直到苗令梅喊了声“娟儿”，天娟才停下脚步，习惯性地叫声梅姨，觉得不对，又改称妈。

苗令梅笑笑：“唉，别拿捏自己，要是一时半会儿改不了口，那就还叫‘梅姨’，这么多年了，我都听习惯了。”

看着天娟窈窕的背影，苗令梅出了神。

杨同昌从堂屋里出来，笑道：“别人都说，岳母娘看女婿，越看越欢喜。你这是婆婆看媳妇，越看越……”

“老倌！”苗令梅一脸急火，冲杨同昌摆手，待杨同昌近前，低声道，“出事了。”

“啊？”杨同昌闻听一愣，“出什么事了？”

“这都成亲这么些天了，可是两个人还没有‘那个’啊。”

“哪个啊？”

苗令梅拧了杨同昌一把：“你个死老倌，你说哪个，咱家这大奶奶至今还是个黄花闺女！”

杨同昌不屑道：“无事生非，这可能吗？”

“我是干什么的？”苗令梅说，当年风荷院的那些女子都卖艺不卖身，自己作为当家的头牌，难道还看不出差别来吗？

两人在院子里的石桌旁呆坐半晌，一脸惶惶。

随后，杨同昌派人去同义商行把杨大江叫了回来，得知小两口的每晚的生活情形，便点着他鼻尖训斥道：“讲故事，哄睡觉？你一堂堂七尺男儿，说这种话亏心不亏心！当年我为了你妈，连祖宗都不要了，可是你，娶进门的好姑娘都不知道珍惜，你这是叫花子还嫌饭馊啊……”

可无论是杨同昌的训斥，还是苗令梅的哀求，都无法改变杨大江的心意，他始终觉得自己没做错什么。

天娟找到了报馆的邱主编，谋得了一份记者的工作，她认为当记者能及时知道天下大事，长见识。“大江哥是干大事的人，我可不想成为他的累赘。”

但是杨大江此时却怪罪她跟父母透露了他们之间的“秘密”，以至于耽搁了自己的时间，拖了自己的后腿。两人一言不合，争吵了几句。

当看到杨大江沉着脸从后进院快步走出来，径直出了院子的时候，苗令梅觉得不对劲，急忙奔向后院，嘴里喊着娟儿，推门进了屋：“你俩这是又……”

“妈……”天娟哭着扑进了苗令梅的怀里，“我怎么做他都不高兴……”

“逆子，反了你了！”

杨同昌带着几名伙计和家丁，把杨大江给拽进了刘府，正所谓儿大不由爷啊，鬼崽子，我收拾不了你，有人收拾你！

祖屋内，刘云湘燃上三炷香，在祖宗牌位前默默祷告了几句之后，对站在一旁的老家丁道："请家法。"

老家丁应声从牌位一侧拿出一根三尺多长的油亮竹片来。

刘府几名家丁见刘云湘从祖屋出来了，就把杨大江给按跪在地上。

刘云湘看着一脸不服气的杨大江："你还真以为你是薛丁山啊？"

杨大江道："刘叔叔……"

杨同昌怒喝："混账，你该叫什么？"

杨大江急忙改口："岳，岳老子……"

"你叫我岳老子，就说明你还承认你娶了我女儿为妻。"刘云湘压住怒火，"我来问你，你和天娟成亲可曾少了三媒六证？"

"刘叔，不，岳老子，我杨大江绝非草木之人，娟儿对我的一片痴情，我岂能不知。只是……"

"只是什么？"

杨大江争辩道："这夫妻之间总该有个相互了解的过程吧，你们不管三七二十一，就把我们给捏合在一起，让我……"

刘云湘怒不可遏："你和天娟青梅竹马，相互之间不可谓不了解；她为了救你可以不顾生死，你为了救她也愿意娶她为妻，这姻缘也不可谓不美满。如今你已成家，可知这夫妻道义何在？古人云，天地感，万物生，夫妇和，人伦始。你在外边干的事情再大，也大不过这'人伦'二字。人若是不讲人伦，与禽兽何异？既然你爸爸管不了你，那我这个岳老子就不客气了。"随后对老家丁："动家法！"

"姑爷，得罪了。"老家丁说着，"啪"地一竹片抽在杨大江的背上。

杨大江咬牙闷哼一声，忽然笑了，对杨同昌和刘云湘说道：“既然打了，还是换个年轻有劲点的吧，也好让你们消消气。”

“鬼崽子！”杨同昌一把从老家丁手里抢过竹片，抡起来就往杨大江身上招呼，“你还嘴硬，我让你嘴硬……”

“住手！”

只见天娟急匆匆跑进院子，上前推开杨同昌，护住杨大江，对刘云湘哭叫道：“爸，你们这是干什么，凭什么打他……”

刘云湘吼道：“打他是要让他记住，既然拜了天地，就不该欺天瞒地。你让开！”

天娟死死地护住杨大江：“是我跟他一起拜的天地，要打您就连我也一起打好了！”

杨同昌说：“傻姑娘，我跟你爸这还不都是为了你吗？你说他这个不争气的东西，他……”

“我愿意！”天娟斩钉截铁，“我既然嫁给了他，我就是他的人。他现在心里装不下我，我可以等，就算是等到地老天荒，我相信他总有一天会喜欢我的……”

杨大江一时动容：“娟儿……”

刘云湘从鼻子里哼出一口冷气：“你等他，你等得起吗！”

天娟说：“您要是能等得起，我就等得起。”

刘云湘一愣：“我，我等什么？”

“等我妈啊。妈妈不下山，您不也是一直在等吗？”

闻听这话，刘云湘一下子愣了。

“大江！哎呀，让我好找啊……”麻老五匆匆跑进来，见了院里众人，“啊，大奶奶，两位东家，都在啊……”

杨大江急忙问：“什么事？”麻老五凑近杨大江，低声在他耳边说肖楚雄来了。

杨大江听了，对刘云湘和杨同昌拜别：“岳老子，爸，我现在是真有急事，等办完了，再回来听二老教诲。”说完，不等众人反应，跟着麻老五匆匆而去，丢下天娟望着他的背影出神。

晚霞映红了半边天际，在霞光的掩映下，辽阔的江面和远处的青山构成了一幅绚丽多彩的山水画面。麻老五和豹子驾着一艘货船游弋在江面上。船舱里面，刚刚举行了天婵的入党仪式，按照上级的指示，以后洪江的工作就由天婵来组织领导。

天婵从船舱里出来，听到麻老五和豹子在说闲话，还提到了她和天娟，不由得停下脚步。不听则已，一听怒起。她转身转过船舱，见杨大江坐在船舷上跟肖楚雄指点着江面正说着什么，便气冲冲走过去，怒喝一声：“杨大江，你个王八蛋，你不是人！”伸手一推，把杨大江“扑通”一声给推进了江里。肖楚雄不明所以，愣了。

杨大江从水里冒出头来，抹了一把脸：“你干什么！我可是，刚当了你的入党介绍人……”

天婵指着杨大江怒道：“你说我要干什么，我已经是有夫之妇了你还贼心不死，辜负一个真心爱你的女人，你算什么男子汉！”

肖楚雄急忙劝道：“哎呀，天婵，有话好说嘛，同志之间……”

“您别管，他算什么同志！”天婵对杨大江怒道，“你连婚约上的誓言都做不到，怎么履行对党的誓言？你对你自己的妻子都三心二意，还口口声声说要为天下劳苦大众谋利益，呸！鬼才会相信你这种虚伪的谎言。狭隘自私，你就不配当一名革命者！”

杨大江被天婵数落得一愣一愣的，羞愧地把脑袋没进了水里……

天婵的这番话对杨大江刺激极大，他再也没有返回船上，而是游着水上了岸，一路直奔家里，见了天娟哽咽地喊了一声：“娟儿！”

“大江哥？”天娟被杨大江湿淋淋的狼狈相吓了一跳，“你，你怎么成这个样子了，哎呀，你鞋呢？”

杨大江上前，伸手一把将天娟紧紧地抱在了怀里：“娟儿，哥对不起你，哥自私，让你受委屈了……”

天娟闻言，整个人忽然松弛下来，泪水在眼睛里打转：“我有什么可委屈的，我倒是觉得你跟我姐才是真的委屈。”

“娟儿……”

天娟明显感觉到大江的心回来了，她羞涩问道：“那你，今天晚上真不出去了？”

“说什么都不出去了，成家了嘛，虚凰假凤的成何体统？今天晚上应该算是我这个新郎官和你这个新娘子真正大喜的日子，就是天塌下来，让肖老师他们去顶……”

“大江！哎……”肖楚雄出现在门口，看见二人在拥抱，急忙背过身去。

“肖老师？”两人急忙分开。

肖楚雄顾不上跟天娟打招呼，近前对杨大江急切地说：“快走，吴先生来了……”

“吴先生？”

“是广东军政府的代表吴玉章先生，他带来了上级的指示，你我二人有紧急任务，你快把家里的事情安排一下，咱们这就走！”

杨大江闻听，不由得愣怔了，回头抱歉地看着天娟……

民国十五年八月九日清晨，国民革命军第十军军长兼左翼前敌总指挥王天培，在嵩云山下举行北伐誓师授旗大会，会毕，即刻启程，率部东下。

“打倒列强！打倒列强！除军阀！除军阀……”

军歌嘹亮，铁流滚滚。大队北伐军将士打着印有“中国国民革命军第十军”字样的青天白日满地红旗帜，浩浩荡荡地走出山谷。

杨大江一身戎装，骑在马上回头望去。山坡上，天娟站在观望的人群中含着泪向杨大江挥手。

“壮哉，壮哉！如此威武之师，必能打出一个清平世界。”

“难说啊，那吴大帅和曹锟也并非善与之辈……”

听着众人议论，看着山下的杨大江，天婵安慰天娟道：“他命硬，不会有事的……”

“我才不怕，”天娟含泪看着快马远去的杨大江，“只要我心里想着他，他就一定能够平平安安地回来……”

刘云湘看了天娟一眼，感慨道：“三十功名尘与土，就看他是条龙还是条虫了。”

看着北伐军离开了洪江，藤原心中有苦难言，这大军的军饷从何而来，不正是自己当了冤大头吗？望着摆在神龛里的那桶东洋油，他觉得自己的机会来了。

虽说时下并非樱花绽放的季节，但藤原还是给十大会馆当家的，以及各大油商都下了请柬，邀请他们来参加所谓“樱花节”的庆典。为此，他让手下在别墅前的几株没有樱花的樱花树上装了不少彩灯，树下桌上摆了很多日本美食美酒，另外还请了风荷院的妓女来演绎日本歌舞。

然而时近中午，除了罗积善和高署地之外，没一个洪商前来。

罗积善对备感失落的藤原说道：“我那位亲家是什么脾气你还不知道吗？相比你这没有樱花的樱花树来说，他更喜欢油桐树。”

也罢，山不来就我，我便去就山吧。

藤原特意让雅子带上那只东洋油桶随他一起到了江对岸的油桐林，远远就望见刘云湘、杨同昌和干挑爷及十大会馆当家的正坐在林中谈笑风生。藤原来到众人面前，深鞠一躬：“鄙人冒昧，打扰诸位清谈，请原谅！”

刘云湘拱手回礼道：“藤原先生客气。请柬是收到了，只是我等皆非风雅之人，无福消受。”

杨同昌帮腔道：“商人嘛，自然是要务实的，风花雪月实与我等无缘啊。”

“说到务实，鄙人有几句肺腑之言，不吐不快啊。不知诸位可有兴趣听在下啰唆几句？”藤原说完，不等众人招呼，掸了下和服，从容坐在了刘云湘对面的位置，正色说道，“诸位可曾想过，为什么鄙人能够从日本来到洪江，做贸易、抢市场，而诸位却不能到日本去。即便不是为洪油，也可以为了钢铁、海产品而大赚特赚日本的钱财嘛。你们为什么走不出国门？”

“你说为什么？”

“目光短浅，墨守成规。你们眼里只盯着祖宗规矩，看不到世界的变化。一桶清代底油竟然能够统治五府十八帮油业行半个多世纪，说起来令人难以置信。”

刘云湘冷笑：“若真是如此，嵩云山恐怕也容不下你的樱花树。洪江汇聚了天下五府十八帮，洪油生意做到了世界各国，何谈洪商走不出国门？”

“可是，你们的国家贫困落后，这是事实。”

“国家积弱，也正是我等商人报国之时。”

“刘先生，我知道你们人人的心中都有一个强国梦，可既然是梦，那就是虚幻的。清代底油是神话一般的东西，令人可望而不可即。要想民富国强只有跟日本展开全面的合作，这才叫真正的务实。”

“日本在经过明治维新之后，的确是走上了富强之路。但是我不得不遗憾地说，你还没搞清楚强盗与强国之间的区别。”刘云湘起身说道，“你来洪江，处心积虑地想占有那桶清代底油，可知道这天下油业行尊崇的不是那桶里的油，而是中国老祖宗传下的制油手艺？就像日本仰慕盛唐，不惜人死船翻也要一趟趟派出遣唐使一样，对中国人的智慧和高超的技艺，你得不到，就只能把它当作神一般来敬仰！”

刘云湘的话引起了在场洪商的共鸣，所谓一招鲜吃遍天。就算是你有并吞八荒之心，你也不知道怎么做洪油，最终还是要跪在那桶清代底油的脚下。

“诸位也休要小瞧了我日本人。”藤原起身，回头示意雅子把那只东洋油桶放到众人面前，“这是我日本国出产的桐油。既然刘先生和各位都认为自己有祖宗传下的手艺在身，是做油的高手，那么我就限期一个月，若是你们榨不出如此品质的桐油，对不起，你们今后就把这桶日本油当祖宗供着吧。”

藤原说完，带着雅子匆匆离去。

众人呼啦一下子围上了那桶东洋油，武当家迫不及待地打开了油桶，众人不看则已，一看都笑了，日本人真会故弄玄虚，这不就是一桶生桐油嘛！

干挑爷从后腰抽出长签，下签子挑了挑，也认为是生桐油。

只有杨同昌惴惴不安：“不会吧，藤原是何许人也？此油必有玄机啊。”

刘云湘望着那桶油，若有所思：“虽然能确定是生桐油，也不可掉以轻心。时间宽裕，还是要多琢磨琢磨，原料也要精挑细选。”

虽然大家都认为是司空见惯的生桐油，但杨同昌还是怀了戒心，他找到罗积善说，藤原敢跟刘云湘叫板，那桶东洋油必有玄机，如今你是他亲家，我也是他亲家，是亲三分向啊。

罗积善想想也对，自己要想涉足洪油生意，离了刘家这块金字招牌还真不行。毕竟，赚到手里的钱才是钱。于是，他上了嵩云山，直接问藤原为何要这样做。那四川葛东家不服气，人家手里好歹还有历史悠久的秀油！你那桶油平时也就是放在神龛里当摆设，日本就是有桐油，又岂敢跟洪油叫板？

藤原却不接罗积善的茬，只是埋头捣鼓一台柴油发动机，直到那台发动机发出突突突的一阵声响，冒着黑烟运转起来，这才直起腰，伸手扇着烟气，气定神闲地说："刘云湘自诩做油高手，那就看看他的真本事吧！"

刘家作坊仅用十天时间就榨出一批优质生桐油，并且沉淀得恰到好处。众商早已等不及了，不由分说抱着油就去找藤原较量。

而罗立无意中听罗积善说起藤原用一桶东洋桐油挑战他岳老子和油业行的事，登时心头一震。急忙驱车找到了正在妇女联合会组织庆贺北伐军胜利的天婵，告诉她，藤原的那桶油是可以当作柴油来使用的，他一定会用柴油发动机来验证，若拿一桶普通生桐油和他斗，那就必败无疑！

天婵闻言大吃一惊，两人上车疾驰而去，终于在嵩云山脚下拦住了众商……

第二十章

众人回到元隆油号，围着那桶东洋油一筹莫展。连干挑爷都慨叹，一生鉴油无数，却从未听说过能够当作柴油来使用的桐油！众人皆心有余悸，怪不得那藤原敢口出狂言……

说话间，只见天娟一手抓着报纸，一手抓着一把电报单，喊着“宜昌大捷！”跑了进来，扑到刘云湘身上，兴奋地蹦跳着尖叫：“爸，你们快来看，可了不得了，我夫君打过长江去了，已经占领了宜昌！”

天婵皱眉责备妹妹：“娟儿啊，你就别闹了，咱爸心里正烦呢……”

“烦什么，这都是他二姑爷的功劳……哎，什么味儿啊？”天娟忽然抽着鼻子，看见了那桶东洋油，“怎么把我们报馆的油给弄来了？”

“报馆的油？”众人闻听一愣。

“爸，您是不是也打算印传单啊？太好了，一定要把您二姑爷的名字给写上，我，我这就给您写稿子去……”

天娟来去如风，却让众人眼前一亮，报馆！

众人即刻赶到报馆的印刷车间，一名老师傅听明来意，就打开了一铁罐用来调制油墨的桐油。

据老师傅介绍，印刷用的油墨不能过于黏稠，过去稀释的时候是要用柴油的，然而成本太高，如今改用台湾产的优质生桐油，可替代柴油使用，价格也不便宜，但是比起柴油来说还是能省下不少钱。而且用这种油调出的油墨，有一股特殊的香味，颇受青睐。

干挑爷饶有兴致地蹲下身，抽出长签挑挑那一小桶油，细细察看。

罗立上前问道：“敢问老师傅，此油能否在柴油机上使用？”

“这个嘛……”老师傅沉吟道，“老夫不敢断言。不过听那供货的福建油商讲，此油在印刷行业用量不大，倒是颇受那些开工厂办实业的客商欢迎。少爷若是有柴油机，不妨一试。”

干挑爷笑道：“云湘，咱们是灯下黑啊。”

刘云湘仔细看了看那一小桶油：“台湾盛产木油桐，与湘西的油桐树略有区别，这应该就是用木油桐子榨出的油，没想到被藤原给钻了空子。”

数日后，众人带着新榨的生桐油来到藤原的别墅。

藤原果然提出用柴油发动机来验油，示意山木把那桶刘家油倒入柴油发动机，随后指着发动机的摇杆对刘云湘说：“刘先生，真菩萨面前可烧不得假香啊。”

刘云湘道：“藤原先生若是真有菩提之心，又何须念佛经啊？”

藤原摆头示意，山木幸灾乐祸地看了看刘云湘，使劲摇动了摇杆，突然惊愕地发现，发动机竟然突突突冒着黑烟发动了起来。

众商一片欢呼。

藤原满面狐疑地看着刘云湘：“这……”随后问山木：“在加油

之前，油箱里的油可曾清理干净？”

山木支吾：“这，也许，也许是……”

“别找借口了！”刘云湘说道，“你日本不能说没有桐树，但是数量极少，而且其果实在榨油的时候出油率低，品质极差。跟中国台湾的木油桐和这湘西的五爪桐根本没法相比。这是你们日本国的土壤和气候与我中华大地的差异所造成的，所谓橘生淮南则为橘，生于淮北则为枳，水土不同，物种自然就不同，这本无可厚非。只是你不该拿产自中国台湾的优质桐油来粉饰你日本国的强大。藤原先生，我看得出来，你很爱你的国家，那么我就奉劝你一句，资源贫乏和地域狭小从来都不是你们国家的耻辱，而用卑鄙手段刻意去掩盖缺陷的人，才会沦为天下笑柄。‘人乞祭余骄妾妇，士甘焚死不公侯’，中国的这两句古话你该多琢磨琢磨。”

刘云湘说完，转身拂袖而去，杨同昌、干挑爷等人也都扬眉吐气地跟着离去，现场只剩下藤原瞪眼看着地上的油桶和那个仍然突突作响的发动机。

前段日子，天娟整天东跑西跑地大喊大叫，她生性活泼，公公婆婆还真没当回事。可是，这些天她又不说不笑了，整天把自己闷在家里，魔魔怔怔。如此形容，让杨同昌老两口惴惴不安，生怕她闷出病来，做公爹的没法多说，只能让亲爹来看看。

刘云湘倒不以为意：“我女儿是懂规矩的人，丈夫不在家，她自然要谨守妇道，大门不出二门不迈。这你们也看不惯，真是奇了怪了。”

杨同昌催道：“你去看，你去看看就知道了。”

二人说着，来到了后进院房屋门前，只见苗令梅正趴在门缝上往里偷窥。

苗令梅见了刘云湘和杨同昌，过来低声说道：“孩子这些天没好好吃过一顿饭，人也瘦了一圈，我是看着……”

刘云湘没等苗令梅说完，上前使劲一把推开了房门，只见屋里一片狼藉。天娟嘴里啃着果子，赤脚站在屋中惊喜地叫道：“爸？爸您快来看！”

刘云湘疑惑地走进房间，杨同昌和苗令梅也跟进来，三人愕然地看着立在墙边的一块贴着地图和杨大江画像的铺板，地图上面的一些地点都被钉上了钉子，画着大小箭头，相关的各个地点都用丝线密密麻麻地连接着。

“安庆！”天娟指着地图，兴奋地嚷嚷，“北伐军占领了安庆，此处乃兵家要地，周边皆有大山，居高临下，可俯瞰整个皖省……”随后在地图前投入地寻找着地点，嘴里喃喃道：“宜昌、岳阳、武昌，到九江……安庆，然后北上，再到，镇江、常熟、芜湖、徐州……哈哈，大江哥你好厉害啊，真是兵锋所向，摧枯拉朽……”

刘云湘摇摇头，悄然退了出去，杨同昌和苗令梅也赶紧跟出来，两人都看着刘云湘，指望他能有个主意。刘云湘沉默半晌，幽然道：“只要没病没灾的，就由着她折腾去吧。”说完，怅然离去。“闺中只是空相忆，不见沙场愁杀人啊……”

北伐军捷报频传，眼看要取得全面胜利，蒋介石却打着“护党救国”的旗号，签发了“清党令”。一时间，洪江城里腥风血雨，人心惶惶。而藤原又从中看到了谋求清代底油的机会，他与罗积善商定了一出苦肉计……

这夜，洪江城大雨如注。抓人的警车鸣着笛在街道上飞驰，随后有大批荷枪实弹的军警冒雨在各条街道上唰唰跑过……

当天婵安排完各处同志转移后，坐在罗立车上返回罗府时，半路上被一群身份不明的人给绑架了。

而几乎与此同时，天娟正收拾行囊，打算去徐州寻找杨大江。

杨同昌和苗令梅见天娟要走，登时吓坏了。

“孩子，变天啦，到处都在抓共产党，他要是命大，你在家他心里还有个念想，早晚会回来……”

天娟不为所动：“他们抓他又不是一次两次了，他出生入死，身边连个知冷知热的人都没有……”

杨同昌忙说：“可是这兵荒马乱的，你上哪儿去找他啊？”

天娟起身望着铺板上的地图：“他打到哪儿，我就追到哪儿。爸，妈，我这可不是在瞎胡闹，我知道您二老心里也在牵挂他，不如就让媳妇做个千里寻夫的孟姜女……”

杨同昌借机冲苗令梅使眼色，两人赶紧出门，“咣当”一声锁上房门。

天娟惊觉，赶紧站起身跑过去晃动房门：“开门，你们不能这样……爸，妈，快开门啊……”

房门外，杨同昌和苗令梅也是束手无措。苗令梅冲杨同昌使眼色，杨同昌慌忙撑起伞去刘府找刘云湘。

刘云湘正在堂屋灯下看报，一听杨同昌的话，头就大了：“先把人关起来再说，这就对了！讲什么理啊，她那小嘴伶牙俐齿的，又能说又能唱，你讲得过她吗？”

杨同昌附和道：“谁说不是，孟姜女千里寻夫，樊梨花挂帅征西，这可都是传为千古美谈的贞节烈女，我跟你嫂子硬把她给关在了家里，说起来还是输在了理儿上啊。”

刘云湘更来气：“你什么意思，这外边是个什么样儿你来的时候没看见？洪江都闹到了这个地步，全国其他地方可想而知。你儿子是没指望了，还想把我姑娘给搭进去？”

杨同昌也不高兴了：“哎，什么叫我儿子没指望了？现在咱们说的可是你女儿。”

眼下这形势，让刘云湘和杨同昌心里都很烦躁，说话自然没好气，你一句我一句就呛上了，越说越恼，吵得不可开交。老家丁站在旁边也不知道该劝谁，忽闻外面传来哭嚎的声音，循声望去，只见罗积善带着高署地，淋得跟落汤鸡似的，跌跌撞撞地跑进来，边跑边喊着："罗立和天婵被抓了！"

刘云湘大吃一惊，他第一反应就是女儿女婿被人当成共产党抓了："岂有此理，清党跟他们俩有什么关系，是谁抓的？"

罗积善赶紧说抓儿子儿媳的是熊子贵的人，刘云湘闻言心下狐疑。

杨同昌问道："你看见啦？"

罗积善跺脚："唉，我要看见了还能有这事儿吗！"

刘云湘逼视罗积善："那你如何断定是熊子贵的人？"

罗积善有些躲闪："这不是听下人说的嘛。"他用手杖一指高署地："你说！"

高署地马上说："听出事地点附近的商家讲，带走少爷和少奶奶的人不是军警，那，那不是熊子贵还能是谁？"

杨同昌问道："怪事啊，那熊子贵与你罗家素有交往，他抓你儿子干什么？"

罗积善眨眨眼睛："也许，也许他要抓的人是我家少奶奶呢？"

杨同昌又问："抓少奶奶，那就是说他是对着刘家来的。可是土匪绑票必有一图，他图的是什么呢？"

罗积善一脸茫然："是啊，他图的是什么呢？"

说话间，就听"笃"的一声，一支穿着纸条的飞镖钉在了门框上，众人一惊。刘云湘跨出房门，见老家丁从院中暗影里闪出，朝对面屋顶扬扬下巴。刘云湘微微摇摇头，老家丁又闪入了暗影。

刘云湘拔下飞镖，看了看纸条，回到屋内把飞镖和纸条扔在了桌上——"清代底油"。

杨同昌上前看了看纸条，提醒刘云湘道："一介土匪，要底油何用？当年他打底油的主意，藏在他背后的人可是许安邦啊。”

刘云湘反倒没了惊慌，意味深长地看着杨同昌：“那桶底油不就是拿来救人的吗？”

罗积善忙道：“对对，亲家这话说得在理，都是儿女的性命，万万不可厚此薄彼啊。”

杨同昌恼了：“哎，你这话是什么意思，我又没说不让咱亲家去拿底油救人。”

“杨东家，你是没说，可你这话里话外的谁听不出来？哦，那时候你们可以拿底油到沅陵去救你儿子，现在就不能拿出来救我儿子？”

“我没说不救你儿子，我只是说这熊子贵的背后……”

“行了！”刘云湘喝止两人，“手心手背都是肉，你们儿子长儿子短的，可曾想过我女儿的安危？”随后大步走出房屋，冲对面的房顶大声说道：“房上的人听着，别梁子压水追秧子（黑话，劫路绑票），千里行船只为求财。明日一早咱们码头上顺买卖，观音和财神不得少半根汗毛！”

刘云湘话音落地，对面屋顶上一个黑影便悄然隐去。

次日一早，刘云湘来到高椅村。

雨过青山苍翠欲滴，三面环山一面临水的高椅村笼罩在薄雾氤氲中。层层叠叠、错落有致的窨子屋，鱼鳞般的屋顶，马头墙上高高挑起的飞檐忽隐忽现，远远望去，整个村落如同一座神秘的城堡。

刘云湘和八水族长走在前面，高署地带着身后的七八名蒙头盖脸土匪打扮的人紧跟在后面，一行人来到祠堂门口。大门打开，映入众人眼帘的正是供奉在祖宗牌位前的那桶裹着黄绫的清代底油。

刘云湘来到底油面前，回身道：“买卖成交，回去后马上放人。”

高署地谄笑道：“放心，放心，熊舵爷也是讲规矩的人，盗亦有道嘛。”回身对土匪：“你们说是不是……”

没等高署地说完，后排一名蒙面土匪急切上前一把就抱住了那桶底油，转身要走，又迟疑地看了看刘云湘。

刘云湘望望那身形眼熟的“土匪”：“走吧，别脏了这杨家祠堂。”

那人愣了愣，冲众人一摆头，抱着底油快步奔出祠堂，众土匪也随之而去。刘云湘则跟着八水族长回家喝茶去了。

高署地等一行人抱着底油如无头苍蝇一般在街巷里东跑西颠，一个个气喘吁吁。

打扮成土匪的藤原扯下蒙在脸上的布，疑惑道：“不对啊，来的时候明明就是这条路嘛。”随后见不远处一村民正蹲在木房门口悠闲地抽水烟，便走过去问道：“请问老先生，这条路可以出村吗？”

村民急忙放下水烟起身拱手道：“山野草民，不劳下问。若要出村请直走，条条道路均可出村。”

一行人闻言又匆匆向路上跑去……

刘云湘同八水族长喝茶聊天，谈笑风生。一个后生趴在院墙上往外瞅瞅，然后来到八水族长身边耳语几句。

八水族长笑笑：“随他们去吧！”后生点点头，便出去了。

这高椅村，原名渡轮田，地势三面环山，形如高椅，易守难攻。自明朝洪武年间，杨氏宗族就定下规矩，以村中五通庙为中心，所建窨子屋必须外形一致，呈梅花状排列。如此一来，不管这村子变得多大，也不管村中人口增添了多少，整体布局始终暗合五行八卦阵式。别说外人来了如入迷宫，就连本村记性不好的老人都会迷路，所以这几百年来，村中从来没闹过土匪和盗贼。藤原冒充土匪，跟罗积善一起唱了这出苦肉计，可谓用心良苦。刘云湘把他们引到这来，就是要让他不但拿不走底油，还得老老实实地放人。

八水族长自豪地说：“不是老哥哥说大话，我这杨氏一门的老祖宗飞山太公杨再思，那可是中国最早反对帝国主义列强的人。”

刘云湘皱眉：“还不是说大话，老哥哥，那唐末五代时期有帝国主义列强吗？”

“有！”八水族长瞪眼说道。

“抬杠不是，就是有，那也是野人。在那个时代，什么东洋人西洋人还都处在蛮荒时期，人家都在茹毛饮血呢。”

“族谱上说的明白，五代时期，王室衰微，天下纷争，藩镇割据。这什么意思？这就是说跟现在的中国一样嘛，政府无能，列强环伺，都想咬你一口，我说的对不对？那个时候，杨再思镇守沅州，被授银青光禄大夫、诚州刺史；其十个儿子分别为十峒首领，均奉我中华为正统，守土有功啊。这不是反对列强吗？你要敢说不对，今天午饭都没得吃！”

刘云湘忍着笑：“对，你老哥哥说的全对！”

……

一帮土匪在高椅村转了一天也没找到出去的路，无奈地坐在路边，守着那桶清代底油。乔装的藤原怒不可遏，抬腿就踢高署地。

“笨蛋，笨蛋！”藤原骂道，“我们不知道路，你这土生土长的土包子也不知道，要你来何用！”

高署地一边躲闪一边争辩：“你以为这高椅村谁都能来吗，人家这次能让我这特货行的掌柜进来，就已经是格外开恩了……”说着，看见一名端着一大笸箩黑九妹的大嫂走过，急忙甩开藤原，追上道：“嫂子，嫂子，求求您了嫂子，求您给我们指一条出村的路……”

“黑九妹要吗？”

“要！只要能让我们出去，您这黑九妹我全包了。”说着，从兜里抓出一把银圆塞给大嫂，把大笸箩端过来递给围过来的土匪。

“好些钱啊。莫急，慢慢走，实在走不出去，村里管你们饭。”说完，把银圆一揣，走了。

“哎，嫂子……”高署地无奈地看着扬长而去的大嫂。

眼看天黑了，藤原一行人只好找个墙角坐下来歇息。夜色中，藤原边啃着黑九妹，边琢磨出村的办法。

罗立和天婵被关在一间黑暗的仓库中，有人给送吃送喝，倒没难为他俩。

罗立透过门缝，见山木无聊地跨坐在自己的那辆敞篷车上，其他几名打扮成土匪的日人在周围游荡着。

天婵凑过来，焦急地说：“这都两天了，也不知道洋洋在家怎么样了，真急死人了。”

罗立闪开门缝让天婵看：“那个人叫山木，是藤原的手下。当时我就纳闷，熊子贵怎么敢绑罗家人？”

“藤原的目的何在？”

“你说呢，我天天在他眼皮子底下晃悠，他绑我有什么用？”

天婵想了想，没言语。

“早一天看透，就早一天能活个明白。可笑我过去还一直对日本人抱有幻想，现在好了，是他们自己捅破了肥皂泡……婵儿啊，以后不论你做什么事儿，都带上我，好吗？”

“不行，你也不看看现在外边有多乱，咱们被抓来的那天晚上，知道这洪江城有多少人头落地吗？”

“夫人都不怕，我怕什么？我知道我不是个做大事的人，外边说的那些个主义啊革命啊我也不感兴趣，我就相信你，以后你走到哪儿我就跟到哪儿。也不为别的，你身边多个人，总会多份照应……”

天婵眼圈红了，她扑进罗立怀中，双臂紧紧环住罗立，打定主意和这个男人生死相依。

第二天，藤原等人还在高椅村中转圈。这回他们聪明了，将衣裳撕成布条，分头出去结绳记路。

两名衣衫褴褛的土匪一路拴着布条，不知不觉就到了头，拐弯继续拴，突然发现走了回头路，不由得沮丧地瘫在地上。

一名土匪沿着潮湿的墙壁一路扔着布条，突然看见前面有个穿大红衣服的小孩一闪而过，急忙追去，又不见了人影，抬头看，前面是一座阴森大院，门里探出一个满面皱纹的老婆婆，笑眯眯地正冲他招手……那土匪吓得惊叫一声掉头就跑。

高署地一边走，一边把手中的布条挂在路边的篱笆上，刚要拐弯，就跟从另一条道上转过来的一名土匪撞了脑袋。

转来转去，又忙了一天，还是没能找到出去的路。藤原手里拿着纸和笔，跌坐在路边，忧心忡忡地看了一眼西坠的日头，抬头对围在身边狼狈不堪的几名手下怒道："快说，你们找到的路在哪儿？"

几名手下指点着藤原手中画的草图，七嘴八舌地——

"这里，从这里往右，再往右……"

"不对，我刚刚走过这条路，应该是从这里，到这个水塘……"

"顺着太阳方向，这条路很弯曲。"

在众多手指下，藤原的笔画出了一个又一个大致的圆圈，他不耐烦地说："都是死路，死路！"

藤原正烦躁，忽然听到高署地的声音："哎，找到了，是这条路！"

随着话音，只见高署地跟一名手下匆匆跑来，见了藤原等人之后，一下子就愣了，喃喃道："这怎么又转回来了……"

藤原在画得乱糟糟的纸上下不了笔，突然暴躁地使劲划拉了几下，抓狂地"啊啊"大叫着把伪装的假发和胡须都扯掉扔在地上，用日语仰天吼道："天照大神，救救你的子民吧！"

高署地上前欲劝止："藤原先生息怒，或许咱们……"

"没有什么或许！"藤原瞪眼吼道，"咱们陷入的不是一般的迷宫，而是诸葛孔明的八阵图，鬼神莫测的八阵图！”

“藤原先生见识不凡啊。”

藤原等人闻听急忙回头看去，只见刘云湘和八水族长还有许多杨氏族人都站在路边。

藤原尴尬道：“既然你早就知道了，又何必让鄙人在这里转来转去地整整转了两天。”

八水族长说：“怕你不死心嘛。”说着，回头示意，一后生上前抱回了那桶清代底油。

刘云湘道：“走吧，这梁园虽好，却不是你等人的久留之地。”说完，和八水族长等人一起向路上走去。

藤原看了看一众手下，黯然跟了上去。

一行人被带出了村子，来到了渡口。临上船时，藤原返身回来，对刘云湘等人深鞠了一躬，说道：“鄙人素来敬佩中国古人的智慧，此次在高椅村能够见识到诸葛孔明的神秘阵法，三生有幸。”

刘云湘道：“藤原先生，这回让你空手而归，并非是我占了地利人和。你虽自诩是中国通，却不是真正了解这个国家。多翻翻历史你就知道了，这个国家，政府也许好欺负，但是这个民族你招惹不起。”

“受教了。”藤原悻悻转身，带着一众手下离去。

铩羽而归的藤原不得不释放了天婵和罗立，但他不甘心，特意备了杯毒酒，想“给刘云湘点颜色看看”。但他没想到的是，罗立多了个心眼，在他扬言“相逢一笑泯恩仇”的时候，抢先把端给天婵的那杯酒给喝了。

罗立在罗府大门前毒发身亡，天婵怀抱着罗立冰冷的尸体，发誓一定要替他报仇。

出殡这天，罗府内外一片缟素，前来吊唁的人络绎不绝，高署地披麻戴孝，带着几名伙计在大门口迎来送往，唢呐手在旁边吹奏着哀伤的曲子。

罗积善失魂落魄地坐在卧房的躺椅上，泪水已干枯，眼睛直直盯着天花板，手中的手杖下意识地“笃！笃！”敲着立柱，每敲一下，天花板上便有一枚大洋掉下，砸在他毫无知觉的脸上和身上。

后进院里，天婵在太平缸的缸沿上“唰唰唰”地磨着一把剪刀，泪水滴落在缸中，泛起丝丝涟漪。

忽闻高署地在前院大喊：“东亚电灯公司董事长，藤原先生到！”天婵停下手，揣起剪刀，整理好身上的麻衣，匆匆向前院走去。

灵堂设在堂屋，四周白纱挽幛飘拂，中堂上大大的“奠”字下面摆着罗立英俊的遗像，两边挂着挽联，上写“人间未遂青云志，天上先成白玉楼”。

藤原站在罗立的遗像前，心情复杂，想这罗立曾与他朝夕相处，又怎会不了解他的本性？而能够洞悉到他的杀心，却又毅然替自己所爱的人去慷慨赴死，这让他不得不重新审视罗立这个人，重新来审视罗立所在的这个民族。

看着遗像上罗立那清澈的目光，藤原自惭形秽，他庄重地鞠了三躬，含泪喟叹：“痛哉！惜哉！天妒英才啊，罗立君，想你东洋求学，经纶满腹，年方而立，正当大展宏图之时，何以罹此大难，让我等横遭这白发人送黑发人的人间惨事！罗立君啊……”

旁边幕帏中，天婵紧握剪刀在向藤原靠近，然而，就在她要冲出幕帏的那一刻，突然被身后出来的一只手一把给拉了回来。

天婵一回头：“爸？”

刘云湘把天婵拉到僻静处，一把夺下剪子：“你妹妹跑了，我得去把她给追回来，你不能再给我惹事。”

“天娟，她……”

“不管你在外边干了什么，爸爸相信你的选择。自古以来成大事者，当心静如水，处乱不惊。你现在不是为你自己活着，听爸爸一句劝，洋洋还小，暂且忍下这口气。”

“爸！”天婵哭着扑到刘云湘的怀里。

刘云湘眼圈红了：“罗立是个好孩子，是我害了他啊……”

徐州城外，杨大江所在的阵地遭到了直鲁联军的疯狂进攻，炮弹带着尖厉的呼啸落在阵地上，掀起的泥土遮蔽了天日。

“营长，敌人又上来了！”

“噗！”杨大江吐掉嘴里的泥土，喝道：“打！”

枪声大作，在敌人成片倒下的同时，阵地上的北伐军将士也不断出现伤亡……

阵地后方，天娟跟着救护队员们冒着枪林弹雨跑进了战壕，刚和同伴们料理好几名伤员后，抬眼就看见了正向敌人射击的杨大江。她惊喜地跑过去：“大江哥？哎呀，你受伤了……”说着，伸手就去抹杨大江脸上的血。

杨大江看见天娟登时一愣：“娟儿？你怎么来啦？”

“都来好几天了，你等着，我给你……”天娟话没说完，就被杨大江给按住了脑袋，一串子弹“噗噗噗！”打在了前边掩体上。

杨大江喊道：“我没事，这里危险，你快下去！”

“我好不容易才上来的……”天娟说着，抓起一杆步枪对着敌人就扣了扳机，没动静。

“你拉栓啊！”杨大江一把抢过步枪，拉动枪栓。

“还是这个厉害！”天娟见附近士兵往外扔手榴弹，也抓一个扔了出去。

“拉弦啊，你不拉弦它怎么能……”杨大江手忙脚乱地喊着。

“哦！”天娟又抓起一颗，拉了弦之后，拿着刺刺冒烟的手榴弹，“是不是这样？”

杨大江吓得一把抢过天娟手里的手榴弹，慌乱地扔出去，在轰然的爆炸声中赶紧护住天娟，随后大吼：“来人，快把她给我拉下去！”

两名战士过来，拉起天娟就走。

天娟不甘心地喊道：“大江哥，哎，大江哥！”

“下去！”杨大江瞪眼怒吼……

……

徐州城内已是一片狼藉，刘云湘在元隆徐州分号掌柜的引领下，穿过硝烟，转过街角，来到了一座挤满了伤兵，不断有担架抬着伤者进进出出的大院，一进门，便看见天娟从一座帐篷里跑出来，手上身上到处是血。

一见刘云湘，天娟惊呼：“爸？”

刘云湘正色道：“跟我回去！”

天娟任性回绝：“我不！”

刘云湘上前，疼爱地扯下天娟的围裙给她擦手：“你这是要把你爸和你公公婆婆给气死啊，这是你该来的地方吗？”

天娟忽然咧嘴笑了：“我夫君在这儿，我见着他了。”

刘云湘一愣，四下看：“他也受伤了？”

天娟无比自豪：“不是在这儿，在城外阵地上呢，可威风了！”

“他也得跟我回去！”

“爸——”天娟撒娇。

“听话！”刘云湘嗔道。

“您看看这些人，都是我夫君的袍泽，女儿怎么能见死不救吗。”

刘云湘语重心长：“傻孩子，这是在打仗，人家是在争天下，杀敌一万自损八千，你能救得过来吗？”

“能救一个是一个……对了，爸，您来了正好，快跟我去见肖老师！”天娟不由分说，拽着刘云湘就往外跑。

天娟带着刘云湘和分号掌柜快步走向一座门口有士兵站岗的宅

院，刚到门口，就看见一名书生模样的人被一群臂戴白色袖箍，手持大刀的军人给推搡出了院门。

肖楚雄急步追出来："没有王军长的命令，你们擅自抓人，这是在破坏北伐！"

为首军官面无表情："王军长也要听从蒋总司令的命令，肖参谋，你好自为之吧。带走！"

那书生看了一眼肖楚雄，就被那些军人给推搡着押走了。

随后，肖楚雄把刘云湘等人请进屋内，详细述说了当下的形势。

"宁汉分裂"之后，蒋介石给王天培接连下了两道军令，第一是停止北伐，回师讨逆，第二条军令，就是捕杀军中的共党分子。刚才那些人就是清共执法队，只要是身份暴露的共产党人，他们都不会放过。眼下徐州形势危急，城外有张宗昌、孙传芳直鲁联军的进攻；城内，军中的右派军官组织了清共执法队，到处抓人杀人。

"听见了吧？"刘云湘闻言冲天娟怒吼，"人家清党都清到这儿来了，你还跑过来凑热闹。君子不立危墙之下，马上跟我回去！"

"我才不是君子，我是女子。"天娟对肖楚雄道："肖老师，你们有什么困难，快跟我爸说啊！"

肖楚雄有些犹豫："固所愿，不敢请也。"

天娟在背后推了刘云湘一把，刘云湘不满地看了天娟一眼，对肖楚雄说："有话就说吧。"

"粮饷，老蒋扣发了第十军的粮饷，我们马上就要弹尽粮绝了。"

刘云湘不解："既如此，你们为何还要在这儿苦苦支撑？"

肖楚雄无奈："没办法，为了救人……"

刘云湘怒道："是为了救人，还是杀人？明知不可为而为之，那些年轻将士的命就不是命吗？"

肖楚雄坦言："我也不瞒刘先生，王天培已公开发表《告本军全体武装书》，要秘密疏散军中的共产党员。关键是粮饷，我们在这儿多坚持一天，就能多救出一批本党同志。”

刘云湘闻听，沉吟片刻，起身道：“粮饷的事情不难解决，我元隆徐州分号尚有一些积蓄，可解你们燃眉之急。不过我有一个条件，你救你的同志，我要救我的女婿，杨大江要跟我走。”

肖楚雄感激万分：“肖某一定尽力！”

第二十一章

刘云湘动用徐州分号的财力，给王天培送去了一批粮食和物资，作为交换条件，杨大江被严令撤出了战斗。

杨大江心里不服，你岳老子有钱就了不起啊，大战当前，你有何权力干预军中事务？可是肖楚雄却说："让你撤出战斗既是军长的命令，也是上级党组织的要求。"

北伐军中的共产党人都经历了血与火的考验，上级党组织不会让他们做无谓的牺牲，肖楚雄接到的指示是要把他们安全带出来，辗转去南方。

两天后，当杨大江带着撤下来的一部分战士来到指定的集合点——城中一座不起眼的小宅院时，情况却发生了意想不到的变化。徐州城的局势已然失控，王天培被架空，军令出不了军部，清共执法队在所有路口都设了关卡，如何出城成了肖楚雄最头疼的问题。

杨大江想到了他的岳老子，元隆油号的徐州分号就在运河边上，只要刘云湘点头，大家就可以乘坐刘家货船借助商道由水路出城。然而，就在肖楚雄和杨大江正在商议的时候，闻风而来的清共执法队迅速包围了整个院落。

“格杀勿论！”

在为首军官冷酷的命令下，枪声大作，密集的子弹透过门窗如雨点一般射了进来，院中已有不少战士中弹倒下，肖楚雄当机立断，一边开枪掩护，一边喝令杨大江带人从暗道突围……

经过一场拼杀，杨大江和十几名战士终于摆脱了清共执法队的搜捕，顺利潜入了元隆徐州分号。

对于刘云湘来说，送一批人出城并不是问题，甚至可以保证把他们送到赣省山区，他唯一的要求就是杨大江必须跟自己回家。

杨大江一听就急了：“岳老子，这徐州城眼下是个什么样您也见了，您说我怎么能……”

“你管徐州什么样？你已经脱下了军装！”

“可我仍然是个革命军人。”

刘云湘伸手点了点杨大江，说道：“你打也打了，拼也拼了，如今却落得个逃难的下场。大江啊，洪江是你的家，你说这天底下还有什么地方能够像家一样，永远都对你敞着门？”

“洪江是我的家，我从来没忘过家……”

“那你就跟我回去嘛。其他人不是要去江西吗？没说的，包在你岳老子身上！”

“可是我……”

“且不说你爸妈在家一日三惊，就说我女儿千里寻夫，跨越数省跑这儿来找你，为的什么？不就是想要一个家吗，想要一个属于你们自己的家。”

杨大江红着眼圈，长吐一口气：“出门在外的人，有几个不想回家的。‘四一二’之后，我们这些人都盼着回家，不过，不是关起门来过小日子的家，而是能够凝聚人心，擦干血迹继续奋斗的家。岳老子，您和娟儿的这份情意我会永远记在心里，但是现在，我必须要跟他们走。”

就在翁婿两人争执不休的时候，天娟已经帮忙在江边安排好了船只。她朝思暮想千里寻夫，何尝不想与夫君双双还家长相厮守？可是，此刻她明白，就算是留住他的人，也留不住他的心，与其这样，还不如就让他痛痛快快地走。况且，现在清共执法队四处抓人，徐州城里一刻也不能待了。

眼看自己为了她跟杨大江磨破了嘴皮子，却被天娟这么抽了底，刘云湘气得抓起桌上的茶碗摔在地上：“走，走吧！有你给他收尸的时候！”

两艘货船停靠在码头，杨大江带着十几名战士上了船，回身冲站在码头上与他含泪相望的天娟挥挥手，而后面带愧疚地对刘云湘说道：“您老人家，也早点回去，这徐州……”

“走吧，走吧，别啰唆了。”刘云湘不耐烦地示意油号伙计们把船驶离了码头，和天娟一起向城里走去——他知道，女婿还有一桩未了心愿，那就是去送肖楚雄一程。

徐州城内，几具残破的尸体被高高吊在路旁的电杆上，在执法队的隔离下，周边站满了围观的人群。父女俩默默地走到近前，只见阳光透过肖楚雄那滴血的头颅照射下来，刺得人们都模糊了双眼。

“你放他走了，有一天他可能也会被挂得这么高。”

天娟望着肖楚雄的尸体，喃喃说道：“那我就把他挂在心上，仰望他一辈子……”

民国二十一年（1932年），为了配合中央军“围剿”江西红军，何键当上了湖南省主席，上任伊始便大开杀戒，成立了“平浏绥靖处”，颁布“十大杀令”。一时间，湘省风云突变。

天娟身在报馆，心里却牵挂着在吉安府占山为王的丈夫。这天见报馆里难得的人少冷清，她便四处收集“东边”的消息，暗自揣测战局的动向——已经“围剿”两次了，老蒋不行，换了何应钦，二十万人马，又能如何？

直到老邱到了报馆，天娟才知道，原来今天是常德到洪江的小火轮正式通航的日子，记者们都去了码头。

此时的码头上已是锣鼓喧天，刘云湘和杨同昌也挤在人堆里，看着从江面上昂然驶过来的小火轮，心头无比感慨，觉得今天这个日子真是应该载入史册，中国人有了自己制造的小火轮，以后上常德下洪江，做买卖走亲戚，都不用看洋人的脸色了。由此可见，振兴实业方为救国之道啊！

说话间，小火轮已经靠了岸，众人蜂拥着向前涌去。在周围一片“砰砰”冒烟的镁光灯中，火轮上的乘客们纷纷走下舷梯。

“走，上去看看！”

刘云湘兴致勃勃地招呼杨同昌，想上船去看个究竟。却不料杨同昌扫了一眼甲板，突然跟见了鬼一样：“云湘！”

刘云湘顺着杨同昌的目光望去，也不由得一惊。只见身穿中央军军装的许安邦满面笑容，带着副官走下了舷梯，身后还跟着一名身穿中山装、面容冷酷的中年人。

许安邦径直走到刘云湘面前，抱拳道：“刘东家，久违了！”

刘云湘上下打量着许安邦：“又换主子了，怎么称呼啊？”

许安邦嘿嘿笑道：“托刘东家的福，许某攀上了省府主席何键何大人的高枝，现任讨逆第四军第一监护大队大队长。”

“那这么说，你这是衣锦还乡了。”

“衣锦还乡不敢当。这几年许某虽孤身在外，却也听说了不少刘东家纵横捭阖、匡扶社稷的美谈，不愧是天下五府十八帮油业行的大龙头，名望日隆啊。此次重回洪江，许某还有重要公干在身，改天一定登门拜访。”

许安邦说完，冲刘云湘再次拱拱手，带着人扬长而去。

国产小火轮首航带来了许安邦这尊瘟神，这大出洪江人的意外；而几乎与此同时，让罗积善感到困惑不解的是，自家的大少奶奶借口去催一批特货去了长沙……

许安邦回到洪江所做的第一件事，便是在风荷院宴请藤原和罗积善。

如今的风荷院满眼一派洋范，妓女们身上早已不见了传统的旗袍，均穿着露大腿的短纱裙在舞台上又唱又跳："微风细雨柳青青，哎哟哟，柳青青……"

一看到罗积善的身影出现在风荷院门口，许安邦疾步上前迎接。几年不见，罗积善明显苍老了许多，腿脚已有些蹒跚，他这憔悴形容，让许安邦也看得愣怔了片刻，随后又摆出一脸热忱，伸手向里边的包间："罗会长，请！"

罗积善在高署地鞍前马后的照应下，跟着许安邦向包间走去。一进包间门，便看见身穿和服的藤原正坐在酒桌前，他扭头便走——杀子之仇，刻骨难消，岂能同席！许安邦打着哈哈，赶紧拦住罗积善，将他强推入席。今日许安邦请这两人来，是为了给自己拉套帮忙，谁也不能就这么跑了。

许安邦两手同时拍了拍罗积善和藤原的肩膀："冤家宜解不宜结啊，都是老皇历了，如今这风荷院都改了章法，还有什么事放不下啊？今日我和彭先生把二位请来，是有要事相商。"

今日跟着许安邦乘小火轮来的那个精干男子，叫彭家山，此刻也位列席上。与许安邦那一脸故友重逢的笑模样不同，彭家山目光犀利，不苟言笑，站如松坐如钟。他起身与诸位见过，声称此次来洪江，是奉南昌行营和省府之命，协助许安邦运送一批特货到南京，目的是要换取枪支弹药，为第三次"围剿共匪"做准备。

待彭家山说完来意，许安邦正色道："老子已在何主席面前立下军令状，不成功便成仁。从洪江到南京的水路，罗会长和藤原先生都比我熟悉，还望二位以党国利益为重，捐弃前嫌，精诚合作。来，干了这杯酒，过去的事情一风吹。"说着话，端起酒杯站起来。

彭家山和藤原都端着酒杯站起来，唯独罗积善坐着不动。高署地站在门边望着罗积善，心急如焚，他最能体会东家的心情，可今天这事，本就不是来商量的，他有心替东家圆场，然而这场合又轮不上他说话。

彭家山看看罗积善，面对这个丧子的老人，他心头掠过一丝不忍，他顿了一下，说道："共匪蛊惑人心，毁我华夏根基，不迅速剿灭之，国无宁日。洪江诸商，凡与党国一心者，我党国军人必护佑之。"

罗积善依然面无表情，坐着不动，许安邦脸上有些挂不住了："贻误军机者，以通匪论处，莫怪我许某人不讲情面！"

高署地低声喊了一声东家，罗积善这才勉强起身，端起了酒杯。罢罢罢，不过是人为刀俎我为鱼肉。

这时候，藤原忽然向罗积善殷勤敬酒："罗会长，鄙人借花献佛，愿以这杯水酒，祭奠令郎的在天之灵。"

罗积善的态度本来有所缓和，可是一听藤原这话，不由得怒起，他把酒杯重重蹾在桌子上，对高署地吩咐道："你留下，听凭许大人和彭先生调遣。"随后对许安邦和彭家山拱手道："恕不奉陪！"说完，拂袖而去。

藤原摆出一脸无辜："哎，罗会长……你看，他怎么能这样……"

许安邦觉得藤原真是哪壶不开提哪壶，可是当着彭家山的面，罗积善也实在是不给面子，他放下酒杯，索然无味道："这是敬酒不吃吃罚酒啊。"

高署地慌了，欲替罗积善解释：“许大人误会了，我们东家实在是……”

忽然，彭家山“啪啪啪”鼓了几下掌，冷眼望着藤原说道：“四两拨千斤，藤原先生果然高明！”

藤原一愣，看着彭家山，许安邦和高署地也都把目光转向彭家山。

彭家山铿锵道：“去年的九月十八日，你日本国利用柳条湖事件，制造了奉天事变，进而侵占了我东北三省；今年春天又成立了所谓的满洲国，四处寻求国际支持，可惜应者寥寥。国内大战方息，民生凋敝，我国民政府不得不忍辱负重，但是你不要得意，终有一天，我革命军人会收回国土，把你们这些可耻的侵略者赶出中国去！”

藤原一时慌张：“这，这两国的外交事务与鄙人何干？彭先生，鄙人不过是一介小小商人……”

彭家山走近藤原：“好一个小小的商人，那我来问你，你在洪江长达十年，在商人的外衣下可还有其他身份？故意揭伤疤激怒罗会长，是不是想破坏此次行动，让江西共匪继续苟延残喘下去，你们好乘机在东北继续蚕食我大好河山？藤原先生，我警告你，别做与你商人身份不符的事情，若非你是许大队长的故人，我现在就可以摘下你的项上人头！”

听了彭家山这番申斥，许安邦和高署地都似有所悟，两人看看彭家山，再看看藤原。高署地虽说不是很清楚彭家山的来头，但是看这阵势，觉得这人好像比许安邦更有手段。

在彭家山的逼视下，藤原额头冒汗：“鄙人，鄙人愿效犬马之劳！”

这一顿饭，藤原吃得是如坐针毡，直至宴毕回到住处，背上还是一阵一阵地冒冷汗，他让雅子给军部发电，查询彭家山的底细。

很快，军部回电：“彭家山，男，现年三十五岁，毕业于黄埔军校第六期，两年前加入中国国民党通讯调查小组，现为三民主义力行社骨干成员。”

仅看字面，就知道这是条厉害的鹰犬，藤原不由得吸了一口冷气——此人不除，必为祸患！

天婵坐在黄包车上，来到了一条名叫“百果园”的巷道，装扮成车夫的麻老五见不远处负责警戒的豹子打出了“安全”的手势，便把黄包车停在了七号院落的门口。

天婵下了车，上前敲门。

门上的瞭望口打开，露出了一个掌柜模样的半张脸：“这位太太，您是……”

“我是来催货的。”

“什么货？”

“土药。货款已经付了，一共七十万大洋。”

“不对吧，我们只收了八万大洋。”

“你记错了，另有六十二万是江西吉安府鸿记钱庄的银票。”

暗号对上了，掌柜迅速开门，低声道：“快请进！”随后快步进去通报：“东家，催货的人来了！”

“哦，快请！”

“东家”这一发话，让走进堂屋的天婵闻听登时一愣。

一副“东家”打扮的杨大江也愣了，他怎么也没想到自己苦苦等候的上级领导竟然是天婵。

天婵此次来长沙肩负着重要使命，按照上级的指示，要截下许安邦运往南京的鸦片，粉碎敌人围剿江西苏区的阴谋，行动代号为“虎口拔牙”。只是，她做梦也没想到苏区派来配合行动的同志竟然是杨大江。

故人相见，自有一番悲喜，可是还没等天婵把话切入正题，忽听院门一响，有人说道："夫君啊，有客人来啦？"

随着话音，只见身穿旗袍，一副小媳妇打扮的欧阳朵妹袅袅婷婷地扭着腰身走了进来。

"朵妹姐？你怎么也……"天婵见跟在后面的麻老五挤眉弄眼，一时没明白怎么回事。

"你是想问，我怎么也会在这儿？呵呵，这是我们小两口的家啊。"欧阳朵妹说着扭脸看大江："是吧，刘丁山。"

"刘丁山？你们，你们小两口？"天婵登时有些蒙了。

"婵儿，你别听她的……"杨大江见解释不清了，对朵妹抱怨道，"你能不能别再开玩笑，这跟婵儿都多少年没见面了……"

"我没开玩笑。你来长沙是什么身份？锦源公馆郑老夫子的远房亲戚，刘丁山，我说的不对吗？"

"我，我被你们给搞糊涂了，朵妹姐……"

"哎！别叫我朵妹姐，小女子姓杨，名翠花，名字土了点，让少奶奶见笑了，你也可以叫我刘杨氏。"

……

天婵回到元隆长沙分号的住所，心怀愤懑，这凭空出现了刘丁山和杨翠花一对夫妻，那自己的妹妹怎么办？

可是这种事，在麻老五和豹子看来很正常，大当家和三当家来白区工作，以夫妻名义为掩护，那也是为了安全考虑。再者说，三当家虽然娶了二小姐，但是和大当家在吉安府一起出生入死这么多年，彼此也难免会产生感情，毕竟人非草木……

"岂有此理，你们水客帮这俩当家的，没一个是好东西！"天婵看出来了，麻老五和豹子是一心想替大江和朵妹开脱，说心里话，大江她信得过，可是朵妹这个态度实在是让人心里不踏实。

天婵把朵妹叫到了元隆长沙分号，苦苦相劝："姐啊，他们是成了家的，你就忍心活生生地拆散他们的家庭？”

“那你告诉我，你妹妹在洪江，杨大江却一直江西闹革命，而且你也知道何键在湖南搞的白色恐怖是什么样，你说，大江他这辈子还能回家吗？一个女人，苦守一个不能回家的男人，你不觉得这对娟儿来说，是最残忍的事儿吗？”

“可我妹妹她愿意。”

“要什么都依着你妹妹，那还要你我这当姐姐的干吗？婵儿啊，我这都是为她好，你怕你妹妹像你一样，可是这些年她过的日子跟你有区别吗？长痛不如短痛啊。”

“我妹妹活的是个盼头，不管五年还是十年，大江一定能回到洪江跟她夫妻团圆。”天婵打定了主意，既然劝不了你，咱就公事公办，我这好吃好喝地招待，你也别想再去当你的什么杨翠花。

“这不是理由！你知道什么叫同生共死吗，你知道在敌人的枪炮之下，两个人想让彼此都活下来需要付出什么样的代价吗？我这条命是他救的，他的命也是我救的……”

欧阳朵妹说着，扯开旗袍背过身去，露出后背上的可怕伤疤：“就凭这个，我就有资格当杨翠花……”

看着她后背上触目惊心的伤疤，天婵忍不住暗吸了一口凉气。

就在这时，房门“咣当”一声被推开，紧追过来的杨大江站在门口，用不可思议的眼神看着天婵：“你要干什么？她是老革命了，你有什么权力这样？”

“我，我哪样啊？”

“你要如此不问青红皂白，那就别怪我这当哥的跟你急，这刘丁山我还就当定了，怎么着！朵妹，不是，翠花，咱们走！”

天婵气恼瞪眼：“你们敢！谁是领导？”

这天，一大早，刘云湘就急匆匆去恒顺油号找杨同昌，手里拿着天婵发来的电报。电报上只说让刘云湘和杨同昌赶紧去长沙，却没说什么事。两人看着电报，嘀咕了半天。以天婵的能力，小事断不会如此急切地召唤两位老人，看这阵势，想来麻烦不小。可是，到底是什么事，能让天婵如此紧张?

刘云湘和杨同昌正商量着，刘家大掌柜匆匆追了来。

大掌柜顾不上擦掉额头上的汗，一进门就对刘云湘说道："东家，我们放在江边的船，丢了两艘！昨晚还在呢，今早就不见了！"

刘云湘倒不以为意："会不会是哪家油号，一时急用，没来得及给咱们说？"

"我一开始也是这样想的，可是问了一遍，没人借船！"

杨同昌也说道："借船也没道理不吭声直接开走啊！"

刘云湘若有所思，喃喃道："这姓许的一到，洪江就不太平啊……"

刘云湘亲自到江边查看，忙活了半天，也没查出个所以然。远远地，看到许安邦和藤原在江边指手画脚，谈笑风生。刘云湘眯着眼，看看许安邦那副德行，转头就回府了。若是这许大人存心使坏，你就算查出来船的下落又能怎样?

许安邦此次的打算是让藤原提供船只，让积善商行派人引领航道。特货的航道向来是秘而不宣，而且自从罗立死后，罗积善坚决不再与日本人合作，可这次许安邦和彭家山都是杀气腾腾，罗积善不得不从。他本打算让天婵与许安邦和藤原这些人打交道，这些年商海磨炼，少奶奶处事精明，思虑周详，罗积善对她很放心。可是天婵最近跑到长沙要账去了，说是长沙厚德福土药行收到了货款却一直不发货，她要亲自去催催，罗积善不得不打起精神来周旋。与藤原这个老王八共事，不得不防，罗积善吩咐高署地盯紧了这只东洋笑面虎。

高署地连日跟踪观察，发现那个叫中村雅子的东洋娘们儿，领着一帮人，个个都打扮成油业行伙计的模样，还在学说中国话。罗积善一听这阵势，又想到刘家刚刚丢了两艘船，心里便明白了，十有八九，这船是藤原偷的——他这是打算劫了许安邦的特货，然后嫁祸给洪江油业行。藤原最擅长干这种事情，这分明是冲着刘云湘来的！

罗积善思忖片刻，便让高署地去劝说许安邦借用刘云湘的船，就说这水路上只有刘家商船能够畅行无阻，如此一来，藤原的嫁祸江东之计便不攻自破：岂有刘家人去劫自家船的道理？

那许安邦倒是听了高署地的劝说，次日一大早，高署地陪着许安邦赶到刘府，找刘云湘借船，却不料扑了空，听家人说，刘东家一早去了江边，打算乘船去长沙。高署地和许安邦又急匆匆追到江边，好在刘云湘刚上船还没走。怎奈刘云湘是一点面子都不给，直接说油业行沾上特货就是坏了祖宗规矩，不借！

这可急坏了高署地，当着码头上那么多人的面，话又不能直说，他只是明里暗里撺掇刘云湘借船，可刘云湘压根就不接他的茬。当然，谁都知道祖宗规矩只是刘云湘的借口，不想跟许安邦打交道是真。

刘云湘和杨同昌急匆匆赶到了长沙，当他们看到站在面前的“刘丁山和杨翠花”的时候，不禁面面相觑。

欧阳朵妹近前殷勤地给刘云湘和杨同昌奉上茶水：“二老请喝茶。这名字嘛，也就是个招牌，别管叫什么，我还是刘叔叔的欧阳侄女，至于杨叔叔嘛，要是您老不介意的话，我以后就喊您爸。”

杨同昌手一抖：“爸？”

“哼！”刘云湘瞪眼看着杨同昌。

杨同昌一拍桌子，呵斥杨大江：“鬼崽子，这到底是怎么回事！”

杨大江往门外看看，近前道：“岳老子，爸，您二老可千万别有其他想法，这会儿没外人，我就实话实……”

“没外人？”杨同昌打断杨大江，“没外人你就可以胡来吗？举头三尺有神明啊。这么多年，你在外闯荡，大奶奶在家替你尽着孝道，为你守着家门，可曾半点有负于你，有负于杨家？如今你却顶着一个什么刘丁山的鬼名字，还找了这么个鬼女人，不是，欧阳侄女，你就不觉得问心有愧吗！”

欧阳朵妹委屈道：“鬼女人就鬼女人，反正，别人不知道，刘叔叔知道就行。”

杨同昌愕然看刘云湘：“怎么，你跟咱侄女还……”

刘云湘怒喝：“说你儿子，扯我干什么！”

“对对！”杨同昌扭头冲杨大江瞪眼。

杨大江急道：“爸，这真不关我的事儿啊！”

刘云湘问道：“不关你的事儿？”

杨大江解释：“不是，事情其实不是你们想的那样……”

杨同昌道：“那天婵为何把我和你岳老子给叫来？”

“哎呀！”杨大江无奈地转向朵妹：“我就说，事情要闹大，你就一意孤行吧！”

杨同昌对欧阳朵妹说：“看样子，问题还是出在你这儿。朵妹啊，好歹你也是一帮之主，怎么能看上他这么个不成器的东西呢，这不仅是耽搁了你自己，也害了你天娟妹妹不是？”

“刘叔叔，您说句话吧。”

“啊？我，我说什么啊？”

“天娟是您女儿，难道我就不是您女儿？”

杨大江看不下去了，开口道：“朵妹，事到如今，你就别再……爸，岳老子，你们也别生气，这事儿还真不能怪朵妹，一句话，这世界上根本就没有刘丁山和杨翠花，一切都是……”

“说得挺热闹啊！”

杨大江话没说完，就见天婵走了进来，看了看杨大江和欧阳朵妹，对刘云湘和杨同昌说道：“怎么样，见识到了吧？欧阳伯伯生前跟您二老交情深厚，说起来咱们三家都是世交，可这亲人之间也不能乱了伦理纲常吧？到现在我都不敢想我妹妹知道了会怎样，你们说，这，这叫什么事儿啊！”

杨同昌责骂杨大江：“逆子，你可知罪！百善孝为先，万恶淫为首，你们如此胡来，难道就不怕被沉塘浸猪笼吗？”

一听杨同昌说到沉塘浸猪笼，欧阳朵妹眼睛一亮，她之所以不怕见刘云湘，底气全在于此。她凑到刘云湘跟前，扶着老人家肩膀，狡黠笑道：“沉塘浸猪笼？刘叔叔不怕，我也不怕。”

“咳咳！”刘云湘突然咳嗽起来，手忙脚乱地放下茶碗，起身对天婵说道：“行了，各有各的命数，我看这事儿就哪儿说哪儿了，就算是你妹妹命苦吧。”

天婵愕然：“爸！”

“认了？”杨同昌惊愕，“云湘，这事你，你就这么认了？”

“不认又能怎么样，他不是已经改了姓名吗？我二姑爷是杨大江，不是刘丁山。”

“岳老子……”杨大江看看刘云湘，又看天婵：“婵儿，这，这不还是没说……”

欧阳朵妹嗔道：“丁山！”

天婵怒道：“丁什么山，你俩都回去反省！”

“青狼滩，跑马射箭，嘿哟嘿嘿哟！”欧阳朵妹哼了一句沅江号子，袅袅婷婷走出去了。杨大江暗叹一口气，看看屋里这几位，也出去了。

杨同昌看着两人背影，回过神来：“也对啊，《庄子》云，灵公有妻三人，同滥而浴。那薛丁山不仅娶了樊梨花，不是也娶了窦仙童和陈金定吗？大丈夫三妻四妾乃寻常事耳。云湘啊，多谢你有这份度量，饶过我家大江……”

“呸！”刘云湘啐了杨同昌一口，“老不正经，你儿子这副德行，要不随根才怪！”说完，拂袖而去。

天婵追到后院，跟着刘云湘进了屋，她不理解爷老倌为何就这么放过两人。

刘云湘坐下怔了半晌，幽幽道：“债主追上门，三魂去二魄，这世上最难还的就是人情债。”

当年，刘云湘和杨同昌赌油输了，湘夫人和八水族长听说刘云湘要沉塘，就想到了水客帮，在水下能憋十分钟以上的，也只有水客们有这种本事。那日，刘云湘沉入水底，正在木笼中挣扎，狗鱼崽游过来，给他两个充气的猪尿泡，并教会他如何在水下吐纳。说到底，刘云湘这个洪江神话，是靠那两个猪尿泡给吹起来的。所以他见了欧阳朵妹，总觉得欠她似的。

听刘云湘讲完这些，天婵眼圈红了：“今天您松了口，那我妹妹该怎么办？”

刘云湘意味深长地看着天婵：“别小看了你妹妹，她当初选择杨大江，就是选择了一种理想，一种她喜欢的生活方式。”

刘云湘还清楚地记得，五年前的那天，送走杨大江之后，他和天娟站在路边，痴痴望着挂在街对面电杆上，肖楚雄那残破而又宛如圣徒般的尸体……

刘云湘从往事中回过神来，对天婵说道：“从那个时候起，她就不再是当初那个毛手毛脚、一唱戏把什么都给忘了的疯丫头了，她长大了，有了自己的想法。唉，说到底，还是这世道变得太快。你不也是一样吗？”

“我？”天婵有些心虚，“呵，我可不会给您惹事，我就老老实实当我的罗家少奶奶。”

“你这少奶奶来长沙，真的就只是为了给罗家倒腾那点特货？”

天婵环顾左右：“罗家就是干这一行的嘛。”

刘云湘冷哼一声："大江和朵妹，还有那个麻老五，你们都凑在一块儿想干什么？"

天婵"嗨"了一声："这不是赶巧了嘛。也幸亏他们被我给碰上了……"

"天婵！"刘云湘说道，"你还没学会在我面前撒谎。"

第二十二章

一大早，天婵就跑到刘云湘住的房间，丢给他一张电报，罗积善发来的。

电报上，罗积善催促天婵赶紧回洪江，并且让天婵一定要带刘云湘回去。

对于亲家刘云湘，罗积善这次也算是仁至义尽。他是看着许安邦和彭家山登船出发后，立刻让高署地给天婵发电报的。饶是如此还不放心，罗积善又跑到元隆油号，嘱咐掌柜的，务必要通知刘云湘尽快回洪江。

罗积善算着时间，藤原如果要下手，常德他是赶不上了，地点必然选在长沙。到那个时候，天婵和刘云湘已经回到洪江，藤原就算想嫁祸刘云湘也不能得逞。

虽说罗积善在电报上没有明说，可他这个架势，让刘云湘和杨同昌也不由得费思量。许安邦既然用了藤原的船，为什么还要找刘家借船？再想到许安邦追到码头借船的时候，高署地跟在一旁，似乎是话里有话……眼下这几个孩子都到了长沙，还平白无故变成了刘丁山杨翠花，水客帮的弟兄们也都跑来凑热闹，一帮人整天神神秘秘，嘀嘀咕咕，难不成他们是冲着许安邦这批特货来的？

天婵已经得到确切消息，许安邦的鸦片，今晚要经过长沙。她和杨大江、豹子三个人，在厢房里嘀嘀咕咕了半天，傍晚时分，他们都揣着家伙出来，急匆匆往外走。刘云湘急忙把几个人叫回来，回到厢房里，指着地图说道："我长话短说，今晚要对许安邦这批鸦片下手的人，不光是你们，还有藤原。"

三人闻听大吃一惊，来不及详问，刘云湘点着地图接着说："此处航道狭窄，不出意外的话，藤原的人也会选择在此处下手。"

天婵和杨大江面面相觑，若真是如此，那他们不仅劫不下鸦片，还会陷入腹背受敌的危险境地。

杨大江问道："消息可靠吗？我是说，藤原他……"

杨同昌咬牙切齿："藤原会打着刘家的旗号，嫁祸于人，想借许安邦的手除掉你岳老子。"

杨大江怒道："我先除掉他这个老鬼子！"他又对天婵说："给我增派人手，我就不信，这条毒蛇还能把一头大象给吞了！"

天婵说："这不是井冈山，我带来的也只有水客帮的这些兄弟。再说，时间也来不及啊。"

杨大江拳头紧握："那就跟他们拼了，就是豁出去这百十斤，也不能让他们的阴谋得逞！"

杨同昌急骂："拼，拼，你们就知道拼，不知死活的东西！"

刘云湘若有所思："现在不是要增加人手，而是要减少人手。"

"减少人手？"天婵闻听一愣，随后道，"我明白了，您是说，我们先按兵不动，坐山观虎斗，等藤原和许安邦打起来，我们再趁机下手，劫下鸦片？"

刘云湘点头："这才是真正的螳螂捕蝉黄雀在后。"

"就这么办！"

"天婵！"

刘云湘追出房门，在院子里叫住了天婵："爸爸还有几句话要跟你说。"说完，径直向堂屋里走去。天婵只好跟着去了堂屋，刚进门，刘云湘便回身"咣当"一下关上了房门，上了门闩。

天婵喊道："哎？爸，杨叔叔，你们这是，哎呀，没有你们这样的，快放我出去！"

杨大江和豹子登时愣了，在院子里愕然看着这一幕。

"大江！"屋里传出刘云湘的声音，"忙你的去吧，脏活累活，别指望女人！"

杨大江和豹子赶去江边与麻老五汇合，准备执行"虎口拔牙"行动，而天婵则被刘云湘和杨同昌挡在屋里，眼看时间一分一秒过去，她如坐针毡，忍不住起身蹑手蹑脚向门口走去。

"嗯嗯！"看报纸的刘云湘重重清了清嗓子。

正打瞌睡的杨同昌惊醒，立马坐直身体挡住房门。

刘云湘指了指身边沙发，示意天婵坐下。

天婵无奈道："您真是要急死我了！"

刘云湘翻眼望着天婵："你不是来催货的吗，你不是要老老实实当你的罗家少奶奶吗，掺和外边那些事情干什么？"

"那油业行有事，您何时袖手旁观过？"

"哦，这么说，你也是大龙头？"

"爸！"天婵叫道，"藤原害了您大姑爷，我能不报仇吗？"

"报仇也得有分工吧，咱们运筹帷幄，那决胜千里的事儿让别人去干。"

"哎，这就对了。"杨同昌自豪地接腔，"闻道有先后，术业有专攻。我还真不是说大话，我家大江那可是文武全才……”

话没说完，就听有人拍门：“东家，东家！大小姐……”

杨同昌起身把门打开，分号掌柜进来说道：“朵妹跑了！”他是发现在前院留守的几个水客兄弟都不见了，所以才过来查看的。

天婵和刘云湘、杨同昌闻听都吃了一惊。三人急忙跟着分号掌柜跑到了西厢房门口，只见门上的锁好好的，窗户大开，很显然，朵妹是跳窗跑了。

刘云湘让分号掌柜赶紧备车，一行人匆匆赶到江边，码头附近，冷冷清清，少有人行。分号掌柜举着火把，忽然看到地上有血迹。大家跟着血迹，来到一个僻静处，只见火把通明，一帮人围在一起，仔细看来，正是水客帮的人。

众人赶了过去，只见人群中间，杨大江坐在地上，抱着奄奄一息的欧阳朵妹，欲哭无泪。听麻老五说，他们抢了特货后，被藤原的人追杀，危急时刻，朵妹带人来接应，她替杨大江挡了枪。

天婵见状，急忙扑上前去，连声呼唤朵妹。欧阳朵妹无力地睁开眼，嗫嚅道：“叫我，杨翠花……”天婵忍不住痛哭失声。

欧阳朵妹把目光转向刘云湘：“刘叔叔，下辈子，我一定，做您的女儿，嫁给，嫁给……”话没说完，欧阳朵妹眼睛盯着杨大江，溘然长逝。

“朵妹！”杨大江把欧阳朵妹紧紧抱在怀里，泪流满面，众人哀声一片。

刘云湘转身走到江边，大口喘息着。杨同昌走过来，哭道：“白发人送黑发人，你说这叫什么世道啊……”

刘云湘望着江面潸然泪下：“欧阳家，几代人都在水上讨生活，就剩下了这么一棵独苗。这日后，你我还有何面目去见广林老哥哥啊……”

藤原的计划很完美，截下许安邦的鸦片，嫁祸于刘云湘，同时干掉彭家山，可谓是一石三鸟之计。只是百密一疏，鸦片被杨大江等人趁乱截去，而雅子也没能在枪战中打死彭家山。

彭家山上岸后，逃进了长沙城。

天色已亮，街上行人渐众，彭家山捂着受伤的手臂，闯进一处僻静院落，径直进屋，屋里没人，他把床单撕下一条，缠住受伤的手臂，然后坐下喘息片刻，这才发现自己已经是又饥又渴了，奔走半宿，再加上受伤失血，已是精疲力竭。他环顾屋内，只见柜子里放了半只吃剩下的烤鸭，便端到桌上狼吞虎咽大啃大嚼。

烤鸭还没吃完，彭家山突然听见门外有人问道："好吃吗？"

彭家山噌地站起身，警惕地闪在门边。不料声音又从身后窗户那边传来："行走江湖，怎能无酒？"

彭家山回头，只见一俊朗少年已然进来，站在柜子旁，手拿一瓶酒，冲他晃了晃："接着！"酒瓶直向彭家山飞来。

彭家山伸手接住酒瓶，打量着少年，不由得赞道："好身手啊。"

少年道："你也不差。"

彭家山看少年并无恶意，便索性回身坐下："兄弟贵姓？"

"本少爷行不更名坐不改姓，杨二江。"说着，杨二江坐到桌前，从彭家山手里抓过酒瓶，倒了两碗酒，自己咕咚咕咚干了一碗，问道，"也是落难的？"

彭家山端起酒碗闻了闻："嗯，好酒。"随后四下看着简陋的房间，接着说："你自称少爷，怎么就住在这种地方？"

杨二江满不在乎："红十字会医院的公房，破是破了点，还算清静。关二爷还有走麦城的时候呢。"

彭家山不由得哈哈大笑，喝了一口酒，望着杨二江，觉得这少年有些意思："说的也是，这年头，心里有关二爷的人可不多了。"

杨二江慷慨道："江湖人不江湖，忠义堂不忠义，别看本少爷现在混得不怎么样，等有朝一日我杀了那忠义堂罗堂主，定会让洪帮兄弟改邪归正，成为匡扶社稷的好汉！"

彭家山再次认真打量着杨二江："小兄弟，可否愿意跟我去南京？"

"南京？"杨二江眼睛亮了。两年前，妙春不辞而别，当时走得急，只跟门房留话说是去了南京。至于去了南京哪里，为什么走，那门房却懒得多说，杨二江也不得而知。

突然，两人听到外面的动静，噌地起身闪到门边。这时就听院门"咣当"一响，只见雅子站在门口街道上，她的手下已经闯进了院子。

彭家山低声道："是冲我来的。"

杨二江往外张望道："怎么都是油号伙计啊，你得罪了油业行？"

"他们是日本人。"

杨二江乐了："您歇着，本少爷去陪他们玩玩。"说着，"砰"地一下，推开门就迎了上去。

"哎，小兄弟……"彭家山阻止不及，却见杨二江上前不由分说，出手已经撂翻了一个，杨二江下手干脆利落，那人躺在地上，已经只会哼哼，无力挣扎了。

"小混蛋，你想找死吗！"其他三名日人见状，呀呀叫着扑向杨二江，杨二江施展拳脚，丝毫不落下风……

操场上，杨二江拳打脚踢，把围攻他的几名学员分别打倒在地。彭家山望着身手矫健的二江，不禁面露欣慰之色。

杨二江见了彭家山，跑过来"啪"一个立正敬礼："南京政训班一期学员杨二江见过长官！"

彭家山抬手回礼，语重心长叮嘱杨二江，眼下江西剿匪已进入了关键阶段，你们这批学员很快要上战场了，作为领袖的耳目，特种战线上的尖刀，为国捐躯，马革裹尸，那是再寻常不过……

对于彭家山的谆谆教诲，杨二江显然有些心不在焉，他的注意力完全被彭家山身上这身气派的制服给吸引了，他上下打量着彭家山，忽然央求道："彭教官，您，您这上衣能不能借我穿一天？"

彭家山闻言一愣："什么情况？"

原来，杨二江想穿着这身衣服照张相给爹娘寄回去，让二老也高兴高兴。杨二江如此显摆，让彭家山哭笑不得，不过念他一片孝心，还是脱下了上衣。

杨二江欣喜若狂，当时就把身上的衣服脱了，换上彭家山的衣服，那帮学员簇拥着他，欢呼着跑了出去。自从考核结束后，他们就有这个念头，只是没人敢找教官借衣服，就一个劲儿地撺掇杨二江。彭家山见状，无奈笑着摇摇头，随他们去了。

杨二江和几名同学一起来到街上，看了几家照相馆都不太满意，最后挑了一家门脸最大的照相馆停下来，几个人说说笑笑，正要进去，只听见有人脆生生喊道："哎，杨公子！"

众人回望，一个娇美的女孩，从一辆黑色轿车上下来，笑吟吟望着杨二江，让几个政训班学员都看呆了。

杨二江定睛一看，原来是妙春！来南京这些日子，他无一日不在想如何去寻找妙春，却不料今日在此地得以相见，一时高兴得不知道说什么好了。妙春也是一样，朝思暮想的心上人蓦然出现在眼前，一开始还不敢相信，只当是看花了眼。

旁边几个学员的窃笑，让杨二江回过神来，他上前告诉妙春，自己已经来南京好几个月了。妙春上下打量杨二江："怎么，你现在，都当了国军少校了？"杨二江不由得挺直腰板傲视群雄："怎么样，还像那么回事吧？"妙春由衷地点头赞叹，这让杨二江十分受用。

看看一旁窃笑的同学，杨二江有点不好意思，晓得他们都羡慕自己，又不由得有些显摆，他低声问妙春：“一块儿照相怎么样？咱俩还没在一块儿照过相呢。”

妙春有些难为情：“我爸还在车上呢。”说着，回头看轿车。

“你爸……”杨二江抬头看去，只见一身便装的许安邦从车上下来，脱下礼帽笑呵呵地冲他点头致意，他不禁愣在了当场。

民国二十三年（1934年）深秋，洪江城区内戒备森严，保安军士兵们在各路口关卡处检查着往来行人。七冲八巷九条街上不时走过拉桐子的车队，伴随着各家油坊内冒出来的蒸腾热气，街旁商号里的收音机里时不时传来有关“剿共”的讯息。

记者工作让天娟可以接触到第一手的讯息，她无时不在注意着杨大江的去向与安危。刘云湘受她的感染，也快成了半个军事家，两人没事就分析战局。

自打上个月，红军从江西出来后，已闯过蒋介石的三道封锁线，进入湘南和广西北部。湘江就是一道屏障，何键很可能会在湘江以东地区摆开口袋阵。而有消息说，贺大哥已经带领人马进入湘西北古丈附近，看样子这是要和湘南红军南北策应。

父女俩正说着，大掌柜跑来报信，说天婵放火烧了一条船！刘云湘一听，赶紧跑到江边去看个究竟。

江边船坞上围满了人，大家都望着正燃着熊熊大火的货船议论纷纷。

罗积善被气得直哆嗦，转头看见刘云湘过来，说道：“我说她败家，还亏了她吗？这是妇道人家干的事吗？”

刘云湘脸上有点挂不住，但还是替自己女儿说话：“天婵早就跟我说过，罗家总是走特货，不是长久之计。”

“特货行名声不好，我比谁心里不清楚？少奶奶要干点别的生意，我也没意见，可是，现在也不是进茶叶的季节啊。”

“茶叶行进茶叶，一般都是赶在春季新茶下来之后。她想转行，还是心急了一些。呵呵，犯不上生气，怎么说，在你这商会会长面前她还是个刚出道的新手，烧了就烧了吧，权当是花钱让她学本事了。”

罗积善一听这话更气：“烧了就烧了吧？你倒大方！哦，我这当公爹的就不能说句话？听着不顺耳就放一把火，有这么当少奶奶的吗？我看她这脾气就是随你。不懂你可以问嘛，没吃过猪肉还没见过猪跑？这不声不响的，你说你跑到古丈去进什么茶叶啊！”

刘云湘闻听一愣：“古丈？”

“古丈毛尖，一船陈茶！要是云南普洱还会有这事儿吗？现在倒好，十多万大洋，都给当柴禾烧了！”

“这把火烧得好啊，好！”杨同昌在一旁拍手笑道。

罗积善扭头瞪杨同昌。

“瞪我干什么？”杨同昌指着燃烧的船，“你看看，木船在水上，茶叶遇火则燃烧为土，五行之中，水火土木都在，唯独缺金。这岂不是说，少奶奶的这把火是要给你罗家添金吗？呵呵，我跟刘云湘那都是小打小闹，以后你罗会长才是要日进斗金呢。”

罗积善闻听，困惑地看着大火：“还有这个说法？”

刘云湘瞥了一眼杨同昌，转身就走。

“哎，云湘，你别走啊……”杨同昌窃笑着追去。

一听说天婵是从古丈进的茶叶，刘云湘心里便明白了，这里面的弯弯绕，跟长沙厚德福土药行的货款是一回事。没猜错的话，这船茶叶根本就是个幌子，天婵是把那十多万大洋都送给了她贺叔叔，用来支持红军了。

刘云湘把杨同昌拉到僻静处，跟他分析了一番，然后说道：“眼下湘南咱们过不去，在湘西北帮贺大哥敲敲边鼓总可以吧？”

杨同昌本来还在兴致勃勃地看罗积善的笑话，听了刘云湘一番话，不由得紧张起来：“你说吧，怎么敲？”

刘云湘左右看看，又低声道："老杨，古丈的生意咱们也要做。"

大江的生死，全看贺大哥的了，这赔本生意，杨同昌不仅要做，赔得少了还不行，两人一商量，打算两家拿出一百万来。事不宜迟，即刻回家备货。

自打决定支持红军，刘云湘连日来一直待在作坊里，和伙计们一起忙活。却不料这天二掌柜匆匆跑了过来，说之前大小姐受苗令梅所托，让各地分号打听杨二江的下落，现在据南京分号汇报，杨二江人在南京，入了军伍。

刘云湘闻言点点头，这个泼猴，也算是遂了心愿。

不过，二掌柜看上去欲言又止，让刘云湘有些奇怪："有话就说，别吞吞吐吐的！"

"据南京分号的人说，他认贼作父，跟许安邦的女儿搞到一块儿去了……"

"什么？"刘云湘愕然。

二掌柜忧心忡忡："若消息属实，今后杨家还有咱们刘家必将名誉扫地，被天下人所耻笑。在下以为，许安邦就是想通过这儿女亲事，把他这块狗皮膏药硬贴在刘杨两家身上，其心可诛啊。"

"杨东家还不知道吧？"

"应该不知道，不然杨家还不早就炸了窝子？"

刘云湘皱着眉头，在作坊门口里面踱了几个来回。此事非同小可，他决定先瞒着杨同昌，亲自去南京看一看。

这年的11月27日至12月1日，红军在湘江上游广西境内的兴安县、全州县、灌阳县与国民党军苦战五昼夜，异常惨烈，史称湘江战役。

经此一役，红军最终从全州、兴安之间强渡湘江，突破了国民党军的第四道封锁线，粉碎了蒋介石围歼中央红军于湘江以东的企图。但是，红军也为此付出了极为惨重的代价……

红一军团二师五团从全州县枧塘乡的屏山渡渡过湘江后，奉命抢占全州县城，但比湘军晚到六个小时，只好占领位于全州南面16公里处的鲁板桥、脚山铺（又名觉山）一线，构筑防御工事。杨大江率领红五军团两个连的战士，奉命防守全州城外尖峰岭一带，11月30日，遭遇湘军优势兵力包围……

弥漫的硝烟中，一只只枪口不断在往外喷吐着子弹。杨大江正带领战士们阻击着黑压压冲出来的湘军士兵。

“报告副团长，左右两翼发现敌人，咱们被包围……”一名匆匆跑来的通信兵话没说完，便被一发炮弹炸得肢体零落。

杨大江甩掉落在身上的一条断腿，噌地拔出后背大刀，冲周围战士大声吼道：“全团兄弟，听我命令！咱们红五团在这尖峰岭上多坚持一分钟，兄弟部队就多一分突围的希望。杀！”

“杀！”

司号兵吹起了冲锋号，红军将士们手持大刀，跃出战壕，跟着一马当先的杨大江，嘶喊着向敌人冲去……

天娟去报社上班，走到办公室隔壁的电报室门口，就听见里面嘀嘀嗒嗒的电报声。她深呼吸一下，稳稳神，内心里对那些“捷报”无比抵触，可偏偏就听见邱主编在里面念叨刚刚编译出来的电文：“全州战役已获大捷，朱毛残部往返通窜，狼狈不堪，匪首林彪亦在觉山铺被炸死……”

天娟疾步走进办公室，看见一名同事拿着刚出来的报纸清样正在校对，她无意扫了一眼，立刻神经质般地将清样抢了过去。她拿着清样，踉跄几步，坐到自己办公桌前，看着报纸，如披冰雪，愣怔了半晌。

邱主编要看清样，来到天娟身边，嘴里还低声念叨：“江西的苏维埃政权已不复存在，跑出来的队伍又遭此沉重打击，凶多吉少啊。中国毕竟不是苏俄，政府军兵强马壮，他们就是再有信仰，也挡不住枪炮啊……”

天娟忽地起身，拎起包，推开邱主编，往外冲去。邱主编不明所以，喊了两声天娟，天娟不回头，他就顺手拿起桌子上的清样。报纸上标题十分醒目：“尖峰岭一带，中央军围歼残匪——被俘者甚众，匪心涣散”，文章下还排列着数张被俘人员的照片，其中有个叫刘丁山的……

天娟赶回家，把几件衣物和一些大洋放进箱笼，回身凝视着杨大江的画像，而后，提起箱笼匆匆走出了房间。

苗令梅从堂屋出来，见了要出门的天娟，就问她这是要去哪里。天娟只说是要去桂林出差，没几天就回来了。苗令梅一听就急了，那边正在打仗，让一个年轻小媳妇去出差，这主编也是明摆着欺负人，她气得要找老邱去说理。

天娟尽量让自己显得平静，与婆婆解释：“人家打仗，我又不打仗。桂林的《民国日报》跟咱《洪江晚报》不是老关系吗，我是去报馆办事，又不在外边乱跑。”

苗令梅忧心忡忡：“那也不安全啊。哎，你说这两家人，一个去了南京，一个要去古丈，这你又要……”

天娟不等苗令梅絮叨：“妈，我得赶紧走了，要不然就赶不上车了……”说着，拎起箱笼匆匆就往外走。

“天凉了，多带件衣服！”苗令梅不放心地在后嘱咐道。

“带着呢！”说话间，天娟已经跑远了。

听说这帮被俘的共产党大都被关押在广西兴安，天娟一路直奔兴安。到地方后，天娟不顾疲惫，一刻不停，向当地《民国日报》报馆认识的同行寻求帮助，好歹打听到了关押地点，嗯，他还活着，谢天谢地。

几天下来，天娟一路使钱，最终总算见到了杨大江。

天娟跟着牢头，刚进入监区，就看见一个浑身是血的垂死之人被人拖着，从她身边经过，天娟看了一眼便不敢再看。那人被拖出去后，很快就听到一声枪响。天娟猛然止步，愣了一下，忽然明白他们在杀人，便忍不住战栗，但是一想到夫君，她又深吸一口气，稳稳神，硬起心肠，穿过守卫那暧昧的眼神和灰暗的过道，来到探监室。

一看到杨大江，天娟就扑了过去，隔着栅栏，两人的手紧紧握在一起，天娟看着杨大江，不禁潸然泪下。

杨大江伸手替天娟擦着脸上的泪："不哭，你看，我这不是好好的吗……娟儿啊，你怎么来的，就一个人吗？"

天娟泪眼婆娑："我听见了枪声，他们在杀人……"

杨大江恨恨道："杀人，说明他们心里怕得要死。"

天娟颤声道："他们也会杀了你的……"

"别哭，听哥说，哥吃的就是这碗饭，这也是没办法的事儿，倒是委屈了你，娟儿啊，哥这辈子欠你的，怕是还不上了，等下辈子，下辈子哥……"

杨大江话没说完，就被天娟伸手给捂住了嘴："我才不要什么下辈子，你这辈子欠我的，就得这辈子来还。"

杨大江抚摸着天娟的脸庞，哽咽着："哥这辈子，有福啊……"

天娟左右看了看，低声道："来的路上我就想好了，我会想办法把你救出去的。"她都打听清楚了，抓杨大江他们的是湘军旅长刘建绪，这是何键手下的一条疯狗，且一直与桂军第十五军的军长夏威不对付，偏巧这夏威跟刘云湘有些交情，天娟正好可以利用他们之间的矛盾来救杨大江。

杨大江闻言大惊："不行！无论是夏威还是刘建绪，眼皮子都活得很，尤其是在眼下这个时候，你跟他们打不起交道。娟儿啊，你大老远地跑来，家里人还指不定有多担心呢，别管发生什么事儿，哥都希望你平平安安的，好好活着……”

天娟吼道：“你要死了，我活着还有什么意思！”

“胡说！我死不足惜，你要是再搭进来，那家里老人就没法活了。”

天娟流着泪，一字一顿：“大江哥，从你八抬大轿把我娶进门的那天起，就注定了咱们俩这辈子要死一起死，要活一起活……”杨大江望着眼前这痴情女子，热泪滚落……

天娟找夏威帮忙，可是事情却没那么简单。刘云湘和夏威的交情，也仅够天娟去夏威那里喝杯茶而已。虽说夏威一口一个大侄女，可这人要不要救，到底怎么救，还是要看刘家出多少钱了。

这个夏威虽与白崇禧有同窗之谊，可是湘江一战，何键成了蒋介石跟前的红人，刘建绪自然狗仗人势。广西本是桂军的地盘，湘军来了之后双方摩擦不断。尤其是眼下，双方争相向南昌行营邀功，夏威向刘建绪讨要战俘，无异于狗嘴里抢骨头，两人本就不对付，现在更是杠上了。

《民国日报》的几个记者朋友，都帮忙去打探，据军方得来的确切消息说，最近刘建绪天天杀人，杀的还都是夏威要的人。夏威又贪财，明知道人难救，还到处画空头支票。天娟一时恍惚，不知道自己找夏威这步棋走得对不对，她别无他途，只能发电报让大掌柜赶紧汇钱，先稳住夏威再说……

第二十三章

刘云湘赶到南京，听分号掌柜说杨二江在一个叫什么“军事委员会调查统计局第二处”的衙门里当差。分号掌柜倒是去找过，可是人家那里戒备森严，根本不让进去。

刘云湘一时惘然：“那这么说，我来南京是见不到他了？”

分号掌柜马上说：“也不尽然，据码头上的人说，二公子经常出现在江边货仓一带。”

次日，一大早，刘云湘和分号掌柜来到江边，两人边踱步边闲聊。虽说天色还早，可是码头上已经忙碌起来，江边桅杆林立，百舸穿梭，繁华景象与洪江自是不同，刘云湘看得无比感慨。

两人正聊着，忽然一辆黑色轿车从大道上呼啸而去，分号掌柜定睛一看，惊呼：“就是这个车！杨二江的车！”

那车开到不远处的货仓一带，一转弯便不见了。刘云湘和分号掌柜疾步过去，在一间货仓旁边，看到杨二江的车停在那里，车里却没人。不多时，几声惨叫传了过来：“二公子，二公子饶命啊……”

刘云湘和分号掌柜急忙循声向前快步走去，转过一间货仓，只见前面不远处，杨二江正在挥舞拳头殴打一名男子，下手极狠，那男子被打得毫无招架之力。

刘云湘大喝："杨二江！"

杨二江抬头，登时一愣："刘叔？"

就在杨二江一愣神的时候，那个满脸是血的男子急忙爬向刘云湘："救命，不是我要杀人，我也是被逼的，救命……"

杨二江上前，一把抓起那人，欲下杀手。

刘云湘大喝一声："住手！"

杨二江看看刘云湘，咬牙双手一错，扭断了那人的脖子，掉头就跑。

刘云湘和分号掌柜急忙近前查看，分号掌柜蹲下身，伸手试了试那人的鼻息，冲刘云湘摇摇头。

刘云湘又惊又气："孽障！就知道他在外边学不出个好儿来！"

死者是长沙忠义堂的罗堂主。

自打许安邦在南京见到了杨二江，便时刻提防着他会突然给自己一刀，如今的杨二江他惹不起，但以杀止杀的道理他还是懂的，所以特意令副官把长沙忠义堂的罗堂主擒来，作为"大礼"送给杨二江，企图以此来平息这头狼崽子心中汹涌的杀机。

刘云湘经过多方打听，终于找到了杨二江的住处，他站在路边，打量着眼前这座不起眼的小院。

这时，一个姑娘来到门前，见了探头探脑的刘云湘，便问道："请问老先生，您是要找人吗？"

刘云湘回头看看姑娘，说："我找杨二江。"

姑娘连连点头："对对，杨公子是在这儿住。您是……"

刘云湘道："我是他爸爸！"

姑娘惊呼："哎呀，是杨叔叔啊！他整天念叨他爷老倌呢，您从洪江过来的？"

刘云湘愣了一下，点点头："是从洪江过来的。"

姑娘显得特别开心，一边带着刘云湘进了院子，一边说自己爸爸以前也在洪江做生意，不过后来不在那儿了。

刘云湘看姑娘这么熟稔，他一边往里走，一边试探："怎么，你也在这儿住？"

姑娘红着脸慌张道："没有没有，您老人家千万别误会，我跟杨公子好多年前就认识了，我，我平常只是帮他来收拾一下屋子……"

刘云湘放心了："哦，那是我说话唐突了，还请你，你这位……"

妙春赶紧自我介绍："我姓许，您叫我妙春就行。"

一听说姑娘姓许，刘云湘不由得打量了妙春几眼，这姑娘不仅模样好，天然里还透着亲切，让刘云湘有莫名好感。

妙春又羞又慌："您快屋里坐，我，我给您沏茶……"说着，慌忙进屋。

刘云湘站在门口打量，看屋里摆设倒也简单。

妙春手忙脚乱地沏茶倒茶："杨叔叔，您喝茶。房子是简陋了一些，平时我要不来帮他收拾，那就更乱了……"

刘云湘进屋坐下："他从小就窝囊得像头猪。"

妙春听这话倒有些不乐意了："您可别这么说，他现在可出息了呢。"

妙春说起一件事，今年夏天，有个叫藏本英明的日本人在南京失踪了，那不过是个行为异常的病人，可东洋人想找借口挑起战争，把军舰都开到了南京下关，幸亏后来人找到了。这事刘云湘也知道，报纸上报道过。

妙春神秘地说："您猜这是谁的功劳？您儿子！那么多人去找都

没找到，二江最后把人给找到了，而且只用了五天，那五天可是把人都给吓坏了，整个南京城都拉响了警报。结果这人一找到，一切都烟消云散了，为此他还受了上峰嘉奖呢。”

刘云湘看看妙春那一脸自豪，这姑娘一说起二江全是好处，他端起茶碗呷口茶问道：“今天他，没在家？”

妙春抬头望望，走到墙根拿起拖把，“砰砰”戳了几下顶棚：“别躲着了，你爷老倌来了！”而后又对刘云湘尴尬笑笑：“他总是这么调皮。”

杨二江无奈从顶棚上跳下来，闷头坐在刘云湘对面。不是他不见刘云湘，事情实在是太巧了，他杀了两回人，还偏偏都让刘云湘给撞见了！

看爷俩都不说话，一时气氛尴尬，妙春很识趣：“你们爷俩说话，我去买点菜。杨叔叔，您老人家大老远来了，中午就在这儿吃，尝尝我烧菜的手艺……”说着，抓起外套、围巾等物慌忙离去。

刘云湘望着妙春的背影消失后，问杨二江：“许安邦的女儿！”

杨二江反应很激烈：“她是她，她爸是她爸。”

“那你就没替你爸爸想过？”

“我跟妙春认识的时候，也不知道她是许安邦的女儿。”

“这不是理由，你这是认贼作父！”刘云湘起身指点着杨二江越说越气，“你个鬼崽子，难道忘了你杨家跟许安邦之间有多少仇多少怨？当初你为什么要离家出来闯世界，是不是被许安邦给逼的？”

“那您说我该怎么办？”

“怎么办，一刀两断！”

“我做不到。刚才您也看了，这么好的姑娘，我可没有那么狠的心。”

“你小子连人都敢杀，心还不够狠的？这话你哄鬼鬼都不信！”

杨二江就听不得这个，噌地站起身：“我是党国军人，我杀的都是该杀之人！”

“好好好。杀人的事儿我不管，党国让你杀谁你就去杀谁，这行了吧？但是你要赶紧跟这姑娘断了，不能再有任何来往。”

杨二江很无奈：“刘叔，您说您生意满天下，还不够忙活的！大老远地跑来棒打鸳鸯，您这是何苦呢？”

“我就是要给你们这对糊涂鸳鸯当头一棒子。你爸你妈这辈子活的是张脸面，你杨家跟许安邦不共戴天。这事要是传出去，你爸妈在洪江还怎么抬头见人，脊梁骨还不被人家给戳断了？”

杨二江从鼻子里哼出一口冷气：“我看，怕戳断脊梁骨的恐怕不是我爸妈，而是您吧？”

“混账！”刘云湘恼羞成怒，“咱们两家是什么关系，你要娶了妙春，那许安邦岂不成了我的拐弯亲家？我跟你爸妈出门顶块云彩都是黑的，我招谁惹谁了？我告诉你孩子，饿死事小失节事大，所谓英雄难过美人关，你站在这儿也是堂堂七尺男儿，大丈夫何患无妻……”

“行了行了，您这都是些什么乱七八糟的！”杨二江急了，吼道，“抛开许安邦，我不过就是喜欢上了一个姑娘而已，用得着这么大惊小怪吗？杀人不过头点地，您就不能坐下来好好听我说两句？”

刘云湘被杨二江给吼愣了，赌气坐下：“说，你说，我看你能说出个什么道道来。”

杨二江拍着桌子：“别以为我不知道你们过去那点事儿，为了一桶清代底油，你们自己都互相掐得两嘴毛，更何况跟……”

刘云湘拍桌子：“怎么说话，什么叫我们自己掐得两嘴毛？”

“算我失言！”杨二江气恼地挥了一下手，接着说道，“打小我就看见家里挂的照片，我妹妹杨春不到一岁就没了，说是丢了，可吃奶的孩子离开娘她还能活吗？我妈妈夜里做梦都能哭醒！您的夫人，我向阿姨多少年生不见人死不见尸，啊，后来家里来信说人还活着，出家了。长沙打官司，我亲身经历，您和我爷老倌都差点死在许安邦的板子下。您说，咱们刘杨两家跟许安邦的世代冤仇我能忘得了吗？我想杀他啊！”

刘云湘怔了一下，猜测道：“难道，你跟妙春，你，就是为了要杀许安邦？”

“您听我把话说完嘛！”

“你说。”

“在长沙，我是没逮着机会；这次在南京见了他，当时我就想冲上去，一把掐死这个老贼！可是当着妙春，我怎么能够对她的亲生父亲下手？您也是老江湖了，换了您，您能做到吗！”

刘云湘眨眨眼睛：“你现在要跟妙春断了，以后不是就能做到了吗？”

杨二江从鼻子里哼出一口冷气：“这种话亏您也能说得出口。许安邦再可恨，她女儿是无辜的，人家对我是一片真心，我要杀了她爸爸我还是个人吗？本少爷一贯秉承忠义二字，岂能干那禽兽不如之事！再说，你们这些当长辈的，别想把包袱都甩到我们小一辈身上，冤有头债有主，有本事您跟我爸妈你们去杀了许安邦！你们能杀得了他吗？己所不欲勿施于人，您跟罗积善也有仇怨，民国十四年您不是照样跟他成了儿女亲家？眼下都民国二十三年了，委员长跟冯玉祥阎锡山都能握手言和义结金兰，我凭什么就不能跟我喜欢的姑娘在一起？”

刘云湘被杨二江训得一愣一愣的：“你，你别忘了，这婚姻大事，历来都要遵循父母之命媒妁之言，你父母是不会答应的。”

“那就对不起了，将在外君命有所不受。您不是也常说爷有爷世界，崽有崽乾坤吗？你们老一辈该怎么斗还怎么斗，我们小一辈该怎么好还怎么好，以后咱们桥归桥路归路，各过各的日子，岂不皆大欢喜？”

正所谓清官难断家务事，说到底，自己毕竟不是他的爷老倌。再说，孩子的话也不无道理，老一辈人的恩怨何苦要小一辈人来承担？

刘云湘回到分号，原打算就此罢手，打道回府，却不料从分号掌柜嘴里听说，许安邦这些年在南京没少活动，做梦都想再回洪江当所谓的“父母官”。于是刘云湘决定，既然来了，那就跟他唱出对台戏吧，无非是花些钱财走访一些湘省驻京的大佬，断了许安邦回去作威作福的念想。

而让刘云湘没想到的是，当妙春得知了他并非是杨二江的父亲之后，许安邦自然也知道了他来南京的消息，同时，也发现了自己所巴结的几家大佬脸色转冷。

真是世态炎凉啊！许安邦知道，自己是拆不散妙春和杨二江了，失去女儿倒在其次，他最不能容忍的是刘云湘竟然断了他的官路与财路。也罢，许安邦想，这大概就是命数，于是，他心底最阴暗的一个念头浮现了出来……

几天后，许安邦带着礼物来到元隆分号，见了刘云湘笑眯眯地拱手道：“云湘，好久不见啦，来了金陵怎么也不打个招呼啊？”

刘云湘上下打量了一下许安邦，回礼道：“久违了，你这脱了军装我还真一下子没认出来。”

“穿什么皮不重要，重要的是咱们都还活着。时局动荡，让人无所适从啊，许某虽不在乎那些虚名，却也没有刘东家逍遥自在，守着一份手艺，就能吃遍天下。”说着，自己径直坐了下来。

刘云湘一时琢磨不透他的来意：“你来此不是想跟我谈生意吧？”

许安邦喝了口茶，切入正题，他今天是为了妙春和二江的婚事而来。许安邦知道自己之前在洪江做的那些事，让刘杨两家都恨不得对他食肉寝皮，杨同昌断不会答应这门亲事。往日那些所谓的仇怨，都不过是利益使然，如今为了宝贝女儿，他宁愿放下身段，来求刘云湘从中说和。

俩孩子刘云湘都已经见过，他相信他们是真心相爱，不过也没到非成亲不可的地步。俗话说“抬头嫁女，低头娶妻”，许安邦如此殷勤，上赶着来求媒，让刘云湘不得不怀疑其背后的目的。再说了，刘云湘本就是来棒打鸳鸯的，自然不会答应许安邦的请求，只说自己做不了别人的主，没本事拉这个皮条，让许安邦自己找杨同昌说去。

许安邦被刘云湘呛得一时接不上话，冷场了半晌，干笑一声，开口道：“我问你，我女儿的人品如何？”

刘云湘叹口气：“凭良心说，女儿是真好啊。”

许安邦马上说：“可就是有个混蛋爹，你想说的是这意思吧？你给杨同昌捎话，只要妙春和二江成了亲，我从此不登他杨家门，这总行了吧？你们用不着把老子当成甩不掉的狗皮膏药，秦桧还有仨朋友呢，老子就要饭也要不到他杨家门上去。”

刘云湘闻听，不禁诧异地看了许安邦两眼，说道：“你在南京颇有根基，何必就认准了杨家？”

许安邦叹口气：“你我可都是有女儿的人，这女儿从小养到大，要找婆家了，当父亲的心里是个什么滋味不用我多说了吧？谁能跟她一辈子啊，古人云，人生莫作妇人身，百年苦乐由他人。不看着她有个好归宿，我是死不瞑目啊。”

许安邦说得情真意切，刘云湘一时竟也无言以对。

许安邦又说道：“怎么，我都说到这个份上了，刘东家还不肯帮这个忙？也罢，那我就再退一步。只要你们保证，把老子的女儿八抬大轿抬进他杨家门，回去我立马就登报声明，和妙春正式断绝父女关系，全当她没有我这个混蛋爹，你看如何？”

许安邦走后，刘云湘一时有些恍惚，他难以相信，一个杀人不眨眼的恶魔，居然会是一个好父亲。若说他是为了抹黑刘杨两家，或是贪图那桶清代底油，还能理解，可是他为了避嫌，竟然要跟妙春断绝父女关系，真是匪夷所思。

刘云湘已经跟许安邦打了半辈子交道，太了解他的为人了，虽不知所图为何，但总感觉这门亲事背后还有些什么。看许安邦今日这架势，对于妙春和二江的婚事，他是志在必得。

刘云湘决定，一不做二不休，让分号掌柜带人绑了杨二江，准备把他强行拉回洪江去。

然而，就在刘云湘等一行人拖着杨二江准备上船的时候，刘家大掌柜和杨同昌赶来了——原来前往广西救人的天娟见情势危急，急令大掌柜来南京找刘云湘，杨同昌一时无着，便也跟着来讨主意。

刘云湘闻听大江被捕，也吃了一惊。

刘建绪是在马日事变之后才投靠老蒋的，虽然不可一世，但还是比不上谭延闿、程颂云这些湘军大佬，比李宗仁更是差了十万八千里。而中央军以追剿红军为名，进入湘黔桂，实乃假道伐虢，趁机抢占各省军阀的地盘。

几个人商量半宿，眼下只能用钱砸了，利用大佬们之间的矛盾，给大江求条活路。

杨二江失踪后，彭家山怀疑第一个对象就是许安邦。

军统局二处的审讯室里，许安邦被打惨了，但他心里明白，杨二江的失踪一定与刘云湘有关，只是他也要让彭家山在自己身上出口气，这样，那年鸦片被劫的账就一笔勾销了。

南京分号，刘云湘忧心忡忡，银子撒了不少，但事情还没有眉目。大掌柜得到的不确切消息是，李宗仁身在福建，帮不上忙。其他有点分量的人，钱他们倒是都收了，不过，有几家一听说涉及“共匪”二字，吓得又把钱给送回来了。

湘军大佬谭延闿连日来都闭门不见，即便报上刘云湘的名号，也不管用。据谭府的管家说，民国二十年，他的心腹爱将张辉瓒在江西被杀，他要一报还一报。

眼看其他路子都堵死了，只能指望程颂云了。

民国五年，程颂云在靖县召集旧部反对袁大总统，湘西常德、沅陵和麻阳等六县无人响应，当时杨同昌和父亲杨顺帆曾帮过他的大忙。可以说，没有杨家在财力和商道上的支持，他是当不上湖南护法军司令的。杨同昌今天一大早去见程颂云，刘云湘觉得，无论如何，程颂云都会给杨同昌个面子的。

几个人正说着，只见杨同昌脸上带着笑走进来。

大掌柜高兴道："成了，事儿成了！"

刘云湘也大松一口气："钱没白花啊，看来大江这下是有救了。"

"有救了，哈哈哈……"杨同昌仰天一阵狂笑，而后笑声变成了呜咽的哭声，"他要是有救就好了……人家压根就没把咱们给当回事儿，怪我爸爸当年瞎了眼啊……"

三人一听，登时都傻了眼。刘云湘气得一拳砸在桌子上："果真是世态炎凉！"

大掌柜也是恨恨不已："岂有此理，不办事也就罢了，何必还要收下钱财吊人胃口！"

杨同昌哭道："生死有命啊，我看咱们也别再瞎折腾了……如今这'通匪'的罪名，不知吓破了多少人的胆，谁还敢跟你讲旧日情分，谁还在乎同乡之谊……"

几个人一筹莫展之际，一个伙计端着一盘切好的盐水鸭，过来请示刘云湘，原来又是杨二江点着要吃。刘云湘不耐烦摆摆手，伙计赶紧端走了。

刘云湘看着伙计离去的背影，突然一愣，灵光乍现。几日来，千金散尽，也没人愿意肯出面说句话，只能说大江这条命，是用钱买不回来的。那如果换个路子，以命换命兴许能成，比如用二江去换大江……

杨同昌没等刘云湘说完就跳了起来："你嫌我死得慢啊，拿我寻开心是吧！亏你还是个当长辈的，怎么能想出这种鬼主意，你还不如去拿把刀，把我两个儿子直接给剁了喂狗算了！"

刘云湘赶紧按住杨同昌，说二江的身份今非昔比，他跟他们的戴处长，眼下可都是老蒋手下的得力干将，党国栋梁，若是用他去交换大江，那刘建绪和夏威估计不敢动他一根毫毛……

刘云湘话没说完，就见那名送饭的伙计慌张跑来："东家您快去看看，二公子不见啦！"

众人闻听大吃一惊。大家跑到油库，杨二江早已不见踪影，麻绳麻袋扔在地上，可是门窗却无丝毫痕迹，还真是好本事！

杨同昌急得捶胸顿足，号啕大哭。本就是走投无路才想出了以命换命的办法，如今鸡飞蛋打，如何是好？

刘云湘沉吟片刻，淡然道："横竖都是换命，不如拿我的命去换，对何键和刘建绪来说，我的这条命可是值大价钱！"

杨同昌回过神来，红着眼圈急道："不行！天下没有这个理，你是他岳老子，他一个做晚辈的也只有来孝敬你的份儿，岂能因为他把命给搭上！不行，说什么也不行，我宁可不要这个儿子……"

两位掌柜也急了："东家，千金之子坐不垂堂，万万不可……"

几个人正在争执，只听一声慷慨："我换！"众人循声望去，只见杨二江气宇轩昂地站在门口。

第二十四章

刘云湘在南京的活动自然瞒不过彭家山的耳目，当他从许安邦身上一无所获之后，便知道二江失踪一定是刘云湘所为，于是便派人监视了元隆的南京分号。

当杨二江被救出之后，无意间竟听同行说刘云湘打算用他来换取他哥的性命，便不顾一切地又跑了回来。

彭家山紧追慢赶还是晚了一步，追到江边的时候，杨二江已经跟着刘云湘和杨同昌上船离岸。他望着杨二江的背影，下了一道出人意料的命令——

“通知局本部，杨二江不慎落入共党之手，彼欲将其押往桂林交换战俘，请戴老板电告何键，务要保证其安全，容我等谋求万全之策！”

一名属下有些犹豫：“这，这岂不是在帮共党……”

彭家山训斥道：“若是连自家亲人的死活都不挂在心上，他又如何能效忠党国，效忠领袖？”

刘云湘带着二江等一行人到了兴安，很快便敲定了换俘事宜。

栗家桥边，刘云湘愧疚地看着二江，说道："委屈你了。"

"刘叔叔，爷老倌，嫂子，你们多保重。"杨二江说完，转身向上走去。

桥那边，杨大江被身后的湘军士兵推了一把，迈步向这边走来。

两兄弟上了桥，彼此看着对方，眼圈都红了。擦肩而过的时候，二江回头笑道："咱们兄弟可都只有一条命，哥以后可要多加小心啊。"

"应该小心的是你，何键和刘建绪已经疯了……"

"哥不会以为，我也疯了吧？"

"你要不疯，就不会来胡闹！"

杨二江嬉笑道："放心吧，兄弟这条命已经卖给了党国……"

杨大江瞪眼："严肃点，立正！你看你这吊儿郎当的，哪里有半点党国军人的样子！"

杨二江立正，抬手夸张地敬了个礼："报告副团长，你可以跟我嫂子回家了！"随后近前低声道："党国军人要都像兄弟这副样子，哥应该高兴才是啊。"

杨大江强忍泪水，一把紧紧抱住杨二江："二江！好兄弟……"

"哥！"杨二江的眼泪扑簌落下……

草木在风中萧瑟，渠水缓缓流淌汇入湘江。斑驳的石桥上，兄弟二人紧紧相拥。刘云湘等人看着眼前这苍凉又温情的一幕，俱是感慨万千。

杨大江死里逃生，却没有跟刘云湘和天娟返回洪江，而是马不停蹄地"找队伍"去了。用天娟的话说——"他这条命是用他兄弟的命换来的，若是不让他去干他想干的事情，岂不是对不起他兄弟？"

这话，在刘云湘和杨同昌听来，想撞墙的心都有。

……

时光荏苒，转眼已是民国二十五年（1936年）春天。

芷江城内马铃叮当，街道上，往来的行人和运货的马帮，与大队行进的红军将士各自相安，秋毫无犯。

大部队即将离开芷江向黔东方向转移，军团首长研究决定，派杨大江留下来，配合天婵，带领水客帮的弟兄们，在湘西开展工作。

伴随着嘚嘚马蹄声，一身征尘的杨大江骑着战马，带着几名战士，来到了黄甲街的宝庆会馆。麻老五和豹子一看见杨大江，惊喜不已，上来问长问短。当看到天婵从屋里出来的时候，杨大江一时竟有些恍惚。数年未见，故人归来，天婵自然欢喜，她只想把他回来的消息尽快告诉妹妹……

天婵不在家，罗洋就成了没笼头的马，在江边货场上上蹿下跳。这些年，经过天婵苦心经营，罗家产业大幅扩张，江边大片的船坞、货场都姓罗。船坞上，伙计们正忙忙碌碌地往货船上装货。

罗洋已经十二岁了，高署地这腿脚是跟不上了，在后面追得气喘吁吁。罗积善如今就剩下这根独苗，看得比眼珠子还金贵，三令五申不让罗洋到江边玩。

可是这小家伙太机灵了，趁高署地一不留神，“扑通”就跳江里去了。吓得高署地忙不迭地连声大喊：“我的个小祖宗啊，快，快救人，救人啊！”

伙计们七手八脚把罗洋拽上来，赶紧送回家。

罗洋冻得裹着一床棉被还直打喷嚏，罗积善手忙脚乱给孙子揉搓手脚，嘴里一边骂高署地，一边张罗着给小少爷灌姜汤。

罗洋却不以为意，欲成栋梁之材，那就要到中流击水。他有模有样地背诵道：“造成今日之老大中国者，则中国老朽之冤业也；制出将来之少年中国者，则中国少年之责任也。彼老朽者何足道，彼与此世界作别之日不远矣，而我少年乃新来而与世界为缘。”

小少爷的聪慧，让罗积善老怀大慰，自然是连声称赞。

但罗洋接下来背诵的一首诗却把罗积善给吓坏了。

“大地春如海，男儿国是家。龙灯花鼓夜，长剑走天涯……”

罗积善急忙捂住罗洋的小嘴，告诉他这是反诗！是一个叫熊亨瀚的共产党写的，这人也是湖南人，早在民国十七年就被枪决在长沙浏阳门外的识字岭上。

“那您再听听这一首。”罗洋背诵道，“万象阴霾打不开，红羊劫运日相催。顶天立地奇男子，要把乾坤扭转来。”

罗积善震惊了，这首诗与宋公明在浔阳楼所题“他日若遂凌云志，敢笑黄巢不丈夫”如出一辙……他恨不得立时将天婵叫到跟前家法伺候，教孩子什么不好，教他反诗！

罗洋却笑嘻嘻地说，这个是姥爷教的！

罗积善决定去找刘云湘理论一番，罗立早亡，罗家现在可就剩下洋洋这一根独苗了。你刘云湘名满天下，我不稀罕，也不指望孩子将来能沾上你多少光，可你不能害我孙子啊！历朝历代谋反篡逆都是杀头灭族的大罪。你二姑爷如今混得连家都不敢回，二小姐虽为杨家大奶奶，可她过的什么日子你不知道吗？

次日，放学时间，商达小学的大门外，黄包车、滑竿拥挤成一团，许多接孩子的商人和市民在翘首以盼。刘云湘手里拿着一只用糯米草编织的龙头，站在人群中等待罗洋。

罗积善一见刘云湘，便忍不住数落起来，指责他不该教罗洋学反诗。

刘云湘一时不解，我什么时候教孩子反诗了？

罗积善从怀里抖搂出写有“万象阴霾打不开……”的一张纸，递给刘云湘，气恼道：“以后你若是在孩子面前再不知检点，我就到官府告你去！”

刘云湘看罢摇头笑道："他爷爷，这人要是不学无术那总是会闹笑话的。这首诗乃为先总理中山先生所写，有胆量你就去告，看看到时候是你吃官司还是我吃官司。"

福全堂药铺。高署地赤裸着上身趴在椅子上，后背上满是青紫伤痕，药铺掌柜正在给他贴膏药，疼得他不住地龇牙咧嘴。

这次不留神让小少爷掉进江里，把罗积善吓得魂飞魄散，将一腔惊怖全发泄在高署地身上，恨不得往死里打。高署地想想自己鞍前马后伺候了这么多年，稍有差池，还是连条狗都不如，不由得心酸。

药铺掌柜安慰高署地："你也得理解东家，洋洋小少爷是他的命根子，将来也是你的少东家，万一有个闪失，那可不得了。"

高署地苦笑："也就是一层窗户纸罢了。别看他现在手里像攥个宝似的，等他百年之后，这偌大的家业，还不知道要姓谁的姓呢。"

药铺掌柜还没听明白："有苗不愁长啊，终归都是小少爷的。"

高署地忍不住："你懂个屁啊，咱们洪江城的这些个深宅大院，哪家的锅灶是干净的？我要说，洋洋小少爷根本就不是他罗家的种呢……哎哟，我说你……"

掌柜的闻听手一哆嗦，不小心触到了高署地的伤处，随后惊愕地凑近高署地："此话当真？"

高署地自觉失言："去去去，你这福全堂挂着药铺的幌子偷卖鸦片，害了多少人，这种事还用我细说吗！"

罗立少爷当年吸食鸦片成瘾不能人道，罗洋小少爷不是罗家的种。不知从哪天开始，这个消息就像雨后的青藤，在洪江城七冲八巷九条街上疯狂蔓延着，以至于天娟进出报馆都有人在她背后指指点点。

终于，无时不觉得芒刺在背的天娟从老邱嘴里得知了人们议论的内容。罗洋小少爷不是罗立的种，那会是谁的？联想到杨大江自成婚以来的种种表现，霎时间，一股难言的酸楚涌上了心头……

她强压着心中的凌乱，木然走进杨府的院门，就听苗令梅在堂屋门口叫道：“大奶奶，快来，快看看谁回来了！”

杨大江被上级委派留下开展敌后工作，虽然还是率领水客帮在江上闯荡，但毕竟守着家门口，不用再像以前那样与天娟劳燕分飞了。此时他从堂屋出来，冲天娟激动地喊了一声：“娟儿！”

天娟看着杨大江只是愣了愣，便匆匆就去了后进院，丢下这三口人面面相觑。再一思忖，也能理解，爱之深，痛之切，冷落了人家这么多年，不生分才是怪了。

……

“未开言忍不住伤心落泪，思前情真叫儿万念俱灰……苦命媳投唐营无过无罪，薛丁山太薄情颠倒是非……”

明月当空，天娟凄婉的唱腔从杨府大院里飘出，萦绕在夜空。

杨大江在后进院房屋外徘徊，不时看一眼紧闭的房门，听着天娟如泣如诉的声音，不禁百感交集。

看着儿子在媳妇门外逡巡徘徊，却不能进门，老两口的心也跟着悬在了半空。杨同昌听出门道来了，天娟唱的是《三请樊梨花》，想他二人当初成婚之时，都自比樊梨花和薛丁山。沅陵独闯旅部、徐州千里寻夫、兴安冒死相救，娟儿这樊梨花可名不虚传。相比之下，咱家这薛丁山可就不怎么样了。娟儿今晚上要跟他算总账，那也是应该的。

听杨同昌这么一分析，苗令梅觉得好像是那么回事，可是这都大半夜了，还不让进门……

杨同昌胸有成竹：“你急什么，等大奶奶心里这口气顺了，大江再顶着香盘那么一赔罪，屋门自然就会开了。走吧，走，小两口的事儿，咱们别在这碍手碍眼的。”说着，拽着苗令梅回了前院。

哪知道，第二天一早，天娟就拎着箱子回娘家了，昨晚上大江就没能进屋，跟老管家挤一张床上，一宿没睡！

眼看小两口的感情出了问题，老两口越琢磨越觉得自家儿子理亏，不由分说便拽着大江去刘府赔罪。

杨同昌指着站在当堂的大江，对刘云湘说道："亲家啊，千错万错都是这鬼崽子的错。人，我给带来了，只要能让二小姐出了这口气，你该打打，该骂骂，我绝没有二话。"

苗令梅附和道："是啊亲家，咱们娟儿是出了名的贤惠，这些年苦熬苦盼的那可没少遭罪。好在现在人回来了，过去的事儿那就让它过去。说到底，这日子还得他们自己过。"

刘云湘没言语，只是忧郁地望着门外楼上的闺房。

闺房中，天娟坐在床边，拿着自己心爱的钟馗面具，潸然泪下。

苗令梅看看刘云湘，推搡着儿子，催他去给天娟赔不是。

杨大江满脸愧疚，掉头要往外走，迎面正碰上天婵走进来。她是被刘云湘派老家丁给叫来的，路上听说是小两口闹了别扭，所以一进门便数落大江。

大江点头会意，要上楼去向天娟赔罪。

"别折腾了，让我小女儿清静清静。"

刘云湘的一句话让杨大江止步，也让杨同昌夫妇俩一头雾水。刘云湘看着天婵问道："洋洋到底是谁的儿子？"

天婵愕然："我的啊，您的外孙子还能是谁的儿子？"

"我问的是他亲生父亲到底是谁！"

此言一出，屋里人都不禁一愣。天婵忍不住看了一眼杨大江。

杨大江浑身一震："婵儿，难道说……"

"说什么说，洋洋才不是你的儿子！"天婵羞怒地跑出门去。

刘云湘起身，看着目瞪口呆的杨家三人，冷笑道："真好啊，咱们两家这回可算是剪不断，理还乱了。"说完，摇摇头，落寞地向外走去。

杨大江怎么也没想到，自己和天婵竟然有了孩子！他一时恍惚，不知是喜是悲。

杨同昌和苗令梅却是喜不自胜，回到家对着祖宗牌位拜了又拜，两人怎么也没想到，凭空竟有了个便宜孙子。

自此，每到放学时间，两口子便凑到学校门口跟罗洋套近乎。

不知内情的罗积善以为这两人想抱孙子快想疯了，看着他们眼巴巴的模样，忍不住哈哈大笑："眼气吧？你老杨可是有两个儿子，有本事自己也鼓捣出一个孙子来！"

杨同昌怀着小心思回道："你还别说，攥着葫芦籽不怕没水瓢。"

罗积善得意地笑道："造化弄人啊，你家大奶奶进门也有十年了吧？我看问题就出在你儿子身上，他若不是在外边当共匪，惹得人神共愤，断了子孙根苗，你们两口子何至于成为孤家寡人？"

苗令梅不高兴了："我们怕什么，常言说得好，有心栽花花不开……"

杨同昌生怕苗令梅说得太露，惹是生非，毕竟还不到掀锅盖的时候，赶紧拉了她一把："好饭不怕晚！"

"老天爷是公平的，命里只有八角米，走遍天下不满升啊……"罗积善哈哈笑着，撇下杨同昌夫妇，拉着罗洋走了。

就在刘杨两家因为家事而闹得悲喜交加的时候，许安邦又回到了洪江。

黔阳的镇守使衙门已改为洪江行政公署，许安邦现为公署专员兼保安司令。如今他穿着一身笔挺的中山装，志得意满地站在刘云湘面前。

刘云湘懒得跟他废话："你这新官上任，找我何事？"

许安邦抬手示意，副官急忙从皮包里拿出一封信件递给许安邦。

许安邦道："奉省府主席何键将军之命，特来转交财政部长孔祥熙先生给你的邀请函。"

刘云湘接过信件看了看，说声多谢了。

孔祥熙来信是邀请刘云湘去上海面见大英帝国的首席经济顾问利兹罗斯爵士，商讨币制改革事宜。

自从美国国会出台法案，提高了白银收购价格以后，中国的白银就如决堤之水，外流严重。白银都成了走私货物，即便政府课以重税也难以遏制。现如今银价高得离谱，汇价却跌入了谷底，财政空虚，外贸出口困难，白银挤兑潮屡见不鲜，做实业的倒闭无数，国内经济几近崩溃。

刘云湘早就呼吁要进行币制改革，孔祥熙此次来函相邀，足见其有识人之明，同时也让刘云湘深感责任重大。

大掌柜叹气道："家里这点事儿已经够让东家烦心的了，却还要去上海参与这些国际纷争……"

刘云湘抖着信件："家事国事，身不由己啊。"

初升的朝阳给整座洪江城镀上了一层瑰丽色彩，波光粼粼的江面上，一艘客运火轮渐行渐远。天娟站在甲板上遥望着洪江城，任晨风吹乱了她的头发，吹飞了她眼角的泪水。刘云湘这次之所以爽快答应孔祥熙的邀请，有一半原因是想带天娟出来散心。

刘云湘和天娟前脚刚走，洪江便乱了起来。

国民政府军事委员会决定，要在洪江修建机场。一时间，商会大院门口挂起了"洪江机场筹建处"的牌子，门口贴了告示呼吁大家捐款，有钱出钱，有力出力，还要加收什么机场建设费。

众商家议论纷纷，不少人都想到当年的封油令，心有余悸。不过这次可不是许安邦的一时兴起，这是南京国府的决策。

一说到捐款，大家都不太乐意，毕竟都交了税。可唯独杨同昌兴致勃勃，如今知道自己有了孙子，他心气也高了，说什么前人栽树后人乘凉，咱们这些老家伙是无所谓了，可如果有朝一日咱们的孙子能够坐上飞机，在天上飞来飞去，那是何等美妙！如今政府要修建机场，天步艰难，正是我等洪商报国之时，自是要有钱出钱，有力出力……

而就在杨同昌慷慨陈词的时候，许安邦和罗积善正沆瀣一气，以修建机场为名，把杨家在城外的油库、料场和作坊，以及绸布庄子统统划进了征地范围，并且大幅压低了补偿标准。

“岂有此理，这不跟明抢一样吗！难道他们修建个机场，我杨家就要赔上百万大洋！”

杨同昌很快就忘了他之前对国府决策的赞美，现在只有一个念头——“我杨家所有产业将来都是我孙子的，谁也别想从我手里抠走一块大洋！”

许安邦和罗积善之所以把圈地目标锁定在杨同昌身上，是因为刘云湘此时正为国府效力，他们暂时还不敢招惹。同时，清代底油还在高椅村，若杨家垮了，那桶底油变成了无主之物……

第二十五章

气急败坏的杨同昌虽然也想跟刘云湘一样，与许安邦对簿公堂，但他没这个胆子，只是跑到报馆冲老邱发了一通火——国家已进入了宪政时期，不久前才公布了宪法草案，其中第十七条规定，人民之财产，非依法律不得征用、查封或没收。《洪江晚报》乃为民众喉舌，如此严重的违宪行为就发生在你们的眼皮子底下，为何不见诸报端，伸张民权？

他威胁道："别忘了，我也是这报馆的股东之一，你们这些笔杆子若是再不敢发声，听凭他们为所欲为，我就要求召开董事会，砸了你的饭碗！"

杨同昌此举，倒让天婵和老邱看到了希望。许安邦借修建机场为名，行贪腐盘剥之实早已激起了民愤，天婵认为要发动民众，在洪江掀起一场反圈地、反增税的斗争。随后，由天婵执笔的一篇题为《拆！拆！拆！滥用公权，绝无好下场》的文章在《洪江晚报》上刊登出来，引起了极大的反响。

许安邦看到文章后虽然大为光火，但他却不怕。你直接抢人钱财，那就是强盗，人人得而诛之，死了都辱没祖宗；若是你打着为民造福的名义去抢，不但能抢得更多，下手更狠，而且还能让那些被抢的人感恩戴德。

明白了这个道理，许安邦便动用保安队加紧清场，对圈地内拖延搬迁的民众进行武力驱逐。

眼看自家的大片产业被掠夺，杨同昌心痛不已，为了孙子，他决定豁出去了，于是把十大会馆众商都召集到了商会，慨然说道："权力不能私有，财产不能公有，否则人类就会进入灾难之门。这是连洋人都懂的道理，咱们都是安分守己的生意人，并不想给国家添乱，可是许安邦假借修建机场的名义，擅自扩大征地范围，侵吞财产、中饱私囊，是可忍孰不可忍！"

然而，任他口干舌燥地鼓动了半天，应者却寥寥无几。一来是除了他杨家之外，其他会馆商家被圈进的财产并不多；二来，刘云湘不在，众商群龙无首，谁也不愿跟着杨同昌去得罪许安邦。

就在众人彷徨之际，干挑爷匆匆赶来说道："城外已经打起来了！"

众商闻听，急忙赶到城外圈地现场，只见一些死守在自家房屋门口的市民正被如狼似虎的保安队士兵用棍棒、枪托打得满地翻滚鬼哭狼嚎。而在现场外围，老邱和妇女联合会的人正带领大批民众展开了声势浩大的抗议活动。杨同昌等人见状急忙加入抗议队伍，救助那些被打的市民。一时间，"不许打人！""反对违法圈地！"等口号声此起彼伏，抗议人群跟负责警戒的保安队士兵撕扯、推搡着，如潮水一般涌上来，又被挡回去。

许安邦闻讯，带着一队保安军到了现场，不由分说便要开枪弹压，可就在这时，副官匆匆跑来，呈上了一份省府急电。电报上说国民政府已取消在洪江修建机场的规划，改址在芷江修建，宪兵司令谷正伦已进驻芷江。

许安邦见了电报，登时如泄了气的皮球一般……

机场虽说迁址到芷江，可是许安邦霸占的那些财产，却迟迟不愿吐出来。

杨同昌不敢和刀把子、印把子在手的许安邦明斗，他动了点小心思，从报纸上剪下字句拼凑在一起，隔三岔五便向省府寄去一封匿名信。用他的话说，不过是多买几张邮票而已，就算扳不倒姓许的，也得恶心死他。

在洪江商户开展“反圈地、反增税”运动的同时，永绥县爆发了惨烈的苗族兄弟武装“抗屯抗租”的斗争。今年当地大旱，陈渠珍的屯田计划已经破产，可他的屯务大队却贪婪成性，对苗民采用暴力催租，终于激起了民变。

天婵得到上级指示，要把一批武器从浏阳运送到永绥苗民的手中。按计划，杨大江和麻老五负责将这批武器由浏阳走水路运至永绥境内，再由豹子联络的马帮转运山中。

但出人意料的是，浏阳的地下联络点暴露，提货时遭到了军警的围堵，幸好杨大江早有准备，带着水客帮兄弟拼死把那批武器抢了出来，枪战中麻老五负了轻伤。

杨大江的这次遇险，给天婵敲响了警钟，尽管她已经不再否认罗洋就是大江亲生儿子的事实，但她暗暗告诫自己，在白色恐怖之下，她跟大江之间于公于私都不能逾越“同志”这条界线。

浏阳的事情惊动了长沙，杨同昌一封接一封的匿名信也逐渐显出了成效，省新生活运动促进会甚至要许安邦去参加为期三个月的“廉政教育学习班”。

所有这一切，都让许安邦焦头烂额。他知道，自己这专员的位子不知让多少人眼红，上边抓辫子的目的无非是争权夺利罢了。对党国来说，廉政不廉政的倒无所谓，但是居然让共产党从自己的眼皮底下把武器送给了暴乱的苗民，这便严重威胁了他的仕途。于是，暴跳如雷的许安邦下令水上保安队立即对沅江水路展开严厉稽查。

很快，消息灵通的高署地便向罗积善通报，少奶奶恐怕惹上麻烦了。

罗积善闻听，挥舞手杖怒道："你就不能盼着少奶奶点好，我看你的皮是又痒痒了！"

"在东家面前我怎么敢胡说八道！消息是从许大人手下传出来的，他们说少奶奶是，是这个……"高署地说着在手掌上写了一个"共"字。

罗积善一愣，四下看看，赶紧拉着高署地走进油号，追问道："你都听到了些什么？"

高署地望望门外，凑过来低声道："水上保安队怀疑咱家少奶奶跟水客帮的人搞到一块儿去了……"

罗积善不等高署地说完又举起了手杖："这也算个事儿？刘家本来就跟水客帮大有渊源，少奶奶要开辟新商道，自然是要找他们帮忙！"

高署地急忙抬手护着头："可是水客帮通共啊，他们把一批军火从浏阳运到了永绥，交给了当地叛乱的苗民，省府已下令严查。而且，而且被抓的水客已经招供，说领头的是个女共党。"

"女共党？"

"欧阳朵妹已经死了，水客帮都是一群老爷们儿，少奶奶考察商道，这些日子又跟他们在一起，天下哪有这么巧的事情？别说是许安邦了，就是咱们闭着眼睛一想，那也得怀疑少奶奶不是？"

罗积善闻言如坠冰窟，若果真如此，罗家怕是要大难临头了……

在刘云湘等人的竭力斡旋之下，南京国民政府全面完成了币制改革，把中央、中国、交通、农民银行发行的钞票定为国内唯一可以流通的法定货币，俗称法币，且只有这四家银行拥有发行权。法币政策的实施，是中国货币制度的一大进步，不仅促进了经济的恢复与发展，也让国民政府在短时间内能聚拢大额现金与贵重金属，有望保障国防建设。

但是国民政府的此次币制改革，虽然受到英美支持，使法币与美元、英镑保持了固定汇率，却让日本政府所支持的“华北经济独立”的企图难以实现，日本当局对此反应激烈，声称国民政府此举“显系放弃亲日政策”，甚至公开威胁“将断然排击之，虽诉诸武力，亦必阻止实现”！

刘云湘带着天娟回到了长沙，大半年在外游历，似乎驱散了天娟心中郁结的阴霾，使她整个人看起来又恢复了往日的洒脱。

“东家辛苦了！”长沙分号掌柜走上甲板，招呼身后伙计赶紧从老家丁等人手中接过大小箱笼。东家这次出行可谓名扬天下，连日来，元隆长沙分号的门槛都快被人踩塌了，不少商界同仁都想见东家一面。让他这个分号掌柜也倍感荣耀。

一行人说笑着，随众旅客下了舷梯走出码头。

正要上车的时候，突然附近教堂传出“当当”钟声，刘云湘等人循声望去，只见不远处一幢教堂的楼顶，几名学生正在呼喊口号：“武装保卫华北！反对防共自治运动！立即停止内战！打倒卖国贼！为祖国自由而奋斗……”

霎时间，街面上乱了起来，到处响起“呜呜”的警哨声，一群警察从不同方向匆匆往教堂大楼跑去。随着枪声响起，楼顶已不见了人影，只有花花绿绿的传单在悠扬的钟声中纷扬如雨……

回到分号，刘云湘一眼看到放在桌子上的报纸，抓起来细看，头版头条即是《卢沟桥中日军冲突》，满纸都是《外交部提口头抗议》《各地民众甚愤慨》《北平市内人心镇静》等相关文章。

据报道，一九三七年七月七日，驻丰台日军步兵旅团一部，借口寻找失踪士兵挑起争端。八日凌晨，日军炮击宛平城，悍然发动了全面侵华战争。

刘云湘放下报纸，一拳砸在桌子上："卑鄙，无耻！竖子谋划久矣，如今图穷匕见，占我国土，杀我百姓，可叹我泱泱中华竟奈何不得一个蕞尔小国，我，咳咳……"话没说完，一阵咳嗽。

天娟急忙上前递上一块手帕，却不想刘云湘竟咯出一口血来，"咕咚"一声就倒在了地上。

众人见状大吃一惊，急忙上前救护。

不多时，刘云湘转醒过来，看着天娟长叹一口气，说道："我现在是真想我的二姑爷了，只要他能上阵杀敌，他就是个混蛋，我也认了……"

按照请来的郎中诊断，刘云湘此次卧病，乃是肝火太盛，肝气亢逆上行，木火刑金，则肺失清肃。在开过药方后特意叮嘱要及时静养。

接下来两日，不少人闻讯赶来拜访刘云湘，老家丁做主，将来访者一应拒之门外，只说是东家舟车劳顿，需要休息。

这一日清晨，老家丁和天娟在刘云湘床前服侍，分号掌柜手持一张拜帖匆匆从外边跑进来，站在卧房门口说有客人来访。

老家丁有些不满："不是吩咐过了，东家身体有恙，不宜见客。"

分号掌柜说："我说了，东家身体不适，可是那人却哈哈大笑，说东家只要见了他，病就全好了……"

老家丁接过拜帖，看了一下，对刘云湘说："是刘揆一，刘先生。"

"霖生兄？"刘云湘闻听，一骨碌从床上坐起来，忙不迭地向外跑去。

刘揆一今年虚岁六十，身体还算不错，戴着眼镜，气度儒雅潇洒。他站在堂屋中间，正欣赏墙上“信义为本”的书法条幅。一见刘云湘奔来，急忙上前热情拥抱，互道寒暄，老友相见，喜不自胜。

刘揆一握着刘云湘的手赞道：“斡旋上海，而致市面稳定；坐镇平津，挫败日人之阴谋。云湘大才，如今名满天下，是我湖湘父老的骄傲啊。”

刘云湘笑道：“你我之间还说这些干吗。”

两人坐下聊天叙旧，相谈甚欢，然而一谈及国运，刘云湘不由得叹道：“非是我中华无人，而是国民政府那帮老朽尸位素餐，忘却了初衷。我记得三年前，霖生兄在《大公报》上发表《救国方略之见》，呼吁停止内战，共同抗日，挽救民族危亡。南京的那些人哪怕能听进去半句，何至于有今天！”

“装睡的人喊不醒。”刘揆一摆手道，“何况卧榻之旁还睡着要革他们命的人呢。好了，不说这些了，眼下国难当头，不知云湘有何打算啊？”

刘揆一一语击中刘云湘胸中块垒，一时无语。

这时老家丁泡了茶端上来，是刘云湘最爱的清香雪茉莉花茶。两人喝了盏茶，刘云湘只说在屋里闷了几天，想出去透透气，便让分号掌柜备了车，将二人送至岳麓书院。

漫步在亭台水榭之间，看古木参天，山石嶙峋，刘云湘胸中郁结散去些许。

刘揆一指着书院大门两边的对联，说道：“惟楚有才，于斯为盛。这句话可是大有深意啊。”

刘云湘感叹：“《论语》有云，‘唐虞之际，于斯为盛’。孔夫子尊崇周朝，周武王时期人才鼎盛，国家兴旺。哪像今天，山河破碎，徒唤奈何。”

“湖南为春秋时期楚国之故土，可是在清代以前，却被国人视为‘瘴疠卑湿’之地，以至于在漫漫的历史长河中，有‘湖南人物，罕见史传’的说法。”

“也不尽然吧，北宋的周敦颐可是咱们湖南人。”

刘揆一笑道：“你油号里挂的那幅‘信义为本’，就暗合了理学思想。周敦颐作为儒家理学的开山鼻祖，是讲人性向善的，立身处世之道，曰诚信，曰仁义。”

“我倒觉得，船山先生的经世致用学说，才是我湖湘文化的精髓，内圣外王，修齐治平。”

“船山学说开我湖湘文化之先河，培养了一批又一批的经世之才，使得近百年来，三湘儿女独领时代风骚。云湘啊，你想过没有，你所代表的湘商关注国计民生，以经济、贸易康济时艰，乃是经世致用最大之践行群体。”

“湘商也算吗？”

“你以为湘商的根在哪里？”

刘云湘思忖道：“相对于晋商和徽商而言，湘商目前的实力还非常弱小，但楚虽三户，亡秦必楚。只要我湖南商人心怀苍生，不忘信义二字，在这乱世之中必会有所作为。”

“湘商的根就在经世致用，湘商的理想与抱负，我觉得应该是‘以义致利，经纬天下’。”

刘云湘心中一动：“以义致利，经纬天下？”

“凡商人者，古往今来，无不偏重货殖，看重利益。你身为油业行龙头，一路走来，能够摆正利和义之间的关系，做到以义致利，难能可贵啊。”

如此肺腑之言，不枉知己，刘云湘眼睛湿了：“但愿苍生俱饱暖，此生无憾矣。”

“心怀苍生，只是一个善念，也就是你常说的心头一盏灯不灭。但是，眼下国难当头，作为湘商的代表人物，作为一名爱国商人，光有一个善念是不够的。云湘啊，你心头的这盏灯，应该让它燃烧起来，让它变成照亮这黑暗世界的一把火炬。”

刘云湘长久地看着刘揆一，想了想，拱手道：“多谢霖生兄教诲。”

刘揆一哈哈大笑：“能让你把药钱省了就行。”

刘云湘长出一口气：“今天我算是明白了一个道理，这以义致利，所图的不是个人之利，也不是商业之利，而是国家之利、民族之利。爱国救国，也不是一句空乏的口号。”

“知易行难啊。”

刘云湘朗声道：“船山先生有言，力行而后知之真。抵御外侮，商人何须用枪，我们用智慧和财富一样可以来维护民族大义。我想，这才是真正的经纬天下，也是湘商义不容辞的历史使命！”

长江航道船只密集，日军战机不断在空中呼啸掠过，一颗颗炸弹暴起的水花夹带着破碎的尸体与散乱的船板如漫天大雨一般落下。硝烟中，藤原和雅子、山木等人身穿便衣，潜伏在江边仔细观察着整个战场。

国民政府已被迫于1937年12月份迁都重庆，江面上每天都挤满了向西南运转的物资，日军虽掌握了制空权，但藤原也截获了苏联志愿援华航空队一百五十余名飞行员抵达武汉的消息。种种迹象表明，中国是要依托大西南广袤的国土进行持久抗战。鉴于此，藤原将敏锐的目光盯向了芷江。

芷江素有“西楚咽喉”之称，乃西南战略要地，机场一旦建成，便可与昆明机场形成犄角之势，进可策应华北、华中战场；退可封锁长江、湘江及京广铁路运输，切断敌军的后勤补给线。

他觉得有必要亲往芷江去一趟。

……

罗家的一间仓库成了罗洋的乐园，这孩子不知是被罗积善惯的，还是受了天婵的影响，虽说不是罗立的儿子，却跟罗立一样喜欢鼓捣机械。杨大江这名义上的“姨父”也不含糊，见罗洋异想天开要将汽车改成飞机，便抓了麻老五的官差，按孩子画出的图纸用上好的木料打出了一对飞机翅膀。

给汽车上翅膀这天，杨大江早早便来到仓库，他现在是忙里偷闲，利用一切机会来跟小家伙套近乎。

罗洋却生怕杨大江把那飞机翅膀给弄坏了，毕竟麻老五不是每天都有空的。其实，人小鬼大的小家伙对“姨父”跟水客帮这些人，整天和妈妈在一起干的那些事，心里跟明镜似的。

所谓童言无忌，听罗洋在不经意间竟揭穿了他地下党的身份，杨大江惊愕不已，直到天婵带着教堂里的一位洋嬷嬷来了，催促罗洋去补习英文，他才暗道一声惭愧，回过神来与天婵聊起工作上的事情。

日军已改变政策，对国民党军队分化拉拢，顽固派加紧了对抗日根据地的封锁，水客帮的任务是要建立一条水上秘密通道，保证根据地的物资供应。眼下他们已筹集了大批洪油，麻老五和豹子则以商家名义正采购盐和粮食布匹……

杨大江叮嘱天婵：“还是要提防水上保安队，你最近露面太多了，一定要小心。”有迹象表明，许安邦已经怀疑天婵了。

天婵点点头：“你也一样，别见了孩子就什么都忘了。”

两人不再言语，望着滟滟东去的江水，任江风拂面。

在黔阳城的某处宅院内，藤原身着一袭长衫，俨然一副老夫子的模样，正坐在桌案前的藤条椅上，一边呷着茶，一边看着手里几张照片，若有所思——照片上是天婵和一帮水客在江边装船、卸货的情景。

从长沙到芷江，再从芷江到黔阳，随处可见忙碌、清苦且精神饱满的抗日军民，他们虽身体瘦弱、面有菜色或衣衫褴褛，却在举手投足之间无不散发着一股浩然正气。藤原通过这一路的勘察，更加坚信国内那些扬言要三个月解决中国问题的政客们是何其的荒唐，尤其是芷江机场，尽管他再三请求，“皇军须以雷霆手段摧毁之”，但军部的狂人们却连眼皮子都不夹他一下。

……

雅子等人在芷江机场周边的活动，引起了谷正伦的注意，他严令许安邦加紧对日谍的侦缉。

许安邦知道，这机场不论是建在洪江还是芷江，都是他的摇钱树，而谷正伦也是他的保护伞，所以在这件事上便格外卖力。而藤原此时却犯了个致命错误，他认为许安邦是他所熟知的人，一举一动均在自己的掌握之中，因此便安然在黔阳设下了据点。殊不知，也正是这种骨子里的傲慢，使他落入了许安邦的罗网。

当整个宅院都被保安军士兵团团包围的时候，追悔莫及的藤原也曾想过要自裁，但是看到尚未销毁的有关天婵和水客帮的那几张照片，他不由得灵光一闪，放下了举起的手枪，喝令山木等人不得抵抗，自己则揣起照片，从容地走向了保安兵的枪口。

许安邦并不惊讶藤原的落网，因为彭家山早就查明了他的底细，他惊讶的是对方作为皇军的特工不该这么老老实实地束手就擒。带着这个疑问，许安邦走进审讯室，看着身穿长衫、风度儒雅的藤原，不禁心生感慨。数年未见，这厮越发像个中国人了。

“我是无事不登三宝殿啊。”藤原在寒暄过后，伸手指了指放在桌上的照片。

许安邦知道，藤原在落网前就已销毁了所有有用的东西，而这些照片，显然是他有意要送给自己的。

藤原示意许安邦屏退左右，点着桌子道：“这场富贵，还请许专员笑纳。”

许安邦闻言哈哈大笑：“你这借刀杀人之计行不通，眼下国共合作，刘天婵即便走私一些货物也是为了抗日，这几张照片又能说明什么？”

藤原摇头笑道：“修建芷江机场的各类物资均由专员公署负责组织供应，地下党走私猖獗，若延误了机场建设，许专员的日子怕是不好过吧？”

“今非昔比了，何键调任内务部长，现在的省主席是张治中，他对共党是什么态度？就凭这几张照片，你让老子去抓罗家那个说一不二的少奶奶？”

“如果是为了洪油呢？”

许安邦一愣：“洪油？”

藤原说道：“自开战以来，洪油作为最重要的战略物资，在国际市场是个什么行情，这不用我说吧？有市无价啊。实不相瞒，日本军界内部一直有北上与南下之争，这南下，就是为了桐油、橡胶这些稀缺的战略资源。”

许安邦不屑地摇头：“我也是真服你了，都到这份儿上了，还惦记着洪油，还对刘云湘和杨同昌不死心……”

“我说了，这场富贵是送给许专员的。”藤原顿了一下，手指照片意味深长地说道，“在她的手里，有大批的洪油。”

当藤原从容地走出保安司令部大门的时候，正准备实施突袭救援的雅子和山木简直不敢相信自己的眼睛。而藤原却觉得，天照大神在保佑着帝国的武运，让他的这次失误歪打正着——贪婪是人的本性，若是能借许安邦之手除掉刘天婵，则必会在洪江引发动乱；得罪了刘、杨、罗三家，就等于得罪了整个西南五省的商人，若是大家都不出钱，这芷江机场恐怕就要停工了……

而接下来事情的发展也的确如藤原所料，许安邦带着大队保安兵很快就到了洪江。

罗积善正饶有兴致地坐在院中树下石桌旁，陪罗洋做英语功课，看着聪明好学的孙儿，他喜得面上流光溢彩。但这其乐融融的氛围却被突然扑进来的如狼似虎的保安军所冲散，他看着走进来的许安邦大光其火。

“放肆！许安邦，你身为政府官员怎敢私闯民宅！”

许安邦示意手下搜查罗府，而后对罗积善说道：“别装糊涂，你家少奶奶是什么人难道你心里不清楚？咱们是什么关系，说句掏心窝子的话，她就是女共党老子也不管，可是这破坏抗日的罪名，你我都担当不起啊。”

“这是哪个混蛋在背后嚼舌头，她一个妇道人家，怎么敢去破坏抗日！”

高署地见罗积善刀子一样的目光盯向自己，登时吓坏了：“东家，这，这跟我，可没半点关系……”

罗积善更怒：“我说是你了吗，我说是你了吗！”说着话，罗积善举起手杖，对高署地又踢又打，意图趁势将其推出门去，为天婵通风报信，却被许安邦打着哈哈拦了回来。

罗府没搜到人，许安邦便派人去洪江码头、商号等地方搜查，他自己则坐守罗府，名为喝茶，实则盯着罗府这些人，免得去通风报信。

而罗洋则借口要去教堂找洋嬷嬷请教两个单词——“Mother Run”，巧妙地送出了通知。

就在许安邦查封了同义商行的时候，天婵和麻老五等人已带着满载物资的几条船迎风破浪地驶向了抗日根据地。

而出乎天婵意料的是，中共中央长江局派来的一位姓顾的同志在那里已经等候她多时了，两人一见面，顾同志便给她下达了新的任务——去美国留学。

顾同志说：“自抗战爆发以来，我党已经建立起了广泛的抗日民族统一战线，国际上许多有识之士正在呼吁支持中国战场。你去美国，与他们加强沟通与交流，会在关键时刻为全民族的抗战做出更大的贡献。”

天婵听到组织上的这一决定，不禁心生酸楚，曾几何时她和杨大江憧憬着出国留学，从西方文明中寻找出一条救国之道，只是自从当了罗家少奶奶，这一切仿佛都是上辈子的事了。

“我，能否问一句，党内有那多人，为什么非要派我去？”

顾同志笑道：“因为你是首长亲自挑选的人。”

第二十六章

许安邦在洪江大肆搜捕罗家少奶奶，让罗积善既心惊肉跳又倍感世态炎凉。而当他得知是藤原出卖了天婵的时候，多年来的新仇旧恨一下子便涌上了心头，立马派高署地花重金买通熊子贵，誓要杀了藤原，以祭罗立的在天之灵。

就在藤原潜回嵩云山的当夜，罗积善便带着熊子贵等一众土匪把他团团围在了别墅之内。

藤原见到罗积善，拱手从容道："罗会长大驾光临，鄙人有失远迎，罪过罪过。"

罗积善咬牙切齿："别再装模作样了，你以为你学了一点中华礼仪的皮毛，就真能变成谦谦君子了？你以为你打扮成商人模样，就没人能识破你日本间谍的真面目了？呸！你就是一条毒蛇，衣冠禽兽！十多年前你害死了我儿子，如今又想害我家少奶奶，用心何其狠毒也！我罗积善过去还竟然与你合谋争霸洪江，真是瞎了眼睛！"

"这么说，你现在是后悔了？"

“今天来就是要你的狗命！”罗积善随后催促熊子贵动手，“还等什么，杀了这个日本鬼子，你们就是抗日英雄！”

哪承想他不说还好，话说出口，熊子贵和众土匪竟呼啦啦把枪口一转，对准了他和高署地。

“原来你们，早就串通好了……熊子贵，你已经收了钱，岂能言而无信！”

熊子贵冷笑道：“金钱虽好，也得有命去花。连国军都不是大日本皇军的对手，老子何德何能来跟你做抗日英雄？”

熊子贵转头又对藤原说道：“阁下，我现在就杀了这两个胆敢辱骂阁下的人，作为效忠皇军的投名状！”说着，对罗、高二人举起了手里的枪。

罗积善和高署地吓得魂飞魄散，只当是今夜要命丧于此，哪知藤原却摆摆手，示意熊子贵退下，他笑意盈盈，将罗积善和高署地请进屋里。

藤原请罗积善坐下喝茶，然后让中村雅子拿出几张表格给罗积善。那是当年罗立在东亚公司的体检表。

罗积善接过几张体检表看了看，脸色一怔，再细看，登时如遭雷击，浑身一震愣在了当场，手中的几张表格散落地上——体检结果明确表示，罗立早已经丧失生育能力……

藤原不慌不忙喝了一盏茶，有意等罗积善回过神来才缓缓说道：“罗会长可以想一想，当年你我联手，目标始终是刘云湘，除掉他的女儿自然是其中的选项之一。罗立公子英雄难过美人关，他拼死救了刘天婵，可刘天婵又是如何报答你罗家的呢？”

高署地捡拾起表格，看了看说道：“东家，市面早有传言，少爷吸食鸦片成瘾不能人道……”

罗积善一把抓住高署地：“市面早有传言，为何从没听你说起过？我儿子不能人道，那我孙子是从哪儿来的？”

“这，这事儿您得去问少奶奶啊！”

藤原道：“据我们了解，罗洋小少爷的亲生父亲，应该是杨同昌的大公子杨大江。”

罗积善怒道：“一派胡言！”

“呵呵，难道罗会长不相信皇军特工的能力吗？”

“岂有此理！”罗积善抓狂了，“我罗家竟娶进了一个怀着杨家种的少奶奶！这不仅是要断了我罗家的香火，还要一锅端了我罗家的产业。刘云湘，杨同昌，你们这两个老不要脸的，竟能干出如此猪狗不如的事来。好，好啊，你们让我无后，我让你们统统断子绝孙！”

藤原笑道：“十年一觉扬州梦，如今醒来还不算晚。”

从嵩云山下来，回到家里，罗积善恍若一梦。可怜的儿子，死了还要被人戴绿帽。所有人都知道的事情，他到最后才晓得，他是洪江城里最有钱的人，也是洪江城最大的笑话。自从罗立死后，小罗洋是他所有的希望，是他暮年生活中唯一的一抹亮色，看到罗洋，就觉得日子还有奔头。如今，这一抹亮色也彻底被抹去，他的世界里只剩下仇恨与怨毒。

放学时间，杨同昌和苗令梅照例又来到了商达小学的门口，面对罗积善不时瞥过来的目光，不免一脸的尴尬。老两口只盼着罗洋能快点出来，哪怕见上一面就走，晚上也能睡个安稳觉了。

可是左等右等，孩子们陆续都被家长接走了，大门口的人变得稀稀落落，还是没看见罗洋。老师说，孩子一早就出来了。

罗积善急了，嚷嚷着要去学校里面再找一遍。

“罗会长，莫要去校园里找了。”一名最后接了孩子要走的商人在旁边说道，“我亲眼看到，小少爷第一个出了校门，有两个人把他给带走了。”

罗洋丢了。

杨同昌和苗令梅满大街奔走呼号，逢人便问，状如疯癫。

刘云湘从长沙回来，顺路把刘揆一送到了他在塘陀街的府邸，鉴于刘杨两家儿女们的恩怨，刘云湘决定让天娟留下来跟随刘揆一学习国学，远离政治。

当他安顿好一切，刚回到刘府，罗积善便带着高署地气呼呼地找上门来，站在堂屋前挥舞着手杖，口沫横飞地指责刘云湘对女儿疏于管教，一口咬定是天婵在生意上得罪了人，才会有人冲孩子下手；并指责天婵，家里出了这般大事，孩子被劫，做母亲的竟然不管不顾不回家。

而高署地也一再强调，只有少奶奶回来，才有可能找到孩子。

初闻罗洋失踪，刘云湘也是吓得一惊，但看罗积善如同演戏一般，主仆二人一唱一和，又不由得疑惑。

罗积善和高署地走后，杨同昌和苗令梅也来了，进屋就哭天抹泪，央求刘云湘帮忙寻找孩子。

杨大江在得知罗洋失踪后，便派豹子等人四处打探。入夜，他从后门进了刘府，告诉三位老人，有水客帮的兄弟亲眼看到是熊子贵的人接走了洋洋。另外，藤原已经回到洪江，他们意图捉拿天婵，一定有更大的阴谋。

杨同昌夫妇一听更慌，难道他们绑架孩子是为了清代底油？可是土匪要是绑票，也该派人来谈条件了。

几个人细思量，慢慢品出味来了——藤原此次回到洪江，必定意在芷江机场！他们绑架孩子，就是想逼天婵露面，然后抓人杀人，进而阻断芷江机场建设的财源。

从今天的事情来看，熊子贵应该也已经投靠了日本人。刘云湘问大江："你手下现在有多少人？"

杨大江答道："手里有枪，能战斗的将近二十人。"

刘云湘点点头："好，足够了。"而后对守在门口的老家丁吩咐道："明日去高椅村取回清代底油，我有用处。"

杨同昌颤颤巍巍："云湘，你这是要动武啊？"

刘云湘目光凛然："不管藤原、许安邦和罗积善搞什么名堂，咱们先把孩子救回来再说。既然熊子贵认贼作父，那就顺手端了他罗子山的老窝！"

次日上午，刘云湘抱着清代底油，带着杨同昌和老家丁，还有几个伙计，来到罗子山下。远远望去，山腰处有四个持枪土匪把守着山寨大门。

几名土匪见了刘云湘等人走来，如临大敌，立刻端枪呼喝："什么人，站住！"

刘云湘朗声道："洪江刘云湘，特来赎人！"

几个土匪一听刘云湘大名，都喜笑颜开，放下枪，来到近前。

"哈哈，我说这一大早上满山的喜鹊叫，原来是财神爷上门了！"

"怪哉，没听花舌子说今日有人来赎票啊？"

刘云湘小心翼翼，把清代底油放在山寨门前的空地上："带我去见你们的熊舵爷。"他带着底油来，是为了暂时稳住这些土匪，杨大江已经带人从后山上去了。

一名土匪惊叫道："我的个黑虎爷爷，莫非这就是那桶清代底油？"几名土匪霎时间都围向放在地上的那桶传说中的清代底油，看个究竟。刘云湘冲众家丁使了个眼色，众人一拥而上，三下五除二，就给四个土匪下了枪械，用事先准备好的绳子，把人给捆了起来。

与此同时，杨大江等人在山寨里也已得手，大家动手很快，先控制了土匪手里的武器，避免了伤亡。这些个土匪一旦没了枪，就是普通山民。一部分人看押着一众土匪，另一些水客兄弟也把几个被绑票的人放了出来。然而，杨大江找遍了山寨，也没见着洋洋和熊子贵。

杨同昌急了，问一个被老家丁制服的土匪："说，孩子呢？"

那土匪也发蒙："什么孩子？莫要小看人，盗亦有道，俺们就是穷死饿死，也不会去打小孩子的主意……"

刘云湘道："我且问你，熊子贵何在？"那土匪还是说不晓得。

豹子不耐烦了，噌地把枪口抵在土匪脑袋上："说实话！"

那土匪比豹子还愣："说实话也是不晓得，舵爷去了哪里，怎么会让我们这些守卡子放哨的知道！"

众人无奈，都分散开来，在山林中搜遍，依然不见人影。

杨同昌已是六神无主："白忙活了，都白忙活了……我就说，既然你们知道熊子贵的背后是藤原，那就应该上嵩云山，而不是来抄他罗子山的老窝……"

杨大江也正烦躁："爸，您少说两句，大家不也都在找吗！"

"找，找吧！反正你儿子来的便宜！"

"您这叫什么话……"

"关心则乱啊。"刘云湘说道，"老杨，藤原是何许人也，你我心里都清楚，既是他在背后谋划，就不一定会把孩子带到嵩云山。"

杨同昌这会儿谁的话也听不进去了："好好，你们不去，我去！谁都别往好了想，藤原诡计多端，熊子贵心狠手辣，我孙子要是有个三长两短，我就一头扎进这沅江……洋洋？"

杨同昌话没说完，就看见山下江岸边一个小身影正踉跄着涉水上岸。

众人定睛一望，果然是洋洋，大家一起忙不迭向江边跑去。

罗洋听到声音，看着从山上跑下来的众人，喜得又蹦又跳，挥手大叫："姥爷！拐弯姥爷！"

杨同昌嘴里喊着乖孙子，一路跌跌撞撞扑了过去。

原来熊子贵带着三个土匪，把洋洋扣在一艘货船上，那船也不靠岸，只在江心飘荡，所以大家都找不到。亏得洋洋机灵，趁熊子贵不注意，把船上的洪油打翻，放火烧了船，然后自己游水上岸。

杨大江一眼看见远处江上仍在燃烧的货船，挥手对豹子：“快，抓住熊子贵！”豹子和众水客兄弟飞快上了岸边的几条船，向江面上驶去。货船已熄了火，冒着缕缕黑烟，众人忙活了半天，只打捞出一具尸体，还不是熊子贵的。不过山寨老巢已被捣毁，熊子贵即便没被烧死，也兴不起风浪了。

熊子贵的失手让藤原大失所望。芷江机场建设的物资和人工，几乎全赖洪江。若是洪江不乱，他们无论在芷江采取何种行动，都不足以撼动机场建设。国民政府把芷江机场当成眼珠子来保护，而洪江却是一座不设防的城市。现在唯一的办法，就是申请师部，派飞机轰炸洪江。

藤原站在嵩云山山崖上，俯瞰着整座洪江城，心头感慨万千。这座美丽的城市，早已成为他的第二个故乡，如今却要被他亲手毁掉，他心中万般不舍，却又迫不得已……

藤原迎着山风，愣怔了半晌，最后长叹一声，吩咐身后的中村雅子：“一定要把各家油号的油库都标识清楚，若是皇军的炸弹能引起一场如民国十三年那样的特大火灾，必能彻底摧毁洪江，截断芷江机场的建设财源！”

经过罗子山一劫，刘云湘无论如何不能让洋洋再回罗府了，索性让他认祖归宗，回到杨府，改名杨洋。杨洋天生早慧，很多事情都心知肚明，一点就通，本来与杨大江感情就颇为亲近，虽说一开始改口叫爷老倌有些尴尬，但是爷俩相处十分融洽。杨同昌与苗令梅更是喜不自胜，恨不得把孙儿捧在手里含在嘴里。

杨洋最操心的还是他的“飞机”，这天一大早，就缠着刘云湘帮他把机翼安装在汽车上。完工后，杨洋兴奋地跳到座椅上，伸手拉了拉操纵杆，见两侧机翼居然能跟着上下移动，如同大鸟一般：“外公，您可真棒！再把尾翼装上，就可以上天了。”

刘云湘笑道："在地上跑还行，上天还早着呢……"说着话，只见杨大江带着豹子匆匆走来。

杨大江已经收到可靠情报，日军飞机近期要来轰炸洪江，整座城市没有防空设施，必须立刻疏散城内居民！杨大江和豹子一早去商会找罗积善，指望他能出面组织大家撤离，可是罗积善因为杨洋的事心怀怨恨，二话不说，把两人给轰了出来。水客帮的弟兄们挨门挨户通知了几家，却没人相信。

杨大江道："就连我爸我都劝不动。岳老子，这洪江城您说话最管用，只要油业行的人带了头……"

"不好办啊。"刘云湘摇头道，"洪江城商家众多，人可以说走就走，可是仓库里那么多的货物和原料呢，穷家难舍啊。"

"我有办法！"杨洋说道。据杨洋介绍，飞机在天上对地面的辨识度较低，分不清楚哪里是洪江哪里不是洪江，必须依靠地面标识物。当然，这些都是他从书上看来的。

刘云湘闻听眼前一亮："可以让各家把房屋、仓库全部涂成黑色，咱们漆料和洪油有的是！"

杨大江对这爷孙俩的主意将信将疑，可是大家都不愿意走，那就只能这么办了，只当是抓住黄牛当马骑吧。

在刘云湘的带动下，七冲八巷九条街上，家家户户男女老少都在搬梯子踩板凳，给自家的宅院、店铺、窨子屋刷黑漆，毕竟谁都不希望炸弹光顾自己家。很快，整座城市看上去就像夜幕降临一般，色彩暗淡下来。

熊子贵带着两名土匪站在黑魆魆的街巷里，忐忑不安地茫然看着四周。他们本来是要去投奔藤原的，可是洪江城忽然变得漆黑一片，让人有点瘆得慌。

一土匪四下张望："舵爷，不对劲啊，莫非这城里闹了鬼？"

"放屁，大白天闹什么……鬼，鬼崽子！"熊子贵话没说完，就看见了在巷子口汽车上探头看他的杨洋，吓得掉头就跑。

“哎，别跑，还来抓我啊！”杨洋兴奋地发动汽车，开始在街巷里围堵熊子贵等三人。若在平日，这三人是不会害怕一个孩子的，可是如今的熊子贵已是丧家之犬，又怕洋洋大呼小叫把众人招来不会饶了他这个汉奸。无奈之下，三人仓皇逃到码头，踩着江面上密集排列的船只跑向了江对岸。

杨洋的车刚开到码头，空中突然响起了引擎轰鸣声，几架日军飞机穿云而来。码头上人群四散，一片混乱。

杨洋站在车上，好奇地向天空张望，这可是真正的飞机啊。刘云湘和杨同昌张皇跑来，见状不由分说，抱起杨洋掉头随着众人就往城里方向跑。

熊子贵三人气喘吁吁地跑进江对岸一座破旧的竹楼，抬头看着天空，忽然明白洪江搞得跟鬼城一样，就是想逃过飞机的轰炸。三人正在庆幸，一颗炸弹自天而降，把这座竹楼炸得荡然无存……

飞机失去了标识物，误将江对岸当成了洪江城。洪江的人们，站在黑魆魆的窨子屋前，愕然地看着日军飞机在江对岸上空不停地盘旋、轰炸……

轰炸结束后，杨大江率人带着武器，直奔嵩云山藤原的别墅。

藤原已闻讯逃脱，他站在山坡上，回望洪江城，红着眼圈喃喃道：“洪江，我还会回来的，一定会回来的！”言罢，转头带领雅子、山木等人消逝在山林之中……

几日后，杨大江接到上级命令，赴长沙八路军驻湘通讯处报到。

天婵杳无音讯，但是杨大江和刘云湘都相信，她是跟一群有信仰的抵抗战士在一起。如今杨大江又要走了，刘云湘暗自庆幸让天娟跟着刘揆一做学问，鸡蛋不能都放在一个篮子里，刘杨两家有大江和天婵许身报国难道还不够吗？我中华若国学文化失了传承，即便是打跑了鬼子，也是一片荒芜，得不偿失啊。

送走了大江，两亲家慢慢踱步回来，边走边聊。

熊子贵死了，藤原跑了，罗积善孤掌难鸣，杨同昌深感轻松，洪江油商的日子总算能好过一些了。

刘云湘却不以为然。眼下日军攻势如潮，广东、昆明和桂林均遭日机轰炸；北方黄河溃堤，一片汪洋。南北商路已断，沿海港口也被封锁；日本资源贫乏，势必会加紧掠夺。国际上就更难说了，欧洲战云密布，德国对波兰蠢蠢欲动，各国政府都把桐油当成重要的战略物资加以管制。重庆政府一直在争取外援，国内能拿得出手的东西恐怕也就剩下桐油了。如今修建芷江机场的物料和人力都是由许安邦的专员公署一手经办。过去许安邦就想独霸洪江，一旦国内桐油成了管控物资，他岂能撒手？只怕，以后油业行的日子会更加艰难。

从长沙回来，刘云湘就听说许安邦勾结罗积善，不但在洪江大肆圈地敛财，而且在修建芷江机场的工程中也动了手脚。他们坑害百姓，盘剥商家，危害国家。刘云湘已经通知宝庆会馆的武当家，准备联合十大会馆油商，进行实名举报。

杨同昌却不同意跟许安邦打官司，代价实在太大，长沙那顿板子他还没忘。他把刘云湘拉到自己家里，拿出自己粘贴的几封匿名信，跟献宝似的，让刘云湘过目。他只要隔三岔五地寄上一封，许安邦就不得安生，听说现在已经引起了省府主席张治中的重视。

刘云湘有些哭笑不得，正当两人商议之际，苗令梅拿来一张报纸，头版印着《到底谁在破坏抗战？》的醒目标题。这篇署名“洪流”的文章，将许安邦罗积善勾结藤原通敌卖国，在洪江圈地敛财，致人伤残，以及在芷江机场建设中偷工减料、中饱私囊的罪行一一曝光。两人阅罢，心中大快，连连赞叹作者仗义执言疾恶如仇。

苗令梅问：“你俩知道这个洪流是谁？”

刘云湘道：“这个洪流，倒是有些印象，此人过去写过不少有分量的文章，从这名字上看，当为一铮铮铁汉。”

苗令梅急了：“什么铮铮铁汉，这洪流就是您家的二小姐，我家的大奶奶！”

刘云湘闻听倒吸一口凉气，赶紧去了报馆，一把拽住天娟就往外跑。

“爸，您干什么啊，我正忙着呢……”

刘云湘把天娟拉到旁边一个胡同里，瞪眼低声道：“你不在塘坨老实待着，跑回来干什么？”

天娟扬扬眉毛：“刘伯伯是老牌革命家，我跟他做学问，自然是家事国事天下事，事事关心。”

话刚说到此，忽听街面上传来了马蹄声，只见一群警察和士兵快速围向报馆大门。为首军官在马上喝道：“《洪江晚报》妖言惑众，破坏抗战，奉专员公署之命，予以查封！”

军警们一拥而上，不由分说冲进了报馆。

天娟意欲冲过去，被刘云湘一把拉住：“快走！”

第二十七章

“洪流”的这篇文章一石激起千层浪，就在许安邦气急败坏地查封了报馆之后，重庆方面和省府主席张治中迫于舆论压力，不得不派出“秘查组”前往洪江彻查“芷江机场贪腐案”。

秘查组的组长正是彭家山。他到洪江的第二天，便抓了罗积善。

一大早，罗府门前就被宪兵戒严，许多商人和居民都蜂拥过来围观。随着人群一阵骚动，只见罗积善被人给带了出来，推进了停在门前路边的囚车，而后，囚车鸣着笛扬尘而去。

高署地和几名用人、伙计从院子里踉跄追出来，哭天喊地：“东家！东家啊，哎呀你们抓错人了，老天爷作证，我们东家冤枉啊……”

罗积善被抓，让许多受害者拍手称快，在街上放起了鞭炮，一时间，洪江城像过年一般热闹。

杨同昌和苗令梅自然也是扬眉吐气，叫着洋洋要上街去庆贺，没想到洋洋却不满他们的幸灾乐祸，说乘人之危落井下石，非大丈夫所为。

哎，这叫什么话，难道罗积善不该被抓吗，难道他做的恶还少吗？你个鬼崽子这么说话，岂不是香臭不分，是非不辨？

杨同昌夫妇把杨洋拉到了刘府，让刘云湘来管教他外孙子。

“行了！这都隔着一辈了，大人之间的恩怨何必往孩子身上扯。你才当了几天爷爷，我们杨洋要不记得罗家的好，岂不成了无情无义之人。”刘云湘见杨同昌抓住孩子一句话不依不饶的，就数叨了他一句，随后道，“再说，罗积善在外边都干了些什么，他一个孩子家怎么会知道？”

“谁说我不知道，我全知道。”杨洋开口说道，“我罗爷爷是被许安邦给带坏的，有便宜的土地和商铺不买那才是傻子呢。爷爷，要是您，您买不买？”

杨同昌气哼哼地说：“我没那么好的命！”

刘云湘叹口气：“看来，许安邦和罗积善之间的权钱交易还真的没瞒过你这鬼崽子。”

杨洋“扑哧”笑道：“听说秘查组来了，我就打了个电话，所以他们才来把罗爷爷给抓了。他们要是搜查积善商行，就能发现那些账本。”

这话让刘云湘和杨同昌大吃一惊，这可真是小老鼠扯出大线团，谁能想到这么大的事是这个小崽子捅出来的！杨同昌颤着嗓子压低声音说：“宝贝，这么大的事儿怎么也不提前跟大人说一声啊！”

杨洋抬起头，望着杨同昌认真地说：“我跟您的目标可不一样，我吃罗家的饭长大，罗爷爷就是坐了牢，也比跟着许安邦一条道走到黑强吧……”

刘云湘赶紧摆手：“此事就此打住，不可外扬。”

杨洋意犹未尽，说高署地经常往保安队的队部跑，我怀疑那里有人替许安邦收钱。等会儿再打个电话，让秘查组的人去查查看……

话音未落，就听外边一阵混乱，有人大喊：“走水了！哎，哎，快看，走水了！”

众人闻声都跑了出来，街上一片混乱，城西方向浓烟滚滚。一问才知道，原来是保安队的庶务科着火了。

这把火没有造成人员的伤亡，只是烧毁了一批账务。

彭家山很清楚，这是许安邦对付自己的招数。芷江机场的贪腐案并不复杂，无非是自上而下形成了一个利益链条而已。谷正伦吃完了一抹嘴，把屎盆子扣在了许安邦的头上，那么许安邦自然也会往下推诿，他下车伊始就抓捕了罗积善，就是想从这个链条最薄弱的环节下手。

然而，他失算了。

心怀侥幸的罗积善犹如茅坑里的石头，又臭又硬，认为只要保住了自己的靠山，那么也就等于保住了自己。

彭家山暂时还没有对罗积善用刑，不是他心慈手软，而是怕年迈体弱的罗积善死在酷刑之下不好对外界交代。眼下，省内各地商会纷纷出面替罗积善担保，省府也要求刀下留人。秘查组虽只听命于重庆戴老板，但彭家山的确感觉到了如山一般的压力——罗积善的背后是许安邦，许安邦的背后是谷正伦，谷正伦的背后一定就是重庆的人了。若此案深究下去，谁能保证不牵涉到戴老板？

谁能想到一个小小的芷江机场，就捅塌了党国的半个天，这些败类，干了日本人想干而干不成的事。彭家山最终决定还是要杀人，不杀不足以平民愤。当然，这杀人也是有讲究的，既要立威震慑，又要顾及上边的面子。

于是，前来探监的高署地就自然而然地成了这桩案子的替罪羔羊，在几天后的公审大会上，被秘查组以该案主犯的身份当众活埋。

此举大出围观民众的意外，杨同昌眼睛瞪得铜铃大："这，这就完事了，这不是糊弄人吗？"

刘云湘感慨道："党国提倡新生活运动，张四维扬八德，铁腕反腐，终于惩治了如此巨贪，真是英明果决啊！"

活埋了高署地，没收了罗家近半财产，可是秘查组却没有走的意思。这引而不发的架势，不仅令许安邦恐慌，而且也让谷正伦寝食难安。

谷正伦示意许安邦办几个拿得出手的案子，意图转移视线。许安邦心领神会，下令全城通缉“洪流”，理由是“妖言惑众，侮辱领袖，破坏抗战”。

洪江城里，一时间全城戒严，七冲八巷九条街上到处贴着通缉令，军警们如临大敌，在各处路口都设了关卡，严密盘查往来行人。

通缉令通缉的是“洪流”。

其实，许安邦此时已知道“洪流”就是天娟，但他却不敢直接点名，因为彭家山是杨二江的教官，刘天娟是杨二江的嫂子，若是直接点名通缉，定会激怒那位杀神。

尽管如此，刘云湘却不敢大意，坚决把天娟关在家里不许她外出。而就在这时，詹姆斯先生到了洪江，给刘云湘送来了孔祥熙先生的邀请函。

自抗战爆发以来，在日本人的掠夺和庞大军费开支的双重压力之下，国民政府面临着严重的财政危机。美国朝野的很多有识之士已经认识到了帮助中国政府抗击日本的战略意义，去年九月，驻华武官史迪威将军向国会提出要求拨一笔贷款给中国，用来向美国购买军用物资。至于具体的操作以及贷款数额，仍待商榷。

孔祥熙邀请刘云湘以中国企业家首席代表的身份前去协助谈判。

詹姆斯来到刘府的时候，刘云湘与杨同昌夫妇，正围着天娟吵得不可开交。三人无论如何也不允许天娟再出去抛头露面，最好是离开洪江。许安邦目前还没有来刘府抓人，可谁也不敢保证他不会狗急跳墙。

可是洪江已经戒严，如何出城？

而詹姆斯的到来，让杨同昌眼前一亮：“云湘！有了这个事由，不是正好可以送天娟出城吗？”

“可惜啊，这封邀请函只是给我个人的。詹姆斯先生，可否在这上面多添上一个名字？你知道的，我每次出去身边都离不开我老丫头……”

詹姆斯想到街上的通缉令，马上明白其中缘由。按照原计划，他将陪同刘云湘先到重庆与陈先生会合，然后再乘飞机去美国。于是他提议和刘云湘分开走，利用自己的特殊身份把天娟带到重庆去。

安排好一切，刘云湘动身去了重庆，稍作停留之后便和一群国府要员去沙坪坝机场准备飞往美国。但是，詹姆斯那边却出了问题，天娟认为自己绝不能放弃《洪江晚报》这个阵地，半途找了个借口，又跑回了洪江……

华盛顿谈判现场，众多新闻记者簇拥在大门前，在安保人员的隔离护卫下，陈先生和刘云湘及随行的国府要员从轿车上下来，走上长长的阶梯。

一行人步入会场，陈先生看着空荡荡的会场，对刘云湘：“咱们是不是来得太早了？”

“早点好，咱们是来要钱的，应该礼下于人才对。”

说着话，几人找位置坐下，这时，就见詹姆斯颠颠地走了过来，径直在刘云湘身边坐下，低声道：“这次谈判，知道你们要面对的是何方神圣吗？”

“大名鼎鼎的白劳德嘛，”刘云湘回答道，“太平洋国际学会的创始人，美国国会对外关系委员会和政府财政部的实权人物。”

“NONO。”詹姆斯摇头，“不到最后时刻白劳德是不会亲自出马的，来的是他的全权代表丹尼尔先生。”

“丹尼尔先生？”

“他不会讲中文。”

“你给他当翻译？”

詹姆斯挤眉弄眼："你会有惊喜的。"说完，吹了声口哨。

刘云湘正疑惑，突然门口一阵骚动，美方代表一行人入场了。

在一片掌声和口哨声中，刘云湘蒙了，目瞪口呆地看着跟在丹尼尔身边款款走进来的天婵……

因为《中立法案》的原因，华盛顿的谈判并不顺利，双方口干舌燥争论了一天，却没有任何实质性进展。

刘云湘愤懑地对丹尼尔说："美国国会所奉行的所谓中立法案，就是隔岸观火，就是坐视日寇对中国无辜平民的屠杀。这不是中立，而是孤立、姑息，总有一天你们会自食其果。"

天婵看了一眼刘云湘，犹豫着没翻译。

刘云湘不耐烦："翻啊，你不是他的翻译吗？"

陈先生欲阻止："刘先生……"

天婵很无奈："真没见过您这样的，要钱还要得如此傲慢。"

"你是站在哪头的？"

詹姆斯上前，对丹尼尔翻译了一遍。

丹尼尔听了毫不示弱，用英语嚷道："这算是威胁吗？很遗憾，美国不是中国，纳税人的钱可不是随便就能花的。"

谈判陷入了僵局，刘云湘回到下榻处，天婵以私人名义来访，父女俩这才有机会坐下来诉说离别之情。

原来，天婵之所以能够介入这场谈判，是因为蒋夫人宋美龄在背后做了大量工作。说起来，湘夫人所在的溆浦向氏家族与宋家姐妹多有交情，天婵的本家小姨早年就曾追随庆龄夫人从事革命活动。

说到这场谈判，刘云湘对天婵的表现并不满意，他说："婵儿啊，爸爸不问你是怎么来美国的，可是有你这么当翻译的吗？哦，好听的话你翻，不好听的话你不翻……"

"爸，您老人家先别着急，好好想想，为什么给丹尼尔当翻译的是您女儿而不是别人？说心里话，不管是出于利益还是国际道义，美国人民的正义感还是非常强的，他们是真心愿意帮助咱们中国抗战。”

“光说有什么用，国内有多么艰难你又不是不知道，等米下锅啊！”

“在美国，感情代替不了律法。”

“一战之后，美国认为他们在战争中没有达到预想的目标，所以才有了这个《中立法》。我听说他们自己也觉得有些碍手碍脚，可是若等着国会再次修改法案，那岂不是黄花菜都要凉了。”

“丹尼尔先生也是怕时间来不及，不然，我能跑您这儿来蹭咖啡喝吗？”

“翻译官，喝咖啡能喝出贷款吗？眼下日军咄咄逼人，武汉岌岌可危，如果国军守不住，战火就会波及湖南。芷江机场还没完工，西南更是要开通滇缅公路，那是生命线！没有钱，没有军火和物资，何谈保家卫国！”

“爸！您也真是的，到了美国，怎么也变得跟美国人一样直来直去了。忘了那年，贺叔叔在古丈，您和杨叔叔是怎么帮他的？”

刘云湘闻听一愣，随后茅塞顿开：“你是说，绕道而行？”

“有中立法在，政府与政府之间的政治性贷款肯定是行不通的。”

“对啊！”刘云湘拍案而起，“政府不行，那就走民间嘛，不然重庆派我来干什么？”

“美国财长摩根索和白劳德先生正在筹备建立一个国际性的平准基金。如果有中国银行家成为该基金会员的话，就可以获得短期的进出口信用贷款。”

“柳暗花明啊！”刘云湘闻言大喜。

根据天婵的提议，刘云湘拟定新的方案：由国民政府派出银行家来美国，加入国际平准基金会。美方对此方案给予了充分肯定。然而，就在双方充满期待的时候，重庆方面传来噩耗：受国民政府委托，前来洽谈建立中美平准基金的两位银行家，因所乘飞机被日军击落，不幸身亡！而且，眼下航线已被封锁，不管再派谁来，都是送死！

念及祖国正值战火纷飞，人民每日以血肉之躯抵抗日人之淫虐狂暴，刘云湘每时每刻都如坐针毡。焦虑之际，天婵灵机一动，提议由刘云湘代表国内银行，来完成这两位银行家未竟的使命！

美方同意刘云湘代表国内银行进行谈判，陈先生和刘云湘经过商议，决定向重庆国府请示，以取得相应的授权。然而，此时却传来消息，武汉已经陷落！美国国务卿赫尔先生非常担心，即便是国民政府得到了贷款，也无法与有着强大工业基础的日本相抗衡，反而会给美国的在华侨民和在华利益带来更大的伤害。

谈判再一次陷入僵局，刘云湘坐在谈判桌前，一筹莫展。陈先生作为一名卓越的外交官，依然在做最后的努力，他对丹尼尔说道："赫尔国务卿所担心的不无道理，但是中国有句话叫唇亡齿寒，日本人的野心绝不仅仅局限于占领中国。如果现在放弃援华，那么在太平洋、东南亚、印度，美国的利益将荡然无存。难道诸位就不怕有一天，日军的炸弹会落在华盛顿吗？只有彻底摧毁日本之武力，方能解除其对文明世界之威胁。"

丹尼尔看看焦急的刘云湘，经过这些天的交流，他对这个中国商人由衷敬佩，他思忖片刻，说道："我很赞赏刘云湘先生以民间机构身份来沟通两国关系的想法，中美平准基金谈判虽然暂时受阻，但是就援华贷款来说，我们可以顺着这一思路另辟蹊径。"

刘云湘听完天婵的翻译，会意道："诸位，如果我们以建立平准基金为目的，在美国注册一家公司，可否能快速获得信用贷款？"

丹尼尔惊喜道："哦，当然可以！我能否问一句，中方公司将用什么来作为贷款的担保？"

刘云湘毫不犹豫："桐油！美国眼下所急需的重要战略物资。"

丹尼尔起身对天婵："感谢上帝！"

天婵也用英语回复道：“只要有足够的智慧，中美两国就没有过不去的火焰山。”

丹尼尔冲陈先生和刘云湘张开双臂，用生硬的中文：“恭喜，中国的先生们！”

陈先生激动地说：“中国人民会感谢你们的……”

丹尼尔对刘云湘说：“Tung oil？”

刘云湘语气坚定：“Tung oil！”

两人紧紧拥抱，场内掌声雷动……

就在刘云湘和天婵在华盛顿为援华贷款而殚精竭虑的时候，跑回洪江的天娟联络老邱和报馆的几名同事，在城外刘家一处闲置的窨子屋里毅然恢复了《洪江晚报》的出版发行。

秘查组终于离开了洪江。许安邦通缉洪流，果然让彭家山投鼠忌器，他知道，党国的蛀虫是抓不完的，你把一条狗逼急了，它就会到处咬人。

但是，秘查组前脚走，新一期的《洪江晚报》后脚就又出现了，虽说印制粗糙，可是头版头条署名洪流的文章《湘西谍案调查，谁是日寇的耳目？》，在社会上再次掀起了反腐浪潮。

许安邦看到这篇文章，只觉得头皮发紧。这要是让重庆方面看到了这篇文章，保不齐彭家山还得回来活埋了自己。于是他一不做二不休，派兵查封了地下报馆，逮捕了天娟和老邱等编辑人员。

杨同昌、苗令梅和十大会馆当家的及众油商闻听噩耗，立马来到专员公署门前请愿，要求释放在押人员，保障言论自由。

许安邦打的如意算盘，就是将天娟等人屈打成招，把通敌卖国的罪名扣在报馆的这帮秀才头上。可是没想到他的软硬兼施对天娟来说丝毫不起作用，而老邱则被活活打死。当中美桐油贷款协议成功签署的消息传来，许安邦知道，刘云湘一旦回国绝不会饶了他。于是便以“准亲家”的身份将杨同昌和苗令梅请到芙蓉楼上喝茶，试图让他们去劝说天娟写下悔过书。

然而就在这时，谷正伦亲自打来电话，要求把刘天娟一案所有人犯即刻押送芷江。

第二十八章

谷正伦的这个电话，是当着湘夫人的面打的。

刘云湘在美国为国府效力，而他的女儿却身陷囹圄。此事急坏了净月师太，她急忙下山，以湘夫人的身份面见谷正伦。

谷正伦早年只是黔军的一个旅长，与何应钦钩心斗角兵戎相见，因得到了洪江刘家和溆浦向家的资助，在贵州脱颖而出被先总理任命为“中央直辖黔军总司令”，而后才有了今天的一切。对于湘夫人的请求，他自然要知恩图报，但更深层次的原因，是怕湘夫人去找他的宿敌——刚刚升任军事委员参谋长的何应钦。

而许安邦接到电话后，并没有马上执行命令，一来是知道对方迫于湘夫人的压力才要求将人犯押送芷江，不然，为何不直接命令自己放人？这官场中的玄妙只有利益相连的人才能如此心有灵犀。二来，他需要时间来使天娟屈服，写下悔过书，以便办成“铁案”，好把自己彻底抖搂干净。

他让手下给天娟准备了一桌丰盛的饭食，苦口婆心地劝道：“想想，出了这么大的事，对上上下下没个交代能行吗？你在报上长篇大论都写了，在这悔过书上写几个字还能累着你小祖宗？哎，别光顾着吃，我这跟你说话呢！”

“吃饱了，就有劲了。”

“有劲干什么？”

“有劲出去。”

“哎，能想着出去就好。你公公婆婆为了你把心都操碎了，你爸爸也快回来了……”

“我只能站着出去，不会爬着出去。”天娟抓起空白的悔过书擦着油手，“别费口舌了，你不如就把我像老邱那样，打死了，再往身上泼脏水。”

许安邦恼羞成怒：“你，你就作吧，老子实话告诉你，留给你的时间已经不多了！”

许安邦气哼哼回到办公室，便接到了谷正伦的第二个电话，冷汗登时就下来了，他做梦都没想到，此案竟然惊动了军政部的中共大佬。

武汉陷落后，国共合作，要营救一批被关押的共产党人和民主人士。在八路军通讯处担任参谋的杨大江听到天娟被捕的消息非常震惊，毫不犹豫地在营救名单上添上了天娟的名字，要求谷正伦即刻把天娟送往长沙。

先是芷江宪兵司令部，现在是政治部中共大佬，刘家人何以难缠至此？

刘天娟这个洪流，仅凭几篇文章就搅得湘西鸡犬不宁，一旦龙归大海，那就是血雨腥风，上边要是追查下来，谷正伦只会吃完了一抹嘴，推得一干二净，到那个时候，他许安邦必将是死无葬身之地。

可如果是抗命，他同样是死路一条。

许安邦思来想去，认为自己能做的只有一件事了——这世上只有死人才最听话……

夜色中，载着天娟和几名报馆编辑的囚车在崎岖的山道上行驶。

一名编辑趴在车窗上往外看："不对头啊，不是说要去芷江吗，这是什么鬼地方？"

"莫非，他们是要，要杀了咱们？"

天娟道："大家都沉住气，外边有人保咱们，这个时候更要多个心眼。万一他们要下毒手，咱们就拼死冲出去，不管谁能活下来，一定要把报纸给办下去。"

"对，不能让老邱白死！"

说着话，囚车突然停了下来，随着一声刺耳的铁器响，后车门被打开，许安邦的副官在外喝道："都下来！"

天娟道："干什么？"

副官道："推车！"

两名编辑刚要动身，被天娟伸手拦住："别上当……"

"怕上当，你们就先派个人下来看看，车就陷在前边。"

"我去……"

"回来！"天娟一把拉回同伴，"谁也不许去。"

副官道："哎，你们还想不想去芷江，想不想要自由了？"

"呵呵！"天娟冷笑，"骗我们下车，然后以企图脱逃的罪名杀了我们，对吧？你回去告诉许安邦，他这一招在我们身上不好使。"

副官见众人都不下车，只好悻悻地示意手下关了车门，继续向前行驶。当车辆路过一处山崖时，坐在前面吉普上的副官掏出枪来，回身对着后边囚车的车轮"砰"地就是一枪。

囚车轮胎爆裂，与路面发出"吱吱"摩擦声响，车身打横改变了方向，一头冲下了高高的山崖……

这个晚上，杨大江在长沙通讯处一楼的房间里，静静等待天娟的到来。想起过往，他心头无限感慨。不管怎样，他和天娟名义上还是一家人，只要天娟不介意，他还愿意和她继续做夫妻……恍惚间，外面陡然响起几声爆炸声，门窗都动了起来。

杨大江疾步推开门，一下子愣了，只见混乱的喧嚣声中，远处的漫天大火已经把夜空映成了红色，院墙外也蹿出了火苗，几名卫士在浓烟中连声咳嗽。

武汉失陷之后，日军很快攻占了临湘和岳阳，与薛岳对峙在新墙河一带，目标直指长沙。张治中和警备司令酆悌决定采取焦土抗战的策略，制订了一份焚城计划，近日来，长沙城到处都堆满了引火之物。

忽闻有人喊道："门外街道已被大火封锁！"

杨大江觉得味儿不对，他吸了吸鼻子，登时惊怒地吼道："桐油！有人在这周围泼了桐油！快，通知所有人马上撤出通讯处！"

杨大江冲进火海抢出了一辆汽车，与众战士一道拼死冲出了长沙城。

劫后余生，杨大江和水客帮兄弟，以及一些逃出来的市民、战士，站在江边的一处高坡上，愣愣地望着火光冲天、宛如炼狱一般的长沙城。天是红色的，江水也是红色的，滚滚热浪和浓烟在天地之间翻卷、蒸腾。

而就在这时，天娟牺牲的消息传来，杨大江悲痛欲绝，若不是任务在身，他真想回去活剐了那狗日的许安邦。

"娟儿啊！"杨大江悲愤地大吼一声，随后"砰砰砰"朝天鸣响了手中的枪。

洪江城外，沅江岸边，木鼓声声，白幡飘舞，纸钱被抛撒得漫天如雨。

江岸上围满了前来送葬的人群，八水族长戴着面具，和高椅村一帮"杠菩萨"的人一起跳着祭奠亡灵的傩戏。

天娟静静地躺在一条铺满油桐花的小船上，身边摆放着杨大江的那幅油画像。湘夫人站在水中，细心而又轻柔地用手一点一点清理着天娟口鼻及双鬓上的血痕。苗令梅抹着泪，为天娟整理着衣衫。

刘云湘从美国赶回来，也只是赶上了爱女的葬礼而已，一夜之间，须发皆白。他站在岸边，一手紧紧拉住杨洋，一手拿着那个木壳钟馗面具，几次想要近前，都被杨同昌、刘揆一、干挑爷和大掌柜等人紧紧拽住。

湘夫人涉水过来拿他手中面具，刘云湘死抓着不撒手，还是刘揆一把面具拿过，递给了湘夫人。

刘云湘指着天娟，对刘揆一恨恨道："不听话啊！你说这些孩子，翅膀都硬了，干什么都不跟大人商量。这下好了，遭了罪、丢了命，你说谁能替你……"

刘揆一悲愤慷慨："壮哉，有女如此，此生何憾。国难当头，我湖湘子弟岂能无舍生取义血荐轩辕者！当年谭嗣同流血牺牲以变法图强；陈天华不惜蹈海以唤醒国人；蔡松坡拔剑南天，为四万万人争人格。今日二小姐亦如是耳，躯壳虽死，我志长存！"

"起灵！"一名支客高声喊道。

被火把点燃的小船，载着戴着钟馗面具、躺在鲜花中的天娟，顺着江流飘然而去。

"我的小女儿……天娟！娟儿啊！娟儿……"刘云湘突然挣开众人，嘶喊着跳进江中，不顾一切地向小船追去，踉跄几步，忽然一头栽进了水里。

岸上登时大乱，众人呼喊着奔向倒在水中的刘云湘……

天娟走了，刘云湘的魂魄也随之而去，万念俱灰，索性与湘夫人隐居山林，生意上的事情则交给掌柜们打理。

刘云湘在美国苦心孤诣签订了"桐油贷款"协议，从美国人手里要来了贷款，洪油就变成了硬通货，由国府财政部的下属机构“中华复兴公司”统购统销。十大会馆都被迫与之签订了协议，以后各家油号何时卖油、卖多少油、卖给谁，都是复兴公司说了算。

杨同昌让恒顺掌柜通知各个分号掌柜回来商议桐油管制和统购统销的事儿。别的分号都给了回信，唯独镇江分号的杨喜，一直杳无音信。

……

临湘城，硝烟在空气中弥漫，大队日军士兵肮脏的皮鞋重重践踏在潮湿的街道上。关卡附近，身穿大佐军服的藤原带着雅子和山木站在路边，冷眼看着被日军押解的一群平民和战俘从面前走过。

人群中一个穿长衫的人无意中看了藤原一眼，登时一愣，待看清之后惊喜地大叫：“藤原先生！先生救命，我是杨喜啊……”随后不顾日军士兵的呵斥殴打，拼命向路边跑来。

藤原抬手制止了士兵对杨喜的殴打，示意他近前，问道：“杨喜？”

杨喜急切道：“杨喜！藤原先生，您可能不记得我了，可是我记得您啊。洪江，东亚电灯公司通电的时候，我就在台下，我们东家跟刘云湘，当时不就跟您站在一块儿吗！”

“哦……”藤原想了想，“你是杨同昌的手下？”

“看看，我这一说您就想起来了，没想到您也当兵吃饷了，您可得救救我啊，我大大的良民！那年从洪江出来，就一直在镇江的恒顺分号里当掌柜，从来没做过对不起皇军的事儿。”

“皇军在镇江推行王道乐土，你们应该生意兴隆啊，跑回来干什么？”

“就是想回去见我们东家一面，您说有钱不赚那不是傻子吗！镇江那边桐油缺货严重，价格都翻了好几倍了，可是……唉，这说起来还是要怪刘云湘啊！”

“我离开洪江也有些日子了，能在这临湘城与故人相见，用中国话说这就是缘分啊。不如，我们找个地方去喝上几杯，杨喜君意下如何？”藤原说这话倒也是真心。

杨喜受宠若惊：“哎呀，藤原先生高义，谢谢，太感谢了……”

藤原请杨喜吃了顿饭，席间了解到，自中美之间“桐油贷款”协议生效之后，桐油就成了重庆政府的救命稻草，产供销均由其贸易委员会所成立的复兴公司来加以管控。按杨喜的说法，镇江的油号已经无货可卖，而洪江与常德却积压了大批的洪油。

藤原听到这些就动了心思，若是能把湘西的大批洪油调往镇江，大日本皇军在临湘和岳阳附近坐着不动，就能结结实实地捞他一把，到那时候，看中国人还拿什么再去跟美国人换贷款。

于是，藤原让杨喜给杨同昌写了一封信。

大风起于青萍之末，小人物往往能在不经意间改变历史的命运。藤原了解洪江这些油商的本性，不是人人都像刘云湘那样重义轻利的。就凭杨喜这封信，藤原自信能在洪江再掀波澜……

很快，杨喜的这封信就被邮检所查获，送到了许安邦面前。许安邦见信之后不由得喜上眉梢。眼下洪油统购统销，十大会馆和重庆复兴公司直接对接，肥水都流了外人田，也该给他们上个紧箍咒了！

许安邦在大观楼设下晚宴，邀请了洪江八家老字号油商。

“都散开了坐，挤在一块儿干什么。不用紧张，诸位都是洪江油业行老字号的当家人，走南闯北，见的世面不比我小。”许安邦招呼众人入座，随后对刘家大掌柜道：“元隆刘家遭逢惨事，大掌柜能来就算是给了许某天大的面子。”

大掌柜起身拱手：“惭愧，惭愧。”

许安邦扫视着众人，跟东家们挨个问好，众人都诚惶诚恐，没被问到的，也都主动起身点头哈腰。

“坐坐，都坐！”许安邦招呼着，随后看向门口，杨同昌最后一个到，“老杨，快来快来，就等你了。”

众人一看杨同昌出现在门口，纷纷起身：“杨东家！”

杨同昌冲大家拱手回礼，不情不愿地坐在了桌前，对许安邦说道：“杨某家中遭逢变故，实在无心应酬。”

“呵呵，杨东家此时的心情，许某自然感同身受，放心，不会耽搁大家许久。”许安邦随后脸色一正，说道：“今天请诸位过来，是要通报一件事情——咱们洪江油业行出了资敌大案！”

此言一出，众人俱是一愣，不由得齐齐看着许安邦。

许安邦扫视众人，道：“国府早有规定，各家油商必须要通过复兴公司进行贸易，统购统销。目的就是为了防范洪油落入敌手，断我经济命脉。可是你们当中竟然有人置国家民族危难于不顾，企图把积压在洪江和常德的大批洪油运往镇江卖给日本人以牟取暴利！”

众人都蒙了。

刘家大掌柜问：“此事非同小可，敢问许大人，消息是从何而来，可有证据？”

其他人回过神来纷纷附和。

“是啊，没听说有人要卖油啊。”

“复兴公司的人一直在洪江看着，谁有这么大胆子？”

“许大人，莫不是搞错了……”

许安邦“叮叮叮”敲敲酒杯，待众人静下来说道：“许某何许人也？此等骇人听闻之事岂敢信口开河？”说着，掏出一封信在手里晃着：“证据，现在就在老子手里，这上面对湘西与镇江两地之间，洪油的价格和存量差额，水路走货的线路规划以及沿途请日本人派兵保护的事情可是说得一清二楚。说实话，老子本可令保安队直接抓人，不过，怎么说大家也是乡里乡亲，不看僧面看佛面。若是有人认账，可以把此证据给赎回去，老子也只当受了一场惊吓，咱们聪明不了糊涂了，诸位意下如何？”

……

许安邦醉翁之意不在酒，众油商也都心知肚明。今日之事，关键不是谁家油号资敌的问题，而是谁家愿不愿意花大价钱，去赎回他手里的所谓证据。

破财消灾，这道理谁都懂，可是出多少钱，他又没说个数。再说了，明摆着的事情，谁愿意花钱，就说明谁心里就有鬼……

大家吵吵嚷嚷到半夜，也没说出个所以然，最后不欢而散。

这一日，妙春自南京回来，她没按许安邦说的直接去黔阳，而是来到了洪江。妙春带着老仆人和丫鬟在街道上走走停停，一路上看什么都新鲜，不仅挨个看着门牌号，两边的窨子屋、商铺以及路边摊贩，都吸引了她的目光。丫鬟跑到前面去问了路，三人直奔杨府而去。

老仆有些犹豫："远远看一眼就行了。咱们没去黔阳，私来洪江已经违背了老爷的旨意，若再贸然上门认亲岂不招人耻笑？"

妙春却不以为然："我爸才不会在意，杨公子身在湘北为国效力，我去看望一下他父母又有何不可？"

说话间三人来到杨府门前，便看见苗令梅正送几名太太说着话出来。天娟的离去，让苗令梅一时难以承受，这几位老姐妹都是来宽慰她的。

"别总在家闷着，两个儿子都不在家，你要撑不住，那天就塌了。"

"是的呀，杨夫人，你活得好，大奶奶地下有知，那才高兴不是？"

苗令梅强笑道："我没事，你们也都忙，以后就别来回跑了。"

"没事就好，联合会那边，姐妹可都等着你呢……"

妙春远远打量着苗令梅，她惊愕地发现苗令梅的模样竟然与自己十分相像。

丫鬟近前低声惊呼道：“小姐，那位就是杨夫人！跟你长得可太像了，天啊，这真是缘分啊！怪不得杨公子对小姐那么好，当年他第一眼看到你的时候，一定以为你就是他妈妈。”

那边苗令梅送走了几位太太，也看见了妙春，不由得一愣，吃惊地打量起来。

妙春刚要上前搭话，就听丫鬟“啊”的一声尖叫，突然从四周蹿出一群荷枪实弹的保安队士兵来，呼啦一下就冲进了杨府院子，老仆人急忙上前护住妙春。

苗令梅惊道：“哎，你们要干什么，放肆！这是我的家，谁给你们的权力……”

“退后！”士兵呵斥着用枪挡住了苗令梅。

“爷爷！你们放开我爷爷……”随着杨洋的一声呼叫，杨同昌被押了出来。

……

许安邦抓杨同昌，是想震慑八家油号，难道那封信不是悬在你们头上的利剑吗？就不信你们把钱看得比命还重要。

资敌便是汉奸，杨同昌被打惨了。当苗令梅上下打点终于在牢中见到他的时候，简直不敢相信自己的眼睛。

“老倌啊……”苗令梅扑过去，心疼地抚摸着杨同昌，“这是造的什么孽啊……你个死老馆，还嫌家里事儿不够乱吗？你就是想卖油，也得跟我商量一下啊，咱们又没到缺吃少穿的地步……”

杨同昌直喘气：“别听他们的鬼话，我什么都没干，什么都没干……欲加之罪何患无辞啊，你老倌虽比不上刘云湘，却还不敢忘了祖宗……”

苗令梅哭着说：“我去求许安邦，他不能这么对你，他们会活活打死你的……”

“与虎谋皮。”杨同昌苦笑着摇头，“我的命不值钱，他想要的是整个洪江油业行，是清代底油！”

“又是清代底油。”苗令梅恨恨道，“那就给他好了！别人都把它当宝贝，可对咱们来说，那就是顶在头上的扫把星，是招灾惹祸的根源。老倌啊，我这就去嵩云山见亲家，说什么也得赶紧把你给弄出去，出去了才有申冤的机会，在这里，你就是浑身是嘴也说不清啊！”

杨同昌一把拽住苗令梅：“不可啊夫人，万万不可，许安邦等的就是这一天。现在所有人都明白，清代底油已不是我杨家的私产，它也不属于刘家，它是老一辈洪油商人济世报国的历史证物，是天下五府十八帮油业行的主心骨。不管他许安邦怎么折腾，即便是日本人占了整个湖南，占了全中国，只要这桶底油还在，咱们洪商和这洪江城就不会给人跪下！”

苗令梅没有再争辩，忙着安抚说几句话就累得气喘吁吁的杨同昌。

杨同昌缓口气，又道：“记住，不论我发生了什么，这回都不要去惊扰刘云湘，我杨家三代世受刘家大恩，不能因为这件事再害了他。”

“我听你的，我什么都听你的，只要刘家不倒，咱们就还有机会……”

杨同昌附耳低声道：“赶紧把杨洋送走……送到高椅村去！”

苗令梅紧张地连连点头：“我明白，许安邦什么事都能干出来，不能让他断了咱杨家血脉。”

杨同昌紧紧握着苗令梅的手，眼中充满了希冀：“此事还有一说，若八水族长收下了杨洋，就意味着，咱们早晚有一天能回去认祖归宗……”

罗积善从江边踱到积善商行，刚坐下喝口茶，就见账房匆匆跑来。

“东家，事儿都打听清楚了。运油资敌，并非是许大人故弄玄虚，而是有确凿的证据！东家可曾还记得杨喜？”

“杨喜？”

“就是恒顺油号镇江分号的掌柜，现在人在临湘。”

“看来，杨同昌这回不死也得脱层皮啊。”

“东家明见，以后这杨府的门头上，怕是要挂上汉奸卖国贼的牌子喽。”

罗积善忽然一愣，起身踱着步想了想，正色道：“孩子可是无辜的，小少爷在杨家，岂不是要跟他背上一辈子的骂名，毁了大好前程？”

罗积善带着一帮伙计，来到杨府，说是怕孩子跟着杨同昌受牵连，要把孩子带走，杨府的老管家冷眼瞧着，懒得搭理他。其实，一大早，苗令梅就带着洋洋去了高椅村，把孩子交给了八水族长。罗积善不管不顾把杨家搜了一遍，却没见着洋洋，还被杨府的老管家不咸不淡地讥讽了一顿。

罗积善扑了个空，回家气得摔摔打打，而后坐下失神哀叹：“人财两空啊。”

账房眨眨眼睛，说道：“也不见得，东家，咱们虽然没得到人，可是杨家的财产总不能都让许大人给独吞了吧？”

罗积善抬头：“此言何意？”

“既然许大人没有杀人之意，东家何不出面去替杨家说合？一则显东家急公好义，为洪商解难；二来也可以从许大人手里分一杯羹嘛。”

罗积善不屑道：“你以为别人都是傻子，许安邦何许人也，他是喝洪商的血、吃洪商的肉长大的，你算计他？你长了几个脑袋！”

不过账房的话倒是提醒了罗积善，他望着旁边的电话，思忖道：“不过有一点你说得对，不能什么好处都是他许安邦的。秘查组说我是奸商，没收了财产，活埋了署地，那动静可是闹得不小啊。呵呵，如今洪江出了这么多奸商，他许安邦一个人怎么能忙得过来？”

“东家是说，咱们把这事捅给芷江谷司令……”

罗积善冲电话扬了扬下巴。

账房点点头，忙不迭地跑过去拿起了电话……

许妙春从洪江回到黔阳就绝食了，不吃不喝，非要闹着去湘北找杨二江不可。杨二江为了救他哥哥连命都能豁出去，何况现在要救的是他父亲，他肯定会有办法的……

许安邦一听头都大了，巧言哄骗道：“春儿啊，你怕老的死，爸爸可是怕小的死啊。”

妙春不解，许安邦接着说：“湘北会战一触即发，你就是去了、见了他，想想他能跟你回来吗？跟你回来，他就是逃兵，死路一条。不跟你回来，心里装着事儿，在战场上要万一有个……”

妙春闻听吓坏了，不等许安邦说完，连忙道：“爸，您别说了，我不去了，我不去找他……”

“哎！这才是爸爸的乖女儿，要懂事啊。”

“可是，杨叔叔他……”

“人在谁的手里？你爸爸这公署专员也不是白当的，怎么说，他也是我的准亲家嘛。”

哄走了妙春，许安邦不由得叹了口气，跌坐在沙发上抱头不语。如今的杨二江，听说颇受薛岳将军和戴老板的赏识，手段比彭家山更毒辣，让日本人都闻风丧胆，这等狠人若是回来……

妙春带着丫鬟和女佣刚走到门廊下，就看见苗令梅正在前面不远处和副官在说话，手里还抱着一只小箱子。

苗令梅指着小箱子对副官说：“家里七凑八凑的也就这么多了。老杨出事那天，妙春就站在我家门口，起先我还不知道，后来有人告诉我，那就是许家小姐。你说，这不是大水冲了龙王庙吗？”

妙春一看就急了，过来死活不让那副官收礼，那副官还有些犹豫。

苗令梅一见妙春，不由得上下打量几眼，回头只管把那小箱子塞给副官：“既然是一家人，那就别分那么清楚……”说着话就把副官给推走了。

“哎，回来！”妙春冲副官喊了一声，回身对苗令梅说，“真的，苗阿姨，我爸真的不会收的……”

苗令梅拽着妙春：“孩子，这还不都是为了你杨叔叔吗，再说，送给你爸，那不也就等于送给你吗？你看看，那天你阿姨这么一恍惚啊，也没顾上跟你说句话。哎哟，我这第一眼啊，就觉得咱们娘俩，呵呵，好像上辈子就是娘俩！”

妙春喜不自禁：“是吗，您也有这种感觉？”

苗令梅眼圈都红了：“老天爷开眼啊，不是一家人不进一家门……”

妙春和苗令梅拉着家常，那个副官抱着箱子兴冲冲进屋，打开箱子给许安邦看，里面金灿灿的金条、白花花的大洋，还有几摞美金、银票、房地契，全是硬通货！

许安邦正兀自沉闷，抬头看看箱子，不由得眼睛一亮，只当是从那些油商身上榨出油了，可当他听说只来了苗令梅一个人，登时大为泄气。

原本想逼迫八家油号，发一笔横财，如今只有杨家一家来上供，这传出去好说不好听啊。再看看外面，妙春见了苗令梅，俨然亲如一家人，就差直接喊婆婆了。

许安邦思来想去，苦笑道：“这还真是丑媳妇难免见公婆啊。”随后命令道：“叫上小姐和苗大美人，一起去洪江。”

副官不解：“去洪江？”

“怎么，你还真以为老子六亲不认啊？”许安邦说完，匆匆向外走去。

第二十九章

洪江保安队看守所，许安邦招呼看守们又是打水又是换手巾，殷勤地给杨同昌擦去血痕、清洗伤口。

“杨喜是你的本家侄子，若非是你疏于管教，又怎能见利忘义，出这种馊主意？老杨，你这罪受的不值啊！”

“一封信而已，又没真的运油资敌，你既然知道那只是个馊主意，为何还要苦苦相逼。”

许安邦道：“你是商人，自然晓得自开战以来法币日渐贬值，真正的硬通货是什么。国民政府和美国人签了贷款协议之后，桐油就是美元。现在一美元可以买一头牛，洪油是桐油中的上品，一船洪油就是一船黄金啊！这么金贵的东西谁敢打它的主意？别说写封信，就是说说都大逆不道。你这是落在我手里了，好歹咱们还是准亲家，若是落在谷正伦和彭家山的手里，老杨，我想给你收个全尸恐怕都难啊！”

场院里站满了人，干挑爷和十大会馆当家的也都闻讯赶来了，妙春紧紧挽着苗令梅站在人群前，一见杨同昌出来就当先跑过去，众人也一拥而上，围住了杨同昌，一阵寒暄。

许安邦对众人说道：“这次的事儿是老杨替你们扛了，下次别让我再抓住。都回吧，好自为之！”

话音刚落，就见一辆吉普和一辆卡车从大门口直接冲进了大院，随着“吱吱哇哇”的一阵刹车响，车上跳下一群荷枪实弹的宪兵。

为首军官大步走到许安邦面前开口道：“上峰有令，所有涉嫌资敌油商，即刻押送芷江！”

众宪兵上前，不由分说将杨同昌、徐东家、肖东家、邓益发等七人从人群中拽出来，押上卡车扬长而去。

这突如其来的变故，让所有人一下子愣在了当场。

吃到嘴边的肥肉被人抢走了，许安邦气急败坏，七家油号一锅端，谷正伦的胃口比他更大。

这案子是许安邦立的，可这些油商到底有没有资敌，他心里比谁都清楚。现在人被带到了芷江，以谷正伦的手段，若是煎迫过甚，闹出人命，激起民变，后果不堪设想。谷正伦一贯是吃完一抹嘴就不认账，到时候若是上峰过问起来，最后查无实据，兜底的还得是他许安邦，会不会被活埋都难说。

许安邦思前想后，最后吩咐副官，去找一家影响力较大的媒体，把这事给吐露出去——这次轮到他当“洪流”了。

几日后，《大公报》头版头条刊登了《洪江查获惊天大案，八大油号涉嫌资敌》的报道，在这抗战的紧要关头，这是极其敏感的话题，其他各家媒体也相继转载，一时舆论哗然，震惊国内外。

就这样，由贪婪搭起的阶梯，将一件微不足道的小事层层升级为一桩惊天大案。

中美之间的桐油贷款协议刚生效不久，英国政府通过民间组织也在援助中国，而现在，资敌案一出，导致美英两国和国际社会对重庆政府的信用度产生了严重怀疑。桐油管控不力，惊动友邦，让蒋委员长在外国人面前颜面尽失，不由得雷霆震怒，下令严查此案。

彭家山奉命来到芷江，要把涉案人犯押送到重庆军法处去。在他看来，此案若少了刘云湘这个油业行的大龙头，杨同昌必死无疑。杨二江此刻正在前方为国杀敌，若是因为此事乱了心志，于国于家，都委实可惜。

刘云湘已经很多天没回刘府了，他迈步走进了院子，只见十七八岁的天娟散着头发、手拿梳子尖叫着跑过来躲在他背后，撒娇道："爸，您管不管我姐……"

"哎哟，哎……"刘云湘被天娟扯得团团转，"谁敢欺负我丫头……"

刚站稳，身边突然不见了天娟的身影，刘云湘愣了愣，怅然若失，而后落寞地走进堂屋坐下。

刘云湘那魔魔怔怔的样子，让大掌柜、老家丁和几名用人都看得心痛不已。

老家丁端来茶水，刘云湘一个人兀自坐在那儿，盯着墙上的老照片，一动不动。大掌柜不敢打扰刘云湘，示意老家丁，两人悄然退下。

"爸，您都有白头发了。"天娟伏在他身后，伸手揪掉了他头上的一根白发。

刘云湘看了一眼天娟，感慨道："老了。"

"老了就榨不出油了，看您还怎么去行商天下、造福苍生。爸爸壮志未酬，怎敢言老？"

刘云湘忽然闻听锣鼓家伙响，转头一看，只见天娟穿着行头，在堂屋中间开声唱了起来："望烽烟，杀气重，扬州沸喧；生灵尽席卷……"

这是高腔戏《桃花扇》里面史可法的唱段，刘云湘听小女儿唱得真好，起身想把她拥在怀中。他蹒跚两步，上前握住天娟的手臂，却没想到抓住的竟是干挑爷的手。

听干挑爷说起油号资敌一案，刘云湘一扫颓靡，他在堂屋里走来走去，最后决定：去重庆，为被抓的七家油号东家讨个说法。

……

重庆码头，从各地逃难而来的人们携家带口拥堵在码头上，远远传来的凄厉防空警报声，盖过了江边客轮汽笛的轰鸣。天空中，几架带有太阳旗标识的日军飞机穿云而过，给码头上的人流造成了更大的恐慌。

刘云湘和干挑爷，在二掌柜和几名身强力壮的家丁扈从下，艰难地从拥堵的人群中挤出出口，刚喘口气，便听见隐约有爆炸声传来，循声遥望，只见山城有几处地方已冒起黑烟。

刘云湘边往前走，边指着天上盘旋的日机，对干挑爷说道："强虏在外，虎视眈眈。你有收拾油商的劲儿，去收复失地重整河山，全国人民也念你个好儿！"

干挑爷感叹："荒唐啊，运油资敌，这罪名都不知道是怎么来的。"

刘云湘义愤难平："七家油号一把抓，洪洞县里没好人了。我倒要去问问孔先生，或者直接去问蒋委员长，美国的贷款还要不要，滇缅公路还修不修，仗还打不打，前线的国军将士们还吃不吃！"

"你小点声，这儿可是重庆，比不得洪江。"

"重庆是正经八百的党国天下，满大街都挂着青天白日旗，咱们来此就是为各家油号讨公道的，怎么着，说几句话谁还能把我给，给……"

刘云湘话说一半就愣住了，前面，一名身着秘查组蓝色制服的男子带着几名宪兵正虎视眈眈地看着他。

刘云湘被关进了“国民政府军事委员会军法执行总监部”的看守所。

牢房内，杨同昌等人一见刘云湘进来，先是一惊，而后都颓然哀叹：连刘东家都被抓了，这下彻底没救了……

“没完！”刘云湘忍着气，“别相信报纸上的那些鬼话，什么八大油号资敌案，人家说什么你们就认什么？”

杨同昌直摊手：“可是你都进来了，大家还有什么指望？都把脖子洗干净等着挨刀吧。”

刘云湘铿锵道：“进来怕什么，进来更好。”

此言一出，众人都精神一振，看着刘云湘。

刘云湘道：“洪江油业行也不是那么好欺负的，干挑爷正联络十大会馆当家的打点政府高层。嘿嘿，别着急，慢慢来，有理不怕讲嘛，我就等着见他们的最高长官……”

话没说完，看守来叫刘云湘，说是有人召见。刘云湘安慰众人：“诸位少安毋躁，等我消息。”

说完，刘云湘走出牢门，跟随一名看守，来到一间办公室门前。

“报告，人犯带到！”看守在门口喊了一声。

一名军官模样的人应声把房门打开：“刘先生，请！”

刘云湘走进房间，只见一个人背对房门，立于窗前低头沉思。

军官出去，随手把房门关上，那人回过头来，原来是彭家山。

刘云湘问：“这个案子是你负责？”

彭家山摇头：“你们会接受专案组的审讯，刚刚给你开门的是羁押处的侯处长，人不错，生活上有什么要求可以请他关照。我只负责抓人，做我该做的事情。”

“找我来有何事？”

“跟你谈生意。”

刘云湘莫名其妙，四下打量着：“哎哟，在这儿谈生意，你不觉得可笑吗，这是打党国的脸啊。”

彭家山不理会刘云湘的讥讽，为他拉过一把椅子：“刘先生请坐，咱们要谈的正是这案子上的生意。”

刘云湘站着没动。

彭家山近前说道：“我要保住一个人的性命，杨同昌。”

刘云湘闻听一愣，坐下来看着彭家山：“你也相信我们八家油号会运油资敌？”

彭家山叹口气，幽然道：“刘先生见多识广，何以到此还没看清形势？请恕彭某直言，委座钦定的案子，不死人是不可能的；而且死的少了都无法向友邦交代。”

“八个人都要死？”

彭家山点头。

“这可真是个好消息啊。”刘云湘暗暗吃惊。

“湘北会战即将打响，若此战失败，日寇便可大举南下，我西南半壁江山不保。杨二江身在前线……”

“他是你的得意门生……”

“也是你看着长大的洪江后生，更是浴血沙场的忠勇之士！我不日也要前去参战，到了湘北，我不想跟他说，他父亲因为运油资敌成了汉奸。”

“要保下杨同昌，计将安出？”

“刘先生乃天下五府十八帮油业行龙头，又屡次为国效力，在重庆名望甚高……”

“你是说，让我来当这个运油资敌的汉奸？”

彭家山点点头：“只有你来当汉奸，才能保住其他人的性命。所谓铁肩担道义，为了能打败日寇，我相信刘先生会接下这笔生意。而且，这一命换七命的生意，也只有你刘云湘敢做。”

刘云湘闻听，默然无语。

干挑爷带着会馆的几位当家四处奔走。平日里走人情，高朋满座，可真到危难的时候，就都成了摆设。蒋经国赣南反腐，江西籍的官员都噤若寒蝉；贵州大佬惧怕权贵，不愿引火烧身；湖南老表就更别提了，各个争着向委员长献忠心，见了干挑爷他们都躲着走。这回就是摆上了三牲供，那些神仙也享不了这个香火。几个人揣着金条都死活送不出去，没人敢接。

干挑爷实在是走投无路了，探监时跟刘云湘商量，要拿底油来救人。

“不可，绝不能用底油来做任何交易！”隔着铁栏，刘云湘连想都不想，立刻拒绝。

干挑爷别无他法：“云湘……”

“底油是洪商的根，哪怕咱们这一代人都死绝了，只要底油还在，自会有人去传承手艺，去替咱们实现经纬天下的梦想。”

“可是，大家总不能眼睁睁地看着你们……”

“放心！即便是这八个人，他们也是杀不完的。”刘云湘说完，起身看了看泪眼模糊的干挑爷，从容离去。

回到牢里，刘云湘靠墙坐下，闭目养神，微弱的阳光透进铁窗，照在他沉思的面颊上。几位东家都六神无主地看着他。

天娟来了：“爸，想什么呢？”

刘云湘看着天娟：“想我小女儿。”

“这回可没人救您了，再也没有沉塘六百秒不死的洪江神话了。”

“神话就是神话啊。”

“您怕吗？我就不怕，肖老师也不怕，还有，朵妹姐也不怕……”

“见着他们了？”

天娟点头，随后笑道：“为了杨家，您这可不是第一次面对生死了，哼，看您以后还说不说您小女儿是丫鬟命。”

刘云湘回过神来，睁眼看看众人，问道：“老杨呢？”

徐东家回道：“你刚才不在，专案组把人给提去过堂……”

话没说完，牢门“咣当”一声打开，两名看守把被打得遍体鳞伤、奄奄一息的杨同昌给拖了进来。

刘云湘和众人急忙上前招呼满脸是血的杨同昌。

邓益发惊恐道：“他们，他们怎能把人给打成这样……”说着跑到门边，发疯似的拍着牢门冲外边喊：“别再审了，别再审了，我有罪！我是汉奸……”随后哭着瘫倒在牢门前：“呜呜……我是汉奸，别再审了……”

“认罪吗？认罪就出来！”看守在门外露出半张脸。徐东家急忙过去把邓益发给拉回来。

刘云湘扶杨同昌靠墙坐下，杨同昌喘着粗气说道：“别去求他们……云湘啊，这一关咱们是过不去了，有钱就是罪啊……”

刘云湘抚慰他：“轻点，轻点，先躺下……”

杨同昌躺下：“说不清了，除了你云湘，大家都跟藤原做过生意，从那时候起就是资敌啊，报应，这就是报应……”

刘云湘心疼地看着杨同昌，长出一口气，走到牢门前冲外喝道：“开门，带我去见你们的长官！”

“云湘！”杨同昌挣扎着起身叫道。众人也都担心地看着刘云湘。

肖东家嘱咐道：“不可莽撞，惹恼了他们可是吃罪不起啊。”

“无妨，我会让他们高兴的。”刘云湘说完，走出了牢门。

刘云湘来到提审室里，将所有罪责揽在自己身上，令专案组的几个人不由得面露轻松。

“不愧是油业行龙头，这么说，他们都是受了你的指使？”

刘云湘点头：“没错。洪油被复兴公司统购统销，低于市场价格，我们已经吃了大亏。”

“商人重利，无可厚非。但君子爱财取之有道，为了钱，你们就可以不顾民族和国家的利益吗？”

这话说得真是义正词严无可挑剔，刘云湘不禁仰天大笑：“唯利是图，不就是你们心目中的商人形象吗？”随后敛起笑容，正色道：“包括洪油和秀油在内，所有种类的桐油都是战时重要物资，是国家的经济命脉。若想抵抗到底，收复国土，你们从现在起就要像保护供血的心脏一样，保护好这些做油的手艺人和桐油商人。”

刘云湘顿了一下，又对旁边书记员说道：“麻烦把这几句话一字不差地记录下来。”书记员急忙点头记下。

“素闻湖南商人秉承船山思想，志存高远，如今却做出了运油资敌的不智之举，可见一念天堂一念地狱啊，当为天下为商者戒。”

刘云湘苦笑：“呵呵，湘商虽有经世报国之心，可若是连命都保不住，何谈去经纬天下？”

“那么，这就是你一命换七命的条件？”

刘云湘点头道：“万方有罪，罪在一人。我知道你们压力也很大，我这个油业行龙头的名号，足以让政府对友邦、对社会各界有所交代了。”

几天之后，专案组在军法处礼堂对中外记者宣布：“震惊中外的洪江八大油号运油资敌案，在领袖多次严厉申饬，以及各部长官的全力配合之下，今日已有了结果。经专案组调查核实，该案的主犯为，洪江元隆油号的业主，刘云湘！”

霎时间，所有记者的目光以及他们手里的相机都对准了刘云湘。

台下人群中的干挑爷气得直跺脚：“搞什么名堂，这木已成舟，咱们还如何救人！”

湘夫人泪眼蒙眬：“佛曰，我不入地狱，谁入地狱……”

冒着白烟的闪光灯“砰砰砰”不停闪烁，众记者向前蜂拥着七嘴八舌提问。

“刘先生可否受刑，身上可有伤痕？”

刘云湘坦然道：“没有，重庆乃青天白日之地，岂会有屈打成招之事。”

“请问，你运油资敌的动机是什么？”

“商人嘛，货物积压，自然是要找出价高的地方，杨喜是我派出去的。其他无可奉告。”

“呸，你个汉奸卖国贼！”

“见利忘义，民族败类！”

“奸商，无耻奸商！”

“你还是不是个中国人？良心何在……”

刘云湘在专案组人员及宪兵的护卫下走出军法处礼堂，四周围满了愤怒的记者和旁观者，在一片谩骂声中，鸡蛋和烂菜叶等垃圾扑面而来，“噼里啪啦”地打在刘云湘的头面上。

“闪开！”人群后突然传出一声冷喝，是彭家山。

宪兵们立刻排成人墙分开喧嚣的人群，只见数十名英武的军人，列队站在台阶之下，跟站在队列之前、身穿将官军服的彭家山一起，庄敬地注视着刘云湘。

刘云湘从容地拿下沾在脸上的鸡蛋壳，平静地看着彭家山：“放心去吧。”

彭家山含泪咬牙道：“彭某此去湘北，定会屠尽倭寇，以报先生在天之灵！”随后大喝：“敬礼！”

“唰！”彭家山和手下军人齐刷刷地抬起手臂，向刘云湘庄重敬礼……

晚饭时分，几名看守手提食盒、酒坛，搬着桌椅，在侯处长的带领下呼呼啦啦鱼贯而来。牢门一打开，侯处长就热情招呼：“来来，摆上，都摆上！”

一帮看守像变戏法一样顷刻间摆上了一桌酒席，肖东家等人愕然看看侯处长，然后把目光转向正忙着给杨同昌擦洗伤口的刘云湘。

肖东家疑惑道："云湘，是你安排的？"

刘云湘擦了擦手，扶起杨同昌："是啊，案子拖了这么长时间，也该有个结果了。"

侯处长示意看守倒酒，说道："你们最应该感谢的人是刘云湘，日后若能够从这里出去，那也是托他的福啊。"

"等等！"杨同昌周身一震，"侯处长，你把话说清楚，这是什么酒，是不是上路酒？"

刘云湘道："老杨……"

"我没问你！"杨同昌吼了一句，盯着侯处长。

侯处长踌躇了一下，吞吞吐吐："这个，党国的政策历来是，首恶必办，胁从不问……"

"老天爷！谁是首恶，哪个是胁从？你们要送谁上路……"杨同昌爆发了，手脚并用怒吼着要掀桌子，被众人慌忙拦住。

杨同昌被众人架着，气喘吁吁地指着刘云湘："你本事大啊，你长了八个脑袋！你要活腻歪了哪儿不能死去，干吗非要跑到这儿来逞英雄，你吃饱了……"

杨同昌话没说完，一口鲜血便涌了出来，吓得众人手忙脚乱地赶紧招呼，扶他到墙角坐下。

刘云湘叹口气，指了指杨同昌："这回还真让你给说着了，我是活腻歪了，我小女儿还在那边等着我，我想她啊。"刘云湘端起酒碗对众人道："来，他不喝咱们喝，干！"

就在这时，一名看守匆匆进来在侯处长耳边说了几句。

侯处长闻听一愣，转身匆匆回到处长室，只见湘夫人和干挑爷来了，还带来了前任军法执行部总监唐生智的一封信，信中提到："杨喜的信件发自日战区，焉知不是日人阴谋？"

唐先生是侯处长的老长官，虽已卸任，可仍深得侯处长敬重。侯处长借着昏暗的灯光看完信，抬起头，望向坐在对面的湘夫人和干挑爷。

湘夫人道："此案所谓的证据只是杨喜从临湘发出的一封信，洪江八大油号并无运油资敌之事实。如今唐生智先生提出了新的疑问，我想，侯处长应该知道下一步该怎么办。"

"请湘夫人放心，在下明日就把唐长官的这封信转交给专案组。只是……"

"若有难处，侯处长但说无妨。"

侯处长诚恳道："眼下美英友邦逼迫甚急，非常时期，军法处行事程序简洁，原本明日就要处决刘先生，在下担心，即便是有唐长官的这封信，也是回天无力啊。"

干挑爷问："你是说，留给我们的时间不多了？"

侯处长答："的确如此，应该不会超过十天。"

湘夫人问："那依你看现在该当如何？"

"杨喜。"

"杨喜？"

"难就难在此处，所谓证据无非就是人证与物证，专案组正是调阅了八大油号的账本，没有任何发现，这才认可了刘先生一命换七命的交易。"

"也就是说，只有杨喜到案，才能证明唐长官的推测是否属实？"

干挑爷起身道："老签子客去跑一趟长沙！"

干挑爷在战云密布的长沙城内见到了杨二江。

身在薛岳麾下的杨二江已得知日军情报机构迁到了咸宁，便孤身犯险去找杨喜。彭家山见拦不住，只好瞒着上司带人去袭扰藤原配合二江行动。枪战中，山木被二江击毙，杨喜则被安全带回交给了干挑爷……

杨喜到案，八大油号资敌案不证自明。

然而一个月过去了，军法处还迟迟不放人，而且不让人探视。别人还好说，杨同昌的身体已经垮了，时常咳嗽吐血。他年纪比众人稍长，又挨了不少打，牢里生活粗陋，眼看顶不住了。刘云湘等人多次要求请个医生来，可是那些长官不发话，看守们也不敢自作主张，任由这些人自生自灭。

湘夫人坐不住了，带着铺盖，在干挑爷和詹姆斯的陪同下，来到军法处看守所，扬言要和刘云湘一起坐牢。

说实话，这事侯处长也做不得主，正头疼的时候，国府的陈先生来了，要求见刘云湘。

陈先生见了刘云湘，立马上前握手："刘先生，受苦了受苦了，谁能想到华盛顿一别，再次相见竟然会是在这个地方……"

刘云湘问道："莫非是孔先生又遇到了迈不过去的坎儿？"

陈先生回头示意手下和侯处长出去，关上门请刘云湘和湘夫人、干挑爷、詹姆斯坐下，随后说道："没外人了，我也就实话实说。所谓八大油号资敌一案，早已案情大白，刘先生和其他油号东家之所以迟迟不得解困，可知此事不同寻常。案子乃领袖钦定，这解铃还须系铃人啊。"

据陈先生说，宋美龄数月前辞去了航空委员会秘书长的职务，但对接手此职务的宋子文和钱大钧颇多不满。眼下她正与陈纳德将军商议，组建"美国航空志愿队"，来华参战。孔祥熙的意思是，不能让蒋夫人在美国人面前掉了价……

"我明白了！"刘云湘苦笑道，"不就是要各家出钱来给蒋夫人脸上贴金吗，何至于拿杨同昌的命来做要挟！"

湘夫人道："想要钱，也得先把人放出来吧？"

干挑爷道："是啊，如此手段，跟土匪绑票有何区别？"

陈先生尴尬地看着刘云湘。

刘云湘摆摆手，起身对湘夫人和干挑爷说：“就按他们说的去办吧，钱财乃身外物，捐赠是应该的，将士们为保我汉家国祚不惜血染山河，我洪江商人年年都要祭祀祖宗的，岂能舍不得这点身家？”

洪江爱国商人共捐赠了一架半飞机，国府举行了盛大的捐机仪式，蒋夫人亲自命名为“洪江”号。

次日，在军法处礼堂，八大油号资敌案正式结案：“震惊中外之洪江八大油号运油资敌案，经军事委员会军法执行总监部认真审理甄别，结论如下——此案事出有因，查无实据，在押人等，无罪释放！”

话音落地，杨同昌大喘了几口气，口吐鲜血，委顿倒地。

江面开阔，波涛翻卷。巨无霸上，恒顺掌柜和众位当家的围在船舱门口。船舱内，刘云湘、湘夫人和干挑爷等人看着躺在苗令梅怀里奄奄一息的杨同昌，欲哭无泪。

杨同昌面如金纸，目光直直地看着天花板。忽然，他的眼睛动了动，环顾众人，最后望向刘云湘，眼中充满了希冀，嘴角颤动着。

刘云湘知道杨同昌想说什么，他含着泪，冲杨同昌点了头，对身边大掌柜嘱咐道：“直接去高椅村。”

听到刘云湘的话，杨同昌下意识地握紧了苗令梅的手。

到了渡口，杨洋和族人早已等待多时。看到奄奄一息的杨同昌，杨洋哭喊着爷爷，扑了上去。众人一片忙乱，抬起杨同昌，顺着山道向祠堂方向跑去。八水族长和刘云湘、干挑爷、湘夫人、苗令梅紧跟其后。

被抬到祠堂门前的杨同昌竟然一下子坐起了身，挣扎着下地站在了门前。他仰望着祠堂，一手拉起苗令梅，一手拉着杨洋，迈步走进了祠堂。

祠堂内，杨同昌颤抖着从八水族长手中接过燃香，和苗令梅、杨洋分别上了香之后，三人一起跪倒在祖宗牌位前。三叩之后，杨同昌再也没能直起身，伏在祖宗牌位前溘然长逝……

在八水族长的主持下，族人在村子中央的广场上，为杨同昌举办葬礼。摆放着杨同昌遗体的木架周边，一只只火把在熊熊燃烧，粗大的香烛散发着缭绕的烟雾。族人们敲打着木鼓、戴着木壳面具，跟随打着旗幡的师公围绕木架跳着傩舞。杨洋抱着那个写有“洪江”字样的飞机模型，含泪看着广场上的送葬仪式……

民国三十二年（1943年）秋，十九岁的杨洋驾驶着洪江号，穿行在云端。

水田里、码头上，干活的人们纷纷停下手中的活计，仰头瞩目天空。不少人都奔跑着向空中掠过的机群招手，嘴里喊着：“飞虎队！飞虎队！”

七冲八巷九条街上的市民纷纷跑出家门，望向引擎轰鸣的云端。

“洪江号，咱们的洪江号！”

“打他狗日的，常德有热闹看了！”

“快看，是你家杨洋！”妇女联合会院内，几名夫人手指天空，围着苗令梅大叫。苗令梅仰望长空，悲喜交加。

元隆油号门前，六十岁的刘云湘抬头看着呼啸而过的洪江号，脸上露出久违的笑容：“好孩子，飞吧！”

刘云湘指着天空，对意念中赫然站在身边的杨同昌说道：“看见了吧，咱们的孙子都上天了。我说什么来着，只要底油还在，这洪江城就垮不了，中国就不会亡。上常德下洪江，那是咱们儿孙的天地，小鬼子想占领常德，哼，痴心妄想！”

此刻的常德，战云密布。

日本人企图占领常德，与长沙遥相呼应，切断重庆与外界的联系，以此来减轻他们在缅甸和南亚战场的压力。

石门和慈利是常德西北的重要屏障，可惜眼下石门已破，日军南下，慈利首当其冲。

张灵甫的五十八师布防在慈利郊外的落马坡、羊角山一带，身为张灵甫麾下少校情报官的杨二江，在澧水伏击日军的行动失败，让日军的通讯参谋漏了网，未能获得敌人的秋季作战计划。

这份计划却阴错阳差地落到了在澧水侦察敌情的麻老五和豹子等人的手中。

杨大江奉命前往常德将日军作战计划交给上级，怎么也没想到，来接应他的“上级”居然是身着国军少校军装开车的天婵。

天婵自美国回来以后，湘夫人就动用重庆的那些关系，将女儿安排在七十四军军长王耀武麾下。宋美龄的面子，再加上自身的才干，天婵深得王耀武赏识，如今已是军部督察室的督察长。

两人正谈笑风生，天婵忽然一个急刹车，杨大江抬头望去，只见前边路上，彭家山带着一帮手下，冷冷地望着他们。

杨大江与天婵被“请”到了五十七师情报处。

彭家山问道：“督察长不在军部，来常德有何贵干？”

“委员长在开罗出席国际会议，放心不下常德战局，本人是代王耀武军长向余程万师长传达委座命令，死守常德，与城共存亡……”

“你这个督察长是怎么来的，我心里清楚。”彭家山转向被两名蓝衣人看押的杨大江，“龙潭虎穴，孤身犯险，好胆量啊。不过你既然来了，想要再脱身，恐怕就难了。”

杨大江冷哼：“想留下我，你以什么名义？”

“澧水行动失败，你弟弟险些命丧敌手，我怀疑你们跟日寇勾结，故意提供虚假情报。”

“你这话有人相信吗？”

“不需要别人相信。”彭家山示意手下，“带走！”

“等等！”天婵说道，“杨大江是来送情报的。”

“送情报？”

“是日军的秋季作战计划。樱井参谋已落入友军之手，您的得意门生没完成的事儿，现在由他哥哥来接着完成。”

天婵说着，和杨大江一起从容离去。

彭家山对杨家兄弟可谓爱憎分明，他始终认为，日军是暂时的敌人，总有把他们赶出中国的那一天，而共产党才是党国的心腹大患。眼下大战在即，他要让杨大江这个异党分子的一举一动都在自己的视线之内。所以眼看大江和天婵成了余程万的座上客，他灵机一动，令手下致电王耀武……

于是，当杨大江从余程万的师部走出来的时候，彭家山便把一套崭新的军装送到了他的面前，同时宣布：“军座有令，兹委任杨大江为五十七师一六九团少校团副。”

第三十章

王耀武之所以一口答应彭家山留下杨大江，也有他的小九九。

所谓大炮一响黄金万两，刘杨两家颇有渊源，把刘天婵和两位杨家将都收到自己麾下，找刘云湘寻求支持更是方便。

在委任了杨大江之后，王耀武便派出军需官去洪江找刘云湘“谈生意”买洪油。

刘云湘闻言便知其用意，立刻通知十大会馆商家，成立抗日后援会，各家有钱出钱，有力出力，出洪油更好。

在刘家人的号召下，整座洪江城都沉浸在一片紧张而又热烈的支前气氛中，街道上到处贴着“保卫常德”“抗战到底”等标语，天钧戏院门口挂着“洪江抗战救援会”的牌子，门前热闹非凡，来来往往的人们忙着搬运油桶和军被服、军鞋等物。就连八水族长和刘揆一，也带人挑着一筐筐军鞋和棉衣来了。国军要死守常德，流血拼命，老百姓都愿意出钱出力支持。

看见天婵回来了，罗积善再次被怨毒和悲伤淹没，你刘家就算抱上了国军的粗腿又能如何，许安邦同样是为国效力，既然不把螺头当盘菜，就让你们连咸盐都没得吃。

罗积善将刘云湘私自运油的事情捅给了许安邦，许安邦就急吼吼到码头抓人来了。

刘云湘赶到码头时，只见周边已被保安队的士兵戒严，干挑爷和几名油商被士兵持枪看押；苗令梅带着众多商家、伙计和市民堵塞了去路，跟许安邦对峙着。

副官持枪喝道："都闪开，闪开！谁敢妨碍公务，就与他们同罪！"

苗令梅吼道："你敢，有种就冲老娘开枪！"

许安邦道："我说亲家母啊……"

"呸！妙春那么好个姑娘，怎么会有你这么个混蛋爹。兔子还不吃窝边草呢，你三番五次来洪江抓人，就不想给你女儿留条后路？"

"苗大美人，你当了寡妇怎么就变得如此不可理喻，他们要不犯法老子能抓人吗？"许安邦又对众人说，"各位父老，许某这么做可都是为了你们好，别忘了八大油号的教训！"

苗令梅愤然道："别听他胡说，有本事上常德去，在这儿要什么横，赶快放人！"

众人纷纷喊道——

"放人！"

"干挑爷岁数大了，经不起你们折腾！"

"国难当头，你们残害自己同胞，还有没有良心！"

苗令梅大喊："不放人，今天就别想走！"

"闭嘴，都闭嘴！"许安邦喝道，"你们是在替谁说话，是替党国说话，还是替奸商说话？不要上了日本人的当！政府一切都是为你们着想，一旦出了事情，谁能负得起责任，难道这洪江死了一个杨同昌还不够吗！"随后冲手下喝道："把人带走，谁敢阻拦一并抓起问罪，老子可没……”

“许专员好威风啊！”许安邦话没说完，人群后就传来了刘云湘的声音。

众人闪开一条道，刘云湘和刘揆一、八水族长一起走上前来。

许安邦头疼：“刘云湘，怎么哪儿都有你！”

“把人放了，有什么话咱们可以坐下来说。”

“洪油乃是政府严令管控的物资，擅动者死，你不知道吗？”

“这几船油可是支援常德前线的，许专员可以去七十四军调查核实。”

“别以为打着抗战的旗号你们就可以为所欲为，这年头想发国难财的人多了。支援前线，多好的借口啊。云湘，编瞎话也得过过脑子吧？它是枪，是炮，是子弹？谁能说说，这洪油怎么打鬼子？说的上来，老子就放人，这总行了吧？”

刘云湘一时语塞：“它，它当然能打鬼子了，不然怎么会是战略物资。”

“怎么打啊，鬼子上来了，你拿油桶去砸他？”

“它不是油吗……”

“是油啊。”

“是油，那，那就烧嘛……”

八水族长帮腔道：“对，烧！”

“哎！”刘云湘找着辙了，“烧啊，烧死小鬼子。这洪油可是守城的大杀器啊！”

“还大杀器？”

刘云湘道：“民国二十七年长沙大火，那不就是党国的焦土抗战吗？以空间换时间，英明啊！”

许安邦被说得一愣一愣的。

刘揆一附和道：“刘东家此言不虚啊，许专员有所不知，用火油来对付敌人，在咱们中国那可是有传统的。且不说三国时诸葛孔明的火烧赤壁，曹操的火烧乌巢；就说古人守城，称之为‘万人敌’的杀器，那就是火油。《资治通鉴》上不是就有‘以此油燃火焚楼橹’的说法吗？”

许安邦有些蒙了，瞪着眼睛看刘云湘、刘揆一。

八水族长道：“许专员要不信，可以搬几桶油来试一试嘛。”

“怎么试？”

八水族长指着市区的封火墙：“你看，就当那是常德城的城墙，找几个后生抱着油桶爬上去，你可以让手下去攻城嘛。”

许安邦看着封火墙：“我假装小鬼子去攻城，然后他们点着了油桶往下扔？”

刘云湘笑道：“是啊，这火要着起来了，那不就成了万人敌了吗？”

“哎，这个办法好！”苗令梅向人群里几个年轻伙计招呼，“你们几个，去船上搬油……”

“行啦！”许安邦气恼道，“你们以为许某人是傻子！别得意，常德城要守不住，大家一起完蛋！收队！”

在众人哄笑声中，许安邦带着手下悻悻离去。

其实，许安邦最近也够烦的了——女儿不管不顾，已经跑到常德城外慈利野战医院去支援抗战了，还不是因为杨二江驻守在那儿！

杨二江知道妙春来了，却一直躲着不见她，杨同昌的死如同尖刺横亘胸中，让他无法面对妙春。然而不见却挡不住想念，眼看日本人步步逼近，杨二江不放心妙春，脚步随心，不由自主来到战地医院。

妙春在帐篷里，正和几名修女、嬷嬷一起在忙碌地照顾伤员。杨二江站在帐篷外，抽着烟，默然地向帐篷里看着。

一个修女悄悄扯了一下妙春，冲外边指了指。妙春回身，看见了杨二江，急忙走过去，可是杨二江却掉头走了。

妙春追出帐篷：“二江！”杨二江止步，摘下自己的钢盔，回身走过来扣在妙春头上，转身要走。

妙春在他身后说道：“你就不问问我，怎么会来这儿？是我爸让我来的！”

杨二江止步，望望妙春：“事儿都过去了……”

妙春眼圈红了：“真的过去了？可你现在一句话都不想跟我多说……”

杨二江嘱咐道：“日本人很快就会发起进攻，你就待在医院里，千万别到处乱跑。”

妙春流着泪说：“杨叔叔不在了，我心里跟你一样难过。可你也不能，把一切责任都推到我爸身上啊，毕竟是杨喜写了那封信，所以才……”

“别再提了！”杨二江拂去妙春脸上的眼泪，“我说了，事儿都过去了。”随着日本人的临近，其他恩怨似乎都暂时淡化了很多。

慈利处在武陵山向洞庭湖平原过渡地带，和石门互为犄角，一道构成常德西北方向的屏障。石门被攻破后，日军集中优势兵力，于1943年11月中旬，全面进攻慈利与常德。

杨二江率领五十七师驻守慈利郊外落马坡，与数倍兵力的日军鏖战数日。对方是日军最精锐的第十三师团，而国军援军被日军拖住，迟迟不能到位，杨二江手下将士死伤殆尽，异常惨烈。

硝烟弥漫中，密集的山炮、迫击炮炮弹不断在周围爆炸，国军伤亡惨重，残肢断臂随着泥沙如雨而下。

一名士兵抖掉落在身上的血淋淋的头颅，吓得哇哇大叫，扔下枪要跑，被杨二江一把抓住，瞪眼吼道：“不许后退，死也要死在阵地上！”

“都死了，死了，没几个活人了！”另一士兵惊恐大叫。

杨二江哑着嗓子大吼：“弟兄们，这是落马坡，必须让敌人在此落马，就是全体成仁，也要对得起祖宗！打！”

“快看，有人上来了！”一战士指着阵地后方喊道。

杨二江回头望去，只见大队国军士兵正快速跑来进入阵地，跟随而来的还有一些救护人员。

“总算是来了……”杨二江大松一口气，随后大喊，“弟兄们，抓紧时间休整……”话音未落，炮火袭来。

“快把伤员撤下去……”杨二江在战壕里奔跑着呼喊，动手帮助撤离伤员。

一发炮弹带着撕裂空气的尖啸从天而降。“二江！”随着一声女人的呼喊，杨二江被扑倒在地。当爆炸过后，他抖落身上尘土，发现扑在身上的是个女人，仔细一看竟然是妙春，登时大吃一惊：“怎么是你……妙春！妙春……”

看到手上的血迹和嵌在妙春臂膀上的弹片，杨二江急忙抱起妙春跑到一处掩体后，大叫：“来人，卫生兵，救人啊，快救人……”

“二江！”妙春叫道。

杨二江痛心道：“让你留在医院，怎么不听话……”

妙春在二江耳边一字一句：“就是死，我也要跟你死在一块儿……”

杨二江抱紧妙春：“别说傻话，你不会死的，不会的……等打完了这一仗，只要我杨二江还活着，咱们就成亲……”

妙春笑了笑，艰难地解下自己的十字架项链，挂在了杨二江的脖子上……

11月下旬，常德外围阵地相继丢失，城区被日军团团围住。日军公然践踏《日内瓦议定书》，凡进攻前都施放毒气，数千中国守军被活活毒杀。随后，大批日军进入城内，与国军展开巷战。城内守军各自为战，各级指挥官伤亡殆尽。到后来，看护兵、卫生兵、炊事员……所有人员都投入了战斗，受伤官兵根本无法救护运送，只能忍痛躺在地上拿手榴弹抛向日军，受伤几次、断臂少腿还在继续战斗的到处都是……

师长余程万在彭家山的劝说下，率部突围，为五十七师留下一些种子。彭家山与杨大江则固守常德。

这一夜，杨大江和彭家山带着为数不多的战士，被围困在一座大楼内。大家都不说话，静静观察外面举着火把，包围过来的日军。

一名战士摸过来，低声道："算上一七一团合并过来的弟兄，咱们现在还不到五十个人。"

彭家山叹道："弹尽、人无、援绝、城已破，为党国尽忠的时候到了。与其固守，不如杀出一条血路冲出去！"

"不可！"杨大江制止道，"天已经黑了，日军必将发动更猛烈的进攻。我还是那句话，不要做无谓的牺牲，我们能在此多坚持一分钟，就能给整个战役多争取一份胜利的机会。"说罢，带着士兵出去搜集弹药，准备战斗。

让杨大江感到惊喜的是，在大楼隔壁的一家商号里，居然找到二十桶洪油，还是正宗的刘家顶洪！杨大江兴奋地招呼几名战士，将洪油搬进大楼。这时，忽闻楼外枪声大作，原来彭家山不听劝告，执意突围，结果被堵在楼外！

跟随彭家山冲出大楼的战士们被火力压制，虽然有人不断倒下，但仍在顽强抵抗。枪弹击打在瓦砾和残墙上火星四迸，炮弹不断在周围炸响。彭家山身负重伤，躺在断墙之下，他十分后悔没有听从杨大江的建议，命令战士们都撤回去，听从杨大江指挥，可是谁也不愿抛下他，就这么退回去。

杨大江找出几枚手榴弹，命令大楼内的战士们火力掩护，然后朝着彭家山奔去。杨大江边跑边将手中的手榴弹掷出去，敌军阵前猛然响起一连串的爆炸声，火光中，杨大江背着彭家山快速跑进大楼。

彭家山半躺在墙边喘息着，看着围在身边的战士们：“是我力劝余师长，带领师部突围的，对不起兄弟们了。委座的命令是死守常德，彭某一生效忠党国，从不敢有半点疏忽，没想到，这第一次违命，竟是违反了领袖的军令。”

杨大江安慰道：“彭先生不必自责，将在外君命有所不受，余师长带人撤出城外，也是在弹尽援绝之际图报国于他日。五十七师八千虎贲的英勇奋战，足以向世人证明，我中华儿男绝不是任人宰割的羔羊。”

“杨副团长，这些兄弟，就拜托你了……”

“敌人又上来了！”一战士在大楼缺口处喊道。

杨大江拍拍彭家山，带人转身要走，却被彭家山叫住。

“大江兄弟！”彭家山拿出了手枪，“我是不会承你这份救命之情的。”说完，把手枪插进嘴里，“砰”的一声自尽身亡。

杨大江等人救护不及，悲愤地看着死去的彭家山。

杨大江咬牙道：“人在城在，血战到底！”

众战士拳头紧握道：“人在城在，血战到底！”

大楼外不远处，一身征尘的藤原挥手扇去在眼前飘荡的硝烟，打量着夜色中残破的大楼，里面区区几十名中国军人，就能把他们牵制在这里，寸步难行。不愧号称虎贲之师啊，这是真正的战士！

进攻常德之前，樱井参谋的失踪就让藤原十分焦虑。然而对于大日本皇军而言，作战计划的泄露还不是最致命的，真正让日军陷入被动的，是将官之间的意识分歧。

日本军队在新几内亚正面临美军强大的压力，盟国的禁运已使日本国内资源短缺，而常德，乃是中国西南的物资运转中心。在藤原看来，日军应占领常德并长期驻守，进可以策应中印、滇缅战场，退可以控制洪江及西南地区的战略资源，达到以战养战的目的。可是他的上司，横山勇司令官，却仅仅想以常德为跳板攻击四川。致使日军上下对常德的重要战略地位认识不足，军心混乱！中国人常说，官大一级压死人。横山勇刚愎自用，根本听不进藤原的建议。为今之计，藤原也只能走一步看一步，先拿下常德再说了！

藤原焦虑地看着在炮火硝烟中屹立不倒的残破大楼，正要下令进攻，一辆摩托驶来，雅子跳下车，快步走向藤原，呈上一份军令："先生，常德外围，中国军队已对我军形成包围之势，军部命令我部迅速撤离常德，在石门、合口一带集结待命。"

藤原闻听愕然，接过军令看了看，沮丧道："果然来了，我军战略意图不明，此战焉能不败。"

"军令如山，不可违抗。"

"有心杀敌，无力回天啊。"藤原感慨着，不甘心地看了看大楼，对手下少佐说道，"你留下，坚守常德城。"说完，带着雅子匆匆离去。

少佐应了一声，随后冲一众部下喊道："加强火力，攻击！"

迫击炮弹不断飞进大楼，炸得砖石横飞、四处坍塌。杨大江带领战士们顽强抵抗，可是很快就弹尽，适才在大楼周边捡来的弹药也打光了！杨大江索性带领战士们搬来洪油，把一只只油桶奋力向日军投去，霎时间，楼外燃起的熊熊大火映红了半边天际……

刘云湘和干挑爷一起，亲自带队押船，在藤原走后的第二天黄昏，才好不容易到了常德城外。几只满载洪油和军用物资的油船慢慢停靠在码头，刘云湘和干挑爷在伙计的搀扶下上了岸，忧郁地望着隐隐响着枪炮声的常德城。

刘云湘和干挑爷商量，先把油卸进货仓，然后再进城打探。说话间，呼呼啦啦来了一帮持枪的日军士兵，把众伙计吓得赶紧放下手中油桶，站立在一旁。刘云湘也愣了，惊愕地打量着周围的日军。

一名日军少佐走上前来，操着生硬的中国话鞠躬道："老先生，有礼了。"

刘云湘和干挑爷忙不迭地还礼："有礼，有礼。"

那少佐得知他们是卖油的商人后，倒没有为难他们，还嘱咐他们，城里还有少数人在抵抗，枪炮无情，比较危险，不让进城，但是也不让走，让他们在战斗结束后再走。少佐冲刘云湘、干挑爷深鞠一躬，而后转身离去，日军立刻在周围布上了岗哨。

干挑爷悄悄松了口气，低声说："我怎么看他们比国军还规矩？要说这样的军队在南京奸淫烧杀，制造了举世震惊之惨案，说起来真令人难以置信。"

刘云湘看了干挑爷一眼，冷笑道："就在这常德城，他们不但使用了毒气弹，还投放了鼠疫。小鬼子咱们是头一次见，可是跟藤原却是老朋友了，他们都一个德行，说人话不办人事。"

"城里进不去，想回去也不可能了，这下该如何是好？"

刘云湘冲伙计道："都别傻站着了，开火做饭，既来之则安之。"

干挑爷点头道："对对，该吃吃该喝喝，死了也别当饿死鬼。"

众伙计立马行动起来，不一会儿，就在码头的船坞上搭起了灶台，当油锅里的几条鱼被炸得金黄的时候，几名日军岗哨闻着味跑了过来，围着油锅用日语嚷嚷，看样子是馋坏了。一名日军对刘云湘等人鞠躬后，几名日军端起油锅就跑了。刘云湘和伙计们只好无奈地望着这些强盗。

过了一会儿，一群日军士兵抬着几口大锅呼呼啦啦跑到江边开始埋锅挖灶。

那个少佐啃着一条炸鱼走过来，冲刘云湘说道："老先生，船上的油可否能借用一些，日中亲善嘛。”

刘云湘明白了，点点头冲伙计道：“把油给他们。”

“东家，给他们几桶？”

“要几桶给几桶，管够。”

伙计不情愿地招呼其他人去搬油，一群日军欢喜地赶紧跟上，抱着油桶就往岸边跑去。

江岸边热闹起来，一个个的灶蹿着火苗，灶上的大锅在冒着蒸腾的油烟，几条渔船边，日军呵斥着渔民把一兜兜鱼虾送到各个灶边。

刘云湘站在船头冷眼看着日军折腾，干挑爷有些不安：“云湘，这，这可是……”

刘云湘抬手止住干挑爷：“想想那些死在毒气和鼠疫中的女人和孩子吧，这是在打仗，他们可都是拿枪的军人。”

少佐对江岸边的众士兵喝道：“喂，给城里的小野队长送去一些，通知各小队的帝国勇士，轮流来享用天妇罗美餐吧！”

众士兵欢呼起来，拍手围着油锅又跳又唱。等这些日本兵吃饱喝足了，没多久，就蹦跶不起来了，一个个倒在地上，捂着肚子抽搐。几个油号伙计还年轻，不明白怎么回事，站在一旁，茫然地望着这些日本人。

刘云湘和干挑爷站在城门口张望，忽然大队国军将士呼呼啦啦径直冲进了城门，还没等张嘴询问，就见杨二江跑了过来。

“刘叔，干挑爷，您二老怎么在这儿？”看着周边蜷曲在地的日军，杨二江又问，“他们这是……”

刘云湘跟干挑爷互相看了一眼，嘿嘿一笑：“活了这大半辈子，头一次知道，这东洋人最爱吃的不是寿司，而是天妇罗。”

干挑爷笑道：“贪嘴啊，用洪油炸鱼虾，个个都中毒了。”

杨二江哭笑不得看着两个老头：“还有这事儿？”

“报告！”一名战士从城里跑来，“一六九团的兄弟还有人活着，都在银行大楼，没有找到杨副团长！”

杨二江一听，拔腿向城里跑去。刘云湘和干挑爷等人也急忙跟上，只见残破的银行大楼周围一片焦土，大楼几乎被炸塌，一片狼藉。

“杨副团长被埋在了下面，就在下面……”一名刚被抬出大楼的伤员指着一堆瓦砾在担架上大喊大叫。

“快，动手！”杨二江带人扑上去开始用双手挖掘起来，嘴里喊着：“哥！哥！”

刘云湘和干挑爷等人也冲了上去。

“人在这儿！”一名挖掘的战士大叫。

众人扑上前去，杨二江摇晃着刚被扒出来的土人一般的杨大江：“哥，哥你醒醒啊，哥！”

杨大江睁开血红的眼睛，大口喘着气，瞪着众人吼道：“洪油，洪油呢，老子要洪油！”

刘云湘伸手一嘴巴，把杨大江给打醒了：“姑爷，没有洪油，你这条小命早没了！”

民国三十四年（1945年）春天吉日，许妙春和杨二江总算要成亲了！

许安邦提前两日就来到洪江，亲手操办婚事，不仅给洪江城里有头有脸的人家都送了请帖，还命令各区保甲长分片包干，所有商家店铺都要出动人手，清水洒地，清理犄角旮旯杂物，家家户户悬挂国旗，把整个洪江城都搅得不得安宁！

苗令梅更是乐得合不上嘴，妙春是百里挑一的好姑娘，知书达理，对二江无比痴情，这些年二江南征北战，人家就这么一直等着，都快熬成老姑娘了……

二江军务繁忙，只能在婚礼当天赶回来。婚礼前一天晚上，杨府一切准备就绪。苗令梅在院子里查看一遍，然后坐在杨同昌的牌位前面，絮絮叨叨，说说笑笑，笑着笑着又哭了……

然而，到了第二天早上，苗令梅就高兴不起来了——刘云湘非得在二江婚礼这天为他的炼油厂举行庆典，就在昨天，他让伙计也出去发了一遍请帖！那些收到请帖的人也犯难，都是乡里乡亲，同时拿着两家的请帖，分身乏术啊……

中国空军用的汽油一直都是依赖进口，日本人的封锁导致燃料紧缺。刘云湘成立了“元隆炼油厂”，他把马克斯凯和詹姆斯请到洪江，引进了世界上最先进的“高压裂化法”提炼技术，近日用洪油成功提炼出航空汽油，杨洋他们再也不用担心燃料了！

洪油里炼出航空汽油，这本是天大的好事，可这也就是刚刚试机成功，样油还没经过十四航空联队的检验，距离批量生产还需些时日，庆典也不急于一时。但这人一上了岁数，就越来越孩子气了。刘云湘就是看不惯许安邦那耀武扬威的德行，成心要唱对台戏，就是不想让那姓许的高兴！

炼油厂坐落在洪江城区附近的半山坡上。刘云湘一大早就起来，指挥掌柜和伙计们张灯结彩，不仅在厂门口挂上了写有“热烈庆贺元隆油厂航空燃油提炼成功”字样的大红条幅，还挂起了许多大红灯笼。

刘云湘看着张灯结彩、一派喜气的厂院，依然不满，指着一个空当处，对伙计们嚷嚷：“把这儿再挂上几条红绸，要喜庆……”

大掌柜赶紧说：“东家，那是留给戏班的地方。”

“几个戏班？”

“两个，是辰河最好的高腔戏班了……”

刘云湘追问：“那边请了几个？”

大掌柜张了张嘴，没敢言语……

苗令梅一早起来，穿金戴银、打扮一新，本来是要高高兴兴娶儿媳妇，一听说刘云湘要办庆典，顿时慌了神。她急匆匆赶到炼油厂，却拿刘云湘没办法，只好进屋对着湘夫人哭天喊地。干挑爷和马克斯凯、詹姆斯都来劝说刘云湘，可是谁也说不动。

刘云湘站在场院中央，冲着众人指手画脚，理直气壮地嚷嚷：“滇缅公路炸了又炸，飞虎队在驼峰航线损失惨重，之前在常德，国军又战死了多少将士？你老马和老詹又是搞设备，又是搞技术，为的是什么？小鬼子不是要封锁吗，嘿嘿，老祖宗早有安排，咱们有的是洪油！提炼航空燃油，这是整个国家的大事，事关抗战的成败，怎么着，你们不高兴？”

干挑爷很无奈：“高兴啊。”

刘云湘胡子都翘起来了：“高兴那就应该热热闹闹地庆贺！”

马克斯凯和詹姆斯面面相觑，无奈地摊手耸肩。

天婵在屋里看苗令梅哭得可怜，出来责备刘云湘：“爸，二江和妙春今天成亲，您这么做合适吗？”

刘云湘瞪着眼：“我又没说不让他们成亲，贺礼我都准备好了，你跟你妈不是要去杨府吗，我也没拦着啊。”

湘夫人携苗令梅走过来：“你是没拦着，可你这么做不就是唱对台戏吗？这儿女成亲本是欢喜之事，你看把嫂子给难为的，何苦来哉。”

苗令梅擦擦眼泪：“老杨不在了，二小姐也……大江这个家也算是没了，云湘啊，嫂子求你了，别跟许安邦一般见识，他想折腾就让他去折腾好了，咱们只为了妙春和二江这俩孩子……”

天婵也说：“您把人都请到这儿来，婚礼那边岂不是要冷了场……”

“冷场？”刘云湘转身对大掌柜嚷嚷：“请唐家草龙班子！对了，还有八水爷，去高椅村，把杠菩萨的人统统都请来。我倒要看看，杨家娶媳妇儿，他许安邦一个当老丈人的，凭什么喧宾夺主，搞那么大动静！”

天婵无计可施，跑到江边找杨大江讨主意，哪知杨大江却闷坐不吭。

天婵有些恼火：“这对台戏已经唱上了，你倒是说句话啊。”

杨大江没好气：“要我说，二江这婚就不该结！”

天婵气得直跺脚：“你这叫什么话！唉，二江现在正在赶回来的路上，真急死人了。”

杨大江一听这话，反倒来劲了，丢下天婵，起身去大路上堵杨二江去了。

如今的杨二江已升任国军上校，他带着几名护卫，乘坐一辆吉普车，直奔洪江而来。看见道旁的杨大江，杨二江喜出望外，下车与哥哥拥抱，杨大江眼圈红了。

哥俩寒暄几句，杨大江把二江拉到一边，低声道：“二江啊，哥求你件事，你看今天这婚礼，你能不能，能不能先不办……”

杨二江闻言有些诧异，只当是妙春与苗令梅发生什么不快，当听杨大江说到许安邦时，他脸上笑意渐隐，两人之间的气氛开始冷却。

杨大江语重心长地说：“别忘了咱爷老倌是怎么死的。”

杨二江沉默片刻，冷笑道：“我怎么会忘了，这事儿用不着哥来提醒。我可以向哥保证，我只是娶许妙春做媳妇，而不是给许安邦当女婿。”

“这有什么分别？”

“要是仅仅因为这件事儿，请恕兄弟不能从命。”说完，就要上车。

“二江！”杨大江挺身拦住去路，“亏你还是个搞情报的，难道你就从没想过，许安邦为什么会偏偏看中了你，为什么肯把他的独生女儿嫁给你……”

“不为什么！男婚女嫁，就这么简单！”杨二江吼完，一把推开杨大江，上车招呼手下，“走！”

“你给我下来……下来！”杨大江伸手去拉杨二江，二江格挡，大江呼地一拳打在他脸上，“臭小子，我还管不了你了……”

杨二江挨了一拳无动于衷，杨大江反倒自己愣住了。

杨大江愧疚又慌乱：“兄弟，二江，哥不是要反对你娶妙春，哥的意思是，最好能过些日子你们再……”

“哥不必再劝了，我心意已决。大战在即，早点跟妙春成亲，也是咱妈的心愿。”杨二江说完，示意司机，开车扬长而去。

杨二江刚到家，杨洋也开着吉普车回洪江来了。不过杨洋没有直接回家，而是直奔元隆炼油厂。与杨洋同来的，还有美国队友汤姆和马修。这俩洋小伙听说刘云湘用洪油炼出了航空汽油，特别振奋，跑来凑热闹。

远远看见油厂门口围满了人群，杨洋急忙把车停在路边，带着汤姆和马修跑了过去。只见许安邦在厂门口，带着十几名手下，正跟刘云湘等人对峙着。一听说刘云湘办庆典，跟自己对着干，许安邦怒不可遏，立马就带人冲了过来。

许安邦道：“要说是鼓捣洪油让飞机上天，这洪江城恐怕没人比我许某人更有说话的权力。刘家顶洪又如何？什么皂化法裂化法，别讲这一套！当年你们恃才自傲，害得老子机毁人亡，如今我岂能容忍你们再去害飞虎队！”说着，冲手下：“把这些乱七八糟都给我扯了，查封炼油厂！”

“是！”副官挥手，带人要行动。

“等等！”杨洋和汤姆、马修从人群中走上前来，“元隆炼油厂是第十四航空联队指定的燃油生产商，你有什么权力查封？”

面对杨洋，许安邦的气焰灭了大半：“小子，你姥爷什么钱不敢赚啊？洪油就是洪油，它要是能变成汽油，那炒菜的油也能开飞机了。”

汤姆问：“难道说，我们都错了吗？”

詹姆斯说："汤姆，你要知道，中国的这些地方官总是以为自己是世界上最聪明的人。"

汤姆笑道："哈哈，美国也是如此。"

马修对杨洋说："怪不得你们总说，阎王好见，小鬼难缠。"

刘云湘指着许安邦的鼻子数落："这提炼燃油是要讲科学的，术业有专攻啊。不是说这人一当了官就什么都懂，什么事都能插一嘴，说黑就是黑，说白就是白。洪油能不能变成汽油，很快就能得到验证。你今天不是要嫁女儿吗？何必还要操这炼油厂的心，好好当你的老丈人去吧。"

许安邦得意笑道："当老丈人有什么不好，嘿嘿，过了今天，咱俩可就是拐弯亲家了……"

"爸，爸爸！"许安邦话没说完，就见身穿婚纱的妙春带着几名伴娘从人群里跑到近前，压低声音说道，"二江已经到了，杨家那边都等着呢，您赶紧回去吧。"转身又对刘云湘说："刘叔叔，对不起了，您别跟我爸一般见识……"

刘云湘虽说看不惯许安邦，但面对妙春还是有些愧疚："孩子，今天恐怕是要委屈你了。"

"看您说的，这有什么好委屈的，您这边才是正事，我跟二江两心相知，也不在乎这些繁文缛节……"

许安邦看见妙春来了，反倒有主意了，他指着刘云湘大笑道："险些上了你的当啊，今天是我女儿大喜的日子，老子就不跟你们计较了。妙春啊，去，给你刘叔叔跪下。"

妙春愕然："爸？"

许安邦忽然变脸，声色俱厉："跪下！"

妙春无奈，只得过去跪在了刘云湘面前。

刘云湘大感意外，看向许安邦："这是何意？"

许安邦对妙春说："乖女儿啊，在洪江，刘杨两家是什么关系不用我说了吧？今天你就要成为杨家的二奶奶了，少了你刘叔叔这证婚人怎么能成啊？”

干挑爷道：“哪有临时找证婚人的，这似乎不合礼法吧？”

许安邦指着几个伴娘：“都陪小姐在这跪着！”

几名伴娘也纷纷在妙春身边给刘云湘跪下。

许安邦对妙春说：“求人是件苦差事，要有耐心，一直跪到你刘叔叔答应为止。”随后转身对众人朗声道：“都听着，我家姑爷为国杀敌立下汗马功劳，领袖亲授云麾勋章，戎马倥偬无暇顾及终身大事，你们作为他的家乡父老，有责任和义务给他办一个像模像样的婚礼。”众人闻言都面面相觑。

最后，许安邦对副官下令道：“把人都带回去，看看哪一位敢不爱党不爱国，敢蔑视抗战英雄！”说完，看了看刘云湘，转身匆匆离去。

副官带着士兵驱赶着围观众人离开了现场，大门口一下子清净了许多。余下干挑爷和刘杨两家人看着跪在地上的妙春和几个伴娘，一时间六神无主，都把目光投向刘云湘。

杨洋下手搀扶：“小婶儿，您快起来吧，别难为我外公了。”

妙春跪着不动，抬头对刘云湘说：“刘叔叔，别的事儿我可以不听我爸的，可是，请您来当证婚人，也是我跟二江的心愿啊。刘叔叔，您就答应了吧。”

干挑爷叹道：“孩子，刚才那阵势你也看见了，你爸爸这是强人所难啊。这不是针对你，等你进了杨家门，你刘叔叔自然会把你当成亲生女儿。快起来吧，都起来，时辰也不早了，别让那边的人都等着……”

妙春就是跪着不起。

“小婶儿……”杨洋还想再劝，被刘云湘伸手拦住。

刘云湘笑着摇摇头，扶起妙春：“春儿啊，好姑娘，叔叔今天就给你们当一回证婚人。呵呵，你爸爸是吃透了我这狗脾气啊，说起来还是我们这些当长辈的着相了。诸位，今天是孩子们大喜的日子，咱们都高高兴兴地去杨家讨杯喜酒吃！”

“刘叔，谢谢您！”妙春激动地说，“谢谢各位叔叔伯伯……”

杨洋问：“哎，小婶儿，我呢？”

妙春破涕为笑：“当然也谢谢你！”

妙春幸福地挽着刘云湘，和众人说笑着一起离去。

锣鼓响亮，唢呐齐鸣，杨府门前热闹非凡。鞭炮在噼里啪啦地炸响，花花绿绿的喜糖如雨一般噼啪落地，就连保安团士兵也混在大群孩子中间欢呼争抢。恒顺掌柜带着几名伙计笑容满面，在大门口忙里忙外地招呼着拥来的宾朋。

堂屋内正在举行典礼，铺着红布的八仙桌上摆着盛有糯米的斗，斗内插有油桐树枝及挂有铜镜的秤杆，周围摆放着香烛供果。苗令梅、许安邦、刘云湘、湘夫人、干挑爷等人分站桌子两旁。

堂屋中间，一身戎装的杨二江和妙春这对新人正在众人的哄笑声中，听着知客的摆布。

“一拜天地！”

杨二江和妙春跪下对着天地桌行礼叩首。

“二拜高堂！”

苗令梅高兴地被湘夫人等一群夫人推坐在桌旁。

可是另一侧，许安邦竟不客气地也坐下了：“哈哈哈，亲家母，好事成双嘛！我这可不是僭越，老杨不在了，许某人怎么也算是半个高堂吧？”

苗令梅的脸一下子沉了下来，屋里也霎时间静得落针可闻。刘云湘一把拉住想要上前斥责的湘夫人，示意她看杨二江。

杨二江抬眼望向许安邦，妙春看见他那眼神，吓得一个激灵，紧紧抓住杨二江的手。

知客胆怯地看看许安邦，再喊：“二拜高堂！”

忽听门口有人喝道：“且慢！”

随着话音，只见杨大江抱着杨同昌的牌位走了进来，他把牌位摆在桌上，回身对杨二江和妙春说道：“为兄恭喜弟弟弟妹喜结连理，我相信父亲他老人家要是还活着，也会祝福你们的。要拜高堂，自有家父的灵位在此，我杨家儿女，绝不会认贼作父。”

此言一出，所有人都看向许安邦。

许安邦勃然大怒，一拍桌子起身拔枪：“赤匪，竟敢来破坏婚礼，我看你是……”

“砰！”枪声响起，许安邦“扑通”一头栽倒在地。

妙春难以置信地看着杨二江手中的枪，惊叫一声“爸！爸爸……”扑向许安邦……

“大人！许大人……”

门外副官听到枪声和妙春的喊声，拔枪就要往里冲。

杨二江头也不回：“谁敢造次，格杀勿论！”

卫兵上前，利索地制服了副官等几名保安兵。

许安邦躺在地上，身体抽搐着，嘴里不住地往外咳着血。

悲痛欲绝的妙春哭喊着：“爸，爸，你醒醒啊爸……”她挣脱苗令梅、湘夫人和几位夫人的劝阻，不顾一切地扑上前，抱起许安邦：“爸……求求您了，别撇下女儿……”

“哈哈，哈哈！”许安邦喘着气笑，自打妙春与二江相识，这个秘密也确实折磨了他，他曾经试图心一横，咽下去，只要妙春高兴就行，可是眼下，濒死之时，他怕他不说就再没人知道了，他临死也想看看这帮人的笑话，他扫视着周围众人笑道：“高兴吧？老子心里清楚，你们早就盼着这一天了……其实，其实老子也在盼望着这一天，哈哈……苗大美人，亲家母，你杨家这二奶奶娶得好啊，你以为老子真有这么好个女儿？实话告诉你吧，妙春即是杨春，她是你身上掉下来的肉，哈哈……”

此言一出，屋里所有人都大吃一惊。

苗令梅惊愕道：“杨春？”

大江也愣住了：“妹妹？”

妙春倒吸一口凉气，像烫了手一样，惊恐地闪开许安邦。

许安邦狂笑道：“天地都拜了，老杨家姐弟乱伦，光宗耀祖啊，这是……”他看向刘云湘：“这是老子送给你，送给洪江油业行的礼物。哈哈……”笑着，脑袋一歪，死了。

屋子里没人说话了，刘云湘、湘夫人和干挑爷互相看看，满脸的愕然与沧桑。

“妙春，我亲妹妹，好！”杨二江深深看了妙春一眼，咬咬牙，转身匆匆离去。

妙春呆坐在地上，一条一条地撕着身上的婚纱。

“春儿！春儿啊我可怜的女儿……”苗令梅锥心地扑过去一把紧紧抱住妙春，“没想到你还活着，妈妈这些年，做梦都盼着有一天你能再回到这个家，回到妈妈身边……”

妙春面无表情，干笑了一声，起身甩开苗令梅，梦游一般向外走去。

“快跟上！”刘云湘冲湘夫人摆手。

“春儿！”苗令梅撕心裂肺地嘶喊一声，和湘夫人等人慌忙追去。

这一天，苗令梅似被人抛上云端，又跌落下来。挂念了二十年的女儿回来了，却万念俱灰，跑到教堂去做了修女。儿子本要欢欢喜喜成亲，媳妇却成了姐姐，索性给娘磕了仨头，头也不回奔赴沙场。是夜，苗令梅独自一人，抱着杨同昌的遗像，坐在院子中央，遥望明月，不知是喜是悲。

许安邦一死，最慌张的要数罗积善。杨二江杀许安邦，就像碾死一只臭虫，保安队的人也被他手下杀了几个。刘天婵已经控制了公署衙门，现在洪江城里满大街都是国军。而且，刘天婵和杨二江这两人，顶的还都是党国的青天白日。他罗某人儿子没了，孙子没了，现在靠山也没了，真成了孤家寡人啊。

是夜，账房看罗积善寝食难安，忍不住帮东家出主意："在下倒是想，在湘西或许还有个人能够帮东家……"

罗积善闻言，不禁认真看着账房。

"东家难道忘了藤原吗？"

"藤原？"

"据说他现在人在邵阳，是日军里的高官，咱这特货行，背后的势力若小了，那也没法立足不是？"

罗积善盯着账房看了看，猛地一手杖抡过去，劈头盖脸就是一顿狠抽："王八蛋，祖宗你不记得，反倒还记得藤原，呸！找他做靠山，你倒会给你东家出主意……"他喘着粗气喝令伙计们："行家法，给我狠狠打……"

众伙计一拥上前，拖走了连声哭喊饶命的账房。

"署地啊，你看看吧！"罗积善仰天大哭，"你东家如今竟落到这步田地了……"

元隆炼油厂的汽油很快就通过了十四联队的检验，投入批量生产。有了燃料支持，杨洋和他的队友们底气十足，再一次投入战斗！

夜幕之下，芷江机场上有许多人在忙碌跑动着。

一排油料车旁，掌柜带着炼油厂的伙计正在和航空联队地勤人员往油库里卸油。刘云湘、干挑爷、马克斯凯和詹姆斯站在一旁。

一队飞行员跑过，队伍里的杨洋冲刘云湘打了呼哨，跟着队友跑向飞机，登上洪江号之后，很快便传来了嗡嗡作响的引擎声，一排排战机均已发动，场面甚是壮观。

天婵走到刘云湘身边说："记住今天这个日子。陈纳德将军说，从洪油中成功提炼出燃油，中国人创造了奇迹，您老人家将名垂史册。”

刘云湘笑呵呵：“洋将军这拍马屁的话你也相信？”

马克斯凯道：“说起来，我们这几个老家伙还是不错的，不是吗？”

干挑爷问：“杨洋他们这是要去哪儿？”

詹姆斯道：“当然是去揍日本人。”

天婵道：“等着瞧，明天就会有惊喜。”

说着话，只见洪江号已驶上跑道，一飞冲天。

随后，一架接一架的战机冲上了茫茫夜空……

一九四五年二月二十五日，中美空军混合联队分别从昆明和芷江机场出发，成功飞抵日本本土，对东京实施轰炸。此行动举世震惊，有力地打击了日本侵略者的嚣张气焰。

日军在太平洋战场上陷入日益孤立的境地。1945年春，美军在太平洋战场实施对敌越岛进攻，美军逐渐向日本的本土逼近。4月1日，美军在琉球群岛登陆，日军内卫防线被突破；日海军遭到美海军的沉重打击，几乎全军覆没。而日本国内国库空虚、财力不支，也让日本统治者更加焦虑。与此同时，中国远征军在缅甸与盟军胜利会师，成功打通滇缅公路，外援物资源源不断输入中国，国民党军队装备得以更新，战斗力迅速增强。

局势的发展让中国军队士气高涨，反守为攻，同时也让日本侵略者更加疯狂。1945年4月初，日军集结近二十万人的兵力，在第二十军司令官板西一良中将统一指挥下，采取分进合击的战略，向湖南西部何应钦、王耀武的第四方面军发起进攻，意图突破湘西屏障，直取四川重庆。日军来势汹汹，直至邵阳九公桥，强渡资水之际，遭遇中美空军猛烈攻击，伤亡惨重……

“芷江机场，又是芷江机场……”藤原在邵阳驻地屋内踱来踱去，喃喃自语。

一月份，驻芷江机场中美空军对汉口日军机场发动攻击，炸毁飞机四十九架，油库起火，损失油料数千吨。紧接着二月份，东京被炸，大日本帝国尊严荡然无存。如今，皇军的脚步又被拖住，难以前行……

藤原比谁都明白，芷江机场这颗毒瘤若不割除，大日本皇军在整个华南、西南以及南亚战场难以再有所作为。若军部那些蠢货早听从他的建议，也不至于落到今天这个地步。现在他非常理解中国的屈原为何投江而死，人微言轻啊。去年的一号作战任务，虽然摧毁了中美空军在衡阳、零陵、宝庆、桂林等七个基地三十多个机场，但还是忽略了芷江。究其原因，就是因为那些自以为是的将军们小看了洪江，小看了洪油，小看了刘云湘!

当然，刘云湘也不是神人，他的软肋就是刘天婵，他现在只剩下这一个宝贝女儿了！抓住了刘天婵，就可控制洪江，控制洪油。芷江机场若断了燃油，跟一个钢铁垃圾场有何区别?

刘天婵一向行踪不定，虽说日本皇军在洪江已经没有了眼线，但是洪江还有个罗积善，他死了儿子，丢了孙子，对刘天婵刻骨仇恨……

元隆油号门前一片繁忙，在十四联队地勤人员的警戒下，大批油桶已经装上了停在门前的一排卡车；刘云湘、干挑爷带着油号伙计和掌柜等人坐上了前面的三辆吉普车，随后，整个车队向街道上驶去。

罗积善走出商行大门，远远看着从街道上驶过的一辆又一辆满载油桶的军车，颇有感触地抬头看了看从天上飞过的飞机，随后落寞地向前走去。

刚拐进一条巷道，便看见身穿便衣的雅子站在面前，罗积善不由得一愣，回头看，退路已被几名便衣日谍给堵死了。

雅子把罗积善推进一间废弃的油库，其他日谍在外警戒。

罗积善一进仓库，见了一副商人打扮的藤原，不由得一愣："畜生，你怎么还没死？"说着，暗暗攥紧了手杖。

藤原干笑了一声，眼圈有些发红："能得罗会长的一声问候，可见是没有把我当外人……"他稳了稳情绪，随后道："谁能想到，故人相见，竟会是在这种地方。时过境迁，你我都老了，所谓落毛的凤凰不如鸡啊。"

罗积善问："你想说什么？"

藤原一字一顿："刘天婵。"

罗积善闻听，抬眼看了看藤原，没言语。

藤原感慨道："在老朋友面前我没必要隐瞒什么，皇军已是强弩之末，鄙人虽殚精竭虑，还是无力回天啊。"他随后话题一转："但是，皇军现在还有能力，帮你消除心腹大患！"

罗积善问："你们是想抓她？"

藤原点头。

"呵呵，这可真是说到一块儿去了。"罗积善冲藤原勾勾手，"我告诉你她在哪儿。"

藤原近前，罗积善抡起手杖突然扑上："她在洪江，在湘西，她在中国的土地上……"

"放肆！"雅子上前，抓住挥舞手杖直扑藤原的罗积善，随手一甩，随着"哗啦啦"一阵声响，罗积善跌落在一片空油桶中间。

藤原看着喘息不已的罗积善，吼道："何苦来哉，这可能是我所能帮你干的最后一件事了！你不恨她吗？这洪江从来都没经历过战火，皇军的胜利或失败和你有关系吗？你卖特货，离不开官家势力，你卖油，也逃不过刘云湘这一关！好好想想，是谁让你落到了这一步！除掉刘天婵你就可以东山再起，你就可以报丧子之仇夺孙之恨，除掉她……"

"我先除掉你！"就在藤原说话的当儿，罗积善早已发现周围空桶里流出的残油已浸湿了自己的衣衫，此时他站起来，划着了火柴，“轰”地点燃了自己，火人一般扑向目瞪口呆的藤原，“哈哈，你我老朋友，生不同衾死同穴嘛……”

现场一片大乱，挺身救护藤原的雅子被罗积善死死抓住，藤原狼狈地在几名冲进来的日谍护卫下躲避逃窜。

杨大江带着水客帮的弟兄们正在江边泊船靠岸，忽见油库方向冒出黑烟，急忙过去查看。

看到罗积善和中村雅子的尸体，众人不由一惊。杨大江猜测藤原可能来过，下令全城搜捕，封锁所有出城道路。

天婵不在家，哪怕看在洋洋的分儿上，杨大江也不能让罗积善曝尸在此。他把罗积善送回罗府，指挥罗家人，张罗着办丧事。

杨大江带着几个丫鬟布置灵堂，账房先生进屋摆了供果香烛便出去了。杨大江看那账房先生走路一瘸一拐，脸上还贴着膏药，忍不住多看了几眼。旁边一个侍奉过天婵的丫鬟，偷偷告诉杨大江，前段日子，这个账房先生撺掇罗积善去投靠日本人当汉奸，被罗积善打了一顿，哪知这人不长记性，前日，不知怎么又提到了日本人，罗积善怒得恨不能打死他。

麻老五和豹子回来禀报，全城搜捕，也没找到藤原，但是收到从邵阳传来的消息：日军已派出装备精良的挺进队，要突袭安江！王耀武的指挥部就在安庆，看这阵势，日本人是看战局不利，就想杀了王耀武，这也是藤原的老套路了。

三个人正在厢房里紧张地商议，忽然听到门外有动静，杨大江开门一看，是那个账房先生在整理门口的白幡，看见杨大江，打个招呼，便一瘸一拐地走了。

望着账房先生的背影，杨大江忽然打了一个激灵——藤原去安江的目标不是王耀武，是天婵！罗积善堂堂商会会长，死在那种地方，中村雅子也死在旁边，这一切都说明，藤原跟罗积善见了面，若是要杀王耀武，他根本没必要来洪江找罗积善……

一面派人突袭安江，一面亲自来打听消息，这是摆开了架势要置天婵于死地！天婵如今就在安江，按照藤原一向的作风，如果突袭失败，他定会堵死天婵所有的退路……

豹子有心去安江为天婵报信，却被麻老五阻止。安江虽离黔阳城不远，但藤原既然想突袭，而且人又来了洪江，必然会在沿途有所布置，若是消息未送达，反搭上自己的性命，更是耽搁大事！

杨大江盯着地图，思忖半晌，最后目光落在了龙潭司。龙潭司附近的大小黄沙木敖洞地区，四周皆为高山，中间谷地方圆不足五十公里，仅有两个出口，一个入口。此闭锁曲线地形，是消灭日军的绝佳战场。只要将藤原的挺进队诱入龙潭司，便保证了王耀武和天婵的安全。到时候，只要水客帮在龙潭司依据有利地形死死拖住挺进队，日军必然会来增援，而日军的调动，瞒不过何应钦和王耀武的耳目。另外，龙潭司附近还驻扎了部分刚刚归国的远征军，顺路去联络一下，大家要打就打个痛快！

杨大江对二人说："藤原不是要杀人吗，放出风去，就说天婵身在龙潭司。"

麻老五若有所思："藤原老奸巨猾，我担心，咱们在洪江放风，是否就能传到……"

"藤原不会跑远，再说……"杨大江看着门外在院子里忙活的账房，"这罗府之中，有人也不安分啊。"

没一会儿，账房先生就出去买东西了，再没回来，后来被山民发现死在城外山坡上，被人割喉而死，这让杨大江心里有些忐忑。然而，邵阳那边很快就传来讯息：藤原的挺进队去了龙潭司方向！看来，藤原听信了账房先生的传讯，同时又对这种狗奴才深为不齿……

水客帮火速奔赴龙潭司，与远征军的那些老兵一起，埋伏在密林中，他们使用一切武器，匕首、鱼叉、绳索、枪支，不断劫杀那些落单的日军。这支挺进队日军下了大本钱，舍不得放弃。很快，在青山隘口、老庵堂和渣坪附近，都发现了日军的增援部队。

王耀武与何应钦听说日军精锐部队进入龙潭司，两人乐得哈哈大笑！日本人太不了解地形，龙潭司这个地方进去就别想再出来了！不过话又说回来，万一日本人突破龙潭司，那下一步就是直捣安江第四方面军司令部，再没有龙潭司这么好的地形来阻挡日军了……国军七十四军、一百军极速赶往龙潭司，关门打狗！

龙潭司之战持续了近一个月。日军前往增援龙潭司的一〇九联队在青山隘口，被国军七十四军五十一师和一百军十九师所包围；日军一三三联队在老庵堂、卡风界一带陷入绝境；日军一二〇联队在渣坪地区遭遇伏击，全军覆没……

面对绝杀阵，藤原已经崩溃，命令六十八师团，火速拿下武冈，打通救援龙潭司的通道，并亲自前往武冈督战！

驻守武冈的杨二江与藤原鏖战数日，直至弹尽粮绝，将士死伤殆尽，无一人退却。

芷江机场油库大门处，刘云湘和干挑爷正看着伙计们和地勤人员一起卸油，突然看见飞机附近一片骚乱，人群之中，杨洋在大喊大叫。刘云湘赶紧过去问个究竟。

原来杨洋急着去武冈帮杨二江，他二叔眼看就顶不住了！可是，连月鏖战，芷江机场弹药已经供应不足，眼下只有汤姆的飞机上有弹药，杨洋快急疯了，非要开汤姆的飞机去武冈，然而汤姆接到的任务是去龙潭司，两人就差打起来了。

刘云湘闻讯，眨眨眼睛，说道："那，那你们没弹药，可以装洪油啊。"

飞行员们闻言愣了一下，随即便明白了刘云湘的意思。

杨洋兴奋地嚷嚷："对对，装洪油，烧他狗日的！"说着就往油库那边跑。

一帮小伙子打着呼哨，纷纷给老爷子敬礼，然后蜂拥奔向油库。

汤姆坐在飞机翅膀上冲刘云湘摊开两手："哦，上帝，这下我们有燃烧弹了。"

武冈城头上已躺满了国军将士的尸体，城下，藤原带着大批日军及特攻队员正在快速逼近。

身负重伤浑身是血的杨二江躺在层层叠叠的尸体中间，艰难地从嘴上拿下浸满鲜血的香烟，吐口气望着天空，突然露出了笑容。

天空中，大批十四联队的飞机急速飞来，洪江号一马当先。随后在城前阵地上，无数的油桶从天而落，着地后便爆起无边的火海，犹如炼狱一般。熊熊大火如狂飙的猛兽，无情吞噬着那些攻城的日军。

"杨洋，好样的，就知道，你会带二叔回家的……"杨二江望着在空中翱翔的洪江号，张着嘴，笑容永远凝结在了脸上……

1945年8月21日，芷江洽降会议召开。侵华日军副总参谋长今井武夫等三人，代表冈村宁次向中、美军事当局何应钦、柏德诺（中印缅战区美军作战司令部参谋长）等洽降签字，宣告了侵华日军的失败。芷江受降，在我国近代史上写下了抵御外敌侵略胜利的一页。

落寞的藤原坐在飞机里，透过舷窗，留恋地俯瞰着为庆祝抗战胜利而国旗飘舞、欢声雷动的洪江城，喃喃道："凡我帝国军人，都应该好好看看这座城市，看看这座小小的商城。它名字叫洪江，虽偏居中国西南一隅，却如一个坚强的支点，屡屡撬动着战争胜负的天平。打仗即是烧钱，拼的是财富、是资源，所谓大炮一响黄金万两。可这里不但有令人垂涎的洪油，还有像刘云湘那样重义轻利、心怀天下的洪商，日本不败，天理何在……”

藤原在洪江上空一直盘旋了三圈才黯然离去……

苍松翠柏之间，肖楚雄、杨同昌、刘天娟、杨二江、欧阳朵妹的牌位被摆在嶙峋山崖之上。

杨大江、天婵、湘夫人、妙春、苗令梅、刘揆一、八水族长、干挑爷、詹姆斯、马克斯凯、麻老五、豹子，还有杨洋和一帮飞行员小伙子都来了，刘云湘当着众人的面，把那桶清代底油缓缓洒在牌位之前。

刘云湘极目青山，遥望着那起伏错落的窨子屋和封火墙，感慨万千：“抗战胜利了，八年烽火起卢沟，一纸降书出芷江啊，这前前后后不管咱们经历了些什么，都无愧于心，因为咱们没有屈服于强权，没有消沉于苦难，没有沉迷于财富，咱们为家、为国干了咱们应该干的事情……后代人也许不会再记得这桶清代底油，但是他们会永远记得洪商，记得从洪江走出去的每一位无愧于家国的潇湘儿女……”

（全书完）